HACKERS × EZ Japan

해커스 JLPT N1 한 권으로 합격

JLPT新日檢 N1 全新修訂版

一本合格

Hackers Academia 著　關亭薇、吳采蒨、劉建池、黃毓倫、陳佩玉 譯

4回 模擬試題（書中3回+線上1回）

基本攻略+實戰模擬考題暨詳解+單字文法總整理

徹底分析並呈現JLPT最新命題走向的《JLPT新日檢N1一本合格》

「題目明明都看得懂，為什麼選出不答案呢？有念書卻好像沒什麼進步……」

「怎麼沒有附詳解？沒辦法自行檢討答錯的地方。」

「該背的單字和文法也太多了……光是背誦就得花上不少時間！」

這些在學習過程中會碰到的問題，本書通通為你解決。

大部分的日文學習者在準備難度最高的 N1 時，經常會遭遇不少困難。為解決學習者的困擾，Hackers Academia 經過數年的考題分析，出版了符合最新命題趨勢的《JLPT 新日檢 N1 一本合格》。

Hackers Academia 不斷努力，希望能幫助學習者，僅靠一本教材便能充分準備 JLPT 測驗，並一次取得合格。另外，本書彌補了現有教材的不便和缺失，協助學習者深入學習日文、理解日本、懂得如何與日本人溝通，有利於往後至日本發展。

符合最新命題走向，並提供明確解題策略的教材！

日文學習者花好幾個月、甚至是數年的時間學習日文，即使具備一定程度，仍然認為考試好難。為了能輕鬆通過 N1，確實掌握最新命題走向與熟悉各大題解題策略，是件相當重要的事。Hackers Academia 為此進行了深度的分析，並將所有題型的解題策略寫進本書。

本書收錄詳盡的解析，即使自學也完全沒問題！

學習過程中，最重要的就是題目詳解。為什麼答案要選這個？為什麼其他選項有誤？得確實弄清楚每個選項，才能逐步累積實力。本書收錄了所有試題的中文對照、詳解、詞彙整理，有助於學習者完美應對考試。

提供 MP3 音檔，有效提升聽力實力！

本書不僅提供模試完整聽解科目 MP3 音檔，也收錄不同聽解題型的 MP3 音檔，方便學習者自由選擇想要反覆聆聽的試題，針對不熟悉的考題複習。不論是 JLPT 新手，或是有一定程度的學習者，都能有效提升聽力實力。

希望你透過《JLPT 新日檢 N1 一本合格》成功通過 JLPT N1，不僅提升日文能力，還能實現更遠大的目標和夢想。

CONTENTS

讀解

聽解

主本答案與解析

實戰模擬試題 [別冊]

JLPT N1必考單字文法記憶小冊 [別冊]

掃 QRcode 進入EZ Course官網：

1. 全書 MP3 音檔（含單字文法記憶小冊）
2. 實戰模擬試題 4 _ 線上互動答題詳解

《JLPT新日檢N1一本合格》

傳授日檢合格祕笈！

01. 徹底掌握最新命題走向及解題策略！

掌握各大題的重點攻略！

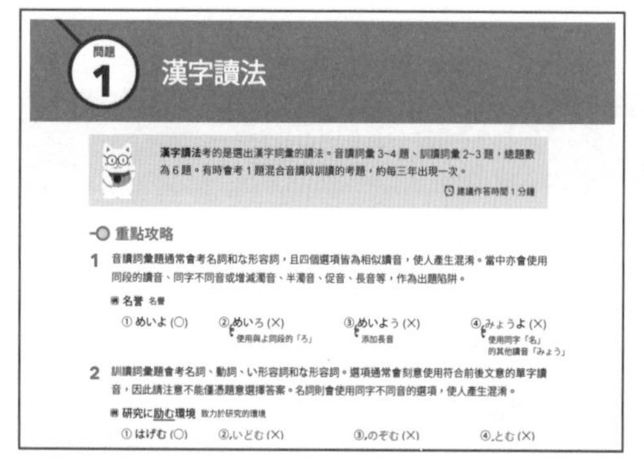

問題 1 漢字讀法

漢字讀法考的是選出漢字詞彙的讀法。音讀詞彙 3~4 題、訓讀詞彙 2~3 題，總題數為 6 題。有時會考 1 題混合音讀與訓讀的考題，約每三年出現一次。

建議作答時間 1 分鐘

重點攻略

1 音讀詞彙題通常會考名詞和な形容詞，且四個選項皆為相似讀音，使人產生混淆。當中亦會使用同段的讀音、同字不同音或增減濁音、半濁音、促音、長音等，作為出題陷阱。

例 名誉 名譽

① めいよ (○)　② めいろ (×) 使用與よ同段的「ろ」　③ めいよう (×) 添加長音　④ みょうよ (×) 使用同字「名」的其他讀音「みょう」

2 訓讀詞彙題會考名詞、動詞、い形容詞和な形容詞。選項通常會刻意使用符合前後文意的單字讀音，因此請注意不能僅憑題意選擇答案。名詞則會使用同字不同音的選項，使人產生混淆。

例 研究に励む環境 致力於研究的環境

① はげむ (○)　② いどむ (×)　③ のぞむ (×)　④ とむ (×)

徹底分析 JLPT N1 最新命題走向，並整理出的重點攻略。

學習解題步驟！

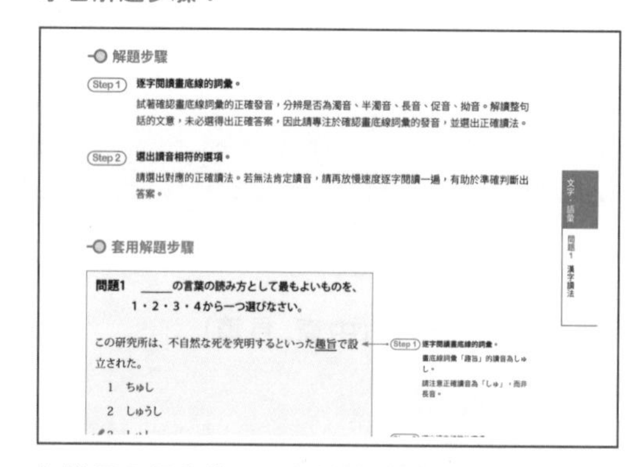

解題步驟

Step 1 逐字閱讀畫底線的詞彙。

試著確認畫底線詞彙的正確發音，分辨是否為濁音、半濁音、長音、促音、拗音。解讀整句話的文意，未必選得出正確答案，因此請專注於確認畫底線詞彙的發音，並選出正確讀法。

Step 2 選出讀音相符的選項。

請選出對應的正確讀法。若無法肯定讀音，請再放慢速度逐字閱讀一遍，有助於準確判斷出答案。

文字・語彙　問題 1 漢字讀法

套用解題步驟

問題1 ＿＿＿の言葉の読み方として最もよいものを、1・2・3・4から一つ選びなさい。

この研究所は、不自然な死を究明するといった趣旨で設立された。

1 ちゅし

2 しゅうし

Step 1 逐字閱讀畫底線的詞彙。畫底線詞彙「趣旨」的讀音為しゅし。請注意正確讀音為「しゅ」，而非長音。

每道題目都收錄了最有效的解題步驟。透過熟悉在實際考場可以使用的各解題步驟後，便能有效地應對實戰。

學習應用解題步驟！

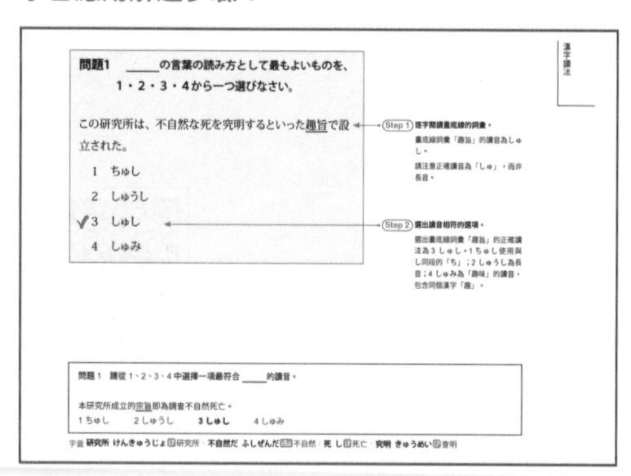

漢字讀法

問題1 ＿＿＿の言葉の読み方として最もよいものを、1・2・3・4から一つ選びなさい。

この研究所は、不自然な死を究明するといった趣旨で設立された。

1 ちゅし

2 しゅうし

✓3 しゅし

4 しゅみ

Step 1 逐字閱讀畫底線的詞彙。畫底線詞彙「趣旨」的讀音為しゅし。請注意正確讀音為「しゅ」，而非長音。

Step 2 選出讀音相符的選項。選出畫底線詞彙「趣旨」的正確讀法為3しゅし。1ちゅし使用與し同段的「ち」；2しゅうし為長音；4しゅみ為「趣味」的讀音，包含同個漢字「趣」。

問題 1 請從 1、2、3、4 中選擇一項最符合＿＿＿的讀音。

本研究所成立的宗旨即為調查不自然死亡。

1 ちゅし　2 しゅうし　**3 しゅし**　4 しゅみ

字彙 研究所 けんきゅうじょ 名研究所｜不自然だ ふしぜんだ なA不自然｜死 し 名死亡｜究明 きゅうめい 名查明

將學習的重點攻略和解題步驟，應用到各題型的題目中。透過解題，能更清楚體會並吸收。

藉由實力奠定，提升解題能力！

實力奠定

請選出適當的漢字讀法。

01 債務

① せきむ　② ぜきむ　③ さいむ　④ ざいむ

02 鳥居

① とりい　② ちょうい　③ とりきょ　④ ちょうきょ

03 迅速

① じんぞく　② じんそく　③ かいそく　④ かいぞく

04 挑む

① いさむ　② うとむ　③ ゆがむ　④ いどむ

05 勧告

提供大量難度低於實戰測驗的習題，方便學習者直接應用前方學會的重點攻略和解題步驟。藉此充分鞏固並提高解題能力。

02. 累積基本功與實戰感！

仔細背誦重點整理與常考詞彙！

重點整理與常考詞彙

外型相似的漢字音讀名詞 001 問題1 漢字讀法_重點整理與常考詞彙 01.mp3

漢字	單字	讀音	中譯	漢字	單字	讀音	中譯
為[い]	行為	こうい	行為・行徑	遺[い]	遺跡	いせき	遺跡
偽[ぎ]	偽造	ぎぞう	偽造・假造	遣[けん]	派遣	はけん	派遣
因[いん]	要因	よういん	主要原因	往[おう]	往診	おうしん	出診
困[こん]	貧困	ひんこん	貧困・貧乏	住[じゅう]	居住	きょじゅう	居住、住處
慨[がい]	憤慨	ふんがい	氣憤・憤慨	官[かん]	器官	きかん	器官
既[き]	既婚	きこん	已婚	宮[きゅう]	宮殿	きゅうでん	宮殿
刊[かん]	創刊	そうかん	創刊	還[かん]	返還	へんかん	返還・歸還
刑[けい]	刑罰	けいばつ	刑罰	遷[せん]	変遷	へんせん	變遷
監[かん]	監視	かんし	監視	岐[き]	多岐	たき	多岐
濫[らん]	氾濫	はんらん	氾濫	技[ぎ]	特技	とくぎ	特技

根據命題走向和各大題攻略，彙整出解題時必備的重點與常考詞彙。並在 2010 年至今曾出現在歷屆試題中的詞彙旁標示出題年度，以便集中背誦。

學會N1必考文法，強化日文實力！

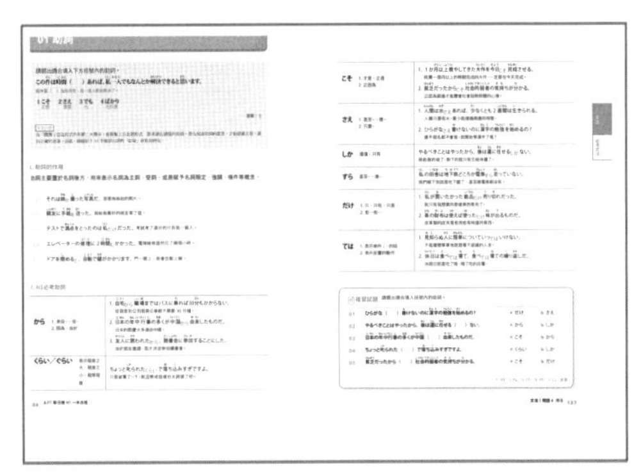

收錄作答文法題時必備的基礎文法和各類詞性重點，有助於提升整體的日文實力。

透過實戰測驗來鞏固合格實力！

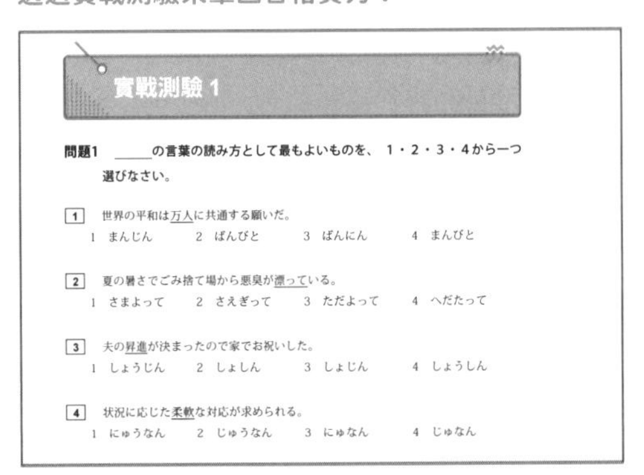
實戰測驗 1

問題1 ＿＿＿の言葉の読み方として最もよいものを、1・2・3・4から一つ選びなさい。

1 世界の平和は万人に共通する願いだ。
1 まんじん　2 ばんびと　3 ばんにん　4 まんびと

2 夏の暑さでごみ捨て場から悪臭が漂っている。
1 さまよって　2 さえぎって　3 ただよって　4 へだたって

3 夫の昇進が決まったので家でお祝いした。
1 しょうじん　2 しょしん　3 しょじん　4 しょうしん

4 状況に応じた柔軟な対応が求められる。
1 にゅうなん　2 じゅうなん　3 にゅなん　4 じゅなん

以實際出題走向為基礎撰寫而成的眾多實戰測驗，應用先前學習的內容，提升實力，考場上各種類型接迎刃而解。

4回實戰模擬試題，實戰感極大化！

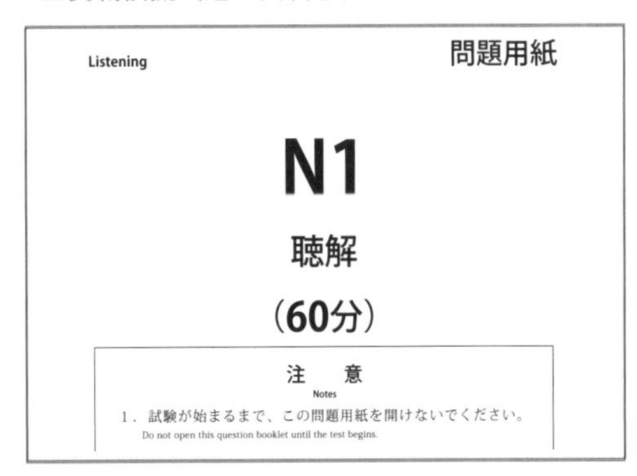
Listening

問題用紙

N1

聴解

（60分）

注　意

Notes

1．試験が始まるまで、この問題用紙を開けないでください。

Do not open this question booklet until the test begins.

透過書中收錄 3 回＋線上 1 回，共 4 回的實戰模擬試題。既能大幅提升實戰感，又能確認自身的實力。到了實際考場也不會驚慌，可以盡情發揮實力。

《JLPT新日檢N1一本合格》

傳授日檢合格祕笈！

03. 提供詳盡解析，大幅提升解題實力！

實際上考場可立即應用的解題說明！

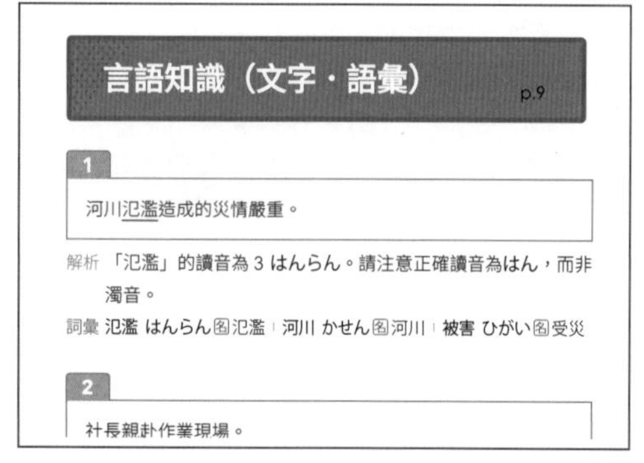

言語知識（文字・語彙） p.9

1

河川氾濫造成的災情嚴重。

解析 「氾濫」的讀音為3はんらん。請注意正確讀音為はん，而非濁音。

詞彙 氾濫 はんらん 名 氾濫 | 河川 かせん 名 河川 | 被害 ひがい 名 受災

2

社長親赴作業現場。

以快速解題步驟為基礎，提供實際上考場可立即應用的解題說明。

不僅是正確答案，也包含錯誤選項的解說！

7

這個網站可用商品的價格（　）來搜尋商品。

1 類　　2 帶

3 圈　　4 界

解析 四個選項皆為接尾詞。括號加上其前方名詞「価格（價格）」，表示「価格帯（價格區間）」最為適當，因此答案為2帯。其他選項的用法為：1書籍類（書籍類）；3首都圏（首都圈）；4映画界（電影圈）。

詞彙 価格帯 かかくたい 名 價格帶 | サイト 名 網站

商品 しょうひん 名 商品 | 検索 けんさく 名 搜尋

可能だ かのうだ な形 能夠

不僅針對正確答案，還提供錯誤選項的詳盡解析，幫助學習者充分理解其他選項為何有誤。

提供中文對照，有助於理解日文的句型結構！

53-55

機器人技術的進步不是這一兩天的事。一直以來，大型的工業用機器人蔚為主流，但還不至於成為你我身邊的存在。然而，近期無論是機場內的指引機器人，或是飯店內的接待機器人，我們能夠親眼見證機器人存在的機會開始變多。而「用穿的機器人」就是在這之中誕生的機器人之一。

「用穿的機器人」是一種穿著在衣服及身體部位的「穿戴型機器人」，據說是為了協助人們走路所製造。機制是這樣的，只要將機體裝在腰上，機體的感應器就會偵測人的動作，讓連接護膝的電線自動往上捲。據說在樓梯或坡道等對雙腳負擔特別大的環境下，會感覺走起路來比較輕鬆。體驗者表示：「連平常會放棄的斜坡都爬得上去，享受爬坡之餘

收錄自然且在地化的中文翻譯，對照中文的同時，有助於理解日文的句型結構和文章語意。

不需要字典的詞彙整理！

詞彙 学校教育 がっこうきょういく 名 學校教育

求める もとめる 動 尋求

取りつかれる とりつかれる 動 執著於某種想法

教師 きょうし 名 老師 | スタイル 名 形式 | 限界 げんかい 名 極限

理解 りかい 名 理解 | そもそも 副 究竟

柔軟だ じゅうなんだ な形 靈活的 | かつ 副 且

多角的だ たかくてきだ な形 多方面的 | 物事 ものごと 名 事物

とらえる 動 掌握 | 正解 せいかい 名 正確答案

至上主義 しじょうしゅぎ 名 至上主義 | 陥る おちいる 動 陷入

日本 にほん 名 日本 | 連鎖 れんさ 名 連鎖

抜け出す ぬけだす 動 擺脫 | 担い手 にないて 名 負責人

意識 いしき 名 觀念 | 改革 かいかく 名 改革 | 策 さく 名 對策

講じる こうじる 動 採取 | 不可欠だ ふかけつだ な形 不可或缺的

詳細整理出題本上出現的所有詞彙和文法，毋需另外查字典，也能直接確認意思。

04. 活用Hackers與EZ Course獨有的學習資料訣竅！

JLPT N1必考單字文法記憶小冊&MP3

為了通過 N1，需要學會的必考詞彙和文法，集結成方便攜帶、30 天可以學成的輕薄小冊。搭配免費線上音檔，隨時隨地都能學習，可以更有效地背誦詞彙漢句子。

聽解問題學習用MP3&模擬試題用MP3

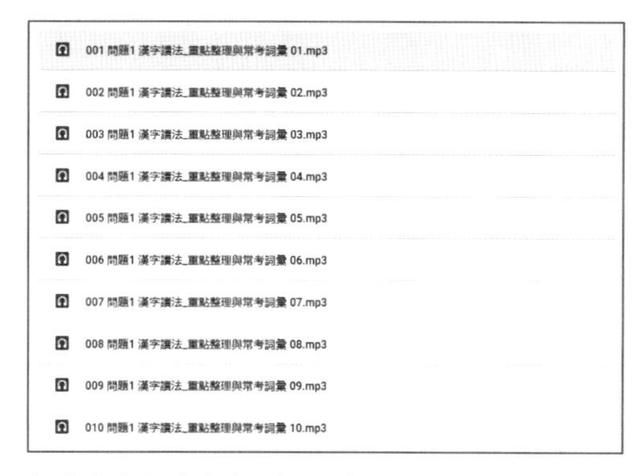

包含主本單字與句型、例句、單元習題 MP3，以及實戰模擬試題的完整聽解科目 MP3。

線上模擬試題使用方式

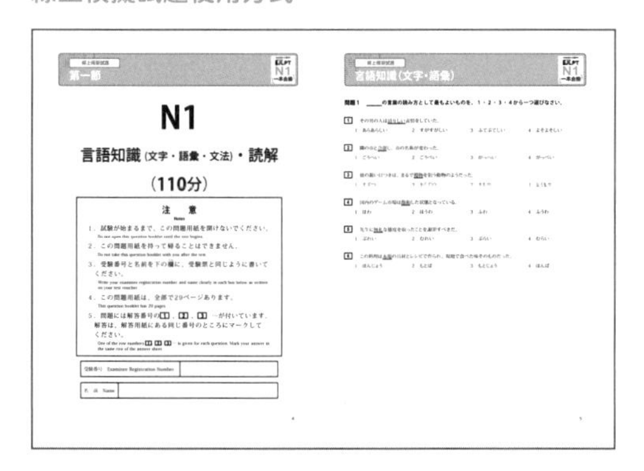

透過讀者認證後，可使用 EZ Course 獨家的互動式作答練習，每答完一題，可即時看到該題之正確答案、詳解、單字教學。

JLPT介紹

何謂 JLPT?

JLPT 是 Japanese-Language Proficiency Test 的縮寫，以客觀判斷認可非日語母語人士的日語考試。該測驗由日本國際交流基金會與日本國際教育支援協會共同舉辦，為世界認可的測驗。其報考目的除測驗日語能力外，也運用在大學入學、求職、加薪、晉升和資格認定等方面。

JLPT 級數

	JLPT 級數	認證基準
最高級	N1	可閱讀話題廣泛之報紙社論、評論等論述性較複雜及較抽象之文章，並能理解其文章結構及內容。能閱讀各種話題內容較具深度之讀物，並能理解其事情的脈絡及詳細的表達意涵。在廣泛的情境下，可聽懂常速且連貫之對話、新聞報導及講課，且能充分理解話題走向、內容、人物關係及說話內容之論述結構等，並確實掌握其大意。
↑	N2	能看懂報紙、雜誌所刊載之各類報導・解說、簡易評論等主旨明確之文章。能閱讀一般話題之讀物，並可理解事情的脈絡及其表達意涵。除日常生活情境外，在大部分的情境中，能聽懂近常速且連貫之對話、新聞報導，亦能理解其話題走向、內容及人物關係，並可掌握其大意。
	N3	可看懂日常生活相關內容具體之文章。能掌握報紙標題等之概要資訊。日常生活情境中所接觸難度稍高之文章經換個方式敘述，便可理解其大意。在日常生活情境中，面對稍接近常速且連貫之對話，經結合談話之具體內容及人物關係等資訊後，便可大致理解。
↓	N4	可看懂以基本語彙及漢字描述之貼近日常生活相關話題之文章。能大致聽懂速度稍慢之日常會話。
最初級	N5	能看懂以平假名、片假名或一般日常生活使用之基本漢字所書寫之固定詞句、短文及文章。在課堂上或周遭等日常生活中常接觸之情境中，如為速度較慢之簡短對話，可從中聽取必要資訊。

測驗科目與測驗時間

級數	第 1 節		休息	第 2 節
N1	言語知識（文字・語彙・文法）・讀解 14:00 ~ 15:50 （110 分鐘）		40 分鐘	聽解 16:30 ~ 17:30（60 分鐘） * 考試進行 55 分鐘
N2	言語知識（文字・語彙・文法）・讀解 14:00 ~ 15:45 （105 分鐘）		45 分鐘	聽解 16:30 ~ 17:25（55 分鐘） * 考試進行 50 分鐘
N3	言語知識（文字・語彙） 9:10 ~ 9:40（30 分鐘）	言語知識（文法）・讀解 70 分鐘	25 分鐘	聽解 11:50 ~ 12:35（45 分鐘） * 考試進行 40 分鐘
N4	言語知識（文字・語彙） 9:10 ~ 9:35（25 分鐘）	言語知識（文法）・讀解 10:10 ~ 11:05（55 分鐘）		聽解 11:30 ~ 12:10（40 分鐘） * 考試進行 35 分鐘
N5	言語知識（文字・語彙） 9:10 ~ 9:30（20 分鐘）	言語知識（文法）・讀解 10:05 ~ 10:45（40 分鐘）		聽解 11:10 ~ 11:45（35 分鐘） * 考試進行 30 分鐘

* 於考試開始之後不可入場，也無法參加第 2 節考試。
* N3 ~ N5 的言語知識 (文字 ・ 語彙) 與言語知識（文法） ・ 讀解合併為一節。
* 2020 年第 2 回（12 月）考試起，N4 及 N5 題數減少，測驗時間也減少。
* 2022 年第 2 回（12 月）考試起，N1 聽解題數減少，測驗時間也減少。

合格標準

級數	合格分數／總分	科目		
		言語知識 （文字・語彙・文法）	讀解	聽解
N1	100 分／ 180 分	19 分／ 60 分	19 分／ 60 分	19 分／ 60 分
N2	90 分／ 180 分	19 分／ 60 分	19 分／ 60 分	19 分／ 60 分
N3	95 分／ 180 分	19 分／ 60 分	19 分／ 60 分	19 分／ 60 分
N4	90 分／ 180 分	38 分／ 120 分		19 分／ 60 分
N5	80 分／ 180 分	38 分／ 120 分		19 分／ 60 分

* JLPT 的合格標準為總分達合格分數以上，且各分項成績達各分項合格分數以上。如有一科分項成績未達門檻，無論總分多高，也會判定為不合格。

JLPT介紹

JLPT 測驗內容

* 不同的級數，總題數會有 1~4 題的差異。

科目		大題	題數				
		級數	*N1	N2	N3	N4	N5
語言知識	文字・語彙	漢字讀法	6	5	8	7	7
		漢字書寫	-	5	6	5	5
		詞語構成	-	5	-	-	-
		前後關係	7	7	11	8	6
		近義替換	6	5	5	4	3
		用法	6	5	5	4	-
		合計	25	32	35	28	21
	文法	語法形式的判斷	10	12	13	13	9
		句子的組織	5	5	5	4	4
		文章語法	5	5	5	4	4
		合計	20	22	23	21	17
讀解		內容理解（短篇）	4	5	4	3	2
		內容理解（中篇）	9	9	6	3	2
		內容理解（長篇）	4	-	4	-	-
		綜合理解	3	2	-	-	-
		論點理解（長篇）	4	3	-	-	-
		信息檢索	2	2	2	2	1
		合計	26	21	16	8	5
聽解		問題理解	5	5	6	8	7
		重點理解	6	6	6	7	6
		概要理解	5	5	3	-	-
		語言表達	-	-	4	5	5
		即時應答	11	12	9	8	6
		綜合理解	3	4	-	-	-
		合計	30	32	28	28	24
總題數			101	107	102	85	67

* 從 2020 年 第 2 回（12 月）試驗起，N4 與 N5 的題數減少。
* 2022 年第 2 回（12 月）考試起，N1 的聽解題數減少。

從開始報考 JLPT 到查詢成績

1. JLPT 報名、測驗日期、查詢成績日程表

	報名時間	測驗日期	成績查詢
當年度的第 1 回	4 月初	7 月第一個星期日	8 月底
當年度的第 2 回	9 月初	12 第一個星期日	1 月底

* 報名截止日後，約有一個星期的時間可以追加報名。確切的測驗日期可上 JLPT 台灣官網（https://www.jlpt.tw）確認。

2. JLPT 測驗報名方法

網路報名

請先至 JLPT 台灣官網（https://www.jlpt.tw）註冊會員。

報名流程：［登入］>［我要報名］>［填寫資料與選擇級數］>［上傳照片］>［繳費］>［確認繳費及報名審核狀態］

3. JLPT 應試用品

准考證

身分證件
（身分證、駕照、護照等）

文具
（黑色鉛筆、橡皮擦）

手錶

4. 確認 JLPT 測驗結果

(1) 成績查詢

第 1 回測驗預定於 8 月下旬、第 2 回測驗預定於隔年 1 月下旬提供網路查詢成績服務，請至 JLPT 台灣官網（https://www.jlpt.tw）查詢。

(2) 成績單、合格證書領取方法

第 1 回測驗於 10 月上旬、第 2 回測驗於 3 月上旬，待日方送來「認定結果及成績證明書」（成績單）後，經由台灣測驗中心以掛號郵寄給應試者；合格者同時寄發「日本語能力認定書（合格證書）」。

(3) 證書有效期限

證書並無效期限制，但部分企業或機構仍會要求提供 2 年內的證書。

JLPT N1介紹

JLPT N1 測驗科目與測驗時間

入場		1410 以前
第 1 節	言語知識（文字・語彙）	14:00~15:50（110 分鐘）
	言語知識（文法）	
	讀解	
休息時間		15:50~16:30
第 2 節	聽解	16:30~17:30（約 55 分鐘）

* 考試入場時間為 14 點 00 分，測驗中不得中途離場或提前交卷。
* 同時發放第一節和第二節測驗的答案卡，因此需自行保管第二節測驗的答案卡，並用於第二節測驗中。
* 第一節考的是語言知識和讀解，兩科目在同一答案卡上，因此可以優先選擇自己有把握的科目作答。
* 聽解並無額外提供畫卡時間，因此在聽完一道題目後，必須馬上畫記答案。

測驗結果

* JLPT 合格者可獲得「日本語能力認定書（合格證書）」與「日本語能力試驗認定結果及成績證明書」。不合格的情況下，僅能領取「日本語能力試驗認定結果及成績證明書」。
* 「日本語能力試驗認定結果及成績證明書」中能得知各科目的分數和總分、百分等級排序、以及參考資訊，當中標示文字語彙・和文法科目的答對率，顯示自己的實力區間。

〈認定結果及成績證明書〉

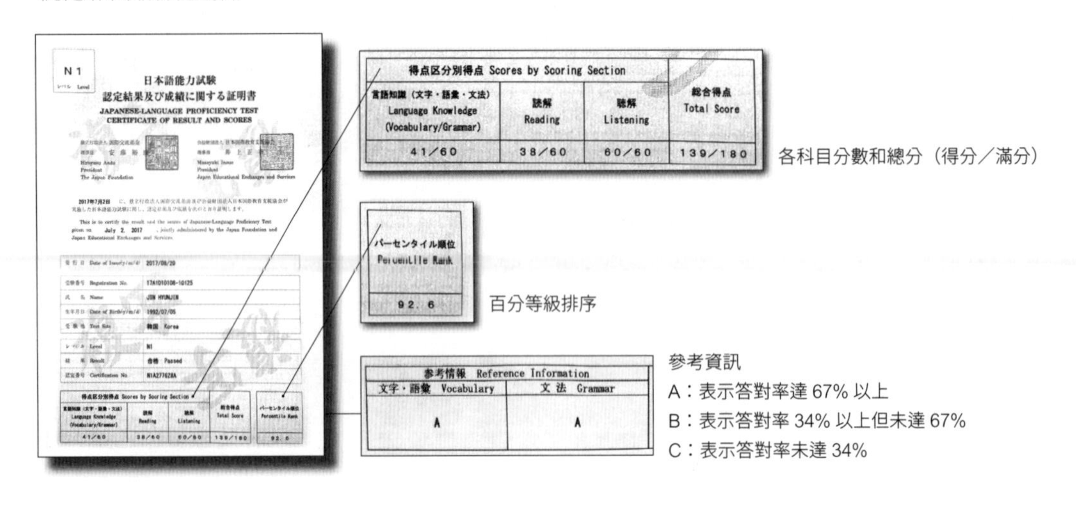

學習者提出的 JLPT N1 相關問題 BEST5

01. N1 的難度比 N2 高很多嗎？

JLPT N1 無論是在詞彙或是文法句型上，還是文章的脈絡等，考題難度都偏高。

JLPT N1 會針對詞彙、文法句型較為細瑣處出題，且會詢問抽象的內容，因此難度較其他級數高。對此《JLPT 新日檢 N1 一本合格》分析了命題走向，收錄各大題重點攻略、解題步驟、如何套用解題步驟、實力奠定考題、實戰測驗與實戰模擬試題，藉由系統式的學習，幫助學習者能夠更加輕鬆、有效率、充分做好準備，並一次取得合格。此外，還提供所有試題的中文對照、詳解、詞彙整理，詳盡的內容有助於讓考生的學習更為紮實。

02. 不管再怎麼努力，都沒辦法把 N1 會考的漢字記起來，非得要熟記所有漢字不可嗎？

比起漢字，更重要的是要把 N1 測驗中的必考單字記起來。

日檢並不會考漢字各自的發音或是要求直接寫出正確的漢字，因此不需要刻意去記下每個漢字的音讀、訓讀和寫法，重點在於確實記下 N1 測驗中必考的單字發音和意思。本書彙整了文字・語彙大題常考的單字，方便學習者專注背誦重點詞彙。隨書附贈《JLPT N1 必考單字文法記憶小冊》，建議隨身攜帶，隨時拿出來複習。

03. 許多文法句型都很相似，難以辨別當中細微的語感差異，該怎麼辦才好？

JLPT N1 中會考的文法，請務必熟記其意思和連接方式，並搭配例句一同學習。

為掌握相似文法句型之間的語感差異，請務必搭配例句學習，確認文法的意思和連接方式。《JLPT 新日檢 N1 一本合格》收錄「N1 常考功能詞」、「N1 必考文法」、「N1 中常見的 N2 文法」，各文法的連接方式皆有例句提供學習者參考，方便學習如何使用文法，以及該用於什麼樣的情境。

04. 讀解的文章本來就如此抽象嗎？即使看完文章，也選不出答案。

雖然 JLPT N1 的讀解多為難度較高的內容，但只要能掌握文章和考題的出題模式，便能順利選出答案。

在 JLPT N1 中，讀解的文章涵蓋人文、社會、科技等各式各樣的主題，且選項並不會直接沿用文中使用的詞句，而是使用同義詞或採取換句話說的方式改寫，因此難度偏高。但是只要明確掌握每一段的脈絡，分段理解，便能輕鬆選出答案。在《JLPT 新日檢 N1 一本合格》當中收錄「實力奠定」和「實戰測驗」試題，有助於學習者充分熟悉讀解的文章和題目特性。

05. 我很常看動畫和日劇，但似乎對聽解的答題沒什麼幫助，該怎麼辦才好？

請務必熟悉 JLPT N1 聽解大題的各題型和解題技巧。

即使很常看動畫或日劇，日文聽力具備一定的程度，還是需要準備聽解。因為 JLPT 測驗有特定的出題模式，掌握各大題的題型，才能更加快速輕鬆地選出答案。本書徹底分析命題走向，為學習者提供清晰的重點整理和解題步驟。

JLPT N1測驗題型與測驗準備方法

言語知識 文字・語彙

1. 問題類型

問題		題數	題號	考題內容
問題 1	漢字讀法	6	第 1 題 ~6 題	讀出以漢字表記的語彙。
問題 2	前後關係	7	第 7 題 ~13 題	根據前後文脈判斷正確的語彙。
問題 3	近義替換	6	第 14 題 ~19 題	掌握與試題語彙含義相近的語彙及表達。
問題 4	用法	6	第 20 題 ~25 題	了解該語彙在句中的用法。

* 題數依據 JLPT 官方網站上公告的內容，實際題數可能有 1~2 題的差異。

2. 準備方法

> 背單字時，請留意正確的「讀法」和「漢字」。

日文包含濁音、半濁音、拗音、促音、長音等各種發音，且一個漢字可能不止有一種音讀或訓讀的讀音，因此學習單字時，務必要記下正確的讀法。另外，日文當中有許多外型相像的漢字，容易使人產生混淆，因此背誦時，請務必留意漢字的筆畫和整體外型。

> 背單字時，請留意意思相近的單字和其正確用法。

日文中有些單字的意思相近，用法卻完全不同。因此建議可以把意思相近的單字放在一起背誦，並釐清用法差異，有助於提升學習效率。

3. 解題策略

> 僅看畫底線處或括號前後，迅速選出答案。

作答文字・語彙大題時，不需要看完整個題目。建議只看畫底線處或是括號前後方的內容，選出正確的讀音或符合文意的詞彙。請務必於 10 分鐘內作答完本大題，以保留充裕的時間作答後方較為耗時的讀解考題。

言語知識 文法

1. 問題類型

問題		題數	題號	考題內容
問題 5	語法形式判斷	10	第 26 題 ~35 題	判斷文法形式合乎句子內容與否。
問題 6	句子組織	5	第 36 題 ~40 題	準確且通順地組合句子。
問題 7	文章語法	5	第 41 題 ~45 題	判斷句子符合文章脈絡與否。

* 題數依據 JLPT 官方網站上公告的內容，實際題數可能有 1~2 題的差異。

2. 準備方法

> 助詞、副詞、連接詞等具備一定功能的詞彙，請務必熟記其意思和用法。

無論是題目要求根據文意，選出適當的助詞、副詞、連接詞，又或者是想要看懂句子、掌握文意時，功能詞都扮演關鍵的角色。因此請務必熟記各類功能詞的意思，並搭配例句學習用法。

> 請務必熟記 N1 必考文法的意思、連接方式、以及用法。

文法大題的考題通常是圍繞著文法句型出題，因此得先學會文法，才能理解題目的意思，造出正確的句子。另外，根據文法的連接方式，可以優先刪去不適當的選項，因此請務必熟記各文法的意思和連接方式，並搭配例句學習用法。N1 中經常出現 N2 程度的文法句型，因此請一併複習 N2 常考的文法句型。

3. 解題策略

> 標示出選項中出現的文法，確實理解其意思。

文法題通常是單純針對某個文法句型出題，有時也會同時出現各種文法的組合（授受表現、被動、使役、使役被動表現、敬語表現等），要求選出適合替換的選項。因此作答時，請先標示出選項中出現的文法，理解其意思後，再選出符合文意的答案。

JLPT N1測驗題型與測驗準備方法

讀解

1. 問題類型

問題		題數	題號	考題內容
問題 8	內容理解（短篇）	4	第 46 題 ~49 題	閱讀有關日常生活、工作等各種話題的說明文、指示文等文章（約 200 字）後，理解其內容
問題 9	內容理解（中篇）	9	第 50 題 ~58 題	閱讀評論、解說、隨筆等文章（約 500 字）後，理解其因果關係及理由
問題 10	內容理解（長篇）	4	第 59 題 ~62 題	閱讀解說、隨筆、小說等文章（約 1000 字）後，理解其大意以及筆者的想法
問題 11	綜合理解	3	第 63 題 ~65 題	閱讀多篇文章（共約 600 字）之後，透過比較及統合來理解文意
問題 12	論點理解（長篇）	4	第 66 題 ~69 題	閱讀社論、評論等帶有抽象性和邏輯性的文章（約 1000 字）後，從整體上掌握其主旨及意見
問題 13	信息檢索	2	第 70 題 ~71 題	從廣告、宣傳冊、期刊、商業書信等文章（約 700 字）中擷取必要資訊

* 題數依據 JLPT 官方網站上公告的內容，實際題數可能有 1~2 題的差異。

2. 準備方法

> 閱讀人文、社會、科技等各類主題的文章，學習相關單字。

讀解文章經常出現人文、社會、科技等各類主題的專欄文章或相關報導，有時也會擷取單行本中的文章。因此建議平常多閱讀各類主題的文章，並善用本書附贈的《JLPT N1 必考單字文法記憶小冊》，學習相關單字。

> 熟悉各種連接詞，注意句子語尾的用法。

連接詞後方經常會出現筆者真正想要表達的內容，確認語尾的文法，並確實理解文意，才能選出正確答案。因此，請務必熟悉各種連接詞的意思與用法，平常閱讀文章時，多練習找出連接詞，並注意句子的語尾。

3. 解題策略

> 讀完文章的一個段落後直接答題，不要多次閱讀整篇文章。

為理解整篇文章的內容，有些人習慣一口氣讀完整篇文章。讀完後，有時因為忘記部分內容，又回過頭重看好幾遍。如此一來便會耗費過多時間，來不及作答其他題目。無論文章長度多長、內容多麼抽象，一個段落基本上只會對應一道題目。因此建議讀完一個段落，掌握該段落的脈絡後，便直接答題。答完一題後，再前往下個段落閱讀，採取讀一段答一題的解題方式。

聽解

1. 問題類型

問題		題數	題號	考題內容
問題 1	問題理解	6	第 1 題 ~6 題	聆聽內容連貫的文章後，理解其內容（聽取解決具體問題所需要的資訊，並理解下一步適當的回應）
問題 2	重點理解	7	第 1 題 ~7 題	聆聽內容連貫的文章後，理解其內容（依據事先聽取的資訊，從中擷取重點）
問題 3	概要理解	6	第 1 題 ~6 題	聆聽內容連貫的文章後，理解其內容（透過整篇文章來理解說話者的意圖及主張）
問題 4	即時應答	14	第 1 題 ~14 題	聆聽較短的提問後選出適當的回答
問題 5	綜合理解	4	第 1 題 ~3 題	聆聽較長的文章後，透過比較及綜合多項資訊來理解其內容

* 題數依據 JLPT 官方網站上公告的內容，實際題數可能有 1~2 題的差異。

2. 準備方法

> 練習邊聽邊記下重點筆記。

聽解考題中，經常會在對話中間出現答題重點或在對話最後改變想法，還有些考題不會在試題本上印出題目和選項內容，必須清楚記下對話內容，才有辦法選出正確答案。因此建議平常練習聽力時，就要根據對話的脈絡，用日文或中文快速寫下重點。

> 把單字按照經濟、經營、知識、研究、政策、福利等主題分類。

JLPT N1 聽解考題中，經常出現各行業、各領域的專家，針對其專業進行解說或陳述差異。請善用本書附贈的《JLPT N1 必考單字文法記憶小冊》，學習各主題經常出現的高難度單字，有助於更快速、更準確地聽懂聽力的內容。

3. 解題策略

> 專心聆聽記下筆記，聽完馬上劃卡。

聽解大題中隱藏著許多答題陷阱，且題本上並未列出選項內容。因此作答時，請專心聆聽記下筆記，掌握對話或解說的重點。另外，本大題不會額外提供劃卡的時間，若聽到認定是答案的選項，請馬上劃卡，並準備作答下一題。如此一來才能從容不迫地完成所有題目。

學習計畫

報名完日檢後！朝合格邁進的 **3 個月** 學習計畫

* 用於 4 月 ~6 月或 9 月 ~11 月為期三個月的學習計畫，應對 7 月和 12 月的日檢。
* 建議學習順序：《JLPT N1 必考單字文法記憶小冊》背誦必考單字和文法句型 → 各大題深入學習 → 實戰模擬試題

	第 1 天	第 2 天	第 3 天	第 4 天	第 5 天	第 6 天
第 1 週	□___月___日	□___月___日	□___月___日	□___月___日	□___月___日	□___月___日
	[記憶小冊] 單字 1~2 日	[記憶小冊] 單字 3~4 日	[記憶小冊] 單字 5~6 日	[記憶小冊] 單字 7~8 日	[記憶小冊] 單字 9~10 日	[記憶小冊] 單字 11~12 日
第 2 週	□___月___日	□___月___日	□___月___日	□___月___日	□___月___日	□___月___日
	[記憶小冊] 單字 13~14 日	[記憶小冊] 單字 15~16 日	[記憶小冊] 單字 17~18 日	[記憶小冊] 單字 19~20 日	[記憶小冊] 單字 21~22 日	[記憶小冊] 單字 23~24 日
第 3 週	□___月___日	□___月___日	□___月___日	□___月___日	□___月___日	□___月___日
	[記憶小冊] 單字 25~26 日	[記憶小冊] 單字 27~28 日	[記憶小冊] 單字 29~30 日	[記憶小冊] 總複習	[文字・語彙] 問題 1	[文字・語彙] 問題 1- 背誦為主
第 4 週	□___月___日	□___月___日	□___月___日	□___月___日	□___月___日	□___月___日
	[文字・語彙] 問題 2	[文字・語彙] 問題 2- 背誦為主	[文字・語彙] 問題 3	[文字・語彙] 問題 3- 背誦為主	[文字・語彙] 問題 4	[文字・語彙] 問題 4- 背誦為主
第 5 週	□___月___日	□___月___日	□___月___日	□___月___日	□___月___日	□___月___日
	[必考文法] 01~03	[必考文法] 05	[必考文法] 05	[必考文法] 06	[必考文法] 06	[必考文法] 07
第 6 週	□___月___日	□___月___日	□___月___日	□___月___日	□___月___日	□___月___日
	[必考文法] 08	[必考文法] 08	[文字・語彙] 重點整理複習	[文字・語彙] 重點整理複習	[N1 必考文法] 總複習	[文法] 問題 5
第 7 週	□___月___日	□___月___日	□___月___日	□___月___日	□___月___日	□___月___日
	[文法] 問題 5	[文法] 問題 6	[文法] 問題 6	[文法] 問題 7	[文法] 問題 7	[文法] 總複習
	[聽解 問題 1] 只聽「實力奠定」MP3			[聽解 問題 2] 只聽「實力奠定」MP3		
第 8 週	□___月___日	□___月___日	□___月___日	□___月___日	□___月___日	□___月___日
	[讀解] 問題 8	[讀解] 問題 8	[讀解] 問題 9・10	[讀解] 問題 9・10	[讀解] 問題 11	[讀解] 問題 11
	[聽解 問題 3] 只聽「實力奠定」MP3			[聽解 問題 4] 只聽「實力奠定」MP3		
第 9 週	□___月___日	□___月___日	□___月___日	□___月___日	□___月___日	□___月___日
	[讀解] 問題 12	[讀解] 問題 12	[讀解] 問題 13	[讀解] 問題 13	[讀解] 總複習	[聽解] 問題 1
	[聽解 問題 5] 只聽「實力奠定」MP3			—	[文字・語彙 重點整理] 問題 1	

第 10 週	□___月___日	□___月___日	□___月___日	□___月___日	□___月___日	□___月___日
	[聽解] 問題 1	[聽解] 問題 2	[聽解] 問題 2	[聽解] 問題 3	[聽解] 問題 3	[聽解] 問題 4
	[文字・語彙 重點整理] 問題 2		[文字・語彙 重點整理] 問題 3		[文字・語彙 重點整理] 問題 4	
第 11 週	□___月___日	□___月___日	□___月___日	□___月___日	□___月___日	□___月___日
	[聽解] 問題 4	[聽解] 問題 5	[聽解] 問題 5	[聽解] 總複習	[實戰模擬試題] 1 解題	[實戰模擬試題] 1 複習
	[必考文法] 01	[必考文法] 02	[必考文法] 03	[必考文法] 04	[必考文法] 05	[必考文法] 06
第 12 週	□___月___日	□___月___日	□___月___日	□___月___日	□___月___日	□___月___日
	[實戰模擬試題] 2 解題	[實戰模擬試題] 2 複習	[實戰模擬試題] 3 解題	[實戰模擬試題] 3 複習	[實戰模擬試題] 作答線上試題	[實戰模擬試題] 複習線上試題
	[必考文法] 07	[必考文法] 08	[文字・語彙] 總複習	[文法] 總複習	[讀解] 總複習	[聽解] 總複習

* 如欲改成 6 個月的學習計畫，請將一天的學習份量分成兩天。

已經收到准考證了？還不算太遲！**1 個月** 學習計畫

* 考前一個月的學習計畫，請利用 6 月和 11 月為期一個月的時間專心準備。

	1 日	2 日	3 日	4 日	5 日	6 日
第 1 週	□___月___日	□___月___日	□___月___日	□___月___日	□___月___日	□___月___日
	[文字・語彙] 問題 1	[文字・語彙] 問題 2	[文字・語彙] 問題 3	[文字・語彙] 問題 4	[N1 必考文法] 01~04	[N1 必考文法] 05~06
第 2 週	□___月___日	□___月___日	□___月___日	□___月___日	□___月___日	□___月___日
	[N1 必考文法] 07~08	[文法] 問題 5	[文法] 問題 6	[文法] 問題 7	[聽解] 問題 1	[聽解] 問題 2
第 3 週	□___月___日	□___月___日	□___月___日	□___月___日	□___月___日	□___月___日
	[聽解] 問題 3	[聽解] 問題 4	[聽解] 問題 5	[讀解] 問題 8	[讀解] 問題 9・10	[讀解] 問題 11
	[文字・語彙] 問題 1	[文字・語彙] 問題 2	[文字・語彙] 問題 3	[文字・語彙] 問題 4	[N1 必考文法] 01~04	[N1 必考文法] 05~06
第 4 週	□___月___日	□___月___日	□___月___日	□___月___日	□___月___日	□___月___日
	[讀解] 問題 12	[讀解] 問題 13	[實戰模擬試題] 1	[實戰模擬試題] 2	[實戰模擬試題] 3	[實戰模擬試題] 1-3 複習
	[N1 必考文法] 07~08	[聽解] 問題 1	[聽解] 問題 2	[聽解] 問題 3	[聽解] 問題 4	[聽解] 問題 5

* 隨書附贈《JLPT N1 必考單字文法記憶小冊》，建議專攻背不熟的單字和文法，前 3 週每天搭配 MP3 讀 2 日的份量，最後一週則每天讀 5 日的份量。

文字・語彙

問題 1 漢字讀法

問題 2 前後關係

問題 3 近義替換

問題 4 用法

問題 1

漢字讀法

漢字讀法考的是選出漢字詞彙的讀法。音讀詞彙 3~4 題、訓讀詞彙 2~3 題，總題數為 6 題。有時會考 1 題混合音讀與訓讀的考題，約每三年出現一次。

建議作答時間 1 分鐘

重點攻略

1 音讀詞彙題通常會考名詞和な形容詞，且四個選項皆為相似讀音，使人產生混淆。當中亦會使用同段的讀音、同字不同音或增減濁音、半濁音、促音、長音等，作為出題陷阱。

例 名誉 名譽

① めいよ (〇)
② めいろ (X)　使用與よ同段的「ろ」
③ めいよう (X)　添加長音
④ みょうよ (X)　使用同字「名」的其他讀音「みょう」

2 訓讀詞彙題會考名詞、動詞、い形容詞和な形容詞。選項通常會刻意使用符合前後文意的單字讀音，因此請注意不能僅憑題意選擇答案。名詞則會使用同字不同音的選項，使人產生混淆。

例 研究に励む環境 致力於研究的環境

① はげむ (〇)
② いどむ (X)　使用符合題意的「挑む（挑戰）」的讀音
③ のぞむ (X)　使用符合題意的「臨む（面對）」的讀音
④ とむ (X)　使用符合題意的「富む（豐富）」的讀音

3 混合音讀與訓讀的綜合題會考名詞。選項會出現兩組相似的讀音，像是使用兩字皆為音讀或皆為訓讀的選項，或是刻意將音讀與訓讀對應的字對調，使人產生混淆。

例 本筋 正題

① ほんすじ (〇)　「本」為音讀ほん「筋」為訓讀すじ
② ほんきん (X)　兩字皆為音讀
③ もとすじ (X)　兩字皆為訓讀
④ もときん (X)　刻意對調音讀與訓讀對應的字

4 音讀詞彙題經常會考漢字外形相像的名詞讀音，因此背單字時，請把出現同漢字的詞彙一起背誦，並特別留意是否有濁音、半濁音、促音、長音，建議邊唸出讀音邊背誦；訓讀詞彙題則會考訓讀名詞、動詞、形容詞的讀音，請務必認真熟記。

解題步驟

Step 1 **逐字閱讀畫底線的詞彙。**

試著確認畫底線詞彙的正確發音，分辨是否為濁音、半濁音、長音、促音、拗音。解讀整句話的文意，未必選得出正確答案，因此請專注於確認畫底線詞彙的發音，並選出正確讀法。

Step 2 **選出讀音相符的選項。**

請選出對應的正確讀法。若無法肯定讀音，請再放慢速度逐字閱讀一遍，有助於準確判斷出答案。

套用解題步驟

問題1　＿＿＿の言葉の読み方として最もよいものを、1・2・3・4から一つ選びなさい。

この研究所は、不自然な死を究明するといった<u>趣旨</u>で設立された。

1　ちゅし

2　しゅうし

✓3　しゅし

4　しゅみ

Step 1 **逐字閱讀畫底線的詞彙。**

畫底線詞彙「趣旨」的讀音為しゅし。

請注意正確讀音為「しゅ」，而非長音。

Step 2 **選出讀音相符的選項。**

選出畫底線詞彙「趣旨」的正確讀法為3 しゅし。1 ちゅし使用與し同段的「ち」；2 しゅうし為長音；4 しゅみ為「趣味」的讀音，包含同個漢字「趣」。

問題 1　請從 1、2、3、4 中選擇一項最符合＿＿＿的讀音。

本研究所成立的<u>宗旨</u>即為調查不自然死亡。

1 ちゅし　2 しゅうし　**3 しゅし**　4 しゅみ

字彙 **研究所 けんきゅうじょ** 名 研究所 | **不自然だ ふしぜんだ** な形 不自然 | **死 し** 名 死亡 | **究明 きゅうめい** 名 查明 | **趣旨 しゅし** 名 宗旨 | **設立 せつりつ** 名 成立

重點整理與常考詞彙

外型相似的漢字音讀名詞

001 問題 1 漢字讀法__重點整理與常考詞彙 01.mp3

※'00 為歷屆考題出題年度。

漢字	詞彙	讀音	中文	漢字	詞彙	讀音	中文
為[い] 偽[ぎ]	行為	こうい	行為、行徑	遺[い] 遣[けん]	遺跡	いせき	遺跡
	偽造	ぎぞう	偽造、假造		派遣	はけん	派遣
因[いん] 困[こん]	要因	よういん	主要原因	往[おう] 住[じゅう]	往診	おうしん	出診
	貧困	ひんこん	貧困、貧乏		居住	きょじゅう	居住、住處
慨[がい] 既[き]	憤慨	ふんがい	氣憤、憤慨	官[かん] 宮[きゅう]	器官	きかん	器官
	既婚	きこん	已婚		宮殿	きゅうでん	宮殿
刊[かん] 刑[けい]	創刊	そうかん	創刊	還[かん] 遷[せん]	返還	へんかん	返還、歸還
	刑罰	けいばつ	刑罰		変遷'15	へんせん	變遷
監[かん] 濫[らん]	監視	かんし	監視	岐[き] 技[ぎ]	多岐'16	たき	多歧
	氾濫	はんらん	氾濫		特技	とくぎ	特技
疑[ぎ] 凝[ぎょう]	質疑	しつぎ	質疑、質詢	局[きょく] 句[く]	局限	きょくげん	侷限
	凝縮'14	ぎょうしゅく	凝聚、凝結		語句	ごく	語句
衡[こう] 衝[しょう]	均衡	きんこう	均衡	項[こう] 頂[ちょう]	事項	じこう	事項
	衝撃	しょうげき	衝擊、衝撞		山頂	さんちょう	山頂
拘[こう] 抱[ほう]	拘束	こうそく	拘束、限制	債[さい] 責[せき]	債務'19	さいむ	債務
	介抱	かいほう	護理、照顧		責務	せきむ	責任和義務
祉[し] 社[しゃ]	福祉	ふくし	福利	視[し] 祝[しゅく]	近視	きんし	近視
	出社	しゅっしゃ	上班		祝賀	しゅくが	祝賀
施[し] 旋[せん]	施設	しせつ	設施、設備	斜[しゃ] 除[じょ]	傾斜'17	けいしゃ	傾斜、坡度
	斡旋	あっせん	斡旋、居中調停		排除	はいじょ	排除

※'00 為歷屆考題出題年度。

漢字	單字	讀音	中譯	漢字	單字	讀音	中譯
借 [しゃく] 措 [そ]	拝借	はいしゃく	借（謙讓）	殖 [しょく] 直 [ちょく]	繁殖 '19	はんしょく	繁殖
	措置 '20	そち	措施		直面	ちょくめん	面臨、面對
心 [しん] 忍 [にん]	心情	しんじょう	心情	石 [せき] 拓 [たく]	化石	かせき	化石
	忍耐 '18	にんたい	忍耐		開拓 '17	かいたく	開墾、開闢
嘆 [たん] 難 [なん]	驚嘆 '18	きょうたん	驚嘆	陳 [ちん] 練 [れん]	陳列 '16	ちんれつ	陳列
	非難	ひなん	譴責		未練	みれん	戀戀不捨、不熟練
追 [つい] 迫 [はく]	追跡	ついせき	追蹤	督 [とく] 目 [もく]	督促 '14	とくそく	督促
	迫害	はくがい	迫害		目録	もくろく	目錄
把 [は] 肥 [ひ]	把握 '13	はあく	抓住、掌握、充分理解	避 [ひ] 辟 [へき]	避難	ひなん	避難
	肥料	ひりょう	肥料		辟易	へきえき	退縮、屈服

複習試題 請選出適當的漢字讀法。

		ⓐ	ⓑ			ⓐ	ⓑ
01	遺跡	ⓐけんせき	ⓑいせき	05	傾斜	ⓐけいしゃ	ⓑけいじょ
02	多岐	ⓐたき	ⓑたぎ	06	心情	ⓐにんじょう	ⓑしんじょう
03	凝縮	ⓐぎょうしゅく	ⓑぎしゅく	07	非難	ⓐひなん	ⓑひたん
04	均衡	ⓐきんしょう	ⓑきんこう	08	辟易	ⓐへきえき	ⓑひえき

答案：01 ⓑ 02 ⓐ 03 ⓐ 04 ⓑ 05 ⓐ 06 ⓑ 07 ⓐ 08 ⓐ

包含相同漢字的音讀名詞

002 問題 1 漢字讀法＿重點整理與常考詞彙 02.mp3

※'00 為歷屆考題出題年度。

改 [かい]	改革'12	かいかく	改革	改修	かいしゅう	整修、修復
	改訂	かいてい	修訂	改良	かいりょう	改良
概 [がい]	概説	がいせつ	概說、概論	概念	がいねん	概念
	概要	がいよう	概要	概略'14	がいりゃく	概略
観 [かん]	外観	がいかん	外觀、外表	主観	しゅかん	主觀
議 [ぎ]	決議	けつぎ	決議、議決	抗議	こうぎ	抗議
	審議	しんぎ	審議	討議	とうぎ	討論
菌 [きん]	細菌	さいきん	細菌	殺菌'17	さっきん	殺菌
告 [こく]	勧告	かんこく	勸告	申告	しんこく	申報
	忠告	ちゅうこく	忠告	布告	ふこく	公布、公告
視 [し]	視覚	しかく	視覺	視察	しさつ	視察
	視点	してん	視點、觀點	視野	しや	視野
自 [じ]	自覚	じかく	自覺、覺悟	自己	じこ	自己、自我
	自粛'18	じしゅく	自省、 自我克制	自立	じりつ	獨立
収 [しゅう]	収益	しゅうえき	收益	収支	しゅうし	收支
	収集	しゅうしゅう	收集	収容'20	しゅうよう	收容、拘留
進 [しん]	昇進	しょうしん	晉升、升職	推進	すいしん	推進、推動
	促進	そくしん	促進	躍進'14	やくしん	躍進
性 [せい]	個性	こせい	個性	知性	ちせい	知性
	適性	てきせい	性格或資質 的適應性	慢性	まんせい	慢性

※'00 為歷屆考題出題年度。

漢字	單字	讀音	中文	單字	讀音	中文
破 [は]	破壊	はかい	破壞	破棄	はき	撕毀、作廢
	破損['15]	はそん	破損、損壞	破裂	はれつ	破裂
望 [ぼう]	志望	しぼう	志願	待望	たいぼう	盼望
	要望	ようぼう	要求、願望	欲望	よくぼう	慾望
明 [めい]	釈明['11]	しゃくめい	解釋、辯解	声明	せいめい	聲明
約 [やく]	契約['10]	けいやく	契約、合同	倹約	けんやく	節儉、儉約
	条約	じょうやく	條約	制約	せいやく	必要條件、限制
融 [ゆう]	融資	ゆうし	融資	融通	ゆうずう	暢通、通融
覧 [らん]	閲覧['11]	えつらん	閱覽	観覧	かんらん	觀賞
利 [り]	利益['11]	りえき	利益、益處	利子	りし	利息
	利潤	りじゅん	利潤	利息	りそく	利息
理 [り]	推理['10]	すいり	推理	論理	ろんり	邏輯、道理
歴 [れき]	学歴	がくれき	學歷	履歴['19]	りれき	履歷、經歷
和 [わ]	緩和['13]	かんわ	緩和	中和	ちゅうわ	中和、平衡
	調和	ちょうわ	協調、和諧	飽和	ほうわ	飽和

複習試題 請選出適當的漢字讀法。

		ⓐ	ⓑ			ⓐ	ⓑ
01	概略	ⓐがいりゃく	ⓑがいねん	05	待望	ⓐしぼう	ⓑたいぼう
02	審議	ⓐしんぎ	ⓑとうぎ	06	制約	ⓐせいやく	ⓑじょうやく
03	自粛	ⓐじかく	ⓑじしゅく	07	利息	ⓐりそく	ⓑりえき
04	慢性	ⓐまんせい	ⓑてきせい	08	推理	ⓐろんり	ⓑすいり

答案：01 ⓐ 02 ⓐ 03 ⓑ 04 ⓐ 05 ⓑ 06 ⓐ 07 ⓐ 08 ⓑ

長音易混淆音讀名詞 003 問題 1 漢字讀法__重點整理與常考詞彙 03.mp3

※'00 為歷屆考題出題年度。

きょ・きょう	隠居	いんきょ	退休、隱居	拒否	きょひ	拒絕、否絕
	驚異	きょうい	驚異、奇事	強硬	きょうこう	強硬
	享受	きょうじゅ	享受	妥協	だきょう	妥協
	反響	はんきょう	反響	不況	ふきょう	不景氣
ぐ・ぐう	愚痴	ぐち	怨言	境遇	きょうぐう	境遇、處境
こ・こう	回顧'18	かいこ	回憶、回顧	孤立	こりつ	孤立、排擠
	貢献'19	こうけん	貢獻	控除	こうじょ	扣除
	洪水	こうずい	洪水	荒廃	こうはい	荒廢、荒蕪
しゅ・しゅう(じゅ・じゅう)	趣旨'13	しゅし	意思、宗旨	群集'12	ぐんしゅう	集聚、群眾
	執着'19	しゅうちゃく	執著	報酬	ほうしゅう	報酬
	樹木'16	じゅもく	樹木	真珠	しんじゅ	珍珠
	従来	じゅうらい	以往、向來	操縦	そうじゅう	駕駛、操縱
しょ・しょう(じょ・じょう)	処置	しょち	處置、治療	庶民	しょみん	平民、老百姓
	干渉'20	かんしょう	干涉、干擾	承諾'15	しょうだく	承諾
	奨励	しょうれい	獎勵	訴訟	そしょう	訴訟
	賠償	ばいしょう	賠償	負傷	ふしょう	負傷、受傷
	秩序	ちつじょ	秩序	免除	めんじょ	免除
	譲歩	じょうほ	讓步	白状	はくじょう	坦白
そ・そう	過疎	かそ	過少、過稀	阻止	そし	阻止
	捜索	そうさく	搜索、尋找	喪失	そうしつ	喪失
	騒動	そうどう	鬧事、暴亂	伴奏'10	ばんそう	伴奏

※'00 為歷屆考題出題年度。

ちょ・ちょう	貯蓄	ちょちく	儲蓄	誇張	こちょう	誇張、誇大
	調印	ちょういん	在條約或契約上簽字	聴講	ちょうこう	聽講、聽課
と・とう	嫉妬	しっと	嫉妒	沸騰	ふっとう	沸騰
ふ・ふう	配布	はいふ	發配、散布	腐敗	ふはい	腐敗、腐壞
	浮力	ふりょく	浮力	風土	ふうど	風土、水土
ほ・ほう (ぼ・ぼう)	捕獲	ほかく	捕獲	崩壊	ほうかい	崩潰、崩塌
	放棄	ほうき	放棄	褒美	ほうび	褒賞、獎品
	分母	ぶんぼ	分母	紡績	ぼうせき	紡織、棉紗
よ・よう	関与	かんよ	參與	需要'13	じゅよう	需求
	動揺	どうよう	動搖、不安	扶養	ふよう	扶養
りょ・りょう	考慮'11	こうりょ	考慮	丘陵'18	きゅうりょう	丘陵
	診療	しんりょう	診療、診治	了承'17	りょうしょう	明白、同意
ろ・ろう	経路	けいろ	路徑、過程	過労	かろう	過勞
	披露'19	ひろう	宣佈、表演	浪費	ろうひ	浪費

複習試題 請選出適當的漢字讀法。

01	妥協	ⓐだきょう	ⓑだきょ	05	崩壊	ⓐほかい	ⓑほうかい
02	貢献	ⓐこうけん	ⓑこけん	06	関与	ⓐかんよ	ⓑかんよう
03	奨励	ⓐしょれい	ⓑしょうれい	07	丘陵	ⓐきゅりょう	ⓑきゅうりょう
04	伴奏	ⓐばんそ	ⓑばんそう	08	浪費	ⓐろうひ	ⓑろひ

答案：01 ⓐ 02 ⓐ 03 ⓑ 04 ⓑ 05 ⓑ 06 ⓐ 07 ⓑ 08 ⓐ

包含兩種讀音的漢字音讀名詞

004 問題 1 漢字讀法＿重點整理與常考詞彙 04.mp3

※'00 為歷屆考題出題年度。

漢字	詞彙	讀音	中文
悪 [あく] [お]	改悪	かいあく	越改越壞
	嫌悪感['18]	けんおかん	厭惡感
下 [か] [げ]	目下	もっか	目前、當前
	下痢	げり	腹瀉
合 [がっ] [ごう]	合併['12]	がっぺい	合併
	合成	ごうせい	合成
拠 [きょ] [こ]	根拠['11]	こんきょ	根據
	証拠	しょうこ	證據
行 [ぎょう] [こう]	行政	ぎょうせい	行政
	遂行['14]	すいこう	完成、貫徹
工 [く] [こう]	細工	さいく	手工藝品、耍花招
	加工	かこう	加工
作 [さ] [さく]	作用	さよう	作用
	耕作	こうさく	耕種
治 [じ] [ち]	退治	たいじ	消滅
	統治	とうち	統治
修 [しゅ] [しゅう]	修行	しゅぎょう	修行、苦練工夫
	修飾	しゅうしょく	修飾
緒 [しょ] [ちょ]	由緒['12]	ゆいしょ	緣由
	情緒	じょうちょ	情緒、情趣

漢字	詞彙	讀音	中文
家 [か] [け]	家畜	かちく	家畜
	家来	けらい	封建時代的家臣
画 [が] [かく]	版画	はんが	版畫
	区画	くかく	區域、區域劃分
元 [がん] [げん]	元年	がんねん	元年
	元素	げんそ	元素
興 [きょう] [こう]	余興	よきょう	餘興
	興奮['15]	こうふん	興奮、亢奮
	振興['20]	しんこう	振興
	復興['17]	ふっこう	復興
言 [げん] [ごん]	断言	だんげん	斷言、斷定
	無言	むごん	沉默
仕 [し] [じ]	奉仕	ほうし	服務、廉價賣出
	給仕	きゅうじ	雜工
日 [じつ] [にち]	期日	きじつ	規定的日期、期限
	日夜['13]	にちや	經常
中 [じゅう] [ちゅう]	心中	しんじゅう	殉情
	中枢['14]	ちゅうすう	中樞
生 [しょう] [せい]	生涯	しょうがい	一生、生涯
	生計	せいけい	生計

※'00 為歷屆考題出題年度。

漢字	詞彙	讀音	中文	漢字	詞彙	讀音	中文
装 [しょう] [そう]	衣装	いしょう	服裝、戲裝	盛 [じょう] [せい]	繁盛['10]	はんじょう	繁榮
	装備	そうび	裝備		全盛	ぜんせい	全盛
定 [じょう] [てい]	案の定	あんのじょう	果然、正如所料	心 [しん] [じん]	内心	ないしん	內心、心中
	鑑定['16]	かんてい	鑒定、估價		肝心['11]	かんじん	首要、關鍵
人 [じん] [にん]	人脈['16]	じんみゃく	人脈	代 [たい] [だい]	交代	こうたい	輪流、替換
	万人	ばんにん	大眾、眾人		世代	せだい	某年齡層
体 [たい] [てい]	体格	たいかく	體格	暴 [ばく] [ぼう]	暴露['17]	ばくろ	暴露、揭露
	体裁	ていさい	樣式、外表		暴力	ぼうりょく	暴力
発 [はつ] [ほつ]	発掘	はっくつ	發掘、發現	微 [び] [み]	微笑	びしょう	微笑
	発作	ほっさ	發作		微塵	みじん	微小、一點點
封 [ふう] [ほう]	封鎖	ふうさ	封鎖	模 [ぼ] [も]	規模	きぼ	規模
	封建	ほうけん	封建		模範	もはん	榜樣、典型
目 [ぼく] [もく]	面目	めんぼく	臉面	名 [みょう] [めい]	本名	ほんみょう	本名
	着目	ちゃくもく	著眼		名誉['12]	めいよ	名譽

複習試題 請選出適當的漢字讀法。

01	版画	ⓐはんが	ⓑはんかく	05	繁盛	ⓐはんじょう	ⓑはんせい
02	復興	ⓐふっこう	ⓑふっきょう	06	交代	ⓐこうだい	ⓑこうたい
03	退治	ⓐたいち	ⓑたいじ	07	微塵	ⓐびじん	ⓑみじん
04	中枢	ⓐちゅうすう	ⓑじゅうすう	08	本名	ⓐほんみょう	ⓑほんめい

答案：01 ⓐ 02 ⓐ 03 ⓑ 04 ⓐ 05 ⓐ 06 ⓑ 07 ⓑ 08 ⓐ

半濁音、促音易混淆音讀名詞

005 問題 1 漢字讀法＿重點整理與常考詞彙 05.mp3

※'00 為歷屆考題出題年度。

漢字	單字	讀音	中譯
富 [ふ] [ぷ]	富豪	ふごう	富豪
	貧富'13	ひんぷ	貧富、窮人和富人
服 [ふく] [ぷく]	克服'19	こくふく	克服、征服
	軍服	ぐんぷく	軍服
決 [けっ] [けつ]	決算	けっさん	結帳
	決断	けつだん	果斷、決心
錯 [さっ] [さく]	錯覚	さっかく	錯覺
	錯誤	さくご	錯誤
出 [しゅっ] [しゅつ]	出費	しゅっぴ	費用、開支
	出現	しゅつげん	出現
設 [せっ] [せつ]	設置	せっち	設置、設立
	設立	せつりつ	設立、成立
特 [とっ] [とく]	特権	とっけん	特權
	特産	とくさん	特產、土產
必 [ひっ] [ひつ]	必修	ひっしゅう	必修
	必然	ひつぜん	必然

漢字	單字	讀音	中譯
付 [ふ] [ぷ]	交付	こうふ	發給
	添付'15	てんぷ	附加、附上
方 [ほう] [ぽう]	他方	たほう	另一方面
	遠方	えんぽう	遠方
結 [けっ] [けつ]	結束	けっそく	捆、束、團結
	結合	けつごう	結合、聯合
実 [じっ] [じつ]	実践	じっせん	實踐
	実情	じつじょう	實情、真情實話
接 [せっ] [せつ]	接触	せっしょく	來往、接觸
	接続	せつぞく	連續、連接
鉄 [てっ] [てつ]	鉄鋼	てっこう	鋼鐵
	鉄棒	てつぼう	鐵棒、鐵條
熱 [ねっ] [ねつ]	熱湯	ねっとう	滾開的水
	熱意	ねつい	熱情
密 [みっ] [みつ]	密集	みっしゅう	密集
	密度	みつど	密度、周密

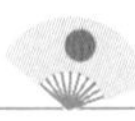

漢字讀法題常考音讀な形容詞

006 問題 1 漢字讀法__重點整理與常考詞彙 06.mp3

※'00 為歷屆考題出題年度。

婉曲だ	えんきょくだ	婉轉、委婉	画一的だ'15	かくいつてきだ	統一性的
肝心だ	かんじんだ	首要、關鍵	寛容だ	かんようだ	寬容
華奢だ	きゃしゃだ	奢華、纖弱	窮屈だ	きゅうくつだ	窄小、不自由
顕著だ'16	けんちょだ	顯著、明顯	厳正だ'14	げんせいだ	嚴重
高尚だ	こうしょうだ	高尚、高深	巧妙だ'13'20	こうみょうだ	巧妙
豪快だ'18	ごうかいだ	豪放、豪爽	克明だ'12	こくめいだ	細緻、細心
滑稽だ	こっけいだ	滑稽、可笑	柔軟だ	じゅうなんだ	柔軟、靈活
迅速だ	じんそくだ	迅速	精巧だ	せいこうだ	精巧、精緻
素朴だ	そぼくだ	單純、樸素	著名だ	ちょめいだ	有名、知名
薄弱だ	はくじゃくだ	軟弱、意志薄弱	漠然だ'11	ばくぜんだ	籠統、含糊
不振だ	ふしんだ	不興旺	無難だ	ぶなんだ	平安無事、無可非議
無礼だ	ぶれいだ	無禮、沒有禮貌	膨大だ'18	ぼうだいだ	膨大、膨脹
無口だ	むくちだ	寡言	明白だ	めいはくだ	明白、明顯
猛烈だ'19	もうれつだ	猛烈、非常	勇敢だ	ゆうかんだ	勇敢

複習試題 請選出適當的漢字讀法。

01	貧富	ⓐひんぷ	ⓑひんぷ	05	寛容だ	ⓐがんようだ	ⓑかんようだ
02	錯覚	ⓐさくがく	ⓑさっかく	06	顕著だ	ⓐけんちょだ	ⓑげんちょうだ
03	接続	ⓐせつぞく	ⓑせっそく	07	無難だ	ⓐむなんだ	ⓑぶなんだ
04	熱湯	ⓐねつどう	ⓑねっとう	08	猛烈だ	ⓐもうねつだ	ⓑもうれつだ

答案: 01 ⓑ 02 ⓑ 03 ⓐ 04 ⓑ 05 ⓑ 06 ⓐ 07 ⓑ 08 ⓑ

漢字讀法題常考訓讀名詞

007 問題 1 漢字讀法＿重點整理與常考詞彙 07.mp3

※'00 為歷屆考題出題年度。

間柄	あいだがら	交際、聯繫	有様	ありさま	樣子、情況
家出	いえで	離家出走	憤り'13	いきどおり	憤怒、憤慨
憩い'13	いこい	休息	偽り'18	いつわり	謊言、虛偽
内訳	うちわけ	明細、分類	腕前	うでまえ	本事、能力
獲物	えもの	獵物、戰利品	大筋	おおすじ	大綱、梗概
片言	かたこと	簡短的話	傍ら	かたわら	旁邊、一邊…一邊
構え	かまえ	構造、格局	兆し'11	きざし	預兆
首輪	くびわ	項鍊、頸圈	心得	こころえ	經驗、體會
事柄	ことがら	事情、事態	寒気	さむけ	發冷、惡寒
下心	したごころ	本心、企圖	下火	したび	火勢漸弱、衰微
建前	たてまえ	客套話、上梁儀式	溜り	たまり	積存、休息處
弛み	たるみ	鬆弛	手数	てかず	麻煩
手際'12	てぎわ	手法、本領	手元	てもと	手頭
年頃	としごろ	適齡、年紀	鳥居	とりい	立在日本神社入口的牌坊
中程	なかほど	中間	西日	にしび	夕陽
音色	ねいろ	音色	初耳	はつみみ	初次聽到
浜辺	はまべ	海邊、湖邊	人影	ひとかげ	人影
一筋	ひとすじ	一條、一心一意	人目	ひとめ	世人眼光
真心	まごころ	誠意、真心真意	真ん前	まんまえ	對面、正前方
巡り'17	めぐり	轉圈、循環	枠'12	わく	框、界限
詫び	わび	道歉、賠禮	割当	わりあて	分配

漢字讀法題常考混合音讀與訓讀的名詞

008 問題 1 漢字讀法__重點整理與常考詞彙 08.mp3

※'00 為歷屆考題出題年度。

赤字	あかじ	赤字	当て字	あてじ	假借字
跡地['13]	あとち	舊址	油絵	あぶらえ	油畫
縁側	えんがわ	日本房屋外的走廊	株式	かぶしき	股份
心地	ここち	感覺、心情	指図['17]	さしず	指示
桟橋	さんばし	棧橋	仕組	しくみ	構造
下地	したじ	準備	地元	じもと	當地
相場['16]	そうば	行情	手錠	てじょう	手銬
手本	てほん	模範、字帖	控室	ひかえしつ	休息室
人気	ひとけ	人影	人質	ひとじち	人質
本筋['10]	ほんすじ	正道	本音	ほんね	真心話
本場	ほんば	主要產地	水気	みずけ	水分
喪服	もふく	喪服	役場	やくば	村公所

複習試題 請選出適當的漢字讀法。

01	憤り	ⓐいきどおり	ⓑいつわり	05	株式	ⓐかぶしき	ⓑしゅしき
02	兆し	ⓐきざし	ⓑのがし	06	控室	ⓐこうしつ	ⓑひかえしつ
03	音色	ⓐおといろ	ⓑねいろ	07	本筋	ⓐほんすじ	ⓑほんきん
04	割当	ⓐわりあた	ⓑわりあて	08	役場	ⓐやくば	ⓑえきじょう

答案：01 ⓐ 02 ⓐ 03 ⓑ 04 ⓑ 05 ⓐ 06 ⓑ 07 ⓐ 08 ⓐ

漢字讀法題常考動詞 ①

009 問題 1 漢字讀法＿重點整理與常考詞彙 09.mp3

※'00 為歷屆考題出題年度。

～う	潤う['10]	うるおう	滋潤、濕潤	襲う	おそう	襲擊
	庇う	かばう	保護	慕う['15]	したう	追隨、敬慕
	漂う['14]	ただよう	在空中或水面漂	繕う	つくろう	修補
	担う	になう	挑起、肩負責任	賄う	まかなう	供應、供給
～える	怯える	おびえる	害怕	栄える	さかえる	繁榮
	蓄える['16]	たくわえる	積蓄	仕える	つかえる	服侍
	唱える['15]	となえる	唸誦	映える['19]	はえる	映照
～く	欺く	あざむく	欺騙	赴く	おもむく	赴、往
	裁く	さばく	裁判	背く	そむく	違背
	呟く	つぶやく	發牢騷	貫く['13]	つらぬく	貫穿
～ぐ	仰ぐ	あおぐ	仰望	凌ぐ	しのぐ	忍耐
	接ぐ	つぐ	繼承	剥ぐ	はぐ	剝、撕掉
～ける	砕ける['19]	くだける	破碎	賭ける	かける	賭博、賭上
～す	促す['20]	うながす	催促	潤す['17]	うるおす	弄濕
	侵す	おかす	侵犯	覆す['12]	くつがえす	弄翻
	壊す['10]	こわす	毀壞	託す['17]	たくす	委託
	施す	ほどこす	施行	催す	もよおす	舉辦

※'00 為歷屆考題出題年度。

～する	値する['15]	あたいする	價錢相當於…、值得	踏襲する['12]	とうしゅうする	沿襲
～びる	帯びる	おびる	佩帶	綻びる	ほころびる	綻線、開綻
～みる	顧みる	かえりみる	回頭	滲みる	しみる	滲透
～める	戒める['18]	いましめる	勸誡	極める['10]	きわめる	達到極限
	締める['10]	しめる	繫緊	揉める	もめる	爭執

複習試題 請選出適當的漢字讀法。

01	潤う	ⓐ うるおう	ⓑ おそう	05	蓄える	ⓐ たくわえる	ⓑ つかえる
02	欺く	ⓐ つらぬく	ⓑ あざむく	06	凌ぐ	ⓐ つぐ	ⓑ しのぐ
03	覆す	ⓐ ほどこす	ⓑ くつがえす	07	賭ける	ⓐ かける	ⓑ くだける
04	綻びる	ⓐ ほころびる	ⓑ おびる	08	戒める	ⓐ いましめる	ⓑ きわめる

答案：01 ⓐ 02 ⓑ 03 ⓑ 04 ⓐ 05 ⓐ 06 ⓑ 07 ⓐ 08 ⓐ

漢字讀法題常考動詞 ②

010 問題 1 漢字讀法__重點整理與常考詞彙 10.mp3

※'00 為歷屆考題出題年度。

～やす	肥やす	こやす	使肥胖、使土地肥沃	費やす '12	ついやす	耗費
～らす	凝らす	こらす	集中、使…凝固	逸らす	そらす	錯過
～る	怠る '17'20	おこたる	怠慢	偏る '16	かたよる	偏於
	遮る '11	さえぎる	遮擋	障る	さわる	妨害
	奉る	たてまつる	奉獻	辿る	たどる	前進、探索
	賜る	たまわる	蒙賜	募る '18	つのる	徵求、愈發強烈
	滞る '18	とどこおる	阻塞	詰る	なじる	責備
	鈍る '11	にぶる	變鈍	練る '10	ねる	熬製、推敲
	粘る '20	ねばる	黏住、堅持	罵る	ののしる	罵
	諮る	はかる	商量	耽る	ふける	沉迷
	葬る	ほうむる	埋葬	蘇る '17	よみがえる	甦醒
～れる	廃れる '16	すたれる	敗壞	擦れる	すれる	摩擦
	捩れる	ねじれる	扭	逃れる '11	のがれる	逃走
	腫れる	はれる	腫起來	免れる	まぬかれる	避免

～む	**挑む**	**いどむ**	挑戰	**否む**['14]	**いなむ**	拒絕
	霞む	**かすむ**	雲霧朦朧、暗淡不清	**拒む**['14]	**こばむ**	拒絕
	臨む['14]	**のぞむ**	面臨	**励む**['15]	**はげむ**	勤奮努力
	阻む['17]	**はばむ**	阻撓	**緩む**	**ゆるむ**	鬆懈、緩和

複習試題 請選出適當的漢字讀法。

01 **諮る** ⓐ はかる ⓑ ふける
02 **奉る** ⓐ とどこおる ⓑ たてまつる
03 **肥やす** ⓐ ついやす ⓑ こやす
04 **逸らす** ⓐ そらす ⓑ こらす
05 **募る** ⓐ つのる ⓑ ねる
06 **捩れる** ⓐ すれる ⓑ ねじれる
07 **免れる** ⓐ まぬかれる ⓑ のがれる
08 **緩む** ⓐ ゆるむ ⓑ かすむ

答案: 01 ⓐ 02 ⓑ 03 ⓑ 04 ⓐ 05 ⓐ 06 ⓑ 07 ⓐ 08 ⓐ

漢字讀法題常考い・な形容詞

011 問題 1 漢字讀法＿重點整理與常考詞彙 11.mp3

※'00 為歷屆考題出題年度。

～い	淡い'15	あわい	淡薄	潔い'19	いさぎよい	清高
	賢い'16	かしこい	聰明	心強い	こころづよい	可靠、安心
	快い	こころよい	愉快	渋い	しぶい	澀、陰沉
	狡い	ずるい	狡猾	怠い	だるい	倦怠
	尊い	とうとい	珍貴	名高い	なだかい	著名的
	生臭い	なまぐさい	腥臭	儚い	はかない	無常、虛幻
	醜い	みにくい	醜陋	脆い	もろい	脆弱
～しい	著しい	いちじるしい	顯著	卑しい	いやしい	卑鄙、低賤
	鬱陶しい	うっとうしい	鬱悶	仰々しい	ぎょうぎょうしい	誇大其詞
	険しい	けわしい	險峻	清々しい	すがすがしい	神清氣爽
	騒々しい	そうぞうしい	嘈雜	逞しい	たくましい	健壯
	乏しい	とぼしい	缺少	馬鹿馬鹿しい	ばかばかしい	愚笨、不合理
	華々しい'10	はなばなしい	華麗	久しい	ひさしい	許久
	相応しい	ふさわしい	適合	空しい	むなしい	空泛
～たい	煙たい	けむたい	煙氣嗆人、煙霧瀰漫	平たい	ひらたい	平坦的、淺顯易懂
～ましい	勇ましい	いさましい	勇敢	羨ましい	うらやましい	令人羨慕
	好ましい	このましい	令人喜歡	望ましい	のぞましい	最好、最理想
～やすい	崩れやすい'19	くずれやすい	容易崩潰、容易倒塌	割れやすい	われやすい	容易分開、容易破裂

※'00 為歷屆考題出題年度。

～よい	心地よい['12]	ここちよい	愉快、舒適	見目よい	みめよい	容貌美麗
～かだ	厳かだ	おごそかだ	嚴肅	愚かだ['13]	おろかだ	愚蠢
	疎かだ	おろそかだ	馬虎	微かだ	かすかだ	微弱、貧苦、微賤
	遥かだ	はるかだ	遙遠	密かだ	ひそかだ	祕密
～だ	粋だ	いきだ	瀟灑、漂亮	大柄だ	おおがらだ	魁梧、大個子
	月並だ	つきなみだ	每月	手薄だ['10]	てうすだ	人手不足
	手軽だ	てがるだ	簡便	手頃だ	てごろだ	適當
	手近だ	てぢかだ	身旁	稀だ	まれだ	稀少、罕見
	身近だ	みぢかだ	切身	欲深だ	よくふかだ	貪心
～やかだ	鮮やかだ	あざやかだ	鮮明	穏やかだ	おだやかだ	平穩
	細やかだ	こまやかだ	顏色深濃	淑やかだ	しとやかだ	安詳
	健やかだ['14]	すこやかだ	健康	和やかだ	なごやかだ	穩健
	華やかだ['16]	はなやかだ	美麗	緩やかだ	ゆるやかだ	緩和
～らかだ	清らかだ	きよらかだ	清澈、潔淨	滑らかだ	なめらかだ	光滑

複習試題 請選出適當的漢字讀法。

01	潔い	ⓐはかない	ⓑいさぎよい	05	愚かだ	ⓐおろかだ	ⓑひそかだ
02	怠い	ⓐしぶい	ⓑだるい	06	月並だ	ⓐてごろだ	ⓑつきなみだ
03	乏しい	ⓐとぼしい	ⓑひさしい	07	淑やかだ	ⓐしとやかだ	ⓑゆるやかだ
04	平たい	ⓐひらたい	ⓑけむたい	08	健やかだ	ⓐはなやかだ	ⓑすこやかだ

答案:01 ⓑ 02 ⓑ 03 ⓐ 04 ⓐ 05 ⓐ 06 ⓑ 07 ⓐ 08 ⓑ

實力奠定

請選出適當的漢字讀法。

01 債務

① せきむ　② ぜきむ　③ さいむ　④ ざいむ

02 鳥居

① とりい　② ちょうい　③ とりきょ　④ ちょうきょ

03 迅速

① じんぞく　② じんそく　③ かいそく　④ かいぞく

04 挑む

① いさむ　② うとむ　③ ゆがむ　④ いどむ

05 勧告

① しんこく　② かんこく　③ ふこく　④ ちゅうこく

06 心地よい

① ここちよい　② いさぎよい　③ こころよい　④ みめよい

07 高尚

① こうこう　② こうごう　③ こうしょう　④ こうじょう

08 手薄だ

① てぢかだ　② てがるだ　③ てごろだ　④ てうすだ

09 報酬

① ほうしゅう　② ほしゅう　③ ほうしゅ　④ ほしゅ

10 相場

① あいじょう　② そうじょう　③ あいば　④ そうば

11 鉄棒

① てつぽう　② てっぽう　③ てつぼう　④ てっぼう

12 巡り

① まわり　② めぐり　③ まがり　④ うつり

13 明白

① みょうはく　② みょうばく　③ めいはく　④ めいばく

14 廃れる

① あきれる　② うすれる　③ くずれる　④ すたれる

15 既婚

① きこん　② きっこん　③ ぎこん　④ きゅうこん

16 空しい

① とぼしい　② むなしい　③ うらめしい　④ もどかしい

17 画一的

① がくいつてき　② かくいつてき　③ がくいちてき　④ かくいちてき

18 鮮やかだ

① さわやかだ　② はなやかだ　③ すがやかだ　④ あざやかだ

19 耕作

① こうさく　② こうさ　③ ごうさく　④ ごうさ

20 手本

① しゅほん　② しゅもと　③ てほん　④ てもと

答案 P402

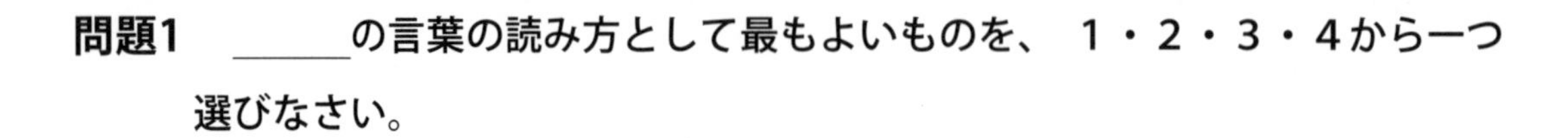

實戰測驗 1

問題1　＿＿＿の言葉の読み方として最もよいものを、1・2・3・4から一つ選びなさい。

1　世界の平和は<u>万人</u>に共通する願いだ。

1　まんじん　　2　ばんびと　　3　ばんにん　　4　まんびと

2　夏の暑さでごみ捨て場から悪臭が<u>漂って</u>いる。

1　さまよって　　2　さえぎって　　3　ただよって　　4　へだたって

3　夫の<u>昇進</u>が決まったので家でお祝いした。

1　しょうじん　　2　しょしん　　3　しょじん　　4　しょうしん

4　状況に応じた<u>柔軟</u>な対応が求められる。

1　にゅうなん　　2　じゅうなん　　3　にゅなん　　4　じゅなん

5　彼は自分の誤りをすぐ認める<u>潔い</u>人だ。

1　いさぎよい　　2　いさましい　　3　かしこい　　4　すがすがしい

6　風邪を引いたのか、<u>寒気</u>が止まらない。

1　さむけ　　2　かんけ　　3　さむき　　4　かんき

答案 P402

實戰測驗 2

問題1 ＿＿＿の言葉の読み方として最もよいものを、1・2・3・4から一つ選びなさい。

1 事態の改善のために必要な<u>措置</u>をとった。

1 しょち　　2 しょうち　　3 そち　　4 そうち

2 <u>和やか</u>な雰囲気の中で、世紀の首脳会談は無事終わった。

1 にぎやか　　2 おだやか　　3 さわやか　　4 なごやか

3 彼は欠点をわざと<u>誇張</u>して話すところがある。

1 こしょう　　2 こちょう　　3 こうしょう　　4 こうちょう

4 栄養バランスが<u>偏って</u>しまうと体に影響を及ぼしかねない。

1 そこなって　　2 にぶって　　3 かたよって　　4 おこたって

5 ここの書店は海外の<u>著名</u>な作家の本も扱っている。

1 ちょめい　　2 しょめい　　3 しょみょう　　4 ちょみょう

6 数十年に一度の大規模な<u>洪水</u>が発生した。

1 きょうずい　　2 こうずい　　3 こうすい　　4 きょうすい

答案 P402

實戰測驗 3

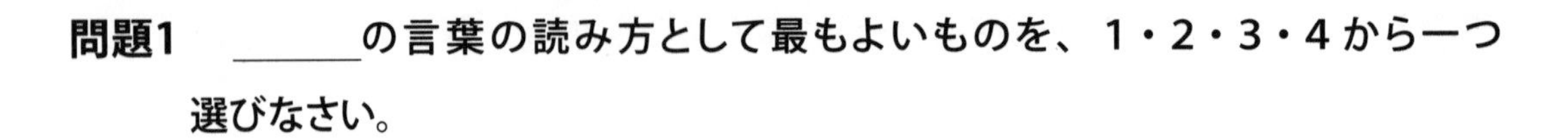

問題1　＿＿＿の言葉の読み方として最もよいものを、1・2・3・4から一つ選びなさい。

1　パーティーの誘いに対し、快い返事をもらった。

1　きよい　　2　こころよい　　3　いさぎよい　　4　すがすがしい

2　鈴木（すずき）さんは銀行を相手に訴訟を起こした。

1　しょしょう　　2　そしょう　　3　しょじょう　　4　そじょう

3　いつでも遊びに来てねという台詞は建前にすぎない。

1　けんぜん　　2　けんまえ　　3　たてぜん　　4　たてまえ

4　人の目を気にして体裁を取り繕う。

1　ていさい　　2　たいさい　　3　ていざい　　4　たいざい

5　山下（やました）さんは小柄で華奢な女性だ。

1　きしゃ　　2　きじゃ　　3　きゃしゃ　　4　きゃじゃ

6　彼は自分は動かず、人に指図ばかりしている。

1　しず　　2　しと　　3　さしず　　4　さしと

答案　P403

實戰測驗 4

問題1 ＿＿＿の言葉の読み方として最もよいものを、1・2・3・4から一つ選びなさい。

1 資料をメールに添付して送った。

1 てんぷ　2 てんふ　3 そうぷ　4 そうふ

2 請求金額の詳細な内訳を見れば、無駄な支出が多いことがわかる。

1 うちやく　2 ないやく　3 ないわけ　4 うちわけ

3 弟は年に数回、原因不明の発作を起こします。

1 はっさ　2 ほっさ　3 はっさく　4 ほっさく

4 そこは厳かな雰囲気に包まれていた。

1 のどか　2 おだやか　3 おごそか　4 なごやか

5 この番組では、大学教授が子どもの素朴な疑問にお答えします。

1 すもく　2 そぼく　3 すぼく　4 そもく

6 このシェフは海外で10年間の修行を積んだそうだ。

1 しゅぎょう　2 しゅこう　3 しゅうぎょう　4 しゅうこう

答案 P403

前後關係

前後關係考的是根據文意，選出最適合填入括號內的詞彙，總題數為 7 題。主要會要求選出適當的名詞、動詞、形容詞、副詞，各詞性平均出題。有些考題則會要求選出適當的接頭詞（前綴）或接尾詞（後綴），組合成派生詞。

建議作答時間 2 分 20 秒

重點攻略

1 題目要求選出適當的名詞、動詞、形容詞、副詞時，請根據括號前後方連接的字詞，選出最符合文意的詞彙。選項會出現意思相近的詞彙作為出題陷阱，因此請確認各選項的意思後，再選出正確答案。

例 豊富(ほうふ)な（　　）をもつ上司(じょうし) 擁有豐富（　　）的上司

① 経歴(けいれき) 經歷 (〇)　　② 経緯(けいい) 經緯 (×)

例 水滴(すいてき)を（　　）ように加工(かこう)された素材(そざい) 加工成（　　）水滴的素材

① 弾(はじ)く 排出 (〇)　　② 放(ほう)る 扔出 (×)

例 今(いま)のところ、セミナーは（　　）進(すす)んでいる 目前研討會（　　）進行中

① 円滑(えんかつ)に 順利地 (〇)　　② 滑(なめ)らかに 光滑地 (×)

例 石(いし)でも入(はい)っているのか、（　　）と重(おも)いですね 裡頭是否裝了石頭，（　　）重呢

① ずっしり 沉甸甸地 (〇)　　② ぎっしり 滿滿地 (×)

2 題目要求選出適當的接頭詞、接尾詞時，請根據括號前後方連接的名詞，選出適合組合成派生詞的選項。

例 起業(きぎょう)したいと打(う)ち明(あ)けたが、親(おや)に（　　）反対(はんたい)された

雖然坦承自己想要創業，卻遭到父母的（　　）反對。

① 猛(もう) 強烈 (〇)　　② 真(ま) 真正 (×)

3 檢視完括號前後方的詞彙或句子後，如有兩個或兩個以上的選項列入考量時，請閱讀整句話，根據文意選出適當的選項。

4 該大題中常考的詞彙，可與經常搭配使用的字詞一併記下。

解題步驟

Step 1 閱讀選項，確認詞性和意思。

確認各選項的詞性後，請在題本上簡單寫下各選項的意思。

Step 2 檢視括號前後方的字詞，根據文意，選出最適合填入括號的答案。

根據選項的詞性，確認括號前後方適合搭配的字詞，選出最適當的答案，組合成正確的派生詞。若候補選項有兩個時，再閱讀整句話，選出符合文意的選項。

套用解題步驟

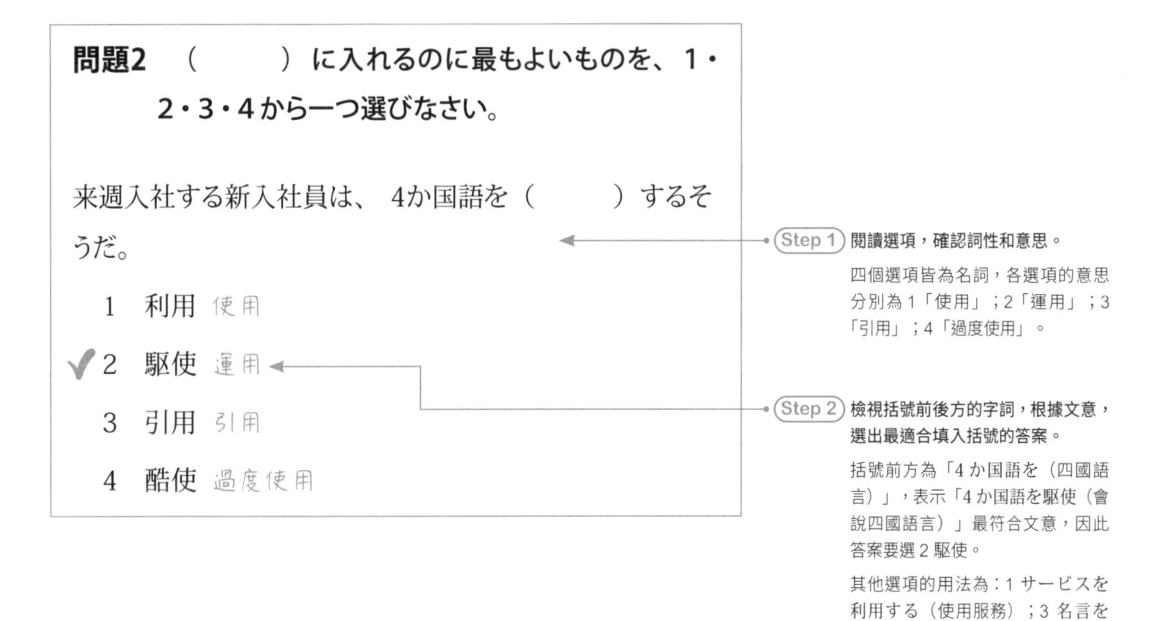

問題2 請從1、2、3、4中選擇一項最符合（　　）的選項。

下週入職的新進員工，聽說（　　）四國語言

1 利用	**2 精通**
3 引用	4 過度使用

字彙 **入社 にゅうしゃ** 名 入職 | **新入社員 しんにゅうしゃいん** 名 新進員工 | **国語 こくご** 名 國語 | **駆使 くし** 名 精通、運用 いんよう 名 引用 | **酷使 こくし** 名 過度使用

重點整理與常考詞彙

「前後關係」大題常考名詞 ①

012 問題 2 前後關係＿重點整理與常考詞彙 01.mp3

※'00 為歷屆考題出題年度。

詞彙	中文	例句
愛着（あいちゃく）'16	眷戀、依依不捨	街に愛着を持つ 對城鎮有著依依不捨的心情。
跡継（あとつぎ）	接班人	息子を跡継にする 將兒子視為繼承人。
育成（いくせい）	培育	優秀な人材を育成する 培育優秀的人材。
異色（いしょく）'14	獨特	異色の経歴の持ち主だ 他是擁有獨特經歷的人。
一任（いちにん）'13	完全委任	親の判断に一任する 完全交由父母判斷。
一環（いっかん）'17	一環	学校教育の一環である 這是學校教育的一環。
逸材（いつざい）'11	卓越的人材	逸材を発掘する 發掘卓越的人材。
逸脱（いつだつ）'17	脫離	常識を逸脱する 脫離常識。
意欲（いよく）	熱情	創作意欲を高める 提高創作熱情。
印鑑（いんかん）	印鑑	印鑑を持参する 隨身攜帶印鑑。
腕前（うでまえ）'13	本事	プロの腕前を見せつける 展示出專家的真本事。
大筋（おおすじ）'12	大綱	彼の話と大筋で一致する 他說的話與大綱是一致的。
解除（かいじょ）'18	解除	契約を解除する 解除契約。
会心（かいしん）'11	滿意	会心の出来の作品だ 這是一部令人滿意的作品。
改訂版（かいていばん）'12	修訂版	昨年出版した本の改訂版だ 這是去年出版書籍的修訂版。
稼動（かどう）'15	運轉、勞動	エアコンが稼動している 冷氣機正在運轉中。
完結（かんけつ）'10	結束	物語が完結する 這個故事即將完結了。
気掛かり（きがかり）'19	掛念、擔心	明日の天気が気掛かりだ 對明天的天氣感到擔心。
基盤（きばん）'16	基礎	生活の基盤を固める 鞏固生活的基礎。
起伏（きふく）'15	起伏	感情の起伏が激しい 情感起伏劇烈。

※'00 為歷屆考題出題年度。

給食（きゅうしょく）	營養午餐	給食の時間になる	營養午餐的用餐時間到了。
寄与（きよ）'12	有助於	事業の発展に寄与する	有助於事業的發展。
起用（きよう）'18	起用	代理人を起用する	起用代理人。
教訓（きょうくん）'16	教訓	失敗から教訓を得る	從失敗得到教訓。
強制（きょうせい）'15	強迫	労働を強制する	強迫勞動。
行政（ぎょうせい）	行政	公正な行政を行う	公正地處理行政。
禁物（きんもつ）'19	禁忌	油断は禁物である	粗心大意是禁忌。
経費（けいひ）	經費	経費を負担する	承擔經費。
経歴（けいれき）'17	經歷、履歷	経歴を偽る	偽造經歷。
結束（けっそく）'10	同心協力	チームが結束する	團隊同心協力。
言及（げんきゅう）'18	說到	環境問題に言及する	提到環境問題
合意（ごうい）'15	意見一致	国民の合意を得る	取得國民一致意見。
再建（さいけん）	重建	会社を再建する	重建公司。
在庫（ざいこ）'18	庫存	商品の在庫が切れる	商品的庫存已被一掃而空。
財政（ざいせい）	財政	財政を圧迫する	壓制財政支出。

複習試題 請根據文意，選出適合填入括號內的詞彙。

01	部活動は学校教育の（　　）である。	ⓐ 一任	ⓑ 一環
02	完成に１年かけた作品は（　　）の出来だ。	ⓐ 逸材	ⓑ 会心
03	交渉には代理人を（　　）してもかまいません。	ⓐ 起用	ⓑ 寄与
04	国民の（　　）を得て、ついに法案が実施された。	ⓐ 結束	ⓑ 合意

答案：01 ⓑ 02 ⓑ 03 ⓐ 04 ⓑ

「前後關係」大題常考名詞 ②

013 問題 2 前後關係__重點整理與常考詞彙 02.mp3

※'00 為歷屆考題出題年度。

差額（さがく）	差額	差額を支払う 支付差額。
残高（ざんだか）	餘額	残高を確認する 查看餘額。
支持（しじ）	支持	市長を支持する 支持市長。
支障（ししょう）'14	障礙	生活に支障が出る 生活出現障礙。
実情（じつじょう）'11	實情	現地の実情を調べる 調查當地的實情。
遮断（しゃだん）'18	隔斷	カーテンで光を遮断する 利用窗簾隔斷光線。
従事（じゅうじ）'19	從事	ボランティア活動に従事する 從事志工活動。
修復（しゅうふく）'11	修復	隣国との関係を修復する 修復與鄰國之間的關係。
推移（すいい）'19	變遷	人口の推移を調べる 調查人口變遷的情況。
態勢（たいせい）	準備	受け入れ態勢を整える 做好接收的準備。
妥協（だきょう）'12	妥協	一切の妥協を許さない 不允許任何的妥協。
打診（だしん）'17	探詢	転勤の打診を受ける 接受轉調的探詢。
抽選（ちゅうせん）	抽籤	抽選を行う 進行抽籤。
沈黙（ちんもく）	沉默	沈黙を破る 打破沉默。
強み（つよみ）'11	長處	自分の強みを活かす 善用自身長處。
手順（てじゅん）	程序	手順に従う 遵從程序。
撤去（てっきょ）'20	拆除	このアパートは来年撤去する 這座公寓將在明年拆除。
投入（とうにゅう）	投入	資金を投入する 投入資金。
荷（に）'13	負擔	肩の荷を降ろす 卸下肩上重任。
念願（ねんがん）'10'17	心願	念願の一人暮らしをする 實現獨自生活的心願。

※'00 為歷屆考題出題年度。

念頭（ねんとう）'13	心上	目標を念頭に置く 將目標放在心上。
背景（はいけい）'10	背景	桜を背景に写真を撮る 將櫻花當成背景拍照。
抜粋（ばっすい）'11	摘錄	本の一部を抜粋する 摘錄書的一部分。
非（ひ）'17	過錯	自分の非を認める 承認自身的過錯
人出（ひとで）'12	外出的人群	大変な人出が予想される 我可以預想得到會有大量的外出人群。
表明（ひょうめい）'19	表明	支持を表明する 表明支持的心意。
不備（ふび）'11	不完備	書類の不備を見つける 找出書籍不完備之處。
並行（へいこう）'11	並行	部活と就活を並行する 同時參與社團活動於就職活動。
防火（ぼうか）	防火	お店の防火対策を立てる 制定店舖的防火政策。
本音（ほんね）'10	真心話	正直に本音を言う 老實地說出真心話。
味覚（みかく）	味覺、風味	秋の味覚を味わう 嘗遍秋季的美食風味。
滅亡（めつぼう）	滅亡	人類が滅亡する 人類滅亡。
面会（めんかい）	探望	病院に面会に行く 前往醫院探望。
予断（よだん）'14	預測	予断を許さない状態である 現在的狀態無法進行預測。
流出（りゅうしゅつ）'16	外流、外洩	個人情報が流出する 個資外洩。

複習試題 請根據文意，選出適合填入括號內的詞彙。

01	救急患者の受け入れ（　　）は整った。	ⓐ 態勢	ⓑ 念頭
02	姉はボランティア活動に（　　）している。	ⓐ 投入	ⓑ 從事
03	彼は自分の（　　）を認めて謝罪した。	ⓐ 非	ⓑ 荷
04	人口の（　　）を調べてグラフ化した。	ⓐ 推移	ⓑ 背景

答案：01 ⓐ 02 ⓑ 03 ⓐ 04 ⓐ

「前後關係」大題常考片假名詞彙 ①　014 問題 2 前後關係＿重點整理與常考詞彙 03.mp3

※'00 為歷屆考題出題年度。

アクセル	油門	アクセルを踏む 踩下油門。
アルコール	酒精	アルコールで消毒する 使用酒精消毒。
アンケート	問卷	街でアンケートをとる 在街頭做問卷調查。
インターフォン	內部電話、對講機	インターフォンが鳴る 內部電話響起來。
ウエイト['14]	重點	守備にウエイトを置く 將重點放在防守。
オリエンテーション	新人教育訓練	オリエンテーションに参加する 參加新人教育訓練。
オンライン	線上	オンライン学習をする 進行線上學習。
カット	剪斷	髪の毛をカットする 將頭髮剪斷。
カルテ	病歷	医者がカルテを確認する 我再跟醫師確認一下病歷。
カンニング	作弊	試験中にカンニングをする 在考試中作弊。
キャッチ	接球	ボールをキャッチする 把球接住。
キャリア['10]	職涯	10年のキャリアを積む 累積十年的職涯。
クイズ	題目	クイズを出す 出題。
コメント	評語、留言	本の感想をコメントする 為書的感想留下評語。
コンパス	圓規	コンパスを使って円を描く 用圓規畫圓。
シェア['17]	共享	アパートをシェアする 共享公寓。
システム	系統	独自のシステムを作る 建立獨立的系統。
シックだ	有品味	大人っぽいシックなデザインだ 這是個成熟又有品味的設計。
ジャンプ	跳躍	思い切りジャンプする 使勁地跳起來。
ジャンル	類型	好きな映画のジャンルを聞く 詢問喜歡的電影類型。

※'00 為歷屆考題出題年度。

ショー	表演、秀	イルカショーを見る 觀賞海豚秀。
ストック'11	存貨、庫存量	ストックの確保をする 確保存貨量。
ストライキ	罷工	ストライキを行う 實施罷工。
ストレス	壓力	ストレスがたまる 累積壓力。
セレモニー	典禮	セレモニーが開かれる 舉辦典禮。
センサー'19	感測器	温度センサーを使用する 使用溫度感測器。
センス'16	品味、格局	言葉のセンスがある人だ 那是一位說話有格局的人。
タイトル	標題	本のタイトルが気になる 我很在意書的標題。
タイマー	計時器	タイマーをセットする 設定計時器。
タイミング	時機	タイミングを合わせる 配合適當的時機。
タイム	時間	タイムを計測する 測量時間。
タイムリーだ	即時	タイムリーなニュースだ 即時新聞。
ダウン	下滑	イメージがダウンする 印象下滑。
チームワーク	團隊精神	チームワークを発揮する 發揮團隊精神。
チャイム	門鈴	チャイムが鳴る 門鈴響。

複習試題 請根據文意，選出適合填入括號內的詞彙。

01 本の感想の（　　）を求められた。　ⓐコンパス　ⓑコメント

02 試験中に（　　）をするなんて信じられない。　ⓐカンニング　ⓑキャッチ

03 好きな映画の（　　）はコメディです。　ⓐセンス　ⓑジャンル

04 この製品には温度（　　）が使用されている。　ⓐセンサー　ⓑタイム

答案：01 ⓑ 02 ⓐ 03 ⓑ 04 ⓐ

「前後關係」大題常考片假名詞彙 ②

015 問題 2 前後關係＿重點整理與常考詞彙 04.mp3

※'00 為歷屆考題出題年度。

詞彙	中文	例句
データ	資料數據	データを入力する 輸入資料。
デザイン	設計	流行りのデザインにする 做跟上流行的設計。
ニュアンス['11]	語感	微妙なニュアンスの違い 語感細微的差異。
ノウハウ['16]	技術、門道	仕事のノウハウを身につける 學會工作的門道。
ノルマ['14]	目標額	販売のノルマを達成する 達成販售目標額。
ハードル['12]	門檻	大きなハードルを乗り越える 跨越巨大的門檻。
パジャマ	睡衣	パジャマを着る 穿上睡衣。
バッジ	小徽章	胸にバッジをつける 在胸前別上小徽章。
ハンガー	衣架	ハンガーに服をかける 將衣服掛到衣架上。
パンク	爆胎	車のタイヤがパンクする 車子的輪胎爆胎了。
ビジネス	商務、生意	新しいビジネスを起こす 開始做新的生意。
ファイル	檔案	添付ファイルを開く 打開附加檔案。
ファン	粉絲	歌手のファンになる 成為粉絲。
フィルター	濾網	エアコンのフィルターを交換する 更換冷氣濾網。
ブザー	警報器	防犯ブザーが鳴る 防盜警報器鳴起。
フロント	櫃台	ホテルのフロントに行く 前往飯店櫃台處。
ベース	基底	白をベースにした部屋にする 將房間基底色設為白色。
ベストセラー	暢銷	この本はベストセラーだ 這本書是暢銷書。
ホール	會館	市民ホールに人が集まる 市民會館聚集很多人。
ポジション	崗位	自分のポジションを守る 堅守自身崗位。

※'00 為歷屆考題出題年度。

マーク	記號、標章	車に初心者マークを付ける 車上貼了新手標章。
マッサージ	按摩	マッサージを受ける 接受按摩。
メーカー	製造廠商	車のメーカーで有名だ 這是有名的汽車製造商。
メッセージ	訊息	音声メッセージを残す 留下語音訊息。
メディア['15]	媒體	メディアの影響力を感じる 感受到媒體的影響力。
メロディー	旋律	曲のメロディーがいい 這首歌曲的旋律很好聽。
ラベル	標籤	容器のラベルをはがす 將容器上的標籤撕下來。
リスク['18]	風險	けがのリスクを負う 承擔受傷的風險。
リストアップ['12]	列表	参加者をリストアップする 列出參加者。
レイアウト['18]	版面設計	写真のレイアウトを考える 思考照片的版面設計。
レッスン	課程	ダンスのレッスンを受ける 上舞蹈課。
レンジ	微波爐	レンジで温める 使用微波爐加熱。
レントゲン	X光	病院でレントゲンを撮る 在醫院照X光。
ロープウェイ	纜車	ロープウェイに乗る 搭乘纜車。
ロマンチックだ	浪漫的	ロマンチックな雰囲気 浪漫的氣氛。

複習試題 請根據文意，選出適合填入括號內的詞彙。

01	どうにか自分の（　　）を守りたい。	ⓐ ポジション	ⓑ リストアップ
02	上司に一から仕事の（　　）を教わった。	ⓐ ノウハウ	ⓑ ハードル
03	容器の（　　）をはがしてから捨ててください。	ⓐ リスク	ⓑ ラベル
04	エアコンの（　　）を定期的に交換する。	ⓐ パンク	ⓑ フィルター

答案: 01 ⓐ 02 ⓐ 03 ⓑ 04 ⓑ

「前後關係」大題常考動詞 ①

016 問題 2 前後關係__重點整理與常考詞彙 05.mp3

※'00 為歷屆考題出題年度。

危ぶむ '19 '20	憂慮	将来を危ぶむ 憂慮將來。
誤る	弄錯	判断を誤る 判斷錯誤。
荒らす	使…荒廢、糟蹋	畑を荒らす 損壞農田。
言い張る '12	堅持說	知らないと言い張る 堅持說一無所知。
傷める	弄傷	足を傷める 把腳弄傷。
一掃する '16	掃淨	暗いイメージを一掃する 一掃低沉的印象。
営む	經營	飲食店を営む 經營餐飲店。
受け継ぐ	承襲	伝統を受け継ぐ 承襲傳統。
受け止める	接受	事実を受け止める 接受事實。
埋まる	掩埋	土の中に埋まる 埋在土中。
追い込む	逼入	倒産に追い込む 逼至破產。
及ぼす '10	受到、帶來	健康に影響を及ぼす 健康受到影響。
該当する '15	符合	すべての条件に該当する 符合全部的條件。
書き取る	記下、寫下	電話の内容を書き取る 記下電話的內容。
駆けつける '18	跑到、趕到	試合の応援に駆けつける 趕到比賽做啦啦隊。
可決する '14	（提案）通過	年金改正法案を可決する 通過年金修正法案。
加工する '12	加工	木の表面を加工する 為木製表面加工。
究明する '12	追究明白	事故の原因を究明する 追究事故原因。
切り出す '16	開口說出	結婚の話を切り出す 提出結婚的議題。
食い止める '14	擋住	被害を最小限に食い止める 將損害控制在最小的範圍。

※'00 為歷屆考題出題年度。

駆使する '14	運用自如	最新の技術を駆使する 輕鬆運用最新的技術。
捧げる	獻給、獻上	祈りを捧げる 獻上祈福。
悟る	領悟、覺悟	質問の意味を悟る 領悟提問題的意思。
障る '13	妨害	彼女の態度が気に障る 她的態度真讓人不舒服。
沈める	沉入	海に沈める 沉入海底。
染みる '16	滲入、銘刻於心	優しさが身に染みる 深深感受到那股溫柔。
染まる	染上、沾染	赤一色に染まる 染上一片紅。
絶える	斷絕	争いが絶えない 爭議不絕。
たたえる '17	歌頌	功績をたたえる 歌頌功績。
立ち寄る	順便到	コンビニに立ち寄る 順路去一趟便利商店。
脱する	脫離	危機を脱する 危機解除。
立て替える '13	墊付	費用を立て替える 墊付費用。
たどる '14	尋求、探索	記憶をたどる 找尋記憶。
ためらう '13	猶豫不決	口にすることをためらう 猶豫是不是要開口。
直面する '15	面臨、面對	新しい問題に直面する 面臨新的問題。

複習試題 請根據文意，選出適合填入括號內的詞彙。

01	多くの卒業生が母校の試合の応援に（　　）。	ⓐ 駆けつけた	ⓑ 受け継いだ
02	事故の原因を（　　）ため、検証に励むまでだ。	ⓐ 該当する	ⓑ 究明する
03	社長が今回の功績を（　　）くれた。	ⓐ ためらって	ⓑ たたえて
04	周りの方々の優しさが身に（　　）。	ⓐ 染まる	ⓑ 染みる

答案：01 ⓐ 02 ⓑ 03 ⓑ 04 ⓑ

「前後關係」大題常考動詞 ②

017 問題 2 前後關係＿重點整理與常考詞彙 06.mp3

※'00 為歷屆考題出題年度。

尽（つ）くす '16	盡力	患者のために最善を尽くす 為患者竭盡全力。
遠（とお）ざかる	遠離、走遠	後ろ姿が次第に遠ざかる 背影愈走愈遠了。
とぎれる	中斷	通信がとぎれる 通訊中斷。
整（ととの）える	整頓	息を整える 整頓呼吸。
取（と）り組（く）む	解決	真剣に取り組む 認真解決問題。
取（と）り調（しら）べる	審問	警察が犯人を取り調べる 警察審問犯人。
取（と）り除（のぞ）く	去除	原因を取り除く 去除原因。
取（と）り戻（もど）す '15	找回	冷静さを取り戻す 找回冷靜。
なだめる '18	勸解	怒っている相手をなだめる 勸解氣憤不已的對手。
にじむ '19	滲出	包帯に血がにじむ 血滲到繃帶。
担（にな）う '13	承擔	重要な役割を担う 承擔重要的角色。
練（ね）る '13	推敲	今後の対策を練る 推敲今後的政策。
飲（の）み込（こ）む	吞下	つばを飲み込む 吞下唾液。
化（ば）ける	化身	きつねが人間に化ける 狐狸化身為人類。
弾（はじ）く '17	不沾、彈出	水を弾く服 防水的衣服。
弾（はず）む '11	興致高漲	会話が弾む 談話熱烈。
フォローする '10	關照	後輩の仕事をフォローする 關照後輩的工作。
振（ふ）り返（かえ）る	回顧	過去を振り返る 回顧過去。
報（ほう）じる '10	通知	事件の内容を報じる 通知事件內容。
任（まか）す	委託	倉庫の管理を任す 委託管理倉庫。

※'00 為歷屆考題出題年度。

紛(まぎ)れる '15	混入	人込(ひとご)みに紛(まぎ)れる 混入人群中。
見(み)かける '16	目擊	変(か)わった車(くるま)を見(み)かける 看到特殊的車輛。
満(み)たす	填滿	お腹(なか)を満(み)たす 填滿肚子。
乱(みだ)れる	紊亂	生活(せいかつ)リズムが乱(みだ)れる 生活節奏紊亂。
見逃(みのが)す	錯過、漏看	サインを見逃(みのが)す 漏看簽名。
面(めん)する	面向	大通(おおどお)りに面(めん)する 面向大馬路。
申(もう)し出(で)る	提出	援助(えんじょ)を申(もう)し出(で)る 提出援助。
催(もよお)す '12	舉辦	お祝(いわ)いのパーティーを催(もよお)す 舉辦慶祝派對。
和(やわ)らぐ '12	緩和	痛(いた)みが和(やわ)らぐ 緩和疼痛。
揺(ゆ)らぐ '14	搖擺	気持(きも)ちが揺(ゆ)らぐ 心情搖擺不定。
要(よう)する	需要	時間(じかん)を要(よう)する 需要時間。
避(よ)ける	躲避	攻撃(こうげき)を避(よ)ける 躲避攻擊。
読(よ)み上(あ)げる	朗讀	声(こえ)に出(だ)して読(よ)み上(あ)げる 出聲朗讀。
蘇(よみがえ)る '17	甦醒	青春(せいしゅん)の思(おも)い出(で)が蘇(よみがえ)る 青春的回憶甦醒。
寄(よ)り掛(か)かる	依靠	壁(かべ)に寄(よ)り掛(か)かる 靠在牆上。

複習試題 請根據文意，選出適合填入括號內的詞彙。

01 メディアは痛(いた)ましい事件(じけん)の内容(ないよう)を（　　）。 ⓐ 面した ⓑ 報じた

02 包帯(ほうたい)に血(ち)が（　　）ほど出血(しゅっけつ)がひどい。 ⓐ にじむ ⓑ とぎれる

03 彼(かれ)は何事(なにごと)にも真剣(しんけん)に（　　）姿勢(しせい)が素晴(すば)らしい。 ⓐ 取り組む ⓑ 取り戻す

04 気持(きも)ちが（　　）ときこそ初心(しょしん)に帰(かえ)るべきだ。 ⓐ 和らぐ ⓑ 揺らぐ

答案：01 ⓑ 02 ⓐ 03 ⓐ 04 ⓑ

「前後關係」大題常考い・な形容詞 ①

018 問題 2 前後關係＿重點整理與常考詞彙 07.mp3

※'00 為歷屆考題出題年度。

荒(あら)っぽい	粗暴	運転(うんてん)が荒(あら)っぽい 車開得很粗暴。
おびただしい['14]	很多	おびただしい数(かず)のメールが届(とど)いた 收到大量的信件。
くすぐったい	發癢	鼻(はな)がくすぐったい 鼻子發癢。
ここちよい['19]	舒適	ここちよい風(かぜ)が吹(ふ)く 吹起舒適的風。
心細(こころぼそ)い['14]	不安	一人(ひとり)旅(たび)は心細(こころぼそ)い 獨自旅行時內心會有點不安心。
すさまじい['15]	驚人	すさまじい勢(いきお)いで走(はし)り出(だ)す 氣勢驚人地起跑。
悩(なや)ましい	苦惱	悩(なや)ましい問題(もんだい)に直面(ちょくめん)する 面臨惱人的問題。
眠(ねむ)たい	睏倦	疲(つか)れて眠(ねむ)たくなる 因為疲勞變得睏倦。
幅広(はばひろ)い['15]	廣泛	幅広(はばひろ)い分野(ぶんや)で活躍(かつやく)する 活躍於廣泛的領域。
紛(まぎ)らわしい['12]	容易混淆的	紛(まぎ)らわしい言(い)い方(かた)をする 說出會讓人誤會的話。
あべこべだ	相反	立場(たちば)があべこべだ 立場相反。
空(うつ)ろだ	空洞	空(うつ)ろな目(め)をしている 帶著一副空洞的眼神。
円滑(えんかつ)だ['10'20]	順利	工事(こうじ)が円滑(えんかつ)に進(すす)む 工程順利進行。
おおまかだ	粗略	おおまかな手順(てじゅん)を話(はな)す 說出粗略的順序。
おおらかだ['15]	大方	おおらかで優(やさ)しい性格(せいかく)だ 大方又溫柔的個性。
頑固(がんこ)だ	頑固	頑固(がんこ)な汚(よご)れを落(お)とす 洗掉頑固污垢。
完璧(かんぺき)だ	完美	歌詞(かし)を完璧(かんぺき)に覚(おぼ)える 完美無缺地記住歌詞。
気軽(きがる)だ	輕鬆愉快	このスポーツは気軽(きがる)に楽(たの)しめる 這項運動輕鬆又有趣。
強硬(きょうこう)だ['13]	強硬	強硬(きょうこう)な姿勢(しせい)をとる 採取強硬的姿態。

※'00 為歷屆考題出題年度。

堅実だ['18]	踏實	堅実で質素な生活をする 過上踏實且樸素的生活。
厳密だ	細密周到	厳密に決定する 細密周到地下決定。
賢明だ	英明	賢明な選択をする 做出英明的選擇。
孤独だ	孤獨	孤独な日々を過ごす 度過孤獨的每一天。
固有だ	固有	この島の固有な生物だ 這是這個島上固有的生物。
コンスタントだ['17]	常態	コンスタントにテレビ出演する 在電視台常態出演節目。
早急だ／早急だ	緊急	早急な対応を求める 需要緊急的做出應對。
神聖だ	神聖	神聖な場所で祈る 在聖地祈福。
正常だ	正常	体の機能を正常に保つ 維持身體機能正常。
盛大だ['18]	盛大	パレードを盛大に行う 盛大舉辦遊行。
静的だ	靜態的	静的な瞬間を大事にする 珍惜寂靜的瞬間。
精力的だ['19]	精力充沛	精力的に取材活動をする 精力充沛地進行採訪活動。
絶大だ['14]	巨大、極大	絶大な人気を誇る 大受歡迎。

複習試題 請根據文意，選出適合填入括號內的詞彙。

01 部屋にほこりが多いからか、鼻が（　　）。 ⓐ くすぐったい ⓑ ここちよい

02 （　　）数のメールがたまっている。 ⓐ 紛らわしい ⓑ おびただしい

03 ビルの建設工事は日程通り（　　）進んだ。 ⓐ 円滑に ⓑ 気軽に

04 彼らは10年前（　　）人気を誇った歌手だ。 ⓐ 盛大な ⓑ 絶大な

答案：01 ⓐ 02 ⓑ 03 ⓐ 04 ⓑ

「前後關係」大題常考い・な形容詞 ②

019 問題 2 前後關係__重點整理與常考詞彙 08.mp3

※'00 為歷屆考題出題年度。

善良(ぜんりょう)だ	善良	善良(ぜんりょう)な市民(しみん)を表彰(ひょうしょう)する 為善良市民進行表彰。
壮大(そうだい)だ '19 '20	宏大	壮大(そうだい)な夢(ゆめ)を語(かた)る 述說宏大的夢想。
対等(たいとう)だ	對等	対等(たいとう)な関係(かんけい)を維持(いじ)する 維持對等的關係。
多角的(たかくてき)だ '18	多方面	多角的(たかくてき)にアプローチする 多方面接觸。
多忙(たぼう)だ	忙碌	多忙(たぼう)な毎日(まいにち)を送(おく)る 度過忙碌的每一天。
知的(ちてき)だ	知性	知的(ちてき)な印象(いんしょう)である 給人知性的印象。
つぶらだ	渾圓	つぶらな瞳(ひとみ)で見(み)つめる 用圓滾滾的雙眼盯著看。
同等(どうとう)だ	同等	同等(どうとう)な価値(かち)を持(も)つ 擁有同等的價值。
特有(とくゆう)だ	特有	特有(とくゆう)な臭(にお)いがする 飄散著特有的臭味。
鈍感(どんかん)だ	感覺遲鈍	人(ひと)の気持(きも)ちに鈍感(どんかん)な人(ひと)だ 他是一位對他人情緒很遲鈍的人。
貧弱(ひんじゃく)だ	欠缺	貧弱(ひんじゃく)な制度(せいど)を改善(かいぜん)する 改善欠缺的制度。
頻繁(ひんぱん)だ '16	頻繁	地震(じしん)が頻繁(ひんぱん)に起(お)きる 地震頻繁發生。
貧乏(びんぼう)だ	貧困	貧乏(びんぼう)な暮(く)らしをする 度過貧困的生活。
不順(ふじゅん)だ	不順、異常	不順(ふじゅん)な天候(てんこう)が続(つづ)く 異常的氣候接連不斷。
不調(ふちょう)だ	不順利	不調(ふちょう)なときは誰(だれ)にでもある 任何人都會有不順利的時候。
不明(ふめい)だ	不明	不明(ふめい)な点(てん)を明(あき)らかにする 不明處變得明顯了。
不良(ふりょう)だ	不良	形(かたち)が不良(ふりょう)なものを除(のぞ)く 除去形狀、樣貌不良的東西。
へとへとだ '16	筋疲力盡	寝不足(ねぶそく)でへとへとだ 睡眠不足真讓人疲勞。
まちまちだ '17	形形色色	国(くに)によってまちまちな対応(たいおう)をする 各個國家採取不同的措施。

※'00 為歷屆考題出題年度。

詞彙	中文	例句	中譯
無意味(むいみ)だ	沒有意義	無意味(むいみ)な行動(こうどう)をとる	做出沒有意義的行動。
無効(むこう)だ	無效	契約(けいやく)が無効(むこう)になる	契約無效。
無邪気(むじゃき)だ	天真無邪	無邪気(むじゃき)な笑顔(えがお)だった	天真無邪的笑容。
無知(むち)だ	無知	無知(むち)な人間(にんげん)である	無知的人類。
無茶(むちゃ)だ	離譜	無茶(むちゃ)なお願(ねが)いをする	我有個離譜的請求。
無謀(むぼう)だ '11	魯莽	無謀(むぼう)な挑戦(ちょうせん)をする	魯莽的挑戰。
無用(むよう)だ	沒有必要	無用(むよう)な心配(しんぱい)はしない	不去擔心沒有必要的事情。
綿密(めんみつ)だ '10	綿密	綿密(めんみつ)に計画(けいかく)を練(ね)る	訂定綿密的計畫。
有益(ゆうえき)だ	有益	有益(ゆうえき)な情報(じょうほう)を得(え)る	得到有益的資訊。
有望(ゆうぼう)だ	有希望	将来(しょうらい)が有望(ゆうぼう)な人材(じんざい)だ	你將來一定是個有用的人材。
有力(ゆうりょく)だ	有力	有力(ゆうりょく)な候補(こうほ)になる	成為有力的候補。
良好(りょうこう)だ	良好	良好(りょうこう)な関係(かんけい)を保(たも)つ	保持良好的關係。
良質(りょうしつ)だ	優質	良質(りょうしつ)な素材(そざい)を使(つか)う	使用優質的素材。

複習試題 請根據文意，選出適合填入括號內的詞彙。

01 彼(かれ)は（　）挑戦(ちょうせん)を繰(く)り返(かえ)し、成功(せいこう)を掴(つか)んだ。　ⓐ 無用な　ⓑ 無謀な

02 この会社(かいしゃ)には（　）人材(じんざい)が集(あつ)まっている。　ⓐ 良質な　ⓑ 有望な

03 6月(がつ)に入(はい)り（　）天候(てんこう)が続(つづ)いている。　ⓐ 不順な　ⓑ 不調な

04 田中(たなか)さんは人(ひと)の気持(きも)ちに（　）人(ひと)だ。　ⓐ 鈍感な　ⓑ 同等な

答案: 01 ⓑ 02 ⓑ 03 ⓐ 04 ⓐ

「前後關係」大題常考副詞 ①

020 問題 2 前後關係＿重點整理與常考詞彙 09.mp3

※'00 為歷屆考題出題年度。

ありのまま	據實	ありのまま話す(はなす) 據實以告。
幾多(いくた)	無數	幾多(いくた)の試練(しれん)を乗り越える(のりこえる) 跨越無數的試練。
いとも['17]	非常、十分	いとも簡単(かんたん)に言う(いう) 說得簡單。
うずうず['20]	忍不住	話題(わだい)の動画(どうが)が見(み)たくてうずうずする 忍不住想看最近熱議的那個影片。
うんざり	厭煩	長話(ながばなし)にうんざりする 長篇大論的令人厭煩。
大方(おおかた)	大致	仕事(しごと)を大方(おおかた)かたづける 將工作大致收尾。
がっくり	垂頭喪氣	がっくりと肩(かた)を落(お)とす 垂頭喪氣地卸下重責大任。
がっしり	健壯	がっしりとした体格(たいかく)だ 健壯的體格。
がっちり	牢固	警備(けいび)をがっちり固(かた)める 鞏固好警備。
がらりと['18]	顛覆性地改變	印象(いんしょう)ががらりと変(か)わる 印象顛覆性地改變。
きちっと	規規矩矩	時間通り(じかんどおり)にきちっと集(あつ)まる 按時間集合。
きっかり	正好	10時(じ)きっかりに始(はじ)める 十點整開始。
きっちり	緊緊地	窓(まど)をきっちり閉(し)める 將窗戶牢牢關好。
きっぱり	斷然、乾脆	誘(さそ)いをきっぱり断(ことわ)る 斷然拒絕邀約。
急遽(きゅうきょ)['12]	急忙	急遽(きゅうきょ)出張(しゅっちょう)することになる 急急忙忙地出差。
くっきり	清楚	足跡(あしあと)がくっきりと残(のこ)る 留下清楚分明的鞋印。
ぐっと	使勁	両手(りょうて)でぐっと押(お)す 以雙手使勁地壓。
くよくよ['15]	愁眉不展	くよくよ悩(なや)む必要(ひつよう)はない 沒必要愁眉不展地煩惱。
げっそり	急劇消瘦	げっそりと痩(や)せる 一下子暴瘦。

※'00 為歷屆考題出題年度。

公然	公然	公然と無視する 公然無視。
さっと	迅速	さっと身を隠す 迅速隱身。
しいて'15	勉強	しいて言う必要はない 沒有必要勉強自己說。
じっくり	仔細地	じっくり眺める 仔細地眺望。
じめじめ'13	潮濕	地下は暗くてじめじめしている 地底下又暗又濕。
ずっしり'19	沉甸甸	ずっしりと重いかばん 沉甸甸的包包。
ずらっと	排成一排	商品がずらっと並ぶ 商品一個接一個排成一排。
ずるずる	拖拉著	かばんをずるずると引きずる 拖著包包。
すんなり'16	容易	すんなり納得してくれる 他很容易接受。
整然と	整整齊齊	整然としたホテルの一室 整整齊齊的飯店房間。
せかせか'18	慌慌張張	せかせかと動き回る 慌慌張張地動來動去。
そわそわ'13	心神不定	そわそわして落ち着かない 心神不定無法冷靜下來
大概	多半	休日は大概家にいる 休假日大致上都在家。

複習試題 請根據文意，選出適合填入括號內的詞彙。

01	(　　)悩んで泣いている場合ではない。	ⓐ くよくよ	ⓑ じめじめ
02	誘いを(　　)断ることも大切だ。	ⓐ きっぱり	ⓑ くっきり
03	彼はいつも(　　)と動き回っている。	ⓐ がらりと	ⓑ せかせか
04	休日は(　　)家で本を読んでいる。	ⓐ 大方	ⓑ 大概

答案: 01 ⓐ 02 ⓐ 03 ⓑ 04 ⓑ

「前後關係」大題常考副詞 ②

021 問題 2 前後關係__重點整理與常考詞彙 10.mp3

※'00 為歷屆考題出題年度。

だぶだぶ	寬大	だぶだぶの制服(せいふく)を着(き)る 穿著寬大的制服。
断然(だんぜん)	絕對	新品(しんぴん)より断然(だんぜん)安(やす)い 絕對比新品還便宜。
ちやほや	阿諛奉承	周(まわ)りにちやほやされる 被四周的人捧著。
ちらっと	一瞥、稍微聽到	外(そと)がちらっと見(み)える 從外面瞥見。
つくづく	深刻地	進路(しんろ)についてつくづく考(かんが)える 深刻地考慮未來該走的道路。
てきぱき'14	俐落	てきぱきと動(うご)く 俐落的行動。
てっきり	準是	てっきり本当(ほんとう)だと思(おも)う 我覺得一定是真的。
堂々(どうどう)	光明磊落	堂々(どうどう)とした態度(たいど)をとる 採取光明磊落的態度。
とりわけ'13	格外	とりわけ重要(じゅうよう)な情報(じょうほう)を集(あつ)める 我要收集分量特別重要的情報。
長々(ながなが)	冗長	つまらないことを長々(ながなが)と話(はな)す 長時間說著無聊的話。
なにより	比什麼都	なによりの証拠(しょうこ)だった 這是最好的證據。（比什麼都好的證據）
日夜(にちや)	日夜、晝夜	日夜(にちや)練習(れんしゅう)に励(はげ)む 努力做到日夜練習。
はらはら	捏把冷汗	見(み)ていてはらはらする 看著都捏了一大把冷汗。
ひしひしと'19	深深地	熱意(ねつい)がひしひしと伝(つた)わる 我深深地感受到了熱情。
びっしょり	濕透	雨(あめ)でびっしょり濡(ぬ)れる 下雨變成了一隻落湯雞。
ひょっとして	萬一	ひょっとして嘘(うそ)かもしれない 說不定是場慌言。
ぶかぶか	不合身	ぶかぶかの靴(くつ)をはく 穿上不合腳的鞋子
ふらふら	無目的	街(まち)をふらふらとさまよう 在街上漫無目標地徘徊。
ぶらぶら	閒逛	近所(きんじょ)をぶらぶらする 在附近閒晃。

※'00 為歷屆考題出題年度。

ぺこぺこ	肚子餓	ぺこぺこ頭(あたま)を下(さ)げる 肚子餓得頭都抬不起來了。
ほっと	鬆一口氣	発表(はっぴょう)が終(お)わってほっとした 發表結束，鬆了一大口氣。
ぼつぼつ	佈滿小點的樣子	ぼつぼつと穴(あな)が開(あ)いている 一點一點地開滿了小孔。
まことに	實在	まことに美(うつく)しい 實在美麗。
まさしく	的確	まさしく本物(ほんもの)だ 的確是本尊。
みっしり'20	緊密地	箱(はこ)にみっしりお菓子(かし)が詰(つ)まっている 盒子裡緊密地塞滿了糖果。
無性(むしょう)に'13	非常	無性(むしょう)に腹(はら)が立(た)つ 非常生氣。
無論(むろん)	當然	無論(むろん)例外(れいがい)はある 當然也有例外的情況。
もしかして	該不會是	もしかして風邪(かぜ)？ 該不會感冒了吧？
もっぱら'17	淨是、完全	もっぱらの噂(うわさ)だ 完全是個謠言。
やんわり'10	委婉	やんわりと断(ことわ)る 委婉拒絕。
歴然(れきぜん)と'19	昭然若揭	違(ちが)いは歴然(れきぜん)としている 差異性昭然若揭。

複習試題 請根據文意，選出適合填入括號內的詞彙。

01	カーテンの隙間(すきま)から外(そと)の様子(ようす)が（　　）見(み)えた。	ⓐ ちらっと	ⓑ てっきり
02	彼(かれ)の教育(きょういく)に対(たい)する熱意(ねつい)が（　　）伝(つた)わってきた。	ⓐ はらはら	ⓑ ひしひしと
03	両者(りょうしゃ)の実力(じつりょく)の違(ちが)いは（　　）している。	ⓐ 堂々と	ⓑ 歴然と
04	子(こ)どもが（　　）の靴(くつ)を履(は)いて歩(ある)いている。	ⓐ ぶかぶか	ⓑ ぶらぶら

答案：01 ⓐ 02 ⓑ 03 ⓑ 04 ⓐ

「前後關係」大題常考派生詞

022 問題 2 前後關係__重點整理與常考詞彙 11.mp3

※'00 為歷屆考題出題年度。

接辞	單字	中文	例句
片(かた)～	片手間(かたてま)	空檔	仕事(しごと)の片手間(かたてま)に小説(しょうせつ)を書(か)く 在工作的空檔寫小說。
超(ちょう)～	超高速(ちょうこうそく)	超高速度	超高速(ちょうこうそく)で回転(かいてん)する 以超高速度旋轉。
	超満員(ちょうまんいん)	擁擠不堪	超満員(ちょうまんいん)の電車(でんしゃ) 擁擠不堪的電車。
当(とう)～	当病院(とうびょういん)	本醫院	当病院(とうびょういん)のご案内(あんない) 本院導覽。
	当(とう)ホテル '10	本飯店	当(とう)ホテルの魅力(みりょく) 本飯店的魅力。
被(ひ)～	被選挙権(ひせんきょけん)	被選舉權	被選挙権(ひせんきょけん)を与(あた)えられる 被賦予被選舉權。
猛(もう)～	猛反対(もうはんたい) '11	強烈反對	結婚(けっこん)に猛反対(もうはんたい)する 強烈反對結婚。
	猛練習(もうれんしゅう)	大量訓練	猛練習(もうれんしゅう)を重(かさ)ねる 不停地進行大量訓練。
～街(がい)	温泉街(おんせんがい)	溫泉街	歴史(れきし)ある温泉街(おんせんがい) 具有歷史感的溫泉街。
	住宅街(じゅうたくがい)	住宅區	閑静(かんせい)な住宅街(じゅうたくがい) 閑靜的住宅區。
～掛(か)け	三人掛(さんにんが)け	三人座	三人掛(さんにんが)けのいす 三人座椅子。
～観(かん)	価値観(かちかん)	價值觀	価値観(かちかん)の相違(そうい) 價值觀的不同。
	職業観(しょくぎょうかん)	職業觀	日本人(にほんじん)の職業観(しょくぎょうかん) 日本人的職業觀。
～系(けい)	外資系(がいしけい)	外資企業	外資系(がいしけい)の企業(きぎょう) 外資型企業。
	生態系(せいたいけい)	生態系	生態系(せいたいけい)に影響(えいきょう)を与(あた)える 會對生態系造成影響。
～圏(けん)	英語圏(えいごけん)	英語圈	英語圏(えいごけん)の国(くに) 英語圈國家。
	首都圏(しゅとけん)	首都圈	首都圏(しゅとけん)の高速道路(こうそくどうろ) 首都圈的高速公路。
～症(しょう)	依存症(いぞんしょう)	成癮症	アルコール依存症(いぞんしょう)になる 患上了酒精成癮症。
	恐怖症(きょうふしょう)	恐懼症	高所恐怖症(こうしょきょうふしょう) 懼高症。
～証(しょう)	許可証(きょかしょう)	許可証	立入許可証(たちいりきょかしょう)を見(み)せる 出示出入許可證。
	保険証(ほけんしょう)	保險證	保険証(ほけんしょう)を持(も)ち歩(ある)く 隨身攜帶保險證。

※'00 為歷屆考題出題年度。

～上	経験上	根據經驗	経験上知っていること 根據經驗所得到的理解。
	歴史上['10]	歷史上	歴史上の人物 歷史上的人物。
～制	定額制	定額制	定額制の料金プラン 定額型付費方案。
～帯	価格帯	價格範圍	価格帯を低く設定する 降低價格範圍的設定。
	時間帯	時段	人の多い時間帯 人滿為患的時段。
～派	実力派	實力派	実力派のアーティスト 實力派藝術家。
	少数派	少數派	少数派の意見 少數派意見。
～増し	日増し	日益增加	日増しに寒くなる 日甚一日變得寒冷。
～まみれ	汗まみれ	汗涔涔	全身が汗まみれになる 全身布滿了汗。
	ほこりまみれ['11]	滿是灰塵	ほこりまみれのいす 滿是灰塵的椅子。
～味	現実味	現實感	現実味を帯びる 帶有現實感。
	真実味	充滿真實感	話に真実味がある 話題充滿了真實感。
～網	情報網	情報網	独自の情報網を持つ 擁有獨立情報網。

複習試題 請根據文意，選出適合填入括號內的詞彙。

01 大会で優勝するため（　　）練習を重ねた。　ⓐ 超　ⓑ 猛

02 首都（　　）の高速道路で事故が起きた。　ⓐ 圏　ⓑ 帯

03 少数（　　）の意見に耳を傾けよう。　ⓐ 制　ⓑ 派

04 歴史（　　）の人物について調べた。　ⓐ 上　ⓑ 系

答案: 01 ⓑ 02 ⓐ 03 ⓑ 04 ⓐ

實力奠定

請選出適合填入括號內的字詞。

01 急患に備えて受け入れ（　　　）を整えた。

① 意欲　② 腕前　③ 態勢　④ 結束

02 研究のために莫大な資金を（　　　）した。

① 育成　② 投入　③ 稼働　④ 寄与

03 犯人の陳述は彼の話と（　　　）で一致する。

① 背景　② 推移　③ 軌道　④ 大筋

04 ドアを開けた瞬間に（　　　）見えた。

① ちらっと　② ずっしりと　③ ひしひしと　④ がっしりと

05 いつも結婚の話を（　　　）から困る。

① 言い張る　② 切り出す　③ 取り調べる　④ 読み上げる

06 一人で（　　　）悩んでも仕方がない。

① くよくよ　② じめじめ　③ ずるずる　④ だぶだぶ

07 悲しい後ろ姿が次第に（　　　）いく。

① 怠って　② 避けて　③ くじけて　④ 遠ざかって

08 両手が使えないのに鼻が（　　　）たまらない。

① おびただしくて　② ここちよくて　③ くすぐったくて　④ すさまじくて

09 彼女は自分の（　　　）を守るため必死に動いた。

① フロント　② ポジション　③ ラベル　④ シェア

10 ワールドカップのために（　　　）練習を重ねてきた。

① 超　② 片　③ 猛　④ 当

11 市の（　　　）を公正に行うことで市民は安心して暮らすことができる。

① 行政　② 発足　③ 交錯　④ 審議

12 映画の内容は悪くなかったが、疲れて（　　　）なった。

① 悩ましく　② 紛らわしく　③ 潔く　④ 眠たく

13 （　　　）の出来の作品が作れて満足した。

① 愛着　② 支持　③ 本音　④ 会心

14 有名な週刊誌がその事件の内容を（　　　）。

① 脱した　② 面した　③ 報じた　④ 要した

15 その山は（　　　）に乗って頂上まで行ける。

① ロープウェイ　② アクセル　③ メーカー　④ フィルター

16 手軽にお腹を（　　　）ことができる食品が人気だ。

① 埋まる　② 満たす　③ 担う　④ 染みる

17 事故の原因を（　　　）ことが何より先だ。

① 没頭する　② 究明する　③ 加味する　④ 打開する

18 契約を結ぶために（　　　）を持参する必要がある。

① 課題　② 人手　③ 目安　④ 印鑑

19 隙間風が入ってくると思いきや、窓が（　　　）閉まっていなかった。

① きっちり　② がっくり　③ きっぱり　④ げっそり

20 激しい運動で全身が汗（　　　）になった。

① かけ　② まし　③ まみれ　④ あわせ

答案 P404

實戰測驗 1

問題2 （　　）に入れるのに最もよいものを、1・2・3・4から一つ選びなさい。

7 犯人は自分が置かれた状況を（　　）のか、それ以上抵抗しなかった。

1 悟った　2 捉えた　3 貫いた　4 認めた

8 私たちはこの一年間、新しい薬を開発するため（　　）研究に励んできた。

1 終日（しゅうじつ）　2 今更（いまさら）　3 日夜（にちや）　4 急遽（きゅうきょ）

9 この作業は危険なので、決められた（　　）通りに行わなければならない。

1 配列　2 過程　3 手順　4 道筋

10 髪を肩まで切った彼女は（　　）印象が変わっていた。

1 がらりと　2 きらりと　3 すらりと　4 ふわりと

11 心身ともに健康な生活を（　　）には、毎日の運動がかかせない。

1 育む　2 要する　3 勤める　4 営む

12 さらなる社会の高齢化に備え、一人暮らしの高齢者の（　　）を調査した。

1 状態　2 実情　3 様子　4 事柄

13 練習で腰を（　　）、試合に出場できなくなった。

1 危めて　2 崩して　3 害して　4 傷めて

答案 P406

實戰測驗 2

問題2 （　　　）に入れるのに最もよいものを、1・2・3・4から一つ選びなさい。

7 理想とは違い、暮らしのために働くという職業（　　　）を持つ人がほとんどである。

1 論　2 派　3 視　4 観

8 西の空は夕日で真っ赤に（　　　）いた。

1 染まって　2 にじんで　3 塗って　4 いろどって

9 教師の役割は生徒の学習に対する（　　　）を高めることだ。

1 意地　2 意思　3 意欲　4 意図

10 冬は空気が乾燥するため、今以上に（　　　）の呼びかけを強化していく予定だ。

1 防火　2 避難　3 災害　4 緊急

11 あの選手は長身でスピードも兼ね備えており、平成最後の（　　　）と言われている。

1 巨匠　2 逸材　3 名家　4 玄人

12 このパーティーへの参加は（　　　）ではない。

1 強行（きょうこう）　2 強豪（きょうごう）　3 強制（きょうせい）　4 強要（きょうよう）

13 ひと昔前は農業に生活の（　　　）を置いていた。

1 基礎　2 基本　3 基盤　4 基準

答案 P407

實戰測驗 3

問題2　（　　　）に入れるのに最もよいものを、1・2・3・4から一つ選びなさい。

7　祖父の病状は未だ（　　　）を許さない状況です。

1　予断　　2　予備　　3　猶予　　4　予兆

8　彼の考えを（　　　）受け入れることができない。

1　しんみり　　2　ぼんやり　　3　すんなり　　4　じんわり

9　姉は疲れていたのか、バスの窓に（　　　）眠ってしまった。

1　差し掛かって　　2　寄り掛かって　　3　突っ掛かって　　4　伸し掛かって

10　後継者を（　　　）することも会社においては重要な課題です。

1　栽培　　2　促進　　3　扶養　　4　育成

11　彼女は貧しい人々のために生涯を（　　　）人です。

1　捧(ささ)げた　　2　仕(つか)えた　　3　投(とう)じた　　4　納(おさ)めた

12　今回の旅行の目的は秋の（　　　）を満喫することです。

1　後味　　2　加味　　3　味覚　　4　味見

13　この病院ではインターネットで診察の予約をする（　　　）を導入している。

1　メカニズム　　2　カリキュラム　　3　ノウハウ　　4　システム

答案　P408

實戰測驗 4

問題2 （　　　）に入れるのに最もよいものを、1・2・3・4から一つ選びなさい。

7 喉まで出かかった怒りの言葉を（　　　）、冷静になろうと努めた。

1 飲み込み　　2 噛みしめ　　3 押し返し　　4 受け止め

8 地震で崩壊した住宅を（　　　）するには、それなりの時間が必要となる。

1 新築　　2 改装　　3 再建　　4 設計

9 何百本もの木々が（　　　）立ち並んでいる様は圧巻だ。

1 漠然(ばくぜん)と　　2 断然(だんぜん)と　　3 公然(こうぜん)と　　4 整然(せいぜん)と

10 今回開発された新素材は（　　　）分野からの注目を集めている。

1 手広い　　2 根深い　　3 幅広い　　4 奥深い

11 大学時代の友人に彼の結婚式への参加を（　　　）された。

1 援助　　2 打診　　3 促進　　4 奨励

12 カラスがごみを（　　　）ないように対策をとったが効果はなかったようだ。

1 騒が　　2 乱さ　　3 壊さ　　4 荒らさ

13 田中(たなか)さんは相手が気を悪くしないように（　　　）注意するのが上手だ。

1 ふんわり　　2 ぴったり　　3 やんわり　　4 しっとり

答案 P410

近義替換

近義替換 考的是選出與畫底線處意思相近的詞句。總題數為 6 題，主要是針對畫底線詞彙的同義詞出題，約考 4~6 題；或是選出可與畫底線處替換的近義詞，約考 2 題左右。

建議作答時間 2 分鐘

重點攻略

1 畫底線處為單字時，答案要選同義詞；若畫底線處為單字，選項卻出現詞句時，則要選擇與單字意思相近的選項。

例 この問題を解決するためには、手がかりがもっと必要だ 為解決這個問題，還需要更多的線索。

① ヒント 提示 (◯)　② レッスン 課程 (╳)

例 政治家の不用意な発言が話題になることがある 政治家發言不慎，可能引起熱議。

① 注意の足りない 不夠注意 (◯)　② 想像もつかない 無法想像 (╳)

將「不用意な（不謹慎）」改寫

2 畫底線處為句子時，答案要選最適合替換使用的選項，並確認兩者互換後不會改變句意。

例 新商品の開発ははかどっています 新商品的開發正順利進展中。

① 順調に進んでいます 正順利進行中 (◯)　② 意外と難しいです 出乎意料地困難 (╳)

3 有些陷阱選項，套入畫底線處後，整句話仍為語意通順的句子。因此請務必選出與畫底線處同義或意思相近的選項，不能只是單純把選項帶入。

例 その子はとまどっているようには見えなかった 那孩子看起來似乎沒有感到不知所措。

① 困って 感到為難 (◯)　② 苦しんで 感到痛苦 (╳)

③ 怖がって 感到害怕 (╳)　④ 悲しんで 感到悲傷 (╳)

4 該大題中常考的各類單字、詞句，可搭配同義詞、近義詞句一併記下。

解題步驟

Step 1 **閱讀畫底線詞句，確認其意思。**

閱讀畫底線處，確認其意思即可，不需要讀完整句話。

Step 2 **閱讀選項，並選出與畫底線處同義或意思相近的選項。**

閱讀選項後，選出與畫底線處同義，或意思最為相近的選項。若選項中並未出現與底線處同義的字詞時，請閱讀整句話，並選出替換後不會影響原句語意的選項。

套用解題步驟

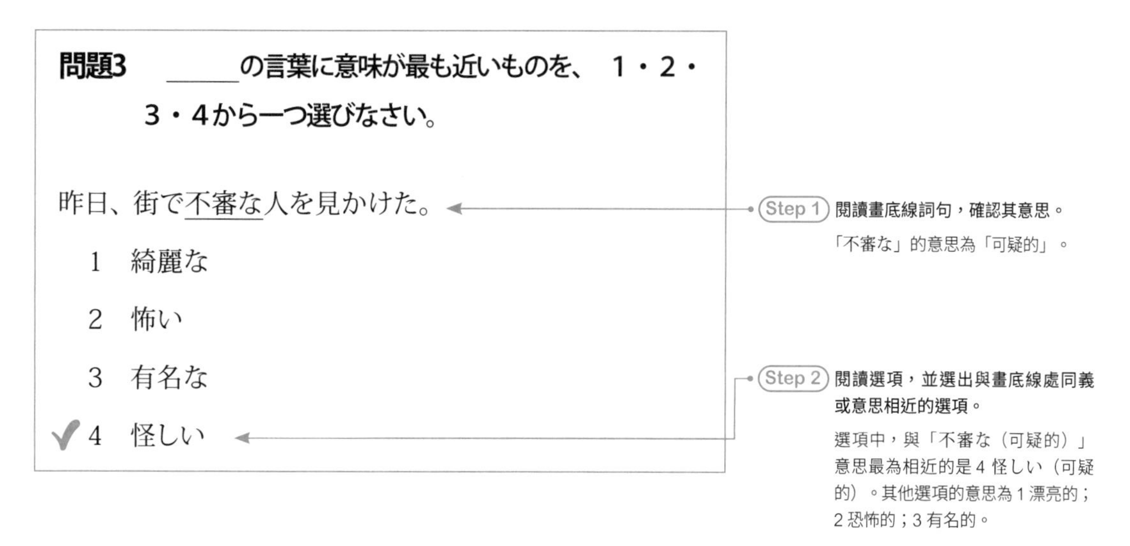

Step 1 閱讀畫底線詞句，確認其意思。
「不審な」的意思為「可疑的」。

Step 2 閱讀選項，並選出與畫底線處同義或意思相近的選項。
選項中，與「不審な（可疑的）」意思最為相近的是 4 怪しい（可疑的）。其他選項的意思為 1 漂亮的；2 恐怖的；3 有名的。

問題 3 請從 1、2、3、4 中選擇一項最符合（　　）的選項。

昨天，在市區看到了可疑的人。

1 漂亮的	2 恐怖的
3 有名的	**4 奇怪的**

字彙 **街 まち** 名 市區 | **不審だ ふしんだ** な形 可疑 | **見かける みかける** 動 看見 | **綺麗だ きれいだ** な形 漂亮的 | **怖い こわい** い形 恐怖
有名だ ゆうめいだ な形 有名 | **怪しい あやしい** い形 奇怪、可疑

重點整理與常考詞彙

「近義關係」大題常考名詞

023 問題 3 近義替換 _ 重點整理與常考詞彙 01.mp3

※'00 為歷屆考題出題年度。

アマチュア	業餘者	≒	素人（しろうと）	外行人
ありきたり['11]	常見	≒	平凡（へいぼん）['11]	平凡
いいわけ	辯解	≒	弁解（べんかい）	辯解
意気込み（いきごみ）['16]	幹勁	≒	意欲（いよく）['16]	熱情
意図（いと）	意圖	≒	思惑（おもわく）	意圖
糸口（いとぐち）['15] 手がかり（てがかり）['11]	線索	≒	ヒント['11'15]	提示
嫌味（いやみ）['10]	挖苦話、令人討厭	≒	皮肉（ひにく）['10]	諷刺
裏づけ（うらづけ）['13]	證據	≒	証拠（しょうこ）['13]	證據
エキスパート['20]	行家	≒	専門家（せんもんか）['20]	專家
架空（かくう）['20]	虛構	≒	想像（そうぞう）['20]	想像
格差（かくさ）	差別	≒	ずれ	不吻合
気掛かり（きがかり）['14]	擔心、掛念、不放心	≒	心配（しんぱい）['14]	擔心
クレーム['15]	索賠、客訴	≒	苦情（くじょう）['15]	不平、抱怨
コントラスト['11]	對比	≒	対比（たいひ）['11]	對照
細菌（さいきん）	細菌	≒	ウイルス	病毒
雑踏（ざっとう）['13]	人山人海	≒	人込み（ひとごみ）['13]	人山人海
しきたり	慣例	≒	風習（ふうしゅう）	風俗習慣
自尊心（じそんしん）['16]	自尊心	≒	プライド['16]	自尊心
助言（じょげん）['15]	忠告	≒	アドバイス['15]	忠告

※'00 為歷屆考題出題年度。

ショック	衝擊	≒	衝撃（しょうげき）	精神上的打擊
スケール '12	規模程度	≒	規模（きぼ） '12	規模
スペース	空間	≒	空き（あ）	空隙
先方（せんぽう） '12	對方、前方	≒	相手（あいて） '12	對方
ソース	來源	≒	出所（でどころ）	出處
つかの間（ま） '18	一瞬間	≒	短い間（みじかいあいだ） '18	很短的時間內
手立て（てだ） '18	方式	≒	方法（ほうほう） '18	方法
念願（ねんがん）	心願	≒	憧れ（あこが）	憧憬
バックアップ '13	支援	≒	支援（しえん） '13	支持
抱負（ほうふ） '17	抱負	≒	決意（けつい） '17	決心
脈絡（みゃくらく） '19	脈絡	≒	つながり '19	關聯
めいめい '18	各自	≒	一人一人（ひとりひとり） '18	每一個人
メカニズム '13	機械裝置	≒	仕組み（しく） '13	結構
めど	目標	≒	見通し（みとお）	預測、預料
ゆとり '17	餘裕	≒	余裕（よゆう） '17	餘裕、從容

複習試題 請選出意思最為相近的詞彙。

01	メカニズム	ⓐ めど	ⓑ 仕組み
02	糸口	ⓐ ヒント	ⓑ ケース
03	先方	ⓐ 相手	ⓑ 素人
04	手立て	ⓐ 主導	ⓑ 方法
05	自尊心	ⓐ プライド	ⓑ ショック
06	雑踏	ⓐ 人込み	ⓑ 状況
07	抱負	ⓐ 決意	ⓑ 脈絡
08	ゆとり	ⓐ 支援	ⓑ 余裕

答案：01 ⓑ 02 ⓐ 03 ⓐ 04 ⓑ 05 ⓐ 06 ⓐ 07 ⓐ 08 ⓑ

「近義關係」大題常考動詞

024 問題 3 近義替換＿重點整理與常考詞彙 02.mp3

※'00 為歷屆考題出題年度。

あきらめる '12	放棄	≒	断念（だんねん）する '12	放棄
ありふれる '15	常見	≒	平凡（へいぼん）だ '15	平凡
案（あん）じる	擔心	≒	危惧（きぐ）する	畏懼
安堵（あんど）する '16	放心	≒	ほっとする '16	放心
打（う）ち切（き）る	停止	≒	中断（ちゅうだん）する	中斷
打（う）ち込（こ）む '19	熱衷、打進、澆灌、投進	≒	熱中（ねっちゅう）する '19	熱衷
うろたえる '15	驚慌失措	≒	慌（あわ）てる '15	慌張
上回（うわまわ）る	超出	≒	オーバーする	超過
押（お）し切（き）る	堅持到底	≒	強行（きょうこう）する	強行
おびえる '16	害怕	≒	怖（こわ）がる '16	害怕
お詫（わ）びする '16	道歉	≒	謝（あやま）る '16	道歉、謝絕
回想（かいそう）する '14	回想	≒	思（おも）い返（かえ）す '14	回想、重新考慮
凝視（ぎょうし）する '20	凝視	≒	じっと見（み）る '20	注視
吟味（ぎんみ）する '19	玩味、審問	≒	検討（けんとう）する '19	討論
誇張（こちょう）する '15	誇張	≒	大（おお）げさだ '15	誇大
さしかかる	來到、垂蓋	≒	到達（とうたつ）する	到達
錯覚（さっかく）する '15	錯覺	≒	勘違（かんちが）いする '15	判斷錯誤
仕上（しあ）がる '15	完成	≒	完成（かんせい）する '15	完成
しくじる '18	失敗	≒	失敗（しっぱい）する '18	失敗
照会（しょうかい）する '17	照會	≒	問（と）い合（あ）わせる '17	打聽
せかす '13	催促	≒	急（いそ）がせる '13	催促

※'00 為歷屆考題出題年度。

撤回（てっかい）する '17	撤回	≒	取（と）り消（け）す '17	取消
手分（てわ）けする '14	分工	≒	分担（ぶんたん）する '14	分擔
とがめる	責備、內疚於心、盤問	≒	追及（ついきゅう）する	追究、追求
とまどう '16	不知所措	≒	困（こま）る '16	為難
なじむ '10	熟識	≒	慣（な）れる '10	習慣、熟悉
抜（ぬ）け出（だ）す	脫身	≒	脱（だっ）する	脫離
ばらまく	撒、散財	≒	配布（はいふ）する	散發
張（は）り合（あ）う '10 '17	競爭	≒	競争（きょうそう）する '10 競（きそ）い合（あ）う '17	競爭
弁解（べんかい）する '15	辯解	≒	言（い）い訳（わけ）する '15	辯解
妨害（ぼうがい）する '18	妨礙	≒	邪魔（じゃま）する '18	妨礙
まっとうする '19	完成	≒	完了（かんりょう）する '19	完結
見合（みあ）わせる '10	暫停中止	≒	中止（ちゅうし）する '10	中途停止
もくろむ '11	計劃	≒	計画（けいかく）する '11	計劃
落胆（らくたん）する '11	灰心	≒	がっかりする '11	灰心喪氣

複習試題 請選出意思最為相近的詞彙。

		ⓐ	ⓑ			ⓐ	ⓑ
01	吟味する	ⓐ 検討する	ⓑ 中止する	05	しくじる	ⓐ 落胆する	ⓑ 失敗する
02	弁解する	ⓐ 言い訳する	ⓑ 邪魔する	06	回想する	ⓐ 思い返す	ⓑ 配布する
03	もくろむ	ⓐ 計画する	ⓑ 競争する	07	おびえる	ⓐ 怖がる	ⓑ 困る
04	まっとうする	ⓐ 追及する	ⓑ 完了する	08	ありふれる	ⓐ 大げさだ	ⓑ 平凡だ

答案：01 ⓐ 02 ⓐ 03 ⓐ 04 ⓑ 05 ⓑ 06 ⓐ 07 ⓐ 08 ⓑ

「近義關係」大題常考い・な形容詞

025 問題 3 近義替換 _ 重點整理與常考詞彙 03.mp3

※’00 為歷屆考題出題年度。

あさましい	卑鄙、悲慘	≒	見苦しい(みぐる)	骯髒
おっかない	可怕的	≒	凄まじい(すさ)	可怕
すがすがしい’12	清爽	≒	さわやかだ’12	清爽
すばしこい	行動敏捷	≒	機敏だ(きびん)	機敏
そっけない	冷淡	≒	ドライだ	冷面無情、乾燥
情け深い(なさ ぶか)	仁慈	≒	寛大だ(かんだい)	寬大
粘り強い(ねば づよ)’17	黏性大	≒	あきらめない’17	不死心
珍しい(めずら)’19	珍奇	≒	異例だ(いれい)’19	破格
あやふやだ	含糊	≒	不明瞭だ(ふめいりょう)	不明瞭
エレガントだ’18	優雅	≒	上品だ(じょうひん)’18	文雅、高尚
おっくうだ’12 厄介だ(やっかい)’14 煩わしい(わずら)’10’16	嫌麻煩 麻煩 厭煩	≒	面倒だ(めんどう)’10’12’14’16	麻煩、照顧
格段だ(かくだん)’14	特殊	≒	大幅だ(おおはば)’14	大幅度
かたくなだ’17	頑固	≒	頑固だ(がんこ)’17	頑固
画期的だ(かっきてき)’11	劃時代的	≒	今までにない(いま) 新しい(あたら)’11	前所未見
簡素だ(かんそ)’12	簡單	≒	シンプルだ’12	樸素、簡單
几帳面だ(きちょうめん)	規規矩矩	≒	誠実だ(せいじつ)	誠實
些細な(ささい)’16	細小不足道	≒	小さな(ちい)’16	小的
シビアだ’11	嚴厲	≒	厳しい(きび)’11	嚴格

※'00 為歷屆考題出題年度。

ストレートだ '14	直	≒	率直（そっちょく）だ '14	坦率
ぞんざいだ	草率	≒	粗末（そまつ）だ	簡陋
端的（たんてき）だ '16	明顯的	≒	明白（めいはく）だ '16	明白
丹念（たんねん）だ '10	精心	≒	じっくりと '10	沉著
ひそかだ '12	祕密	≒	こっそり '12	悄悄地
敏感（びんかん）だ	敏感	≒	神経質（しんけいしつ）だ センシティブだ	神經質 敏感
ふいだ '15	意外	≒	突然（とつぜん） '15	突然
不審（ふしん）だ '19	可疑	≒	怪（あや）しい '19	奇怪
不用意（ふようい）だ '14	沒準備	≒	不注意（ふちゅうい）だ '14	不注意
まばらだ '10	稀疏	≒	少（すく）ない '10	少
ルーズだ '10 '19	鬆懈	≒	だらしない '10 '19	馬虎不檢點

複習試題 請選出意思最為相近的詞彙。

01	そっけない	ⓐ シビアだ	ⓑ ドライだ	05	簡素だ	ⓐ シンプルだ	ⓑ ルーズだ
02	粘り強い	ⓐ あきらめない	ⓑ だらしない	06	丹念に	ⓐ こっそり	ⓑ じっくりと
03	煩わしい	ⓐ 寛大だ	ⓑ 面倒だ	07	ふいに	ⓐ 突然	ⓑ ひそかに
04	格段だ	ⓐ 大幅だ	ⓑ 明白だ	08	まばらだ	ⓐ 厳しい	ⓑ 少ない

答案: 01 ⓑ 02 ⓐ 03 ⓑ 04 ⓐ 05 ⓐ 06 ⓑ 07 ⓐ 08 ⓑ

「近義關係」大題常考副詞

026 問題 3 近義替換 _ 重點整理與常考詞彙 04.mp3

※'00 為歷屆考題出題年度。

敢(あ)えて	敢於	≒	強(し)いて	勉強
あっさり	爽快	≒	難(なん)なく	容易
予(あらかじ)め['13]	事先、事前	≒	事前(じぜん)に['13]	事前
ありありと['18]	清清楚楚	≒	はっきり['18]	清楚
案(あん)の定(じょう)['14]	果然	≒	やはり['14]	果然
いいかげん	適當	≒	相当(そうとう)	頗
いたって['14]	非常	≒	非常(ひじょう)に['14]	非常、特別
未(いま)だ	尚未	≒	相(あい)も変(か)わらず	照舊
うすうす['17]	模模糊糊	≒	なんとなく['17]	總覺得
おおむね['13]	大概	≒	だいたい['13]	大體上
自(おの)ずから	自然地	≒	独(ひと)りでに	自動地
自(おの)ずと['12]	自然而然地	≒	自然(しぜん)に['12]	自然而然地
かねがね['16'20]	很久以前	≒	以前(いぜん)から['16'20]	自以前起
かろうじて['16]	好不容易才	≒	何(なん)とか['16]	湊合
極力(きょくりょく)['11'19]	極力、盡量	≒	できる限(かぎ)り['11] できるだけ['19]	盡量
極(きわ)めて	極度	≒	この上(うえ)なく	至上
ことごとく['13]	所有	≒	すべて['13]	一切
殊(こと)に	特別	≒	一際(ひときわ) 格別(かくべつ)	格外 特別

※'00 為歷屆考題出題年度。

しきりに '12	頻頻	≒	何度も（なんど）'12 しょっちゅう	多次 經常
若干（じゃっかん）'17	若干	≒	わずかに '17	僅僅
即座に（そくざ）	立即	≒	またたく間に（ま）	轉瞬間
努めて（つと）	盡力	≒	懸命に（けんめい）	拼命地
つぶさに '19	詳細地	≒	詳細に（しょうさい）'19	詳細地
当面（とうめん）'12 '20	當前	≒	しばらく '12 '20	一會兒
突如（とつじょ）	突然	≒	不意に（ふい）	意外
漠然と（ばくぜん）	含糊	≒	ぼんやり	模模糊糊
ひたすら	只顧	≒	無心で（むしん）	天真 熱衷於…
まして	何況	≒	当然（とうぜん）	當然
丸々（まるまる）	全部	≒	そっくりそのまま	一模一樣
やたら	胡亂	≒	無闇に（むやみ）	胡亂、輕率
歴然と（れきぜん）'11	明顯地	≒	はっきり '11	清楚、明確、斷然

複習試題 請選出意思最為相近的詞彙。

		ⓐ	ⓑ			ⓐ	ⓑ
01	つぶさに	ⓐ 詳細に	ⓑ 懸命に	05	予め	ⓐ 事前に	ⓑ ふいに
02	漠然と	ⓐ しょっちゅう	ⓑ ぼんやり	06	ありありと	ⓐ はっきり	ⓑ すべて
03	やたら	ⓐ 無闇に	ⓑ 非常に	07	自ずと	ⓐ 何とか	ⓑ 自然に
04	当面	ⓐ だいたい	ⓑ しばらく	08	かねがね	ⓐ 以前から	ⓑ この上なく

答案：01 ⓐ 02 ⓑ 03 ⓐ 04 ⓑ 05 ⓐ 06 ⓐ 07 ⓑ 08 ⓐ

「近義關係」大題常考慣用語

027 問題 3 近義替換 _ 重點整理與常考詞彙 05.mp3

※'00 為歷屆考題出題年度。

意外（いがい）につまらない['11]	沒想到這麼無趣	≒	あっけない['11]	沒勁
一度（いちど）に大勢（おおぜい）来（く）る['15]	一下子來了非常多人	≒	殺到（さっとう）する['15]	蜂擁而至
異例（いれい）の['19]	破例的	≒	珍（めずら）しい['19]	新奇、罕見
薄（うす）く切（き）る['18]	切成薄片	≒	スライスする['18]	切片
嬉（うれ）しい知（し）らせ['10]	好消息	≒	朗報（ろうほう）['10]	朗報、喜訊
お手上（てあ）げだ['14]	束手無策	≒	どうしようもない['14]	毫無辦法
詳（くわ）しく丁寧（ていねい）に['18]	細心又仔細	≒	克明（こくめい）に['18]	認真仔細
故意（こい）に['16]	故意、有意去做	≒	わざと['16] わざわざ	故意、特意
小型（こがた）の['19]	小型的	≒	コンパクトな['19]	小型的、精巧的
細（こま）かく丁寧（ていねい）に['17]	仔細入微	≒	入念（にゅうねん）に['17]	細心、謹慎
これまで['13]	到現在為止	≒	従来（じゅうらい）['13]	過去
刺激（しげき）を受（う）ける['12]	受到刺激	≒	触発（しょくはつ）される['12]	被觸發
順調（じゅんちょう）に進（すす）む['10]	順利地進行	≒	はかどる['10]	進展順利
すべがない['13]	無計可施	≒	方法（ほうほう）がない['13]	毫無辦法
大体同（だいたいおな）じだ['15]	大致上相同	≒	互角（ごかく）だ['15]	勢均力敵
小（ちい）さな声（こえ）で言（い）う['19]	小聲說	≒	つぶやく['19]	呢喃細語
できるだけはやく['18]	盡快	≒	すみやかに['18]	迅速
とても驚（おどろ）く['13]	非常驚人	≒	仰天（ぎょうてん）する['13]	大吃一驚
どんよりした天気（てんき）['10]	灰濛濛的天氣	≒	曇（くも）っていて暗（くら）い['10]	天氣陰暗

※'00 為歷屆考題出題年度。

なかなかしようとしない['18]	不願意去做	≒	しぶっている['18]	不情願
にわかには['11]	馬上	≒	すぐには['11]	立即
熱心(ねっしん)に取(と)り組(く)む['14]	積極動手、熱心解決	≒	打(う)ち込(こ)む['14]	埋頭
漠然(ばくぜん)としている['18]	模糊不清	≒	ぼんやりしている['18]	矇矇朧朧
ばててしまう['19]	精疲力竭	≒	疲(つか)れてしまう['19]	疲勞
不安(ふあん)なところ['17]	令人憂心之處、有疑慮的地方	≒	難点(なんてん)['17]	困難之處
便利(べんり)で役(やく)に立(た)っている['11]	方便好用	≒	重宝(ちょうほう)している['11]	當作貴重的寶物
ほかと比(くら)べてとくにいい['13]	比其他的都要好	≒	抜群(ばつぐん)だ['13]	超群
ぼやいている['20]	小小聲地發牢騷	≒	愚痴(ぐち)を言(い)っている['20]	發牢騷
むっとする['17]	生悶氣	≒	怒(おこ)ったようだ['17]	好像生氣了
無償(むしょう)で['14]	無償	≒	ただで['14]	免費
やむを得(え)ず['10]	不得已	≒	仕方(しかた)なく['10]	沒辦法
悪(わる)く言(い)われる['12]	說壞話、批評、壞評價	≒	けなされる['12]	遭人貶低

複習試題 請選出意思最為相近的詞彙。

01	お手上げだ	ⓐ 抜群だ	ⓑ どうしようもない
02	便利で役に立っている	ⓐ 重宝している	ⓑ 打ち込んでいる
03	一度に大勢来る	ⓐ 殺到する	ⓑ 触発される
04	なかなかしようとしない	ⓐ ぼんやりしている	ⓑ しぶっている

答案：01 ⓑ 02 ⓐ 03 ⓐ 04 ⓑ

實力奠定

請選出意思和題目最接近的詞彙。

01 気掛かり

① 心配　② 手掛かり　③ 心当たり　④ 心得

02 吟味する

① 朗読する　② 検討する　③ 調理する　④ 視察する

03 情け深い

① 凄まじい　② 尊い　③ 婉曲だ　④ 寛大だ

04 自ずから

① ひたすら　② 特別に　③ 独りでに　④ しきりに

05 アマチュア

① 職人　② 知識人　③ 素人　④ 若者

06 当面

① しばらく　② 難なく　③ まして　④ 何とか

07 つかの間

① 寒い間　② 続ける間　③ 働く間　④ 短い間

08 お手上げだ

① やってはならない　② どうしようもない
③ うまくいかない　④ 余裕がない

09 異例の

① 月並みな　② 大柄な　③ 著しい　④ 珍しい

10 小さな声で言う

① おもむく ② たくわえる ③ つぶやく ④ つくろう

11 念願

① 憧れ ② 唱え ③ 背き ④ 呟き

12 抜け出す

① 圧する ② 脱する ③ 察する ④ 服する

13 几帳面だ

① 有望だ ② 無邪気だ ③ 誠実だ ④ 欲深だ

14 突如

① 無性に ② 不意に ③ 整然と ④ 一挙に

15 メカニズム

① 様相 ② 処置 ③ 規則 ④ 仕組み

16 あきらめずに

① 粘り強く ② 我慢強く ③ 力強く ④ 根強く

17 無償で

① 久々に ② 簡単に ③ ただで ④ いい加減に

18 どんよりした天気

① 風が強い ② 霧が立っている

③ 雪が積もっている ④ 曇っていて暗い

19 不安なところ

① 赤点 ② 難点 ③ 悪運 ④ 不意

20 嬉しい知らせ

① 朗報 ② 遺言 ③ 告発 ④ 豪語

答案 P411

實戰測驗 1

問題3　＿＿＿の言葉に意味が最も近いものを、1・2・3・4から一つ選びなさい。

14　セールが告知されている紙をばらまいた。

1　印刷した　　2　配布した　　3　廃棄した　　4　発注した

15　欠点を敢えて言うなら値段が高いところだと思う。

1　改めて　　2　ずばり　　3　ついでに　　4　強いて

16　田中（たなか）さんは突然脈絡のない話を始めた。

1　つながり　　2　筋道　　3　まとまり　　4　目的

17　昔はよく友だちと張り合っていた。

1　通じ合って　　2　言い合って　　3　競い合って　　4　解け合って

18　トラブルは極力避けるようにしています。

1　可能であれば　　2　できる限り　　3　ある程度　　4　どうにか

19　確認は細かく丁寧に行ってください。

1　入念に　　2　迅速に　　3　内密に　　4　簡潔に

答案　P411

實戰測驗 2

問題3　＿＿＿の言葉に意味が最も近いものを、1・2・3・4から一つ選びなさい。

14　彼は話を打ち切ろうとした。

1　整理しよう　　2　中断しよう　　3　展開しよう　　4　続行しよう

15　舞台を設置するスペースを確保してください。

1　人手　　2　予算　　3　空き　　4　期間

16　その日にあった些細な出来事を日記に残している。

1　嫌な　　2　小さな　　3　重要な　　4　うれしい

17　一年間の業務停止の命令を撤回した。

1　拒否した　　2　遵守した　　3　下した　　4　取り消した

18　母にお気に入りの洋服を悪く言われた。

1　けなされた　　2　禁じられた　　3　処分された　　4　裁断された

19　父が俳優だったなんてにわかには信じられない。

1　ふつうは　　2　どうしても　　3　すぐには　　4　やはり

答案 P412

實戰測驗 3

問題3　＿＿＿の言葉に意味が最も近いものを、1・2・3・4から一つ選びなさい。

14　部長は部下の数々の不正をとがめた。

1　告発した　　2　追及した　　3　食い止めた　　4　見逃した

15　この地下で大規模な集会がひそかに行われているとの情報を得た。

1　ときおり　　2　こっそり　　3　頻繁に　　4　まさに

16　昨日、お客様からクレームを受けた。

1　苦情　　2　助言　　3　質問　　4　要望

17　山本（やまもと）さんは何かを錯覚しているに違いない。

1　思い悩んで　　2　危惧して　　3　勘違いして　　4　自覚して

18　外国語学習において、本の音読は極めて有効な方法だと言える。

1　それなりに　　2　確かに　　3　この上なく　　4　思いのほか

19　あの事態を防ぐすべがなかった。

1　つもりがなかった　　2　必要がなかった

3　理由がなかった　　4　方法がなかった

答案 P412

實戰測驗 4

問題3 ＿＿＿の言葉に意味が最も近いものを、1・2・3・4から一つ選びなさい。

14 人生の大事な局面に差し掛かった。

1 遭遇した　2 立ち向かった　3 到達した　4 臨んだ

15 景気回復のめどについて、議論を繰り広げた。

1 兆し　2 可能性　3 背景　4 見通し

16 高橋（たかはし）さんは昔から時間にルーズな人だ。

1 うるさい　2 正確な　3 無関心な　4 だらしない

17 そのグラフには現状が端的に現れていた。

1 明白に　2 詳細に　3 大まかに　4 意外に

18 数々の素晴らしい作品に刺激を受け、創作活動を再開した。

1 触発され　2 誘惑され　3 魅せられ　4 恵まれ

19 彼は彼女の言葉を聞くなり、むっとした表情をした。

1 嬉しそうな　2 悲しそうな　3 怒ったような　4 驚いたような

答案 P413

問題 4 用法

用法 考的是選出題目詞彙的正確用法。總題數為 6 題，出題詞彙包含名詞、動詞、形容詞、副詞，各詞性平均出題。

建議作答時間 4 分鐘

重點攻略

1 畫底線詞彙為名詞、動詞時，請留意該詞彙前方連接的內容，並根據文意，選出用法正確的選項。

例 心当たり（こころあたり） 有線索、猜想得到

① 犯人（はんにん）に心当たり（こころあたり）がある人を探（さが）している。 正在尋找對犯人有頭緒的人。 (○)

心当たり 表示內心對某個對象的猜想、頭緒。

② 2年間（ねんかん）は勉強（べんきょう）に没頭（ぼっとう）する心当たり（こころあたり）ができている。 有著兩年期間埋頭唸書的頭緒。 (×)

例 かばう 包庇、袒護

① 先輩（せんぱい）は私（わたし）のミスをかばってくれた。 前輩包庇我的過錯。 (○)

かばう 表示包庇某個人犯下的錯誤。

② 捨（す）てられている猫（ねこ）をうちでかばうことにした。 決定把被遺棄的貓咪放在家裡袒護。 (×)

2 畫底線詞彙為形容詞時，請留意該詞彙前後方的內容；畫底線詞彙為副詞時，則需留意其後方連接的內容，或是根據整句話的語意，選出用法正確的選項。

例 目覚ましい（めざましい） 驚人、顯著的

① プロ野球（やきゅう）で外国人選手（がいこくじんせんしゅ）の活躍（かつやく）が目覚（めざ）ましい。 在職業棒球界，外國球員的表現相當突出。 (○)

目覚ましい 表示某個對象特別突出的作為。

② 目覚（めざ）ましい日差（ひざ）しのせいで、とても眩（まぶ）しい。 驚人的陽光，特別刺眼。 (×)

例 もはや 不知不覺間

① 高校（こうこう）を卒業（そつぎょう）してもはや10年（ねん）になる。 高中畢業不知不覺已過了10年。 (○)

もはや 表示事情在不知不覺中持續進行著。

② 家（いえ）に帰（かえ）ったら、もはや家族（かぞく）は食事（しょくじ）をしていた。 回到家才發現，家人不知不覺已吃過飯了。 (×)

3 該大題中常考的詞彙，可按照詞性搭配常見用法一併記下。

解題步驟

Step 1 **閱讀畫底線詞彙，確認其詞性和意思。**

閱讀畫底線詞彙，確認該詞彙的詞性和意思。此時可以在詞彙旁標註一下意思。

Step 2 **確認畫底線詞彙前後方的內容、是整句話的語意，選出該詞彙的正確用法。**

根據詞彙的詞性，確認其前後方、是整句話的語意，選出用法最為適當的選項。閱讀各選項內容時，可在錯誤選項前方打上×；不太確定的選項前方打上△；肯定為答案的選項前方打上○。只要出現○的選項，就可以劃記答案，並移往下一題作答。

套用解題步驟

問題4　次の言葉の使い方として最もよいものを、１・２・３・４から一つ選びなさい。

配属 分配

✓1　内定が決まったが、まだどの部署に<u>配属</u>されるかは分からない。○

2　彼は去年まで政府に<u>配属</u>している機関で働いていた。×

3　現在、高橋（たかはし）選手は、外国の有名サッカーチームに<u>配属</u>している。×

4　この土地は所有者のない不動産として、国庫に<u>配属</u>されたそうだ。×

Step 1 **閱讀畫底線詞彙，確認其詞性和意思。**

「配属（分配）」為名詞，用於表示分配至特定部門。

Step 2 **確認畫底線詞彙前後方的內容、是整句話的語意，選出該詞彙的正確用法。**

畫底線詞彙為名詞，因此請確認該詞彙與其前方連接的內容。1 表示「還不清楚會被分配到哪個部門」，語意最為通順，故為正解；2 表示「分配至政府」、3 表示「分配到知名的足球隊」、4 表示「分配到國庫」，三者的語意皆不通順，因此並非答案。

問題 4 請從下列 1、2、3、4 中，選擇一項用法最正確的選項。

分配

1　雖然已經得到了內定，但還不知道會被分配到哪個部門。

2　他到去年之前，一直在分配在政府的機關中工作。

3　目前高橋選手是被分配到國外很有名的足球隊。

4　這片土地似乎是以無所有人的不動產被分配在國庫裡。

字彙 **配属 はいぞく** 名 分配｜**内定 ないてい** 名 內定｜**部署 ぶしょ** 名 部門｜**政府 せいふ** 名 政府｜**機関 きかん** 名 政府機關｜**現在 げんざい** 名 現在｜**選手 せんしゅ** 名 選手｜**サッカーチーム** 名 足球隊｜**土地 とち** 名 土地｜**所有者 しょゆうしゃ** 名 擁有者｜**不動産 ふどうさん** 名 不動產｜**国庫 こっこ** 名 國庫

重點整理與常考詞彙

「用法」大題常考名詞 ①

028 問題 4 用法 _ 重點整理與常考詞彙 01.mp3

※'00 為歷屆考題出題年度。

安静（あんせい）'15	安靜	心の安静を保つ 維持心靈的安靜狀態。
意地（いじ）'10	固執、志氣	意地を張り続ける 執迷不悟。
一変（いっぺん）	完全改變	難しい状況が一変する 艱難的局面終於有顛覆性的轉變。
内訳（うちわけ）'16	明細	出張費の内訳を出す 提出出差費的明細。
解明（かいめい）'19	弄清楚	謎を解明する 弄清楚謎底。
拡散（かくさん）	擴散	空気中に拡散する 擴散到空氣中。
合致（がっち）'13	符合	顧客のニーズに合致する 符合顧客的需求。
加味（かみ）'13	加進	あらゆる情報を加味する 加進所有的情報。
還元（かんげん）'16	回饋	社会に利益を還元する 將利益回饋給社會。
慣行（かんこう）	慣例	この件は慣行に従うべきだ 此事應該依循慣例。
貫禄（かんろく）	威信	ベテランの貫禄を見せる 展現出權威的威信。
規制（きせい）'16	限制	輸出を規制する 對出口做出限制。
基調（きちょう）'18	基調	店内は白を基調とした 店內的裝潢採用白色作為基調。
軌道（きどう）'15	軌道	事業が軌道に乗る 事業步上軌道。
逆転（ぎゃくてん）	倒轉	立場が逆転する 立場倒轉。
拠点（きょてん）'17	據點	会社は東京に拠点を置く 公司將據點設在東京。
口出し（くちだし）'13	多嘴、干預	他人の子育てに口出しする 對他人的育兒方式指手畫腳。
工面（くめん）'14	籌措	お金を工面する 籌措金錢。
経緯（けいい）'16'20	原委	事故の経緯を説明する 說明事故原委。
気配（けはい）'13	跡象	人の気配を感じる 感受到人的氣息。
交錯（こうさく）'18	交錯	いろんな思いが交錯する 許多的想法在腦海中交錯閃現。

※'00 為歷屆考題出題年度。

互角 '19	勢均力敵	互角に戦う 勢均力敵地戰鬥。
心当たり '18	頭緒	原因に心当たりはない 對起因毫無頭緒。
心構え '14	心態建設	プロの俳優としての心構えを持つ 擁有身為專業演員的心態建設。
こつ	竅門	運転のこつをつかむ 掌握駕駛竅門。
災害	災害	災害が発生する 發生災難。
作動 '18	起動、運轉	安全装置が作動する 安全裝置起動。
色彩	色彩	鮮やかな色彩である 明豔的色彩。
辞退	謝絕	委員会への出席を辞退する 謝絕出席委員會。
失脚 '20	下台、喪失地位	あの大臣は賄賂をもらって失脚した 那位大臣因收受賄賂而下台。
辞任 '15	辭職	社長を辞任する 請辭社長職位。
重複／重複 '17	重複	話の内容が一部重複する 話題內容有一部分重複。
昇進 '17	晉升	来月課長に昇進する 下個月即將晉升為課長。
処置 '13	處置、治療	応急処置を行う 實施緊急治療。
仕業 '12	勾當	これは犯人の仕業だ 這是犯人所幹的勾當。
審議	審議	法案を審議する 審議法案。

複習試題 請選出下方詞彙的正確用法。

		ⓐ	ⓑ
01	気配	ⓐ 背後に人の気配を感じて振り返った。	ⓑ その件に関しては全く気配がない。
02	重複	ⓐ 再度、法案を重複することになった。	ⓑ 話の内容が重複することを避ける。
03	内訳	ⓐ 至急、出張費の内訳を出してください。	ⓑ 謎の内訳にはもう少し時間が必要だ。
04	経緯	ⓐ 全ての犯行はカラスの経緯だった。	ⓑ 警察署で事故の経緯を説明した。

答案：01 ⓐ 02 ⓑ 03 ⓐ 04 ⓑ

文字・語彙
問題4 用法

「用法」大題常考名詞 ②

029 問題 4 用法 _ 重點整理與常考詞彙 02.mp3

※'00 為歷屆考題出題年度。

親善（しんぜん）	親善	親善大使として活動する 以親善大使的名義活動。
制裁（せいさい）	制裁	経済制裁を加える 加上經濟制裁。
総合（そうごう）'15	綜合	総合病院で受診する 在綜合醫院受診療。
打開（だかい）'13	克服	危機的な状況を打開する 克服危機重重的狀態。
調達（ちょうたつ）'10	供應	食料を調達する 供應食料。
提起（ていき）'17	提出	新しい課題を提起する 提出新的課題。
入手（にゅうしゅ）'16	取得	大事な情報を入手する 取得重要的資訊。
配属（はいぞく）'18	分配	他の支店に配属される 分配到其它分店。
配布（はいふ）'11'17	分發	パンフレットを配布する 分發手冊。
発散（はっさん）'12	發散	たまったストレスを発散する 發散累積的壓力。
抜粋（ばっすい）'18	摘錄	歌の歌詞を抜粋する 摘錄歌曲的歌詞。
繁盛（はんじょう）'19	繁榮	お店が繁盛する 店舖生意興旺。
人手（ひとで）'15	人手	人手が足りない 人手不足。
拍子（ひょうし）'13	拍子	拍子に合わせて踊る 配合拍子跳舞。
復旧（ふっきゅう）'14	修復	電車の復旧作業が遅れる 電車的修復工程很緩慢。
赴任（ふにん）'11	赴任	海外に赴任する 前往海外就任。
不服（ふふく）'11	異議	不服を申し立てる 提出異議。
ブランク'12	空白	5年のブランクがある 有五年的空白。
分裂（ぶんれつ）	分裂	国が東西に分裂する 國家分裂為東西。
便宜（べんぎ）	方便、便利	便宜を図る 圖求方便。

※'00 為歷屆考題出題年度。

発足（ほっそく）'10'17	團體組織成立後開始活動	委員会が発足する 委員會開始活動。
没頭（ぼっとう）'15	專心致志	仕事に没頭する 埋頭工作。
真っ先（まっさき）'17	最先	真っ先に頭に浮かぶ 最先浮上腦海。
満喫（まんきつ）'10	充分享受	久しぶりの旅行を満喫する 充分地享受久違的旅行。
見込み（みこみ）'12	希望	回復の見込みがない 看不到恢復的希望。
密集（みっしゅう）'10	密集	住宅が密集している 房屋分布相當密集。
目先（めさき）'10	眼前	目先の利益にとらわれる 被眼前的利益束縛。
目安（めやす）'19	標準	判断の目安にする 視為判斷標準。
面識（めんしき）'18	見過面	会長と面識がある 與會長有過一面之緣。
免除（めんじょ）'12	免除	授業料を免除してもらう 承蒙學費的減免。
優位（ゆうい）'13	優勢	誰より優位に立つ 比任何人更佔優勢。
ゆとり'11	寬裕、從容	心にゆとりをもつ 心態從容。
様相（ようそう）'19	情勢	厳しい様相を示す 顯示出嚴峻的情勢。
要望（ようぼう）'19	要求	要望を受け入れる 接受要求。
連携（れんけい）'11	合作	市民団体と連携する 與市民團體合作

複習試題 請選出下方詞彙的正確用法。

01 真っ先 ⓐ彼の顔が真っ先に頭に浮かんだ。 ⓑ誰より真っ先に立ちたいという願望が強い。

02 提起 ⓐ新しく提起された課題を話し合う。 ⓑ状況を提起するための策を練る。

03 配布 ⓐ今年度の新入社員の配布が決まった。 ⓑ新しく開かれるイベントのパンフレットを配布した。

04 目安 ⓐ目安の利益ではなく、未来に投資するべきだ。 ⓑ営業利益を経営上の判断の目安にする。

答案：01 ⓐ 02 ⓐ 03 ⓑ 04 ⓑ

「用法」大題常考動詞 ①

030 問題 4 用法 _ 重點整理與常考詞彙 03.mp3

※'00 為歷屆考題出題年度。

單字	中文	例句	翻譯
あざわらう	嘲笑	人の失敗をあざわらう	嘲笑他人的失敗。
焦る	著急	時間を見て焦る	看到時間後開始著急。
当てはめる '13	適用	基準に当てはめる	適用基準。
操る	掌握	三か国語を操る	掌握三國語言。
打ち明ける	說出心裡話	秘密を打ち明ける	說出祕密。
うなだれる '17	低頭	がっくりとうなだれる	羞愧地低下頭來。
怠る '12 '20	疏忽	発表の準備を怠る	沒有準備好演講的內容。
帯びる '15	帶有	現実味を帯びる	帶有現實感。
思い詰める '15	鑽牛角尖	一人で思い詰める	一個人鑽牛角尖。
折り返す	折返	中間地点で折り返す	中途折返。
抱え込む '14	抱住	頭を抱え込む	抱頭煩惱。
かさばる '18	體積大	荷物がかさばる	行李很大一個。
かなう '11	實現	長年の夢がかなう	實現了長年的夢想。
かばう '13	袒護	部下のミスをかばう	幫失誤的下屬說話。
かぶれる	（因化學成分、毒素導致的）皮膚發炎	肌がかぶれる	皮膚發炎。
食い違う '16	不一致	両者の意見が食い違う	雙方意見不一致。
くじける '19	沮喪	気持ちがくじける	心情沮喪。
覆す '19	推翻	常識を覆す	推翻常識。
組み込む	排入	スケジュールに組み込む	排入行程。
心掛ける	留意	睡眠を十分取るよう心掛ける	注意睡眠要充足。

※'00 為歷屆考題出題年度。

試(こころ)みる	試試看	新(あたら)しい方法(ほうほう)で試(こころ)みてみる 用新的方法試試看。
籠(こ)もる	閉門不出	部屋(へや)に籠(こ)もる 悶在房間裡不出門。
凝(こ)らす	集中	目(め)を凝(こ)らす 凝視。
裂(さ)ける	裂開	衣服(いふく)が裂(さ)ける 衣服裂開了。
授(さず)ける	傳授	知恵(ちえ)を授(さず)ける 傳授智慧。
察(さっ)する '16	體諒	事情(じじょう)を察(さっ)する 體諒內情。
裁(さば)く	裁判	犯罪(はんざい)を裁(さば)く 為犯罪做出審判。
仕上(しあ)げる	完成、收尾	作品(さくひん)を仕上(しあ)げる 為作品做最後的收尾工作。
仕掛(しか)ける	挑釁	けんかを仕掛(しか)ける 找人吵架。
しがみつく '14	緊緊抓住	腕(うで)にしがみつく 緊緊抓住手臂。
称(しょう)する	號稱	専門家(せんもんか)と称(しょう)する 號稱專家。
退(しりぞ)く '16	退職	現役(げんえき)を退(しりぞ)く 退役。
制(せい)する	壓制	レースを制(せい)する 制霸比賽。
損(そこ)なう '14	損壞	健康(けんこう)を損(そこ)なう 損壞健康。
備(そな)え付(つ)ける '18	裝設	装置(そうち)を備(そな)え付(つ)ける 裝設設備。

複習試題 請選出下方詞彙的正確用法。

01 かさばる
ⓐ かさばったストレスが爆発(ばくはつ)した。
ⓑ 荷物(にもつ)がかさばってかばんに入(はい)らない。

02 くじける
ⓐ 気持(きも)ちがくじけそうなときこそ笑顔(えがお)を作(つく)る。
ⓑ 彼女(かのじょ)は試験(しけん)に落(お)ちてくじけている。

03 察する
ⓐ 何(なに)も言(い)わなくても事情(じじょう)を察してくれた。
ⓑ 前大会(ぜんたいかい)の優勝者(ゆうしょうしゃ)が今回(こんかい)の大会(たいかい)も察した。

04 退く
ⓐ 健康管理(けんこうかんり)を退き、体調(たいちょう)を崩(くず)した。
ⓑ 現役(げんえき)を退いても、野球(やきゅう)は続(つづ)けたい。

答案：01 ⓑ 02 ⓐ 03 ⓐ 04 ⓑ

「用法」大題常考動詞②

031 問題 4 用法 _ 重點整理與常考詞彙 04.mp3

※'00 為歷屆考題出題年度。

反る（そる）	翹曲	本の表紙が反る 書的封面翹起來。
携わる（たずさわる）'14	從事	ゲームの開発に携わる 從事遊戲的開發。
断つ（たつ）	斷絕	協力関係を断つ 斷絕合作關係。
立て替える（たてかえる）	墊付	代金を立て替える 代墊費用。
手掛ける（てがける）	經手	設計を手掛ける 經手設計。
出くわす（でくわす）	遇到	危険な場面に出くわす 遇到危險的場面。
遂げる（とげる）'17	達到	急速な発展を遂げる 迅速地發展起來。
取り締まる（とりしまる）	取締	違反を取り締まる 取締違規。
取り次ぐ（とりつぐ）	轉達、轉交	電話を取り次ぐ 轉接電話。
取り寄せる（とりよせる）	郵購	海外から取り寄せる 從海外訂購。
投げ出す（なげだす）	放棄	途中で投げ出す 中途放棄。
懐く（なつく）	馴服	犬が懐く 狗狗變聽話。
賑わう（にぎわう）'10	熱鬧	観光客で賑わう 觀光客熙熙攘攘十分熱鬧。
乗っ取る（のっとる）	劫持	船を乗っ取る 劫持船隻。
乗り出す（のりだす）'18	出面承擔	ホテルの経営に乗り出す 擔下飯店的經營。
はがす'14	撕掉	机のシールをはがす 撕掉桌子的貼紙。
励ます（はげます）	鼓勵	挑戦する仲間を励ます 為去挑戰的伙伴加油。
弾む（はずむ）	興致高漲	楽しみで心が弾む 內心充滿了期待與雀躍。
腫れる（はれる）	腫起來	目の周りが腫れる 眼睛周圍腫起來。
引きずる（ひきずる）	拖	足を引きずる 拖著腿走路。

※'00 為歷屆考題出題年度。

引き取る	領養	猫を引き取る 領養貓咪。
秘める '12	隱藏	想い出を胸に秘める 將回憶藏在心中。
冷やかす	冷卻	カップルを冷やかす 將杯子冷卻。
踏み込む	踩進	未知の領域に踏み込む 踩進未知的領域。
隔たる	相隔	年月が隔たる 相隔年月。
経る	經過	長い過程を経る 經過漫長的過程
解ける '11	解開	くつのひもが解ける 解開鞋帶。
滅びる '17	滅亡	国が滅びる 國家滅亡。
交える '19	摻雜、夾雜	身振りを交えて話す 手舞足蹈地述說。
見失う '11	迷失	目標を見失う 迷失目標。
見落とす '10 '17	忽略	証拠を見落とす 忽略了證據。
見渡す	環視	教室を見渡す 環視整個教室。
呼び止める	叫住	生徒を呼び止める 將學生叫住。
割り込む	擠進、從旁插入	列に割り込む 插隊。

複習試題 請選出下方詞彙的正確用法。

01 滅びる ⓐ ローマ帝国が滅びた理由を探った。 ⓑ 彼の冗談でクラス全体の緊張が滅びた。

02 遂げる ⓐ 先生が遂げた研究は高い評価を得た。 ⓑ 中国はここ数年で急速な発展を遂げた。

03 見落とす ⓐ 警察は重要な証拠を見落としていた。 ⓑ 犯人を尾行していたが見落としてしまった。

04 乗り出す ⓐ 副業としてホテルの経営にまで乗り出した。 ⓑ 知らぬ間にアカウントが乗り出されていた。

答案：01 ⓐ 02 ⓑ 03 ⓐ 04 ⓐ

文字・語彙
問題4 用法

「用法」大題常考い・な形容詞 ①

032 問題 4 用法＿重點整理與常考詞彙 05.mp3

※'00 為歷屆考題出題年度。

あくどい	惡毒	あくどい手段(しゅだん)でだます 使用惡毒的手段矇騙。
潔(いさぎよ)い '10	乾脆、果斷	負(ま)けを潔(いさぎよ)く認(みと)める 乾脆地承認敗北。
おびただしい	數不盡	おびただしい数(かず)のクレームがある 湧入數不盡的客訴。
きまりわるい	難為情、拉不下臉	失敗(しっぱい)してきまりわるい 因失敗而感到難為情。
しぶとい '18	頑強、倔強	しぶとく生(い)き残(のこ)る 頑強地存活下來。
素早(すばや)い '16	動作敏捷俐落	素早(すばや)い動(うご)きだった 敏捷的動作。
耐(た)えがたい '14	難以忍受	耐(た)えがたい苦痛(くつう)である 難以忍受的苦痛。
たやすい '16	容易	たやすく想像(そうぞう)できる 能夠輕易地想像到。
馴(な)れ馴(な)れしい	嘻皮笑臉	馴(な)れ馴(な)れしい態度(たいど)を取(と)る 採取嘻皮笑臉的態度。
はなはだしい '15	極大的	はなはだしい誤解(ごかい)をする 發生極大的誤會。
ほほえましい '19	讓人為之一笑的	ほほえましい光景(こうけい)を見(み)る 看見讓人為之一笑的光景。
みすぼらしい	寒酸	みすぼらしい服装(ふくそう)をしている 穿著寒酸的衣服。
満(み)たない '12	未達到	水準(すいじゅん)に満(み)たない 未達到水準。
目覚(めざ)ましい '11	驚人	目覚(めざ)ましい成長(せいちょう)を遂(と)げる 取得驚人的成長。
安静(あんせい)だ	安靜、靜養	病院(びょういん)で安静(あんせい)に過(す)ごす 在醫院靜養。
一様(いちよう)だ	同樣	みんな一様(いちよう)に驚(おどろ)く 所有人都同樣感到驚訝。
一律(いちりつ)だ '14	統一	法(ほう)で一律(いちりつ)に定(さだ)める 法律統一規定。
裏腹(うらはら)だ '14	心口不一	言葉(ことば)とは裏腹(うらはら)に明(あか)るい表情(ひょうじょう)をする 做出與言語相反的開朗表情。
円滑(えんかつ)だ '13 '20	圓滑	円滑(えんかつ)なコミュニケーションをする 圓滑地交流。

※'00 為歷屆考題出題年度。

円満(えんまん)だ	圓滿	円満に解決する 圓滿地解決。
おおげさだ	誇大	おおげさに反応する 誇張地反應。
温和(おんわ)だ	穩健	誠実で温和な人柄である 誠實且穩健的人品。
過密(かみつ)だ '16	過於密集	過密なスケジュールだ 過於密集的行程。
簡易(かんい)だ	簡易	簡易な手続きだけだ 只需要簡易的手續。
簡潔(かんけつ)だ	簡潔	簡潔にまとめる 簡潔地彙整。
頑丈(がんじょう)だ	堅固	頑丈な建物に避難する 到堅固的建築物中避難。
閑静(かんせい)だ '16	清靜	閑静な住宅街である 清靜的住宅區。
簡素(かんそ)だ '19	簡單樸素	身内だけの簡素な結婚式にする 決定舉辦只宴請自己人的簡單婚禮。
強烈(きょうれつ)だ	強烈	強烈な印象を残す 留下強烈的印象。
緊密(きんみつ)だ '17	密切	緊密に連絡を取り合う 保持密切的聯繫。
軽快(けいかい)だ	輕快	軽快なリズムで踊る 以輕快的韻律跳舞。
軽率(けいそつ)だ	草率	軽率な行動をとる 做出草率的行動。
健在(けんざい)だ	健在	両親は健在だ 雙親健在。

複習試題 請選出下方詞彙的正確用法。

01 たやすい　ⓐ 彼の行動はたやすく想像できる。　ⓑ たやすい動きで相手を翻弄した。

02 閑静だ　ⓐ 贅沢せず閑静な生活を送っている。　ⓑ 閑静な住宅街の一軒家に住んでいる。

03 緊密だ　ⓐ そんなに緊密に連絡を取る必要はない。　ⓑ 緊密な日程のせいで寝る暇もない。

04 一律だ　ⓐ 皆一律に悲しげな表情をしていた。　ⓑ 支給額は一律に定められている。

答案：01 ⓐ 02 ⓑ 03 ⓐ 04 ⓑ

「用法」大題常考い・な形容詞 ②

033 問題 4 用法 _ 重點整理與常考詞彙 06.mp3

※'00 為歷屆考題出題年度。

單字	中文	例句	翻譯
健全（けんぜん）だ	健全	健全（けんぜん）な経営（けいえい）を目指（めざ）す	以健全的經營為目標。
広大（こうだい）だ['12]	廣闊、遼闊	広大（こうだい）な大地（だいち）に立（た）つ	站在一片遼闊的大地。
細心（さいしん）だ['10]	細心、周密	細心（さいしん）に行動（こうどう）する	細心地行動。
残酷（ざんこく）だ	殘酷	残酷（ざんこく）な事件（じけん）が起（お）こる	發生殘酷的事件。
自在（じざい）だ	自由自在	自在（じざい）にコントロールする	控制自如。
質素（しっそ）だ['11]	樸素	質素（しっそ）な身（み）なりの人（ひと）だ	打扮樸素的人。
しなやかだ	柔韌	しなやかな筋肉（きんにく）である	柔韌的肌肉。
誠実（せいじつ）だ	誠實	誠実（せいじつ）な対応（たいおう）をする	做出誠實的應對。
正当（せいとう）だ	正當	正当（せいとう）な理由（りゆう）を主張（しゅちょう）する	主張正當的理由。
精密（せいみつ）だ	精密	精密（せいみつ）な検査（けんさ）を行（おこな）う	實行精密的檢查。
切実（せつじつ）だ	懇切	切実（せつじつ）な願（ねが）いをする	懇切地拜託。
怠慢（たいまん）だ	怠慢	怠慢（たいまん）な行政（ぎょうせい）をする	疏於管理。
巧（たく）みだ['18]	巧妙	機能（きのう）を巧（たく）みに利用（りよう）する	巧妙地利用機能。
単調（たんちょう）だ	單調	単調（たんちょう）で退屈（たいくつ）な日常（にちじょう）である	單調無聊的日常。
のどかだ	悠閒	のどかな田園風景（でんえんふうけい）だ	悠閒的田園景觀。
煩雑（はんざつ）だ['13]	麻煩	煩雑（はんざつ）な手続（てつづ）きをする	辦理煩雜的手續。
半端（はんぱ）だ	模稜兩可	半端（はんぱ）な量（りょう）ではない	不是什麼普通的量。
ひたむきだ['19]	一心一意	ひたむきな姿（すがた）に感動（かんどう）する	因為一心一意的態度而感動。

※'00 為歷屆考題出題年度。

不審だ	可疑	不審な点が多い 有許多疑點。
ふんだんだ	大量的	食材をふんだんに使用する 使用大量的食材。
まちまちだ['11]	各式各樣的	箱の大きさがまちまちだ 盒子有各式各樣的尺寸。
未開だ	未開化、未開墾	未開な土地で暮らす 在未開墾的土地生活。
無造作だ['12]	隨隨便便	本が無造作に置かれている 書被隨隨便便地放著。
無念だ	悔恨	無念な気持ちが残る 留下悔恨的心情。
無能だ	沒有才能	無能な上司がいる 有個無能的上司。
無闇だ	胡亂、輕率	無闇な計画を立てる 輕率地訂定計劃。
明朗だ	開朗活潑	謙虚で明朗な印象だった 有種謙虛且開朗活潑的印象。
有数だ['12]	屈指可數的	日本で有数な専門家に頼む 委託日本屈指可數的專家。
優勢だ	優勢	優勢な立場にいる 站在有優勢的立場。
冷酷だ	冷酷	冷酷な判断を下す 下達冷酷的判斷。
冷淡だ	冷淡	冷淡な態度をとる 採取冷酷的態度。
露骨だ	毫不掩飾	露骨に嫌な顔をする 毫不掩飾地做出厭惡的表情。

複習試題 請選出下方詞彙的正確用法。

01 冷酷だ ⓐ 冷酷な判断を下すしかない状況だった。 ⓑ 父はもともと人付き合いに冷酷な人だ。

02 巧みだ ⓐ 巧みな検査によって病気が発覚した。 ⓑ パソコンの新機能を巧みに利用する。

03 ひたむきだ ⓐ 練習にひたむきな彼女たちの姿に感動した。 ⓑ ひたむきで温和な人柄の人と結婚したい。

04 まちまちだ ⓐ 箱の色だけでなく大きさもまちまちだ。 ⓑ 体にいい栄養素がまちまちに含まれている。

答案：01 ⓐ 02 ⓑ 03 ⓐ 04 ⓐ

「用法」大題常考副詞

034 問題 4 用法 _ 重點整理與常考詞彙 07.mp3

※'00 為歷屆考題出題年度。

いかにも	實在是	いかにも怪しい男だった 實在是個奇怪的男子。
依然として	依然	失業率は依然として高い 失業率依然居高不下。
一概に	一概	一概に言えない 無法一概而論。
一挙に	一舉	悩みを一挙に解決する 一舉解決所有煩惱。
いっそ	索性	いっそ寝ないほうがましだ 索性不睡。
今更 '15	事到如今	今更謝っても遅い 事到如今道歉已經晚了。
いやに	非常	いやに静かな夜である 非常寂靜的夜晚。
遅くとも	最晚	遅くとも明日届く 最晚明天可以送到。
おどおど	恐懼不安	人前でおどおどする 在人前感到恐懼不安。
くまなく '15	到處	くまなく探す 到處尋找。
煌々と	耀眼	星が煌々と輝く 星星耀眼地散發著光芒。
さぞ	想必	さぞ辛いにちがいない 想必一定非常痛苦吧。
さほど	並不是	さほど気にならない 並不是那麼地在意。
さも	好像	さも当然のように言う 說得好像真的一樣。
終始	始終	終始笑顔で接する 始終以笑顔待人。
実に '20	非常	実に目覚ましい成長ぶりだ 非常驚人的成長。
ずばり	開門見山	本音をずばり言う 開門見山地說出心裡話。
総じて '12	總而言之	評価が総じて高い 總而言之，評價相當高。
てんで	完全	てんで見当がつかない 完全沒有印象。
到底	無論如何也	到底理解できない 無論如何也無法理解。

※'00 為歷屆考題出題年度。

どうやら	總覺得	どうやら眠っているようだ 總覺得非常睏倦。
とかく	種種	とかくするうちに一年が過ぎる 在種種的事件中渡過一年。
とっくに '11	已經	仕事はとっくに終えた 工作早就已經結束了。
とっさに	剎那間	とっさに嘘をつく 脫口而出一個謊言。
なおさら	更加	なおさら必要に感じる 感到更加地有需要。
何だか	總覺得	何だか落ち着かない 總覺得無法冷靜下來。
何なりと	無論有什麼	何なりとお申し付けください 有什麼的話隨時尋求幫助。
甚だ	非常	甚だ疑わしい 非常懷疑。
人一倍 '14	比別人加倍	人一倍努力をする 比別人加倍努力。
ひとまず '10	暫且	ひとまず安心する 暫且安心一下。
めきめき '10	迅速地	めきめきと力をつける 迅速地獲得力量。
もはや '15 '20	早就	もはや常識が通用しない 常識早就無法通用了。
もろに	迎面	車ともろにぶつかる 迎面撞上了車。
やけに	非常	外がやけに静かだ 外面非常地安靜。
余程	頗	余程怖かった様子だ 頗為害怕的樣子。

複習試題 請選出下方詞彙的正確用法。

		ⓐ	ⓑ
01	もはや	ⓐ 彼女はもはや読んでいた本を閉じた。	ⓑ もはや10年前の常識が通用しない。
02	めきめき	ⓐ 努力を続け、めきめきと力をつけていった。	ⓑ めきめきして落ち着かない様子だ。
03	くまなく	ⓐ 部屋をくまなく探したが、財布はなかった。	ⓑ くまなく丁寧な対応で感じがいい店員だった。
04	いっそ	ⓐ こんな時間ならいっそ寝ない方がましだ。	ⓑ 彼は東北育ちだからか寒さにいっそ強い。

答案: 01 ⓑ 02 ⓐ 03 ⓐ 04 ⓐ

實力奠定

請選出下方詞彙的正確用法。

01 抜粋

① 複数の歌の歌詞を抜粋して面白い曲を作った。

② 彼女に抜粋された人はみんな有名なモデルになる。

02 軽率

① 顔が知られている人にしては、あまりにも軽率な行動をとった。

② 楽器の中でも軽率な音がするドラムが好みだ。

03 還元

① この製品は小さくても、空気を還元させる機能は優れている。

② 国や自治体から支援を受けたので、社会に利益を還元することは当然だ。

04 免除

① その警察官を免除するべきだという国民の声があがっている。

② 前年度の成績がよかったため、今学期の授業料を免除してもらった。

05 総じて

① 評価が総じて高いので、肯定的に検討してもらえるはずだ。

② 政府の指示に従わず、国民の健康を危うくする行為は総じて許せない。

06 隔たる

① 夏は注意を隔たって熱中症になることがないように気を使うべきだ。

② 年月が隔たり、すでに顔や名前を思い出せなくなった。

07 目安

① 財産ではなく、その人の人脈を目安に近づいたそうだ。

② 健康を保つため、毎日30分を目安に運動をしている。

08 馴れ馴れしい

① 彼は初対面の人に対しても馴れ馴れしい態度を取る。

② 広告ではこの薬さえ飲めばいつまでも馴れ馴れしくいられるという。

09 裂ける

① ただ黙っていては、誤解が裂けないので勇気を出した。

② 人込みの中でとっておきの衣服が裂けてしまった。

10 立て替える

① 大きい絵を買って、インテリアとしてわざと壁に立て替えておいた。

② 手元に現金がなかったので、友達に参加費を立て替えてもらった。

11 調達

① 貧困な暮らしのため、食料を調達することすらろくにできない。

② 海外進出のために、消費者の認識に関して調達している。

12 切実

① 今年こそ受験に合格できますようにと、切実に願った。

② 切実な対策を立てるため、連日会議が行われている。

答案 P414

實戰測驗 1

問題4　次の言葉の使い方として最もよいものを、1・2・3・4から一つ選びなさい。

20　工面

1　会社設立以来、従業員が倍増したので新しい事務所を工面した。
2　政府は長時間労働をなくすため、新しい対策を工面することにした。
3　来月説明会を行う予定なので、100人収容可能な会場を工面しておいた。
4　大学に通いつつ、自分で留学の費用を工面するのにひどく苦労した。

21　災害

1　野生動物に農作物を全て食い荒らされ大きな災害を受けた。
2　他人に災害を及ぼすような行動は慎まなければならない。
3　いつ災害が発生するかわからないので、日頃から防災セットを準備している。
4　薬の災害でかえって症状がひどくなる場合もあり得る。

22　合致

1　希望の条件にぴったり合致する物件がいくつもあるため悩んでいる。
2　旅行当日に駅前で合致してから、ガイドに旅程（りょてい）の詳しい説明を受けた。
3　夫婦の収入を合致しても申し込みの要件には満たなかった。
4　大手企業と合致する分野での事業の拡大を見送ることにした。

23　無闇

1　駅前の美容院は無闇なヘアスタイルを演出することが得意である。
2　その女優は無闇な笑顔で中年男性の心を捕らえている。
3　その政治家は人々の誤解を招く無闇な発言をしたことを謝罪した。
4　週末にお見合いが予定されているので、無闇な色の洋服を購入した。

24 取り締まる

1 睡眠時間を適切に取り締まることは健康維持において欠かせません。

2 警察は事故を減らすことを目的として交通違反を取り締まっている。

3 鈴木（すずき）さんは1年間、部員を取り締まるリーダーとしての役割を果たした。

4 この店では他ではなかなか手に入らない貴重な輸入品を取り締まっている。

25 自在

1 子どもの常識にとらわれない自在な発想は、ときに大人をびっくりさせる。

2 一人の自在な行動が周囲の人々に多大な迷惑を与える可能性がある。

3 その職人はガラスを自在に操り、機械では作りだせない芸術を生み出す。

4 結婚してからというもの、自在に使えるお金が極端に減ってしまった。

答案 詳解 P415

實戰測驗 2

問題4　次の言葉の使い方として最もよいものを、1・2・3・4から一つ選びなさい。

20　審議

1　警察には犯人と直接審議する特別な訓練を受けた警察官がいる。

2　議会では先月から来年の予算に関する法案を何度も審議している。

3　事前の説明もなく突然水道料金が値上げされ、住民たちは市に審議した。

4　気になる症状があれば、かかりつけの医師に審議するようにしている。

21　ブランク

1　妊婦を機に休職し育児に専念していたためブランクがある。

2　福祉施設にブランクで大金を寄付する人が後を絶ちません。

3　カーテンのブランクから幼い子どもが顔をのぞかせこちらを見ていた。

4　家の中の無駄なブランクを有効に活用して新たな収納場所を確保した。

22　制する

1　この店では店内の混雑を防ぐため、一度に入店できる人数を制している。

2　山田（やまだ）さんは物事に優先順位をつけながら上手に時間を制している。

3　この度の選挙では新人の候補者が過半数を制して当選を果たした。

4　最新の技術が搭載されている車は急な発進による衝突を制します。

23　素早い

1　兄は父に叱られ落ち込んでいたかと思うと、素早く元気を取り戻した。

2　日本にあるそのジェットコースターは世界一素早いことで有名だ。

3　彼女の演技には観客たちを素早く引きつける魅力がある。

4　スポーツには目の前のことに瞬時に対応する素早い判断力が必要だ。

24 かぶれる

1 この時期は空気がかぶれやすいので、加湿器(かしつき)が手放せない。

2 昨日夕飯を食べ過ぎたために消化不良で胃がかぶれている。

3 知人にもらった化粧品を使い始めたところ、肌がかぶれてしまった。

4 私の帽子と全く同じ帽子を人気俳優がかぶれていて嬉しくなった。

25 辞退

1 念願であった代表に選ばれたが、健康状態を理由にやむなく辞退した。

2 期限内に所得を証明する書類が提出されない場合、申請が辞退されることがあります。

3 わが社は業績の悪化を理由に海外支店を辞退すると発表した。

4 娘は夏休みが明けてから学校への登校を辞退し続けている。

答案 詳解 P417

實戰測驗 3

問題4　次の言葉の使い方として最もよいものを、1・2・3・4から一つ選びなさい。

20　円滑

1　昨夜の雨で地面が円滑になっているので気を付けてください。
2　木村さんの円滑な進行のおかげで会議が早く終わった。
3　仲の良い両親は誰が見ても円滑な夫婦である。
4　キムさんは日本に10年も滞在しているので、円滑な日本語を話します。

21　満たない

1　参加者が10名に満たない場合は講座の開催を延期いたします。
2　脳内の酸素が満たないと集中力の低下につながることがわかっている。
3　家を建てたとき、予算を満たないようにと様々な工夫を重ねました。
4　お互いが歩み寄ろうとしなければ、その溝はずっと満たないだろう。

22　称する

1　その業者が野菜の産地を称して販売していた事実が明るみに出た。
2　彼が私の耳にしたことはすべて紛れもない真実であると称した。
3　口ばかりで行動に移そうとしない人に夢を称する資格はない。
4　学生時代には社会勉強と称して様々なアルバイトをしていました。

23　色彩

1　雨が降ったあとの街並みも普段とは異なる色彩があって心地よい。
2　海外からの観光客が増え、徐々に市場に色彩が戻ってきた。
3　この画家の絵は色彩が鮮やかで、見る人を惹きつけてやまない。
4　幼い頃から書籍と触れ合うことは、豊かな色彩を育むことに繋がる。

24 仕上げる

1 母にひどく叱られ、安易な気持ちでいたずらを仕上げたことを後悔した。

2 締め切りに間に合わせるために一睡もせずに徹夜で原稿を仕上げた。

3 大会記録を半世紀ぶりに更新するという歴史的な偉業を仕上げた。

4 体調を崩したために、旅行を早めに仕上げて家で休むことにした。

25 分裂

1 世界は本来一つの大陸で、それが分裂して現在の形になったとされている。

2 洗剤には汚れを分裂して落としやすくする働きを持つ酵素(こうそ)が含まれている。

3 親から相続した土地を姉妹で平等に分裂して所有することにした。

4 ごみをきちんと分裂することは、結果的にごみを減らすことに繋がります。

文字・語彙 問題4 用法

答案 詳解 P419

實戰測驗 4

問題4　次の言葉の使い方として最もよいものを、1・2・3・4から一つ選びなさい。

20　簡易

1　十分に準備することなく、簡易に転職しようとするのは非常に危険だ。

2　彼らの表情を見ただけで何が起こったのかが簡易に想像できました。

3　飾り気のない簡易な生活は意外にも人の心を豊かにしてくれます。

4　免税の申請が簡易な手続きに変更となったことで利便性が増した。

21　見込み

1　取引先にお詫びのメールをするときは、見込みがないように何度も確認するべきだ。

2　医療の進歩により、以前なら治る見込みのなかった病でも助かるようになった。

3　引っ越しの際は複数の業者で見込みを取ってから金額を比較すると良い。

4　道に迷ってしまい、どの方角へ進めば良いかさっぱり見込みがつかない。

22　冷やかす

1　父に日頃の行いについて、頭を冷やかしてよく考えろと言われてしまった。

2　困難に立ち向かう私を冷やかすかのように、さらなる試練が押し寄せてきた。

3　友だちは何も買うつもりもなく、ただ冷やかしに店をのぞきに来たのだった。

4　熱い飲み物は苦手なので、いつも冷やかしてから飲むようにしている。

23　解明

1　登山の際は万が一に備え、身元が解明しやすいよう身分証を持参する。

2　その研究所は台風発生のメカニズムを解明したことを発表した。

3　明白な証拠があるので、あなたの行為は解明の余地がありません。

4　印刷の技術が解明されたことによって、本の普及が盛んになった。

24 制裁

1 その国の政府は他国へ経済的な制裁を加えることも検討しているらしい。

2 学校は複数回におよんで校則を破った学生の制裁を決定した。

3 理不尽な理由で解雇された元従業員が企業を相手に制裁を起こした。

4 SNSの利用年齢に制裁を設ける必要性を主張する声が上がっている。

25 やけに

1 子どもの言うことをやけに否定せず、時には尊重してあげることも大切だ。

2 手紙を書く機会が以前と比べるとやけに減ってしまったように思います。

3 今日はやけにかばんが重いと思ったら、辞書が入ったままだった。

4 久しぶりに訪れた地元は昔と比べてやけに変わっていた。

答案 P420

N2 必考文法

01 助詞
02 副詞
03 連接詞
04 敬語表現
05 連接於名詞後方的文法
06 連接於動詞後方的文法
07 連接於名詞和動詞後方的文法
08 連接於多種詞性後方的文法

問題 5 語法形式的判斷

問題 6 句子的組織

問題 7 文章語法

N1 必考文法

01 助詞

請選出適合填入下方括號內的助詞。

この件は時間（　　）あれば、私一人でもなんとか解決できると思います。

這件事（　）我有時間，我一個人都能解決了。

1こそ 正是　2さえ 要是　3でも 也　4ばかり 光只是

答案：2

學習目標

在「問題 5 語法形式的判斷」大題中，會採取上方出題形式，要求選出適當的助詞。得先知道助詞的意思，才能根據文意，選出正確的答案。因此，建議記下 N1 中經常出現的「助詞」意思和例句。

1. 助詞的作用

助詞主要置於名詞後方，用來表示名詞為主詞、受詞，或是賦予名詞限定、強調、條件等概念。

[主詞] それは姉が撮った写真だ。那是姊姊拍的照片。

[受詞] 親友に手紙を送った。我給我最好的朋友寄了信。

[限定] テストで満点をとったのは私だけだった。考試考了滿分的只有我一個人。

[強調] エレベーターの修理に2時間もかかった。電梯維修居然花了兩個小時。

[條件] ドアを閉めると、自動で鍵がかかります。門一關上，就會自動上鎖。

2. N1必考助詞

から	1. 來自~、從~ 2. 因為、由於	1. 自宅から職場まではバスに乗れば30分もかからない。 從我家到公司搭乘公車都不需要 30 分鐘。 2. 日本の年中行事の多くが中国から由来したものだ。 日本的節慶大多源自中國。 3. 友人に誘われたから、読書会に参加することにした。 由於朋友邀請，我才決定參加讀書會。
くらい／ぐらい	表示程度之大、程度之小、相等程度	ちょっと叱られたくらいで落ち込みすぎですよ。 只是被罵了一下，就沮喪成這樣也太誇張了吧。

助詞	意思	例句
こそ	1. 才是、正是 2. 正因為	1. 1か月以上費やしてきた大作を今日**こそ**完成させる。 耗費一個月以上的時間完成的大作，一定要在今天完成。 2. 貧乏だったから**こそ**社会的弱者の気持ちが分かる。 正因為窮過才能體會社會弱勢群體的心情。
さえ	1. 甚至~、連~ 2. 只要~	1. 人間は水**さえ**あれば、少なくとも2週間は生きられる。 人類只要有水，最少能撐過兩週的時間。 2. ひらがな**さえ**書けないのに漢字の勉強を始めるの？ 連平假名都不會寫，就開始學漢字了嗎？
しか	僅僅、只有	やるべきことはやったから、後は運に任せる**しか**ない。 將能做的做了，剩下的就只有交給命運了。
すら	甚至~、連~	私の田舎は地下鉄どころか電車**すら**走っていない。 我們鄉下別說是地下鐵了，甚至連電車都沒有。
だけ	1. 只、只有、只是 2. 愈…愈…	1. 私が買いたかった商品**だけ**売り切れだった。 就只有我想買的那樣東西售完了。 2. 革の財布は使えば使った**だけ**味が出るものだ。 皮革製的皮夾是愈用愈有味道的東西。
ては	1. 表示條件；~的話 2. 表示反覆的動作	1. 見知らぬ人に簡単についていっ**ては**いけない。 不能簡簡單單地就跟著不認識的人走。 2. 休日は食べ**ては**寝て、食べ**ては**寝ての繰り返しだ。 休假日就是吃了睡、睡了吃的反覆。

複習試題 請選出適合填入括號內的助詞。

01	ひらがな（　　）書けないのに漢字の勉強を始めるの？	ⓐ だけ	ⓑ さえ
02	やるべきことはやったから、後は運に任せる（　　）ない。	ⓐ から	ⓑ しか
03	日本の年中行事の多くが中国（　　）由来したものだ。	ⓐ こそ	ⓑ から
04	ちょっと叱られた（　　）で落ち込みすぎですよ。	ⓐ くらい	ⓑ しか
05	貧乏だったから（　　）社会的弱者の気持ちが分かる。	ⓐ こそ	ⓑ だけ

答案：01 ⓑ 02 ⓑ 03 ⓑ 04 ⓐ 05 ⓐ

助詞	意思	例句
ても	1. 即使…也 2. 也行、也可以	1. 雨が降っても、イベントは予定通り開催される。 即使下了雨，活動也照常舉行。 2. 試験を解き終わった人から帰宅しても構いません。 已經解完題的人也可以先回家。
でも	1. 也好 2. 舉例	1. 研究者になって少しでも多くの人の役に立ちたい。 我想成為一名研究員，盡可能地幫助更多人。 2. 健康のために一緒にジョギングでもどうですか。 為了健康，不如和我一起去慢跑吧。
と	1. 認為、感覺、覺得 2. 一~就~ 3. 不斷地、源源不絕地 4. 概括、囊括	1. 父と母の娘に生まれて本当に幸せだと思う。 我覺得能生為爸媽的女兒真的非常幸福。 2. 酸性雨によって緑だった葉は黄色へと変化した。 因為酸性雨，綠油油的葉子不斷地轉黃了。 3. 4月に入ると、神社の桜が一斉に咲き始める。 一進入四月，神社的櫻花就開始同步綻放。 4. 子どもの夜泣きがひどくて一時間と寝られなかった。 小孩晚上哭得很厲害，導致睡不滿一個小時。
とか	或~或~之類的（口語）	鉄分ならレバーとかほうれん草に多く含まれているよ。 想要補充鐵質的話，肝臟或菠菜中含有大量的鐵。
とも	無論…也；不管~多麼~	賛成とも反対ともとれる曖昧な言い方は避けるべきだ。 無論贊成或反對，都應該避免說出模稜兩可的話。
なんか	什麼的	擦り傷なんか放っておけば、そのうち治るって。 擦傷什麼的放著不管也會自己好。
なんて	什麼的（帶有輕視、輕蔑、驚訝）	1. いじめなんてこの世からなくなればいいのに。 霸凌這種東西就應該消失在這個世界上。 2. 宇宙旅行が現実化するなんて想像もできなかった。 太空旅行成為現實什麼的真的想都想像不到。
に	1. 表示方向的起始點 2. 動作的目的	1. 黒のスーツに身を包み、企業の説明会に向かった。 穿上黑色西裝，前往企業說明會。 2. 売り上げを伸ばすため、市場の調査に行く。 為了增加銷售額，而去做市場調查。
のみ	只有、僅有	申し訳ありませんが、残っているのはMサイズのみです。 非常抱歉，剩下的尺寸只有 M 號了。

ばかり	1. 左右、上下 2. （表示限度）僅有、淨是	1. 疲れていたので、1時間**ばかり**仮眠をとった。 因為太累了，所以小睡了一個小時左右。 2. 年齢にこだわるのは東アジアの国**ばかり**だ。 會拘泥於年齡的只有東亞國家。
ほど	（表示程度之最）	彼**ほど**の実力なら金メダルだって夢じゃないはずだ。 以他的實力，拿到金牌應該不是夢想。
まで	1. （表示目的地）到… 2. （表示程度）連…都；到…地步	1. 東京から大阪**まで**新幹線で2時間ほどです。 東京到大阪新幹線大約兩個小時。 2. 医療技術には患者の心**まで**ケアできる力はない。 醫療技術沒有連患者的心都能照顧到的能力。
も	1.（強調數量之多） 2.也、都	1. 目標の貯金額までまだ20万円**も**不足している。 距離目標存款，還有20萬的距離。 2. 子どもじゃあるまいし、そんなこと**も**理解できないの？ 又不是小孩，居然連這種事都無法理解嗎？

複習試題 請選出適合填入括號內的助詞。

01	宇宙旅行が現実化する（　）想像もできなかった。	ⓐ なんか	ⓑ なんて
02	4月に入る（　）、神社の桜が一斉に咲き始める。	ⓐ と	ⓑ も
03	試験を解き終わった人から帰宅し（　）構いません。	ⓐ ては	ⓑ ても
04	年齢にこだわるのは東アジアの国（　）だ。	ⓐ ばかり	ⓑ ほど
05	鉄分ならレバー（　）ほうれん草に多く含まれているよ。	ⓐ とか	ⓑ とも

答案：01 ⓑ 02 ⓐ 03 ⓑ 04 ⓐ 05 ⓐ

N1 必考文法

02 副詞

請選出適合填入下方括號內的副詞。

両親は（　　）期待していないと言っていたが、それは嘘に決まっている。

爸媽雖然口中說（　　）期待，但那肯定是在說謊。

1 たいして　並不怎麼
2 つい　不知不覺地
3 どうやら　總覺得
4 まして　何況、況且

答案：1

學習目標

在「問題 5 語法形式的判斷」大題中，會採取上方出題形式，要求選出適當的副詞。建議記下 N1 中經常出現的「副詞」意思和例句，亦有助於解答「問題 6 句子的組織」和「問題 7 文章語法」的考題。

1. 副詞的作用

副詞主要用來修飾動詞和形容詞，也可以用來修飾其他副詞、整個句子，詳細說明被修飾對象的意義。

[修飾動詞]　公演はとっくに終わっていた。公演早就已經結束了。（とっくに：副詞）

[修飾形容詞]　今年の夏まつりは例年に比べて一段と賑やかだった。今年的夏日祭典比起往年，又更加熱鬧了。（一段と：副詞）

[修飾副詞]　ロープをさらにしっかりと結び付ける。將繩索綁得更加牢固。（さらに：副詞）

[整個句子]　果たしてあの実験は成功するだろうか。那個實驗真的會成功嗎？（果たして：副詞）

2. N1必考副詞

あらかじめ　預先、事先	会議の前にあらかじめ資料に目を通しておいた。 我在會議前已事先將資料看過一遍。
あるいは　也許、或是	あるいは原因が他にもあるのかもしれない。 也許有別的原因也說不定。
いきなり　突然、冷不防地	生徒がいきなり学校をやめると言い出した。 學生突然說要退學。
いくら　無論多少都…	いくら親しいと言っても、礼儀は守ってほしいものだ。 無論再親近，都應該遵守禮儀。

いずれ 反正、總之、好歹	いずれ結婚するのだから、早いうちに親に紹介しよう。 反正都要結婚，不如趁早把你帶回家見父母吧。
一段と 更加、愈發、特別地、格外地	大会を目前に控え、チームは一段と団結したようだ。 大會在即，各隊伍都格外地團結了起來。
一向に～ない 根本不、一點兒也不	薬を飲んでも、症状は一向によくならない。 吃了藥症狀還是一點都沒有緩解。
一切～ない 沒有任何的…、一點兒也不	彼は冷淡な男で、情というものは一切存在しない。 他是個冷感男，在他心中完全沒有任何情感這種東西存在。
今に 早晚、不久	日本の福祉を守ってきた年金制度は今に崩壊する。 長年守護著日本福利的年金制度即將崩潰。
おそらく 大概、很可能、估計	この渋滞はおそらく3キロは続いているだろう。 這波大塞車，大概綿延了有三公里長。
かえって 反倒、反而、相反	新しい経済政策はかえって国民の生活を圧迫した。 新的經濟政策反倒壓迫了國民的生活。
かつ 且…、既…又…	この仕事は迅速かつ的確な判断が重要とされる。 這個工作最重要的是要擁有迅速且正確的判斷力。
かつて 曾、曾經、以往	かつて賑わいを見せた商店街も今ではその面影もない。 曾經讓人見識過繁華的商店街如今已不見昔日光景。
必ずしも～ない 不一定、未必、不盡然	天気予報が必ずしも当たるとは限らない。 天氣預報也未必完全正確。

複習試題 請選出適合填入括號內的副詞。

01	新しい経済政策は（　　）国民の生活を圧迫した。	ⓐ かえって	ⓑ かつて
02	大会を目前に控え、チームは（　　）団結したようだ。	ⓐ 一向に	ⓑ 一段と
03	この渋滞は（　　）3キロは続いているだろう。	ⓐ あるいは	ⓑ おそらく
04	会議の前に（　　）資料に目を通しておいた。	ⓐ あらかじめ	ⓑ いずれ
05	天気予報が（　　）当たるとは限らない。	ⓐ 一切	ⓑ 必ずしも

答案：01 ⓐ　02 ⓑ　03 ⓑ　04 ⓐ　05 ⓑ

仮に（かり） 即使	仮に提案が通っても、予算の調整に難航するだろう。 提案即使通過，預算調整大概也困難重重。
くれぐれも 再三地懇求、由衷地拜託	くれぐれも失礼のないように対応してください。 請務必不失禮貌地應對。
さぞ 想必是、一定是	父も初孫が生まれ、さぞ、うれしいに違いない。 父親第一次當了爺爺，想必非常開心吧。
ざっと 粗略地、大約、大概	ざっと数えて50人を超える人々が広場に集合した。 大約有超過 50 人的人群聚集在廣場上。
さらに 又、再、還有、更加	詐欺の被害者はさらに2名追加され、8名にのぼった。 詐騙案的受害人又追加了兩人，目前已上升至八人了。
次第に（しだい） 逐漸地、慢慢地	受験に対する不安は次第に大きくなっていった。 對考試的焦慮感逐漸地增加。
しばしば 屢次、再三、經常	これは熱帯地域でしばしば見られる現象だ。 這是熱帶地區經常出現的景象。
しみじみ 深深地	学生時代の写真を見て、しみじみ思い出に浸った。 看到學生時代的照片，我深深地沉浸在回憶裡。
徐々に（じょじょ） 慢慢地、緩緩地	今は目にみえなくても、徐々に効果が表れるはずだ。 即使現在肉眼還看不到，但效果應該會慢慢地顯現出來。
せいぜい 充其量、最多也…	いくら高いと言っても、せいぜい1万円くらいだろう。 說得多貴一樣，充其量也不過一萬日圓不是嗎？
せっかく 好不容易、特意	せっかく東京まで来たのに、そのお店は閉まっていた。 好不容易來到東京，那家店居然關門了。
そう～ない 並不那麼…	自動運転が実用化されるまで、そう遠くはない。 距離自動駕駛實用化，已經不是多麼遙遠的事。
そのうち 一會兒、不久、過些時候	そのうち、組織のもくろみが暴かれるだろう。 再過不久，該組織的陰謀詭計將會被暴露出來。
それほど～ない 並不那麼的…	心理学の講義の課題はそれほど難しくなかった。 心理學講座的課題其實也不是那麼困難。
たいして～ない 不太…、不怎麼…	このワインは値段のわりにたいしておいしくない。 以這樣的價格來說，這瓶酒喝起來卻不怎麼樣。

直ちに 立刻	警察は通報を受け、直ちに現場に向かった。 警方接獲通報，立刻就前往現場了。
たとえ 即便	たとえ入賞できなくても、努力したことに悔いはない。 即使得不到獎，我的努力也沒有留下任何遺憾。
例えば 比如	家事、例えば、掃除や洗濯などは分担したい。 比如打掃或洗衣等家事我希望能互相分擔。
ちっとも 一點兒也不	遅刻しておいて、ちっとも反省していない様子だ。 遲到了卻一點也沒要反省的樣子。
つい 不知不覺、沒注意	その言葉につい、感情的になってしまった。 言詞在不知不覺間變得情緒化了。
つまり 也就是	つまり、理不尽な要請に応じろということですか。 也就是說，您要我們回應一個不合理的要求是嗎？
どうか （表示深切的請求）請	どうか、これ以上災害が起こりませんように。 拜託了，希望災情不要再擴大。
当然 當然、應當、理所當然	治る可能性があるなら、当然手術を受けるべきだ。 只要有治好的可能性，那當然應該接受手術。
どうやら 總覺得、看來	どうやら、機械が動かないのはエンジンのせいらしい。 看來，機械無法運轉是出自引擎的問題。
とっくに 很早、早就	いつの間にか原稿の締め切りをとっくに過ぎていた。 不知不覺間，截稿日早就過去了。

複習試題 請選出適合填入括號內的副詞。

01	（　）入賞できなくても、努力したことに悔いはない。	ⓐ たとえ	ⓑ 例えば
02	（　）、これ以上災害が起こりませんように。	ⓐ さぞ	ⓑ どうか
03	これは熱帯地域で（　）見られる現象だ。	ⓐ しばしば	ⓑ しみじみ
04	警察は通報を受け、（　）現場に向かった。	ⓐ 直ちに	ⓑ とっくに
05	詐欺の被害者は（　）2名追加され、8名にのぼった。	ⓐ さらに	ⓑ 徐々に

答案：01 ⓐ　02 ⓑ　03 ⓐ　04 ⓐ　05 ⓐ

ともかく 總之、反正	人命のためにも、今は**ともかく**救急車を呼ぶのが先だ。 人命關天，總之現在首要的是叫救護車。
とりわけ 特別	毎日暇というわけじゃないが今日は**とりわけ**忙しいな。 雖然也不是都很閒，但今天真的是特別地忙碌。
なぜか 不知道為什麼	悲しくもないのに、**なぜか**突然涙が溢れた。 我也沒有感到悲傷，但不知道為什麼眼淚突然就掉了下來。
何も 什麼也、全都	気がかりなのは**何も**学費だけではない。 我在意的東西也不全都是學費。
何とか 想辦法、設法	**何とか**期日までに商品を納入しなければならない。 商品必須想辦法在最後期限前交貨。
なんら 沒有絲毫的	顧客に訴えられたとしても、**なんら**不思議はない。 即使被顧客提告也沒有什麼不可思議的。
果たして 到底、究竟	親の過保護は**果たして**子どもを幸せにするのだろうか。 父母親的過度保護真的能為孩子帶來幸福嗎？
まさか 怎麼會、沒想到會	**まさか**こんな結末が待っているなんて思いもしなかった。 我從未想過等來的會是這樣的結局。
まさに 真正、確實、正是、不愧是	森選手は**まさに**日本の柔道界を引っ張る逸材である。 森選手不愧是引領日本柔道界的卓越人才。
まさしく 的確、確實、沒錯、無疑	人気俳優に似ていると思ったら**まさしく**その彼だった。 才覺得他看起來有點像那位很受歡迎的演員，沒想到真的是本人。
まして 何況、況且是、更別說	本人**まして**、家族にも病気について告知しにくい。 本人況且如此，對家屬說明病情更是困難。
まず ～ない 一點也不、一點也不可能	あの大企業が倒産することは**まず**考えられ**ない**。 那樣的大企業會破產真的是想都無法想到。
ますます 愈來愈…、逐漸地	地方の若者離れは**ますます**深刻化している。 區域的年輕人流失，已經是日漸嚴重的問題。
全く～ない 絕對不、完全沒有、一點也不	副作用の影響が懸念されたが**全く**問題**なかった**。 原本還擔心會有副作用，沒想到完全沒有問題。
まもなく 不久、很快、馬上、一會兒	福岡行きの列車は**まもなく**発車いたします。 前往福岡的列車即將發車。。

副詞	例句
まるで ～ない 完全不、簡直不、一點也不	50年前(ねんまえ)のソウルからは、まるで想像(そうぞう)できない姿(すがた)だ。 跟 50 年前的首爾相比，這是個完全無法想像的景象。
万一(まんいち) 萬一、假如	万一(まんいち)、何(なに)かありましたら、こちらにご連絡(れんらく)ください。 萬一有什麼的話，請聯絡這裡。
見(み)る見(み)る 眼看著、轉眼間	棚(たな)に並(なら)べられた商品(しょうひん)は見(み)る見(み)る消(き)えていった。 眼看著架上排列的商品一件一件地消失了。
むしろ 反倒、倒不如說	今回(こんかい)の失敗(しっぱい)はむしろ成長(せいちょう)に繋(つな)がるいい機会(きかい)だった。 本次的失敗倒不如說是一個邁向成長的機會。
めったに ～ない 不多見、很少、不常	先生(せんせい)はおおらかな人柄(ひとがら)で、めったに怒(おこ)らない。 老師性格寬厚，很少生氣。
もしかしたら 說不定、也許、可能	もしかしたら、株価(かぶか)が暴落(ぼうらく)するかもしれない。 也許，股價就要暴跌了。
もしも 如果	もしも長(なが)い休(やす)みが取(と)れたら、温泉(おんせん)でゆっくりしたい。 如果能請到長假，我想去泡溫泉好好放鬆一下。
もともと 原本是、本來、根本	もともと、大学(だいがく)を卒業(そつぎょう)したら田舎(いなか)に戻(もど)るつもりだった。 原本我是打算大學畢業就回鄉下。
やがて 結果、最終	サナギは厳(きび)しい冬(ふゆ)を越(こ)え、やがて美(うつく)しい蝶(ちょう)になる。 蛹跨越了嚴寒，最終成為美麗的蝴蝶。
ろくに ～ない 不正經地、不好好地	ろくに調(しら)べもしないで、決(き)めつけるなんておかしい。 都不好好地調查就下決定也太奇怪了。

複習試題 請選出適合填入括號內的副詞。

01	（　）期日(きじつ)までに商品(しょうひん)を納入(のうにゅう)しなければならない。	ⓐ 何も	ⓑ 何とか
02	（　）、株価(かぶか)が暴落(ぼうらく)するかもしれない。	ⓐ もしも	ⓑ もしかしたら
03	副作用(ふくさよう)の影響(えいきょう)が懸念(けねん)されたが（　）問題(もんだい)なかった。	ⓐ ろくに	ⓑ 全く
04	親(おや)の過保護(かほご)は（　）子(こ)どもを幸(しあわ)せにするのだろうか。	ⓐ 見る見る	ⓑ 果たして
05	サナギは厳(きび)しい冬(ふゆ)を越(こ)え、（　）美(うつく)しい蝶(ちょう)になる。	ⓐ やがて	ⓑ まして

答案：01 ⓑ　02 ⓑ　03 ⓑ　04 ⓑ　05 ⓐ

文法
必考文法

N1 必考文法

03 連接詞

請選出適合填入下方＿＿的連接詞。

木村さんは渋滞のため少し遅れると連絡がありました。＿＿、1時間も遅れるなんて、彼にしては珍しいですね。

木村先生來電話因為路上塞車會晚一點到。＿＿，遲到一個小時對他而言還是非常少見的。

1 すると 於是　**2 もしくは** 或是　**3 それにしても** 可是　**4 すなわち** 也就是

答案：3

學習目標

在「問題 5 語法形式的判斷」和「問題 7 文章語法」大題中，會採取上方出題形式，要求選出適當的連接詞。另外，熟悉連接詞，亦有助於看懂讀解的文章，因此建議記下 N1 中經常出現的「連接詞」意思和例句。

1. 連接詞的作用

連接詞用來連接單字與單字、句子與句子，表示承接、並列、選擇、轉折等關係，或用來轉換話題、換句話說、補充說明等。

2. N1必考連接詞與種類

(1) 承接

したがって 因此、所以	運転手の呼気からアルコールが検出された。**したがって**、この事故の過失は全て運転手側にある。 駕駛在酒測中查出酒精含量。因此，此事故的過失全部歸責於駕駛方。
すると 於是、接著	ボールを塩酸に入れた。**すると**、ボールはまたたく間に溶けていった。 將鹽酸倒入大碗中。接著，大碗瞬間就融化了。
そこで 因此、為此、所以	いろいろ試してみたが人手不足は改善されない。**そこで**、機械の力を借りることにした。 在經過多方嘗試過後仍無法改善人手不足的問題。因此，最終決定借助機械的力量。
それで 所以、那麼	一人で練習しても上達しなかった。**それで**、料理教室に通い始めた。 一個人獨自練習也不見進步。所以開始上料理教室了。
それなら 那、那樣的話	自然が豊かな場所で癒されたいって言っていたよね。**それなら**、北欧がおすすめだよ。 你不是說想去擁有豐富大自然的地方放鬆一下。那樣的話，我建議你可以去北歐。

それゆえ 所以、因為如此	彼女は優しくて気配り上手だ。それゆえ、他人の目を気にして、疲れてしまうのだろう。 那個女孩子既溫柔又很會為人考慮。也因為如此，才會過度在意別人眼光，把自己搞得很累吧。
よって 因此、因而	賛成多数です。よって、教育制度における提案が承認されました。 贊成占多數。因此教育制度的提案終於通過了。

(2) 並列、選擇

あるいは 或者	このまま病院で治療を受けるべきか。あるいは、訪問看護のサービスを利用するべきか悩んでいる。 我很煩惱要繼續留在醫院接受治療，還是要改成到宅照護。
そして 還有	彼は栄養士免許を持っている。そして、調理師免許も持っている。 他有營養師證照，還有調理師證照。
それとも 還是	夕飯は外食にしようか？それとも、うちで簡単に済ませる？ 晚飯要外食還是要在家裡簡單的解決？
もしくは 或者	レポートですが、歴史上の人物について書いてください。もしくは歴史上の出来事でも構いません。 報告的內容請寫歷史上的人物，或者歷史上的事件也可以。

複習試題 請選出適合填入括號內的連接詞。

01 彼女は優しくて気配り上手だ。（　）、他人の目を気にして、疲れてしまうのだろう。 ⓐ もしくは ⓑ それゆえ

02 ボールを塩酸に入れた。（　）、ボールはまたたく間に溶けていった。 ⓐ すると ⓑ それで

03 賛成多数です。（　）、教育制度における提案が承認されました。 ⓐ よって ⓑ すると

04 彼は栄養士免許を持っている。（　）、調理師免許も持っている。 ⓐ そして ⓑ それとも

05 自然が豊かな場所で癒されたいって言っていたよね。（　）、北欧がおすすめだよ。 ⓐ あるいは ⓑ それなら

答案：01 ⓑ 02 ⓐ 03 ⓐ 04 ⓐ 05 ⓑ

(3) 轉折

けれども 但、但是	日韓両政府の関係は悪化する一方だ。**けれども**、いつか良い友好関係が築けると信じている。 日韓雙方政府的關係不斷在惡化。但是,我還是相信有一天雙方會建立良好的關係。
そのくせ 可是、卻、反而	田中課長は他人のミスに厳しい。**そのくせ**、自分のミスには寛容だ。 田中課長對於他人的失誤都非常苛刻,可是對自己的失誤卻很寬容。
それでも 儘管如此	この点差では逆転が難しいことは分かっている。**それでも**、最後まで諦めてはいけない。 我知道這種分數差想要逆轉非常地困難。儘管如此,不到最後我們不能放棄。
それなのに 儘管那樣、儘管如此	毎日一生懸命働いている。**それなのに**、給料は入社当時のままだ。 我每天都非常拼命地工作。儘管如此,薪資仍如入職當時一樣。
だが 但是、可是、雖然…可是	電車の運行再開を待っていた。**だが**、1時間経っても復旧しなかった。 我們正在等待電車恢復運行。可是,都過了一個小時了還是沒有恢復。
ところが (反預測)但是、可是	偶然、高校時代の友人に再会した。**ところが**、彼は私のことを覚えてはいなかった。 我偶然間與高中時代的朋友重逢了,但是他卻記不得我了。
とはいえ 雖然…但是	彼は東京大学に落ちたらしい。**とはいえ**、早稲田大学に合格したのだから大したものだ。 他雖然沒考上東京大學,但能考上早稻田大學也是非常了不起了。

(4) 轉換話題、換句話說

一方 另一方面	高齢者の人口は増え続けている。**一方**、出生率は低下している。 高齡人口不斷地增加,出生率卻持續地下滑。
さて (轉換話題)那麼	故障の問題点は明らかになった。**さて**、何から始めたらいいものか。 故障的問題點已經確定了。那麼,接下來要從什麼開始呢?
すなわち 即、也就是	人生はゴールを目指して少しずつ前進するものだ。**すなわち**、長いマラソンのようなものである。 人生都是朝向終點一步一步前進的。也就是說,人生就是個宛如長程馬拉松一樣的東西。
ときに (轉換話題)對了	ご無沙汰しております。**ときに**、前回お話した件なんですが、ご検討いただけましたか。 好久不見。對了,上次說的那件事,你考慮得怎麼樣了?

ところで （轉換話題）對了	キムさんは本当に日本語が上手ですね。ところで、茶道を習ったことがありますか。 金先生的日語真的說得非常好。對了，那你有學過茶道嗎？
なぜなら 如果要說為什麼的話～	私は将来京都に住みたい。なぜなら、都市の便利さと自然の美しさの両方を兼ね備えているところだからだ。 我將來想要住在京都。要說為什麼的話，那是因為京都是個都市便利性和自然之美兼具的地方。

複習試題 請選出適合填入括號內的連接詞。

01 偶然、高校時代の友人に再会した。（　　）、彼は私のことを覚えてはいなかった。

ⓐ ところで　　ⓑ ところが

02 日韓両政府の関係は悪化する一方だ。（　　）、いつか良い友好関係が築けると信じている。

ⓐ けれども　　ⓑ なぜなら

03 田中課長は他人のミスに厳しい。（　　）、自分のミスには寛容だ。

ⓐ すなわち　　ⓑ そのくせ

04 電車の運行再開を待っていた。（　　）、1時間経っても復旧しなかった。

ⓐ さて　　ⓑ だが

05 ご無沙汰しております。（　　）、前回お話した件なんですが、ご検討いただけましたか。

ⓐ ときに　　ⓑ とはいえ

答案：01 ⓑ　02 ⓐ　03 ⓑ　04 ⓑ　05 ⓐ

補充說明

しかも 而且、並且	セール期間中は全品半額だ。**しかも**、今日はセール価格からさらに２割も値引きされる。 特賣期間所有商品半價。而且，今天購買的話價格還會再打八折。
その上 又、而且、還	部長は頭が良くて美人だ。**その上**、仕事も早く、非の打ち所がない。 部長是個非常聰明的美女，而且工作速度也非常快，是個無可挑剔的人。
それどころか 何止、哪裡	留学に対して緊張は全くありません。**それどころか**、期待のほうが大きいです。 對於留學我何止沒有任何緊張感，反而還非常地期待。
それに　還有、而且	リンゴは栄養価が高い果物だ。**それに**、食物繊維もふんだんに含まれていて、腸の動きを活性化する。 蘋果是個營養價值相當高的水果。而且還富含膳食纖維，有促進腸道蠕動的效果。
それにしても 那也太…、可是…	時代の変化は本当に速い。**それにしても**、今日の科学の進歩には驚くばかりだ。 時代的變化已經非常迅速了，但是，今日科學的進步才是讓我吃驚的程度。
ただ （限定）只是、唯…	今回の事件は事故ということで片付けられた。**ただ**、一つ気になることがある。 此次的事件雖然已被定調為意外。唯有一件事我還是非常在意。
とはいうものの 雖說…但是	メディアでは景気が回復していると報じられている。**とはいうものの**、実感している国民はほとんどいない。 雖說媒體口口聲聲說景氣已經恢復了，但幾乎沒有國民感受到。
なお 另外	試験は７月４日です。**なお**、出席率が８割に満たない学生は試験自体が受けられませんので注意してください。 考試已定在７月４日。另外，出席率未達八成的同學們無法參加考試，請特別注意。
もっとも 話雖如此、不過、可是	両親には感謝してもしきれない。**もっとも**、そのありがたみに気づいたのは一人暮らしを始めてからだ。 對於父母的感激真的是說也說不盡。但話雖如此，意識到這一點還是從一個人生活後才開始的。
ただし 但是、不過	年齢制限はありません。**ただし**、小さなお子様は保護者の方と一緒にご乗車ください。 沒有年齡限制。但小朋友應該在父母或監護人的陪同下搭乘。
ちなみに 順帶一提	木村さんは先月、結婚しました。**ちなみに**、私は独身です。 木村已在上個月結婚了。順帶一提，我仍然單身。

また
此外

この料理(りょうり)は素材(そざい)の味(あじ)が楽(たの)しめる。**また**、ワサビをつけると味(あじ)が一層(いっそう)引(ひ)き立(た)つ。
這道料理可以品嘗到材料本身的美味。此外，沾一點芥末還可以增添風味。

複習試題 請選出適合填入括號內的連接詞。

01 リンゴは栄養価(えいようか)が高(たか)い果物(くだもの)だ。(　　)、食物繊維(しょくもつせんい)もふんだんに含(ふく)まれていて、腸(ちょう)の動(うご)きを活性化(かっせいか)する。

ⓐ ただし　　ⓑ それに

02 木村(きむら)さんは先月(せんげつ)、結婚(けっこん)しました。(　　)、私(わたし)は独身(どくしん)です。

ⓐ しかも　　ⓑ ちなみに

03 留学(りゅうがく)に対(たい)して緊張(きんちょう)は全(まった)くありません。(　　)、期待(きたい)のほうが大(おお)きいです。

ⓐ とはいうものの　　ⓑ それどころか

04 試験(しけん)は７月(がつ)４日(か)です。(　　)、出席率(しゅっせきりつ)が８割(わり)に満(み)たない学生(がくせい)は試験自体(しけんじたい)が受(う)けられませんので注意(ちゅうい)してください。

ⓐ なお　　ⓑ その上

05 この料理(りょうり)は素材(そざい)の味(あじ)が楽(たの)しめる。(　　)、ワサビをつけると味(あじ)が 一層(いっそう)引(ひ)き立(た)つ。

ⓐ また　　ⓑ ただ

答案：01 ⓑ　02 ⓑ　03 ⓑ　04 ⓐ　05 ⓐ

N1 必考文法

04 敬語表現

請選出適合填入下方（　）內的敬語表現。

A：こちらはプロジェクトの提案書(ていあんしょ)です。ご検討(けんとう)よろしくお願(ねが)いいたします。

這是專案提案書，請您考慮。

B：はい。では、（　）、お返事(へんじ)いたします。

好的。那麼（　）再回覆您。

1 お目(め)にかけるうちに　請您看過後
2 見(み)ていただくうちに　請您看過後
3 ご覧(らん)に入(い)れたうえで　您閱覽過後
4 拝見(はいけん)したうえで　待我拜見後

答案：4

學習目標

在「問題 5 語法形式的判斷」大題中，會採取上方出題形式，要求選出適當的敬語表現。除此之外，讀解和聽解大題中，亦會出現相關用法，因此建議記下 N1 中經常出現的「敬語」用法和例句。

1.「尊敬語」爲抬高上位者地位的一種敬意表現。

變化方式	例句
お + 動詞ます形 + になる 動詞尊敬語（提高對方的行為以表尊敬）	田中(たなか)さん、先生(せんせい)が**お見(み)えになり**ました。 田中，老師來了。
お+ 動詞ます形 + ください （てください尊敬語）請您…	ご案内(あんない)するまで、控(ひか)え室(しつ)で少々(しょうしょう)**お待(ま)ちください**。 請在等候室稍待片刻，會有人來為您帶路。
~てくださる （てくれる尊敬語）為我…	インタビューに**応(おう)じてくださり**、本当(ほんとう)にありがとうございます。 您願意接受我的採訪，真的萬分感激。
～させてくださる （させてくれる尊敬語）請讓我…	説明会(せつめいかい)を**開催(かいさい)させてくださる**ようにお願(ねが)いした。 我拜託他們再讓我開一次說明會。

2.「謙讓語」爲降低自己地位的一種謙遜表現。

變化方式	例句
お/ご + 動詞ます形 + する（いたす） 動詞謙讓語（降低自己的行為以表謙讓）	お客様(きゃくさま)、お荷物(にもつ)はロビーで**お預(あず)かりいたします**。 客人，行李可以寄放在大廳。（我在大廳保管）
～ていただく （てもらう謙讓語）請您…、為我做…	依頼人(いらいにん)に**喜(よろこ)んでいただけた**ようで、ほっとした。 能讓委託人感到開心，我鬆了一大口氣。
～させていただく （させてもらう謙讓語）請讓我…、請允許我…	この案(あん)に関(かん)しては、もう一度(いちど)、内部(ないぶ)で**検討(けんとう)させていただきます**。 有關於本次案件，將由我們內部進行討論。

3. 特殊尊敬語、謙讓語

一般動詞	尊敬表現	謙讓表現
会う 見面	お会いになる 見面	お目にかかる 見面
いる 在、有	いらっしゃる / おいでになる 在、有	おる 在、有
行く 去	いらっしゃる / おいでになる 去	参る 去
来る 來	いらっしゃる / おいでになる / お越しになる 來	参る 來
言う 說、講	おっしゃる 說、講	申し上げる / 申す 說、講
聞く 詢問、聽見	お聞きになる 問	伺う 請教、打聽
聞かせる 讓…聽	-	お耳に入れる 聽見、入聽
見る 看	ご覧になる 看	拝見する 拜見
見せる 讓…看	-	お目にかける / ご覧に入れる 給您過目
知っている 知曉	ご存じだ 知曉	存じている 知曉
する 做	なさる 做	いたす 做
訪ねる 訪問	お越しになる 來訪	伺う / お邪魔する 拜訪、打擾
食べる 吃 / **飲む** 喝	召し上がる 吃／喝	いただく 吃／喝
引き受ける 承擔、接受、答應	-	承る 承擔、接受、答應
分かる 了解、懂了	-	承知する / かしこまる 了解、懂了

複習試題 請選出適合填入括號內的尊敬語、謙讓語。

01 先生の作品を（　　）が、とても素晴らしいものだった。　ⓐ ご覧になった　ⓑ 拝見した

02 どうぞ料理が冷めないうちに（　　）ください。　ⓐ 召し上がって　ⓑ いただいて

03 案件の返事を（　　）ために、取引先に足を運んだ。　ⓐ お聞きになる　ⓑ 伺う

04 事故の経緯は先ほど私が説明（　　）通りです。　ⓐ なさった　ⓑ いたした

05 （　　）とは思いますが、こちらは鈴木議員です。　ⓐ ご存じだ　ⓑ 存じている

答案：01 ⓑ　02 ⓐ　03 ⓑ　04 ⓑ　05 ⓐ

N1 必考文法

05 連接於名詞後方的文法

請選出適合填入下方(　　)內的文法。

健康診断（　　）、食生活を見直すことにした。

健康診斷（　　），我決定反省我的飲食生活。

1 を境に　以…為契機
2 の極み　～之極
3 を踏まえ　考慮到
4 のごとき　如同

答案：1

學習目標

在「問題 5 語法形式的判斷」大題中，會採取上方出題形式，要求選出適合連接於名詞後方的文法，且選項經常僅保留名詞後方的文法。N1 測驗中也經常出現 N2 程度的文法，因此建議記下經常出現的文法句型和例句。

01 ～あっての 有…才有、沒有…就沒有

接法　名詞 ＋ あっての

例句　経営者は従業員**あっての**会社であることを忘れてはいけない。

有員工才有公司，這一點管理階層絕不能忘記。

02 ～いかん 就要看…如何、能否

接法　名詞 ＋ いかん

例句　プロジェクトが成功するかどうかは君の努力**いかん**だ。

這個項目能否成功，就要看你的努力了。

03 ～いかんで／～いかんによって 根據、要看

接法　名詞(の) ＋ いかんで／いかんによって

例句　工事の進行状況の**いかんで**は日程を調整する必要が出てくる。

必須得根據工程的進度狀況調整日程表了。

04 ～いかんによらず／～いかんにかかわらず／～いかんを問わず 不管什麼理由、狀況

接法　名詞(の) ＋ いかんによらず／いかんにかかわらず／いかんを問わず

例句　理由の**いかんによらず**、試験期間中は入室が禁止されています。

不管有什麼理由，考試期間都禁止進入教室。

05 ～かたがた 去…時候，順便

接法　名詞 + かたがた

例句　本日はごあいさつ**かたがた**、お伺いいたしました。
今天是來跟您問候並拜訪一下。

06 ～から～にかけて 從…到

常考 N2 文法

接法　名詞 + から + 名詞 + にかけて

例句　稲の収穫は９月**から**10月**にかけて**行われる。
稻米收成是從 9 月到 10 月。

07 ～からいうと／～からいえば／～からいったら 從…來說

常考 N2 文法

接法　名詞 + からいうと／からいえば／からいったら

例句　衛生面**からいうと**、ふきんは布製よりも使い捨てのものが良い。
從衛生面來說，用完就丟的抹布會比布製的好。

08 ～からいって 從…來看

常考 N2 文法

接法　名詞 + からいって

例句　患者さんの年齢**からいって**、手術に耐え抜く体力はないだろう。
從患者的年齡來看，應該沒有撐完整個手術的體力。

複習試題 請選出適合填入括號內的尊敬語、謙讓語。

01	本日はごあいさつ（　　）、お伺いいたしました。	ⓐ いかんで	ⓑ かたがた
02	患者さんの年齢（　　）、手術に耐え抜く体力はないだろう。	ⓐ からいって	ⓑ いかんを問わず
03	稲の収穫は９月から10月（　　）行われる。	ⓐ にかけて	ⓑ からいえば
04	衛生面（　　）、ふきんは布製よりも使い捨てのものが良い。	ⓐ いかんによって	ⓑ からいうと
05	経営者は従業員（　　）会社であることを忘れてはいけない。	ⓐ あっての	ⓑ いかん

答案：01 ⓑ 02 ⓐ 03 ⓐ 04 ⓑ 05 ⓐ

09 ～からして 從…來看

常考 N2 文法

接法　名詞 ＋ からして

例句　このドラマは俳優陣（はいゆうじん）の顔（かお）ぶれからして、高視聴率（こうしちょうりつ）は間違（まちが）いない。

這部電視劇從演員班底來看，就知道收視率一定很高。

10 ～からすると／～からすれば 從…來看

常考 N2 文法

接法　名詞 ＋ からすると／からすれば

例句　外国人（がいこくじん）からすると、銭湯（せんとう）はとても不思議（ふしぎ）な文化（ぶんか）のようだ。

從外國人的角度來看，公共澡堂應該是個很不可思議的文化。

11 ～次第（しだい）だ 全憑、要看

常考N2文法

接法　名詞 ＋ 次第だ

例句　志望校（しぼうこう）に合格（ごうかく）できるかどうかは君（きみ）の努力（どりょく）次第（しだい）だ。

能不能考上志願學校，全憑你的努力了。

12 ～ずくめ 清一色、全是、都是

接法　名詞 ＋ ずくめ

例句　黒（くろ）ずくめの男（おとこ）が現場（げんば）周辺（しゅうへん）をうろついていたそうだ。

好像有個全身黑的男子在事發現場周邊排徊。

13 ～たりとも 哪怕…也不、即使…也不

接法　名詞 ＋ たりとも

例句　決勝戦（けっしょうせん）は1秒（びょう）たりとも目（め）が離（はな）せない緊迫（きんぱく）した状況（じょうきょう）が続（つづ）いている。

決賽的賽況一直處於一秒都不能移開視線的緊張狀態。

14 ～たる 作為…的

接法　名詞 ＋ たる

例句　彼女（かのじょ）の表情（ひょうじょう）からは確固（かっこ）たる自信（じしん）が感（かん）じられた。

從她的表情，可以感受到名為堅定的自信。

15 ～だろうが、…だろうが／～だろうと、…だろうと 不管是…還是、無論是…還是

接法　名詞 ＋ だろうが、名詞 ＋ だろうが／名詞 ＋ だろうと、名詞 ＋ だろうと

例句　バスだろうが、電車(でんしゃ)だろうが目的地(もくてきち)までかかる時間(じかん)に違(ちが)いはない。
不管搭公車還是搭電車，到目的地所花的時間都差不多。

16 ～であれ 無論…還是…

接法　名詞 ＋ であれ ＋ 名詞 ＋ であれ

例句　正社員(せいしゃいん)であれ、契約社員(けいやくしゃいん)であれ、責任感(せきにんかん)を持(も)って働(はたら)くべきだ。
無論是正職員工還是約聘員工，都應該帶著責任心工作。

17 ～でしかない 只不過是

常考 N2 文法

接法　名詞 ＋ でしかない

例句　民間企業(みんかんきぎょう)への支援給付金(しえんきゅうふきん)は一時的(いちじてき)な応急処置(おうきゅうしょち)でしかない。
給予民間企業的援助補貼，只不過是一時的應急措施。

18 ～でなくてなんだろう 難道不是…又是什麼

接法　名詞 ＋ でなくてなんだろう

例句　この心(こころ)が温(あたた)かく、満(み)たされる感覚(かんかく)が幸(しあわ)せでなくてなんだろう。
這種既暖心又滿足的感覺不是幸福那又是什麼呢？

文法
必考文法

複習試題 請選出適合填入括號內的文法。

01 外国人(がいこくじん)（　　）、銭湯(せんとう)はとても不思議(ふしぎ)な文化(ぶんか)のようだ。　ⓐ からすると　ⓑ からして

02 黒(くろ)（　　）の男(おとこ)が現場周辺(げんばしゅうへん)をうろついていたそうだ。　ⓐ ずくめ　ⓑ たりとも

03 正社員(せいしゃいん)（　　）、契約社員(けいやくしゃいん)（　　）、責任感(せきにんかん)を持(も)って働(はたら)くべきだ。　ⓐ たる　ⓑ であれ

04 このドラマは俳優陣(はいゆうじん)の顔(かお)ぶれ（　　）、高視聴率(こうしちょうりつ)は間違(まちが)いない。　ⓐ たりとも　ⓑ からして

05 この心(こころ)が温(あたた)かく、満(み)たされる感覚(かんかく)が幸(しあわ)せ（　　）。　ⓐ でしかない　ⓑ でなくてなんだろう

答案：01 ⓐ　02 ⓐ　03 ⓑ　04 ⓑ　05 ⓑ

19 ～と相まって 與…相結合、與…相融合

接法　名詞＋と相まって

例句　白を基調とした店内は日差しと相まっていっそう明るく見える。
以白色為基調的店內裝潢融合日光看起來更加明亮了。

20 ～といい 不論…還是…、也好…也好…

接法　名詞＋といい＋名詞＋といい

例句　部長といい、課長といい、すばらしい上司に恵まれている。
無論是部長還是課長，一直受到那些好上司的恩惠。

21 ～というと／～といえば 提到、說到

常考 N2 文法

接法　名詞＋というと／といえば

例句　秋というと、松茸がスーパーの棚に並ぶシーズンだろう。
說到秋天，那就是松茸攻佔超市商品架的季節。

22 ～といわず 不論…還是

接法　名詞＋といわず＋名詞＋といわず

例句　書道といわず、バレエといわず、姉の趣味は多岐に渡る。
不論書法還是芭蕾，我姊姊的興趣愛好非常廣泛。

23 ～ときたら 說到、提到

接法　名詞＋ときたら

例句　政府ときたら、さらに消費税を増税するつもりだ。
說到政府，接下來是打算要提高消費稅了吧。

24 ～として 作為、當作

接法　名詞(だ)＋として

例句　それが真実だとして、得をする人は誰もいないはずだ。
如果把這個當作真相，那應該沒有任何人是獲益者。

25 ～とでもいうべき／～ともいうべき 可以稱得上…

接法　名詞 ＋ とでもいうべき／ともいうべき

例句　人生の汚点とでもいうべき失態をおかしてしまった。
我做出了一件可以稱得上是我人生中最嚴重的失態事件。

26 ～なくして(は) 如果沒有

接法　名詞 ＋ なくして(は)

例句　市民の協力なくしては安全な町づくりは実現しない。
如果沒有市民同心協力，也無法實現安全的城市發展。

27 ～なしに 沒有…不…

接法　名詞 ＋ なしに

例句　画期的なアイディアなしに、他社と勝負するのは難しそうだ。
如果沒有一個突破性的想法，似乎很難與其它公司競爭。

28 ～ならでは 只有…才能、只有…才有的

接法　名詞 ＋ ならでは

例句　河原で鍋を囲む芋煮会は山形県ならではの名物行事だ。
在河岸煮火鍋的芋煮會，是山形縣特有的著名活動。

複習試題 請選出適合填入括號內的文法。

		ⓐ	ⓑ
01	それが真実だ（　）得をする人は誰もいないはずだ。	ⓐ として	ⓑ ときたら
02	部長（　）、課長（　）、すばらしい上司に恵まれている。	ⓐ といい	ⓑ であれ
03	市民の協力（　）安全な町づくりは実現しない。	ⓐ ならでは	ⓑ なくしては
04	白を基調とした店内は日差し（　）いっそう明るく見える。	ⓐ と相まって	ⓑ として
05	秋（　）、松茸がスーパーの棚に並ぶシーズンだろう。	ⓐ だろうと	ⓑ というと

答案：01 ⓐ　02 ⓐ　03 ⓑ　04 ⓐ　05 ⓑ

29 ～にあって(は) 在…的時候、在…的情況下

接法　名詞＋にあって(は)

例句　高齢化社会にあって、介護保険制度の見直しが求められる。
在高齡化社會下，最重要的是重新審視照護保險制度。

30 ～にあるまじき 不該有的、不相稱的

接法　名詞＋にあるまじき

例句　彼は指導者にあるまじき発言をし、辞職に追い込まれた。
他做出了指導者不該有的發言而被迫辭職。

31 ～に言わせれば／～に言わせると 依…看、按…說

接法　名詞＋に言わせれば／に言わせると

例句　専門家に言わせれば、自分に自信がない人間ほど嫉妬深いらしい。
依專家所言，對自己愈是沒有自信的人嫉妒心就愈強。

32 ～に応じて 根據、按照

常考N2文法

接法　名詞＋に応じて

例句　接客業では状況に応じて、柔軟に対応することが求められる。
服務業必須視情況做出圓滑的應對。

33 ～にかかっている 關係到、涉及

接法　名詞＋にかかっている

例句　昇進できるかは今回のプロジェクトにかかっている。
此次的專案關係到我能否升職。

34 ～にかかわらず 無論…與否

常考 N2 文法

接法　名詞＋にかかわらず

例句　リスクの有無にかかわらず、ロケットの開発事業は続行すべきだ。
無論有無風險，火箭的研發都應該持續下去。

35 **～にかかわる** 關係到、涉及到

接法　名詞 ＋ にかかわる

例句　投手にとって肩の負傷は選手生命**にかかわる**一大事だ。
對投手而言，肩傷是關乎選手生命的一大要事。

36 **～に限ったことではない** 不光是、不只是、不僅僅是

接法　名詞 ＋ に限ったことではない

例句　待機児童の問題は首都圏**に限ったことではない**という。
待機兒童的問題不僅僅限於首都圈內。

37 **～に限って／～に限らず** 偏偏、唯讀、僅限於

常考N2文法

接法　名詞 ＋ に限って／に限らず

例句　毎日折りたたみ傘を持ち歩くのに今日**に限って**家に置き忘れた。
我明明每天都會隨身攜帶折傘，今天卻偏偏忘在家裡了。

38 **～にかけて** 在…方面、論…

常考 N2 文法

接法　名詞 ＋ にかけて

例句　昆虫の生態**にかけて**彼より詳しいものはいません。
論昆蟲生態，可沒有人比他更懂。

複習試題 請選出適合填入括號內的文法。

01	昇進できるかは今回のプロジェクト（　　）。	ⓐ でしかない	ⓑ にかかっている
02	高齢化社会（　　）、介護保険制度の見直しが求められる。	ⓐ にあって	ⓑ に応じて
03	専門家に（　　）、自分に自信がない人間ほど嫉妬深いらしい。	ⓐ 言わせれば	ⓑ かかわらず
04	彼は指導者（　　）発言をし、辞職に追い込まれた。	ⓐ にあるまじき	ⓑ ならではの
05	昆虫の生態（　　）彼より詳しいものはいません。	ⓐ に限って	ⓑ にかけて

答案：01 ⓑ　02 ⓐ　03 ⓐ　04 ⓐ　05 ⓑ

文法
必考文法

39 ～にかこつけて 藉故、藉口

接法　名詞 ＋ にかこつけて

例句　社長は出張にかこつけて、経費を好き勝手に使い込んでいた。

社長會以出差為藉口，任意動用經費。

40 ～にかたくない 不難…

接法　名詞 ＋ にかたくない

例句　子どもを一人で育てるシングルマザーの苦労は想像にかたくない。

不難想像獨自一人養育孩子的單親媽媽會有多麼辛苦。

41 ～にかまけて 只顧、一心

接法　名詞 ＋ にかまけて

例句　忙しさにかまけて家庭を顧みない夫には何度も失望させられた。

對於只顧著自己忙碌而不顧家裡的丈夫，我已經失望透頂了。

42 ～に応えて 應…要求、響應、根據

常考N2文法

接法　名詞 ＋ に応えて

例句　市民の要望に応えて、来月から移動図書館が運営される。

因應市民的要求，移動圖書館將於下個月起開始營運。

43 ～にしたら／～にすれば 作為…來說、對…來說

常考 N2 文法

接法　名詞 ＋ にしたら／にすれば

例句　森選手にしたら、同じポジションの新人の活躍は面白くないだろう。

對森選手來說，看見守備位置相同的新人如此活躍應該不是很令人開心的事吧。

44 ～にして 到了…階段

接法　名詞 ＋ にして

例句　彼は60歳にして、国内最高峰のコンテストで新人賞を獲得した。

他到了 60 歲，才在國內最頂尖的競賽中獲得新人獎。

45 ～にしてみれば 從…角度來看、對…來說

接法　名詞 + にしてみれば

例句　ペットにしてみれば洋服を着せられるなんて迷惑なことである。
從寵物的角度來說，被迫穿上衣服是很困擾的事。

46 ～にしろ／～にせよ 無論…都…

常考 N2 文法

接法　名詞 + にしろ／にせよ

例句　どんな結果にしろ、努力してきたことに後悔はない。
無論最終結果如何，我對自己的努力並不後悔。

47 ～に即して 根據、按照

接法　名詞 + に即して

例句　作者の実体験に即して書かれた小説はベストセラーになった。
根據作者本人親身經歷而寫成的小說登上了暢銷榜。

48 ～に沿って／～に沿い 沿著、跟著、按照

常考N2文法

接法　名詞 + に沿って／に沿い

例句　ガイドラインに沿って、試験問題を作成しなければならない。
試題內容必須按照命題大綱編制。

複習試題 請選出適合填入括號內的文法。

01	社長は出張（　）、経費を好き勝手に使い込んでいた。	ⓐ にかこつけて	ⓑ にかけて
02	森選手（　）同じポジションの新人の活躍は面白くないだろう。	ⓐ にして	ⓑ にしたら
03	ガイドライン（　）、試験問題を作成しなければならない。	ⓐ に沿って	ⓑ に応えて
04	子どもを一人で育てるシングルマザーの苦労は想像（　）。	ⓐ でしかない	ⓑ にかたくない
05	忙しさ（　）家庭を顧みない夫には何度も失望させられた。	ⓐ にかまけて	ⓑ にしてみれば

答案：01 ⓐ　02 ⓑ　03 ⓐ　04 ⓑ　05 ⓐ

49 ～にとどまらず 不僅、不限於

接法　名詞 + にとどまらず

例句　ガンは肺(はい)にとどまらず、脳(のう)にまで転移(てんい)していた。

癌細胞不僅限於肺，已經轉移至腦部了。

50 ～にひきかえ 與…相反、與…不同

接法　名詞 + にひきかえ

例句　友人(ゆうじん)が多(おお)く社交的(しゃこうてき)な兄(あに)にひきかえ、私(わたし)は内向的(ないこうてき)な性格(せいかく)だ。

與朋友多又擅於社交的哥哥相反，我是屬於比較內向的性格。

51 ～に他(ほか)ならない 正是…、不外乎…、無非是 常考N2文法

接法　名詞 + に他ならない

例句　自分(じぶん)の都合(つごう)で相手(あいて)を振(ふ)り回(まわ)すなんて理不尽(りふじん)に他(ほか)ならない。

為了自己的方便不斷折騰對手，完全就是不講道理的行為。

52 ～に基(もと)づき／～に基(もと)づいて 根據、按照 常考N2文法

接法　名詞 + に基づき／に基づいて

例句　前会長(ぜんかいちょう)には規定(きてい)に基(もと)づき、厳正(げんせい)な処分(しょぶん)が下(くだ)されました。

根據規定，前會長已被下達嚴正的處分。

53 ～にもまして 比…更

接法　名詞(であるの) + にもまして

例句　例年(れいねん)にもまして、今年(ことし)の桃(もも)はサイズも大(おお)きく、糖度(とうど)も高(たか)い。

今年的桃子比往年更大、糖度也更高。

54 ～にわたって／～にわたり 在…範圍內、涉及…、一直… 常考 N2 文法

接法　名詞 + にわたって／にわたり

例句　この店(みせ)は江戸時代(えどじだい)から400年(ねん)にわたって続(つづ)く老舗(しにせ)中(ちゅう)の老舗(しにせ)だそうだ。

這家老店是擁有自江戶時代至今、跨越了 400 年歷史老店中的老店。

55 ～抜きで 省去、撇開、去掉

常考N2文法

接法　名詞 ＋ 抜きで

例句　冗談抜きで、結婚について真剣に考えてもらえませんか。
先別開玩笑了，有關於結婚的事能認真地思考一下嗎？

56 ～の至り 無上、無比、非常

接法　名詞 ＋ の至り

例句　若気の至りだったとはいえ、今思えば恥ずかしいことばかりだ。
雖說當時就是太年輕了，但現在回想起來只感到非常羞恥。

57 ～の極み 極限、頂點

接法　名詞 ＋ の極み

例句　露天風呂に浸かりながら富士山を眺められるなんて贅沢の極みだ。
能夠一邊泡在露天溫泉一邊遠眺著富士山，真是奢侈至極啊。

58 ～のごとく／～のごとき 像…一樣、有如…、就像…

接法　名詞 ＋ のごとく／のごとき

例句　寛人という名は字のごとく寛大な人になれという想いから名付けた。
取名為寬人，是希望能夠如同這個名字一樣成為一位心胸寬大的人。

複習試題 請選出適合填入括號內的文法。

01　若気（　）だったとはいえ、今思えば恥ずかしいことばかりだ。　ⓐ の極み　ⓑ の至り

02　前会長には規定（　）、厳正な処分が下されました。　ⓐ に基づき　ⓑ に即して

03　例年（　）、今年の桃はサイズも大きく、糖度も高い。　ⓐ にせよ　ⓑ にもまして

04　自分の都合で相手を振り回すなんて理不尽（　）。　ⓐ にかたくない　ⓑ に他ならない

05　この店は江戸時代から400年（　）続く老舗中の老舗だそうだ。　ⓐ にわたって　ⓑ にとどまらず

答案：01 ⓑ 02 ⓐ 03 ⓑ 04 ⓑ 05 ⓐ

59 ～のことだから 表示自己的判斷依據

常考 N2 文法

接法　名詞 ＋ のことだから

例句　佐藤さんのことだから、きっと今日も待ち合わせに遅れて来るよ。
佐藤的話，我覺得今天集合他也一定會遲到。

60 ～のもと（で／に） 在…之下

常考 N2 文法

接法　名詞 ＋ のもと(で／に)

例句　私たち人間は貧富の差はあっても法のもとに平等です。
我們人雖然有著貧富差距，但在法律之下人人都是平等的。

61 ～のゆえに 由於…原因、因…緣故

接法　名詞 ＋ のゆえに

例句　自動掃除機はその利便性のゆえに主婦層から人気を集めている。
掃地機器人因其便利性，在主婦圈中非常地受歡迎。

62 ～ならいざしらず／～はいざしらず 關於…我不太清楚、姑且不論

接法　名詞 ＋ ならいざしらず／はいざしらず

例句　本革ならいざしらず、人工皮革にそんな値段は出せない。
關於真皮我是不太清楚，但人工皮的話價格不會這麼高吧。

63 ～はおろか 不要說…就連…也

接法　名詞 ＋ はおろか

例句　世界史はおろか日本の歴史についても詳しく知らない。
別說是世界史了，就連日本的歷史我都不是很清楚。

64 ～はさておき／～はさておいて 其它的事情暫且不論…首先…

接法　名詞 ＋ はさておき／はさておいて

例句　高圧的な態度はさておき、彼女の演技力は文句のつけようがない。
暫且不論她那高壓迫性的態度，就光是演技就沒什麼好批評的。

65 ～はともかく(として) 姑且不論、先別說

常考 N2 文法

接法　名詞 + はともかく(として)

例句　他人**はともかく**、家族だけには私の夢を応援してほしい。
別人就不說了，但我的家人我希望他們能支持我的夢想。

66 ～までして 甚至於到…地步

接法　名詞 + までして

例句　借金**までして**始めた事業が軌道に乗り、借金返済のめどが立った。
從負債開始的事業終於上了軌道，借款的清償計劃也開始有了目標。

67 ～まみれ 沾滿

接法　名詞 + まみれ

例句　泥**まみれ**で遊ぶ息子の姿が愛おしくて仕方ないという様子だ。
大家看到我那玩得一身泥的兒子都是喜歡到不行的樣子。

68 ～めく 像…樣子、帶…氣息

接法　名詞 + めく

例句　気温も上がり、色とりどりの花が咲き始めいよいよ春**めいて**きた。
氣溫上升、五顏六色的花朵開始冒頭，終於能感受到春天的氣息了。

複習試題 請選出適合填入括號內的文法。

		ⓐ	ⓑ
01	自動掃除機はその利便性（　）主婦層から人気を集めている。	ⓐ のゆえに	ⓑ のもとに
02	高圧的な態度（　）、彼女の演技力は文句のつけようがない。	ⓐ はさておき	ⓑ はいざしらず
03	泥（　）で遊ぶ息子の姿が愛おしくて仕方ないという様子だ。	ⓐ ずくめ	ⓑ まみれ
04	借金（　）始めた事業が軌道に乗り、借金返済のめどが立った。	ⓐ 抜きで	ⓑ までして
05	他人（　）、家族だけには私の夢を応援してほしい。	ⓐ はおろか	ⓑ はともかく

答案：01 ⓐ　02 ⓐ　03 ⓑ　04 ⓑ　05 ⓑ

69 ～も顧みず 不顧、不管

接法　名詞 ＋ も顧みず

例句　家庭**も顧みず**、全てを仕事に捧げてきたことを後悔している。

對於完全不顧家庭，將全部奉獻給事業的過去，我現在相當後悔。

70 ～もさることながら 當然不用說、也是不用說的事

接法　名詞 ＋ さることながら

例句　あの店の料理は味**もさることながら**、見た目も美しいそうだ。

那家店的料理味道就不用說了，就連外觀擺盤都非常漂亮。

71 ～を…に控えて 面臨、靠近

接法　名詞 ＋ を ＋ 名詞 ＋ に控えて

例句　試合**を**明日**に控えて**、弟は一日中落ち着かない様子だ。

明天就要比賽了，因此弟弟今天一整天都很坐立不安。

72 ～をおいて 除…之外

接法　名詞 ＋ をおいて

例句　木村次長の後任は林さん**をおいて**、ほかにはいないだろう。

木村次長的繼任人選，除了林先生／小姐之外也沒有別人了吧？

73 ～を限りに 僅限於、以…為界、…為止

接法　名詞 ＋ を限りに

例句　今日**を限りに**長年吸ってきたタバコを絶つつもりだ。

我打算從今天起，戒掉已經吸了多年的菸。

74 ～を皮切りに／～を振り出しに 以…為開端、從…開始、以…為契機

接法　名詞 ＋ を皮切りに／を振り出しに

例句　1. 店舗の縮小**を皮切りに**本社でも多くの社員が解雇された。

從店面縮編開始，總部也解雇了很多員工。

2. ロンドン**を振り出しに**6月から世界ツアーを開催する。

六月開始將以倫敦為起點，展開世界巡迴。

75 ～を禁じ得ない 不禁、禁不住

接法 名詞 ＋ を禁じ得ない

例句 突然の首相の辞任表明には驚き**を禁じ得ない**。
對於首相突然請辭，我感到非常驚訝。

76 ～を込めて 集中、傾注

常考N2文法

接法 名詞 ＋ を込めて

例句 感謝の気持ち**を込めて**、父の日にネクタイを贈りました。
我在父親節送了父親一條領帶，以表我的感激之情。

77 ～を境に 以…為契機、以…為界

接法 名詞 ＋ を境に

例句 一人暮らし**を境に**、料理を始めることにした。
一個人開始生活後，才決定開始做料理。

78 ～を問わず 無論…、不管…、不分…、不限…、不拘…

常考N2文法

接法 名詞 ＋ を問わず

例句 俳句コンテストは年齢や性別**を問わず**、誰でも参加できます。
俳句比賽不限年齡與性別，人人皆可參加。

複習試題 請選出適合填入括號內的文法。

		ⓐ	ⓑ
01	一人暮らし（　）、料理を始めることにした。	ⓐ を境に	ⓑ を限りに
02	試合を明日（　）、弟は一日中落ち着かない様子だ。	ⓐ に沿って	ⓑ に控えて
03	今日（　）長年吸ってきたタバコを絶つつもりだ。	ⓐ を境に	ⓑ を限りに
04	突然の首相の辞任表明には驚き（　）。	ⓐ を禁じ得ない	ⓑ にかたくない
05	俳句コンテストは年齢や性別（　）、誰でも參加できます。	ⓐ を問わず	ⓑ を込めて

答案：01 ⓐ 02 ⓑ 03 ⓑ 04 ⓐ 05 ⓐ

79 ～を除いて 除了…之外

常考N2文法

接法 名詞 ＋ を除いて

例句 一部企業を除いて、多くの企業が不況に苦しんでいるようだ。

除了一部分企業之外，大部分的企業幾乎都難逃經濟不景氣所帶來的影響。

80 ～をはじめ／～をはじめとして 以…為首…包括…

常考 N2 文法

接法 名詞 ＋ をはじめ／をはじめとして

例句 今学期は音声学をはじめ言語学に関する講義を主に受けたい。

本學期我想上的課主要是以聲音學為首和語言學有關的課程。

81 ～を踏まえ 根據、依據、在…基礎上

接法 名詞 ＋ を踏まえ

例句 筆者の考えを踏まえ、森林伐採について600字以内で論じなさい。

請根據筆者的想法，以 600 字以內的篇幅針對森林採伐進行論述。

82 ～を経て 經過、通過

接法 名詞 ＋ を経て

例句 新入社員は 3 か月の研修を経て、それぞれの部署に配属される。

新進員工經過三個月的研修後被分配至各自的所屬部門。

83 ～をもちまして／～をもって／～をもってすれば 謹此、以此

接法 名詞 ＋ をもちまして／をもって／をもってすれば

例句 今年度をもちまして、配信サービスを終了いたします。

網路播送服務即將於本年度終止。

84 ～をものともせずに 不當一回事、不放在眼裡、不理睬

接法 名詞 ＋ をものともせずに

例句 彼はプレッシャーをものともせずに、自己ベストを更新した。

他沒有將壓力放在眼裡，最終刷新自己的最佳成績。

85 ～を余儀なくされる 迫不得已、迫使、不得不

接法　名詞 ＋ を余儀なくされる

例句　両足を骨折し、車いす生活**を余儀なくされた**。

他摔斷了雙腿，被迫使用輪椅生活。

86 ～をよそに 無視、不顧、不管

接法　名詞 ＋ をよそに

例句　周囲の反対**をよそに**、離婚に向けての準備を急いだ。

他不顧周圍的反對，著急地著手離婚的準備。

87 ひとり～のみならず 不只是 不僅僅是

接法　ひとり ＋ 名詞 ＋ のみならず

例句　貧困は**ひとり**個人**のみならず**社会全体で取り組む問題だ。

貧困不僅僅是個人，而是整個社會都必須解決的問題。.

複習試題 請選出適合填入括號內的文法。

		ⓐ	ⓑ
01	筆者の考え（　　）、森林伐採について600字以内で論じなさい。	ⓐ を経て	ⓑ を踏まえ
02	貧困はひとり個人（　　）社会全体で取り組む問題だ。	ⓐ のみならず	ⓑ をものともせずに
03	一部企業（　　）、多くの企業が不況に苦しんでいるようだ。	ⓐ を除いて	ⓑ を問わず
04	今学期は音声学（　　）言語学に関する講義を主に受けたい。	ⓐ をもちまして	ⓑ をはじめ
05	周囲の反対を（　　）、離婚に向けての準備を急いだ。	ⓐ をよそに	ⓑ をもって

答案：01 ⓑ　02 ⓐ　03 ⓐ　04 ⓑ　05 ⓐ

N1 必考文法

06 連接於動詞後方的文法

請選出適合填入下方 (　　) 內的文法。

希望の大学に進学するため、受験勉強がどんなに辛くても (　　) と決心した。

為了考上志願的大學，無論準備的過程多麼辛苦都決心 (　　)。

1 諦めてはばからない　毫不顧慮的放棄
2 諦めても始まらない　即使放棄也沒用
3 諦めはしない　決不放棄
4 諦めればきりがない　放棄也沒完沒了

答案：3

學習目標

在「問題 5 語法形式的判斷」和「問題 7 文章語法」大題中，會採取上方出題形式，要求選出適合連接於動詞後方的文法。N1 測驗中也經常出現 N2 程度的文法，因此建議記下經常出現的文法句型和例句。

01 **～たが最後** 一但…就…

接法　動詞た形 + が最後

例句　うっかり削除し**たが最後**、ファイルの復元は不可能だ。

檔案一旦不小心刪除，就不可能再復原了。

02 **～たきり** 自從…就…

常考 N2 文法

接法　動詞た形 + きり

例句　彼とは学生時代にけんかし**たきり**、一度も会っていない。

自從學生時代大吵一架後，我和他就沒再見過面了。

03 **～たところで** 既使…、頂多

接法　動詞た形 + ところで

例句　今さら彼女に告白し**たところで**、迷惑がられるだけだ。

事到如今還向她表白，只會讓她感到困擾罷了。

04 **～ところに** …的時候

接法　1. 動詞た形 + ところに　　2. 動詞て形 + いるところに

例句　1. 夕飯を作ろうとし**たところに**、ちょうどお誘いの電話をもらった。

在我剛要做晚飯的時候，剛好接到約吃飯的電話。

2. 噂話をして**いるところに**、話の主役が現れた。

正在講八卦的時候，沒想到八卦主角就出現了。

05 ～てからでないと／～てからでなければ 不…就…

常考 N2 文法

接法　動詞て形 ＋ からでないと／からでなければ

例句　初級に合格してからでないと、中級クラスは受講できません。
不先通過初級考試，就無法聽中級的課程。

06 ～てからというもの（は） 自從…以後

接法　動詞て形 ＋ からというもの(は)

例句　SNSが普及してからというもの、誰もが情報の発信者になった。
自從 SNS 普及之後，每個人都能夠成為訊息發表的第一手。

07 ～てのこと 是因為…才可能

接法　動詞て形 ＋ のこと

例句　国家試験に合格できたのは先生のご指導があってのことです。
能夠考過國家考試，都是歸功於老師的指導。

08 ～てはならない 不要、不能

常考 N2 文法

接法　動詞て形 ＋ はならない

例句　人は見た目が９割というが、外見で人を判断してはならない。
雖說人大約有九成都是在乎外表的，但還是不能以外表判斷他人。

複習試題 請選出適合填入括號內的文法。

		ⓐ	ⓑ
01	初級に合格して（　）、中級クラスは受講できません。	ⓐ からでないと	ⓑ からというもの
02	うっかり削除（　）、ファイルの復元は不可能だ。	ⓐ したが最後	ⓑ したきり
03	噂話を（　）、話の主役が現れた。	ⓐ したところで	ⓑ しているところに
04	人は見た目が９割というが、外見で人を判断（　）。	ⓐ してのことだ	ⓑ してはならない
05	彼とは学生時代にけんか（　）、一度も会っていない。	ⓐ したところに	ⓑ したきり

答案：01 ⓐ　02 ⓐ　03 ⓑ　04 ⓑ　05 ⓑ

09 ～てはばからない 毫不顧忌、大膽地

接法 動詞て形 ＋ はばからない

例句 被告人は無実を主張してはばからなかった。
被告人大膽地主張自己無罪。

10 ～てばかりいる 總是、老是

接法 動詞て形 ＋ ばかりいる

例句 娘は不登校になってから、部屋に引きこもってばかりいる。
女兒自從不再去學校後，就總是一人窩在房間裡。

11 ～てまで 不惜…、甚至於到了…的地步

接法 動詞て形 ＋ まで

例句 行列に並んでまでラーメンを食べたがる人の気持ちが分からない。
對於那些排隊就為了吃一碗拉麵的人我著實不能理解。

12 ～てみせる 給…看、做給…看

接法 動詞て形 ＋ みせる

例句 オリンピックで優勝して、歴史に名を刻んでみせる。
我一定要讓你看看我在奧運會上拿金牌，名字被刻在歷史上的那一刻！

13 ～ても始まらない 即使…也沒有用

接法 動詞て形 ＋ も始まらない

例句 不満を言っていても始まらないから、まずは行動に移そう。
即使再怎麼抱怨都沒有用，首先還是先行動吧！

14 ～てやまない …不已、…不得了、非常…

接法 動詞て形 ＋ やまない

例句 祖母は天国にいる愛犬を未だに愛してやまないようです。
奶奶仍愛著在天堂的愛犬愛得不得了。

15 ～上は 既然……那麼

常考N2文法

接法 1. 動詞辭書形 ＋ 上は　　2. 動詞た形 ＋ 上は

例句 1. エースとして期待される**上は**、怪我を押してでも試合に出たい。
既然大家都將我當王牌一樣寄予厚望，那麼即使強忍傷痛我也一定要上場比賽。

2. 自分で決断して上京し**た上は**、弱音を吐くわけにはいかない。
既然是自己決心來東京的，那就不能叫苦。

16 ～か 剛…就…、還沒…就…、剛…還沒…時

常考 N2 文法

接法 1. 動詞辭書形＋ か＋動詞ない形＋ かのうちに
2. 動詞た形 ＋ か ＋ 動詞ない形 ＋ かのうちに

例句 1. 映画が始まる**か**始まら**ないかのうちに**眠りについてしまった。
電影一剛開始，我就睡著了。

2. 飛行機が着陸した**か**し**ないかのうちに**乗客は席を立ち始めた。
飛機一著陸，乘客就從座位上站起來了。

17 ～限り／～ない限り 只要不…就、除非…否則就、只要…就

常考N2文法

接法 1. 動詞辭書形＋ 限り／動詞ない形＋ 限り　　2. 動詞た形＋ 限り
3. 動詞て形 ＋ いる限り

例句 1. 紛争が終わら**ない限り**、国民に幸せが訪れることはないだろう。
紛爭不結束，國民就沒有得到幸福的一天吧。

2. 私が聞い**た限り**では、複合施設の開業は延期になるそうです。
就我所聽到的，複合式設施的開業好像要延期。

3. 事件の証人として、知っ**ている限り**のことをお話しください。
作為事件的證人，請和我說說你所知道的一切。

複習試題 請選出適合填入括號內的文法。

		ⓐ	ⓑ
01	不満を言って（　）から、まずは行動に移そう。	ⓐいても始まらない	ⓑいてはばからない
02	オリンピックで優勝して、歴史に名を（　）。	ⓐ刻んでやまない	ⓑ刻んでみせる
03	映画が始まるか始まらない（　）眠りについてしまった。	ⓐ限り	ⓑかのうちに
04	自分で決断して上京（　）、弱音を吐くわけにはいかない。	ⓐしてまで	ⓑした上は
05	娘は不登校になってから、部屋に引きこもって（　）。	ⓐばかりいる	ⓑはならない

答案：01 ⓐ 02 ⓑ 03 ⓑ 04 ⓑ 05 ⓐ

18 ～かのようだ／～かのような 就好像…一樣、好像…似的

常考 N2 文法

接法　動詞辭書形 ＋ かのようだ／かのような

例句　部長は上の空で、ここが会社であることを忘れているかのようだ。

部長整個人心不在焉的，好像忘了這裡是公司一樣。

19 ～が早いか 剛一…就…

接法　動詞辭書形 ＋ が早いか

例句　電車のドアが開くが早いか、一目散にトイレに駆け出した。

電車門剛開，他就一溜煙地衝去廁所了。

20 ～くらいなら 與其…不如、與其…寧願、要是…還不如

接法　動詞辭書形 ＋ くらいなら

例句　不幸な境遇を同情されるくらいなら、馬鹿にされたほうがマシだ。

與其被同情我不幸的遭遇，那我還寧願被看笑話。

21 ～ことなく 不…

常考 N2 文法

接法　動詞辭書形 ＋ ことなく

例句　携帯の地図のおかげで、迷うことなく目的地に到着できました。

多虧手機上的地圖，我才能不迷路地抵達目的地。

22 ～ことなしに 不…而…、如果不…就不可能

接法　動詞辭書形 ＋ ことなしに

例句　情熱を絶やすことなしに、長年再生医療の研究に励んでいます。

長年來一直熱情不滅的致力在再生醫療的研究。

23 ～始末だ 結果竟然發展至止

接法　動詞辭書形 ＋ 始末だ

例句　無理なスケジュールのせいで、残業を強いられる始末だ。

都是因為不合理的行程安排，我才被迫留在這裡加班。

24 ～そばから 才剛要…

接法 1. 動詞辭書形 ＋ そばから　　2. 動詞た形 ＋ そばから

例句 1. 部屋を片づけるそばから子どもにおもちゃを散らかされる。
我才剛要整理房間，孩子又將玩具弄亂了。

2. 忠告されたそばから、ふざけて怪我を負ってしまいました。
才剛被提醒，又胡搞瞎搞導致受傷了。

25 ～だけのことだ 只要…就行了

接法 動詞辭書形 ＋ だけのことだ

例句 相手に信頼してもらえないなら、何度でも誠意を見せるだけのことだ。
如果對方不信任你，那你就是不停地表達出你的誠意就行了。

26 ～ところだった 那可就…、險些

接法 動詞辭書形 ＋ ところだった

例句 株式の半数を所有され、会社ごと乗っ取られるところだった。
股份被搶走了一半，整個公司差點都變別人的了。

27 ～ともなく／～ともなしに 下意識地…、無意地…

接法 動詞辭書形 ＋ ともなく／ともなしに

例句 彼は今でも事故のことを考えるともなく考えてしまうという。
一直到現在，他仍然會不時地想起事故當時的事。

複習試題 請選出適合填入括號內的文法。

01	無理なスケジュールのせいで、残業を強いられる（　　）。	ⓐ 始末だ	ⓑ だけのことだ
02	情熱を絶やす（　　）、長年再生医療の研究に励んでいます。	ⓐ ことなしに	ⓑ ともなしに
03	部長は上の空で、ここが会社であることを忘れている（　　）。	ⓐ ところだった	ⓑ かのようだ
04	彼は今でも事故のことを考える（　　）考えてしまうという。	ⓐ ともなく	ⓑ ことなく
05	電車のドアが開く（　　）、一目散にトイレに駆け出した。	ⓐ くらいなら	ⓑ が早いか

答案：01 ⓐ　02 ⓐ　03 ⓑ　04 ⓐ　05 ⓑ

28 ～なり 剛…立刻

接法　動詞辭書形 ＋ なり

例句　夫はよほど疲れていたのか帰宅するなり、ベッドに倒れ込んだ。

丈夫到底有多累，才會一回到家立刻就倒在床上睡著了。

29 ～につけ 每當…就

接法　動詞辭書形 ＋ につけ

例句　その音楽を聞くにつけ、部活に打ち込んだ日々を思い出すそうだ。

每一次聽到那個音樂，就會想起沉浸在社團活動的那段時光。

30 ～にはあたらない 不必、用不著

接法　動詞辭書形 ＋ にはあたらない

例句　もともと赤字続きだから、倒産しても驚くにはあたらないよ。

原本就一直在虧損了，如今即使破產也沒有什麼好驚訝的。

31 ～べからず／～べからざる 禁止、不得、不可

接法　動詞辭書形 ＋ べからず／べからざる

例句　成功を収めたいのであれば、目先の利益を考えるべからず。

如果想獲得成功，那就不能考慮眼前的利益。

32 ～べく 為了…能夠

接法　動詞辭書形 ＋ べく

例句　平凡な日常を打開するべく、生け花教室に通うことにしました。

為了能夠打破一成不變的日常，我決定上插花班。

33 ～べくして 該…、必然…

接法　動詞辭書形 ＋ べくして ＋ 動詞た形

例句　中村先生の受賞は功績から見ても得るべくして得た賞である。

即使從功績來看，中村老師獲獎一事也是必然的。

34 ～べくもない 無從…、無法…

接法 動詞辭書形 ＋ べくもない

例句 スウェーデンの充実した福祉制度は日本とは比べるべくもない。
瑞典充足的福利制度，是日本無從比較的。

35 ～ほどの 並非…程度、不至於

接法 動詞辭書形 ＋ ほどの ＋ 名詞 ＋ ではない

例句 遠足を中止するほどの大雨ではないと思います。
我認為這場大雨還不到要中止遠足的程度。

36 ～まで（のこと）だ 1 大不了…就是了 2 也就是、不過是

接法 1. 動詞辭書形 ＋ まで(のこと)だ　2. 動詞た形 ＋ まで(のこと)だ

例句 1. 話し合いで解決できないなら、法廷で争うまでだ。
若談判都解決不了，那大不了就是上法院辯個明白吧。
2. 私は部長がおっしゃった通りに行動したまでのことです。
我不過就是按照部長交代我的行動罷了。

37 ～まで（のことで）もない 未達到…的程度、無需、用不著、沒必要

接法 動詞辭書形 ＋ まで(のことで)もない

例句 忙しいんだから、言うまでもないことをいちいち説明させるな。
我忙得要命，這種沒必要說的事就別要求我一一說明了。

複習試題 請選出適合填入括號內的文法。

01 中村先生の受賞は功績から見ても得る（　）得た賞である。　ⓐ べくして　ⓑ ほどの

02 その音楽を聞く（　）、部活に打ち込んだ日々を思い出すそうだ。　ⓐ べく　ⓑ につけ

03 成功を収めたいのであれば、目先の利益を考える（　）。　ⓐ べからず　ⓑ にはあたらない

04 忙しいんだから、言う（　）ことをいちいち説明させるな。　ⓐ なり　ⓑ までもない

05 スウェーデンの充実した福祉制度は日本とは比べる（　）。　ⓐ べくもない　ⓑ だけのことだ

答案：01 ⓐ 02 ⓑ 03 ⓐ 04 ⓑ 05 ⓐ

38 ～ものではない 不該、不要

常考 N2 文法

接法 動詞辭書形 + ものではない

例句 価値観は人それぞれであり、他人に押し付ける**ものではない**。

人人各有自己的價值觀，不應該強迫他人接受。

39 ～や否や 一…就

接法 動詞辭書形 + や否や

例句 主役が現れる**や否や**、割れんばかりの歓声が巻き起こった。

主角現身時，現場掀起了一股像要掀翻屋頂一樣的歡呼聲。

40 ～よりほかない 只有…只好…沒有比

接法 動詞辭書形 + よりほかない

例句 かわいい娘の願いなら、叶えてあげる**よりほかない**だろう。

既然是可愛女兒的願望，我只好幫她實現了。

41 ～わけにはいかない 不能、不可

常考 N2 文法

接法 動詞辭書形 + わけにはいかない

例句 人手不足で会社が大変なときに私が休む**わけにはいかない**。

公司因人手不足而變得非常辛苦時，我不能休假。

42 ～うる／～える 能、可能

接法 動詞ます形 + うる／える

例句 ストレスは精神面だけではなく、体の不調の原因にもなり**うる**。

壓力不僅僅來自於精神層面，也是身體出狀況時的原因之一。

43 ～かけの／～かける 做一半、沒做完

常考 N2 文法

接法 動詞ます形 + かけの／かける

例句 誰かの飲み**かけの**コーヒーが机の上に置いてあった。

有人把喝到一半的咖啡放在桌子上。

44 ～がたい 難以、不可、不能

常考 N2 文法

接法　動詞ます形 ＋ がたい

例句　彼は無口で何を考えているか分からないし、近寄りがたい存在だ。
他很沉默寡言都不知道在想些什麼，是個很難親近的存在。

45 ～かねる 不能、難以、…不了

常考 N2 文法

接法　動詞ます形 ＋ かねる

例句　申し訳ありませんが、そのようなご質問にはお答えしかねます。
很抱歉，這樣的問題我回答不了。

46 ～切る …完、…盡

常考N2文法

接法　動詞ます形 ＋ 切る

例句　足が動かないくらいフラフラだったが、何とか走り切った。
雖然兩條腿抖得不行幾乎是動也動不了，但總算還是跑完了。

47 ～次第 一旦、立刻、隨即

常考N2文法

接法　動詞ます形 ＋ 次第

例句　商品の在庫が確認でき次第、こちらからご連絡いたします。
一旦確認過商品庫存，會立刻與您聯絡。

複習試題 請選出適合填入括號內的文法。

01	人手不足で会社が大変なときに私が休む（　　）。	ⓐ よりほかない	ⓑ わけにはいかない
02	誰かの飲み（　　）コーヒーが机の上に置いてあった。	ⓐ かけの	ⓑ きりの
03	ストレスは精神面だけではなく、体の不調の原因にも（　　）。	ⓐ なりがたい	ⓑ なりうる
04	申し訳ありませんが、そのようなご質問にはお答え（　　）。	ⓐ しかねます	ⓑ し切る
05	商品の在庫が確認でき（　　）、こちらからご連絡いたします。	ⓐ 次第	ⓑ える

答案：01 ⓑ　02 ⓐ　03 ⓑ　04 ⓐ　05 ⓐ

48 ～そびれる 錯過機會…最終沒能…

接法　動詞ます形 ＋ そびれる

例句　頼まれていた伝言を伝え**そびれ**てしまいました。

最終還是沒能將被交代好的話給傳出去。

49 ～つ 表示動作交替進行

接法　動詞ます形 ＋ つ ＋ 動詞ます形 ＋ つ

例句　展望台に登ったのに、雲で富士山が見え**つ**隠れ**つ**している。

都上了展望台了，但富士山卻因為雲開始若隱若現。

50 ～っこない 不可能…　常考 N2 文法

接法　動詞ます形 ＋ っこない

例句　会議まで入っているし、今日中に書類をまとめられ**っこない**。

我馬上就要去開會了，所以今天是不可能將文件整理好的。

51 ～つつ 雖然、儘管　常考 N2 文法

接法　動詞ます形 ＋ つつ

例句　健康に良くないとは思い**つつ**、ついお酒を飲んでしまう。

雖然明白酒對健康沒有好處，但還是忍不住會喝。

52 ～つつある 正在…　常考 N2 文法

接法　動詞ます形 ＋ つつある

例句　高齢者による超高齢者の介護が社会問題化し**つつある**そうだ。

老人照顧更老的人，是現在正在進行中的社會問題。

53 ～はしない 絕對不

接法　動詞ます形 ＋ はしない

例句　夫婦関係は破綻しているが、子どもが成人するまで別れ**はしない**。

雖然夫婦關係已經破裂，但在孩子成人之前是絕對不離婚。

54 ~もしない 完全不…、做都不做

接法　動詞ます形 + もしない

例句　自分で調べもしないで、人に頼ろうとするのはやめましょう。
不能光只是想拜託他人，自己卻查都不去查。

55 ~ようがない／~ようもない 沒辦法

常考 N2 文法

接法　動詞ます形 + ようがない／ようもない

例句　聞く耳を持とうともしないのだから、説明しようがないよ。
因為你們聽都不想聽，那我也沒辦法說明啊。

56 ~ようによっては／~ようでは 要看怎麼…、取決於

接法　動詞ます形 + ようによっては／ようでは

例句　不幸だって考えようによっては、人生の教訓になるはずです。
即使不幸看怎麼去想，也能轉化成人生的教訓。

57 ~ざるを得ない 不得不…

常考N2文法

接法　動詞ない形 + ざるを得ない

例句　化石燃料が底をついたら、自然エネルギーに頼らざるを得ない。
化石燃料一旦用盡，就不得不仰賴自然能源了。

複習試題 請選出適合填入括號內的文法。

		ⓐ	ⓑ
01	自分で調べ（　　）で、人に頼ろうとするのはやめましょう。	ⓐ もしない	ⓑ はしない
02	頼まれていた伝言を伝え（　　）しまいました。	ⓐ つつあって	ⓑ そびれて
03	健康に良くないとは思い（　　）、ついお酒を飲んでしまう。	ⓐ つつ	ⓑ ようでは
04	聞く耳を持とうともしないのだから、説明（　　）よ。	ⓐ しっこない	ⓑ しようがない
05	不幸だって考え（　　）、人生の教訓になるはずです。	ⓐ ようによっては	ⓑ 次第

答案：01 ⓐ　02 ⓑ　03 ⓐ　04 ⓑ　05 ⓐ

58 ～ずじまいだ 沒成、沒能

接法 動詞未然形 ＋ ずじまいだ

例句 せっかく出張で韓国に来たのに、観光地は巡れ**ずじまいだ**。

因為出差好不容易才來到韓國，卻沒能好好觀光。

59 ～ずにはいられない／～ないではいられない 不能不…、不得不…、沒有不…的 常考 N2 文法

接法 動詞未然形 ＋ ずにはいられない／ないではいられない

例句 こんな絶景を目の前にしたら、興奮せ**ずにはいられない**だろう。

看到這樣的絕景，哪有不亢奮的。

60 ～ずにはおかない／～ないではおかない 必然

接法 動詞未然形 ＋ ずにはおかない／ないではおかない

例句 彼のいい加減な接客は客に不信感を与え**ずにはおかない**。

他那種馬馬虎虎的服務態度，一定會帶給客人不信任感。

61 ～ずにはすまない／～ないではすまない 不能不…、不得不…、不好不…

接法 動詞未然形 ＋ ずにはすまない／ないではすまない

例句 先生の家宝である花瓶を割ってしまい、弁償せ**ずにはすみません**。

不小心打破了老師的傳家寶花瓶，不得不做出賠償。

62 ～ずにすむ／～ないですむ／～なくてすむ 沒有…就…

接法 動詞未然形 ＋ ずにすむ／ないですむ／なくてすむ

例句 関東地方に地震が直撃したが、大きな被害が出**ずにすん**だ。

關東地區發生了大地震，所幸沒有嚴重的災情。

63 ～ないこともない 也不是不…、並不是不…

接法 動詞未然形 ＋ ないこともない

例句 魚特有の生臭さがひどいが、焼けば食べられ**ないこともない**。

雖然有魚特有的腥味，但烤過後也不是不能吃。

64 ～ないまでも 沒有…至少也…、雖然不至於…但至少…

接法　動詞未然形 ＋ないまでも

例句　死に至らないまでも、脳に麻痺が残る可能性があると言われた。

雖然不至於死亡，但可能會導致腦部癱瘓。

65 ～ないものでもない 也不是不能

接法　動詞未然形 ＋ないものでもない

例句　気持ちは分からないものでもないが、ここは組織に従うべきだ。

我並不是不能理解你的心情，但在這裡你必須遵循組織的規定。

66 ～んがため 為了

接法　動詞未然形 ＋んがため

例句　医者になる夢を叶えんがため、今は睡眠を削ってでも勉学に励む。

為了實現當醫生的夢想，現在即使減少睡眠時間也要拚命在學習。

67 ～んばかり 幾乎就要、眼看就要

接法　動詞未然形＋んばかり

例句　地球が限界だと言わんばかりに各地で異常気象が起きている。

各地都在發生極端氣候，彷彿在說地球快要到極限了一樣。

複習試題 請選出適合填入括號內的文法。

01 地球が限界だと（　）各地で異常気象が見られる。　ⓐ言わないまでも　ⓑ言わんばかりに

02 関東地方に地震が直撃したが、大きな被害が（　）。　ⓐ出ずにすんだ　ⓑ出ずにはいられなかった

03 医者になる夢を（　）、今は睡眠を削ってでも勉学に励む。　ⓐ叶えんがため　ⓑ叶えんばかりに

04 彼のいい加減な接客は客に不信感を与え（　）。　ⓐずにはおかない　ⓑずにすむ

05 魚特有の生臭さがひどいが、焼けば食べ（　）。　ⓐなくてすむ　ⓑられないこともない

答案：01 ⓑ　02 ⓐ　03 ⓐ　04 ⓐ　05 ⓑ

68 ～ばきりがない 永無止境、沒完沒了

接法 動詞假定形 ＋ ばきりがない

例句 今回の試合の反省点を挙げればきりがありません。
這次比賽需要反省的地方說都說不完。

69 ～ばそれまでだ …的話…也就完了、…的話…也就沒意義了

接法 動詞假定形 ＋ ばそれまでだ

例句 証拠が見つからないため、無罪を主張されればそれまでです。
因為找不到證據而主張無罪的話，那也只能這樣了。

70 ～ようが／～ようと 不論、不管

接法 動詞意志形 ＋ が／と

例句 政権が変わろうが、我々の生活に変化があるわけではない。
不管政權改不改變，我們的生活都不會發生變化。

71 ～ようが～まいが／～ようと～まいと 不管是…不是、不管…不…

接法 動詞意志形 ＋ が ＋ 動詞辭書形 ＋ まいが／動詞意志形 ＋ と ＋ 動詞辭書形 ＋ まいと

例句 私が投票しようがしまいが、結果は変わらないだろう。
不管我投不投票，結果都不會有變吧。

*するまいが=しまいが=すまいが

72 ～ようにも 即使想…也不能…

接法 動詞意志形 ＋ にも ＋ 動詞可能形的ない形

例句 家に携帯電話を置き忘れ、友人に連絡を取ろうにも取れなかった。
我將手機忘在家裡了，所以即使想和朋友聯絡也聯絡不上。

73 ～ようものなら 如果要…的話

常考 N2 文法

接法 動詞意志形 ＋ ものなら

例句 記念日を忘れようものなら、妻に何を言われるか分からない。
要是忘了紀念日，都不知道會被妻子怎麼抱怨。

74 ～以上(は) 既然

常考N2文法

接法　動詞普通形 ＋ 以上(は)

例句　韓国語を習得した以上、韓国語を使う仕事に就きたい。
既然都學會韓語，那當然想做用得著韓語的工作。

75 ～からには 既然…

常考 N2 文法

接法　動詞普通形 ＋ からには

例句　支店長に抜擢されたからには、必ず結果を出さなければいけない。
既然都被提拔為分店長了，那不拿出成績可不行。

76 ～まい 想不…為了不…

常考 N2 文法

接法　動詞普通形 ＋ まい

例句　失敗するまいと気負うと、力が入ってうまくいかないことが多い。
為了不失敗而逞強的話，往往會因為過度拚命而難以順利。

複習試題 請選出適合填入括號內的文法。

		ⓐ	ⓑ
01	失敗（　　）と気負うと、力が入ってうまくいかないことが多い。	ⓐするまい	ⓑしようものなら
02	支店長に抜擢された（　　）、必ず結果を出さなければいけない。	ⓐからには	ⓑところで
03	韓国語を習得した（　　）、韓国語を使う仕事に就きたい。	ⓐところを	ⓑ以上
04	今回の試合の反省点を挙げれ（　　）。	ⓐばそれまでです	ⓑばきりがありません
05	政権が（　　）、我々の生活に変化があるわけではない。	ⓐ変わろうと	ⓑ変わらんばかり

答案：01 ⓐ　02 ⓐ　03 ⓑ　04 ⓑ　05 ⓐ

N1 必考文法

07 連接於名詞和動詞後方的文法

請選出適合填入下方（　）內的文法。

彼は会社で働く（　　）、退勤後には大学院で勉強をしている。

他（　　）在公司上班，下班後還在研究所上課。

1 かたわら　2 手前　3 にあたり　4 たびに
一邊　既然　在…的時候　每次

答案：1

學習目標

在「問題 5 語法形式的判斷」和「問題 7 文章語法」大題中，會採取上方出題形式，要求選出適合置於名詞和動詞變化形後方的文法。N1 測驗中也經常出現 N2 程度的文法，因此建議記下經常出現的文法句型和例句。

01 ～あげく 結果、最後

常考 N2 文法

接法　1. 名詞の ＋ あげく　2. 動詞た形 ＋ あげく

例句　1. ３年間の浪人生活の**あげく**、結局医学部を諦めた。
經歷三年的重考生活，最終還是放棄了醫學院。

2. 何を買うか２時間も迷っ**たあげく**、結局何も買わずに店を出た。
在糾結要買什麼糾結了兩個小時後，最終還是什麼都沒買就離開商店了。

02 ～あまり（に） 過度、過於、太

常考 N2 文法

接法　1. 名詞の ＋ あまり(に)　2. 動詞辭書形 ＋ あまり(に)

例句　1. お化け屋敷に入ったものの、恐怖の**あまり**腰を抜かしてしまった。
雖是去了鬼屋，但因為過於恐怖嚇得腰都挺不直了。

2. 兄は急いで食べる**あまりに**餅を喉に詰まらせたようだ。
哥哥好像是吃得太急，才被年糕噎到了。

03 ～以来 以後、以來

接法　1. 名詞 ＋ 以来　2. 動詞て形 ＋ 以来

例句　1. 鈴木選手**以来**の大物ルーキーの入団で地元は大盛り上がりだ。
自鈴木選手以來首次有新秀選手入團，在地民眾都非常興奮。

2. 新婚旅行でハワイに行っ**て以来**、海外には一度も行っていない。
自從蜜月旅行去夏威夷之後就再也沒有出過國了。

04 ～上で 在…上、根據

常考N2文法

接法　1. 名詞の ＋ 上で　　　2. 動詞た形 ＋ 上で

例句　1. 話し合いの上で、彼女の処分を決定しようと思います。
我想討論一下再決定怎麼處分她。
2. 取り扱い説明書をよくお読みになった上で、ご使用ください。
請仔細閱讀使用說明後再使用。

05 ～おそれがある 有…危險、恐怕…

常考 N2 文法

接法　1. 名詞の ＋ おそれがある　　　2. 動詞辭書形 ＋ おそれがある

例句　1. 絶滅のおそれがある野生生物は約１万種にものぼるといいます。
有絕種危機的野生生物，據說已經超過了一萬種。
2. 劣化した電気製品を使用し続けると発火するおそれがあるそうだ。
持續使用劣化的電子產品，恐怕會有起火的危險。

複習試題 請選出適合填入括號內的文法。

		ⓐ	ⓑ
01	３年間の浪人生活の（　　）、結局医学部を諦めた。	ⓐ あげく	ⓑ あまり
02	取り扱い説明書をよくお読みに（　　）、ご使用ください。	ⓐ なって以来	ⓑ なった上で
03	兄は急いで食べる（　　）餅を喉に詰まらせたようだ。	ⓐ あまりに	ⓑ おそれがあり
04	新婚旅行でハワイに（　　）、海外には一度も行っていない。	ⓐ 行って以来	ⓑ 行ったあげく
05	絶滅の（　　）野生生物は約１万種にものぼるといいます。	ⓐ あげく	ⓑ おそれがある

答案：01 ⓐ　02 ⓑ　03 ⓐ　04 ⓐ　05 ⓑ

06 ～かいもなく 努力沒有回報、努力沒有效果

接法　1. 名詞の ＋ かいもなく　　2. 動詞た形 ＋ かいもなく

例句　1. 徹夜の**かいもなく**、3つの教科で赤点をとってしまった。
雖然熬夜了，但還是有三科沒有及格。

2. 車を5時間走らせた**かいもなく**、結局夕日は見られなかった。
開了五小時車，最終還是沒看到落日。

07 ～限り …儘、儘量、竭盡

接法　1. 名詞の ＋ 限り　　2. 動詞辭書形 ＋ 限り

例句　1. 必死でプレーする選手たちに力の**限り**、声援を送った。
竭盡全力為拚命的選手們加油。

2. 就職面接に向け、考えられる**限り**の質問と応答を準備するべきだ。
應該多多準備一下就職面試中可能出現的問題和回答。

08 ～かたわら 一邊…一邊…、同時還…

接法　1. 名詞の ＋ かたわら　　2. 動詞辭書形 ＋ かたわら

例句　1. 井上さんは育児の**かたわら**大学院に通っているそうだ。
井上先生／小姐似乎是一邊育兒一邊上研究所。

2. 和食レストランを営む**かたわら**、料理教室も開いている。
一邊經營和食餐廳，一邊開料理教室。

09 ～がてら 順便、在…同時、借…之便

接法　1. 名詞 ＋ がてら　　2. 動詞ます形 ＋ がてら

例句　1. ドライブ**がてら**、新しく郊外にできたカフェに行くつもりだ。
我打算借著開車兜風之便，去郊外新開的咖啡店看看。

2. 出張で北海道に行き**がてら**、観光も楽しんだ。
借著出差去北海道的同時也好好觀光了。

10 ～きらいがある 有…的傾向、有點、總愛

接法　1. 名詞の ＋ きらいがある　　2. 動詞辭書形 ＋ きらいがある

例句　1. 疲れやストレスがたまると情緒不安定のきらいがある。
累積過大的疲勞或壓力的話，會有情緒不穩的傾向。

2. 彼女は学歴で人を判断するきらいがあるようです。
她總愛用學歷去判斷一個人。

11 ～こととて 因為

接法　1. 名詞の ＋ こととて　　2. 動詞普通形 ＋ こととて

例句　1. ここに住んでいたのは数十年前のこととて、ほとんど記憶にない。
住在這裡已經是數十年前的事了，所以已經幾乎沒有記憶了。

2. 子どもがやったことことて、大目に見てやってください。
既然是孩子做的，就寬容地原諒他吧。

12 ～でもあるまいし／～じゃあるまいし 又不是…

接法　1. 名詞 ＋ でもあるまいし／じゃあるまいし　　2. 動詞辭書形の／ん ＋ でもあるまいし／じゃあるまいし

例句　1. 新人でもあるまいし、会議くらい仕切れないようじゃ困るよ。
又不是新人了，連會議這種事都應付不來也太讓人困擾了。

2. 嫌いで注意するんじゃあるまいし、助言として受け入れなって。
又不是因為討厭才提醒你的，所以就當作建議接受吧。

複習試題 請選出適合填入括號內的文法。

01	ドライブ（　）、新しく郊外にできたカフェに行くつもりだ。	ⓐかたわら	ⓑがてら
02	就職面接に向け、考えらえる（　）の質問と応答を準備するべきだ。	ⓐ限り	ⓑことと
03	彼女は学歴で人を判断する（　）ようです。	ⓐきらいがある	ⓑかいもない
04	和食レストランを営む（　）、料理教室も開いている。	ⓐかたわら	ⓑ限り
05	徹夜の（　）、3つの教科で赤点をとってしまった。	ⓐじゃあるまいし	ⓑかいもなく

答案：01 ⓑ　02 ⓐ　03 ⓐ　04 ⓐ　05 ⓑ

文法
必考文法

13 ～すえに 經過…最後

常考 N2 文法

接法　1. 名詞の ＋ すえに　　2. 動詞た形 ＋ すえに

例句　1. 度重なる改良の**すえに**、ついに満足がいく製品が完成した。

經過重重的改良，終於完成了令人滿意的產品。

2. あらゆる面から検討し**たすえに**、当社のIT業界への参入が決まった。

本公司經過各個面向的研討，終於決定要加入 IT 產業。

14 ～たびに 每、每次

常考 N2 文法

接法　1. 名詞の ＋ たびに　　2. 動詞辭書形 ＋ たびに

例句　1. 長期休暇の**たびに**友人と海外旅行に行くのが唯一の楽しみだ。

每一次休長假都和朋友一起去國外旅行是我唯一的樂趣。

2. 帰省する**たびに**老いていく両親の姿を見ると胸が痛む。

每次回家看到逐漸老去的雙親都讓我感到心痛。

15 ～手前 由於是…、既然是…

接法　1. 名詞の ＋ 手前　　2. 動詞辭書形＋ 手前
　　　3. 動詞た形 ＋ 手前　　4. 動詞て形 ＋ いる手前

例句　1. 子どもの**手前**、運動会ではどうしてもかっこいい姿を見せたい。

既然是在孩子面前，那麼運動會我一定要讓孩子看到我帥氣的樣子。

2. 会社の代表としてプレゼンする**手前**、失敗は許されない。

既然是要代表公司發表，那就絕對不允許失敗。

3. 試験で満点を取ると宣言し**た手前**、後戻りはできないようだ。

既然都宣告考試要考滿分了，那就沒有後路了吧。

4. 美容室で働いている**手前**、髪には人一倍気を使っています。

既然都在美容院工作了，那當然比別人更加在乎自己的頭髮。

16 ～とあって／～とあっては 因為…

接法　1. 名詞 ＋ とあって／とあっては　　2. 動詞普通形 ＋ とあって／とあっては

例句　1. 高級旅館**とあって**、顧客の要望に合わせたサービスが受けられる。

因為是高級旅館，所以也提供客戶所期望的服務。

2. 前回の優勝者を負かした**とあって**、彼は世間から注目を浴びた。

由於打敗了上屆冠軍，使他獲得了大眾的關注。

17 ～というところだ／～といったところだ 差不多…、大概是、也就是…那個程度

接法 1. 名詞 ＋ というところだ／といったところだ　2. 動詞辭書形 ＋ というところだ／といったところだ

例句 1. スカイビルの建築工事が完了するまで残り１年**というところだ**。
高空大樓的建築工程距離完工差不多還有一年。

2. 夏休みの予定といっても劇場で公演を見る**といったところです**。
要說暑假計劃嘛，那也就是去劇場看看演出的程度罷了。

18 ～どころではない 哪有、哪能、不是…的時候

接法 1. 名詞 ＋ どころではない　2. 動詞て形 ＋ いるどころではない

例句 1. 仕事が忙しくて、結婚準備**どころではない**のが実情だ。
因為工作太忙，哪有時間準備婚禮才是現在的實際情況。

2. この緊急事態に冗談を言って**いるどころではありません**。
在這種緊急情況下，不是開玩笑的時候。

19 ～とともに 和…一起

常考 N2 文法

接法 1. 名詞 ＋ とともに　2. 動詞辭書形 ＋ とともに

例句 1. 時代の流れ**とともに**人々の生活はますます便利になった。
隨著時代的演進，人們的生活也愈來愈方便了。

2. 会長は不正について謝罪を述べる**とともに**深々と頭を下げた。
會長為舞弊一事道歉並深深地鞠躬。

複習試題 請選出適合填入括號內的文法。

01	帰省する（　）老いていく両親の姿を見ると胸が痛む。	ⓐ すえに	ⓑ たびに
02	前回の優勝者を負かした（　）、彼は世間から注目を浴びた。	ⓐ 手前	ⓑ とあって
03	この緊急事態に冗談を言っている（　）。	ⓐ どころではありません	ⓑ というところです
04	時代の流れ（　）人々の生活はますます便利になった。	ⓐ とあっては	ⓑ とともに
05	あらゆる面から検討した（　）、当社のIT業界への参入が決まった。	ⓐ すえに	ⓑ 手前

答案：01 ⓑ　02 ⓑ　03 ⓐ　04 ⓑ　05 ⓐ

20　~ともなれば／~ともなると　一到…的時候、一旦…的話、要是…到了…的情況下…就會

接法　1. 名詞 ＋ ともなれば／ともなると　2. 動詞普通形 ＋ ともなれば／ともなると

例句　1. 7月**ともなれば**、裏山でセミたちが鳴き始めるといいます。

聽說，到了七月後山的蟬就會開始叫。

2. JLPTを受ける**ともなると**、4か月前から勉強し始めないといけない。

一旦決定要考 JLPT，那麼不從四個月前開始念書會來不及。

21　~ながらに／~ながらの　1 一邊…一邊　2 在…的情況下

接法　1. 名詞 ＋ ながらに／ながらの　2. 動詞ます形 ＋ ながらに／ながらの

例句　1. 祖父は戦争について涙**ながらに**語ってくれた。

祖父一邊流著淚一邊將戰爭的故事說給我們聽。

2. 彼女の生まれ**ながらの**才能には努力では対抗できない。

她那種與生俱來的才能，是我們努力也無法相比的。

22　~なり　或是…或是…、也好…也好…

接法　1. 名詞 ＋ なり ＋ 名詞 ＋ なり　2. 動詞辭書形 ＋ なり ＋ 動詞辭書形 ＋ なり

例句　1. 山**なり**、海**なり**、家族で出かけられるならどこでもいいです。

山上也好，海邊也好，只要能一家人一起出門去哪裡都好。

2. キャベツは炒める**なり**、煮る**なり**、家庭料理に重宝される食材だ。

高麗菜無論用炒或用煮的，都是家常菜中非常重要的一種食材。

23　~にあたって／~にあたり　在…的時候、正值…之際　常考 N2 文法

接法　1. 名詞 ＋ にあたって／にあたり　2. 動詞辭書形 ＋ にあたって／にあたり

例句　1. 就職**にあたって**、髪を切り新しいスーツを買った。

在找工作時，剪了頭髮又買了套新的套裝。

2. 検査を受ける**にあたり**、当日は飲食をお控えください。

接受檢查時，當天請不要進食或飲水。

24 ～に至るまで／～に至って／～に至る 從…直到、到了…階段才…

接法　1. 名詞 ＋ に至るまで／に至って／に至る　　2. 動詞普通形 ＋ に至るまで／に至って／に至る

例句　1. 大事故から奇跡の回復**に至るまで**の経緯を書籍化した。
我將大事故發生時到奇蹟恢復的過程出版為書籍。
2. 留学する**に至って**、いくつかの書類の手続きが必要となります。
在出國留學之前，需要辦理一些文件。

25 ～に先立ち／～に先立って 在…之前、先於…

常考N2文法

接法　1. 名詞 ＋ に先立ち／に先立って　　2. 動詞辭書形 ＋ に先立ち／に先立って

例句　1. 舞台の公演**に先立ち**、制作発表会が開かれました。
在舞台劇公演之前舉辦了製作發表會。
2. 親善試合が始まる**に先立って**、両国の国歌が演奏された。
在親善比賽開賽之前，演奏了兩國的國歌。

26 ～にたえない 不勝…、不堪、忍受不了

接法　1. 名詞 ＋ にたえない　　2. 動詞辭書形 ＋ にたえない

例句　1. 交番にお財布を届けてくださり、感謝**にたえません**。
將我的錢包送到派出所，真的是感激不盡。
2. 好きな芸能人について検索すると、聞く**にたえない**噂ばかりだった。
上網搜尋了一下喜歡的藝人，沒想到都是一些不堪入耳的謠言。

複習試題 請選出適合填入括號內的文法。

01	祖父は戦争について涙（　）語ってくれた。	ⓐ なり	ⓑ ながらに
02	就職（　）、髪を切り新しいスーツを買った。	ⓐ ともなって	ⓑ にあたって
03	JLPTを受ける（　）、4か月前から勉強し始めないといけない。	ⓐ ともなると	ⓑ に至って
04	留学する（　）、いくつかの書類の手続きが必要となります。	ⓐ に至って	ⓑ ともなれば
05	親善試合が始まる（　）、両国の国歌が演奏された。	ⓐ に先立って	ⓑ にたえなくて

答案：01 ⓑ 02 ⓑ 03 ⓐ 04 ⓐ 05 ⓐ

文法
必考文法

27 ～にたえる 1 耐用、承受　2 值得

接法　1. 名詞 ＋ にたえる　　2. 動詞辭書形 ＋ にたえる

例句　1. デザインを重視したものより実用**にたえる**製品が欲しい。
比起重視設計的東西，我更想要耐用的產品。

2. 最近のアニメは大人でも見る**にたえる**作品が多いそうだ。
最近的動畫似乎有不少都是值得大人一看的。

28 ～に足る 值得

接法　1. 名詞 ＋ に足る　　2. 動詞辭書形 ＋ に足る

例句　1. 今回の結果は満足**に足る**ものではなかった。
本次的結果並不讓人滿意。

2. 大事な裁判だから信頼する**に足る**人に弁護を任せるべきだ。
這場官司很重要，應該交由值得信任的人來辯護。

29 ～にともない／～にともなって 隨著、伴隨

常考 N2 文法

接法　1. 名詞 ＋ にともない／にともなって　　2. 動詞普通形 ＋ の ＋ にともない／にともなって

例句　1. スマートフォンの普及**にともなって**、サービスは多様化した。
隨著智慧型手機的普及，服務業也愈來愈多樣化了。

2. 子どもが生まれるの**にともない**、引っ越しすることにした。
隨著孩子的出生，我們也決定搬新家。

30 ～には及ばない 不必、用不著

接法　1. 名詞 ＋ には及ばない　　2. 動詞辭書形 ＋ には及ばない

例句　1. あくまで当然のことをしたまでですので、お礼**には及びません**。
我只是做了我覺得應該做的事，用不著回禮。

2. 簡単な説明だけですので、お越しいただく**には及びません**。
我只是做個簡單的說明，你用不著特別跑一趟。

31 ～も同然だ／～も同然の 和…一樣、和…沒什麼兩樣

接法　1. 名詞 ＋ も同然だ／も同然の　　2. 動詞た形 ＋ も同然だ／も同然の

例句　1. 木村さんはギターが上手で、その腕前はプロ**も同然だ**という。

木村先生／小姐很擅長彈吉他，而且技術好得和專業的沒什麼兩樣。

2. この時点で過半数を超えたなら、彼の当選が決定し**たも同然だ**。

在這個時間點已取得過半數的票，也和宣布當選沒什麼兩樣了。

32 ～を契機に／～を機に 以…為開端、以…為契機

接法　1. 名詞 ＋ を契機に／を機に　　2. 動詞普通形 ＋ の ＋ を契機に／を機に

例句　1. 彼のゴール**を契機に**、チームは活気を取り戻したようだ。

似乎是他的進球才讓整個球隊又活了過來。

2. 公金の横領が発覚したの**を機に**、政界の不正が次々に公になった。

挪用公款被發現後，政界的腐敗現象才接二連三地被揭發出來。

複習試題 請選出適合填入括號內的文法。

		ⓐ	ⓑ
01	彼のゴール（　）、チームは活気を取り戻したようだ。	ⓐ を契機に	ⓑ も同然の
02	スマートフォンの普及（　）、サービスは多様化した。	ⓐ に足って	ⓑ にともなって
03	最近のアニメは大人でも見る（　）作品が多いそうだ。	ⓐ にたえる	ⓑ に至る
04	簡単な説明だけですので、お越しいただく（　）。	ⓐ にたえません	ⓑ には及びません
05	木村さんはギターが上手で、その腕前はプロ（　）という。	ⓐ も同然だ	ⓑ にあたる

答案：01 ⓐ　02 ⓑ　03 ⓐ　04 ⓑ　05 ⓐ

文法　必考文法

N1 必考文法

08 連接於多種詞性後方的文法

請選出適合填入下方（　　）內的文法。

料理が得意（　　）、客にふるまうとなるとどうしても緊張してしまう。

我（　　）很擅長烹調，但面對客人時還是會感到緊張。

1 ことだし　理由　2 とあれば　如果　3 とはいえ　雖然　4 なりに　與…相符

答案：3

學習目標

建議注意各詞性後方適合連接的文法句型。N1 測驗中也經常出現 N2 程度的文法，因此建議記下經常出現的文法句型和例句。

※ 後方連接普通形時，包含名詞、な形容詞、い形容詞、動詞辭書形、ない形、た形、なかった形等變化。需要注意的是，名詞和な形容詞並非使用辭書形，需改成「名詞＋だ」和「な形容詞＋だ」。

01 ～上(に) 加上、而且

常考N2文法

接法
1. 名詞である + 上(に)
2. な形容詞な + 上(に)
3. い形容詞普通形 + 上(に)
4. 動詞普通形 ＋ 上(に)

例句
1. お金持ちである上に顔までいいとは、世の中不公平ではないか。
   有錢而且又長得好看，這個世界不是很不公平嗎？
2. 救急隊員の的確な上に迅速な対応には本当に感謝しております。
   非常感謝救護人員準確且即時的處置。
3. 既存のモデルより機能性が高い上にデザインもかわいい。
   比現有的模型機能性更高，而且設計也更加可愛。
4. 取引先から契約を切られた上に、銀行からも支援を打ち切られた。
   不僅商業夥伴終止合約，銀行的支援也被切斷了。

02 ～うちに 趁…時、在…之內

接法
1. 名詞の + うちに
2. な形容詞な + うちに
3. い形容詞辭書形 + うちに
4. 動詞辭書形 ＋ うちに

例句
1. 学生のうちにやりたいことは全てやっておいたほうがいいよ。
   最好趁學生時代把想做的事全做一做。
2. 紅葉がきれいなうちに登山に行きませんか。
   要不要趁紅葉很美麗時去登山呢？
3. どうぞ温かいうちにお召し上がりください。
   請趁熱吃！
4. 子どもが寝ているうちに家事を済ませなくてはならない。
   必須趁孩子睡覺時把家事做完。

03 ～か否か 是否…

接法 1. 名詞(である／なの) + か否か　2. な形容詞語幹(である／なの) + か否か
3. い形容詞普通形(の) ＋ か否か　4. 動詞辭書形 ＋ か否か

例句 1. 証言が事実**か否か**本当のところは当事者しか知りません。
證言是否屬實，事實上只有當事人知道。

2. 下した判断が賢明**か否か**分からないが、他に方法がなかった。
這個判斷是否高明是不知道，但也沒有其它的法子了。

3. 問題の答えが正しい**か否か**確認しなければならない。
必須檢查問題的答案是否正確。

4. ２回戦に進出できる**か否か**後半戦の戦術にかかっているようだ。
能否進到複賽看來關鍵在於後半場的戰術。

04 ～からといって 不能因為…就…、雖說…但是

常考 N2 文法

接法 1. 名詞だ + からといって　2. な形容詞語幹だ + からといって
3. い形容詞普通形 + からといって　4. 動詞普通形 ＋ からといって

例句 1. 大手企業だ**からといって**、倒産しないとは限らないそうだ。
雖說是個大企業，但也不代表就不會破產。

2. いくら辛いものが好きだ**からといって**、食べ過ぎは体に良くない。
不能因為喜歡辣就猛吃，吃太多對身體還是不好。

3. 寒い**からといって**、家にばかりいないでたまには出かけたら？
不能因為天氣冷就不出門，偶爾還是出去走走吧？

4. 洗剤が値上げした**からといって**、買わないわけにはいかない。
不能因為清潔劑漲價就不買了。

複習試題 請選出適合填入括號內的文法。

01 既存のモデルより機能性が高い（　　）デザインもかわいい。　ⓐ 上に　ⓑ うちに

02 紅葉がきれいな（　　）登山に行きませんか。　ⓐ 上に　ⓑ うちに

03 大手企業だ（　　）、倒産しないとは限らないそうだ。　ⓐ か否か　ⓑ からといって

04 ２回戦に進出できる（　　）後半戦の戦術にかかっているようだ。　ⓐ か否か　ⓑ からといって

答案：01 ⓐ　02 ⓑ　03 ⓑ　04 ⓐ

文法 必考文法

05 ～極まる／～極まりない 極其…非常

接法 1. な形容詞語幹(なこと) ＋ 極まる／極まりない 2. い形容詞辭書形こと + 極まる／極まりない

例句 1. あおり運転は卑劣で大事故にも繋がる危険**極まりない**行為だ。

挑釁逼車既惡劣而且還可能導致重大事故發生，是極其危險的行為。

2. 親しくもないのにお土産をねだるなんて厚かましいこと**極まる**。

明明關係也不是多好卻死皮要臉地索討伴手禮，可說是厚臉皮至極。

06 ～こそ…が 是…沒錯…但…、儘管…可是

常考 N2 文法

接法 1. 名詞＋ こそ…が　　2. な形容詞語幹で + こそ…が

3. 動詞ます形 ＋ こそ…が

例句 1. 目標売上**こそ**達成できなかった**が**、先月の２倍の数値を記録した。

雖然是沒達到目標營業額，但創下了上個月兩倍的數字。

2. 彼の企画は画期的で**こそ**ある**が**、商品化は難しいだろう。

他的企劃案雖然相當有突破性，但看起來很難商品化。

3. 映画に出演していたので誰か分かり**こそ**する**が**、名前までは知らない。

由於他有演過電影，所以還能認出是誰，但名字的話就不知道了。

07 ～ことか 多麼～啊

常考 N2 文法

接法 1. な形容詞語幹な／である + ことか　　2. い形容詞普通形 + ことか

3. 動詞普通形 ＋ ことか

例句 1. 道で拾った宝くじが当たるとは、なんて幸運な**ことか**。

在路邊撿到的樂透居然中獎了，這是多麼幸運的事啊！

2. 長年の研究の成果が評価されて、どんなにうれしかった**ことか**。

長年下來的研究終於得到評價，這能有多開心啊。

3. 連絡しても電話に出ないから、どれだけ心配した**ことか**。

聯絡也不接電話，到底要讓我多擔心啊！

08 ～ことだし 表示理由

接法 1. 名詞である＋ことだし　　2. な形容詞語幹な／である＋ことだし
3. い形容詞普通形＋ことだし　　4. 動詞普通形 ＋ ことだし

例句
1. 久々の連休であることだし、家族で遠出したい。
最近有幾天的連假，我打算和家人一起出遠門。
2. 昇進は濃厚なことだし、早めの祝賀会でも開きましょうか。
升職的可能性很高了，要不提前慶祝一下吧？
3. 参加人数が少ないことだし、セミナーは延期してもよさそうだ。
研討會的參加人數真的太少了，還不如延期舉辦。
4. 新薬を処方したことだし、来週には症状が治まるだろう。
醫生都開了新藥，下週症狀應該就會好轉了吧。

09 ～ことに／～ことには …的是

常考 N2 文法

接法 1. な形容詞な＋ことに／ことには　　2. い形容詞辭書形＋ことに／ことには
3. 動詞た形 ＋ ことに／たことには

例句
1. 不思議なことに、凶器からは犯人の指紋が検出されなかった。
不可思議的是，兇器上並未查出犯人的指紋。
2. おもしろいことに、昆虫をえさにする植物がいるらしい。
有趣的是，聽說有的植物還會將昆蟲當作食餌。
3. 困ったことに、来月から地方に転勤だと言われた。
令人困擾的是，下個月我要被調職到外地去了。

複習試題 請選出適合填入括號內的文法。

01	困った（　）、来月から地方に転勤だと言われた。	ⓐ ことだし	ⓑ ことに
02	昇進は濃厚な（　）、早めの祝賀会でも開きましょうか。	ⓐ ことだし	ⓑ うちに
03	親しくもないのにお土産をねだるなんて厚かましい（　）。	ⓐ ことか	ⓑ こと極まる
04	道で拾った宝くじが当たるとは、なんて幸運な（　）。	ⓐ ことか	ⓑ こと極まる

答案：01 ⓑ　02 ⓐ　03 ⓑ　04 ⓐ

10 ～だけあって／～だけのことはある 到底不愧是…、到底沒白…

接法 1. 名詞＋ だけあって／だけのことはある
2. な形容詞な + だけあって／だけのことはある
3. い形容詞普通形 + だけあって／だけのことはある
4. 動詞普通形 ＋ だけあって／だけのことはある

例句 1. 今年は猛暑**だけあって**、エアコンの売り上げが絶好調だ。
今年真不愧是酷暑，冷氣機的銷售量空前地好。

2. このブランドの限定モデルは貴重な**だけあって**、高値で売買されている。
這個品牌的限量款不愧對於珍貴性，市場上的交易價格非常高。

3. 全ての投手の癖が分かるなんて野球に詳しい**だけのことはある**。
了解所有投手的習慣還真不愧是個棒球通。

4. 林さんの決断力は最年少で部長に任命された**だけのことはある**。
林先生／小姐的決斷力使他成為了部門最年輕的部長。

11 ～だけましだ 好在、幸好

接法 1. 名詞である + だけましだ
2. な形容詞な／である + だけましだ
3. い形容詞普通形 + だけましだ
4. 動詞普通形 ＋ だけましだ

例句 1. 胎児への影響が心配だが、感染力が弱い細菌である**だけましだ**。
我很擔心會對胎兒造成影響，幸好只是傳染力較弱的細菌。

2. 要求は多いけれども、指示が具体的な**だけましである**。
要求雖然很多，但好在有具體的指示。

3. 以前の仕事より給料は低いが、福利厚生が手厚い**だけましです**。
雖然薪資比以前的工作還少，但好在福利很好。

4. 空がどんよりしていて残念だけど、雨が降らない**だけましだ**よ。
天空灰濛濛的有點可惜，但好在沒有下雨。

12 ～てしかるべきだ 理應、應當

接法 1. い形容詞て形 + しかるべきだ
2. 動詞て形 ＋ しかるべきだ

例句 1. 人間はわがままな生き物だから、欲深く**てしかるべきだ**。
人類本就是個任性的生物，理應欲望深重。

2. 企業秘密を流出させたのだから、批難され**てしかるべきだ**と思う。
都洩漏企業機密了，遭受批判也是理所當然。

13 ～てたまらない …得不得了…、太…

常考 N2 文法

接法　1. な形容詞語幹 ＋ でたまらない　　2. い形容詞て形 ＋ たまらない

例句　1. 愛犬は私たち家族が好きで好き**でたまらない**ようだ。
我的寶貝狗狗喜歡我們一家人喜歡得不得了。

2. 最近、保険の勧誘がしつこく**てたまらない**。
最近被拉保險的煩得受不了。

14 ～てならない 特別…、得不得了…

常考 N2 文法

接法　1. な形容詞語幹 + でならない　　2. い形容詞て形 + ならない
3. 動詞て形 ＋ ならない

例句　1. 就職先が決まるかどうか、不安**でなりません**。
我不確定工作能不能應徵上，讓我非常焦慮。

2. 最後のレースで転んでしまったのが、悔しく**てならない**ようだ。
他似乎是因為最後一場比賽摔倒了而感到非常不甘心。

3. 授業中にもかかわらず、弟の病状が気になっ**てならない**。
儘管是在上課中我還是擔心弟弟的病況擔心得不得了。

複習試題 請選出適合填入括號內的文法。

01 林さんの決断力は最年少で部長に任命された（　）。　ⓐ だけのことはある　ⓑ だけましだ

02 以前の仕事より給料は低いが、福利厚生が手厚い（　）。　ⓐ こと極まる　ⓑ だけましだ

03 企業秘密を流出させたのだから、批難され（　）と思う。　ⓐ てしかるべきだ　ⓑ てたまらない

04 就職先が決まるかどうか、不安（　）。　ⓐ なだけのことはある　ⓑ でなりません

答案：01 ⓐ　02 ⓑ　03 ⓐ　04 ⓑ

15 ～てはかなわない／～てはやりきれない 讓人受不了、接受不了、如果…的話…就沒有辦法了

接法 1. 名詞＋ではかなわない／ではやりきれない
2. な形容詞語幹 + ではかなわない／ではやりきれない
3. い形容詞て形 + はかなわない／はやりきれない
4. 動詞て形 ＋ はかなわない／はやりきれない

例句 1. 心を込めて育てた稲が台風で全滅**ではやりきれない**だろう。
用心培育的稻米卻因為颱風全滅，真的接受不了。

2. 穏和なのはいいが、嫌味に気づかないほど鈍感**ではかなわない**。
性格溫和是很好，但不能遲鈍到連諷刺挖苦都察覺不了。

3. 日曜の朝だというのに、こう工事音がうるさく**てはかなわない**。
明明是週日早上，卻因為施工聲吵到讓人受不了。

4. 目先の利益だけを見て、補助金を打ち切られ**てはやりきれない**。
只看到眼前的利益，補助金被切斷就難以接受。

16 ～ではないか …不是嗎

接法 1. 名詞＋ではないか　2. な形容詞語幹 + ではないか
3. い形容詞普通形 + ではないか　4. 動詞普通形 ＋ ではないか

例句 1. 教師が生徒につけたあだ名がいじめの発端**ではないか**。
老師給學生取綽號，難道不是霸凌的起因嗎？

2. 素人の救急処置よりも救急車を呼ぶ方が妥当**ではないか**。
比起外行人做緊急處置，不如叫救護車更好不是嗎？

3. 頂上までもうすぐなのに、引き返すなんて情けない**ではないか**。
都已經快到山頂了，這時折返不是非常丟臉嗎？

4. 自分の失敗を棚に上げて、部下に責任を押し付ける**ではないか**。
這難道不是將自己的失敗束之高閣，將責任推給下屬嗎？

17 ～ても差し支えない 即使…也無妨

接法 1. 名詞＋でも差し支えない　2. な形容詞語幹 + でも差し支えない
3. い形容詞て形 + も差し支えない　4. 動詞て形 ＋ も差し支えない

例句 1. 今回の裁判に参加するのは代理人**でも差し支え**ありませんか。
只要能參與本次開庭，即使是代理人也無妨嗎？

2. おおまか**でも差し支えなければ**、見積もりをお出しいたします。
如果是只要一個大略，那我馬上就能提出報價。

3. 古く**ても差し支えなければ**、こちらの物件がおすすめです。
如果您不在乎屋齡老舊，那麼我很推薦這間房子。

4. 彼を日本映画界の宝と呼ん**でも差し支えない**だろう。
將他稱作日本電影界的寶物也無妨吧。

18 ～てもともとだ 不行就不行、失敗了也沒什麼

接法 1. な形容詞語幹 ＋ でもともとだ　　2. 動詞て形 ＋ もともとだ

例句 1. だめでもともとでも、作成した企画案を部長に見せてみたら？

就算不行也沒什麼，你要不要試著將做好的企劃案讓部長看一下？

2. 難関校だから落ちてもともとだと思っていたよ。

我覺得反正就是個很難考的學校，就算落榜了也沒什麼。

19 ～とあれば 如果…

接法 1. 名詞＋とあれば　　2. な形容詞語幹＋とあれば
3. い形容詞普通形＋とあれば　　4. 動詞普通形 ＋ とあれば

例句 1. 父は可愛い孫の頼みとあれば、何でも言う事を聞いてしまう。

只要是他那可愛孫子的要求，無論說什麼爸爸都會全盤接受。

2. 助けが必要とあれば、いつでも声をおかけください。

如需幫助的話，請隨時喊我一聲。

3. 美人でスタイルがいいとあれば、性格に難点があるはずだ。

如果是身材超好的美女，個性上應該都會有缺點。

4. 式典に首相が出席するとあれば、厳重な警備が求められるだろう。

首相如要出席典禮，那警備應該會更加升級吧。

複習試題 請選出適合填入括號內的文法。

		ⓐ	ⓑ
01	難関校だから落ち（　）と思っていたよ。	ⓐ てもともとだ	ⓑ てならない
02	日曜の朝だというのに、こう工事音がうるさく（　）。	ⓐ ても差し支えない	ⓑ てはかなわない
03	おおまか（　）、見積もりをお出しいたします。	ⓐ とあれば	ⓑ でも差し支えなければ
04	教師が生徒につけたあだ名がいじめの発端（　）。	ⓐ ではやりきれない	ⓑ ではないか

答案：01 ⓐ　02 ⓑ　03 ⓑ　04 ⓑ

20 ～というものだ／～ってもんだ 也就是…

常考 N2 文法

接法 1. 名詞＋というものだ／ってもんだ
2. な形容詞語幹＋というものだ／ってもんだ
3. い形容詞普通形＋というものだ／ってもんだ
4. 動詞普通形 ＋ というものだ／ってもんだ

例句 1. 相手の立場に立って考えることが配慮**というものです**。
站在對方的立場考慮就稱之為顧慮。
2. 高い学費を払いながらバイトに時間を費すなんて無駄**というものだ**。
支付高額學費卻將時間耗在打工上就是一種浪費。
3. こんな重大な任務は入ったばかりの新人には重い**ってもんだ**。
將這麼重要的任務交給剛入職不久的新人真的太沉重了。
4. 政治の世界に足を踏み入れたら、誰もが総理を目指す**ってもんだ**。
一踏入政治的世界，才知道大家的目標都是總理。

21 ～といえども 即使…雖說

接法 1. 名詞(だ)＋といえども　2. な形容詞普通形＋といえども
3. い形容詞普通形＋といえども　4. 動詞普通形 ＋ といえども

例句 1. 同じ警察官**といえども**、部署によって業務が大きく異なる。
即使都是警官，部門不同工作任務也會有很大的差別。
2. 交渉が順調だ**といえども**、最後まで気を緩めてはいけない。
雖說交涉非常順利，但在結束前都不能鬆懈。
3. 医療の進歩が著しい**といえども**、まだまだ治せない病気が多い。
醫療雖然有非常顯著的進步，但還是有很多治不好的疾病。
4. 最高裁に上告した**といえども**、判決が覆るとは考えられない。
雖然是上訴到最高法院了，但也無法想像判決結果能有什麼顛覆性改變。

22 ～といったらない／～といったらありゃしない …之極、不得了

接法 1. 名詞＋といったらない／といったらありゃしない
2. い形容詞辭書形＋といったらない／といったらありゃしない

例句 1. 毎年夏の暑さには苦しめられるが、今年の猛暑**といったらない**。
每年夏天都因炎熱而苦，今年更是酷熱得不得了。
2. 沈黙が流れる教室の雰囲気は重々しい**といったらありゃしない**。
安靜得一語不發的教室，氛圍沉重得不得了。

23 ～といっても…ない 雖說…也不那麼…

接法
1. 名詞＋といっても…ない
2. な形容詞語幹＋といっても…ない
3. い形容詞普通形＋といっても…ない
4. 動詞普通形 ＋ といっても…ない

例句
1. 知り合いといっても、何度か顔を合わせたことしかないです。
   雖說是認識，但也不過就是見過幾次面而已。
2. クラシックが好きといっても、そんなに詳しいわけではない。
   雖然很喜歡古典音樂，但也不是那麼了解。
3. 経済成長が著しいといっても、アメリカは超えられないだろう。
   經濟雖說是有顯著的成長，但也無法超越美國。
4. 幼稚園に息子を預けるといっても、いつ入所できるか分からない。
   雖然是把兒子寄放在幼稚園了，但仍不知道何時能正式入園。

24 ～(か)と思いきや 原以為…

接法
1. 名詞＋(か)と思いきや
2. な形容詞語幹＋(か)と思いきや
3. い形容詞普通形＋(か)と思いきや
4. 動詞普通形 ＋ (か)と思いきや

例句
1. 猫同士のけんかかと思いきや、ただじゃれ合っているだけのようだ。
   原以為是貓咪在吵架，原來只是普通的玩鬧。
2. 入選は確実と思いきや、またしても賞を逃してしまった。
   原以為一定能入選獎項，結果還是沒能獲獎。
3. ケーキがしょっぱいと思いきや、砂糖と塩を入れ間違えたらしい。
   原以為蛋糕會很鹹，結果好像是誤將砂糖當成鹽加入了。
4. 品種の改良は難航するかと思いきや、スムーズに進んだ。
   原以為品種改良會進行得很困難，沒想到如此順利。

複習試題 請選出適合填入括號內的文法。

01	毎年夏の暑さには苦しめられるが、今年の猛暑（　　）。	ⓐというものではない	ⓑといったらない
02	高い学費を払いながらバイトに時間を費すなんて無駄（　　）。	ⓐというものだ	ⓑでもともとだ
03	品種の改良は難航する（　　）、スムーズに進んだ。	ⓐといえども	ⓑかと思いきや
04	経済成長が著しい（　　）、アメリカは超えられないだろう。	ⓐとあれば	ⓑといっても

答案：01 ⓑ　02 ⓐ　03 ⓑ　04 ⓑ

25 ～どころか 哪裡…、別說…

常考 N2 文法

接法 1. 名詞(な) + どころか　　2. な形容詞語幹(な) + どころか
3. い形容詞辭書形 + どころか　　4. 動詞辭書形 ＋ どころか

例句 1. 息子は数学**どころか**、算数の問題すらろくに解けないようだ。
兒子別說是數學了，就連簡單的算數題他都算不好。

2. 一つのミスも許さない彼はおおらか**どころか**、極度の神経質だ。
連一個失誤都不能原諒的他哪裡是心胸開闊，根本就是神經質。

3. ソウルは北海道より暖かい**どころか**、むしろ寒いらしい。
首爾別說是比北海道暖和，反倒是更寒冷吧。

4. 予想と反し、天候は回復する**どころか**、風まで激しく吹きだした。
與預測相反的是，別說恢復正常天候，反而還開始吹起強風了。

26 ～ところを 正…時、…之時

接法 1. 名詞の + ところを　　2. な形容詞な + ところを
3. い形容詞普通形 + ところを　　4. 動詞普通形 ＋ ところを

例句 1. お急ぎの**ところを**申し訳ありませんが、アンケートにご協力ください。
很抱歉百忙之中打擾您，但請您協助我們的問卷調查。

2. 彼は危険な**ところを**何度も助けてくれた私のヒーローだ。
他是曾在無數的危險中幫助我的，我的英雄。

3. 本日はお足元の悪い**ところを**お越しいただきありがとうございます。
感謝您在這個惡劣的天氣下，還不辭萬難地前來。

4. 話している**ところを**悪いんだけど、企画書のコピーお願いできる?
很抱歉打斷你們說話，可以幫我複印一下企劃書嗎？

27 ～としても 即使…也

常考 N2 文法

接法 1. 名詞(だ) + としても　　2. な形容詞語幹(だ) + としても
3. い形容詞普通形 + としても　　4. 動詞普通形 ＋ としても

例句 1. いくらお金持ちだ**としても**、彼と結婚することは決してない。
無論他再有錢，也絕不能嫁給他。

2. その挑戦が無謀だ**としても**、まずはやってみるべきだ。
即使那個挑戰有欠考慮，還是應該嘗試一下。

3. いくら品質が良い**としても**、服にそんな金額は出せません。
即使那件衣服品質再好，也不該是這種價格。

4. 今から講義に参加した**としても**、出席扱いにはならないだろう。
即使現在開始去上課，也不能算出席率了吧。

28 ～とはいえ 雖然…但是

接法 1. 名詞(だ) + とはいえ
2. な形容詞語幹(だ) + とはいえ
3. い形容詞普通形 + とはいえ
4. 動詞普通形 ＋ とはいえ

例句 1. 日本だ**とはいえ**、暗い夜道を一人で歩くのは危険だ。
雖說是在日本，但深夜一人獨自走暗道還是很危險。

2. トリックが巧妙だ**とはいえ**、集中すれば必ず見破れるはずだ。
這個特技雖巧妙，但仔細看的話一定能視破其中奧妙的。

3. 郵便局は寮から遠い**とはいえ**、車で行けば10分の距離ですよ。
郵局離宿舍雖然有點遠，但開車的話也只要十分鐘。

4. 退院した**とはいえ**、まだ無理は禁物だと担当医に言われた。
雖然是出院了，但主治醫師還是吩咐不能過於勉強自己。

29 ～とばかりに 就像在說…一樣…、簡直像是說…

接法 1. 名詞 + とばかりに
2. な形容詞普通形 + とばかりに
3. い形容詞普通形 + とばかりに
4. 動詞普通形、命令形 + とばかりに

例句 1. 偶然彼女に遭遇し、絶好な機会**とばかりに**デートに誘った。
我偶然遇見了她，就利用這個大好機會找她約會了。

2. 審判の判定に不服だ**とばかりに**ファンからはブーイングが起こった。
就像是不滿裁判的審判一樣，球迷們發出了噓聲。

3. ソファに横になっていたら、だらしない**とばかりに**母に尻を叩かれた。
我一躺到沙發上，就像是被說太難看了而被媽媽打了屁股。

4. 正論を主張したつもりだが、口を慎め**とばかりに**鋭い視線を浴びた。
才想發表正論，四周就投來了一陣像「要謹言慎行！」一樣的眼光。

複習試題 請選出適合填入括號內的文法。

01 日本だ（　　）、暗い夜道を一人で歩くのは危険だ。　ⓐ とばかりに　ⓑ とはいえ

02 話している（　　）悪いんだけど、企画書のコピーお願いできる？　ⓐ ところを　ⓑ ことに

03 ソウルは北海道より暖かい（　　）、むしろ寒いらしい。　ⓐ どころか　ⓑ といえども

04 その挑戦が無謀だ（　　）、まずはやってみるべきだ。　ⓐ としても　ⓑ とばかりに

答案：01 ⓑ　02 ⓐ　03 ⓐ　04 ⓐ

30 ～とみえる 看來…

接法 1. 名詞(だ)＋とみえる
2. な形容詞語幹(だ)＋とみえる
3. い形容詞普通形＋とみえる
4. 動詞普通形 ＋ とみえる

例句 1. 同僚が弁当を持ってきた。奥さんの手作り**とみえる。**
同事帶了便當。看來是他太太親手做的。
2. お歯黒について様々な説があるが、日本古来説が有力だ**とみえる。**
關於牙齒塗黑的歷史有多種理論，但看來還是源自日本古代的說法比較有力。
3. 電話を返さないのを見ると、彼女は今忙しい**とみえる。**
看她都沒有回電，也能看出她現在一定很忙。
4. 雲一つない快晴だ。台風は夜中のうちに過ぎ去った**とみえる。**
天空萬里無雲，看來颱風在深夜中離開了。

31 ～ないことには 如果不…、要是不…

常考 N2 文法

接法 1. 名詞で＋ないことには
2. な形容詞語幹で＋ないことには
3. い形容詞ない形＋ことには
4. 動詞ない形 ＋ ことには

例句 1. 形はブランド品と同じだが、本物で**ないことには**何の価値もない。
即使看起來和名牌商品一樣，如果不是真品還是沒有任何價值。
2. 造りが頑丈で**ないことには、**地震の衝撃に耐えられない。
構造如果不夠堅固，就無法抵抗地震的衝擊。
3. 冷たく**ないことには、**白ワイン本来の旨味が楽しめないという。
聽說白酒不夠冰的話，就無法品嘗出本身的甘甜味。
4. 薬の安全性が証明され**ないことには、**実用化することはできない。
如果無法證明藥品的安全性，就無法實用化。

32 ～ないとも限らない 說不定…、可能會…、未必不

接法 1. 名詞 で/では/じゃ＋ないとも限らない
2. な形容詞語幹 で/では/じゃ＋ないとも限らない
3. い形容詞ない形＋とも限らない
4. 動詞ない形 ＋ とも限らない

例句 1. 証人として呼ばれた女性の発言が真実じゃ**ないとも限らない**よ。
以證人身分被傳喚的女性所說的話也未必不是真實的。
2. 昨夜に行われた取り引きが不正では**ないとも限りません。**
昨晚的交易說不定存在違規行為。
3. 発注を受けた個数と納品した個数が等しく**ないとも限らない。**
接受訂購的數量與交貨的數量，也可能是相等的。
4. 津波による二次災害が起こら**ないとも限りません。**
海嘯可能會引發二次災害。

33 ～ながら（も／に） 雖然…但是

接法
1. 名詞＋ ながら(も／に)
2. な形容詞語幹 + ながら(も／に)
3. い形容詞辭書形 + ながら(も／に)
4. 動詞ます形 ＋ ながら(も／に)

例句
1. 回転寿司**ながらも**、味は老舗の高級寿司店に劣らないそうだ。
   雖然是迴轉壽司，但味道也不輸老字號的高級壽司店。
2. ソン選手は小柄**ながら**巧みなドリブルで相手を翻弄した。
   孫選手雖然身型矮小，但仍以巧妙的運球玩弄了對手一番。
3. 態度はそっけない**ながらも**兄の優しい言葉には何度も救われた。
   雖然態度很是冷淡，但我還是無數次被哥哥溫柔的話語所救贖。
4. 旅番組を見ていると、家にい**ながら**旅行している気分が味わえる。
   看旅遊節目可以享受即使在家也像外出旅行的樂趣。

34 ～ならまだしも／～ならともかく 如果是…則另當別論

接法
1. 名詞＋ ならまだしも／ならともかく
2. な形容詞語幹 + ならまだしも／ならともかく
3. い形容詞普通形 + ならまだしも／ならともかく
4. 動詞普通形 ＋ ならまだしも／ならともかく

例句
1. 新卒**ならまだしも**、既卒での採用は狭き門だと言われている。
   如果是應屆畢業生那就另當別論，但聽說為歷屆畢業生開的錄取名額非常少。
2. 早急**ならともかく**、残業してまで終わらせる仕事だろうか。
   如果是很緊急的工作那就另當別論，但這是需要加班趕完的工作嗎？
3. 山道が険しい**ならまだしも**、こんなところでねんざするなんて。
   如果是因為山路險峻也就算了，就在這種地方也能扭到腳真的是……
4. 連絡がある**ならともかく**、無断で欠勤するとは常識がない。
   如果有聯絡那也就算了，無故缺席真的是一點常識也沒有。

複習試題 請選出適合填入括號內的文法。

01 電話を返さないのを見ると、彼女は今忙しい（　）。 ⓐことか ⓑとみえる

02 早急（　）、残業してまで終わらせる仕事だろうか。 ⓐならともかく ⓑないことには

03 津波による二次災害が起こらない（　）。 ⓐとも限りません ⓑといったらありません

04 冷たく（　）、白ワイン本来の旨味が楽しめないという。 ⓐないことには ⓑないならまだしも

答案：01 ⓑ 02 ⓐ 03 ⓐ 04 ⓐ

35 ～なりに／～なりの 與…相應的、與…相符的、以自己的方式…

接法 1. 名詞＋ なりに／なりの　2. な形容詞語幹＋なりに／なりの
3. い形容詞辭書形＋なりに／なりの　4. 動詞普通形 ＋ なりに／なりの

例句 1. 私**なりに**老後の過ごし方について考えてみました。
我好好地思考了一下我自己老後想過的生活。

2. 一人暮らしを始めて自由は自由**なりの**大変さがあることを知った。
開始一個人生活之後，才了解自由也有自由的難處。

3. 実際に商品を使ってみれば、安い**なりの**理由が分かるはずです。
實際使用了商品之後，應該可以了解為什麼這麼便宜。

4. 諦めるのではなく、できない**なりに**努力することが大切だという。
重要的不是放棄，而是要在做不到時更加努力。

36 ～に限る 最好…

接法 1. 名詞＋ に限る　2. な形容詞語幹なの＋に限る
3. い形容詞普通形の ＋ に限る　4. 動詞辭書形 ＋ に限る

例句 1. おじは会う度ラーメンは札幌の味噌ラーメン**に限る**と言っている。
每次和叔叔見面，他總是會說拉麵還是要吃札幌的味噌拉麵最好。

2. 質がいいものを長く愛用したいから、洋服はシンプルなの**に限る**。
想要品質好又耐穿的洋裝，那還是經典款的最好。

3. 一日の疲れをとるためには、お風呂は熱いの**に限ります**。
想要消除一整天的疲勞感，還是泡熱呼呼的澡最好。

4. テレビで見るのもいいが、野球はやはり球場で観戦する**に限る**。
在電視上看是也很好，但棒球果然還是要到棒球場上看最好。

37 ～に越したことはない 莫過於…、最好是…

接法 1. 名詞である＋に越したことはない　2. な形容詞語幹(である)＋に越したことはない
3. い形容詞辭書形＋に越したことはない　4. 動詞辭書形 ＋ に越したことはない

例句 1. 少々高くてもカメラは高画質である**に越したことはない**そうだ。
雖然有點貴，但聽說相機最好還是要高畫質的。

2. この年齢になり、体が丈夫である**に越したことはない**と思う。
到了這個年齡，最好的莫過於身體健康了。

3. 外見がいい**に越したことはない**が、人間は中身が第一だ。
雖然外表好看最好，但人的話內在還是最重要。

4. 育児はお金がかかるから、今から貯金する**に越したことはない**よ。
育兒需要花很多錢，最好還是從現在開始存錢。

38 ～にしたところで／～としたって 即時也…、就連也…

接法 1. 名詞(である) + にしたところで／としたって
2. な形容詞語幹(である) + にしたところで／としたって
3. い形容詞普通形 + にしたところで／としたって
4. 動詞普通形 ＋ にしたところで／としたって

例句 1. 木村さん**にしたところで**こんな問題に巻き込まれては迷惑だよ。
即使是木村先生／小姐，被捲入這樣的問題也非常困擾。
2. CO 2 の削減基準を明確**にしたところで**、効果が現れるわけではない。
即使明確訂定了減碳的基準，也未必就有效果。
3. ずうずうしい**としたって**、列に割り込むなんて信じられない。
即使臉皮再厚，就這樣插隊還是讓人難以置信。
4. 議員の不祥事を報じる**としたって**、権力に潰されるだけです。
報導議員的醜聞，也只會被權力所壓制。

39 ～にしても 即使…

接法 1. 名詞(である) + にしても　2. い形容詞普通形 + にしても
3. 動詞普通形 ＋ にしても

例句 1. 警察**にしても**、もう少し慎重に捜査を進めるべきだった。
即使是警察，搜查也應該再謹慎一點。
2. 知識が幅広い**にしても**、専門性がなければ意味がありません。
即使知識範圍再廣泛，沒有專業性還是毫無意義。
3. 別れを告げる**にしても**、言い方というものがあるだろう。
即使要提分手，也要好好說話吧。

複習試題 請選出適合填入括號內的文法。

01 私（　）老後の過ごし方について考えてみました。　ⓐなりに　ⓑながらも
02 テレビで見るのもいいが、野球はやはり球場で観戦する（　）。　ⓐというものだ　ⓑに限る
03 知識が幅広い（　）、専門性がなければ意味がありません。　ⓐにしたところで　ⓑにしても
04 育児はお金がかかるから、今から貯金する（　）よ。　ⓐに限らない　ⓑに越したことはない

答案：01 ⓐ　02 ⓑ　03 ⓑ　04 ⓑ

40 ～にすぎない 只不過…而已…、只是…

常考 N2 文法

接法 1. 名詞＋ にすぎない　2. な形容詞語幹 ＋ にすぎない
3. い形容詞普通形 ＋ にすぎない　4. 動詞普通形 ＋ にすぎない

例句
1. 部長と林さんが付き合っているなんてただの噂話**にすぎない**って。
就說了部長和林小姐正在交往不過就是謠言而已。
2. レントゲンの発明は放電実験の過程から生まれた偶然**にすぎない**。
X 光的發明不過就是在放電實驗的過程中產生的偶然而已。
3. 桜が雨に打たれ、散っていく姿ははかない**にすぎない**。
櫻花在雨中落下的樣子，只是飄渺虛無。
4. 先生も冗談で言った**にすぎない**から、気にしなくていいよ。
老師就是在開玩笑罷了，別在意。

41 ～に相違ない 一定…、肯定…

常考N2文法

接法 1. 名詞＋ に相違ない　2. な形容詞語幹 ＋ に相違ない
3. い形容詞普通形 ＋ に相違ない　4. 動詞普通形 ＋ に相違ない

例句
1. ゲリラ豪雨などの異常気象も地球温暖化の影響**に相違ない**。
游擊型暴雨等異常氣象也一定是地球暖化造成的影響。
2. 与党が分裂したため、野党の勝利は確実**に相違ありません**。
由於執政黨的分裂，在野黨肯定能取得勝利。
3. 予算を考えると、企画の運営は厳しい**に相違ない**ようだ。
考慮到預算的話，實行這個企劃想必非常困難。
4. 悪気がないとはいえ、その発言は人を侮辱する**に相違ありません**。
就算沒有惡意，但說那樣的話絕對是一種對人的侮辱。

42 ～に対する／～に対して 對於…、相對於…

常考N2文法

接法 1. 名詞＋ に対する／に対して　2. な形容詞語幹なの ＋ に対する／に対して
3. い形容詞辭書形の ＋ に対する／に対して　4. 動詞普通形 ＋ の ＋ に対する／に対して

例句
1. 障がい者**に対する**誤解された認識を改めていきたいです。
我希望能夠改變人們對身心障礙者的誤解。
2. ストーリーが単調なの**に対して**、読者は不満がないのだろうか。
對於故事的單調，讀者難道沒有不滿嗎？
3. 妹の態度がよそよそしいの**に対して**、違和感を抱いた。
面對妹妹有點疏遠的態度，我感到有點奇怪。
4. 田舎で暮らすの**に対する**憧れはどんどん膨らむばかりだ。
對鄉下生活的嚮往愈來愈高漲了。

43 ～にもかかわらず 雖然…但是…、儘管…卻、不論

常考 N2 文法

接法 1. 名詞＋ にもかかわらず
2. な形容詞語幹である + にもかかわらず
3. い形容詞普通形 + にもかかわらず
4. 動詞普通形 ＋ にもかかわらず

例句 1. オープン前**にもかかわらず**、お店には長蛇の列ができています。
都還沒開門，店門口卻已經排了長長的隊伍了。

2. 多忙である**にもかかわらず**、彼女はヨガとピアノを習っているらしい。
儘管生活忙碌，她卻還是學了瑜珈與鋼琴。

3. 外が騒がしい**にもかかわらず**、彼は練習に没頭していた。
不論外面多吵鬧，他都埋頭在練習中不受影響。

4. 後悔すると分かっている**にもかかわらず**、歌手になる夢を捨てた。
儘管知道會後悔，還是放棄了成為歌手的夢想。

44 ～にもほどがある …也應有個限度、…也應有個分寸、也太過…

接法 1. 名詞＋ にもほどがある
2. な形容詞語幹 + にもほどがある
3. い形容詞辭書形 + にもほどがある
4. 動詞辭書形 ＋ にもほどがある

例句 1. 任された仕事を途中で投げ出すとは無責任**にもほどがある**。
半途丟下交辦好的工作也太過沒有責任心了。

2. 愛する我が子の誕生日会とはいえ、盛大**にもほどがあります**。
雖說是我愛兒的生日會，但也太過於盛大了。

3. お年寄りを狙った詐欺を図ろうなんてあくどい**にもほどがある**。
以老年人為目標的詐騙行為真的是太過於惡毒了。

4. 耳が悪いのは分かるけど、聞き返す**にもほどがある**ってもんだよ。
雖然知道你耳朵不好，但這種反覆問的程度也太誇張了吧。

複習試題 請選出適合填入括號內的文法。

01 ゲリラ豪雨などの異常気象も地球温暖化の影響（　　）。 ⓐ に相違ない ⓑ にもほどがある

02 桜が雨に打たれ、散っていく姿ははかない（　　）。 ⓐ にすぎない ⓑ に越したことはない

03 妹の態度がよそよそしいの（　　）、違和感を抱いた。 ⓐ に対して ⓑ にもかかわらず

04 後悔すると分かっている（　　）、歌手になる夢を捨てた。 ⓐ のに対して ⓑ にもかかわらず

答案：01 ⓐ 02 ⓐ 03 ⓐ 04 ⓑ

45 ～のではないか 這就是…、這才是…（委婉的主張）

接法 1. 名詞な＋のではないか　2. な形容詞な＋のではないか
3. い形容詞普通形＋のではないか　4. 動詞普通形 ＋ のではないか

例句 1. 心を許せる人がいないこと、それが本当の孤独な**のではないか**。
連個傾訴內心的人都沒有，這才是真正的孤獨吧。
2. 食料自給率を４割に引き上げようとは、無謀な**のではないか**。
試圖將糧食自給率提升到四成是很魯莽的決定。
3. この画家の名前も知らないなんて、教養が乏しい**のではないか**。
連這位畫家的名字都沒聽過，也太沒素養了吧。
4. 他社の買収が弊社に多大なる損害をもたらす**のではないか**心配だ。
我很擔心收購其它公司對本公司會造成莫大的損害。

46 ～のなんのって …得不得了、實在是太…

接法 1. な形容詞普通形（現在式以な接續）＋のなんのって　2. い形容詞普通形＋のなんのって
3. 動詞普通形 ＋ のなんのって

例句 1. 夜景がきれいな**のなんのって**、本当に感動しました。
夜景漂亮得不得了，真的太感動了。
2. 今年は梅雨が長引いて蒸し暑い**のなんのって**我慢できない。
今年因為梅雨季拖很長，悶熱得不得了讓人難以忍受。
3. 彼女はよく食べる**のなんのって**。ご飯を２杯もおかわりした。
那個女孩子實在是太會吃了，飯都續了兩碗了。

47 ～のみならず 不僅…而且、不光只是…還有

常考 N2 文法

接法 1. 名詞＋ のみならず　2. な形容詞語幹で＋のみならず
3. い形容詞辭書形＋のみならず　4. 動詞普通形 ＋ のみならず

例句 1. 日本**のみならず**、他の先進国でも少子化が問題視されています。
不僅是日本，其它的先進國家也將少子化視為問題。
2. 電子レンジは手軽で**のみならず**、子どもでも安全に使える。
微波爐不光只是方便，孩子用起來也很安全。
3. 彼女の残した業績は輝かしい**のみならず**、国民の力にもなった。
她所留下的業績不光只是輝煌的紀錄，更成為了國民的力量。
4. 洪水で橋が崩壊した**のみならず**、被害は周りの住宅にも及んだ。
洪水不僅摧毀了橋，更殃及了周圍的住宅。

48 ～のをいいことに 趁著、利用、借著、以…藉口做…

接法 1. 名詞な／である＋のをいいことに　2. な形容詞語幹な／である＋のをいいことに
3. い形容詞普通形＋のをいいことに　4. 動詞普通形 ＋ のをいいことに

例句 1. 客な**のをいいことに**傲慢な態度をとる人たちがいる。
有一些人總是會借著客人的身份擺出傲慢的態度。
2. 寛容である**のをいいことに**皆彼女に雑用を押し付ける。
每個人都利用她的寬容強加雜務在她身上。
3. 乗客が少ない**のをいいことに**荷物で席を占領している。
趁著乘客少，用行李占用座位。
4. 彼は電車が混んでいる**のをいいことに**痴漢を繰り返した。
他反覆利用電車擁擠的時段在電車上做出癡漢行為。

49 ～ばかりに 正因為…、就因為…

常考 N2 文法

接法 1. い形容詞普通形＋ばかりに　2. 動詞た形 ＋ ばかりに

例句 1. 奥さんの料理がおいしい**ばかりに**、つい食べ過ぎてしまうという。
因為太太做的菜太好吃了，不知不覺就吃太多。
2. 契約終了前に解約し**たばかりに**、違約金を払うことになった。
正因為在契約結束前解約，所以還是得付違約金。

複習試題 請選出適合填入括號內的文法。

		ⓐ	ⓑ
01	彼女はよく食べる（　）。ご飯を２杯もおかわりした。	ⓐのなんのって	ⓑのをいいことに
02	彼女の残した業績は輝かしい（　）、国民の力にもなった。	ⓐのみならず	ⓑばかりに
03	食料自給率を４割に引き上げようとは、無謀な（　）。	ⓐのに限る	ⓑのではないか
04	契約終了前に解約した（　）、違約金を払うことになった。	ⓐばかりに	ⓑのなんのって

答案：01 ⓐ　02 ⓐ　03 ⓑ　04 ⓐ

50 ～ばこそ 正因為…才…

接法 1. 名詞であれ＋ばこそ　2. な形容詞語幹であれ＋ばこそ
3. い形容詞假定形＋ばこそ　4. 動詞假定形 ＋ ばこそ

例句 1. 大人であれば**こそ**、ささいな幸せに気づきにくい。
正因為是大人了，才難以察覺到那些小小的幸福。
2. 夫婦の仲が円満であれば**こそ**、子どもは素直に育つんです。
正因為夫妻間感情圓滿，才能將孩子養育成正直的好人。
3. 緩いカーブが多ければ**こそ**、事故が起きやすいそうだ。
聽說就是因為有那麼多和緩的彎道，才會有那麼多的事故。
4. 天才と呼ばれれば**こそ**、他人に弱みを見せられないものです。
就因為被稱作天才，才不能讓別人看見弱點。

51 ～べきだ／～べきではない 應該…／不應該…

常考 N2 文法

接法 1. 名詞である＋べきだ／べきではない　2. な形容詞語幹である＋べきだ／べきではない
3. い形容詞語幹くある＋べきだ／べきではない　4. 動詞辭書形 ＋ べきだ／べきではない

例句 1. どんなときでも教師は生徒の手本である**べきだ**と思う。
無論何時，教師都應該做好學生的榜樣。
2. 非常事態が発生したときこそ、冷静である**べきです**。
正因為是緊急狀況，才更應該冷靜面對。
3. 伝統を守るのはいいが、考え方は固くある**べきではない**。
保護傳統也很重要，但想法也不應該固化。
4. 科学技術は武力として利用される**べきではありません**。
科學技術不應該被利用在武力上。

52 ～もかまわず 不顧…、不在乎…、不把…放在心上

常考 N2 文法

接法 1. 名詞＋ もかまわず　2. な形容詞語幹な／である＋の＋もかまわず
3. い形容詞普通形の ＋ もかまわず　4. 動詞普通形＋の＋もかまわず

例句 1. 他人の目**もかまわず**、意見を言える者がうらやましい。
我很羨慕能夠不顧他人眼光，表達自己意見的人。
2. ぶかぶかなの**もかまわず**、そのセーターがお気に入りのようだ。
他似乎很喜歡那件毛衣，即使看起來肥嘟嘟的都不在乎。
3. 教室が騒がしいの**もかまわず**、彼女は読書に没頭していた。
她埋頭在閱讀中，連教室吵翻天了都沒放在心上。
4. 批判が集まっているの**もかまわず**、市長は条例を取り下げなかった。
市長面對批判聲量愈來愈大也不管，還是沒有撤回條例。

53 ～ものだ 就是…、理應…、就該…、本來就是…

常考 N2 文法

接法 1. な形容詞な＋ものだ　2. い形容詞辭書形＋ものだ
3. 動詞普通形 ＋ ものだ

例句 1. 歳をとると、新しいことに挑戦するのがおっくうなものだ。
上了年紀之後，就覺得挑戰新的事物很麻煩。
2. 次々に新しい芸人が出てきて、芸能界の移り変わりは速いものだ。
新的藝人不斷出現，演藝圈的變化真的非常快。
3. 母語とは違い、外国語は使わないと忘れるものだと言われている。
外國語言與母語不同的是只要不用就會忘記。

54 ～ものだから 就是因為

接法 1. 名詞な＋ものだから　2. な形容詞な＋ものだから
3. い形容詞普通形＋ものだから　4. 動詞普通形 ＋ ものだから

例句 1. まだ学生なものだから、贅沢する金銭的な余裕はありません。
就是因為還是學生，所以沒有多餘的財力可以揮霍。
2. 几帳面なものだから、確認を二度しないと気が済まない。
他就是個做事嚴謹的人，不檢查個兩遍都不能放心。
3. 幸せは何気ないものだから、失ってからじゃないと気づきにくい。
因為幸福是無不經意的事，沒有失去就很難意識到。
4. 部長が機嫌を損ねたものだから、会議の雰囲気は最悪だった。
因為部長心情不好，會議整個氣氛都遭透了。

複習試題 請選出適合填入括號內的文法。

01	非常事態が発生したときこそ、冷静である（　）。	ⓐべきだ	ⓑものだ
02	緩いカーブが（　）、事故が起きやすいそうだ。	ⓐ多いのをいいことに	ⓑ多ければこそ
03	ぶかぶかなの（　）、そのセーターがお気に入りのようだ。	ⓐものだから	ⓑもかまわず
04	部長が機嫌を損ねた（　）、会議の雰囲気は最悪だった。	ⓐものだから	ⓑだけあって

答案：01 ⓐ　02 ⓑ　03 ⓑ　04 ⓐ

55 ～ものの 雖然…但是

常考 N2 文法

接法 1. 名詞である + ものの　2. な形容詞な + ものの
3. い形容詞辭書形 + ものの　4. 動詞普通形 ＋ ものの

例句 1. 近代的な外装であるものの、中はバリアフリーになっています。
雖然從外面看是復古的建築，但裡面卻是無障礙的設計。

2. 容姿は平凡なものの、愉快な性格からか女性に人気があるようだ。
他的外表雖然平凡，但大概是因為樂觀開朗的個性，還是很受女性歡迎。

3. 映画の内容は切ないものの、映像には温かみがあった。
電影的內容雖然悲情，但畫面是帶有暖意的。

4. 父は姉を心配しているものの、決して態度に出さないから不思議だ。
父親雖然擔心姊姊，但絕對不會表現在態度上，這點讓我感到很不可思議。

56 ～ものを 要是…就好了…、早知道…就好了

接法 1. な形容詞普通形（現在式用な接續）+ ものを　2. い形容詞普通形 + ものを
3. 動詞普通形 ＋ ものを

例句 1. 本当は繊細なものを、どうして君は強がってしまうのか。
要是能再細膩一點就好了，為什麼你會這麼逞強呢？

2. すぐに謝罪すればよかったものを、本当に頑固なもんだ。
要是立刻謝罪不就好了嗎？真的太頑固了。

3. 言ってくれればお弁当を準備してあげたものを。
你要是說一聲我就幫你準備好便當了。

57 ～もんか／～ものか 哪能…、怎麼會…、難道…、決不…

常考 N2 文法

接法 1. な形容詞な + もんか／ものか　2. い形容詞辭書形 + もんか／ものか
3. 動詞辭書形 ＋ もんか／ものか

例句 1. 被災地を復興させることがそんなに安易なもんか。
復興災區哪有那麼容易呢？

2. 動物園の飼育係が鳥の生態にまで詳しいものか。
動物園的飼育人員怎麼會連鳥的生態都一清二楚呢？

3. 謝金もろくに出ないのに、審査員なんて引き受けるもんか。
如果拿不出酬金，怎麼可能接受擔任評審呢？

58 ～わけでもない／～わけではない 並不是…、並非…、

常考 N2 文法

接法 1. 名詞な／である + わけでもない／わけではない
2. な形容詞な + わけでもない／わけではない
3. い形容詞普通形 + わけでもない／わけではない
4. 動詞普通形 + わけでもない／わけではない

例句 1. 今日の試合は調子がよかったが、絶好調であるわけでもない。
今天的比賽雖然感覺狀態還不錯，但也不是非常好。
2. 歌は下手だが、音楽が嫌いなわけではないそうだ。
他歌是唱得不好，但好像也不是討厭音樂。
3. 家族と離れて暮らしているが、寂しいわけでもないようだ。
雖然是和家人分開生活，但似乎也不是很寂寞的樣子。
4. 法廷で有罪にならなかったが、罪から逃げられるわけではない。
雖然在法庭上無法獲判有罪，但也不代表就能逃過處罰。

59 たとえ～ても / でも 即使…也…

常考 N2 文法

接法 1. たとえ + 名詞 + でも
2. たとえ + な形容詞語幹 + でも
3. たとえ + い形容詞て形 + も
4. たとえ + 動詞て形 + も

例句 1. たとえそれがこの国の風習でも、私にはなかなか受け入れ難い。
即使是這個國家的風俗習慣，我還是很難接受。
2. たとえ実力の差が圧倒的でも、戦ってみないと結果は分からない。
即使雙方實力差距再大，不戰鬥看看怎麼會知道結果。
3. たとえどんなにつらくても、子どもの前では常に笑顔でいたい。
即使再難受，在孩子面前還是想一直保持笑容。
4. たとえ最低賃金を引き上げても、貧困問題の解決にはならない。
即使提高最低薪資，也無法解決貧困問題。

複習試題 請選出適合填入括號內的文法。

01	被災地を復興させることがそんなに安易な（　）。	ⓐ もんか	ⓑ ものだ
02	言ってくれればお弁当を準備してあげた（　）。	ⓐ ものを	ⓑ ものか
03	近代的な外装である（　）、中はバリアフリーになっています。	ⓐ べき	ⓑ ものの
04	家族と離れて暮らしているが、寂しい（　）ようだ。	ⓐ わけでもない	ⓑ にすぎない

答案：01 ⓐ 02 ⓐ 03 ⓑ 04 ⓐ

語法形式的判斷

語法形式的判斷 考的是根據文意，選出適當的語法形式，填入敘述句或對話中的括號。總題數為 10 題，選出適當的語法形式約考 6~8 題；選出動詞或形容詞的正確形態，或是選出適當的助詞、副詞、連接詞約考 1~2 題。

重點攻略

1 題目要求選出適當的文法句型時，選項可能皆為同個文法句型，或是同時包含好幾個文法，像是被動、使役、使役被動、授受表現、敬語表現等。若選項皆為同個文法句型時，請留意括號前方的內容，並根據該文法的連接方式，選出適當的答案；若選項同時包含好幾個文法時，請將文法拆開，逐一確認意思後，再選出符合文意的答案。

例 この小説(しょうせつ)は弁護士(べんごし)が自分(じぶん)の経験(けいけん)に（　　）書(か)いたものだ。
這本小說是律師（　　）自身經驗所寫成。

① 即(そく)して 根據（〇）
② 至(いた)って 至於（✕）　雖然可置於助詞に的後方，但並不符合文意。
③ 経(へ)て 經過（✕）　不可置於助詞に的後方。

例 状況(じょうきょう)を（　　）、適切(てきせつ)な対応(たいおう)をすることができなかった。
（　　）情況，仍未能採取適當的應對措施。

① 知(し)らせて / いただいた / にもかかわらず 儘管有被告知（〇）
② 知(し)られて / しまった / からには 既然有被告知（✕）

2 題目要求選出適當的動詞、形容詞時，請留意括號後方連接的內容，選出最適當的答案。

例 難(むずか)しい技(わざ)でも、練習(れんしゅう)さえすれば（　　）ものでもない。
即便是高難度的技術，只要練習，沒有（　　）的事。

① できない 辦不到（〇）　② できた 做得到（✕）

3 題目要求選出適當的助詞、副詞、連接詞時，除了常用的意思之外，也請將較少用到的意思納入考量，並根據文意，選出正確答案。

例 無罪(むざい)を主張(しゅちょう)したが、結局有罪(けっきょくゆうざい)（　　）宣告(せんこく)された。原本主張無罪，最後被判有罪。

① と 作為（〇）　在該題句子中，と並非使用常用的意思「和」。
② に 到

4 選項皆為正確無誤的文法句型，因此請務必留意括號前後方連接的內容，確認文意後，再選出正確答案。建議記下 N1 必考文法中的助詞、副詞、連接詞用法，並確認其連接方式。

解題步驟

Step 1 閱讀選項，確認各選項的意思，並判斷考題類型為何。

閱讀選項，確認完各選項的意思後，再判斷題目考的是選出適當的文法句型、動詞、形容詞的正確形態，還是選出適當的助詞、副詞、連接詞。

Step 2 閱讀句子或對話，並根據文意選出適當的答案。

閱讀句子或對話，並留意括號前後方連接的單字或助詞，確認文法的連接方式後，選出符合文意的答案。

套用解題步驟

問題5　次の文の（　　）に入れるのに最もよいものを、1・2・3・4から一つ選びなさい。

村田（むらた）「コンセプト変更の経緯、課長に理解してもらえた？」
宮部（みやべ）「ううん。ちゃんと話すら聞いてもらえなくて、（　　）。」

1　説得されるところだったよ
2　説得されはしないよ
✔3　説得しようがなかったよ
4　説得するしかないよ

Step 1 閱讀選項，確認各選項的意思，並判斷考題類型為何。

本題考的是選出適當的文法句型，各選項的意思分別為1「差點被說服」、2「不會被說服」、3「沒辦法說服」、4「不得不說服」。

Step 2 閱讀句子或對話，並根據文意選出適當的答案。

根據括號前方連接的內容，提到課長不肯好好聽自己說話，因此後方連接「説得しようがなかったよ（沒辦法說服他）」最為適當，答案要選3。

問題5 請從1、2、3、4中選擇一項最適合填入（　　）的選項。

村田「廣告概念變更的原委，課長已經理解了嗎？」
宮部「還沒呢。他甚至都無法好好聽我說話，（　　　　　　）」

1 我都快被說服了　　2 絕對不會被說服
3 根本沒辦法說服他　　4 只能說服他了

字彙 **コンセプト** 名 概念 | **変更 へんこう** 名 變更 | **経緯 けいい** 名 經過 | **ちゃんと** 副 好好地 | **説得 せっとく** 名 說服
～ところだった 差一點… | **～はしない** ～絕對不 | **～ようがない** ～沒辦法… | **～しかない** ～只有、僅有

實力奠定

請選出適合填入括號的文法。

01 あの政治家の発言は人種差別（　　　）とられるものだ。

① とも　　② さえ

02 子の幸せは（　　　）親の幸せだというが全くその通りだと思う。

① そのうえ　　② すなわち

03 このプロジェクトが（　　　）ものなら、部長に何を言われるかわからない。

① 失敗する　　② 失敗しよう

04 彼のアイディアは（　　　）あまり、多くの人から支持を得られなかった。

① 斬新な　　② 斬新に

05 高橋さん（　　　）なんのあいさつもなしに会社を辞めたらしい。

① ともなると　　② ときたら

06 彼女は３回目のオリンピック出場（　　　）初の金メダルを獲得した。

① にして　　② として

07 A「新入社員、仕事に積極的なのはいいけど、少し生意気だと思わない？」
B「そう？ 自分の意見を主張できる（　　　）、この会社ではやっていけないよ。」

① くらいじゃないと　　② ところを見ると

08 日差しで輝く沖縄の海は、この世のもの（　　　）。

① とは思えないものだった　　② とは限らないものだった

09 A「この案を通したいとおっしゃるのなら、課長がご自身で部長を（　　　）。」
B「私から部長に話してみるよ。」

① 説得いたすよりほかありません　　② 説得なさるよりほかありません

10 体調管理ができていないと（　　　）、いくら気をつけていても風邪をひくことはある。

①　言われればそれまでだが　　　②　言わせればそれまでだが

11 実力と世間の評判から考えると、彼が今大会で賞をもらっても（　　　）。

①　驚くほどのことではないだろう　　　②　驚いてばかりいるだろう

12 A「さっきから遠くを見つめているようだけど、どうしたの。」

B「彼女に別れを（　　　）、何をしても楽しさが感じられないんだ。」

①　告げられたものの　　　②　告げられてからというもの

13 A「有名な教授の講演だけあって、すごい数の人ですね。」

B「そうですね。ざっと見て、500人（　　　）。」

①　といったところでしょうね　　　②　とでもいうべきですね

14 A「先生、授業を（　　　）どうもありがとうございました。大変ためになりました。」

B「いえ、私の授業でよければいつでも見学に来てください。」

①　見学していただき　　　②　見学させてくださり

答案 P422

實戰測驗 1

問題5　次の文の（　　　）に入れるのに最もよいものを、1・2・3・4から一つ選びなさい。

26　最近人気の若手アイドルは歌のうまさや外見のよさ（　　　）、俳優としての演技力も高く、多くの世代から人気を集めている。

1　もさることながら　　2　をおいて

3　はおろか　　4　のゆえに

27　お茶の産地は生活習慣病の発生率が低い。日常的にお茶をよく飲む地域であることから、お茶には病気を予防する効果が（　　　）。

1　あるといったところだ　　2　あるに越したことはない

3　あるなんてあんまりだ　　4　あるものと思われる

28　できれば子どもに受験はさせたくないが、よい環境で教育を受けさせたいと思っている。しかし、私立の中学、高校（　　　）学費はばかにならない。

1　ともなると　　2　だとしたら　　3　だとすると　　4　ともなしに

29　創立20周年の記念式典には遠方からも大勢のお客様に（　　　）、大変盛大なものとなった。

1　参り　　2　お越しいただき

3　ご来社になり　　4　お伺いし

30　（学校で）

竹田（たけだ）「昨日、レポートの間違いを先生に指摘されていたね。」

木村（きむら）「うん、今さら（　　　）ところで評価は変わらないだろうけれど、一応再提出してみようと思っているんだ。」

1　直す　　2　直さない　　3　直した　　4　直させる

31 毎年、遠くに住む母からたくさんの洋服が送られてくる。あまり好みじゃないけれど、捨てる（　　　）捨てられず、困っている。

1　と　　2　が　　3　に　　4　し

32 （企業ホームページの「採用情報」で）

ご応募いただいた書類は（　　　）、原則として返却いたしません。あらかじめご了承ください。

1　結果からいって　　2　結果に照らして

3　結果をものともせず　　4　結果のいかんにかかわらず

33 田中（たなか）「今度のマラソン大会、コースがなかなか厳しいらしいね。」

佐藤（さとう）「なだらかに見えて上り坂は実際走ると結構きついんだって。でも、初めてのところは（　　　）わからないね。」

1　走ってみないと　　2　走りっこないし

3　走らないまでも　　4　走るとはいえ

34 学生が（　　　）理由として、主に「経済的理由」と「病気・けが」が挙げられる。

1　休学をひかえる　　2　休学を余儀なくされる

3　休学を契機にする　　4　休学をはじめとする

35 （会社で）

吉田（よしだ）「部長、私の部下の契約書のミスの件では、本当に申し訳ありませんでした。もう一度、私から強く注意しておきますから。」

部長「いやいや、先方にはきちんとご理解いただいたから、そこまで（　　　）よ。」

1　責められざるを得ない　　2　責められはしない

3　責めるにはあたらない　　4　責めずにはすまない

答案 P423

實戰測驗 2

問題5　次の文の（　　　）に入れるのに最もよいものを、1・2・3・4から一つ選びなさい。

26　子供は、勉強で一度つまずいてしまうと、その後その科目が苦手になってしまうことが多い。（　　　）数学においては、授業に全くついていけなくなることも少なくない。

1　ともかく　　2　とりわけ　　3　すなわち　　4　もっとも

27　姉はニュースキャスターとして働く（　　　）、子育てをテーマにした講演会など、イベント活動を行っている。

1　までもなく　　2　そばから　　3　かたわら　　4　ともなしに

28　（ニュース番組のインタビューで）

記者「ひどい事故でしたね。」

住民「ここは、交通量が多いわりに信号もないですし、（　　　）起きたようなものですよ。」

1　起こるべくして　　2　起こそうと思いきや

3　起こるとばかりに　　4　起こそうとも

29　大企業で、顧客データが不正に持ち出されたことが明らかになった。流出範囲が広いことから、役員は（　　　）。

1　辞任するとは思わないだろう　　2　辞任せずにはすまないだろう

3　辞任せずじまいだろう　　4　辞任するに値しないだろう

30　約束の時間に遅れそうだ。しかし、携帯電話を家に忘れてきてしまったので連絡（　　　）。

1　してばかりいられない　　2　するまでに至らない

3　させても始まらない　　4　しようにもできない

31 在学中、田中先生には大変お世話になった。その後、先生は大学を退職され、ご実家で家業を（　　　）と聞いた。

1　手伝ってさしあげる　　　　2　お手伝いいたしかねる

3　手伝ってくださる　　　　4　手伝っておいでになる

32 夕食の献立が気に入らないらしい。口に（　　　）までも、息子のぶすっとした表情でそれはすぐにわかった。

1　出さない　　2　出した　　3　出す　　4　出そう

33 娘「なんで私だけ就職が決まらないんだろう。何がいけないのかなあ。」
母「一人で（　　　）先に進まないでしょ。キャリア支援の先生に相談してみたら？」

1　悩んでからでないと　　　　2　悩まないことには

3　悩んではじめて　　　　4　悩んでばかりいても

34 （会社で）
佐藤「名簿を見たら、元の場所に戻しておいてください。個人情報が含まれていますから、（　　　）には要注意ですよ。」
山田「すみません、気をつけます。」

1　置きかけ　　2　置きたて　　3　置きっぱなし　　4　置き忘れ

35 積雪の予報が出た。一晩で1メートルも（　　　）から、今のうちに買い出しに行って来よう。

1　積もられてはかなわない　　　　2　積もらせてもしかたがない

3　積もられても差し支えない　　　　4　積もらずにはすまない

答案 P425

實戰測驗 3

問題5　次の文の（　　　）に入れるのに最もよいものを、1・2・3・4から一つ選びなさい。

26　この薬の重大な副作用は人の命（　　　）ことだから、国の問題として真剣に考えるべきだ。

1　にまつわる　　2　にかかわる　　3　に即した　　4　にあたる

27　父は、一度口にしたことは、どんな困難があろうと、必ず最後までやり遂げる人だ。私はそんな父を尊敬（　　　）。

1　してやまない　　2　せずにはおかない
3　するに忍びない　　4　しないではすまない

28　怪しげなその男は、警官の姿を（　　　）なり車に乗り込み、どこかへ走り去ってしまった。

1　見た　　2　見て　　3　見る　　4　見よう

29　新機能が注目されていたこともあり、この会社の新製品は（　　　）、あっという間に完売してしまった。

1　発売されるや否や　　2　発売されてからというもの
3　発売するとなると　　4　発売するかたわら

30　講義室が広くて後ろの席は先生から（　　　）、講義を聞かずにおしゃべりばかりしている学生がいたので、他の学生の迷惑になると思い、注意した。

1　見えないことをふまえ　　2　見えないのをいいことに
3　見えたところで　　4　見えるくらいなら

31 この商品開発チームは、商品知識が豊富で発想力のある人ばかりだが、チームリーダーにふさわしい人は、彼（　　　）ほかにはいないと思う。

1　ならでは　　2　に限らず　　3　をおいて　　4　をよそに

32 息子「お父さん、病院に行ったらお酒を控えるようにって医者に言われたらしいよ。」
母　「そうなのよ。大好きなお酒が飲めないのはつらいでしょうけど、健康のために（　　　）。」

1　我慢させるわけにはいかないよね　　2　我慢させるに堪えないよね
3　我慢してもらうにすぎないよね　　4　我慢してもらうしかないよね

33 中村（なかむら）「この間の試験、やっぱりだめだったよ。論述試験って自分の考えをどうまとめればいいかわからなくて、いつも困っちゃうよ。」
吉田（よしだ）「私も。でも、難しくても合格している人がいるんだよね。（　　　）頑張るしかないよ。」

1　あるいは　　2　すなわち　　3　ともかく　　4　すると

34 山本（やまもと）「原田（はらだ）先輩、今日はわざわざ私たちのイベントに来ていただき、ありがとうございました。こちら、アンケートですが、よかったものを三つ選んでください。理由も（　　　）と助かるんですが。」
原田（はらだ）「うん、いいよ。」

1　書いていただける　　2　書いてしまわれる
3　書いておいでになる　　4　書いて差し上げる

35 体にいいから、毎日歩くようにしているという話をよく聞く。しかし、本当に健康への効果を期待するなら、ただ（　　　）だろう。歩く距離や歩き方に注意する必要があるからだ。

1　歩けばいいといっても過言ではない　　2　歩くに越したことはない
3　歩けばいいというものではない　　4　歩こうにも歩けない

答案　P427

實戰測驗 4

問題5　次の文の（　　　）に入れるのに最もよいものを、1・2・3・4から一つ選びなさい。

26　千人を超える応募者の中から厳正な書類審査（　　　）、30人が最終選考に進んだ。

1　を通じて　　2　を経て　　3　にあたって　　4　にいたって

27　連絡事項を聞き（　　　）のか、彼女は上履き（うわば）きが必要なことを知らなかった。

1　かねた　　2　えない　　3　そびれた　　4　もしない

28　子どもたちはおもちゃで遊ぶ（　　　）遊んで、散らかしたまま外に出ていった。

1　とも　　2　しか　　3　まで　　4　だけ

29　友人夫婦の仲の良さを見ると寂しさを感じるときもあるが、毎日誰かと一緒にいて干渉（　　　）くらいなら、一生独身でいるほうがましだ。

1　される　　2　された　　3　させられる　　4　させられた

30　震度５を記録する地震が関東地方を直撃した。強い揺れは収まったが、大きな余震が発生（　　　）決して油断してはならない。

1　するに限るから　　2　するとは限らないから

3　しないに限るから　　4　しないとも限らないから

31　（インタビューで）

聞き手「このお店は完全予約制で政治家や有名人でも特別扱いしないことで有名ですよね。ですが、アメリカの大統領がご来店を（　　　）、さすがに悩まれたと思うんですが。」

店長　「はい、政界の方々からも直々にお願いされましたが、やっぱり自分のポリシーを変えることはどうしてもできませんでした。」

1　お望みになったとあれば　　2　お望みになったが最後

3　お望みいたしたとあれば　　4　お望みいたしたが最後

32 お腹が空いている（　　　）、ただ目の前に食べ物があるとどうしても手が伸びてしまう。

1　わけがないでも　　2　わけでもないが

3　でもないわけが　　4　がないわけでも

33 医者「手術によって後遺症（こういしょう）が（　　　）、現時点ではこれ以外に最善な策はありません。」

患者「そうですか。もう少し考えさせてください。」

1　残るおそれがあるものの　　2　残らないですむものの

3　残るおそれがあることで　　4　残らないですむことで

34 A「面接試験の結果について問い合わせが殺到しているんですが、どうしたらいいですか。」

B「毎年そのような質問が多くて、回答は控えるようにしているんです。一人一人に理由を（　　　）。」

1　申さなければなりませんか　　2　おっしゃるものではないでしょうか

3　申していればきりがありません　　4　おっしゃっていてもしようがありません

35 木村（きむら）「課長、納期まであと１週間だというのにこんなときにコーヒーですか。」

課長「緊急事態で呑気（のんき）に（　　　）、少し心に余裕を持たないと社員全員が倒れてしまうよ。」

1　しているからといって　　2　しているにしたところで

3　しているというものではなく　　4　しているどころではないとはいえ

文法 問題5 語法形式的判斷

答案 P428

實戰測驗 5

問題5　次の文の（　　　）に入れるのに最もよいものを、1・2・3・4から一つ選びなさい。

26　最近のアニメは社会問題を反映させた内容のものもあり、大人でも見るに（　　　）ものが多い。

1　たる　　2　たえる　　3　たりない　　4　たえない

27　地域住民のボランティアによる「緑のおじさん・おばさん」活動は子どもたちの登下校の安全を（　　　）べく始まった取り組みだ。

1　守る　　2　守り　　3　守ら　　4　守って

28　このアトラクションには身長制限がございません。（　　　）、5才未満のお子さんは必ず保護者と一緒にご乗車ください。

1　あるいは　　2　それゆえ　　3　ただし　　4　ところで

29　社会学を専攻しているが、研究内容には脳科学の観点からの考察も必要だった。そのため、佐藤（さとう）教授の研究室に（　　　）、特別に授業を聴講させてほしいと頼んだ。

1　伺って　　2　いらっしゃって　　3　お越しになって　　4　お目にかけて

30　（街頭インタビューで）

聞き手「先月起こった悲惨（ひさん）な事件により少年法の改正を求める声がありますが、その件について意見を聞かせてもらえますか。」

市民　「そうですね。もちろん未成年と成年で年齢による精神の成熟さに多少違いはあるでしょう。しかし、罪を犯したのだから大人と同じ法で裁かれて（　　　）と思います。」

1　やまない　　2　たまらない　　3　もともとだ　　4　しかるべきだ

31 普段はあまり感情的になったりはしないが、兄弟（　　　）犬の出産に立ち会ったときは涙が止まらなかった。

1　に至るまでの　2　なりの　3　も同然の　4　がてらの

32 平野（ひらの）「どうしよう。今日まで提出しなくちゃいけない課題、すっかり忘れてた。」
高橋（たかはし）「教授に（　　　）はしないだろうけど、成績にどう響くか心配だね。」

1　怒られず　2　怒り　3　怒らず　4　怒られ

33 数年前の私にはマンションなんて手の届かない存在だったが、もう少し貯金を続ければ（　　　）。

1　買えることはいなめないようだ　2　買わなくてはならないだろう
3　買えないものでもないようだ　4　買うまでのことでもないだろう

34 A「無人農業機械の走行実験、成功に（　　　）、残念でしたね。ターンの際に５センチ以上のズレが生じてしまいました。」
B「たった５センチでも利用者の方々にとっては大きな差ですから、もう少し改善しなければいけませんね。」

1　終わると思いきや　2　終わらせるか否か
3　終わらせるや否や　4　終わると思ったのか

35 安藤（あんどう）「生け花（いけばな）教室っていうと、先生の指示通りにしないといけないってイメージだけど、実際どう?」
土屋（つちや）「私の通っているところの先生は重要なポイントとかは教えてくれるかな。でも、ある程度は（　　　）。」

1　自由にしていらっしゃると思う　2　自由にさせていただくつもり
3　自由にさせてもらっているよ　4　自由にしてあげてもいいよ

答案　P431

問題 6

句子的組織

句子的組織考的是將四個選項排列出適當的順序後，選出適合填入★的選項。總題數為 5 題，★通常會置於第三格，有時也會置於其他格上，每兩回測驗中，約出現 1 題置於其他格的題目。

重點攻略

1 請先根據各選項的意思，排列出適當的順序。若僅排列出選項的順序，可能會無法順利連接前後的詞句。因此排列出選項順序後，請務必要確認整句話的語意是否通順。

例 提出(ていしゅつ)ボタンを ＿＿＿ ＿＿＿ ★ ＿＿＿ しまった。

繳交按鈕 ＿＿＿ ＿＿＿ ★ ＿＿＿。

① その瞬間(しゅんかん) 那一瞬間　② クリックした 按下　③ 気(き)づいて 意識到　④ 間違(まちが)いに 錯誤

→ 提出(ていしゅつ)ボタンを ②クリックした ①その瞬間(しゅんかん) ★④間違(まちが)いに ③気(き)づいて しまった。(○)

按下繳交按鈕的那一瞬間，才意識到有錯誤。

→ 提出(ていしゅつ)ボタンを ④間違(まちが)いに ③気(き)づいて ①その瞬間(しゅんかん) ②クリックした しまった。(×)

意識到弄錯繳交按鈕的那一瞬間，按下了。

2 若難以根據選項的意思排列出順序時，請先確認最前方和最後方空格連接的詞句，再試著按照整句話的語意排列選項。

例 ① では 特有　② なら 如果…的話　③ もの 東西　④ の 的

→ お土産(みやげ)を買(か)うなら、この地域(ちいき) ②なら ①では ★④の ③もの を買(か)いたいと思(おも)っている。

如果要買伴手禮的話，我想買這個地區特有的東西。

3 排列選項的順序時，建議先從動詞、形容詞下手，確認後方可連接的詞句。排列完成後，較容易排列出其他選項的順序。

例 ① ともかく 姑且不論　② 基本的(きほんてき)なインタビューも 基本的採訪都　③ 記事(きじ)の作成(さくせい)は 撰寫報導　④ 進(すす)められないなんて 居然無法進行

→ ③記事(きじ)の作成(さくせい)は ①ともかく ★②基本的(きほんてき)なインタビューも ④進(すす)められないなんて

「～はともかく」的意思為「姑且不論……」，該文法要置於名詞後方。

暫且不說寫成報導，居然連基本的採訪都無法進行。

4 為了能迅速找出選項適合連接的詞性或文法，建議參考 N1 必考文法，熟記各類文法的意思和連接方式。

解題步驟

Step 1 **閱讀選項，確認各選項的意思。**

閱讀選項，確認各選項的意思。若看到較長的選項，建議在旁邊簡單標註中文意思。

Step 2 **依照各選項的意思和文法排出順序後，再確認整句話的語意是否通順。**

先確認最前方和最後方空格連接的詞句，按照文意排列選項，再確認整句話的語意是否通順。

Step 3 **請依序寫下各空格的選項號碼，並選擇★對應的選項為答案。**

排列好正確的順序後，依序寫下各空格的選項號碼，並選擇★對應的選項為答案。

套用解題步驟

問題6　次の文の＿★＿に入れるのに最もよいものを、1・2・3・4から一つ選びなさい。

企業の人事担当者によると、職務分野に対しての関心をアピールするうえで、＿＿ ＿＿ ＿★＿ ＿＿。

1　経験があるに　有經驗

2　充実したインターンシップの　豐富的實習

3　そうだ　聽說

✔4　越したことはない　再好不過

Step 3 **請依序寫下各空格的選項號碼，並選擇★對應的選項為答案。**

排列好順序後，答案要選擇★對應的選項4越したことはない。

Step 1 **閱讀選項，確認各選項的意思。**

各選項的意思為：1「有經驗」；2「豐富的實習」；3「聽說」；4「再好不過」。

Step 2 **依照各選項的意思和文法排出順序後，再確認整句話的語意是否通順。**

選項4「越したことはない」需置於助詞に後方，因此可以先排列出1経験があるに 4越したことはない（沒有什麼比有經驗更好）。接著根據文意，再將其他選項一併排列成2充実したインターンシップの 1経験があるに 4越したことはない 3そうだ（聽說最好是擁有豐富的實習經驗）。整句話的意思為「據企業的人資負責人表示，想強調對職務領域的興趣，最好是擁有豐富的實習經驗」。

問題6　請從1、2、3、4中，選擇一項最符合下文中＿★＿的選項。

據企業人事負責人的說法，想強調對職務領域的興趣，＿＿ ＿＿ ＿★＿ ＿＿.

1 有經驗　　2 豐富的實習

3 聽說　　**4 再好不過**

字彙 **企業 きぎょう** 名 企業 ｜ **人事 じんじ** 名 人事 ｜ **担当者 たんとうしゃ** 名 負責人 ｜ **～によると** ～根據…、據說… ｜ **職務分野 しょくむぶんや** 名 職務領域 ｜ **～に対して ～にたいして** ～對於 ｜ **関心 かんしん** 名 感興趣 ｜ **アピール** 強調自己的條件、魅力 ｜ **～うえで** ～在…狀況下 ｜ **充実 じゅうじつ** 名 充實 ｜ **インターンシップ** 名 實習 ｜ **～に越したことはない ～にこしたことはない** ～最好不過了

實力奠定

請選出適合填入★的選項。

01 毎日残業 ＿＿ ＿★＿ ＿＿ 与えられた仕事はきちんとこなすべきだ。

① しろと　② 言わないが　③ までは

02 彼は起業家出身のせいか ＿＿ ＿★＿ ＿＿ 全くなっていない。

① たる　② 心構えが　③ 政治家

03 彼女の引退公演に集まった ＿＿ ＿★＿ ＿＿ そうだ。

① にのぼる　② 人々は　③ 二万人

04 いくら完璧な ＿＿ ＿★＿ ＿＿。

① 人はいない　② 欠点がない　③ 人間といえども

05 兄は溺れている少年を ＿＿ ＿★＿ ＿＿ 水に飛び込んだ。

① 顧みず　② 救うため　③ 危険も

06 自分のミスを他人に押し付ける ＿＿ ＿★＿ ＿＿ のではないか。

① 理不尽　② にもほどがある　③ なんて

07 ＿＿ ＿★＿ ＿＿ 事実にかわりはない。

① 人を傷つけた　② なかろうと　③ それが故意で

08 部長の歌は音程のずれが ＿＿ ＿★＿ ＿＿ ものだった。

① 聞く　② ひどく　③ にたえない

09 彼女は ＿＿ ＿★＿ ＿＿ 幼少時代を病院で過ごした。

① 病気で　② を余儀なくされ　③ 入院生活

10 その男は警官と ＿＿＿ ＿＿＿ ＿★＿ 走り出した。

① 勢いよく　② 目が合う　③ なり

11 図書館で電話している若者に ＿＿＿ ＿★＿ ＿＿＿ 視線が向けられた。

① 鋭い　② うるさい　③ とばかりに

12 結局、彼女に ＿＿＿ ＿★＿ ＿＿＿ 和解できずにいる。

① そびれて　② 謝り　③ しまい

13 先週からの ＿＿＿ ＿★＿ ＿＿＿ ついに体調を崩してしまった。

① とあいまって　② ストレス　③ 疲労が

14 課長は人によって態度が ＿＿＿ ＿★＿ ＿＿＿。

① きらいが　② 変わる　③ あるようだ

15 深刻化する少子高齢化社会は ＿＿＿ ＿★＿ ＿＿＿ ことではない。

① に限った　② なにも　③ 日本

16 積み重なった借金 ＿＿＿ ＿★＿ ＿＿＿ 自己破産せざるを得なかった。

① に　② ゆえ　③ の

17 親しい間柄 ＿＿＿ ＿★＿ ＿＿＿ 礼儀を守るべきだ。

① こそ　② である　③ から

18 不景気で契約社員 ＿＿＿ ＿★＿ ＿＿＿ 首を切られる始末だ。

① 正社員　② はおろか　③ まで

19 ＿＿＿ ＿★＿ ＿＿＿ のが彼女だった。

① 信頼に足る　② 紹介された　③ 人物という

20 何度実験に失敗しても成功するまで挑む ＿★＿ ＿＿＿ ＿＿＿ だ。

① の　② だけ　③ こと

答案 P433

實戰測驗 1

問題6　次の文の　★　に入る最もよいものを、1・2・3・4から一つ選びなさい。

（問題例）

あそこで ＿＿＿ ＿＿＿ ＿★＿ ＿＿＿ は山田（やまだ）さんです。

1　テレビ　　2　人　　3　見ている　　4　を

（解答のしかた）

1. 正しい文はこうです。

あそこで ＿＿＿ ＿＿＿ ＿★＿ ＿＿＿ は山田（やまだ）さんです。
1 テレビ　4 を　3 見ている　2 人

2. ＿★＿ に入る番号を解答用紙にマークします。

（解答用紙）

（例（れい））	①　②　●　④

36　会社の経営が厳しいといううわさが社内に広がっている。確かに厳しい状況だが、＿＿＿ ＿＿＿ ＿★＿ ＿＿＿、まずはできる限りの対策を考えるのが先だ。

1　倒産すると　　2　でもあるまいし　　3　わけ　　4　決まった

37　ここ数年衰退の一途だった駅前商店街が復活した。大型店の進出やインターネット販売の普及を ＿＿＿ ＿＿＿ ＿★＿ ＿＿＿ 一丸となって地道に努力し続けた結果だ。

1　取り戻したいという　　2　昔のような活気を
3　ものともせず　　4　店主たちが

38 入学式や桜など日本の春を連想させるものはさまざまだが、町で見かける ＿＿＿ ＿＿＿ ＿★＿ ＿＿＿ 光景だと思う。

1 新入社員の姿も　　2 ともいうべき
3 黒いスーツを着た　　4 春の象徴

39 彼が展覧会に出した絵画は、それまでの作風とは比べ物にならないほど色彩が豊かで、それを ＿＿＿ ＿＿＿ ＿★＿ ＿＿＿。

1 いったら　2 驚きと　3 なかった　4 見たときの

40 ＿＿＿ ＿＿＿ ＿★＿ ＿＿＿、確認は必要ないと思っていたが、念のため確認したところ絶対にしたくないと言われ戸惑っている。

1 反応　　2 からすれば
3 お願いした時の　　4 来年度の役員を

答案 P434

實戰測驗 2

問題6　次の文の＿★＿に入る最もよいものを、1・2・3・4から一つ選びなさい。

(問題例)

あそこで ＿＿ ＿＿ ＿★＿ ＿＿ は山田(やまだ)さんです。

1　テレビ　　2　人　　3　見ている　　4　を

(解答のしかた)

1. 正しい文はこうです。

あそこで ＿＿ ＿＿ ＿★＿ ＿＿ は山田(やまだ)さんです。 1 テレビ　4 を　3 見ている　2 人

2. ＿★＿ に入る番号を解答用紙にマークします。

(解答用紙)

(例(れい))	①　②　●　④

36　何度も修正させられたあげく、早急に別の案を出せと言われたそうだが、優秀な彼に ＿★＿ ＿＿ ＿＿ ＿＿ 新しい案が出せるものではないだろう。

1　急に　　2　した　　3　そんなに　　4　ところで

37　先日見た映画は、最初から最後までスピード感のあるストーリーで ＿＿ ＿＿ ＿＿ ＿★＿ おもしろさだった。

1　という　　2　まさしく　　3　目が離せない　　4　一瞬たりとも

38 今回新設された部署に異動した場合は、＿＿＿ ＿＿＿ ＿★＿ ＿＿＿ を受けなければならないことになっている。

1 のいかんを問わず　　2 研修

3 知識や経験　　4 まず

39 なんとか期日に間に合いそうだというところで失敗をして、現場の方々に ＿＿＿ ＿＿＿ ＿★＿ ＿＿＿。

1 かけてしまったからには　　2 ではすまない

3 多大な迷惑を　　4 謝りに行かない

40 愛犬を亡くした彼女の ＿＿＿ ＿＿＿ ＿★＿ ＿＿＿ ものだったが、友人から子犬を譲り受け、今では元の明るい彼女に戻った。

1 見るにたえない　　2 ほどの

3 様子は　　4 悲しむ

答案 P435

實戰測驗 3

問題6　次の文の＿★＿に入る最もよいものを、1・2・3・4から一つ選びなさい。

（問題例）

あそこで ＿＿ ＿＿ ＿★＿ ＿＿ は山田(やまだ)さんです。

1　テレビ　　2　人　　3　見ている　　4　を

（解答のしかた）

1. 正しい文はこうです。

あそこで ＿＿ ＿＿ ＿★＿ ＿＿ は山田(やまだ)さんです。
1　テレビ　4　を　3　見ている　2　人

2. ＿★＿に入る番号を解答用紙にマークします。

（解答用紙）	(例)(れい)	① ② ● ④

36　これまで人事の担当者として何人もの新入研修をしてきたが、＿＿ ＿＿ ＿★＿ ＿＿ ので今後の活躍に期待が膨らむ。

1　といっても　　2　優秀な人材はいない
3　過言ではない　　4　彼ほど

37　昨日帰ってきたばかりだし、今週中に ＿＿ ＿＿ ＿★＿ ＿＿ 仕事が立て込んでいるため、早めに片付けておこうと思う。

1　来週は来週で　　2　出張報告を
3　というわけではないが　　4　仕上げなければならない

38 中学生のとき立候補して学級委員をしていたが、参加すべき会議への出席を忘れてしまったことで ＿＿＿ ＿＿＿ ＿★＿ ＿＿＿ あると、担任の先生から注意を受けた。

1 が　2 にも　3 無責任　4 ほど

39 当社では、まず履歴書や職務経歴書でその人の仕事の能力を測り、次に面接で仕事に対するやる気や ＿＿＿ ＿＿＿ ＿★＿ ＿＿＿ という方法で、社員を選んでいます。

1 人物であるかどうかを　2 に足る

3 判断する　4 信頼する

40 ゼミの発表の当日、＿＿＿ ＿＿＿ ＿★＿ ＿＿＿、次の週の予定だった田中(たなか)さんに順番を代わってもらった。

1 朝から　2 立とうにも

3 めまいがひどくて　4 立てなかったので

答案 P436

實戰測驗 4

問題6　次の文の＿★＿に入る最もよいものを、1・2・3・4から一つ選びなさい。

（問題例）

あそこで ＿＿＿ ＿＿＿ ＿★＿ ＿＿＿ は山田（やまだ）さんです。

1　テレビ　　2　人　　3　見ている　　4　を

（解答のしかた）

1.正しい文はこうです。

あそこで ＿＿＿ ＿＿＿ ＿★＿ ＿＿＿ は山田（やまだ）さんです。 1 テレビ　4 を　3 見ている　2 人

2.＿★＿に入る番号を解答用紙にマークします。

（解答用紙）

（例（れい））	①　②　●　④

36　新型モデルをどうしても手に入れたくて、契約期間終了前に携帯を ＿＿＿ ＿＿＿ ＿★＿ ＿＿＿ ２万円も払う羽目になった。

1　しまった　　2　ばかりに　　3　違約金として　　4　解約して

37　小学校の同級生だと名乗る人物が ＿＿＿ ＿＿＿ ＿★＿ ＿＿＿ 思い出せない。そんな友人がいた気もするしいなかった気もする。

1　のこととて　　2　はっきり　　3　40年前　　4　現れたが

38 飽きるまで同じ物を食べ続けるというように、普段から ＿＿＿ ＿＿＿ ＿★＿ ＿＿＿ うつ病になりやすい。

1 固執する　2 人は　3 気質のある　4 何かに

39 他人と話すことが苦手だったが、＿＿＿ ＿＿＿ ＿★＿ ＿＿＿ ようになった。

1 雑談を楽しめる　2 読書を始めたことで

3 話題に困ることなく　4 教養が身につき

40 いくら温厚な上司でもミスをしたにもかかわらず、反省するどころか責任を他の人に押し付けようとする彼の ＿＿＿ ＿＿＿ ＿★＿ ＿＿＿ ようだ。

1 怒りを　2 態度に

3 いられなかった　4 感じずには

答案 P437

實戰測驗 5

問題6　次の文の＿★＿に入る最もよいものを、1・2・3・4から一つ選びなさい。

（問題例）

あそこで ＿＿＿ ＿＿＿ ＿★＿ ＿＿＿ は山田（やまだ）さんです。

1　テレビ　　2　人　　3　見ている　　4　を

（解答のしかた）

1. 正しい文はこうです。

あそこで ＿＿＿ ＿＿＿ ＿★＿ ＿＿＿ は山田（やまだ）さんです。
1 テレビ　4 を　3 見ている　2 人

2. ＿★＿に入る番号を解答用紙にマークします。

（解答用紙）

（例（れい））	①　②　●　④

36　多くの人たちが ＿★＿ ＿＿＿ ＿＿＿ ＿＿＿ 最後にもう一度思い出を作ろうと訪れた。

1　入園者が激減した　　2　聞きつけ
3　不況の影響を受けて　　4　遊園地の閉園のお知らせを

37　＿＿＿ ＿＿＿ ＿★＿ ＿＿＿ その見た目からか、なぜかずる賢いイメージを持たれがちです。

1　人間の5歳児に　　2　知能が発達している
3　相当するほど　　4　カラスは

38 20年前に母が着ていた ＿＿＿ ＿＿＿ ＿＿＿ ＿★＿ であろう。

1 周期があるから　　2 ファッションの流行に

3 時代を感じさせないのは　　4 洋服を着ても

39 トイレの使い方などは私たちの常識 ＿＿＿ ＿＿＿ ＿★＿ ＿＿＿ と思うだろうが、文化が違う留学生にはきちんと話しておかなければならない。

1 では　　2 でもない　　3 までのこと　　4 説明する

40 幼いころから航空業界に憧れていた。意気込んで履歴書を送ったが、書類審査 ＿＿＿ ＿＿＿ ＿★＿ ＿＿＿ ができなくて落胆した。

1 こと　　2 さえ　　3 も　　4 通過する

文法

問題6 句子的組織

答案 P439

文章語法

文章語法考的是閱讀700字左右的文章後，根據文意，選出適合填入空格的詞句。一篇文章搭配4~5道題目。選出適當的文法句型，約考3題；選出適當的副詞、連接詞、指示詞，或適當的單字、句子，各考1題左右。

重點攻略

1 題目要求選出適當的文法句型時，請先確認各選項文法句型的意思，再選出適合填入空格的選項。當選項同時出現被動、使役、使役被動等文法時，請先確認空格前後做動作的主體或對象，再選出適當的答案。

例 弟(おとうと)は話題(わだい)の映画(えいが)について、映像美(えいぞうび)に ＿＿＿、内容(ないよう)はありきたりなものだったと言(い)っていた。

對於討論度高的電影，弟弟表示畫面之美 ＿＿＿，內容卻很普通。

① 圧倒(あっとう)されたものの 雖然被震撼到 (○)　② 圧倒(あっとう)させたとあれば 如果讓它壓制的話

受到震撼的對象為「弟（弟弟）」，因此要填入被動用法。

2 題目要求選出適當的副詞、連接詞、指示詞時，請確認空格前後方連接的內容，再選出最符合文意的選項。

例 日本(にほん)に住(す)み始(はじ)めた当初(とうしょ)は、言葉(ことば)もよく通(つう)じず、とても心細(こころぼそ)かった。＿＿＿時(とき)、リオさんが先(さき)に話(はな)しかけてくれたのだ。

剛開始在日本生活的時候，因為語言不通，感到非常不安。＿＿＿時候，里歐主動跟我搭話。

① そんな 那樣的 (○)　② こんな 這樣的

3 題目要求選出適當的單字、句子時，請根據空格前後方連接的內容，確認空格所指的字詞為何，再選出適當的選項作為答案。

例 営業(えいぎょう)マンの仕事(しごと)は、「説得(せっとく)」を抜(ぬ)きにしては語(かた)れない。＿＿＿に興味(きょうみ)を持(も)たせ、購入(こうにゅう)につながるように説得(せっとく)し続(つづ)ける。

業務人員的工作，離不開「說服」兩字。不斷說服顧客對 ＿＿＿ 產生興趣，進而購買。

① 商品(しょうひん) 商品 (○)　② 営業(えいぎょう) 營業

4 該大題中，得讀懂整段話的內容，才能順利選出答案。因此請從文章開頭開始看到最後，確認各段落的文意。過程中出現空格時，請閱讀空格對應的選項，確認意思後，選出符合文意的答案。

5 建議參考N1必考文法，熟記助詞、副詞、連接詞、各類文法的意思與用法。

解題步驟

Step 1 **請仔細閱讀文章，掌握整段話的脈絡。**

請從頭仔細閱讀文章，理解整段話的內容。閱讀過程中出現空格時，請留意空格前後方連接的句子或段落，確實看懂其內容。

段落 「喫煙は個人の自由」という考えに反対はしない。だが、マナーを守らず、他人に被害を与えるのであれば、問題と＿＿＿。

因為だが是逆接的連接詞，可以判斷接下來將會有轉折。

我並不反對「吸菸是個人自由」的想法。但是，如果不遵守禮儀，對他人造成傷害的話，＿＿＿是個問題

Step 2 **閱讀空格對應的選項，確認選項的意思和考題類型。**

閱讀過程中出現空格時，請閱讀該空格對應的所有選項，並確認意思。接著再判斷該題目考的是文法、副詞、連接詞、指示詞、單字，還是句子。

選項
1 言うだけのことだ 只能說
2 言うだけましだ 幸好僅說是
3 言わざるを得ない 不得不說
4 言うわけではない 並非在說是

選出適當的句型

Step 3 **根據空格前後方的文意，選出最適當的選項。**

請確認空格前後方連接的句子或段落，選出最適合填入空格的選項。

選項
1 言うだけのことだ 只能說
2 言うだけましだ 幸好僅說是
✔ 3 言わざるを得ない 不得不說
4 言うわけではない 並非在說是

※ 文中 5 個空格皆適用上方解題步驟。

套用解題步驟

問題7　次の文章を読んで、文章全体の趣旨を踏まえて、 41 の中に入る最もよいものを、1・2・3・4から一つ選びなさい。

性格診断テスト

「性格診断テスト」というものが近頃流行っている。数十個の質問に答えると、自分の性格タイプを診断してくれるというテストだ。いくつかの種類があり、私もそのうちの一つをやってみた。その結果には、なるほど、と頷（うなず）ける説明もあったが、そうでないものもあった。あたりまえである。この世に存在する何十億の個性を、たった数タイプで 41 。

だが、インターネット上に投稿されているコメントを見ると、診断結果を重く受け止めすぎる人もいるようだ。自分に対してはもちろん、他人の性格まで決めつけてしまっているものまであった。一度試してみるのはいいが、その結果にとらわれてはいけない。一種の娯楽程度に考え、実際の人との付き合いの中で自分を理解していくべきではないだろうか。

41

✔ 1　分けられるわけがない

2　分けても差し支えない

3　分けられないものでもない

4　分けるおそれがある

Step 1 請仔細閱讀文章，掌握整段話的脈絡。

Step 3 根據空格前後方的文意，選出最適當的選項。

Step 2 閱讀空格對應的選項，確認選項的意思和考題類型。

Step1 空格所在的段落為筆者針對性格診斷測驗的看法，他認為測驗結果有相符的地方，亦有不相符的地方。空格前方寫道：「この世に存在する何十億の個性（這世上存在著數十億種個性）」，表示後方適合連接：「不可能只區分成幾種個性」。

Step2 四個選項為1「不可能區分成」、2「可以區分成」、3「不是不能區分成」、4「恐怕要區分成」，表示要根據文意，選出適當的文法句型。

Step3 根據空格前後方的內容，最適合填入空格的答案為1 分けられるわけがない（不可能區分成）。

問題7 請閱讀下列文章，並根據文章主旨，從1、2、3、4中選擇最適合 41 的選項填入。

「性格診斷測驗」

最近有個「性格診斷測驗」的東西相當流行。這是一種只要回答數十個問題，就能診斷出自己屬於哪種性格的測驗。這些測驗有多種不同的類型，我也做了其中一種。就結果而言，確實有些說明會準得讓人大嘆「原來如此啊」，但也有些不是這樣。這也是理所當然，世界上存在數十億的性格， 41 區區的幾種。

只是，看網路上那些評論回應的內容，我發現似乎也有人十分看重那些診斷結果。而且對自己也就算了，有一些人還試圖以此片面斷定他人的性格。我認為測試看看無妨但不能被束縛住。對於這種測驗，應該就當一種娛樂，而所謂的性格應該從相處中自己去理解才對。

41

1 不可能區分成

2 可以區分成

3 不是不能區分成

4 恐怕要區分成

字彙 **性格 せいかく** 名性格 | **診断 しんだん** 名診斷 | **近頃 ちかごろ** 名最近 | **流行る はやる** 動流行 | **種類 しゅるい** 名種類、類型
結果 けっか 名結果 | **頷く うなずく** 動點頭、表示同意 | **あたりまえだ** な形理所當然 | **世 よ** 名世間、社會
存在 そんざい 名存在 | **個性 こせい** 名個性 | **たった** 副僅有、只有 | **だが** 但是
インターネット上 インターネットじょう 網路上 | **投稿 とうこう** 名投稿 | **コメント** 名評論、留言
受け止める うけとめる 動接受、接住 | **〜に対して 〜にたいして** 〜對於 | **他人 たにん** 名別人
決めつける きめつける 動片面斷定 | **試す ためす** 動嘗試 | **とらわれる** 動受拘束、受限制 | **一種 いっしゅ** 名一種
娯楽 ごらく 名娛樂 | **程度 ていど** 名等同於…的程度 | **付き合い つきあい** 名來往、交往 | **理解 りかい** 名理解
〜べきだ 應該 | **〜わけがない** 〜不可能 | **〜ても差し支えない 〜てもさしつかえない** 〜也可以…
〜ないものでもない 〜也不是不… | **〜おそれがある** 〜恐怕…、有可能

實力奠定

請根據整篇文章的主旨，選出適合填入空格的選項。

(1)

「早起きは三文の徳」ということわざや世界有数の企業の経営者たちが朝型人間ということもあり、 01 自分の生活を朝型にシフトしようとする人が多いようだ。確かに、早く起きると、その分活動時間が増え、趣味や仕事に余裕を持って取り組むことができる。しかし、必ずしもこれが全ての人に有意義に 02 。実は朝型であるか、夜型であるかは遺伝子によって決まっていて、夜に活動能率が上がる夜型人間が早朝に作業しても能率を下げるだけなのである。それに無理に生活リズムを 03 、かえって体調を崩すこともある。より良い生活を送るためには、まずは自分の体質を知るところから始めていかなければならない。

01

① どうやら

② むしろ

02

① 働くに違いない

② 働くとは限らない

03

① 変えようとすると

② 変えさせようとしたら

(2)

年間100冊を超える本を読む私だが、学生時代は本が嫌いで仕方なかった。自ら手にとったことなんてほとんど 04 。面白さがわからなかったことも理由の一つだが、読書家の両親から何かあるたびに読書を強要されていたため、反抗心から読書に対して否定的な感情を抱いていた。

05 私も社会人になり、忙しい日々の合間に何か趣味を持ちたいと考えたとき、ふと浮かんだのが読書だった。あれだけ毛嫌い(けぎら)していた本は面白く、すぐに本の世界に 06 。不思議なものだが、どれだけ強要されても読まなかった本を今は自分の意志で読んでいる。結局、強要とは無意味なもので、何かを選択するのに重要なのは自分の意志なのだ。

04

① なかったんじゃないだろうか

② なかったわけではないはずだ

05

① あんな

② そんな

06

① 魅了させつつあった

② 魅了されていった

答案 P440

實戰測驗 1

問題7　次の文章を読んで、文章全体の趣旨を踏まえて、41から45の中に入る最もよいものを、1・2・3・4から一つ選びなさい。

計算式からみえる解決の方法

「人間関係がうまくいかない」「難しい仕事を任されている」「健康上の問題がある」など悩み事は絶えないものだ。人によって差はあるにしても、誰もがなんとか問題を解決しようと努力するだろう。

そのような問題解決において、注目すべきなのは結果だろうか。それとも 41 過程だろうか。

例えば、ここに「2＋3＝□」という問題がある。2と3を足すといくつになるかという問題で、小学校の算数の授業で学ぶ計算式だ。これに対して、「□+□=5」という問題がある。これも小学生が学ぶ計算式だ。この場合、それぞれの□に当てはまる数字は一つとは限らず、何通りか 42 。

近年、教育の現場ではこの計算式のように、子供の想像力や視点に着目した問い方が増えている。つまり、答えが正しいことよりも、答えを求める過程を大切にする方向に教育が変化してきていると言える。これは計算の問題にとどまらない。全ての学習において、どれだけの知識を持っているかを問うよりも、深く考え、自分なりの答えを出すような 43 ようになったのだ。

計算式の例からもわかるように、答えが一つでもそこに至る方法はいろいろある。答えよりも、答えにたどり着くまでに何をどう考えたかということのほうが重要だと考えるべきだろう。 44 身近に起こる問題を考えてみても、考えたり行動したりしないことには答えは見つからないからである。

このような経験を積み重ね、それを仕事や生活にも適用することができれば、今まで経験したことのない問題に直面したときにも、解決するための方法を自分で見つけて乗り越えることができる 45 。

41

1　解決に至るまでの　　2　解決をめぐる

3　解決しつつある　　4　解決するとは限らない

42

1　考える　　2　考えられる

3　考えさせる　　4　考えさせられる

43

1　問題を教えることができる　　2　問題だけを解く

3　問題が避けられる　　4　問題がよく見られる

44

1　つまり　　2　まさに

3　なぜなら　　4　それゆえ

45

1　はずがない　　2　わけにはいかない

3　ものではない　　4　のではないか

答案　P441

實戰測驗 2

問題7　次の文章を読んで、文章全体の趣旨を踏まえて、[41]から[45]の中に入る最もよいものを、1・2・3・4から一つ選びなさい。

絵から学ぶ歴史

私は美術館に行くのが好きだ。

美術館では、彫刻や工芸、書道など様々な種類の芸術に触れることができる。しかし、何といっても絵画が一番だ。中でも歴史的な絵画は、描かれている人、風景、自然、街なみや生き物を見て、どんな世界だったのだろうかと思いをめぐらせながら、何時間でも[41]。今では決して体験することのできない世界を見せてくれるもの、それが歴史的絵画なのだ。

博物館の動物や植物の標本や古代の陶器などももちろん、絵画と同じように歴史を感じることができる。[42]、私にとって、絵画は別格(べっかく)(注1)なのだ。なぜならそこには、作者がその時代にその場所で見て聞いて感じたものがそのまま現れているからだ。絵画を見ていると、まるで自分がその世界に溶け込んでしまった[43]。

そして、もうひとつ私の心をつかんで離さないものは、絵画がこの場に存在するという奇跡(注2)だ。何十年、何百年の時を経て、捨てられたり、忘れられたり、持ち主の手を離れたりしながらも生き延びてきたものが今、自分の目の前に存在する。

便利になった情報社会においては、どんな歴史も芸術作品もインターネットで調べればすぐに情報として得ることができる。パソコンのスクリーンを通して作品を見ていると、もう美術館になど足を[44]のではないかとさえ思ってしまうだろう。

しかし、絵画の前に立って、あふれ出る音、におい、感情を想像してみる。絵画が、見ることのできない過去と私をつないでくれるのだ。絵画[45]魅力と言えるだろう。美術館に足を向けて過去に戻ってみる。そんな休日の過ごし方や旅の仕方があってもいいのではないだろうか。

（注１）別格（べっかく）：特別な扱いをすること

（注２）奇跡：常識では考えられないような、不思議な出来事

41

1　見てしかるべきだ　　2　見るだけのことだ

3　見るものだ　　4　見ていられる

42

1　それどころか　　2　だからこそ

3　だが　　4　すなわち

43

1　かのように感じる　　2　ように思うほかない

3　ものと思われる　　4　のではあるまいか

44

1　運ばなくてもいい　　2　運びようがない

3　運ばれそうにない　　4　運ばせなくてもいい

45

1　ずくめの　　2　でしかない

3　ならではの　　4　にたりない

答案　P442

實戰測驗 3

問題7　次の文章を読んで、文章全体の趣旨を踏まえて、 41 から 45 の中に入る最もよいものを、1・2・3・4から一つ選びなさい。

無駄の価値

つい最近のことだが、出かける時に携帯をうっかり家に忘れてしまった。普段なら、取りに戻るところだ。しかし、その日は映画をみる予定で時間が 41 、そのまま出かけてしまおうと、電車に乗り込んだ。そして運が悪いことに、電車が遅れていることを知ると、何時に目的の駅に着くのか心配になってきた。

携帯があればほんの数分で調べられることなのにと思いながら、勇気を出してとなりの優しそうな学生にきいてみた。 42 知らない誰かに話しかけるなんて久しぶりだった。

そのあとも無事映画館に着いたものの、チケットは事前にオンラインで買ったので携帯の中だと思い出した。 43 、家に戻ることもできず、忙しそうなスタッフに声をかけると、丁寧に対応してくれた。スタッフと話している最中に同じようにオンラインチケットを忘れた人に声をかけられて、一緒に説明を聞きながら、お互いに映画が見られることにほっとし、映画までの時間を雑談して過ごした。

帰りの電車で今日をふり返ってみると、なんと心配の多い一日だったかと思うと同時に、今日は色々な人と話したとおどろく。

普段、知らない人と話す機会はどのくらいあるだろう。携帯があればすぐ手に入る情報も、自分で探したり人に頼ったりすると、なんと時間と労力が 44 。しかし、意外にも楽しんでいる自分がいたのだ。

昔は町にもっと言葉があふれていたはずだ。ますます便利になっていく時代の流れの中で僕はこの無駄に、時間と労力を使うことの価値を 45 。不便さが教えてくれた新しい発見だ。ふと、そんなことを考えた週末だった。

41

1　気になるからには
2　気になるのではあるまいし
3　気になった手前
4　気になったものだから

42

1　こんな季節に
2　こんな時間に
3　こんな風に
4　こんな日に

43

1　一方
2　もしくは
3　とはいえ
4　したがって

44

1　かかるそうだ
2　かからないではすまない
3　かからないはずがない
4　かかることか

45

1　覚えさせていた
2　忘れかけていた
3　覚えているのに相違ない
4　忘れられたとは言えない

答案 P444

實戰測驗 4

問題7　次の文章を読んで、文章全体の趣旨を踏まえて、[41]から[45]の中に入る最もよいものを、1・2・3・4から一つ選びなさい。

小説の実写化

小説として世に出された作品が度々ドラマで実写化される。それに対し、小説愛読者からは「いくら頑張っても原作[41]」「原作を台無しにしないでほしい」という批判が必ず聴かれる。少し前まで私もそのうちの一人だった。

私は昔から映し出される情報が全ての映像よりも、自分の想像力で登場人物を具体化し、舞台の背景やストーリーを広げられる小説に魅力を感じていた。そんな私にとって実写化はおもしろくないものだった。

自分の作品が壊された気分になるとでも言ったらいいのだろうか。「小説を書いたのは筆者なのに何を偉そうに」と思う人もいるだろう。[42-a]、その作品に読者の想像と理解が重なりあって完成するのが小説で、読者にとってそれが最高の形なのだから、実写化されたドラマには失望を[42-b]。

数年前ではドラマを制作する側も原作ファンからの批判を恐れ、出演者に旬の俳優を起用したり、原作を忠実に再現しようとしたりする傾向があった。そのため、読者は自分の傑作とはかけ離れた形で熟知した内容を[43]のだからいい気はしなかった。

しかし、最近[44]もこれに対応しようとしているようだ。原作にはない人物をキーパーソン(注1)として登場させ、ドラマオリジナルの内容を盛り込み、原作との差別化を図っている。そのおかげで原作と比較するように見ていた読者も新しい作品とまではいかないが、ストーリーの展開に注目し、その先を予想しながら楽しめるようになったのだ。

今では私も大好きな作品が実写化されると聞いても、否定的な考えが浮かばなくなった。原作は原作、ドラマはドラマと個々に捉えることは両者を[45]。大好きな作品がどう描かれるかドラマを堪能(たんのう)(注2)するのである。

（注１）キーパーソン ： 大事な役割を果たす人

（注２）堪能（たんのう）する ： 心ゆくまで楽しむ、満喫する

41

1　には及ばない　　2　にかかせない

3　に相違ない　　4　にすぎない

42

1　a　ところが　／　b　感じるものである

2　a　それでも　／　b　感じざるを得ない

3　a　しかも　／　b　感じようがない

4　a　その上　／　b　感じずにすむ

43

1　変えられる　　2　変えさせられる

3　見せる　　4　見せられる

44

1　実写化　　2　原作

3　制作側　　4　読者

45

1　比べるというものではない　　2　比べるようになるはずだ

3　比べずじまいだった　　4　比べずにはおかないだろう

答案　P445

實戰測驗 5

問題7　次の文章を読んで、文章全体の趣旨を踏まえて、 41 から 45 の中に入る最もよいものを、1・2・3・4から一つ選びなさい。

家事代行サービスという選択肢

歩ける距離でも早く帰宅するためにタクシーを利用することもあるし、疲労を言い訳にスーパーのお惣菜(そうざい)(注1)で夕食を済ませることもある。ずっと気を張っていては長い人生を 41 。

それなのに、家事となるとどうして 42 人の力を借りるのをためらってしまうのだろうか。頼ってしまえば、今までよりも有意義な生活を送れるのは間違いない。それを邪魔する理由は大きく分けて二つだろう。一つは他人からの視線、もう一つは他人を家に入れることだ。

同僚から家事代行サービスを利用していると聞いたとき、なんとも贅沢な人だなと思うと同時に、 43 自分の身の回りのこともできないだらしない(注2)人なのではないかとも思ってしまった。そのような視線を向けられるのが嫌なのだ。

また、知人でもなく友人でもない全くの他人を家にあがらせるのも怖い。それにいくらプロだと言っても散らかった部屋を見せることは弱みを見られるようで恥ずかしい。

とはいうものの、働き方改革やワークライフバランスが注目される中、家事代行サービスは自分の生活を豊かにするための選択肢の一つとして身近なものになっているのも事実である。タクシーに乗ったり、お惣菜(そうざい)を買ったりすることと同じで贅沢でもなんでもないのだ。

他人の目を気にせず、人に素直に頼ることができ、余裕を持って働いている同僚を見ると、正直 44 。疲れた体で帰宅し、たまった洗い物を見ると、何とも言えない絶望感に毎日襲われるからだ。

まずは同僚に相談してみよう。同僚からの紹介であれば、不安も少しは解消できるはずだ。安心して家を 45 。

（注１）スーパーのお惣菜（そうざい）：スーパーで売られているおかず

（注２）だらしない：きちんとしていない

41

1　やっていくべきだ　　2　やっていってみせる

3　やっていくだけましだ　　4　やっていけっこない

42

1　それにも　　2　あのように

3　こんなにも　　4　ここから

43

1　ろくに　　2　まるで

3　いっこうに　　4　かならずしも

44

1　うらやましいもんか　　2　うらやましくてたまらない

3　うらやましいのではないか　　4　うらやましくてはならない

45

1　任せられるに越したことはない　　2　任せてもいいのでしょうか

3　任せても差し支えないようだ　　4　任せられるまいと思った

答案　P447

讀解

問題 8　內容理解（短篇）

問題 9.10　內容理解（中篇、長篇）

問題 11 綜合理解

問題 12 論點理解（長篇）

問題 13 信息檢索

問題 8 內容理解（短篇）

內容理解（短篇）考的是閱讀 220 字左右的短篇文章後，選出相關考題的正確答案。該大題有四篇文章，每篇文章考一道題，總題數為 4 題。若為難度較高測驗回數，則會是三篇文章各考一道題，總題數為 3 題。其中有三至四篇文章為隨筆，內容涵蓋人文、社會、科技等各類主題；零至一篇為應用文，內容包含公告、導覽等。

重點攻略

1 隨筆並沒有固定的格式，多半為筆者談論自身想法或主張的文章，因此題目便會針對筆者的想法或主張提問。答題線索通常會出現在文章的中後段，因此閱讀文章時，請特別留意後半段的內容。有時也會出現一篇直式排版的文章，請注意閱讀方向為右至左側。

例 筆者（ひっしゃ）の考え（かんが）に合う（あ）のはどれか。何者與筆者的想法相符？

筆者（ひっしゃ）は思春期（ししゅんき）をどのように考えているか。筆者如何看待青春期？

2 應用文指的是以傳達資訊為目的的文章，包含公告、導覽等形式。題目會針對文章想表達的內容或目的提問，建議掌握全文脈絡後，再對照各選項與內文，選出內容相符的答案。

例 講堂（こうどう）の利用（りよう）について、このお知（し）らせは何（なに）を知（し）らせているか。

關於禮堂的使用，該則公告告知的內容為何？

3 選項並不會直接沿用文中使用的詞句，通常會使用同義詞，或採取換句話說的方式改寫，因此請仔細確認選項內容，選出正確答案。

例 線索　長所（ちょうしょ）を伸（の）ばすためには、まず自分（じぶん）の短所（たんしょ）は何（なに）かという観点（かんてん）から長所（ちょうしょ）を見（み）つける必要（ひつよう）がある。

為發揮優勢，首先需要根據自己的弱點為來找出優勢。

答案　自分（じぶん）の「短所（たんしょ）」が分（わ）からなければ、「長所（ちょうしょ）」は生（い）かせない。

如果不知道自己的「弱點」，就無法發揮「優勢」。

4 閱讀文章時，建議細讀一遍，確實掌握各段落的脈絡。否則若因文章內容過於抽象、選項難度較高，得重看好幾遍的話，便會耽誤到作答時間。

5 該大題的文章橫跨人文、社會、科技領域，涵蓋語言、藝術、文學、歷史、民俗、交通、經濟、經營、居住、環境、料理、飲食等主題，文章難度偏高，建議參考《N1 必考單字文法記憶小冊》（p34~39），熟記相關詞彙。

解題步驟

Step 1 **閱讀題目，並確認題目所問的內容為何。**

請先閱讀題目，確認題目所問的內容，藉此掌握稍後閱讀文章時，需留意哪些內容。記得先不要檢視選項，因為選項內容通常極為相似，反而容易產生混淆。

題目　筆者は香水についてどう考えているか。筆者對於香水有何看法？

Step 2 **仔細閱讀與題目相關的內容，確實理解文意。**

回想剛看完的題目，並仔細閱讀相關內容，掌握脈絡並確實理解文意。若文章為隨筆時，請特別留意文章的後半段，確認筆者的想法；若文章為應用文時，請根據題目提問的內容，找出文中提及關鍵字之處，確認相對應的答題線索。

文章　道を歩いていると、香水の強い香りに眉をひそめることがある。嗅覚（きゅうかく）は人間が持っている感覚の中で一番古い感覚である。人間は嗅覚（きゅうかく）で最初に状況を認識し、それが思考にも影響する。美味しいそうな匂いがするとお腹がすいたり、いい匂いがすると好感を持ったりする。つまり、適当な香水の使用で、他人によりよい印象を与え、記憶にも長く残るのである。

走在路上，有時可能會因為香水的濃烈香氣而皺起眉頭。嗅覺是人類最古老的感官。人類最先透過嗅覺來認識情況，這也對思考產生影響。如果聞到感覺好吃的味道，會覺得肚子餓；如果聞到很香的味道，則會產生好感。也就是說，香水使用得當，會讓別人留下更好的印象，並長久留存在記憶中。

Step 3 **閱讀題目和選項，選出與內文相符的選項。**

再次閱讀題目，並仔細檢視每一個選項，再選出與內文相符的答案。若看到與內文有出入的選項時，請在選項旁標示 X 優先刪去。

題目　筆者は香水についてどう考えているか。筆者對於香水有何看法？

選項 ✔ 1 香水を使うことで、他の人に見られる自分の印象が変わる。
使用香水，別人對自己的印象會有所改變。

2 他の人に強烈な印象を残すために、香水を多めにつけるべきだ。
為了讓別人留下深刻的印象，應該要多噴一點香水。

套用解題步驟

問題8　次の文章を読んで、後の問いに対する答えとして最もよいものを、1・2・3・4から一つ選びなさい。

子どもを過保護（かほご）する親が増えた気がする。何か口を出したくなる気持ちも分かるが、それは子どもの「考える力」を奪っているのと同じことである。子どもの「考える力」は子ども自身が一人で考えるときに育（はぐく）まれるのだ。

成長期に考える時間を十分に与えられなかった子どもは社会に出て、困難や問題にぶつかっても、自分では問題を解決できない大人になってしまう。反対に「考える力」を身に着けた子どもはどんな環境であっても、直面した問題にきちんと対応することができる。子どもの成長には「考える力」が不可欠なのである。

Step 2 仔細閱讀與題目相關的內容，確實理解文意。

筆者が言う「考える力」とは何か。

Step 1 閱讀題目，並確認題目所問的內容為何。

1　問題が難しくても、きちんと考えて自分で解こうとする力

2　問題がどんな環境にあっても、十分に考えて対応する力

✔3　問題に直面したときに、自分自身で考えて解決する力

4　問題にぶつかったときに、自ら考えられる子どもを育てる力

Step 3 閱讀題目和選項，選出與內文相符的選項。

Step 1 本文為隨筆，題目詢問筆者對於「考える力（思考能力）」的想法。

Step 2 筆者提出過度保護會剝奪孩子思考的機會，並於文章後半段表示：「「考える力」を身に着けた子どもはどんな環境であっても、直面した問題にきちんと対応することができる（擁有「思考能力」的孩子，在任何環境下，都能正確應對自己所面臨的問題）」。

Step 3 筆者認為擁有「思考能力」，才能應對自身所面臨的問題，因此答案要選 3 問題に直面したときに、自分自身で考えて解決する力（面對問題時，自己思考和解決問題的能力）。

問題 8 請閱讀下列文章，並針對後面的問題從 1、2、3、4 中選擇最合適的答案。

我感覺到過度保護孩子的父母親愈來愈多了。雖然我能理解父母親總是想說上幾句話的心情，但那也等於剝奪了孩子們的「思考能力」。孩子們的「思考能力」是孩子們自己思考才能培養來的。

若是孩子在成長期間得不到足夠的思考機會，出了社會就會變成一個遇到困難或問題也無法自己解決的大人。相反的，擁有「思考能力」的孩子，在任何環境下，都能正確應對自己所面臨的問題。所以，在孩子們的成長過程中，「思考能力」是不可或缺的。

筆者所說的「思考能力」指的是什麼？

1 問題再困難也能好好地自己解決的能力

2 無論在什麼樣的環境遇到問題，都能充分思考並面對的能力

3 面對問題時，自己思考並解決的能力

4 能培養出遇到問題時也自己解決的孩子的能力

字彙 **過保護 かほご** 名 過度保護 | **気がする きがする** 察覺 | **口を出す くちをだす** 說出口 | **奪う うばう** 動 剝奪 | **自身 じしん** 名 自己 | **育む はぐくむ** 動 養育 | **成長期 せいちょうき** 名 成長期間 | **与える あたえる** 動 給予 | **困難 こんなん** 名 困難 | **ぶつかる** 動 遇到 | **解決 かいけつ** 名 解決 | **反対だ はんたいだ** な形 反對 | **身に着ける みにつける** 掌握 | **環境 かんきょう** 名 環境 | **直面 ちょくめん** 名 面對 | **きちんと** 副 好好 | **対応 たいおう** 名 應對 | **～ことができる** ～能夠 | **不可欠だ ふかけつだ** な形 不可或缺 | **解く とく** 動 解決 | **自分自身で じぶんじしんで** 靠自己

實力養定

請針對題目選出適當的答案。

01

若者の語彙力を下げている原因の一つが若者言葉「やばい」である。元々は否定的な意味を表すものだったが、今では肯定的な意味でも用いられている。しかし、その歴史は意外にも古く、江戸時代にまでさかのぼる。現在、問題視される言葉が400年前にも使われていたとはなんとも滑稽(こっけい)なものだ。

筆者の考えに合うのはどれか。

① 元々の言葉の意味を理解せずに、使用し続けるのはよくないことだ。

② 歴史ある言葉が若者言葉として、問題になるのはおもしろいことだ。

02

万引きは貧しさから手が出るものだと考えられがちだが、そうとは限らない。驚くことに経済大国日本は有数の万引き大国だ。これには幸福度が関係し、自分で心を満たせない人が犯す悲しい犯罪なのだ。経済が豊かになっても人の心が豊かでなければいくらでも犯罪が発生する恐れがある。

筆者は万引きについてどのように考えているか。

① 生活が豊かでも心が満たされていないと万引きに繋がる。

② 自分の心を満たすための万引きであっても許されるべきではない。

03

日差しが強い日は日焼け止めをこまめに塗り直すが、曇りの日にはケアを怠ってしまうという人が多いのではないだろうか。実は曇りの日の紫外線量は快晴の日の約８割ほどと大差がない。また、雲の隙間(すきま)から光が出ていると、快晴の日よりも紫外線の量が増加するため油断は大敵だ。

この文章で筆者が述べていることは何か。

① 曇っている日はケアを怠ってもかまわない。

② 曇っている日こそ紫外線により注意すべきだ。

04

私たちはなにかと型に分類することが好きなようで、時には血液型診断のような型の特徴に無理矢理自分を当てはめようとします。きっと社会という集団の中で自分や相手の属性を確認して安心感を得たいのでしょう。そのため根拠などは追及する必要がないのです。

この文章で筆者が述べていることは何か。

① 人は不安を取り除くために自分や相手を型にはめようとする。

② 人は安心感を得るために自分や相手の性質を理解しようとする。

05

交通規制のお知らせ

山西（やまにし）花火大会の開催に伴い、山西（やまにし）中央道路の交通規制を実施いたします。花火大会当日の午後４時から10時まで救急車などを除き、車両（しゃりょう）の進入を禁止します。周辺道路の渋滞が予想されますので、お車での移動はお控えください。ご理解・ご協力をお願いいたします。

交通規制について、このお知らせは何を知らせているか。

① 規制される時間帯はどんな場合であっても、中央道路に車が進入できないこと

② 車の通行禁止によって、中央道路だけではなく周りの道路も混雑すること

06

郵送による明細書について

紙の使用量を削減するため、2021年1月より紙のご利用代金明細書を有料化することになりました。発行手数料はお客様のご負担となりますので、お了承ください。なお、かねてより移行をお願い申し上げていたWeb明細書は無料でご利用になれますので、この機会にぜひご登録ください。

紙の明細書について、このお知らせは何を知らせているか。

① 紙の明細書のサービスは継続して利用できるが、手数料を払わなければいけないこと

② 紙の明細書のサービスが2021年には廃止され、Web明細書のみ利用できること

答案 P449

實戰測驗 1

問題 8　次の(1)から(4)の文章を読んで、後の問いに対する答えとして最もよいものを、1・2・3・4から一つ選びなさい。

(1)

不安に心が支配されて、気をそらそうとしても余計に不安が増大してしまうような時には、思い浮かぶ限りの不安なことを全て書き出してみるとよい。書き出しが終わったら、それを時間的距離が近い順に並べ直してみる。すると不思議なことに、その段階で心が少し穏やかになっていることに気がつく。重要なのは客観的なものさしで心の中の不安を評価し直すことで、この時に深刻度といった主観的なものさしを使って並べてみても、あまり効果は得られない。

46　筆者の考えに合うのはどれか。

1　不安なときは、そのことに意識を集中させるといい。

2　不安なことはあまり深刻ではないと考えたほうがいい。

3　不安と向き合うときは、客観的になるといい。

4　不安を減らすには自分だけの基準を持つほうがいい。

(2)

以下は、記者が書いたコラムである。

日本の寿司屋では近年、メニューに深海魚が含まれていることが少なくない。深海魚が寿司屋に出回るようになった理由の一つに、地球環境の変化があげられている。水温の変化などにより従来寿司屋で提供されていた魚の漁獲量が減少しているのだ。そのため、価格が上昇し、深海魚がその代わりとして利用されるようになったと聞く。しかしなにより、従来の魚と味や食感が似ていることが、ここまで受け入れられている理由だ。安価な深海魚も多く、店側にとっては救世主(きゅうせいしゅ)(注)とも呼べる存在になりそうだ。

(注) 救世主(きゅうせいしゅ)：ここでは店の営業を助けてくれるもの

47 この文章で筆者が述べていることは何か。

1 従来の魚が寿司屋で扱われなくなったのは、深海魚が安く買えるからだ。

2 従来の魚の漁獲量が減ったのは、深海魚が食品として出回ったからだ。

3 深海魚が寿司屋で扱われているのは、従来の魚と味が似ているからだ。

4 深海魚の漁獲量が減っているのは、味よりも値段が重視されているからだ。

答案 P450

(3)

以下は、マンションの管理人が居住者に配ったお知らせである。

マンション正面玄関からご入館の際には、現在カードキーをご使用いただいておりますが、以前から磁気不良が原因で利用できないというご指摘がありました。

そのため、入館方法をカードキーの利用から暗証番号の入力に変更いたします。

現在のカードキーのご利用は5月末までとなり、6月1日からは暗証番号を入力しての入館となります。

なお、4月10日以降5月末までは番号入力による入館とカードキーによる入館の、どちらも可能です。暗証番号は管理室にてご登録ください。

[管理室　平日8：00～17：00、土日10：00～16：00]

さくらマンション管理室

48　マンションの入館方法について、このお知らせの内容と合っているものはどれか。

1　カードキーが使えない人は、5月末までは暗証番号の入力でマンションに入れること

2　6月以降は、事前に登録した暗証番号を入力しないとマンションに入れなくなること

3　暗証番号の入力でマンションに入るためには、番号を毎月変更する必要があること

4　暗証番号の登録をすれば、5月末以降もカードキーでマンションに入れること

(4)

一般的にインフルエンザにはＡ型とＢ型があり、いずれも流行する条件として低温、低湿度であることがあげられます。インフルエンザは冬の病気だと考えられがちですが、全く違う気候の東南アジアや夏の日本でも流行することがあります。東南アジアで流行するインフルエンザはＡ型であることが多いです。しかし日本の夏季に流行するものはＢ型がほとんどであることがわかっています。基本的な対策は冬に流行するものと同じで、流行前に予防接種を受けることが大切だと言えるでしょう。

49 インフルエンザについて筆者はどう述べているか。

1 Ａ型インフルエンザは東南アジアのみで流行するので心配ない。

2 1年を通して日本で流行するのはＢ型インフルエンザである。

3 暑い地域に流行するインフルエンザはＡ型なので日本でも注意が必要だ。

4 日本では夏にＢ型インフルエンザが流行するので、事前に予防するべきだ。

答案 P451

實戰測驗 2

問題 8　次の(1)から(4)の文章を読んで、後の問いに対する答えとして最もよいものを、1・2・3・4から一つ選びなさい。

(1)

年功序列(注)は昔のことになり、成果主義の現代社会では、人々は多忙を極め、健康を損なう人が後を絶たない。そんな中、皿や器を自ら制作する陶芸が人気を呼んでいる。黙々と土を練り一心に陶芸に打ち込んでいると、子供の頃のように楽しく無邪気な心が蘇り、ストレスが軽減していく。失敗を繰り返しながらも、ついに完成した花器に花を生けた瞬間、大地に咲いた花のように自然と一体化した自分を感じ、生き生きとした本来の自分を取り戻せるのだ。

(注) 年功序列：会社の中で年齢に応じて昇進すること

46　この文章で筆者が述べていることは何か。

1　自然と一体化することによって、ストレスが解消できる。

2　陶芸に集中し癒されることによって、ストレスが解消できる。

3　子供の時の気持ちを思い出せば、ストレスが解消できる。

4　生け花をすれば失敗したことを忘れ、ストレスが解消できる。

(2)

海外の有名な博物館で、日本の漫画の展覧会が催された。漫画をきっかけに日本と日本語に興味を持つ人が増加しているのはうれしい限りだが、なぜこれほど、世界中で漫画が受け入れられているのだろうか。それは、漫画には絵と文字で伝えるメッセージ性があり、人権から気候変動に至るまでの複雑な問題を分かり易く描き、共感を呼ぶ力があるからだ。漫画は娯楽という枠を超えて、今や媒体としての役割に成長していると言えよう。

47 筆者の考えに合うのはどれか。

1 日本語に興味を持つ人の増加により、難しい問題を扱う漫画が認められつつある。
2 日本に興味を持つ人が増え、漫画が世界中でメディアとして認められつつある。
3 漫画の持つメッセージ性を使い、日本の様々な問題を世界中に伝えられる。
4 漫画の持つ文字と絵の表現力のおかげで、国境を越えてメッセージが伝えられる。

答案 P452

(3)

以下は、ある店のホームページに掲載されたお知らせである。

番号：3121

登録：2021. 06. 01

この度、当店では新しくスマホのアプリによる電子ポイントカードをご用意いたしました。従来のカード型ポイントカードからのポイント移行も承っておりますので、この機会にぜひご登録ください。

また、当店発行の商品券ですが、誠に勝手ながら今月末で発行を廃止し、ご利用は8月31日をもって終了とさせていただきます。今月から7月までに商品券をご利用いただいた場合に限り、新規電子ポイントカードに通常の２倍のポイントを還元させていただきますので、こちらもあわせてご利用ください。

48 ポイントカードについて、このお知らせは何を知らせているか。

1 カード型ポイントカードと商品券が8月31日で使えなくなること

2 電子ポイントカードを作ると、買った金額の5%がポイントになること

3 7月までに商品券を使うと、普段より多くのポイントがもらえること

4 カード型ポイントカードと電子ポイントカードのポイントが交換できること

(4)

移動時間を有効に使いたいという思いは、交通手段の発達によって生まれた悩みの一つです。人類は長い間、遠くへ移動する方法の開発という課題に取り組んできましたが、その課題がほぼ解決した現在、今度は移動の間に何もしないことをどうにか解決しようと、電車では、皆競うようにスマートフォンで何かをしています。

移動こそが目的なのだから、何もしなくたって全く構わないはずなのに、人間とはなんと真面目でおかしな生き物なのでしょうか。

49 筆者は人間をどのようにとらえているか。

1 解決する必要がない課題を自ら生み出し、それを解決しようとする。

2 課題に取り組む姿勢は真面目で、常に誰かと競争しようとする。

3 移動時間は好きに使ってよいはずなのに、仕事をこなそうとする。

4 移動時間ですら、多くの課題に同時に取り組もうとする。

答案 P453

實戰測驗 3

問題 8　次の(1)から(4)の文章を読んで、後の問いに対する答えとして最もよいものを、1・2・3・4から一つ選びなさい。

(1)

　他人に助言する時、相手を責めるように欠点ばかりを指摘する人は少なくないが、状況を改善するための効果的な助言がしたいのであれば、相手を尊重し、その人が新しい行動を起こせるように導くことを意識するべきだ。重要なのは、困っている人がそのことについてみずから積極的に考えることができるような言葉をかけることである。一方で、どうすれば良いかを具体的に助言しすぎるのも、相手を尊重していないという点では欠点の指摘とあまり変わらないので、注意が必要だ。

46　助言の仕方について、筆者の考えに合うものはどれか。

1　効果的な助言とは、相手を責めないように気をつけてするものだ。

2　効果的な助言とは、相手が自分で考えて行動できるように促すものだ。

3　助言するときには、解決方法については一言も言わないことが重要だ。

4　助言するときには、相手を尊重しつつ、具体的な内容で話すことが重要だ。

(2)

以下は、ある電気メーカーからのメールである。

あて先 ： abc345@main.co.jp

件名 ： テレビのご交換対応について

当社が2018年に製造し、 2018年から2020年にかけて販売したテレビの一部に、電源が入らなくなるトラブルが発生することが明らかになりました。

ご交換の対応をとらせていただきますので、 対象のテレビをご使用のお客様は「お客様窓口」までお電話をお願い致します。

お電話の前に、 テレビの裏にある製造番号が18から始まることをご確認ください。18以外から始まる製品は、 上の期間に購入したものであってもご交換の対象ではありません。

---

47 テレビの交換について、このメールは何を知らせているか。

1 2018年から2020年の間にテレビを購入した人は、テレビを交換してもらえること

2 テレビの電源が入らなくなった人は、「お客様窓口」に電話すれば交換してもらえること

3 製造番号が交換対象のテレビは、電話をすれば交換してもらえること

4 製造番号が交換対象でも、電源が入らないテレビでなければ交換できないこと

答案 P454

(3)

以下は、新聞の投書欄に掲載された文章である。

「丁寧な暮らし」に明確な定義はありませんが、保存食を作ったり、洋服を手作りしたりなど、時間に追われることなく、家事にひと手間かけた生活を指すことが多いようです。

「丁寧な暮らし」は女性向け雑誌で頻繁に取り上げられるテーマです。しかし、家事と仕事の両方に追われている現在の多くの女性たちにとって、それは憧れでしかありません。実際に「丁寧な暮らし」をしようとする人が増えているわけではなく、夢の生活の一つの形として語られているに過ぎないのです。

48 筆者の考えに合うのはどれか。

1　食事作りに時間をかけた生活こそが、「丁寧な暮らし」である。

2　「丁寧な暮らし」は現実的ではないが、多くの女性が憧れる生活スタイルである。

3　仕事をしていない女性たちが、「丁寧な暮らし」を支持している。

4　「丁寧な暮らし」の実現は難しいが、実践したいと思う人は増加している。

(4)

私は若い頃、いつでも強くありたいと願っていた。強いといっても、けんかが強いとか権力があるというようなことではなく、どんな困難なことが起ころうとも、決して諦（あきら）めずに努力を続けられる強さを持つことに憧れていたのだ。だから、スポーツに打ち込んでいた学生時代は、切磋琢磨（せっさたくま）(注)する自分を強い人間だと思ったこともあった。しかし、大きな病気をしたことをきっかけに、支えてくれる人と環境があればこそ、人は努力できるのだということに気がついたのである。

（注）切磋琢磨（せっさたくま）する：真剣に努力する

49 筆者の考えに合うものはどれか。

1 努力を続ける強さは、周囲の支えで成り立っている。

2 病気を乗り越える強さは、身近な人の手助けで成り立っている。

3 スポーツに取り組んできた人には、病気を乗り越える強さがある。

4 努力し続ける人には、周囲の環境をコントロールする強さがある。

答案 P455

內容理解（中篇、長篇）

內容理解（中篇）和**內容理解（長篇）**分別考的是閱讀570字和900字左右的文章後，選出相關考題的正確答案。前者有三篇中篇文章，每篇文章考三道題，總題數為9題；後者有一篇長篇文章，考四道題，總題數為4題。文章類型為隨筆、短文及說明文，內容涵蓋人文、社會、科技等主題，題目會詢問筆者的想法或針對其中一段相關細節提問。

重點攻略

1 題目採「順序出題」方式，按照文章的段落依序出題，因此請從頭開始仔細閱讀文章。建議讀完一個段落，便直接答題。答完一題後，再前往下個段落閱讀，採取讀一段答一題的解題方式。

2 題目針對畫底線處提問時，請找出文中畫底線處的位置，確認前後方的相關說明後，選出內容相符的選項。若僅看畫底線前後方內容，仍難以選出答案時，請再確認前後段落的內容。

例 そういう運命(うんめい)とはどんな運命(うんめい)か。那樣的命運指的是什麼樣的命運？

3 每篇文章的最後一題，通常會針對筆者的想法或主張提問。因此請仔細閱讀文章的最後一段，選擇與筆者想法相符的選項。

例 この文章(ぶんしょう)で筆者(ひっしゃ)が最(もっと)も伝(つた)えたいことは何(なに)か。此篇文章中，筆者最想表達的是什麼？

4 選項並不會直接沿用文中使用的詞句，通常會使用同義詞，或採取換句話說的方式改寫，因此請仔細確認選項內容，選出正確答案。

例 題目 筆者(ひっしゃ)はなぜ注意(ちゅうい)されたのか。筆者為什麼被要求要注意？

線索 この前(まえ)、ストレスは体(からだ)に様々(さまざま)なダメージを与(あた)えるから、いつもストレスを受(う)けないように注意(ちゅうい)していると言(い)ったら、友達(ともだち)に怒(おこ)られたことがある。ストレスを管理(かんり)するという考(かんが)え方(かた)がむしろストレスを大(おお)きくするということだった。確(たし)かにストレスの悪影響(あくえいきょう)を知(し)ってから、もっとストレスがたまるような気(き)がする。

不久前，當我說到壓力會對身體造成各種傷害，所以時時刻刻都要小心不要感到壓力，結果被朋友罵了一頓。朋友表示控管壓力，反而會增加壓力。在明確了解壓力的負面影響後，感覺更會積累壓力。

答案 気(き)をつけていたことがむしろ悪影響(あくえいきょう)を与(あた)えていたから

因為小心翼翼，反而造成了負面影響

5 該大題的文章橫跨人文、社會、科技領域，涵蓋心理、藝術、文學、興趣、國際、外交、求職、勞動、生產、技術、健康等主題，文章難度偏高，建議參考《N1 必考單字文法記憶小冊》（p34~39），熟記相關詞彙。

解題步驟

※ 將以下解題步驟應用到每道題目中，按照文章的流程依次解題。

Step 1　閱讀題目，並確認題目所問的內容為何。

請先閱讀題目，確認題目所問的內容，藉此掌握稍後閱讀文章時，需留意哪些內容。同時也可以事先預測文章的內容。

題目　筆者によると、月の大きな役割とは何か。根據筆者的說明，月亮很大的作用為何？

Step 2　仔細閱讀該段落中與題目相關的內容，確實理解文意。

回想剛看完的題目，並仔細閱讀該段落中的相關內容，掌握脈絡並確實理解文意。

文章　太陽がなくなると周りは闇に覆(おお)われ、日常生活ができなくなってしまうでしょう。では、月が消えてしまったとしたらどうでしょう。月は夜の間、明かりを照らすだけだと考えがちですが、月が少し傾いている地球の赤道傾斜角(せきどうけいしゃかく)を安定的に維持させているから、そのおかげで私たちは毎年四つの特色のある季節を送ることができます。このように月は実はとても大きな役割を担っています。

如果太陽消失，周圍將會籠罩在黑暗中，無法過日常生活。那麼，如果月亮消失的話會怎麼樣呢？人們往往認為月亮只在夜間發光，但正因為月亮維持著地球赤道傾斜角度的穩定，所以我們每年都能度過四個有特色的季節。因此，月亮實際上扮演著非常重要的角色。

Step 3　閱讀選項，選出與內文相符的答案。

仔細檢視每一個選項，再選出與內文相符的答案。

題目　筆者によると、月の大きな役割とは何か。根據筆者的說明，月亮最大的作用為何？

選項　1 人々に昼と夜ともに明るい生活を提供する。
為人們提供晝夜光明的生活。

✓ 2 人々に四季がある暮らしをを提供する。
為人們提供有四季的生活。

讀解　問題 9.10　內容理解（中篇、長篇）

套用解題步驟

問題9　次の文章を読んで、後の問いに対する答えとして最もよいものを、1・2・3・4から一つ選びなさい。

世の中にはいいことばかり起こる運がいい人と不幸が続く運が悪い人がいる。一見（いっけん）、非科学的なように思えるが、脳科学の世界では両者には決定的な違いがあるとされている。いいことが起きる確率や不幸に遭遇（そうぐう）した回数の違いを示しているのではない。日常で起こった出来事をどのように脳が捉えるかという差である。つまり、運がいい、悪いと判断するのは自分次第なのである。

例えば、仕事で大きな失敗を犯してしまったとしよう。もちろん、多くの人が落胆して自信を失ってしまうだろう。しかし、運がいい人はそこで終わらない。「失敗から新たなことを学べた。また頑張ろう」とポジティブに物事を捉えることができる。成功を収めた運動選手が「あの失敗があったからこそ、今の自分がある」と話すように、運がいい人はそこからまた出発する。運がいい人はどんな出来事においても、負（ふ）の感情のままで終わらせないのである。

Step 2 仔細閱讀該段落中與題目相關的內容，確實理解文意。

負（ふ）の感情のままで終わらせないとはどういう意味か。

Step 1 閱讀題目，並確認題目所問的內容為何。

1　悪いことが起こっても、最後は自分で運がいいか悪いか判断すること

2　悪いことが起こっても、自分は運が悪いから仕方ないと思い込むこと

3　どんなことが起こっても、自信をなくして、落ち込んでしまわないこと

✔4　どんなことが起こっても、肯定的に受け取り、前向きに考えること

Step 3 閱讀選項，選出與內文相符的答案。

Step 1 本題詢問畫底線處「負の感情のままで終わらせない（不以負面情緒結束）」是什麼意思。

Step 2 畫底線的句子出現在文章第二段，該段落中筆者表示：「運がいい人はそこで終わらない。「失敗から新たなことを学べた。また頑張ろう」とポジティブに物事を捉えることができる（運氣好的人並不會就此結束。他們會說：「我從失敗中學到了新的東西，再繼續努力吧」，凡事都積極看待）」，並於該段最後提及「負の感情のままで終わらせない（不以負面情緒結束）」。

Step 3 筆者表示運氣好的人，凡事都會積極看待，不會以負面情緒解讀，讓事情就此結束，因此答案要選4 どんなことが起こっても、肯定的に受け取り、前向きに考えること（無論發生什麼事，都積極接受，並正向思考）。

問題9 請閱讀下列文章，並針對後面的問題從1、2、3、4中選擇最合適的答案。

這個社會上有著總是遇到好事、運氣好的人，以及接連遇到壞事、運氣不好的人。雖然是乍看之下很反科學的理論，但在腦科學的世界中，這兩者有著決定性的差異。在這裡指的並不是遇到好事的機率或遇到壞事的次數這種差異，而是指對日常中所發生的事是如何去理解的這種差異。也就是說好運、壞運，其實是由自己去判斷。

比方說，在工作中犯下一個很嚴重的失誤。遇到這種事，大多數的人都會因為沮喪而失去信心吧。但是，好運的人不會止步於此。他們可以正向的轉化成「從失敗中學到新的東西了，下一次加油吧」。就像是成功的運動選手也總是會說「因為那次的失敗才有了今天的我」一樣，好運的人還可以站起來再出發。這就是因為好運的人無論遇到什麼事，都不會以負面情緒結束這件事。

都不會以負面情緒結束這件事是指什麼意思？

1 即使發生了不好的事，最後只能自己判斷好運或壞運

2 陷入即使發生了不好的事，也是自己運氣不好沒辦法的情緒

3 無論發生什麼都不能失去自信、不沮喪

4 無論發生什麼事，都能正向地接受並能夠積極地思考

字彙 **世の中 よのなか**名世間、社會 | **起こる おこる**動引發 | **運 うん**名運氣 | **不幸 ふこう**名不幸 | **一見 いっけん**副乍看之下
非科学的だ ひかがくてきだな形反科學 | **思える おもえる**動會認為、會覺得 | **脳科学 のうかがく**名腦科學
両者 りょうしゃ名兩者 | **決定的だ けっていてきだ**な形決定性 | **違い ちがい**名差異 | **～とされる** ～被視為
確率 かくりつ名機率 | **遭遇 そうぐう**名遇到、碰到 | **回数 かいすう**名次數 | **示す しめす**動顯示出
日常 にちじょう名日常的 | **出来事 できごと**名事件 | **捉える とらえる**動理解、接受、解讀
つまり 也就是說 | **判断 はんだん**名判斷 | **～次第 ～しだい** 全憑…、取決於 | **犯す おかす**動犯下
落胆 らくたん名灰心、氣餒 | **自信 じしん**名自信 | **失う うしなう**動失去 | **新ただ あらただ**な形新的 | **学ぶ まなぶ**動學習
ポジティブだな形積極、正向 | **物事 ものごと**名事物 | **～ことができる** 可以 | **成功 せいこう**名成功
収める おさめる動取得、獲得 | **～からこそ** 正因為… | **～において** 在… | **負 ふ**名負向 | **感情 かんじょう**名情感、情緒
仕方ない しかたないい形沒有辦法 | **思い込む おもいこむ**動深信、認定 | **落ち込む おちこむ**動沮喪、低落
肯定的だ こうていてきだな形肯定的、正向的 | **受け取る うけとる**動接受 | **前向き まえむき**名積極向上

實力奠定

請針對題目選出適當的答案。

01

大昔、衣服は外部から身体を守る保護的役割であったが、近代化につれて流行を楽しむ娯楽、そして現在、多様化を経て個性を表現するツールの役割を果たすまでになった。それを知ってか知らずか、他人の衣服について平気で悪く言う人たちがいる。悪く言うのは人の意見や価値観を真(ま)っ向(こう)に切り捨てることと同じことだ。

筆者は他人の衣服を悪く言う行為についてどのように考えているか。

① 人の価値観を批判しているのと同じだ。

② 人の価値観を衣服で判断するのと同じだ。

02

女性の社会進出を推進する一方で、障害となっているのが子どもを預けるための保育施設の不足だ。入所できない待機児童の数は1万人を超える。状況がなかなか改善されないことに対し、施設を増設しろ、保育士を確保しろといった声があるが、目に見える単純な対策では補えない。問題の奥に潜(ひそ)む保育士の雇用環境の改善から急ぐべきである。

筆者は待機児童の問題についてどのように考えているか。

① 問題を解決するために保育施設や保育士を増やすことから改善しなくてはいけない。

② 問題を解決するために保育士の労働環境を見直すことから進めなくてはいけない。

03

「絶対触らないで!」「開けちゃダメ!」と言われるとつい触ってみたくなるし、開けてみたくなる。行動を禁止されるとかえって衝動に駆られ、反対の行動に走ろうとする人間の心理が働くのだ。これをカリギュラ効果という。もちろんその根本には好奇心だけでなく、自由を規制されたことによる反発心も同時に存在する。

カリギュラ効果とはどのようなものか。

① 行動を規制された反動で、規制されたことをやりたくなる心理現象

② 自由を奪われた怒りから、突発的な行動をとりたくなる心理現象

04

言語を学習する際、母語で直訳しようとしてはいけない。ニュアンスまで理解する必要がある。アジア圏（けん）でよく聞かれる「ごはん、食べた？」という社交辞令（じれい）のような挨拶も国が変わればデートの誘いにも捉えられる。また、ある単語が許容する範囲も言語によって様々だ。日本語の「恥ずかしい」が韓国語では4つの語の意味にあたる。結局、単純に置き換えただけでは使い分けができないのだ。

ニュアンスまで理解する必要があるのはなぜか。

① 学習言語を母語に置き換えようとすると誤解が生じるから

② 言語圏で許容された範囲の単語を使い分けなくてはいけないから

05

ドラマやスポーツの式典などもあいまって障がい者への関心が高まりつつある。何ができないのか、どのような補助が必要なのかメディアの中の具体的な彼らの言葉はお互いの理解に繋がる。そして、そこには強さが感じられた。障がい者は一般的に社会的弱者として扱われるが、様々な困難を克服（こくふく）し、自分の弱さを包み隠さない彼らは社会的弱者とはほど遠い存在だ。

障がい者について、筆者が最も言いたいことは何か。

① 障がい者を深く理解することで、彼らは社会的弱者ではなくなる。

② 身体的に不便なことはあるが、精神的には誰よりも強い人たちだ。

06

最近、科学技術の進歩には改めて驚かされた。今まで通っていた英会話教室はネットの講義で代用でき、仕事だって遠隔（えんかく）サービスを利用すれば、家にいても会社のパソコンにログインできる。会議もテレビ電話で問題なく済む。感心してばかりはいられない。10年後、職場でロボットが働くことはないとしても、社員数が削減されることは十分あり得るだろう。

筆者がこの文章で最も言いたいことは何か。

① 技術の進歩には驚くことが多く、将来ロボットに職を奪われる可能性がある。

② 技術の進歩には感心することが多く、ロボットと共に働く時代が来るはずだ。

答案 P455

實戰測驗 1

問題9　次の(1)から(3)の文章を読んで、後の問いに対する答えとして最もよいものを、1・2・3・4から一つ選びなさい。

(1)

世界的な環境問題への対応の一つとして、自動車の技術分野においても、電動化など新たな領域への挑戦が加速している。従来のエンジン（内燃エンジン）と電気による動力を組み合わせたハイブリットカーや電気のみで動く自動車の開発はますます進み、販売数を伸ばしていくことは確実だろう。欧州各国ではガソリンを搭載（とうさい）(注)した自動車の販売を禁止しようという動きも見られる。自動車の動力源とエネルギー源が多様化する中、これまで主流であった内燃エンジンだけを搭載（とうさい）したガソリン車は、①新たな動力源にその地位を脅かされている。

将来的には電気自動車が主流となり、従来の内燃エンジンに未来はないとよく言われるが、その一方で、内燃エンジンと電気の両方を動力源とするハイブリットカーがガソリン車に代わり売れ続けるだろうという予測がある。②電気だけに頼ることはないというわけだ。

そこで期待されるのは、環境への負荷（ふか）を今より軽減させた新たな内燃エンジンである。動力源が大きく変遷する中、2014年に国内の大手メーカーは企業の垣根を越えて、自動車用の内燃エンジンを研究する組合「AICE」を発足した。興味深いことに、「AICE」は、2050年には電気自動車と同様、内燃エンジンのCO2排出量を2010年と比較し90％削減するという目標値を挙げた。つまりこれは、内燃エンジンは消滅するのではなく、今後も有望な動力源の一つとして飛躍的な成果を上げるべく研究開発が推進されるということを示唆している。

（注）搭載（とうさい）する：ここでは、装備すること

50 ①新たな動力源にその地位を脅かされているとあるが、なぜか。

1 ガソリン車は電気自動車の登場によって、価値がなくなったから

2 電気によって動く自動車のほうがガソリン車より速く走れるから

3 他の動力によって動く自動車の販売数が伸びる見込みがあるから

4 環境問題を解決するため、ガソリン車の販売が禁止されたから

51 ②電気だけに頼ることはないとあるが、この考えのもとになっているものはどれか。

1 予測によると、全ての自動車が電動化されるわけではない。

2 予測によると、ガソリン車は今後も売れ続ける。

3 予測によると、ハイブリットカーの台数は減少していく。

4 予測によると、自動車のエネルギー源はさらに多様化する。

52 この文章で筆者が言いたいことは何か。

1 内燃エンジンは、CO2排出量が電気自動車と比較して非常に多いため、今後消滅するだろう。

2 内燃エンジンは、今後も安全性や環境保護の面でも劣ることない動力源であり続けるだろう。

3 内燃エンジンはCO2の排出量削減の目標値に届くまで研究開発をやめることはできないだろう。

4 内燃エンジンはCO2の排出量が少ない環境に優しい動力源へと開発が進められるだろう。

答案 P457

(2)

知り合いに私の故郷の鉄道駅のことを話したら、「それ、鹿児島本線（注1）ですよね」と言われたことがある。無名の小さな駅なのに常識だと言わんばかりの口ぶりで、あの駅は支線（注2）ではなく本線だったのかと生まれて初めて認識した。知り合いはいわゆる「鉄道おたく」だったのだ。

「おたく」は元々アニメやゲーム、漫画などの熱狂的なファン、中でもやや偏った愛好者の呼称で、始めはかなり蔑視（注3）の意味も含んでいた。しかし、今では広く一般的な趣味を持つ人や芸能人のファンにも使われている。ちょっと好きだったり詳しかったりすると「おたく」を自称する人も多く、歴史おたく、野球おたく、家電おたく等あらゆる分野に存在するようになり、その意味も軽くなった。今や得意気に「私おたくなんです」と言う人が大勢いるが、その分野に異常なほど詳しいのかと思うとそうでもなく、がっかりすることもあるくらいだ。

しかし、私は人の話を聞くのが好きなせいもあり、基本的に熱心に話す様を好ましいと思う。楽しさや情熱は伝染するらしく、こちらは知識がなく固有名詞や独特の比喩の意味がさっぱり分からなくても妙に感心したり興奮したりする。他人からは無駄と思われ、あきれるほどの時間を費やした故の言葉には、面白さと同時に重みすら感じることもあるのだ。

（注1）鹿児島本線（かごしまほんせん）：鉄道の路線の名称

（注2）支線（しせん）：鉄道の本線から分かれた線

（注3）蔑視（べっし）：下に見て、ばかにすること

53 常識だと言わんばかりとあるが、知人は何を常識のように話したのか。

1　話題に出てきた駅が鹿児島本線の駅であること

2　有名でないと思っていた駅が、実は有名であること

3　小さい駅でも、鉄道おたくなら誰でも知っていること

4　故郷の駅のことは、その地域の人なら名前がわかること

54 現在、「おたく」という言葉はどのように使われるようになったか。

1　一般的な趣味を持つ人や芸能人のファンに使われていて、熱心さが以前より強くなった。

2　以前より広い範囲で使われていて、好きだというだけで自称する人も多くなった。

3　多くの分野で使われていて、それが好きな人全員を「おたく」と呼ぶようになった。

4　あまり詳しくない人でも、その分野が得意であれば「おたく」と呼ぶようになった。

55 人の話を聞くことについて、筆者はどのように考えているか。

1　好きなことについての話を聞いていると、知らないことがたくさん出てくる。

2　好きなことについて説明してくれるのは、あきれるほど時間がかかる。

3　好きなことについては、誰が話したとしても楽しさや情熱が伝わるものだ。

4　好きなことについて時間を費やした人の話は、面白いし重みを感じる。

答案 P458

(3)

週末に見た映画は、思いのほかいい内容だった。郵便ポストに2年の時を越え手紙が届く話だ。

海辺（うみべ）の一軒家を引っ越すことになった女性が、もし自分宛ての手紙が来たら新しい住所へ送ってくださいと次に住む人へ手紙を書き、家のポストに入れて出て行った。その後、手紙を見た男性は疑問を抱いた。この家は自ら設計と建設にたずさわり建てた念願のマイホームであった。気になった男性が記された住所に行ってみると、そこにはまだ建設中の建物があった。このあたりからじわじわと主人公の二人も観客も、二人がいる世界は２年違うことに気付くのである。彼は２年先の未来から手紙を受け取ったのだ。

不思議なポストを使って手紙を交換するうちに二人は互いに好意を抱き、会いたいと思うようになる。そして３日後、といっても男性にとっては２年と３日後、会う約束をするという、よくあるタイムスリップ物だ。この場合、手紙のタイムスリップだが、２年の差であればどうにかして会えそうなところがこの話の魅力だろう。

この類の話は都合がよすぎて白ける（注１）ことも多いが、本作品には惹（ひ）き込（こ）まれ（注２）、不意に、しばらく連絡していない古い友人へ手紙を出したい気持ちになった。できればつまらぬことで衝突した２年前の友に届くといいが、現実はそうはいかない。時を経た今、不思議なポストの魔法に背中を押され、会いたいと素直に書こう。

（注１）白ける：興味･関心がなくなる

（注２）惹（ひ）き込（こ）まれる：心を強く引き寄せられる

56　疑問を抱いたとあるが、男性はどうして疑問を抱いたのか。

1　自分より先に住んでいた人はいるはずがないから

2　送り先の住所にまだ建物があるはずがないから

3　２年前の手紙が自分に届くはずがないから

4　女性からの手紙が違う世界から来るはずがないから

57　筆者によると、この映画の魅力はどこにあるか。

1　会えないはずの２人の手紙がタイムスリップした点

2　よくある話で、２人が会えることが想像できる点

3　会いたいと思ったらいつでも会えると思える点

4　２年という差なら、努力すれば会えると思える点

58　筆者はなぜ友人に手紙を出そうと思ったのか。

1　２年前に事故に遭った友人に会いたいと思ったから

2　２年前にけんか別れした友人に会いたいと思ったから

3　友人のことをつまらないと思って連絡していなかったから

4　友人とどうにかして会って、素直な気持ちを伝えたいから

答案 P460

問題10　次の文章を読んで、後の問いに対する答えとして最もよいものを、1・2・3・4から一つ選びなさい。

サクサクサク、土を砕く快い音を聞きながら畑の草を取ることが最近の日課になっている。訳あって一時的に休職しているため、両親の家庭菜園を手伝うのが唯一の労働だ。家庭菜園といっても結構広い、テニスコート一面ほどはある畑なのだが、全くの素人である私ができることといったら雑草を取り除くくらいで、畑に通っては毎日２時間ほど草取りに精(せい)を出して(注1)いる。四月初旬、両親はこれから夏野菜を育てるために、畑を耕したり苗を植えたりするらしい。しかし、今のところ私はこの単純作業①に夢中になっている。

心を病んだ人が農作業によって徐々に回復する話をよく聞くが、実際分かる気がする。畑の空気、土のにおい、土に触ること、太陽の光を浴びること。何よりも人に気を使わなくていい、それだけでも充分だ。心身にとって自然と触れ合うことは極めて上等な栄養だと実感する。そのうえ、雑草を取り除いているとその際限のなさがむしろ気持ちよくて、やめられなくなる。取っても取っても終わらないのだが、一種の爽快感をいつも味わっている。草は次々に生えてくるので一週間前にきれいにした場所もすぐに新しい芽が見え始める。根こそぎ(注2)取ってやろうと思っても、草の根は文字通り縦横(じゅうおう)(注3)無尽(むじん)に広がっていてまず不可能だ。とにかく何をもってしても完璧(かんぺき)にすることは不可能なのだ。はじめから負(ま)け戦(いくさ)、そのことが心を軽くするのではないだろうか。どうやっても完璧(かんぺき)にはできない、無理だと分かっているからかえってすがすがしい。

自分も他人も、人は完璧(かんぺき)ではない。そして人も世も自然同様、予測がつかず、不条理に満ちていてどこかであきらめや折り合いが必要なのだが、なかなか上手くできないことも多い。それを敗北と捉(とら)えると辛くなるだろうが、はじめから勝負ですらないと畑に茂る雑草を抜きながら体感しているようだ。だからといって投げ出したい気持ちにはならず、むしろ意欲がわいてくる。無力と意欲とひとときの達成感、そして飽くなき繰り返しは生きていることそのものじゃないかと嬉しくなる。自分自身の無力を知り、謙虚な気持ちで目の前の現実に立ち向かう、畑の淡々とした、だが悠々たる時間は巧みに心身を調整してくれるのだろう。人間関係で挫折(ざせつ)し、仕事を休んで休息しているつもりが実は無気力に近かった②のだとあらためて気付いた。

栽培や収穫にはまた違った面白さがあるだろうと思いつつも、今は雑草の根に付いた土をできるだけきれいに落としながら、これまでより少しは寛容な人間になれるだろうかと考えている。

（注１）精（せい）を出す：熱心に励む

（注２）根こそぎ：根から全部

（注３）縦横無尽（じゅうおうむじん）に：あちこち自由に

59　①この単純作業とは何か。

1　両親のために広い家庭菜園を作ること

2　家庭菜園に生えている雑草を取り除くこと

3　毎日２時間かけて両親の畑に通うこと

4　夏野菜を育てる両親の手伝いをすること

60　筆者によると、農作業はなぜ心の病気を回復させるのか。

1　農作業で自然に触れている間、人と会う必要がなくなるから

2　農作業は自然を相手にし、他の人のことを気にしなくて済むから

3　農作業は完璧（かんぺき）にすることができないとあきらめ、心が軽くなるから

4　農作業は素人には難しいとわかっているので、気楽にできるから

61　②無気力に近かったとあるが、筆者のこの状況と合うものはどれか。

1　世の中の不合理とうまく付き合うことができず、辛いことが多くて心が病んでいた。

2　自分が他の人に勝てることがないと思い、最初から人生を投げ出していた。

3　人間関係で傷つき、目の前にある現実に立ち向かう力をなくしていた。

4　他の人とうまく付き合えないことで、他人を許すこともできなくなっていた。

62　この文章で筆者が述べていることは何か。

1　無理だとわかっていることを続けると、すがすがしい気持ちになるので続けたい。

2　無力な自分でも、同じことを繰り返し行うことで、様々なおもしろさに気付くことができる。

3　今までの自分を変えるために行った草取りで、心身を調整することができた。

4　世の中の予測がつかず不合理なことに対しても、謙虚に立ち向かいたい。

答案　P461

實戰測驗 2

問題9　次の(1)から(3)の文章を読んで、後の問いに対する答えとして最もよいものを、1・2・3・4から一つ選びなさい。

(1)

若者にはすっかり浸透した、消せるボールペン。ペンに付いている消去用ゴムで擦ると即座に筆跡が消えるという、画期的な製品である。このおかげで誤字を二重線で訂正する必要もなくなった①。

さて、通常なら二度と消えないインクの筆跡。これを見事に消す技術は一体どこに備わっているのか。その答えは、特殊なインクにあった。このインクは「熱消去性インク」と呼ばれ、擦ることで発生する熱でインクの色が消えるのである。

当初開発したのは、黒い文字に摩擦熱を加えることで色がカラフルに変化するというボールペンだった。しかし売り上げは芳(かんば)しくなかったそうだ。新たな開発に乗り出したきっかけは、ヨーロッパからの「『ある色から別の色へ』ではなく、『ある色から透明に』することはできないか?」という声であった。ボールペンは鉛筆と違い、容易に消せないことが利点なので、これは全く別のコンセプト(注1)②である。フランスで試験販売をしたところ、大ヒット商品となった。

それでも当初、消去用ゴムで筆跡を擦る際は力を要し、消した跡が微妙に残ってノートが汚れるといった批判も聞かれた。しかし、現在これは軽く擦るだけできれいに筆跡が消えるように改良されている。

文具メーカーは常に消費者の要求を満たすべく、巧みな技術を尽くし製品の改良を重ねているのだ。また、機能面だけでなくインテリアにもなり得る斬新なデザインの製品も存在し、私たちの生活を便利で彩りあるものにしてくれている。このように、幾重(いくえ)(注2)もの改良を経て作り出された文房具は、今後も生活を支えてくれるに違いない。

（注1）コンセプト：考え方、概念

（注2）幾重(いくえ)もの：ひたすら繰り返すこと

50　①誤字を二重線で訂正する必要もなくなったとあるが、なぜか。

1　インクの筆跡を消すことができるようになったから

2　ボールペンで消すという行為が一般的になったから

3　ゴムで押さえると文字が消えるという機能ができたから

4　文字を消すためのペンが売り出しされたから

51　②全く別のコンセプトとあるが、どのような点が違うのか。

1　熱を使って、ボールペンの文字を消すという考え

2　ボールペンの文字を別の色に変化させるという考え

3　ボールペンで書いたものを透明にするという考え

4　ヨーロッパで売れるボールペンを開発するという考え

52　この文章で筆者が最も言いたいことは何か。

1　文具メーカーは、利益のために常に新しい技術を研究、開発し、製品の改良を重ねている。

2　文具メーカーは、常により使いやすい商品の開発を進め、私たちの生活をより豊かにしてくれている。

3　文房具はインテリアの要素も兼ね備えるようになり、もはや文房具の領域を超えようとしている。

4　文房具は、私たちの生活の不快さを解消するために、改良され続けている。

答案 P462

(2)

私の息子が通う公立中学校で「改革」が行われた。

日本の公立中学といえば、全員が同質であることを目指すような、子供達の平均化を求める教育が行われがちである。しかし、本来、学校というものは、社会でよりよく生きていけるよう、自立した大人に育てることが大切であり、従順な大人を作るための場所ではない。改革に取り組んだ校長先生がそのようにおっしゃっていた。

その取り組みの例として、校則の改定がある。スカートの長さは何センチ、冬でもマフラーの使用禁止など、私が子供のときにも納得できない校則はあったし、今でもある。しかし、息子の学校では、そんな校則を子供達が改定してしまったそうだ。長く続いてきた校則を、である。子供達が、納得できない校則に対して変える必要性を示し、各々が意見を出し合い、話し合いを重ねた結果だと聞いた。当事者である子供達が自発的に行動し、自ら決める事こそが重要なのだと、先生方も誇らしげであった。

私達は我慢してしまった。我慢することも大人への第一歩だという先生の言葉を信じるふりをし、自分をごまかしてしまった。しかし、息子達の世代が大人になったときには、おかしいことはおかしいと、声を上げることをためらわないような社会が来るだろう。彼らならきっとそうするだろう。「改革」の成果が見られるのは、10年後、あるいは20年後だろうか。

53 全員が同質であることとあるが、何が同質なのか。

1 教師達の教育のしかた

2 子供達の考え方や行動

3 自立できるようにする方法

4 校則を守ろうとする意識

54 筆者によると、校則の改定はなぜ行われたか。

1 昔作られたもので、古くなったから

2 学校が納得できない校則が多くあったから

3 子供達が自分の意見通りの校則にしたかったから

4 変える必要性があると子供達が考えたから

55 息子の学校の「改革」について、筆者はどのように考えているか。

1 当事者の問題は当事者だけで解決すべきだと教えることができている。

2 自分達の問題に対し、意見を言ってもいいと教えることができている。

3 興味があることに対し、それぞれが意見を出して話し合うことができている。

4 教育改革の成果はすぐには出ないが、我慢しない大人を作ることができている。

答案 P464

(3)

出版社から戻ってきた自分の原稿を見たときに、編集者が勝手に句読点(注1)を一つとったり、付け加えたりしていたら書いた本人はすぐに気付くし、みるみる妙な気持ち、いや正直にいえば不快になる。たかが句読点一つと思うかもしれないが、文章は呼吸のようなものでどんなに短い文章でもその人独自の調子があり、自然に息をしているところを急に邪魔されると一瞬はっとするのだ。

無論(注2)、原稿に手を入れることは編集者の仕事の一つだとわかってはいる。しかし、事実や言葉の明らかな間違い以外の修正は、文章を書く人なら、大抵の人は程度の差はあれ気分を害するのではないだろうか。腹が立ち、その後少し冷静になり、納得する、という過程を繰り返すものだが、納得できずに異議を申し立てる人もいるだろう。

すべての創作物はその人の生理、身体、情緒、経験、つまりその人自身から生み出される。子供の下手な作文も先生には評価や手を加えることはできてもその子のようには書けないものだし、同僚が作った統計表は数字以外自分が作成する体裁とは違うはずだ。そこに外から手を出す行為は、より良くするという目的の為であっても、大胆なことだと心得るべきではないだろうか。

（注１）句読点：「。」「、」など　文の切れ目に入れる符号

（注２）無論：もちろん

56 不快になるのはなぜか。

1　自分の書いた文章のリズムが変えられてしまうから

2　自分の気持ちと異なるものが、文章の中に出てくるから

3　自分の文章の生き生きした感じが消えてしまうから

4　自分の短い文章の中に、驚くような修正がされるから

57 筆者の考えでは、何をするのが編集者の仕事なのか。

1　作者の書いた原稿を出版社のものにすること

2　作者を納得させ、原稿を書き直させること

3　原稿の中の明確な誤りのみを修正すること

4　誤りや句読点(くとうてん)など様々な個所を修正すること

58 他人の創作物を修正することについて、筆者はどのように考えているか。

1　他人の創作物を直すのは失礼で、作った人の悪口を言うかのような行いだ。

2　他人の創作物を修正するときは、作者の気持ちに十分に気を配るべきだ。

3　全ての創作物は作者独自のものなので、他人が手を加えるのは思い切った行為だ。

4　全ての創作物はその人しか作れないものなので、修正するときには勇気が必要だ。

答案 P465

問題10　次の文章を読んで、後の問いに対する答えとして最もよいものを、1・2・3・4から一つ選びなさい。

子供の時、家で飼っていた犬は一度も鳴かなかった。五番目の家族だからゴンと名付けたその犬はコンクールで表彰されたこともあるほど見た目も良く優秀だったが、何かのストレスで心を病んでしまい引き取り手がないまま、家に来た時は既に大人になっていた。子犬が欲しかった僕たち兄弟は少しがっかりしたが、それ以上に困惑したのは誰にも全くなついてくれないことだった。心を開かないとはこのことかと思うほど徹底して人間を怖がっていた。だから、最初の頃は散歩に連れ出すのも一苦労で、まず小屋から出てこない、ひもも付けられない、やっと付けて連れ出した時は、まるで嫌がるのを無理強いしているようで悲しい気持ちになったものだ。食事も、どんなに呼んでも小屋から顔を出さないので仕方なく置いておくと食べてはいる、という状態だった。

なでるなんて夢のまた夢と思いながら、怖がらせないよう必要以上には構わず、それでも毎日接していると、雪解け(ゆきど)(注1)は2、3年経った頃からやってきた。始めはすんなり小屋から出てきただけでも感動し、自分が呼んだら出てきた、触っても大丈夫だった等々兄と競っては盛り上がっていた。ついに僕の手から好物のチーズを食べてくれた時はとても誇らしく(注2)、初めて本物の信頼を得たように感じた。ゆっくりと恐る恐るではあったが確実に心を許してくれるようになり、遠慮がちに体を寄せてきたり、出掛ける時は尾を垂らしてションボリするなどの感情も見せるので皆でいちいち喜んだものだ。晩年は脚が悪くなりヨタヨタしながらも、散歩となるとうれしそうにはしゃぐ姿が本当にかわいかった。

今こんなことを思い出すのは、仕事でなかなかこちらを信用してくれない依頼人の説得に困難を極めているからだと分かっている。子供の時の、しかも動物相手の成功体験がそのまま通用するとは思わないし、気長に待てないのも現実だが、誠実に接するしか方法はない。弁護士への警戒心を解くのは真(しん)(注3)に難しい。

ゴンは次第になついてくれたと信じたいが、たまに寝言で声を出す以外ついに鳴いたことはなかった。そのうちワンワンという声が聞けるだろうというのは僕の勝手な期待で、雪解け(ゆきど)の下にさらに宝物が見つかると思ったわけだが、両親と兄は鳴かないことをさほど気にしてないようだった。必死になりすぎないよう、あくまでも相手の意思を尊重しなければならない。信頼以上に大切なことはないのだと、ゴンが僕の手からそっとチーズを食べてくれた時の感触が、教えてくれる。

（注１）雪解け（ゆきど）：ここでは両者間の緊張がゆるみ、友好の空気が生まれること

（注２）誇らしい：誇りに思って、人に自慢したい気持ち

（注３）真（しん）に：本当に

59 犬が全くなつかなかった理由は何か。

1 長い間、引き取る人がいなかったから
2 強いストレスがあり、人を怖がっていたから
3 家に来たときは成犬だったから
4 外に出るのを非常に嫌がっていたから

60 子供のころの筆者が、犬の信頼を得るために行ったことは何か。

1 嫌がる犬を連れ出して、毎日一緒に散歩に行くようにした。
2 必要以上になでて怖がらせないように、体を寄せるようにした。
3 毎日接していたが、怖がらせないように構うのは必要最低限にした。
4 必死にならないように気を付けて、ゆっくり待つことにした。

61 こんなこととはどういうことか。

1 最初は人を怖がっていた犬が、だんだんと心を許してくれるようになったこと
2 犬が年を取ったときには、足が悪くなって歩くことができなくなっていたこと
3 子供の時に飼っていた犬が、なかなか声を出して鳴かなかったこと
4 心を開かなかった犬から本当の信頼を得た時に、とても誇らしく感じたこと

62 筆者の考えに合うのはどれか。

1 人から信頼されるようになるには、誠実に接するよりほかはない。
2 相手の意思を尊重し続ければ、必ず信頼を得られるに違いない。
3 子供のころの成功体験は、弁護士として仕事をする時に役立っている。
4 相手が人でも犬でも、信頼を得ることが人生で一番大切なことである。

答案 P467

實戰測驗 3

問題 9　次の(1)から(3)の文章を読んで、後の問いに対する答えとして最もよいものを、1・2・3・4から一つ選びなさい。

(1)

地球及び宇宙の観測と、宇宙環境を利用した研究や実験を行うことを目的とした巨大な有人施設、それが国際宇宙ステーションだ。そこには、宇宙実験や課題の解決に努める優秀な乗組員たちが滞在しており、彼らの実験からもたらされた新たな科学技術は、地上の生活や産業に役立てられている。

国際宇宙ステーションは、地上から約400kmの上空をなんと時速約27,700km、秒速に換算すると約7.7kmで飛行し、地球を約90分で1周、1日で約16周もしている。乗組員たちの滞在中、気圧、酸素・二酸化炭素の濃度、水などは、環境制御・生命維持システムによって制御・管理される。そしてこれらのシステムの多くを、アメリカ、ロシアのそれぞれが開発及び提供しており、非常時には相互利用することがあるそうだ。中でも、生命維持に必須である水や排泄に関してはこの体制が欠かせない。

しかし、想定をはるかに超える事態が起こることもある。2019年のある日、ロシア側アメリカ側、両方のトイレが機能停止した。米国側のトイレは故障表示が消えず、ロシア側のトイレは浄化槽が満タンのため使用不可。ブザー音が鳴りやまず、両方とも使えない状況に陥った。乗組員たちは復旧作業に翻弄(ほんろう)(注)されたが、不具合が解決されるまで一晩中、誰も取り乱すことなくトイレのない状態で辛抱したそうだ。

死と隣り合わせの状況で、非常事態を乗り切る彼らの姿から学ぶものは多い。私たちの見上げる空の先には、国境を越えて団結することであらゆる任務を遂行する国際宇宙ステーションの乗組員たちがいるということを、時には思い出してみるのも悪くないだろう。

（注）翻弄(ほんろう)される：ここでは、対応に追われる

50 国際宇宙ステーションでは、何のために実験などを行っているのか。

1 宇宙空間で使える新しい科学技術を開発するため

2 人間の社会で活用できる新しい科学技術を探すため

3 宇宙空間で使われる技術が地上で使えるか調べるため

4 宇宙環境を利用した研究から生活に役立つものを選ぶため

51 非常時には相互利用することがあるとあるが、どのように利用するのか。

1 アメリカのシステムが作動しない場合は、ロシアのシステムを一時的に使用することがある。

2 アメリカが開発したシステムを使ってロシアのシステムを再開発することがある。

3 トラブルに備え、一定期間、それぞれのシステムを交互に利用することがある。

4 生命維持システムに限って、お互いのシステムを順番に利用することがある。

52 この文章で筆者が言いたいことは何か。

1 アメリカとロシア両国の環境制御・生命維持システムなしでは、決して任務を遂行することはできない。

2 国籍の異なる乗組員たちが一つの課題に立ち向かう姿勢から、多くのことが学べる。

3 国際宇宙ステーションの乗組員たちはとても優秀なので、非常事態も見事に解決することができる。

4 死と隣り合わせの状況下において、団結力なしではどのような問題も解決できない。

答案 P467

(2)

20年ほど前、ある国で滞在ビザの延長手続きをした。役所の仕事なので何もかもルール通りで、誰が申請しても同じくらいの日数を待たされるものだし、手数料ももちろん一定だと思っていたら、特急料金と快速料金と普通料金があると告げられた。普通料金が何日かかるのかは忘れてしまったが、特急料金を払えば即日発行すると言われ、お札を何枚か追加して待つことにした。帰国後にその話を同僚達にしたところ、「お金がある人が優遇(ゆうぐう)(注)されるなんて」という意見の中、一人だけ①「それはいい」と言った人がいた。「融通が利くってことでしょ」と。

人にはそれぞれ事情がある。どうしてもその日のうちにビザが必要な人がいるかもしれない。それが人生を左右しかねない理由だったらどうだろう。一律のルールで全ての人を縛り付けるより、基準となるルールがあるかたわらで、②緩やかに運用する体制があるほうが、生きやすい社会なのではないかというのが、その人の意見だった。

私は万人(ばんにん)に同じルールを適用するほうが公平だと思っていた。だからこそ、その時の彼女の発言は衝撃だったのだ。法の下の平等のように、誰もが同じ立場であるべきだという考えがある反面、誰に対しても同じ規則を使うがゆえ非人道的なことも起こり得る。物事は一面だけを見ては決められないものである。

（注）優遇(ゆうぐう)する：他の人より大切にもてなす

53 ①「それはいい」とあるが、何がいいのか。

1 役所によって手数料が違うこと

2 ビザが即日発行されたこと

3 お金がある人が優遇されること

4 お金を払えば融通が利くこと

54 ②緩やかに運用する体制とあるが、ここではどのような意味で使われているか。

1 ルールに反することでも、お金がある人には融通が利くようにする。

2 ルールはあるが、場合によっては個人の事情に合わせて変えることができる。

3 誰に対しても平等に対応するために、場合によってはルールを変えることができる。

4 誰に対してもルールは厳しくせず、ルールと違う対応もできるようにする。

55 ルールについて、筆者はどのように考えているか。

1 誰に対しても一律のルールを適用することは、いい面も悪い面もある。

2 ルールの適用は公平にすべきだが、その運用はルールを使う人に任されるべきだ。

3 誰もが平等であるためには、全ての人が同じルールを守る必要はない。

4 非人道的なルールを使わないように、物事を決めるときはよく考えるべきだ。

答案 P469

(3)

しなければいけないとわかっていることに、なかなか取り掛かれない。そんな経験がない人はおそらく皆無(かいむ)(注1)だろう。これは生活や社会のあらゆる場面で見られることだが、多くはさほど大きな問題にはならない。しかし、先延(さきの)ばしにしたという事実は人の心に影響を与え、何度か繰り返しているうちに、それがだんだん<u>習慣化されてしまう</u>ことがわかっている。

行動を先延(さきの)ばしにしたことで事態の悪化が予想される場合はさらに厄介で、遅らせれば遅らせるほど、不安が増大する。そして、より一層着手することを難しいと感じるようになり、難しいからこそすぐにはできないのだと自分を納得させてしまうことすらある。そこで、「事態の悪化と不安の増大」という悪循環を断ち切るには、とにかくすぐにでも、物事に取り掛かるしかない。難しく思えて始めることが困難な場合は、すべきことを細分化(注2)し、いくつかの作業に分けることが有用(注3)だと言われている。大きな山のように感じていた物事を、単純で、すぐに行動できて、完了できる作業にするのである。少しずつでも確実に進めることができれば、こっちのものだ。

取り掛かる前の物事は非常に困難に思え、また、実行したところであまり達成感は得られないように思えるものだ。それでもやり始めてみると、大きく見えていた物事が細分化されたことによって困難さが低下し、始める前に思っていた以上の達成感を感じるはずだ。小さな満足を積み重ねることは、実行を確実なものにするだけでなく、先延(さきの)ばしを克服することにつながるのだ。

(注1) 皆無(かいむ)：全くいない

(注2) 細分化する：細かく分ける

(注3) 有用：役に立つ

56 習慣化されてしまうとあるが、何が習慣化されるのか。

1 しなければいけないことをしなくても、全く問題視しないこと

2 しなければいけないことだからと、人に強要すること

3 しなければいけないと理解しているが、すぐには始めないこと

4 しなければいけないことをせず、人に頼ること

57 筆者によると、どのようにすれば行動に取り掛かれるか。

1 すぐに行動できるような小さい作業からする。

2 しなければいけないことを小さな作業に分ける。

3 単純に考えて、すぐに行動するようにする。

4 終わらせることができる作業だけを最初に進める。

58 この文章で筆者が最も言いたいことは何か。

1 物事に取り掛かる前に作業を細かく分割すると、間違わずに行うことができるだろう。

2 物事を速やかに処理するのは難しいが、満足感があれば、先延(さきの)ばしをしなくなるだろう。

3 物事を確実に進めるためには、先延(さきの)ばしをせずにすぐに始めたほうがいいだろう。

4 物事を確実に行うことによって達成感を得られると、先延(さきの)ばしをしなくなるだろう。

答案 P470

問題10　次の文章を読んで、後の問いに対する答えとして最もよいものを、1・2・3・4から一つ選びなさい。

本音と建前、どちらを優先すべきか悩ましいことがよくあります。

毎年春先に、数回お隣のおばあさんから沢山の山菜(注1)をいただくのですが、それはおばあさんの大好物らしく、ご自分で摘んでこられるのです。とても気の良い方で私と親しくしてくださり、おばあさんの故郷の話など聞くのも好きなのですが、実は私は山菜が苦手で毎回食べるのに苦労します。とても全部は食べきれなくて人にあげようと思っても山菜は苦手と言われることが多く、結局ほとんどうちで食べることになります。常々(つねづね)できるだけ正直でいようと心掛けているものの、意に添わない、ちょっと困るようなものをいただいたときは、やはり本音よりも建前を優先し①、喜んで受け取ります。食べ物はできるだけ粗末にしたくないですが、そのうち傷んで食べられなくなると申し訳ないと思いながらも気が楽になり、次はせめてそんなに沢山は食べられませんと言おうと決心しては挫(くじ)ける(注2)の繰り返しです。

そんな曖昧な気持ちが続く中、「功利主義論」という、私の心情とは正反対のようなタイトルの書物に救われました。「功利主義論」とは、功利すなわち利益になるかどうかを最重要に考える論理です。最大多数の人にとって何が一番有益かを考え、人間関係における真実の重要さを説いています。嘘は私たちが交す言葉を不安定にし、相手の信頼を損なってしまい、よって人間関係が弱く壊れやすいものとなり社会の幸福を脅かすことになると言います。信頼は社会において幸福を作り出す一つの要素であるから、真実を伝えることは有益であり、嘘は無益ということになります。

全くその通りだと思うと同時に、しかし例外があり、誰かを守るため、不愉快な思いをさせないための嘘は重要だという論説に深く賛同しました。個人の幸福と集団的幸福との隔たりを埋めることが人間の目的であると考え社会全体の善を追求する著者にとって、この例外②は最大多数の幸福に貢献することになるからです。この幸福のための有益な行動は少なからず経験から生まれるものでしょう。

迷いは消えました。息子さん夫婦と同居するおばあさんは、優しい息子が休日に車で連れて行ってくれる特別な場所で大好きな山菜を山ほど摘み、私にもどっさりと分けてくださるのです。私もよく手作りのジャムなど差し上げたりするので、いわばお互いさまの好意でありましょう。少々困っても、たとえ食べきれなくても、ありがたく受け取るのは有益な「嘘」なのです。彼女はきっと私より熟練の功利主義者に違いありません。

（注１）山菜：山に生えている、食用になる植物

（注２）挫（くじ）ける：弱気になる、意欲を失う

59　①本音よりも建前を優先とはどういうことか。

1　相手を喜ばせようと、いつも正直でいること

2　自分より、困っている相手の気持ちを考えること

3　はっきり要らないと言わず、うれしいふりをすること

4　困るようなことは、自分から喜んで受け入れること

60　筆者の気持ちと「功利主義論」はどのように違っているのか。

1　筆者が相手の気持ちを優先するのに対し、「功利主義論」は利益になることを優先する。

2　筆者がどうふるまうべきか迷っているのに対し、「功利主義論」は利益になることをまず重要視する。

3　筆者が建前を大切にするのに対し、「功利主義論」は真実を伝えることこそが有益だとする。

4　筆者が嘘を言わないようにしているのに対し、「功利主義論」は嘘を言うことも重要だと述べている。

61　②この例外とは何を指すか。

1　誰かを守るためや気分を悪くさせないための嘘は大切だということ

2　個人の幸福と集団的幸福との隔たりを小さくするために行動すること

3　社会全体の幸福を追求するためなら、どんな嘘をついてもいいということ

4　真実のみを伝えるだけでなく、嘘も一緒に伝えるようにすること

62　「嘘」について、筆者の考えに合うのはどれか。

1　嘘は信頼をなくし社会を不安定にするが、無益だとは言い難い。

2　社会全体が幸福になるための嘘は、人々の経験から生まれた。

3　人間関係をよくするため、お互いに嘘をついていることもある。

4　相手に嫌な思いをさせないための嘘は、人々を幸福にする。

答案　P471

綜合理解

綜合理解 考的是閱讀 A 和 B 兩篇各 320 字左右的文章，經整合比對後，選出相關考題的正確答案。該大題有兩篇主題相同的文章，搭配相關考題 3 題。文章類型屬於隨筆，主要探討日常中可能會接觸到的社會議題，提出相關見解。

重點攻略

1 兩篇文章會針對同個主題提出相近或相異的見解，或是各自陳述自身的觀點。建議按照 A → B 順序閱讀文章，確認兩篇文章的共通點和差異。

例 A：需要獨自休息，才能好好充電。
B：休息時間是與同事溝通交流的絕佳機會。
→ 針對「如何度過休息時間」，文章A和B持相反意見。

例 A：擴大核能發電，可能會導致輻射外洩等巨大風險。
B：在擴增核能發電的同時，也應該加緊腳步開發環保能源
→ 針對「核能發電」，文章A和B分別陳述不同的觀點。

2 在閱讀文章前，請先確認「について（針對）」前方提及的內容，有助於比較 AB 兩篇文章與選出正確答案。

例 車社会（くるましゃかい）について、AとBはどのように述（の）べているか。
針對汽車社會，A和B如何敘述？

例 生産年齢人口（せいさんねんれいじんこう）が減少（げんしょう）し続（つづ）けていることについて、AとBの観点（かんてん）はどのようなものか。
針對勞動年齡人口持續減少一事，A和B的觀點為何？

3 選項並不會直接沿用文中使用的詞句，通常會使用同義詞，或採取換句話說的方式改寫。另外，陷阱選項會刻意將 A 和 B 的見解對調，提及僅於其中一篇文章中出現的內容，或是兩篇文章中皆未出現的內容，因此請仔細確認選項是否與兩篇文章的內容相符，再選出正確答案。

4 該大題的文章橫跨人文、社會領域，涵蓋語言、歷史、民俗、政治、政策、家庭、育兒等主題，文章難度偏高，建議參考《N1 必考單字文法記憶小冊》（p34~39），熟記相關詞彙。

解題步驟

Step 1 **閱讀兩道題目，確認稍後閱讀兩篇文章時需要比較的內容，並標示出解題關鍵字詞。**

請先閱讀兩道題目，確認題目所問的內容，以及需要確認文中哪些內容後，再標示出題目中「について（針對）」前方的關鍵字詞。

題目 家庭での教育について、AとBはどのように述べているか。

針對家庭教育，A和B如何敘述？

Step 2 **請按照 A → B 順序閱讀文章，找出關鍵字詞，並確認相關內容。**

閱讀文章 A 時，請仔細確認關鍵字詞前後出現的相關內容。接著閱讀文章 B 時，請找出同樣的關鍵字詞，並仔細確認前後方的相關內容，同時思考與文章 A 內容的共通點和差異為何。

文章A 子どもは社会の一番小さい単位である家庭で親と一緒に時間を過ごしながら心身を成長させます。そのため、子どもたちが家庭内で基本的な言語やコミュニケーションを十分に身につけないまま、より大きな社会である学校に送り込まれたら、子どもの情緒が大きく不安定になる恐れがあります。

孩子在社會的最小單位——家庭中與父母共度的時光，促進身心的成長。因此，如果孩子在家中尚未充分掌握基本的語言和溝通技巧，就被送到更大的社會——學校時，孩子的情緒可能會變得非常不穩定。

文章B 「家庭教育が重要」ということは親なら誰でも分かっているはずですが、最近は夫婦ともに働く家庭が多くなり、昔に比べて家族みんなで食事をする機会さえ少なくなってきました。家庭内の親の役割だけを強調するのではなく、家庭教育がおろそかになるしかない子育てを取り巻く状況を考える必要があります。

只要是父母，都曉得「家庭教育很重要」，但是最近有越來越多的家庭，夫妻都要工作。所以與過去相比，全家人一起吃飯的機會也隨之減少。我們不該一味強調父母親在家庭中的作用，還需要考量在育兒過程中，家庭教育受到忽視，是無可避免的情況。

Step 3 **檢視各選項的敘述，選出與文章內容相符的選項。**

選項 ✓ 1 Aは家庭教育が不足すると子供たちが不安定になると述べ、Bは家庭教育ができない状況が問題だと述べている。

A表示若缺乏家庭教育，孩子會變得不穩定；B表示情況不允許進行家庭教育，才是問題所在之處。

2 Aはコミュニケーション能力を学校で教育するべきだと述べ、Bは親にだけ子育てを任せてはいけないと述べている。

A表示應由學校來教授溝通能力；B表示育兒不應該僅交由父母負責。

套用解題步驟

問題11　次のAとBの文章を読んで、後の問いに対する答えとして最もよいものを、1・2・3・4から一つ選びなさい。

A

近年、症状が軽く自分で歩けるにもかかわらず、救急車を無料のタクシー代わりに利用したり、待ち時間を経ずに診察してもらうことを目的に救急車を呼ぶなど、身勝手な理由で救急車を利用する患者が増えています。昨年は、このような患者からの要請が増加したこともあり、救急車の出動件数が650万件を超えました。このままでは今後、このような身勝手な患者からの要請がさらに増えることが予想されます。

B

軽症患者の救急車利用の増加にともない、救急車の有料化を進めるべきだと考えます。一秒一刻（いちびょういっこく）を争う患者が救急車の到着を待っている間に軽症者に救急車を利用されては、救急車の存在意義がなくなってしまいます。もちろん、救急車の有料化を行うことによって、常識にかける理由で救急車を呼ぶ人が完全にいなくなるとは思いません。しかし、このまま何もせずに放っておくよりは効果があるのではないでしょうか。

Step 2 請按照A→B順序閱讀文章，找出關鍵字詞，並確認相關內容。

救急車の利用について、AとBはどのように述べているか。

Step 1 閱讀兩道題目，確認稍後閱讀兩篇文章時需要比較的內容，並標示出解題關鍵字詞。

1　Aは軽症患者は救急車を利用するべきでないと述べ、Bは身勝手な理由で救急車を要請する患者がいると述べている。

2　Aは救急車を利用すれば患者は待たずに診療を受けられると述べ、Bは軽症患者が救急車を利用するときお金を払うべきだと述べている。

✔ 3　Aは救急車を要請する軽症患者が増え続けていると述べ、Bは救急車を要請する際は料金を払わせるべきだと述べている。

Step 3 檢視各選項的敘述，選出與文章內容相符的選項。

4　Aは不必要な要請のせいで救急車の出動件数が増えたと述べ、Bは救急車を有料化することで身勝手な要請がなくなると述べている。

Step 1 題目針對「救急車の利用（使用救護車）」提問，因此請標示出關鍵字「救急車の利用」。

Step 2 文章 A 中間提到：「身勝手な理由で救急車を利用する患者が増えています（有越來越多病人，只顧自己方便而使用救護車）」；文章 B 開頭提到：「軽症患者の救急車利用の増加にともない、救急車の有料化を進めるべきだと考えます（因應越來越多輕症病人使用救護車，我認為應該推動救護車收費）」。

Step 3 綜合上述，答案要選 3 A は救急車を要請する軽症患者が増え続けていると述べ、B は救急車を要請する際は料金を払わせるべきだと述べている（A 表示叫救護車的輕症病人，數量持續增加中；B 表示叫救護車時，應收取費用）。

問題 11 請閱讀 A 與 B 兩篇文章，並針對後面的問題從 1、2、3、4 中選擇最合適的答案。

A

近年來，即使症狀很輕，自己也能走得了，還把救護車當免費計程車一樣使用，或想直接接受診療不願意等待而叫救護車的，像這樣因為自私的理由而利用救護車的患者愈來愈多了。去年，由於這類患者請求數量的增加，救護車的出動件數居然超過了650萬件。再這樣下去，可以預想以後這種自私患者請求救護車出動的情況只會愈來愈多。

B

隨著輕症患者利用救護車的案例增加，我認為應該開始推動救護車收費的議題。每一分每一秒都很急迫的患者在等待救護車到來的期間，如果被輕症患者佔用了，那麼救護車也沒有存在的意義了。當然，即使救護車開始收費了，我也不認為用缺乏常識的理由叫救護車的人就會完全消失。只是比起就這樣放著什麼都不做，還是會有一點效果的吧？

有關於利用救護車，A與B是怎麼敘述的？

1 A說的是輕症患者不應該利用救護車；B說的是有一些患者會以自私的理由要求救護車出動。

2 A說的是利用救護車的話，患者不用經過等待就能直接接受診療；B說的是輕症患者利用救護車時應該支付費用。

3 A說的是要求救護車出動的輕症患者正在不斷增加；B說的是要求救護車出動應該讓他們付費。

4 A說的是不必要的要求，導致救護車的出動次數增加了；B說的是推動救護車付費，自私的要求就會消失。

字彙 **近年 きんねん** 名 近年 | **症状 しょうじょう** 名 症狀 | **～にもかかわらず** 儘管、雖然 | **救急車 きゅうきゅうしゃ** 名 救護車 | **無料 むりょう** 名 免費 | **待ち時間 まちじかん** 等待時間 | **経る へる** 動 經過 | **診察 しんさつ** 名 看診 | **目的 もくてき** 名 目的 | **身勝手だ みがってだ** な形 自己擅自 | **患者 かんじゃ** 名 患者 | **要請 ようせい** 名 要求 | **増加 ぞうか** 名 增加 | **～こともある** 有過 | **出動 しゅつどう** 名 出動 | **件数 けんすう** 名 件數 | **超える こえる** 動 超過 | **今後 こんご** 名 從今以後 | **さらに** 副 更加 | **予想 よそう** 名 預想 | **～にともない** 隨著 | **有料化 ゆうりょうか** 名 改為收費制 | **一秒一刻を争う いちびょういっこくをあらそう** 分秒必爭 | **到着 とうちゃく** 名 到達 | **軽症者 けいしょうしゃ** 名 輕症患者 | **存在意義 そんざいいぎ** 名 存在意義 | **常識にかける じょうしきにかける** 缺乏常識 | **完全だ かんぜんだ** な形 完全的 | **放っておく ほうっておく** 放著不管 | **効果 こうか** 名 效果 | **診療 しんりょう** 名 診療 | **料金 りょうきん** 名 費用 | **不必要だ ふひつようだ** な形 不必要的

讀解 問題11 綜合理解

實力奠定

請針對題目選出適當的答案。

01 A

ニュース番組を見ていて、出演者の外来語の多用には嫌気がさした。「コンテクスト」「ロジック」などの外来語を当たり前のように使用するのだ。「コンテクスト」は文脈（ぶんみゃく）、「ロジック」は論理であり、わざわざ外来語に言い換えるほどのものだろうか。日本語の乱れとまでは言わないが、過度の外来語の使用には疑問を感じる。そもそもニュース番組は人々に情報を伝えるものなのに、伝える気さえあるのか分からない。

B

外来語の過度の使用が問題視されているが、言語は時代によって変化するもので新しい言葉が使用されるのはごく自然なことだ。「リスク」や「モチベーション」など数十年前まで使用されなかった言葉が今では日本語として定着している。もちろん情報を伝えるニュース番組や新聞などでは誰もが理解できるよう注意すべきだと思うが、家族や友人との日常的な会話においてお互い理解できるのであれば使用しても問題ないのではないか。

過度な外来語の使用について、ＡとＢはどのように述べているか。

① Ａは不必要な外来語の使用は避けるべきだと述べ、Ｂは時代の変化にともなった言語の変化は当たり前のことだと述べている。

② Ａは外来語の多用は情報を伝わりにくくすると述べ、Ｂは情報さえ伝わればどんな場合でも外来語を使用してもかまわないと述べている。

02 A

貧困というと個々に原因があるかのように取り扱われるが、これは個人ではどうしようもない社会全体の問題である。生まれながらにして貧しい家庭環境にあった、ある日突然災害に見舞われ一文無しになったなど状況は様々だが、一度貧困に陥る(おちい)とそこから抜け出すのは困難だ。貧困は負の連鎖でもあるのだ。政府は生活保護制度を充実させ、経済的支援はもちろん長い目で見た雇用支援にも力を入れなくてはならない。

B

自己責任という言葉があるように自分の努力でなんとでも状況を変えることはできる。生活保護制度がある現代では貧困層であっても努力を続ければ貧困から脱出できるはずだ。人生は自分が頑張った分だけ自分に見返りがあるものだ。幼少期に貧しい暮らしを余儀なくされた子供が一つの発明で億万長者に登り詰めたり、芸能人になって成功したりする例だっていくらでもある。結局は自分の努力次第なのである。

貧困について、AとBはどのように述べているか。

① Aは貧困は社会で解決すべき大きな問題であると述べ、Bは努力さえすれば貧困層でも貧しい生活から抜け出すことができると述べている。

② Aは貧困は一度陥ると連鎖を繰り返すものであると述べ、Bは幼少期に貧困に苦労した子供の方が成功を収めることが多いと述べている。

答案 P472

03 A

基本的な生命の人権における死の在り方について様々な見解がある。スイスなどのいくつかの欧米諸国ではすでに安楽死が容認されていて、特定の条件さえ満たせば死の要求が許諾される。スイスでは国内だけでなく国外居住者の安楽死も認めていて、海を渡るものも少なくないという。その数は国内外合わせ年間1000人を超える。死を希望する理由として大病を患(わずら)い、肉体的精神的苦痛から解放されたいというものがほとんどだそうだ。

B

回復の見込みのない患者が耐え難い苦痛と共に生きていくというのは大変過酷なことである。その中には安楽死を望む声も聴かれる。生命を粗末にするなという意見も分からないでもないが、何の生き甲斐(がい)もなく医療の力で生かされている患者たちを見ると胸が痛む。生き地獄と表現するものもいる。我々に治療の選択肢があるように、このような患者たちのためにも安楽死がその一つに入ってもいいのではないだろうか。

安楽死について、ＡとＢの観点はどのようなものか。

① Ａは安楽死の増加の原因を指摘し、Ｂは安楽死が生命を粗末に扱う行為だと批判している。

② Ａは安楽死の現状を具体的に提示し、Ｂは安楽死を選択肢として考えようと提案している。

04 A

長時間労働が異常だと気づき始めた今、充実した生活を営むためにはライフワークバランスを見直す必要がある。ライフワークバランスは生活と仕事の時間の比率だと誤解されがちだが、正しくは生活と仕事の調和を意味する。つまり、生活の質が上がることにより仕事を効率的にこなせるようになり、さらに私生活に使える有意義な時間が増えるという循環型（じゅんかんがた）相乗効果のことである。これには個人差があり、自分に適した働き方を見つけることが大切だ。

B

仕事人間の私にとってライフワークバランスは邪魔でしかない。その考え方自体は悪くないが、その概念が誤解を呼び、上司から仕事が終わったなら定時であがれと強制退勤を強いられることが問題だ。特にこれといった趣味がなく、仕事で成果をあげることぐらいでしか充実感を得られない私はただ楽しみが奪われたも同然だ。次々と働き方改革が実施されているが、働きたい人は働き、そうでない人は休めばいい。個人にあった働き方をさせしてほしい。

働き方について、AとBの観点はどのようなものか。

① Aは問題解決のためにライフワークバランスを推進し、Bは働き方改革の問題点について指摘している。

② Aはライフワークバランスの追求を批判し、Bは個人にあった働き方を推進している。

答案 P472

實戰測驗 1

問題11　次のAとBの文章を読んで、後の問いに対する答えとして最もよいものを、1・2・3・4から一つ選びなさい。

A

日本人は古代から、異国の制度や技術を学ぶために苦労して海を渡った。それは未知のものに出会うための「旅」であった。旅の形は時代とともに変遷を遂げ、その目的は多様化し、世界中の移動は容易になった。テレビやインターネットで様々な情報が得られる現在、なぜ人は旅をするのだろうか。

人にはゆりかご（注1）のような安心感に包まれていたいという退行（たいこう）（注2）願望と、保護された環境から羽ばたきたいという成長願望がある。確かにインターネットで情報や知識を得ることでも成長できる。しかし、旅に出て壮大な景色を体で感じ、見知らぬ人と心を通わせ、新しい経験をすることで、自身の成長を感じ、生きている喜びが心の底から湧いてくる。そんな感動を味わったことがある人も多いのではないだろうか。その感動が忘れられず人はまた旅に出かけるのだ。

B

昔の旅といえば、列車の時刻表と地図を肌身離さず持ち歩いたものだった。現代は携帯電話さえあれば、宿泊先の予約もでき、旅先でも迷わず目的地にたどり着けるようになったが、それでも、旅というものは、しばしば迷い、そのたびに決断を求められるものだ。それはまるで人生のようだ。

人生には幾つかの分かれ道がある。前途に壁が立ちはだかり途方に暮れてしまうことがある。そんなとき、ふらりと旅に出る。すると、様々な場面に遭い、選択や判断を迫られることの繰り返しだ。しかし、未知の土地で自ら判断し充実した旅をやり遂げれば、その経験が自ずと大切な人生の道の選択にも生かされる。旅は人生の道案内にもなり得るのだ。

（注１） ゆりかご ： 赤ちゃんを寝かせておくかご

（注２） 退行（たいこう） ： 以前の状態に戻ること、 ここでは子どもの状態に戻ること

63 旅の移り変わりについて、ＡとＢはどのように述べているか。

1 ＡもＢも、昔の旅は容易ではなかったが、今は手軽にできるようになったと述べている。

2 ＡもＢも、昔の旅より今の方が容易になったが、今もインターネット無しでは大変だと述べている。

3 Ａは昔の旅は留学のためにしかできなかったと述べ、Ｂは昔の旅は情緒があってよかったと述べている。

4 Ａは昔の旅の移動は大変だったと述べ、Ｂは現代では携帯電話があるため移動の時間が短くなったと述べている。

64 旅行の良い点について、ＡとＢはどのように述べているか。

1 Ａは欲望を満たすことができると述べ、Ｂは未知のものに出会えられると述べている。

2 Ａは安心感を持つことができると述べ、Ｂは人間関係を豊かにすることができると述べている。

3 Ａはメディア同様に様々な情報を得られると述べ、Ｂは世界中の人と繋がりを作れると述べている。

4 Ａは新たな体験を通して成長できると述べ、Ｂは人生に役立つ経験ができると述べている。

答案 P475

實戰測驗 2

問題11　次のAとBの文章を読んで、後の問いに対する答えとして最もよいものを、1・2・3・4から一つ選びなさい。

A

数十年、いや数年前までアニメの世界でのみ可能だと思われた自動運転車だが、ついに公道上での実用化に成功した。世界各国で快適な生活、安全性の向上、経済の活性化を目的に始められたその技術開発の歴史は100年にも及び、まさに技術者たちの努力の結晶と言える。

そんな自動運転車だが、社会問題にもなっている高齢者運転手の事故防止の新たな解決策として期待を集めている。高齢者の運転免許更新に合格した人、田舎で自動車がどうしても手放せない人でも、自動でブレーキが利く車であれば高齢者も安心して運転できるはずだ。今すぐにとは言えないが、自動運転車の普及がこの問題の解決に大きく貢献することは間違いないだろう。

B

様々なメーカーでより精度の高い自動運転車を開発しようと企業競争が過熱している。現段階で商品化されている車は完全な全自動とまではいかず、ドライバーとシステムの共存といった形だ。それでも、高齢者や障害者など運転に不安を抱える人たちの支えになることは言うまでもない。

利点ばかり取り上げられる自動運転技術だが、問題点がないわけではない。そのうちの一つが自動運転車が事故を起こした場合の責任の所在だ。現在はシステムからの運転交代要請後はドライバー、予測できない不具合が生じた場合はメーカーの責任となっている。しかし、事故直前に急な要請があってもドライバーが瞬時に対応できるとは限らない。それをドライバーに全責任があると判断するのもおかしな話だ。この基準が明確にならないことには、普及は難しいだろう。

63 自動運転車について、AとBの観点はどのようなものか。

1 Aは自動運転車の開発に至った経緯を説明し、Bは自動運転車の開発をめぐる企業の争いを批判している。

2 Aは自動運転車が社会の未来に役立つことを示唆し、Bは自動運転車が克服すべき課題を提示している。

3 Aは高齢者運転手の自動運転車の利用を推進し、Bは自動運転車による事故の危険性を喚起している。

4 Aは自動運転車の実用化の可能性を提示し、Bは自動運転車が社会にもたらす影響を懸念している。

64 自動運転車の普及について、AとBはどのように述べているか。

1 Aは多くの高齢者が利用するようになれば普及すると述べ、Bは技術の精度が高まらないことには普及の可能性がないと述べている。

2 Aは交通の安全を守るために早く普及されるべきだと述べ、Bは普及が進めば社会問題の解決策として期待されると述べている。

3 Aは普及により高齢者ドライバーの事故が減少すると述べ、Bは事故の責任問題を見直すことが普及に繋がると述べている。

4 Aは安全性が明確になるまでは普及されるべきではないと述べ、Bは普及のために事故の責任は企業が負うべきだと述べている。

読解 問題11 綜合理解

答案 P476

實戰測驗 3

問題11　次のAとBの文章を読んで、後の問いに対する答えとして最もよいものを、1・2・3・4から一つ選びなさい。

A

日本人は学校で長年英語を学んでいるにもかかわらず、英語が話せないという指摘をよく聞く。日本にはかつて外国との貿易を禁止してきた島国ならではの歴史があり、異国の人との交流に大きな壁を感じてしまう国民性があったことは確かだ。学校教育でも、今まで話すことに重きを置かなかった。お互いを理解し生きていかざるを得なかった大陸続きの諸外国とは環境が異なっていたのだ。

しかし今や、物流も人の流れもグローバル化無しでは語れない時代になっている。これからは、日本にも他の文化と共存する環境が必要だ。そしてようやく日本でも、小学校での英語教育が始まった。外国語教育は０歳から６歳ごろに始めるのが理想的であるという研究結果もあり、まだ十分とは言い難い。それでも、少しでも早く英語の環境を整えれば、日本人の英語のコミュニケーション能力は向上するはずだ。

B

日本人がいつまでも英語を使いこなせないのは、文法と読解問題中心の時代遅れの入学試験が原因にほかならない。受験勉強中心の学校教育が続く限り、使える英語は身に付かない。その上、他人との調和を尊(とうと)ぶ(注)日本社会では協調性が求められ、そのことも自分の意見を言いにくくさせている。どう話すかではなくて何を話すかが重要であり、それが求められる社会こそが言語能力を育てる基盤である。

今日、情報技術の発達がさらに進み、世界との距離がますます近くなったことで、意見を発信しやすくなってきている。これからは、日本人も自分の意見を持ち、それを発信するための英語学習を無我夢中で継続する力さえあれば、必ず実践的な語学力が身に付けられると思う。

（注） 尊ぶ（とうとぶ）：大切にする

63 日本の英語教育について、AとBはどのように述べているか。

1 AもBも今まで英会話教育を重要視していなかったと述べている。

2 AもBも今まで読み書きを大切にしてきた点がいいと述べている。

3 Aは小学校からの開始が望ましいと述べ、Bは意見を言える環境が大切だと述べている。

4 Aは教師の専門性が必要だと述べ、Bは英語教育のあり方を見直すべきだと述べている。

64 日本人の英語習得について、AとBの観点はどのようなものか。

1 Aは英語習得における学習方法を指摘し、Bは英語習得ができない理由を説明している。

2 Aは幼少期からの英語習得を推進し、Bは日本社会と英語習得の関係性を論じている。

3 Aは英語習得を押し付ける教育機関を批判し、Bは英語習得のために留学を推進している。

4 Aは英語習得での意思疎通の重要性を主張し、Bは幼少期からの英語習得の問題点を提起している。

答案 P477

問題 12 論點理解（長篇）

論點理解（長篇）考的是閱讀1100字左右的長篇文章後，選出相關考題的正確答案。該大題有一篇文章，搭配相關考題 4 題。文章類型屬於隨筆，內容涵蓋人文、社會、科技等各類主題，題目會詢問筆者的想法，或針對其中一段的相關細節提問。

重點攻略

1 題目採「順序出題」方式，按照文章的段落依序出題，因此請從頭開始仔細閱讀文章。建議讀完一個段落，便直接答題。答完一題後，再前往下個段落閱讀，採取讀一段答一題的解題方式。

2 題目針對畫底線處提問時，請找出文中畫底線處的位置，確認前後方的相關說明後，選出內容相符的選項。若僅看畫底線前後方內容，仍難以選出答案時，請再確認前後段落的內容。

例 地理的な空白があったとはどういうことか。地理上的空白指的是什麼？

3 每篇文章的最後一題，通常會針對筆者的想法或主張提問。因此請仔細閱讀文章的最後一段，選擇與筆者想法相符的選項。

例 この文章で筆者が述べていることはどれか。此篇文章中，筆者最想表達的是什麼？

4 選項並不會直接沿用文中使用的詞句，通常會使用同義詞，或採取換句話說的方式改寫，因此請仔細確認選項內容，選出正確答案。

例 題目　筆者は自分の村で暮らす人々がどんな方法を持っていると述べているか。

筆者提及生活在自己村裡的人們有什麼樣的方法？

線索　私は小さな漁村で生まれ育ったが、村人たちはみんな、自分なりの海を予測する方法を持って生きている。村人の 80% が海での仕事に従事していて、毎日の海の状況が予測できない人は大きな危険に直面する恐れがあるからだ。

我出生並成長於一個小漁村，生活在村裡的人都有自己預測大海的方式。因為有八成的村民都在海上工作，無法預測每日海況的人，可能會面臨極大的危險。

答案　安全に海と共に生きるための方法

安全與海洋共存的方法

5 該大題的文章橫跨人文、社會、科技領域，涵蓋建築、教育、經濟、經營、求職、勞動、環境、健康等主題，文章難度偏高，建議參考《N1 必考單字文法記憶小冊》（p34~39），熟記相關詞彙。

解題步驟

※ 該大題的考題皆適用下方解題步驟，請根據文意依序解題。

Step 1 **閱讀題目，並確認題目所問的內容為何。**

請先閱讀題目，確認題目所問的內容，藉此掌握稍後閱讀文章時，需留意哪些內容。同時也可以事先預測文章的內容。

題目 筆者は、AIによって社会がどうなったと述べているか。

對於AI使社會產生了什麼樣的變化，筆者怎麼說？

Step 2 **仔細閱讀該段落中與題目相關的內容，確實理解文意。**

回想剛看完的題目，並仔細閱讀該段落中的相關內容，掌握脈絡並確實理解文意。

文章 今後の経済状況を分析するとき、AIが広く使われている。AIは過去の数多くのデータや数値に基づいているため、人が予測するよりも客観的である。しかし、人から遠いAIの出現により、新たなリスクを把握することが難しくなってきた。昔は人間が自分の考え、現在の世論などを全般的に考慮し、その中でまた別の危険を発見することができたからである。これは経済に限らず、AIはあらゆる分野で社会全般を変えつつある。

AI被廣泛用於分析未來的經濟狀況上。AI是以大量過去的數據和數值為基礎，所以比起人類的預測更為客觀。但是，隨著與人類距離遙遠的AI出現，越來越難以掌握新的風險。因為在過去，人類會全面考量自己的想法、當前的輿論等，從中發現其他危險。這不僅限於經濟，AI正在各個領域改變整個社會。

Step 3 **閱讀選項，選出與內文相符的答案。**

仔細檢視每一個選項，再選出與內文相符的答案。

題目 筆者は、AIによって社会がどうなったと述べているか。

對於AI使社會產生了什麼樣的變化，筆者怎麼說？

選項 1 情報が多すぎて世論を把握するのが難しくなった。

資訊量過多，難以掌握輿論。

✔2 以前経験したこと以外のリスクが把握しにくくなった。

除了以前的經歷之外，難以掌握其他的風險。

讀解 問題12 論點理解（長篇）

套用解題步驟

問題12　次の文章を読んで、後の問いに対する答えとして最もよいものを、1・2・3・4から一つ選びなさい。

日本では集団に合わせることや輪を乱(みだ)さないことが美徳(びとく)とされる。これは初等教育ですでに協調性を養うための教育が取り入れられていることからも見てとれる。協調とは相手を配慮したり、互いに助け合ったりすることであり、様々な人々が集(つど)う社会ではこれが重要視される。

しかし、日本社会ではこの協調性がしばしば同調性と混同され使用される。同調とは集団の大多数と同じ行動や態度をとることで、集団の様子を伺い、その動きに流動的に従うことを意味する。一見すると協調性の一種に見えなくもないが、大きく異なるのは同調性が集団の大多数に反する行動をとるものを尊重しないという点である。日本では、協調性と同調性を同義に捉える傾向があるため、集団と異なる行動や意見を持つものを異質な存在であると人々は認識する。

少数派の人たちはこのような誤った認識のせいで、集団の輪を乱(みだ)す邪魔者(じゃまもの)とされがちだ。けれども、誰一人として同じ人間が存在しないように、人それぞれ考え方が異なるのは当然のことである。日本社会が美徳(びとく)としているのは協調性ではなく同調性だ。私たちはその当然性さえも認められない社会が異質であることを早く認識し、個性が尊重される真の協調性が豊かな社会を目指すべきである。

Step 2 仔細閱讀該段落中與題目相關的內容，確實理解文意。

日本社会について、筆者はどのように述べているか。

Step 1 閱讀題目，並確認題目所問的內容為何。

1　社会生活において協調性が不可欠であるため、社会全体で教育を行うべきだ。

2　集団の大多数に同調することが重要視され、まとまりが強い社会になるべきだ。

3　協調性や同調性を必ずしも必要だと考えず、個性を尊重した豊かな社会にするべきだ。

✔4　本来の協調性の意味を理解し、集団に従うことを良いこととする社会を変えるべきだ。

Step 3 閱讀選項，選出與內文相符的答案。

Step 1 本題詢問筆者對於「日本社会（日本社會）」的想法。

Step 2 筆者於文末表示：「私たちはその当然性さえも認められない社会が異質であることを早く認識し、個性が尊重される真の協調性が豊かな社会を目指すべきである（我們應該盡快認知到，一個連理所當然都得不到認可的社會是異質社會，並且尊重每個人的個性，並以尊重不同個性、真正有豐富協調性的社會為目標）」。

Step 3 綜合上述，筆者認為有必要理解真正的協調性為何，因此答案要選 4 本来の協調性の意味を理解し、集団に従うことを良いこととする社会を変えるべきだ（應該要理解協調性原本的意義，改變認為服從群體就是好的社會）。

問題 12 請閱讀下列文章，並針對後面的問題從 1、2、3、4 中選擇最合適的答案。

日本總是將配合團體與不擅自行動視為一種美德。這一點從初等教育就已經將培養協調性納入教學即可見端倪。協調指的是會顧及對方、互相幫助，這在集結各式各樣人群的社會中非常重要。

但是，日本社會經常會將這種協調性與同調性混淆使用。同調指的是團體中的多數人都採取相同的行動或態度，這意味著必須隨時注意團體的狀況，並流動性地跟隨團體的動向。乍看之下像是協調性的一種，但它最大的差異在於同調性無法尊重與採取與團體多數人相反行動的行為。在日本，由於有將協調性與同調性視為同義的傾向，所以那些採取異於團體的行動或意見者都會被視為一種異類的存在。

因此，少數派的人們往往就會因為這樣的錯誤認知，而被視為礙事的人。但是，每一個人都是獨特的，所以每個人有著自己的想法與思考也是理所當然的。日本社會視為美德的是同調性而非協調性。我們應該盡快認知到，一個連理所當然都得不到認可的社會是異質社會，並且尊重每個人的個性，並以尊重不同個性、真正有豐富協調性的社會為目標。

有關於日本社會，筆者是怎麼敘述的？

1 社會生活上協調性是不可或缺的，所以社會全體都應該好好接受教育。

2 與團體多數人同調應該被重視，並應該成為團結一致的社會。

3 不要認為協調性與同調性是必要的，應該成為一個尊重每一種個性的豐富社會。

4 應該了解協調性原本的意思，並該將認為遵守團體行動的心態才是最好的社會改過來。

字彙 **集団 しゅうだん** 名 集體、團體｜**輪 わ** 名 和平的狀態｜**乱す みだす** 動 破壞｜**美徳 びとく** 名 美德
初等教育 しょとうきょういく 名 初等教育、小學教育｜**すでに** 副 已經｜**協調性 きょうちょうせい** 名 協調性
養う やしなう 動 培養｜**取り入れる とりいれる** 動 納入、加入｜**見てとる みてとる** 動 看破｜**相手 あいて** 名 對方
配慮 はいりょ 名 顧慮｜**互いに たがいに** 副 彼此｜**助け合う たすけあう** 動 互助｜**様々だ さまざまだ** な形 各式各樣
人々 ひとびと 名 人們｜**集う つどう** 動 集結｜**重要視 じゅうようし** 名 重視｜**しばしば** 副 屢次
同調性 どうちょうせい 名 同調性｜**混同 こんどう** 名 混淆｜**使用 しよう** 名 使用｜**大多数 だいたすう** 名 大多數
行動 こうどう 名 行動｜**態度 たいど** 名 態度｜**様子 ようす** 名 模樣｜**伺う うかがう** 動 打聽｜**動き うごき** 名 動向
流動的だ りゅうどうてきだ な形 流動性的｜**従う したがう** 動 跟隨｜**一見すると いっけんすると** 乍看之下
一種 いっしゅ 名 一種｜**～なくもない** ～也不是沒有｜**異なる ことなる** 動 差異｜**～に反する ～にはんする** 與～相反
尊重 そんちょう 名 尊重｜**同義 どうぎ** 名 同義｜**捉える とらえる** 動 理解、解讀｜**傾向 けいこう** 名 傾向
異質だ いしつだ な形 性質不同｜**存在 そんざい** 名 存在｜**認識 にんしき** 名 認知｜**少数派 しょうすうは** 名 少數派
誤る あやまる 動 犯錯、搞錯｜**邪魔者 じゃまもの** 名 礙事的人｜**～がちだ** ～往往｜**人間 にんげん** 名 人類｜**それぞれ** 副 各自
考え方 かんがえかた 名 思考方式｜**当然だ とうぜんだ** な形 當然的｜**当然性 とうぜんせい** 名 正當性｜**個性 こせい** 名 個性
真 しん 名 真正的｜**豊かだ ゆたかだ** な形 豐富、富足｜**目指す めざす** 動 以…為目標｜**社会生活 しゃかいせいかつ** 名 社會生活
不可欠だ ふかけつだ な形 不可或缺｜**全体 ぜんたい** 名 全體｜**まとまり** 名 團結一致｜**必ずしも かならずしも** 副 一定
本来 ほんらい 副 原本｜**理解 りかい** 名 理解

實力奠定

請針對題目選出適當的答案。

01

空間デザイナーという職業を聞いたことはあるだろうか。飲食店や商業施設、住宅などを顧客のニーズに合わせ、あらゆる空間の内装デザインや装飾を担当する。空間設計というと間取りを思い浮かべがちだが、壁紙やカーテン、家具などの手配も彼らの仕事だ。それらを用いて、空間を彩るのである。

この仕事は個人の身勝手な価値観では成り立たない。顧客との打ち合わせを重ね、彼らの頭の中にある抽象的なイメージを知識と培った経験によって具体的な形にする。あくまで始まりは顧客であり、そこから脱線することは許されない。

空間デザイナーの仕事について、筆者はどのように述べているか。

① 顧客の要望を理解し、インテリアで空間を演出する

② 自分の価値観をもとに、顧客に合った建物の内装を設計する

02

日本のゴミの埋立地はあと20年後には満杯になると言われている。「ゴミの量を減らそう」「リサイクルをしよう」という声掛けにどこか現実味がなく、自分とはかけ離れた世界のことのようであったが、問題は限界に迫っていた。こうした危機的状況の中、企業の環境保全における取り組みが目立つ。

食品業界では包装を極力減らそうとする傾向が強く、つい最近では包装ラベルがない飲料商品まで登場した。これは環境に優しいだけでなく、エコ疲れした客層からも好評だった。多くの家事をこなす主婦にとって、分別のためにペットボトルのラベルをはがす作業はひと手間なのだ。

この文章で、筆者は包装ラベルのない商品が好評だった理由が何だと述べているか。

① 限界に迫った生活ごみの量を画期的に減らしてくれる商品だったから

② 環境を考えた商品であり、家の仕事を減らしてくれる商品だったから

03

私たちの暮らしには様々な色が溢れている。視覚の判断材料と考えられている色彩だが、意外なことに私たちは色から多くの影響を受けている。緑色を見るとリラックスした気持ちになるのは副交感神経が刺激されるためであり、鮮やかな赤は交感神経に働き、血圧をあげるという。色は私たちの心理、身体を動かす力を持っているのだ。

このような原理は広告やインターネットサイトなど人々の心に働きかける媒体(ばいたい)にも利用される。例えば、購買を目的とした広告であれば、人になんらかの行動を起こさせる赤を用いることが効果的だ。

このような原理とは、どのようなものか。

① 色が人の心や体になんらかの刺激を与えること

② 媒体の目的に合わせて色を効果的に使うこと

04

物心(ものごころ)がつく頃には母から「あなたはやればできる子なのよ」と呪文をかけられていた。母が自分に期待してくれているのは嬉しかったが、成長と共にそれは重圧(じゅうあつ)へと変わっていった。それは社会人になってからも同じで、できることが当たり前の自分であることに気を張ってばかりだった。

その言葉がただの励ましだったことに気づいたのは私が母になってからだった。鉄棒を苦手とする娘にあの呪文が出かかった。そこには期待なんて気持ちは全くなく、すぐに諦めることを身に着けないでほしいという親心だけだった。でも、その言葉を娘には発しないと私は固く誓った。

呪文をかけられていたとは、どういう意味か。

① 母の言葉が重荷になり、できないと言えない自分に苦しんでいた。

② 母の期待が嬉しかったが、期待が膨らむほど負担を感じていた。

答案 P479

05

年金制度への不安からか、今は20代から貯金にいそしむ時代らしい。そのためか節約術が書かれた本や節約情報についてのサイトやSNSが人気を集めている。そんな中、目に留まったのが「手取り16万円で100万円貯める方法」というブログだった。都内で一人暮らし、さらには貯金までと信じられなかったが、節約のために工夫をこらす姿は感心せざるを得なかった。しかし、それと同時にある考えが浮かんだ。節約はいいことだ。だが、低賃金であるがために節約を強いられていることになんの不満もないのだろうか。まずは安心して生きていけない社会に声をあげるべきではないか。

この文章で筆者が最も言いたいことは何か。

① 節約することもいいが、不安定な社会を疑問視するべきである。

② 不安定な社会であるほど、一生懸命生き抜く方法を探さなければならない。

06

農業人口は30年前に比べるとその半分に減少した。それと共に農業に携わる人々の年齢も高齢化し、重労働である農作業を考えると、今後、農業人口はますます減ることが考えられる。これでは日本の農業は衰退(すいたい)していく一方だ。

政府は若者に農業に興味を持ってもらおうと対策を練るものの、結果はいまひとつだ。そこで注目されるのが無人の農業機械だ。衛星測位システムから送られる信号を利用して、人の代わりに機械に働いてもらおうというものだ。実用まではもう少し時間がかかるが、救世主(きゅうせいしゅ)になることは間違いないだろう。

この文章で筆者が最も言いたいことは何か。

① 農業人口を増やすために政府は効果的な改善策を考えるべきである。

② 日本の農業を守るために科学技術の力を借りる必要がある。

答案 P480

實戰測驗 1

問題12　次の文章を読んで、後の問いに対する答えとして最もよいものを、1・2・3・4から一つ選びなさい。

病気知らずの病院嫌い、予防注射や健康診断すら苦手な私だったが、突如予期せぬ病になり、2か月近く入院することになった。ベッドに横たわる毎日、同じ病室の患者の話し声や気配、その他様々な雑音をさえぎろうと、私はイヤホンでよくクラシック音楽を聴いていた。

普段はあまり聴かないのだが、この時は日常よく聴くロックやポップスよりも断然モーツァルト(注1)を好んで選んだ。繰り返し聴いていると、昔、教科書で読んだモーツァルトについての有名な評論文の一節が度々頭に浮かんだ。「かなしさは疾走する」という言葉だ。弱った身体で漠然(注2)とした不安と恐れを抱えていたとき、私はかなしかったのだろうか。評論の正確に意味するところは分からないが、かなしさは生きることそのものだと思えば、私がモーツァルトの音楽に共鳴していたのは間違いない。

共鳴とは物理学的には共振、つまり同じ振動数を持つ物体ＡとＢがある場合、Ａの振動はＢに伝わりＢも同じように振動するということらしい。音楽に限らず、優れた芸術はすべてこのような共鳴を起こすのだと思う。私がモーツァルトの音楽に感じたように、多くの人に愛される芸術は振動数が広範囲の個体に一致するのだろう。何かに共鳴することとは一緒になって動くということであれば、弱っていた私の細胞はまず音楽に力を得て再び動き出したと言える。

人間は本来孤独なものだから、生きることは本質的にかなしい。そのかなしさと同じ鼓動を持ち、ぴったりと寄り添ってくれる何かが見つかれば孤独はいくぶんか緩和される。また一人より連れのある方が、人はその持てる力を引き出せるだろう。共鳴はそのように生きる力を呼び起こし動かす大きな励ましになる。そのことを、私は自身の身体が回復していく中で実感していた。もちろん共鳴を引き起こすものは芸術に限らないだろう。何気ない一言でも道端の草花でも空気がきれいだとか何でもいい。受け取る側の用意があれば、あらゆるものから共鳴を受けることができそうだ。

始めはおそらく全身で拒絶していた入院生活だが、慣れてきて医者を信頼し、看護師たちの働きに感謝し、親しみを覚え、他の入院患者の動向に興味を持つようになると、私は次第にイヤホンを外すことが多くなった。音楽はいつでも聴けると思い、最初は雑音だと避けていた病院内のあらゆる物音や動きを感知しようとしていたのだろう。看護師さんが私の名を呼ぶ声や、食事や清掃や採血にすら共鳴し力を得ていたように思う。幸い薬が効き無事に退院できた後、自宅で、大音量でモーツァルトをかけ、自分への快復祝いとした。聴きながら、病気になって以来初めて涙が出た。共鳴は生きる力になった。

（注１）モーツァルト：18世紀古典派音楽を代表する音楽家

（注２）漠然とした：ぼんやりとしてはっきりしない

65 よくクラシック音楽を聴いていたとあるが、なぜか。

1　よく聴くロックやポップスよりも好きになったから
2　病気になり、不安と恐れを感じたくなかったから
3　病院内のいろいろな雑音を聞きたくなかったから
4　普段と違う状況になり、かなしさを感じていたから

66 優れた芸術について、筆者はどのように述べているか。

1　優れた芸術は、多くの人に共鳴を与えるものである。
2　優れた芸術は、振動と共鳴から作られるものである。
3　優れた芸術は、特に弱っている人に必要なものである。
4　優れた芸術は、多くの人に振動を伝えることがある。

67 筆者によると、共鳴を起こすものとはどのようなものか。

1　非常に日常的な、身近にあるもの
2　芸術作品に限らない、あらゆるもの
3　人に生きる力を与える全てのもの
4　感知しようと思ったときに周りにあるもの

68 この文章で筆者が述べていることはどれか。

1　音楽を聴くのを止め、病院内の雑音と共鳴したら、苦手な病院が好きになった。
2　他の人からの物音や誰かの動きを感じようとしたら、病気も快復した。
3　自分の周りの様々なことに共鳴することで、生きる力を得ることができた。
4　音楽や寄り添う人の声が共鳴して、かなしい入院生活を励ましてくれた。

答案 P481

實戰測驗 2

問題12　次の文章を読んで、後の問いに対する答えとして最もよいものを、1・2・3・4から一つ選びなさい。

「地方自治は民主主義の学校」という言葉がある。イギリスの法律学者であり、かつ政治家でもあったブライスの言葉である。子供達が学校で政治について学ぶときに必ず出てくるものなので、記憶している人も多いだろう。地方自治体とは、地方単位での政治を国から認められている団体であり、地方自治とは、いわば地方の政治のことだ。国の政治より住民の声を反映させやすく、住民によるチェック機能もあるゆえ、民主主義とは何かを学ぶのに理想的な形だとされ、前述の言葉となった。

さて、2019年に東京都江戸川区という自治体で選挙が行われ、インド出身の男性が議員になった。江戸川区というところはインド系の人々が日本で一番多く住んでいる町だが、その区でインド人の町「リトル・インディア」を作ろうという計画が持ち上がったことがある。彼は、この計画はインド系住民を特別視したもので、日本人と区別するようなやり方は行政の在り方として違うのではないかと考えた。それが、彼が議員に立候補したきっかけだという。議員として活動をしていると、「君は外国人住民に関する提案だけすればいいのでは」と言われることもあるらしい。しかし、彼は外国出身の議員である前に、その地域の一住民なのである。自分が住んでいる町を、誰もが住みやすく、快適に暮らせる幸せな町にしたい。そこに国籍は関係ないのだ。彼は、自分の周りの人々の意見をくみ上げ、議論の場に持って行くのが自分の仕事であり、決してインド系住民だけの代表ではないと述べている。

外国出身というマイノリティーグループ(注)に属しつつ、議員活動をしているのは彼だけではない。また、マイノリティーであるのは何も外国人だけではない。全ての人が異なる考えを持っているのだから、全ての人が少数派であると言っても過言ではない。Aという問題には賛成するが、Bという問題には反対である人、その逆の人、どちらにも賛成、どちらにも反対の人。人の意見は様々だ。世の中のあらゆる事象について、考えがすっかり一致する人などいないはずだ。

そんな中、少数派の意見をくみ上げ、反映させるには、国という組織は巨大すぎる。どうしても多数決での判断となり、小さい声は無視されがちなのだ。しかし、地方自治体はその規模の小ささが武器だ。地方自治体では問題が発生した場合に早急な改革が可能であり、それを可能にしているのは実は住民の声なのである。地方が変われば、国も変わる。誰もが幸せに暮らせる世の中を作ろうとするのが政治であるならば、少数派の意見を切り捨てることなど一切(いっさい)あってはならない。

（注）マイノリティー：少数派

65 地方自治が民主主義の学校と言われるのは、なぜか。

1　地方の政治の民主主義とは何かということを学校で必ず学ぶから
2　住民に政治を行う権利が与えられているため、政治がしやすいから
3　住民の意見を取り入れやすく、住民による監視システムも設けられているから
4　国の政治より住民の声が届きやすく、常に理想的な政治が行われるから

66 インド出身の男性議員について、筆者はどのように述べているか。

1　インド系の人々が多い町なので、彼はインド系住民を代表したいと考えた。
2　彼が議員に立候補したことで、インド系住民が特別視されかねなかった。
3　彼が議員になったのは、全ての人が住みやすい町にしたいからだ。
4　インド系の住民の意見を聞いて議会に提出するのが行政の在り方と考えた。

67 マイノリティーについて、筆者はどのように述べているか。

1　意見が一致する人を、マイノリティーグループの中から探すのは難しい。
2　意見が完全に同じだという人はいないのだから、誰もがマイノリティーだ。
3　マイノリティーの意見を大切にすることこそ、民主主義のあるべき姿だ。
4　マイノリティーの意見を地方の政治に反映することは不可能に近い。

68 政治の在り方について、筆者が言いたいことは何か。

1　地方自治は国の政治より素早い改革が必要なので、少数派の意見を大切にすることが重要だ。
2　全ての人が異なる考えを持っているので、全ての意見を反映させようと努力することが重要だ。
3　地方自治は住民の意見を反映させやすいので、住民の意見を議会に出すことが重要だ。
4　誰もが住みやすい世の中にするためには、少数派の意見を大切にすることが重要だ。

答案　P483

實戰測驗 3

問題12　次の文章を読んで、後の問いに対する答えとして最もよいものを、1・2・3・4から一つ選びなさい。

日本では1年間に生まれる子供の数が非常に速いペースで減少している。日本政府は少子化対策を喫緊（きっきん）(注1)の課題の一つだと捉えているが、人口が減ることは日本にとってどのような問題となるのだろうか。

一番の問題は労働力の減少である。働く人の数が減ることにより、企業が必要とする労働力を確保できず、企業活動が縮小。それにより人々の収入も減少し、物も売れなくなるという経済全体の落ち込みが予想される。また、労働で得られた収入の一部は所得税という税金で国に還元され、それを元に私達の生活に必要なインフラが整備され続けているのだが、この国の税金収入が減ることで国や自治体によるインフラ整備が停滞し、社会そのものに大きな影響が出てしまうだろう。ほかにも、若い世代が高齢者を支えるという年金制度の崩壊や、高齢者が増えることによる社会保障費用の増大が懸念（けねん）(注2)されている。

政府は近年、子育て世帯への「経済的な支援の拡充」をすることで、少子化を止めようとしている。出産を諦める理由の中で、子育てにかかる経済的な負担が大きいことをあげる人が多いためだ。すでに子育てをしている人々へのサポートを行うことは、子育て世帯には歓迎される政策であろう。しかし、これで少子化が止められると考えるのは無理があると思う。

実は、結婚している夫婦の子供の数は30年前とほぼ同じだという統計がある。つまり、結婚すれば子供は30年前と同様に生まれているのだ。一方、50歳までに一度も結婚したことがない人の割合を示す生涯未婚率は1995年から年々上昇を続け、現在では男性の4人に1人、女性の6人に1人が結婚をしないまま、年を取っていることが明らかになっている。このことから、問題にすべきなのは少子化ではなくむしろ未婚化であると言えよう。結婚しない理由はいろいろある。結婚に踏み切れるだけの収入が得られていないことや雇用が不安定であること、女性の社会進出が進み、女性が男性に頼ることなく生活ができるようになったこと、一人暮らしに不自由を感じることがなくなったことなどが挙げられる。若い世代を対象に婚活(注3)支援をしている自治体もあるが、そもそも結婚する年齢の人々がすでに少子化で少なくなっている世代のため、結婚する人を増やしても少子化を止めることはできない。このままでは、効果的な対策がみつからないまま、日本社会全体が縮小していくように思われる。

残念ながら、今後も日本の少子化は解消されないだろう。労働力不足などの経済的な問題は別の面から対策を打つべきだ。日本という国が今後どのような道を選ぶべきなのか、早急に考える必要がある。

（注１）喫緊（きっきん）：急いでしなければいけない重要なこと

（注２）懸念（けねん）する：心配する

（注３）婚活：結婚相手を探す活動

65　大きな影響として筆者が挙げているのはどれか。

1　働く人が少なくなること

2　経済状況が悪くなること

3　インフラ整備が止まること

4　年金が使えなくなること

66　子育て世帯への経済的支援について、筆者はどのように述べているか。

1　政府が経済的な支援を行えば、出産する人が増える。

2　政府の支援はすでに子供を育てている人だけが対象である。

3　子育てには多くのお金が必要なので、とてもいい政策である。

4　子育てに対する支援を増やしても、少子化は止められない。

67　筆者は、日本社会の本当の問題は何だと述べているか。

1　結婚を諦める人が非常に増えたため、子供の数がどんどん減ること

2　出産を諦める人が非常に増えたため、出産率が下がり続けること

3　結婚する人が増加したにもかかわらず、子供の数は横ばいであること

4　結婚する人が減少したにもかかわらず、出産率は変わりないこと

68　この文章で筆者が最も言いたいことは何か。

1　今後は少子化対策より未婚化対策に力を入れて、結婚する人を増やすべきだ。

2　今後も少子化対策はうまくいかないので、そこから生じる問題について考えるべきだ。

3　現在の様々な問題は少子化のせいではないので、別の対策を考えるべきだ。

4　現在の少子化対策では効果がないので、別の対策を考えるべきだ。

答案 P484

信息検索

信息檢索考的是選出與指定情境或條件相符的答案，該大題有一篇文章，搭配相關考題 2 題。文章類型為日常中常見的應用文，包含作品募集公告、服務使用說明等。題目會提供指定情境，要求選出要做的事情，或是要求選出符合所有指定條件的選項。

重點攻略

1 題目提供指定情境，詢問要做的事情時，請閱讀題目，並在文中找出符合題目情境的內容，並選出相對應的選項。

例 合格したかどうかを知るには、花子さんはどうしたらよいか。

如果想知道是否合格，花子應該要怎麼做？

→ 在文中找出與合格公告有關的內容，並選出相對應的答案。

2 題目詢問符合所有指定條件的選項時，請閱讀題目，並在文中找出題目列出的所有條件，確認對應的選項內容後，選出正確答案。

例 タイさんは 2 年前に日本に来て、大学院で法学の修士課程に在籍している留学生である。学校に新しい奨学金制度ができてタイさんも申請しようとしている。申請できる奨学金はどれか。

泰伊是 2 年前來到日本，在研究所攻讀法學碩士的留學生。學校有新的獎學金制度，所以泰伊也打算申請。他可以申請哪個獎學金？

→ 閱讀文中獎學金的申請標準，找出與泰伊條件相符的選項。

3 在文中確認答題線索時，當中可能會出現「注意」、「※」、「・」等標示，或是文章下方列有注意事項或特殊事項，因此請務必仔細確認其內容。

4 該大題的文章類型屬於應用文，像是使用說明、公告、招募、時間表、價目表等，涵蓋教育、興趣、求職、勞動、料理、飲食等主題，建議參考《N1 必考單字文法記憶小冊》（p34~39），熟記相關詞彙。

解題步驟

Step 1 **閱讀題目，並標示出題目列出的條件或情境。**

閱讀第一道題目，確認題目所問的內容，並標示出題目列出的各項條件和情境。

題目　佐藤さんは今日まで留学関連の書類を送らなければならないが、郵便局に行く時間がないため、コンビニの受付サービスか集荷サービスを利用しようと思っている。佐藤さんが注意しなければならないことはどれか。

佐藤必須在今天之內寄出留學相關文件，但是他沒空去郵局，所以正考慮要使用超商的寄件服務或到府收件服務。佐藤必須注意什麼事？

Step 2 **請閱讀文章，在文中找出題目列出的條件、符合題目情境的內容，並標示出來。**

請邊閱讀文章，邊從中找出題目列出的條件、符合題目情境的內容，並標示出來。若題目要求選出在指定情境下要做的事情時，請標示出符合情境的相關指示或說明；若題目要求選出符合所有條件的選項時，請標示出條件對應的內容。

文章

【コンビニ受付サービス】 郵便局に行かなくても、近くのコンビニで発送受付ができるサービスです。

・注意： 一部の店舗ではサービスを行っておりません。 **店舗でサービスが可能か確認してください。**

当日発送は手数料（500円）がかかります。

【集荷サービス】 職員が依頼された時間に直接お宅に伺い、配達物を回収するサービスです。

・注意： **回収予定時間には必ずその場所にいらしてください。**

午後1時以前に回収された配達物は当日配送できます。

【超商寄件服務】 該項服務讓您無需前往郵局，也可在鄰近超商寄件。

・注意： 部分門市不提供此服務，建議確認門市是否有提供服務。

當日寄送將酌收手續費（500日圓）。

【到府收件服務】 該項服務由店員於約定時間，親自到府上收件。

・注意： 請務必於約定的收件時間待在約定地點。

下午1時前交寄的貨物，可於當日配送。

Step 3 **請閱讀選項，並選出與標示內容相符的答案。**

請閱讀選項，根據題目要求，選出相對應的答案。若題目要求選出在指定情境下要做的事情時，請選擇符合相關指示或說明的選項；若題目要求選出符合所有條件的選項時，請選擇滿足所有條件的選項作為答案。

選項　1 一番近いコンビニで、午前中に発送手続きをする。

前往最近的超商，在中午前辦理寄件手續。

✓ 2 午前11時に自宅に訪問した職員に書類を手渡す。

在上午11點，把文件交給到府的員工。

※ 第二題同樣適用上方解題步驟。

套用解題步驟

問題13　以下は製菓会社が主催する作品の募集の案内である。下の問いに対する答えとして最もよいものを、1・2・3・4から一つ選びなさい。

山田さんに青木製菓からの当選メールが届いたが、記入されている住所は山田さんの住所ではなかった。山田さんはどうしたらよいか。

1　10月中旬までにメールで正しい住所を伝える。

2　11月末までにメールで正しい住所を伝える。

3　10月中旬までに電話をして、正しい住所を伝える。

✔4　11月末までに電話をして、正しい住所を伝える。

Step 1 閱讀題目，並標示出題目列出的條件或情境。

Step 3 請閱讀選項，並選出與標示內容相符的答案。

5・7・5で伝える俳句コンテスト

―思い出を俳句にのせて―

青木製菓では令和元年10月１日（木）～10月31日（日）まで俳句を募集しております。テーマはチョコレートと私の思い出です。

● 応募方法

下記の本社の俳句コンテスト係りのメールアドレスにメールでお送りください。その際にお名前、生年月日、住所、電話番号も忘れずにご記入お願いします。

● 結果発表

入賞者は11月11日（水）に本社のホームページ上で発表されます。入賞者及び抽選当選者にはメールで結果が送られます。

※ 賞品は郵送いたしますので、メールに記載されている住所に誤りがありましたら、11月末までに下記の電話番号にご連絡お願いいたします。

Step 2 請閱讀文章，在文中找出題目列出的條件、符合題目情境的內容，並標示出來。

青木製菓俳句コンテスト係り

℡：0120-58-XXXX　　mail：aokicompany@com.jp

Step 1 本題要選出山田要做的事情，題目列出的情況如下：
（1）郵件中所寫的住址並非山田的地址

Step 2 文中提及地址有誤的情況為：「記載されている住所に誤りがありましたら、11 月末までに下記の電話番号にご連絡お願いいたします（若所列地址有誤，請於 11 月底前撥打下方電話號碼聯絡）」

Step 3 若地址有誤，要在 11 月底前打電話告知，因此答案為 4 11 月末までに電話をして、正しい住所を伝える（在 11 月底前打電話告知正確的地址）。

問題 13 以下為製果公司舉辦的作品徵集活動。請針對下列問題，並從 1、2、3、4 中選出最合適的答案。

山田先生收到了來自青木製果的中獎信件，但當中填寫的住址並非山田先生的住址。請問山田先生該怎麼辦？

1 在10月中旬以前以信件回覆正確住址。

2 在11月底以前以信件回覆正確住址。

3 在10月中旬以前以電話回覆正確住址。

4 在11月底以前以電話回覆正確住址。

以5・7・5傳達的俳句大賽

－將回憶寄託在俳句上－

青木製果將於2019年10月1日（四）～10月31日（日）徵集俳句。主題為巧克力與我的回憶。

● 投稿方法：
請以電子郵件方式將作品寄至下列本公司俳句大賽專屬郵件信箱。作品中請記得附上姓名、出生年月日、地址、電話號碼。

● 結果發表
入選者將於11月11日（三）公布於本公司官方網站。入選者及中獎人則會以郵件通知結果。
※由於會郵寄獎品，如郵件中填入的地址有誤，請於11月底以前撥打下列電話號碼聯繫。

青木製果俳句大賽專用信箱
TEL：0120-58-XXXX mail：aokicompany@gom.jp

字彙 **製菓 せいか**名製造糕點、甜品 | **主催 しゅさい**名主辦 | **作品 さくひん**名作品 | **募集 ぼしゅう**名徵集 | **当選 とうせん**名當選
メール名郵件 | **届く とどく**動送達 | **記入 きにゅう**名填寫 | **中旬 ちゅうじゅん**名中旬 | **末 まつ**名月末
俳句 はいく名俳句 | **コンテスト**名大賽 | **思い出 おもいで**名回憶 | **のせる**動加上 | **令和 れいわ**名令和（日本年號）
元年 がんねん名元年 | **テーマ**名主題 | **チョコレート**名巧克力 | **応募 おうぼ**名投稿 | **方法 ほうほう**名方法
下記 かき名下述 | **本社 ほんしゃ**名本公司 | **係り かかり**名負責該工作的人 | **メールアドレス**名郵件地址
生年月日 せいねんがっぴ名出生年月日 | **電話番号 でんわばんごう**名電話號碼 | **忘れる わすれる**動忘記 | **結果 けっか**名結果
発表 はっぴょう名發表、發布 | **入賞者 にゅうしょうしゃ**名入選者 | **ホームページ**名官方網站 | **及び および**名以及
抽選 ちゅうせん名抽獎 | **当選者 とうせんしゃ**名中獎人 | **賞品 しょうひん**名獎品 | **郵送 ゆうそう**名郵寄
記載 きさい名記載、刊登 | **誤り あやまり**名錯誤

實力奠定

請針對題目選出適當的答案。

01 木村（きむら）さんは留学を考えているが、希望する留学先は木村（きむら）さんが通う大学の協定校には入っていなかった。木村（きむら）さんが留学する方法は次のうちどれか。

① 学校で留学先の入学許可書を申し込み、1年間無料で行く。

② 希望する留学先から入学許可書を直接もらい、1年間私費で行く。

● 単位認定留学 ●

休学せずに留学できるプランです。留学先で取得した単位は本学で認定可能です。

プラン	期間	留学先の授業料	留学先
交換留学	1年	本人負担なし	協定校のみ
私費留学	1年	全額負担	協定校以外の大学

（注意）

1. 原則として留学期間中も本学に授業料を納めなくてはいけません。
2. 希望する留学先が本学の協定校にない場合は、まず留学先の概要が書かれた資料を提示してください。本学の審査を経て、留学先として認められた場合のみ単位認定留学が可能です。また、留学先の入学許可書も必要となりますが、そちらにつきましては本学は一切介入できません。本人が直接申請する形になります。

02 大森（おおもり）さんは施設で面会をし、週末新しい家族となる犬を引き渡してもらえることになった。犬を受け取るにあたって、大森（おおもり）さんがしなければいけないことは次のうちどれか。

① 施設で誓約書を書き、4万円の費用を支払う。

② 自宅で誓約書にハンコを押し、10万円と一緒に送る。

>> かわいいわんちゃんたちの里親募集 <<

私たちは人間の身勝手な事情で捨てられ、処分執行予定の犬たちを保護し、彼らに新しい家族を探す活動を行っています。まずは、面会が必要となりますので、下の番号にお電話をかけていただき、事前に申請していただきますようお願いいたします。

—注意事項—

- 引き渡しはこちらの施設で行います。また、その際に傷を負った犬たちが再び悲しい思いをしないよう誓約書を取り交わしていただきます。印鑑が必要となりますので、必ずお持ちください。
- 譲渡にあたり1頭につき4万円の費用をいただいております。保護してから皆様に譲渡するまでに1頭約10万円ほど費用がかかっています。皆様からの資金が次の一頭を救う支援になります。

NPO法人　ドッグサポート　TEL0298－0000－XXXX

03　竹田(たけだ)さんは仕事が忙しくて掃除する時間が取れないため、家事代行サービスを頼もうと考えている。特に苦手なキッチン掃除と夏から秋にかけて涼しくなってきたので衣替えをお願いしたい。竹田(たけだ)さんが申し込むコースはどれか。

① お好みスポットコース

② 水回り集中コース

一家事代行サービス一

家事だってプロに任せよう!お気軽にお問い合わせください!

コース名	コースの説明	時　間	料　金
基本お掃除コース	居間、台所、トイレなどお家全体を掃除いたします。基本的な掃き掃除や拭き掃除が主ですので、重点的なお掃除を希望される方にはおすすめできません。	3時間	7,500円
お好みスポットコース	お客様が希望したところを優先的に時間内できれいにいたします。エアコンの掃除や洋服の整理まで何でも担当いたします。	2時間	5,000円
水回り集中コース	お風呂場、台所、トイレなど普段、手入れが難しいところを丁寧に掃除いたします。	2時間	6,500円

※ 延長料金は1時間1,500円です。

04　鈴木(すずき)さんは映画コンテストの観光地部門に作品を応募したい。鈴木(すずき)さんが応募できる作品は次のうちどれか。

① 公式ホームページにある施設の写真と自分が撮った映像を組み合わせた動画

② 有名な神社とその周りにある複数の飲食店を紹介した動画

観光映像コンテスト

日本を世界へ、世界を日本へ!180秒の映像でその魅力を伝えよう!

| 参加者 | 誰でも参加可能です!年齢、国籍は問いません。

| 募集部門 | ① 世界遺産部門:世界各国の世界遺産の中から一つ選択し、その魅力を世界の皆さんに伝えてください。
② 観光地部門:全国各地の観光地の中から一つ選択し、映像を見て海外からの観光客が増えるような映像を制作してください。

| 募集作品 | 日本をPRする映像作品を募集しています。映像の時間は3分以内でお願いします。
その際、著作権には十分に注意していただきますようお願い申し上げます。
インターネットに既存する写真や映像などはくれぐれもご使用をお控えください。
作品にはご自身で撮影したもののみご使用ください。

| 締め切り | 9月30日(金)午後5時まで

答案 P486

實戰測驗 1

問題13　右のページは、転職者向けの求人情報である。下の問いに対する答えとして最もよいものを、1・2・3・4から一つ選びなさい。

69　以前、営業スタッフとして勤務していた吉田さん32歳は、転職先を探している。持っている資格は普通自動車運転免許のみである。次は雇用形態にはこだわらず月収が25万円以上の仕事に応募するつもりである。吉田さんが応募できる会社は次のうちどれか。

1　未経験者でも応募できる丸一食品と、資格を満たしているサンコー建設
2　年齢条件を満たしている大北電機と、資格を満たしているサンコー建設
3　未経験者でも応募できる丸一食品と、優遇の条件を満たしている南森鉄工所
4　未経験者でも応募できる南森鉄工所と、未経験者を優遇するJOP保険会社

70　以前、ゲーム開発会社で開発スタッフとして勤務していた佐々木さん27歳は、転職先を探している。佐々木さんは、四年制大学の工学部情報工学科を卒業し、月収30万円以上で正社員なら職種にはこだわらないが、責任ある仕事を任せてもらえる会社に応募したい。佐々木さんの希望に合う会社の説明として、正しいものはどれか。

1　日南電鉄は、必要な資格の条件を満たしており、仕事でリーダーシップが発揮できる。
2　南森鉄工所は、学歴、年齢の条件を満たしており、責任のある仕事を任せてもらえる。
3　大北電機は、学歴、年齢、求められる人物像の条件を満たしており、経験を生かせる。
4　MS情報サービスは、年齢、卒業学科の条件を満たしており、まじめな仕事が評価される。

ジョブリサーチ　求人情報

(2月　転職者向け)

会社名 配属	雇用形態	条件／必要資格など	収入／求める人物像など
丸一食品 製品管理スタッフ	正社員	未経験者歓迎	月収28万～。チームワークを大切にしている会社です。
大北電機 開発スタッフ	正社員	大学卒業、28歳～35歳までの製品開発経験者	月収35万～。責任感の強い方を希望
日南電鉄 経理課長補佐	正社員	大学卒業、～40歳までの経理経験者	月収40万～。リーダーシップのある方募集
大阪百貨店 販売スタッフ	正社員	販売経験者または リーダー経験者	月収35万～。アパレルに興味のある方大歓迎
ミドリ薬局 販売スタッフ	正社員	販売経験者または商品管理経験者	月収40万～。明るく接客の好きな方、長く続けられる方募集
サンコー建設 建設作業員	契約社員	普通自動車運転免許必須	月収25万～。責任を持って働ける方募集
三星製薬 研究スタッフ	正社員	大学卒業、～35歳までの薬剤師国家資格保有者	月収35万～。薬剤師国家資格を生かすチャンスです。
南森鉄工所 営業スタッフ	正社員	大学卒業、～28歳まで、未経験者歓迎、営業経験者優遇	月収31万～。取引先の営業をお任せします。
MS情報サービス エンジニア	正社員	28歳～、情報系学科卒業またはシステムエンジニア経験者	月収32万～。コツコツ真面目に働ける方募集
AKK警備保障 警備スタッフ	アルバイト	深夜働ける方、 学生歓迎	時給2,000円。春休みを使った短期バイトも可。
JOP保険会社 受付スタッフ	契約社員	未経験者歓迎 事務経験者優遇	月収30万～。先輩社員が丁寧にサポートしてくれます。
都観光 接客スタッフ	正社員	25～48歳までの TOEIC780点以上取得者	月収24万～。観光経験者歓迎。若手社員のサポートもお願いします。
エース進学塾 非常勤講師	アルバイト	四年制大学理系学部在学生または卒業生	時給1,800円前後。中学生に分かりやすく数学・理科の解説ができる方募集

答案　P488

實戰測驗 2

問題13　右のページは、星光大学の奨学金案内である。下の問いに対する答えとして最もよいものを、1・2・3・4から一つ選びなさい。

69　由美（ゆみ）さんは、4月に星光大学の文学部に入学予定である。自分が申請できる奨学金を調べているが、今回募集する奨学金のうち、由美（ゆみ）さんが申請できる奨学金は次のうちどれか。

1　星光大学奨学金
2　星光大学奨学金と優秀学生奨学金
3　星光大学奨学金と未来奨学金
4　未来奨学金と研究者育成奨学金

70　ウォンさんは星光大学理学部の2年生である。「理学会奨学金」を申請しようと考えているが、3月12日から4月5日まで国へ帰る予定である。ウォンさんが最も早く奨学金の申請書を入手できる日と、その入手方法について、合っているのは、次のどれか。

1　3月10日に、学生証と印鑑を持って奨学金窓口へ行く。
2　3月10日に、ウェブシステムからダウンロードする。
3　3月15日に、郵送で国に取り寄せる。
4　4月6日に、大学構内の奨学金窓口で受け取る。

星光大学　春の奨学金案内

○　今回募集する奨学金一覧

奨学金		申請書ダウンロード	申請できる学部
星光大学奨学金	貸与型	可	全学部
理学会奨学金	貸与型	不可	理学部
優秀学生奨学金	給与型	不可	全学部
未来奨学金	給与型	可	法学部・文学部
研究者育成奨学金	給与型	可	全学部

○　奨学金の種類

奨学金には、 貸与型・給与型があります。 貸与型は、 将来返済が必要です。 給与型は、 返済の必要はありません。

○　奨学金の対象

- 学部、 学年によって申請できる奨学金が異なります。
- 「優秀学生奨学金」は在校生が対象です。 4月に入学する新1年生は申請ができません。
- 「研究者育成奨学金」の対象は、 大学院に進学希望の4年生のみです。

○　申請の手続き

申請期間は、 申請書配布開始日から4月30日までです。 申請手続きは、 本人が、 記入済みの申請書及びその他の必要書類を、 奨学金窓口に持参して行います。 その際、 学生証と印鑑が必要です。

- 申請書： 一部を除き、 学生専用ウェブシステムからダウンロードできます。 配布期間は3月10日から4月10日です。 各奨学金の対応状況は、 上記の奨学金一覧に示してあります。 入学前の新1年生及びウェブシステムに対応していない奨学金の申請を希望する学生は、 奨学金窓口で入手してください。 配布期間は3月15日から4月10日です。
- その他の必要書類： 次ページ以降の各奨学金の募集要項をよく読み、 必要な書類を準備してください。 不備があると、 理由のいかんに関わらず申請を受け付けられませんので、 注意してください。

注意） 年度内に申請できるのは、 各型につき1つのみです。

■　奨学金窓口（星光大学事務棟1階）

開所時間　9:00～17:00　3月10日から4月30日までは土日も含め毎日開所します。

答案　P489

實戰測驗 3

問題13　右のページは、劇場のホームページに書かれた「月花劇場友の会」の案内である。下の問いに対する答えとして最もよいものを、1・2・3・4から一つ選びなさい。

69　ラオさんは日本で演劇の歴史を学んでいる大学生で友の会への入会を考えている。インターネットから申し込める会員がいいと思っているが、会員になった場合何ができるか。

1　劇場で行う全ての公演をいつでも1割引きで見ることができる。
2　毎月定期的に開かれるトークショーに参加することができる。
3　劇場内の店で買い物をする時に、割引サービスを受けることができる。
4　インターネットで購入したチケットを自宅まで送ってもらうことができる。

70　佐藤（さとう）さんは演劇が好きな高校生で友の会に入会したいと思っている。学生なのでクレジットカードは持っていないが、銀行口座は持っている。「月花劇場 友の会」に入会する場合、佐藤（さとう）さんはどうしたらいいか。

1　一般会員になり、年会費3,000円を引き落としで支払う。
2　一般会員になり、年会費2,500円を事務局の窓口で支払う。
3　ネット会員になり、年会費2,000円を引き落としで支払う。
4　ネット会員になり、年会費1,500円を事務局の窓口で支払う。

月花劇場 友の会

月花劇場 友の会は、 演劇を心から愛する方々のための会員組織です。

☞ **特典**

1. 友の会だけの先行販売
   一般前売りに先がけて、 チケット先行販売を実施します。
   先行販売は、 1公演につき2枚まで10%引きいたします。
   公演情報誌を年6回、 ご自宅にお届けいたします。（一般会員のみ）
2. イベントへのご招待
   会員向けの、 出演者によるトークショーにご参加いただけます。（不定期開催）
3. 施設のご利用優待
   月花劇場内売店で販売している書籍を10%引き、 その他の商品を5%引きにいたします。

☞ **会員種別**

※高校生以下の会員は年会費が500円引きになります。

	一般会員	ネット会員
友の会年会費	3,000円	2,000円
チケット購入方法	電話 または インターネット	インターネット
チケット	ご自宅に郵送 劇場内自動発券機	コンビニで発券 劇場内自動発券機

☞ **ご入会の手続き**

- 一般会員：インターネットまたは入会申込書でお手続きが可能です。 入会申込書は劇場内に設置しております。 また、 友の会事務局にお電話いただければ郵送もいたします。 会費はクレジットカード、 銀行振込、 もしくは事務局での現金支払いができます。
- ネット会員：インターネットからのみの手続きです。 会費はクレジットカードもしくは銀行振込でお支払いができます。

※ 会員証カードがお手元に届き次第、 チケット先行販売等の友の会サービスをご利用いただけます。

お問い合わせ：月花劇場 友の会事務局

TEL：042-987-6532（10:00～18:00　火曜定休）

答案 P491

聽解

問題 1 問題理解

問題 2 重點理解

問題 3 概要理解

問題 4 即時應答

問題 5 綜合理解

問題理解

問題理解考的是聽完兩人針對特定主題交談後，選出當中男生或女生下一步的行動。總題數為 6 題，對話內容包含工作上的指示、提供建議、尋求意見、詢問方法等，針對對話結束後最先要做的事，和接下來要做的事提問。

重點攻略

1 對話開始前會先播放對話情境和題目，請趁此時掌握好解題重點，包含對話的地點和主題、對話者的身份或職業，以及男生和女生各自該做的事情等。

例 食品会社で男の人と部長が企画書について話しています。男の人はこのあとまず何をしますか。
在食品公司，男子和部長正針對企劃書進行討論，稍後男子最先要做什麼事？

2 題目詢問對話結束後最先要做的事時，請特別留意聽力原文中提及「とりあえず（姑且先）」、「その前に（在此之前）」、「先に（首先）」、「~てから（~之後）」之處，確認時間、日期、事情的先後順序等相關內容。在後半段對話中，經常會推翻原本的決定，因此請不要急著選出答案，務必耐心聽到最後，再選出最先要做的事情。

例 職員はこのあとまず何をしますか。員工接下來會先做什麼？
女の人はまず何をしなければなりませんか。女子最先應該做什麼？
男の学生はこのあとすぐ何をしなければなりませんか。男學生稍後最先應該做什麼事？

3 題目詢問接下來要做的事時，請特別留意聽力原文中提及「それより（比起那個）」、「~た方がいい（做~比較好）」之處，確認事情的重要性，以及提及「やってみる（嘗試看看）」之處，確認打算做的事。聽力原文中會出現好幾件事情，請確認各自分別為已完成的事、不需要做的事，還是應該要做的事，並選出最終決定要做的事。

例 男の店員はこのあと何をしますか。男店員接下來要做什麼？
社員は次の年の新入社員研修のスケジュールをどのように再編成しますか。
員工如何重新安排下一年度新進員工的培訓日程？

4 該大題的聽力內容涵蓋經營、業務、學術、研究等主題，建議參考《N1 必考單字文法記憶小冊》（p34~39），熟記相關詞彙。業務類的內容除了公司之外，還包含公家單位、服飾店、餐廳等各種工作場合。

解題步驟

Step 1 **請於聽力原文播出前，快速瀏覽選項，事先確認聽力中可能會提及的內容。**

請在聽力原文播出前，迅速看過選項，確認稍後對話中可能會提及哪些事情，並推測對話地點、對話者的身份或職業。請注意對話中提及的事情未必會按照選項的排列順序。

選項 1 受け取った荷物を整理する 整理收到的貨品

2 商品の在庫を確認する 確認商品的庫存

→ 推測可能是在「商店」與「店員」對話。

Step 2 **請邊聽情境說明與題目，邊掌握題目的重點。而後聆聽對話時，請確認完成各項事情的先後順序。**

請邊聽情境說明與題目，邊掌握解題重點。包含對話地點、主題、對話者的身份或職業、誰是要做事的人等。而後聆聽對話時，若題目詢問的是對話結束後最先要做的事，請確認各項事情的先後順序；若題目詢問的是接下來要做的事，則請確認已完成與未完成的事情。對話中提及已完成的事，或是不需要做的事時，請在對應的選項旁打X。對話最後經常會推翻原本的決定，因此請務必聽到最後再選擇答案。

情境說明 運動着の店で店長と女の店員が話しています。

店長和女店員正在運動服裝店交談。

題目 女の店員はまず何をしますか。女店員最先要做什麼事？

對話 M：今忙しくないから、田中さんは倉庫に行って、商品の在庫を確認してくれる?

セール対象品だけね。

現在沒有很忙，可以麻煩田中小姐去倉庫確認一下商品的庫存嗎？

只要確認折扣商品就好

F：はい、わかりました。好，我知道了。

→ 請注意不要直接認定為答案。

M：あ、もうこんな時間か。3時に宅配便で荷物が届く予定だから、それを先に整理してから在庫の確認をしよう。

→ 請在選項 2 旁打 X，並注意提及「~てから（~之後）」之處。

啊，已經這麼晚了。貨品預計3點會送達，先整理好之後再確認庫存。

Step 3 **請於題目播放第二遍時，邊聽題目，邊選出適當的選項。**

請於題目播放第二遍時，邊聽題目，邊選出最先要做的事情，或是最終決定要做的事情。

選項 ✔ 1 受け取った荷物を整理する 整理收到的貨品 O

2 商品の在庫を確認する 確認商品的庫存 X

套用解題步驟 035 聽解問題1 問題理解_01_套用解題步驟.mp3

[題本]

問題1では、まず質問を聞いてください。それから話を聞いて、問題用紙の1から4の中から、最もよいものを一つ選んでください。

1 研究テーマを深める ×

✓2 主張の文章を書き直す ○

3 詳しい例を入れる ×

4 全体を簡潔にまとめる ×

Step 1 請於聽力原文播出前，快速瀏覽選項，事先確認聽力中可能會提及的內容。

[음성]

大学で男の学生と先生が話しています。男の学生はこのあとまず何をしなければなりませんか。

M：先生、この間提出したレポート、ご確認いただけましたでしょうか。

F：ええ、[1]興味深い研究テーマを選びましたね。読みごたえがありました。

M：そうですか、ありがとうございます。

F：はい。特に[3]例として挙げている内容について具体的かつ細かく書かれていて、その説明もわかりやすかったです。頑張りましたね。

M：ありがとうございます。

F：ただ、[2]主張部分に少し曖昧な表現が使われていたので、そこが少し残念だったなと。その部分を補う必要がありますね。

M：はい。

F：そこを修正したうえで、[4]最後に全体をもう少し短くまとめることができると、さらに良くなりそうです。

M：わかりました。では、すぐ修正します。

男の学生はこのあとまず何をしなければなりませんか。

Step 2 請邊聽情境說明與題目，邊掌握題目的重點。而後聆聽對話時，請確認完成各項事情的先後順序。

Step 3 請於題目播放第二遍時，邊聽題目，邊選出適當的選項。

Step 1 對話中可能會出現 1「深入研究主題」、2「重寫主張說明的部分」、3「加入詳細案例」、4「精簡總結全文」相關的內容。

Step 2 聽完情境說明和題目後，可得知稍後聆聽的內容為男學生與教授在大學裡的對話，以及題目詢問的是男學生最先要做的事為何。對話中教授稱讚男學生選了一個有趣的研究主題，且有舉出具體的例子，因此請在選項 1 和 3 後方打 ×；對話最後才提出精簡全文內容的要求，表示男學生修改的順序為：重寫主張說明的部分→ 精簡總結全文，因此請在選項 4 後方打 ×。

Step 3 本題詢問的是男學生最先要做的事。教授提出：「主張部分に少し曖昧な表現が使われていたので、そこが少し残念だったなと（在主張部分中，用到一些模稜兩可的表達方式，有點可惜）」，因此答案要選 2 主張の文章を書き直す（重寫論述的依據）。

[試題卷]

在問題 1 中，首先請先聽問題。接著再聽對話，並從試題卷的 1 ～ 4 中選擇一個最適當的答案。

1 深入研究主題
2 重寫主張說明的部分
3 加入詳細案例
4 簡要地全文總結

[音檔]

大學中有男學生正與老師在對話。男學生接下來首先必須做什麼？

M：老師，我之前提交的報告，請問您看過了嗎？

F：看過了，你選了個還挺有意思的研究主題嘛。還蠻值得一讀。

M：是嗎？謝謝老師！

F：是的，特別是案例提到的內容都很具體且詳細，說明也很好懂。做得很好。

M：謝謝老師！

F：只是說明主張的部分寫得有點模糊，這一點有點可惜。這個部分還需要再補足。

M：好的。

F：這個部分修正完之後，如果最後還能再總結得短一點，應該會更好。

M：我了解了！那我立刻修正！

男學生接下來首先必須先做什麼？

字彙 **提出 ていしゅつ** 名 提交｜**確認 かくにん** 名 確認｜**興味深い きょうみぶかい** い形 很有意思｜**テーマ** 名 主題｜**読みごたえ よみごたえ** 有閱讀的價值｜**内容 ないよう** 名 內容｜**具体的だ ぐたいてきだ** な形 具體的｜**主張 しゅちょう** 名 主張｜**部分 ぶぶん** 名 部分｜**曖昧だ あいまいだ** な形 模糊的、曖昧的｜**表現 ひょうげん** 名 書寫方式、表達方式｜**補う おぎなう** 動 補足｜**修正 しゅうせい** 名 修正｜**全体 ぜんたい** 名 全體｜**まとめる** 動 總結、統整

實力奠定

036 聽解問題1 問題理解_02.mp3

請聆聽對話，選出接下來要做的事。

01 ① 留学（りゅうがく）のプログラムに申請（しんせい）する

② 必要（ひつよう）な書類（しょるい）を準備（じゅんび）する

02 ① 駅前（えきまえ）でチラシを配（くば）る

② アンケートの結果（けっか）をまとめる

03 ① 息子（むすこ）に進学（しんがく）を勧（すす）める

② 息子（むすこ）の相談（そうだん）にのる

04 ① 商品（しょうひん）の値段（ねだん）を下（さ）げる

② SNSを利用（りよう）して宣伝（せんでん）する

05 ① マンガの原稿（げんこう）のデータCD

② マンガの原稿（げんこう）のコピー

06 ① 小説をフランス語に訳す

② 妹に絵本を借りる

07 ① 売り上げのグラフを見やすく示す

② 売り上げのグラフを去年のものにする

08 ① 本の在庫を確認する

② 本を棚に並べる

09 ① 料理に使う玉ねぎを切る

② 肉の脂身部分を取り除く

10 ① 口紅の大きさを変える

② 口紅の色の種類を増やす

答案 P493

實戰測驗 1

037 聽解問題1 問題理解_03.mp3

問題1

問題１では、まず質問を聞いてください。それから話を聞いて、問題用紙の１から４の中から、最もよいものを一つ選んでください。

1番

1　歓迎会の店を決める

2　新入生に日時の連絡をする

3　連絡先がわからない人を調べる

4　会費を払っていない２年生に連絡する

2番

1　レジで支払いをする

2　お届け用紙に記入する

3　送料を確認する

4　ポイントカードを作る

3番

1　領収書の内容をパソコンで入力する

2　領収書を課長に渡す

3　ダイレクトメールの発送を手伝う

4　来週の会議の書類をチェックする

4番(ばん)

1　郵便番号(ゆうびんばんごう)を記入(きにゅう)する

2　指定日時(していにちじ)を記入(きにゅう)する

3　切手(きって)を購入(こうにゅう)する

4　切手(きって)で料金(りょうきん)を払(はら)う

5番(ばん)

1　別(べつ)のデザインを考(かんが)える

2　企画書(きかくしょ)に書(か)いた価格(かかく)を見直(みなお)す

3　新(あたら)しいバッテリーを探(さが)す

4　軽(かる)いレンズを探(さが)す

6番(ばん)

1　十分(じゅうぶん)な睡眠(すいみん)をとる

2　食生活(しょくせいかつ)を改善(かいぜん)する

3　いろいろな検査(けんさ)を受(う)ける

4　カウンセリングを受(う)ける

答案　P497

實戰測驗 2

038 聽解問題1 問題理解_04.mp3

問題1

問題１では、まず質問を聞いてください。それから話を聞いて、問題用紙の１から４の中から、最もよいものを一つ選んでください。

1番

1 次の駅で降りる

2 終点の駅で降りる

3 すぐバスに乗り換える

4 地下鉄に乗り換える

2番

1 生地を見て試着する

2 スーツの形を決める

3 サンプルを選ぶ

4 試着室へ行く

3番

1 マニュアル作りを手伝う

2 売上データをまとめる

3 ミーティングの資料を印刷する

4 進行状況を報告する

4番

1　招待者リストを作成する

2　先輩に招待者リストの送付を依頼する

3　花屋にいつまで休業するか確認する

4　花屋に注文の電話をかける

5番

1　小鳥の飼い方の本を読む

2　小鳥を検査に連れて行く

3　小鳥の飼育に必要なものを買う

4　小鳥専門の病院を調べる

6番

1　先生とスピーチの練習をする

2　教室で作文を仕上げる

3　事務室に書類を提出する

4　アルバイトの時間を変更する

答案　P502

實戰測驗 3

039 聽解問題1 問題理解_05.mp3

問題1

問題1では、まず質問を聞いてください。それから話を聞いて、問題用紙の1から4の中から、最もよいものを一つ選んでください。

1番

1 秋のクラスの開講日を変更する

2 秋のクラスの開講日を確認する

3 写真を送ってもらえるようにメールする

4 いろいろな人がいるクラスの写真を撮る

2番

1 今のアルバイトの人に紹介してもらう

2 広告会社に求人広告を頼む

3 食事付きのアルバイトにする

4 インターネットに情報を出す

3番

1 アンケート結果を分析する

2 商品開発部に連絡をする

3 パッケージデザインを見直す

4 駅前の広場の使用許可を申請する

4番

1　部長にソフトクリーム屋でいいか聞く

2　ソフトクリームの機械を予約する

3　ソフトクリームの材料の量を考える

4　大学祭の本部にソフトクリーム屋をすると伝える

5番

1　課長のスケジュールを確認する

2　課長に電話で、会議への出席を依頼する

3　会議で話す内容を課長に説明する

4　会議の資料を共有フォルダに保存する

6番

1　文字数を減らす

2　箇条書きにする

3　数値を入れる

4　グラフを入れる

答案　P506

重點理解

重點理解考的是聽完兩人對話、單人獨白後，選出說話者的想法或意見。總題數為 7 題。兩人對話的地點包含電視或廣播節目、公司、商家、學校等；單人獨白的地點則以電視或廣播節目為主。

重點攻略

1 對話或獨白前會先播放情境說明和題目，請趁此時掌握好解題重點，包含地點、談論主題、說話者的身份或職業、題目針對誰提問等。題目播完後，有 20 秒的時間可以閱讀選項，選項內容通常會出現在後續播放的對話或獨白中，因此請務必仔細閱讀選項，確認其內容。

例 カフェで男の人と女の人が話しています。男の人はイラスト公募展に応募するにあたり、何が心配だと言っていますか。

男子和女子正在咖啡廳內聊天。男子提到他報名參加插畫比賽，對什麼感到擔憂？

2 本大題的題目主要會詢問理由、解決方案、契機，並使用「何（什麼）」、「どうして（為什麼）」、「どんな（什麼樣的）」、「どう（怎麼）」、「どこ（哪裡）」等疑問詞提問。當中最常出現的是以「何（什麼）」提問的題目。

例 レストランの経営者は今、何が心配だと言っていますか。

餐廳的經營者表示他現在擔心什麼？

工場長はこの工場で作られるチーズが特別なのはどうしてだと言っていますか。

廠長表示為什麼這間工廠製作的起司如此特別？

研究員はこの新薬の開発で、どんなことが最も重要だと言っていますか。

研究人員認為開發這款新藥，最重要的是怎樣的事？

イベントを知らせるために、どうすることにしましたか。

為宣傳活動，決定要怎麼做？

クラシックの演奏の最も難しいところはどこだと言っていますか。

演奏古典音樂，最困難的地方在哪裡？

3 聆聽對話或獨白時，請特別留意與題目關鍵字有關的所有內容。有時會提及與題目無關的內容，請試著判斷是否與題目有所關聯。

4 該大題會出現專業人士，探討經營、業務、藝術、運動、政策、福利、科技等主題，聽力內容較為專業，且著重細節。建議參考《N1 必考單字文法記憶小冊》（p34~39），熟記相關詞彙。

解題步驟

Step 1 **聽完情境說明和題目後，請掌握好解題重點，並利用 20 秒的間隔時間快速瀏覽選項。**

聽完情境說明和題目後，請確認題目所詢問的對象和內容為何，並快速寫下解題重點。之後請利用 20 秒的間隔時間瀏覽選項，確認稍後對話或獨白中可能提及的內容。

情境說明和題目　カフェで男の人と女の人が話しています。男の人（男子）は新しい会社に転職（到新公司工作）するにあたり、何が心配だ（擔心什麼）と言っていますか。

男子和女子正在咖啡廳內聊天。男子提到他要換到新公司工作，他對什麼感到擔憂？

選項　1 上司や仲間が変わること　上司和同事的更動

2 広告や販売の仕事に詳しくないこと　不熟悉廣告和銷售工作

Step 2 **請邊聽對話或獨白，邊留意題目的重點，並掌握答題線索。**

聆聽對話或獨白時，請留意題目重點，並掌握答題線索。若為對話時，請特別留意題目針對的男生或女生所說的話；若為獨白時，則專心聆聽與題目相關的內容。

對話　M：今度、転職することにしたんだ。広告や販売をするところに。

這次我決定要換工作，換到廣告和銷售的公司。

F：へえ、そうなんだ。仕事がだいぶ変わって大変なんじゃない？

喔，這樣啊。工作內容大幅變動，不會很辛苦嗎？

M：そういう仕事に興味があったし、いろいろ勉強してきたからそこは大丈夫だと思うけど、僕人見知りだからね。上司とか同僚が変わるからうまくやっていけるかどうか。

我對那方面的工作很感興趣，而且做了很多功課，所以我想應該沒問題。但是因為我很怕生，換了上司和同事，不曉得能否跟他們相處融洽。

Step 3 **請於題目播放第二遍時，邊聽題目，邊選出與答題線索相符的選項。**

題目播放第二遍時，請邊聽題目，根據對話或獨白中的答題線索，選出內容相符的選項。

題目　男の人は新しい会社に転職するにあたり、何が心配だと言っていますか。

男子提到他要換到新公司工作，他對什麼感到擔憂？

答案　✔ 1 上司や仲間が変わること　上司和同事的更動

2 広告や販売の仕事に詳しくないこと　不熟悉廣告和銷售工作

聽解

問題2 重點理解

套用解題步驟 040 聽解問題2 重點理解_01_套用解題步驟 .mp3

[題本]

問題2では、まず質問を聞いてください。そのあと、問題用紙のせんたくしを読んでください。読む時間があります。それから話を聞いて、問題用紙の1から4の中から、最もよいものを一つ選んでください。

1 体力がつくこと

2 肩こりが治ること

3 ストレス解消になること

✔4 自信がつくこと

Step 1 聽完情境說明和題目後，請掌握好解題重點，並利用20秒的間隔時間快速瀏覽選項。

[音檔]

会社で男の人と女の人が話しています。男の人は運動をすることの一番の魅力は何だと言っていますか。

F：最近、なんだか楽しそうだね。

M：わかる？実は、最近スポーツジムに通いはじめたんだ。運動がこんなにいいものだって知らなかったよ。

F：どういうところがいいの？

M：まず、[1]スタミナがつくこと。今まで平日は仕事のあと、疲れて何もする気が起きなかったんだけど、最近は友達と遊んでるんだ。

F：へえ。

M：それから[2]肩こりも治って、体が軽くなったな。[3]汗と一緒に日々のストレスも流される気がして、気分がすっきりするしね。

F：それはいいね。

M：うん。[4]何より、自分の体がだんだん変わる様子を見ていたら、自分に自信を持てるようになってきたんだ。なんだかんだ言って、それが一番大きいな。

F：私も始めようかな。

男の人は運動をすることの一番の魅力は何だと言っていますか。

Step 2 請邊聽對話或獨白，邊留意題目的重點，並掌握答題線索。

Step 3 請於題目播放第二遍時，邊聽題目，邊選出與答題線索相符的選項。

Step 1 聽完情境說明和題目後，可得知本題為男女兩人在公司的對話，題目詢問男子認為運動最大的魅力為何。且稍後對話中可能會提及 1「增強體力」、2「舒緩肩膀僵硬」、3「消除壓力」、4「增加自信」相關的內容。

Step 2 題目詢問的是「最大的魅力」，聆聽對話時請特別留意。雖然對話中有提及運動可以增強體力、舒緩肩膀僵硬、消除壓力，但最重要的優點是增加自信。

Step 3 本題詢問的是男子認為運動最大的魅力為何。男子表示：「何より、自分の体がだんだん変わる様子を見ていたら、自分に自信を持てるようになってきたんだ（最重要的是，看著自己身體逐漸變化的樣子，讓我對自己更有自信了）」，因此答案為 4 自信がつくこと（增加自信）。

[試題卷]

在問題２中，請先聽問題。接著再閱讀試題卷中的選擇項目。會預留閱讀的時間。接著再聽對話，並從試題卷中的１～４中，選擇一個最適當的答案。

1 增強體力
2 舒緩肩膀僵硬
3 消解壓力
4 增加自信

[音檔]

公司中有男人和女人正在對話。男人說運動最大的魅力是什麼？

F ：你最近看起來很開心的樣子呢。

M ：看得出來？其實我最近開始上健身房了。之前都不知道原來運動是這麼棒的事情。

F ：很棒是指什麼呢？

M ：首先，是增強體力。以前平日上完班之後，我都因為很累什麼事也不想做了，但最近開始會和朋友出去玩。

F ：這樣啊。

M ：然後就是肩痛也治好了，身體變得輕鬆。而且總覺得平日累積的壓力都隨著汗水一起消散了，心情也變得非常清爽。

F ：那真的很不錯欸。

M ：嗯，但最好的還是，看著自己的身體慢慢改變的樣子，都變得更有自信了。說來說去，還是這一點影響最大。

F ：那我也來開始運動好了。

男人說運動最大的魅力是什麼？

字彙 **スポーツジム**名健身房 | **スタミナ**名精力、體力 | **平日 へいじつ**名平日 | **気が起きる きがおきる** 起勁 | **肩こり かたこり**名肩膀痠痛、僵硬 | **日々 ひび**名每一天 | **ストレス**名壓力 | **汗 あせ**名汗水 | **流す ながす**動流下來 | **気がする きがする** 察覺 | **すっきり**副爽快、痛快 | **様子 ようす**名模樣自信 | **自信 じしん** 名自信

聽解 問題2 重點理解

實力奠定

041 聽解問題2 重點理解_02.mp3

請聆聽對話，針對題目選出適當的選項。

01 ① 力を必要とする仕事が多いこと

② 収入が天候に左右されること

02 ① 相手の両親が結婚に反対していること

② 家庭の仕事がうまくできないこと

03 ① 廃墟を解体する予算を調節する

② 新しい視点で解決策を考える

04 ① 一生懸命に運動すること

② 健康的な食事をとること

05 ① 馴染みのある色が使われているから

② 何色もの色を混ぜて繊細に描いているから

06 ① メディアにおけるプライバシー問題(もんだい)

② メディアのこれまでの歴史(れきし)とその変化(へんか)

07 ① 調査結果(ちょうさけっか)の整理(せいり)ができていないこと

② データが消(き)えてしまったこと

08 ① 力強(ちからづよ)い攻撃(こうげき)ができる

② 安定(あんてい)した守備(しゅび)ができる

09 ① 集中力(しゅうちゅうりょく)を高(たか)められること

② 年齢関係(ねんれいかんけい)なく続(つづ)けられること

10 ① テニスの選手(せんしゅ)がかっこよかったから

② テニス教室(きょうしつ)に通(かよ)おうと誘(さそ)われたから

答案 P512

實戰測驗 1

042 聽解問題2 重點理解_03.mp3

問題2

問題2では、まず質問を聞いてください。そのあと、問題用紙のせんたくしを読んでください。読む時間があります。それから話を聞いて、問題用紙の1から4の中から、最もよいものを一つ選んでください。

1番

1 直接相手と会話ができて便利だから

2 社会人としての意識が高められるから

3 雑談が営業成績につながるから

4 電話対応の時間が増えているから

2番

1 地球の環境問題を改善できるから

2 買い物の時間が節約できるから

3 働き方が変わってきたから

4 安全でおいしい野菜が買えるから

3番

1 社会貢献より利益の追求を大切にしていること

2 経営者の腐敗防止の対策を進めていないこと

3 環境を守ることこそが、企業の社会貢献だと考えていること

4 企業の社会貢献とはボランティア活動であると考えていること

4番

1　電子書籍の販売

2　子どもを対象とした読書会

3　書店の魅力を広める活動

4　新しい企画の募集

5番

1　環境を変えること

2　地球温暖化を止めること

3　感染症を予防すること

4　ウイルスをなくすこと

6番

1　部長の期待が大きすぎると感じたから

2　新しい会社の契約金額が少なかったから

3　契約したい会社を探さなかったから

4　契約が延期された会社があったから

7番

1　イルカとシャチのショーを行うようにしたこと

2　大きなイルカのショーを行うようにしたこと

3　シャチがイルカを食べるのを見られるようにしたこと

4　いつでも魚に触ることができるようにしたこと

答案　P517

實戰測驗 2

043 聽解問題2 重點理解_04.mp3

問題2

問題２では、まず質問を聞いてください。そのあと、問題用紙のせんたくしを読んでください。読む時間があります。それから話を聞いて、問題用紙の１から４の中から、最もよいものを一つ選んでください。

1番

1　部屋を広く使えること

2　無駄が見極められるようになること

3　物の価値がわかるようになること

4　効率的に仕事を処理できるようになること

2番

1　手数料が安かったから

2　重い物を運んでくれるから

3　無駄遣いを防ぐことができるから

4　珍しい食材を購入できるから

3番

1　動物の見せ方を工夫する

2　動物の居住スペースを広くする

3　子供向けのホームページを作成する

4　スタッフによるガイドツアーを行う

4番

1　動物と人間の少子高齢化社会

2　家族としてペットを受け入れる難しさ

3　最期まで世話をしない飼い主

4　ペットの死が引き起こす喪失感

5番

1　好きな本について話したいと思ったこと

2　お客さんからリクエストがあったこと

3　近くに大型書店ができたこと

4　戦前の書店の役割について聞いたこと

6番

1　プレッシャーにたえること

2　リーダーシップをとること

3　企画を成功させること

4　相談できる人がいないこと

7番

1　文化や風習について知ること

2　サッカースタジアムを見て回ること

3　語学力をつけること

4　自分の見る世界を広げること

答案　P523

實戰測驗 3

044 聽解問題2 重點理解_05.mp3

問題2

問題2では、まず質問を聞いてください。そのあと、問題用紙のせんたくしを読んでください。読む時間があります。それから話を聞いて、問題用紙の1から4の中から、最もよいものを一つ選んでください。

1番

1　寒い地域で栽培して害虫を防ぐこと

2　温暖化の影響から北の地域で栽培できないこと

3　南の地域での栽培が増えたこと

4　新しいリンゴについて研究され始めたこと

2番

1　毎日様子を見て野菜を管理すること

2　病気から野菜を守ること

3　野菜についた虫を取り除くこと

4　状態に合わせて畑の水を管理すること

3番

1　町の漁業の歴史

2　町の老人の話

3　昔の港町の様子

4　昔の魚の漁獲高

4番

1　新しい方法で描かれていること

2　当時の技術力を知ることができること

3　建物が細かく描かれていること

4　画家が亡くなる直前に描いたこと

5番

1　近くのスーパーが移動してしまうこと

2　住んでいる町で買い物ができなくなったこと

3　都会の生活には自由がないこと

4　新鮮な野菜が買えないこと

6番

1　体力を向上させること

2　試合中の動き方を知ること

3　対戦相手の動きを見ること

4　よく考えてボールを持つこと

7番

1　体力をつけること

2　上手に年を取ること

3　ポジティブに考えること

4　気分を変えること

答案 P528

概要理解

概要理解考的是聽完廣播節目、演講中單人所說的話，或是雙人對話後，確認概要資訊，等於要掌握主旨、當中的重點內容。總題數為 6 題，即使是雙人對話，主要是其中一人在講話，另一人為傾聽的角色。

重點攻略

1 該大題開頭僅會播放情境說明，待單人獨白或對話結束後，才會播放題目和選項。情境說明中會提供地點、情境、說話者的職業或性別等相關資訊，建議邊聽邊預測主題或重點，有助於解題。

2 請趁開頭播放情境說明時，掌握好地點、情境、說話者的職業、性別、有幾個人在談話等解題重點。若為雙人對話時，請記下當中是由誰向誰詢問意見。即使為雙人對話，仍會由其中一人扮演主持人或提問者的角色，因此請仔細聆聽表達意見，或回答的人說了些什麼。

例 テレビで経済の専門家が株式について話しています。
經濟學家正在電視上談論股票。
会社で課長が社員に意見を聞いています。在公司內，課長正在徵詢員工的意見。

3 本大題的題目主要會使用「何について（針對什麼）」、「話のテーマは（談論的主題）」，詢問主旨，或重點內容；或是使用「どう考えて（怎麼想）」，詢問說話者針對特定議題的看法。

例 専門家はこの組織の何について話していますか。專家在談論該組織的什麼？
教授の授業のテーマは何ですか。教授的授課主題為何？
女の人はどう考えていますか。女子是怎麼想的？

4 該大題的試題本上不會印有任何文字，完全得靠聽力解題。因此聆聽聽力本文時，建議用日文或中文把重點寫下來。

5 該大題的聽力內容涵蓋自然、環境、學術、研究、健康、疾病、經營、業務、科技等專業主題，建議參考《N1 必考單字文法記憶小冊》（p34~39），熟記相關詞彙。

解題步驟

Step 1 **聆聽情境說明，並掌握地點、情境、說話者的職業、性別等解題重點。同時預測稍後聽力內容的主題或關鍵內容。**

聆聽情境說明時，請迅速寫下地點、情境、說話者的職業、性別等解題重點，並預測稍後可能會聽到的主題或關鍵內容。若為雙人對話時，請記下題目詢問的是哪個人的意見。

情境說明　調理専門学校の授業で先生が話しています。
烹飪專門學校　老師

老師正在烹飪專門學校的課堂上講話。

Step 2 **聆聽獨白或對話時，請確認主題或重點內容，並簡單寫下筆記。**

請邊聽說話者正在說些什麼，邊在題本空白處簡單寫下聽到的單字、文法句型，並掌握整段話的主題或重點。聽力內容為對話時，請仔細聆聽回話的人所說的回應。若當中出現陌生的單字，切勿感到驚慌，專心聆聽整段話，確認其脈絡並掌握重點即可。

音檔　F：環境問題の解決のために、菜食をする人々がいるという話、聞いたことがありますか。肉食をする食習慣が環境に及ぼす悪影響についての研究結果が広く知られ、動物を保護するためだけではなく、環境を保存するために菜食を始めたというベジタリアンが増えています。こういう傾向を反映して、これからはより新環境的な菜食メニューを提供することがますます重要になると思います。

（筆記：環境問題　素食　肉食　環境　負面影響　保護　素食主義者增加　提供環保的素食菜單　重要）

你是否聽過有人吃素為的是解決環境問題嗎？吃肉的飲食習慣，對於環境有負面影響的研究結果已廣為人知，因此有越來越多的人開始吃素，成為素食主義者。不僅是為了保護動物，也是為了保護環境。反映這一項趨勢，我認為往後提供更環保的素食菜單，將變得越來越重要。

Step 3 **聆聽題目和選項，根據主題和重點內容，選出適當的答案。**

聆聽聽目和選項，根據先前寫下的筆記，選出與主題和重點內容相符的答案。

題目　先生は何について話していますか。老師正在談論什麼？

選項　✓ 1 環境問題の解決策　環境問題的解決方案

2 菜食料理の展望　素食料理的前景

套用解題步驟 045 聽解問題3 概要理解_01_套用解題步驟.mp3

[題本]

問題3では、問題用紙に何も印刷されていません。この問題は、全体としてどんな内容かを聞く問題です。話の前に質問はありません。まず話を聞いてください。それから、質問とせんたくしを聞いて、1から4の中から、最もよいものを一つ選んでください。

－メモ－

女子　巧克力
各種功效　降血壓
可可多酚　保持年輕　可可鹼
放鬆效果　專注力 記憶力　卡路里高　適量攝取

Step 2 聆聽獨白或對話時，請確認主題或重點內容，並簡單寫下筆記。

[音檔]

テレビで女の人がチョコレートについて話しています。

F：バレンタインデーも近くなり、華やかなチョコレートを目にする機会も増えました。見た目にも美しく甘くておいしいチョコレートですが、様々な効能があることをご存じでしょうか。チョコレートには血圧を下げる効果があるポリフェノールという成分がたくさん含まれています。また、ポリフェノールは肌の老化を引き起こす物質から体を守るため、若々しさの維持にも役立ちます。さらに、テオブロミンという成分は、神経を落ち着かせる働きがあるためリラックス効果を発揮するほか、脳を刺激して、集中力や記憶力を高めるなどの脳の活性化を促進する働きもあります。カロリーが高いので摂りすぎには気を付けたいですが、適度な摂取はむしろ、私たちの健康をサポートしてくれると言えます。

Step 1 聆聽情境說明，並掌握地點、情境、說話者的職業、性別等解題重點。同時預測稍後聽力內容的主題或關鍵內容。

女の人はどのようなテーマで話していますか。

1　チョコレートの効果的な摂取方法
✔2　チョコレートのもつ健康効果
3　チョコレートに含まれる重要な成分
4　チョコレートをよりおいしく食べる方法

Step 3 聆聽題目和選項，根據主題和重點內容，選出適當的答案。

Step 1 聆聽情境說明，確認該段話為女子在電視上針對巧克力談論的內容。

Step 2 女子提到巧克力具備「血圧を下げる効果（降血壓的效果）」、「若々しさの維持（保持年輕）」、「リラックス効果（放鬆效果）」、「脳の活性化（大腦的活化）」等各種功效。

Step 3 題目詢問女子正在談論什麼主題。「血圧を下げる効果（降血壓的效果）」、「若々しさの維持（保持年輕）」、「リラックス効果（放鬆效果）」、「脳の活性化（大腦的活化）」皆為巧克力帶來的健康功效，因此答案要選 2 チョコレートのもつ健康効果（巧克力擁有的健康效果）。

[試題卷]

問題 3 中，試題卷沒有印有任何文字。本大題是要聽出整體是什麼內容的問題。在對話之前不會有問題，所以首先請先聽對話內容，接著再仔細聽問題與選擇項目，從 1 ～ 4 的選項中，選出最合適的一個答案。

[音檔]

電視上的女人正在談論巧克力。

F：情人節就快到了。我們即將會有愈來愈多的機會看到華麗的巧克力，但你們知道巧克力其實含有豐富的效能嗎？巧克力中含有大量可以降血壓的可可多酚。可可多酚還能夠保護身體不受容易引起肌膚老化的物質影響，對於維持年輕狀態也有很好的效果。此外，還有一種名為可可鹼的成分，可可鹼除了有穩定神經的作用，可達到放鬆效果之外，也有刺激腦部、提高專注力與記憶力等促進腦部活化的作用。巧克力雖然熱量很高，必須注意避免攝取過量，但可以說只要適度的攝取，反而還能夠幫助我們的健康。

女人正在談論什麼樣的話題？

1　如何有效攝取巧克力的方法

2　巧克力擁有的健康效果

3　巧克力富含的重要成分

4　如何將巧克力吃得很美味的方法

字彙 **バレンタインデー** 名 情人節 | **華やかだ はなやかだ** な形 華麗的 | **見た目 みため** 名 外表、外觀 | **チョコレート** 名 巧克力 | **様々だ さまざまだ** な形 各式各樣 | **効能 こうのう** 名 效能 | **血圧 けつあつ** 名 血壓 | **効果 こうか** 名 效果 | **ポリフェノール** 名 可可多酚 | **成分 せいぶん** 名 成分 | **含む ふくむ** 動 包含 | **肌 はだ** 名 肌膚 | **老化 ろうか** 名 老化 | **引き起こす ひきおこす** 動 引起 | **物質 ぶっしつ** 名 物質 | **若々しい わかわかしい** い形 年輕的 | **維持 いじ** 名 維持 | **役立つ やくだつ** 動 有用、有幫助 | **テオブロミン** 名 可可鹼 | **神経 しんけい** 名 神經 | **落ち着く おちつく** 動 穩定下來 | **働き はたらき** 名 作用 | **リラックス** 名 放鬆 | **発揮 はっき** 名 發揮 | **脳 のう** 名 大腦 | **刺激 しげき** 名 刺激 | **集中力 しゅうちゅうりょく** 名 專注力 | **記憶力 きおくりょく** 名 記憶力 | **高める たかめる** 動 提高 | **活性化 かっせいか** 名 活化 | **促進 そくしん** 名 促進 | **カロリー** 名 熱量 | **適度だ てきどだ** な形 適度 | **摂取 せっしゅ** 名 攝取 | **むしろ** 副 反而 | **サポート** 名 幫助、支持 | **効果的だ こうかてきだ** な形 有效的

實力奠定

🔊 046 聽解問題3 概要理解_02.mp3

請聆聽對話，針對題目選出適當的選項。

01 ① ②

02 ① ②

03 ① ②

04 ① ②

05 ① ②

06 ① ②

07 ① ②

08 ① ②

09 ① ②

10 ① ②

答案 P534

實戰測驗 1～3

問題3

問題3では、問題用紙に何も印刷されていません。この問題は、全体としてどんな内容かを聞く問題です。話の前に質問はありません。まず話を聞いてください。それから、質問とせんたくしを聞いて、1から4の中から、最もよいものを一つ選んでください。

-メモ-

※建議於下方寫下重點內容，再進行作答。

實戰測驗 1

047 聽解問題 3 概要理解 _03.mp3

答案 P538

實戰測驗 2

048 聽解問題 3 概要理解 _04.mp3

答案 P542

實戰測驗 3

049 聽解問題 3 概要理解 _05.mp3

答案 P546

即時應答

即時應答考的是連續聽完簡短的題目和三個選項後，選出最適當的答覆。總題數為 13 至 14 題。題目包含表達情感的話語、向對方確認事實、麻煩對方做事、向對方下指示等，需選出相對應的答覆。

重點攻略

1 題目出現稱讚、感謝、鼓勵、道歉、抱怨、表示遺憾等表達情感的話語時，請選擇對於這些情感表達認同的答覆。

例 M：先月入社した田中君の報告書見た？なかなかのものだよ。
你看了上個月進公司的田中的報告嗎？相當厲害喔。

F：1 彼なりには頑張ったようですが…。看來他以自己的方式盡力了，但是……（×）
2 とても丁寧で、結論もしっかりしてますね。非常用心，結論也很明確呢。（○）

2 題目為向對方確認事實，或提出問題點時，請選擇提及相關事實、告知事實與否、提出解決方案的答覆。

例 F：もしもし、エアコンの修理屋さん、今日何時に来るんだっけ？
喂，修冷氣的人今天幾點過來？

M：1 これから向かいます。現在準備出發。（×）
2 何か事故があったみたいで、明日来られるって。好像出了一點意外，他說明天會過來。（○）

3 題目為麻煩對方做事、向對方下指示、向對方提出建議時，請選擇表示答應、拒絕、同意的回應。

例 M：会議室と会議時間の変更の件、参加者に連絡して。できるだけ早くね。
會議室和開會時間更動一事，請盡快通知與會者。

F：1 はい、早速メール送ります。好的，我馬上發電子郵件。（○）
2 あのう、参加者はいないんですか。請問……沒有參加者嗎？（×）

4 本大題沒有充分的時間讓人慢慢思考答案，因此請邊聆聽選項，邊在明確有誤的選項旁標示 ×；在不確定是否為答案的選項旁標示△；在肯定為答案的選項標示○。

5 該大題經常出現與日常生活、經營、業務有關的對話，題目中經常使用文法句型，因此建議參考《N1 必考單字文法記憶小冊》（p34~39），熟記相關詞彙。

解題步驟

Step 1 **聆聽題目，掌握題目的意圖。**

請聽清楚題目，並確實掌握題目的內容和意圖為何，確認提問者的話為表達情感的話語、向對方確認事實、麻煩對方做事、向對方下指示等。

Step 2 **聆聽選項，根據題目的意圖，選出最適當的答覆。**

請根據題目的意圖，在肯定為答案的選項旁標示○；在明確有誤的選項旁標示×；在不確定是否為答案的選項旁標示△，最後選擇打○的選項為答案。

套用解題步驟

050 聽解問題4 即時應答_01_套用解題步驟 .mp3

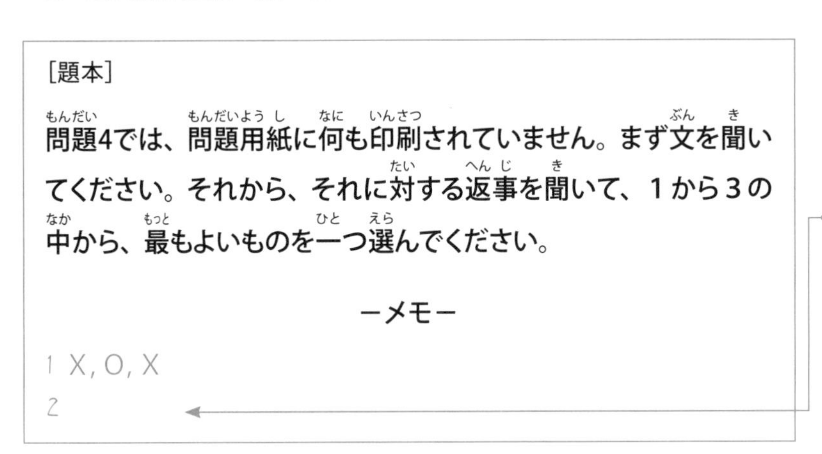
[題本]

問題4では、問題用紙に何も印刷されていません。まず文を聞いてください。それから、それに対する返事を聞いて、1から3の中から、最もよいものを一つ選んでください。

－メモ－

1 X, O, X

2

Step 2 **聆聽選項，根據題目的意圖，選出最適當的答覆。**

針對男生表達的遺憾，回答「運氣不太好呢」表示認同對方所說的話，因此答案要選2。1現在正在下雨，因此該回應與事實相反；3男生對下雨感到遺憾，該回應並不適當。

[音檔]

M：せっかくの休みなのに、一日中雨だなんて。

F：1　雨、降らないの？　✔2　ついてないよね。

　　3　外に出かけようよ。

Step 1 **聆聽題目，掌握題目的意圖。**

對話情境為男生對於難得休假，卻整天下雨表達遺憾。

[題本]

問題 4 的大題中，試題卷上沒有印刷任何東西。首先請先聽文章內容。接著聽回覆，再從 1 ～ 3 中選一個最適當的答案。

[音檔]

M：難得的休假，居然一整天都在下雨。

F：1　不下雨嗎？　**2　運氣真差啊**　3　出門去吧

字彙 **せっかく** 副 難得 | **一日中 いちにちじゅう** 一天 | **ついている** 運氣好

實力奠定

🔊 051 聽解問題4 即時應答_02.mp3

請聆聽題目，並選出適當的答覆。

01	①	②	11	①	②
02	①	②	12	①	②
03	①	②	13	①	②
04	①	②	14	①	②
05	①	②	15	①	②
06	①	②	16	①	②
07	①	②	17	①	②
08	①	②	18	①	②
09	①	②	19	①	②
10	①	②	20	①	②

答案 P550

實戰測驗 1 ~ 3

問題4

問題4では、問題用紙に何も印刷されていません。まず文を聞いてください。それから、それに対する返事を聞いて、1から3の中から、最もよいものを一つ選んでください。

-メモ-

※解題時，建議於題號旁標示○、△、×。

實戰測驗 1	實戰測驗 2	實戰測驗 3
052 聽解問題 4 即時應答 _03.mp3	053 聽解問題 4 即時應答 _04.mp3	054 聽解問題 4 即時應答 _05.mp3
1	1	1
2	2	2
3	3	3
4	4	4
5	5	5
6	6	6
7	7	7
8	8	8
9	9	9
10	10	10
11	11	11
12	12	12
13	13	13
14	14	14
答案 P553	答案 P556	答案 P559

問題 5 綜合理解

綜合理解考的是聽完一段長篇對話後，統整對話中提及的各種資訊，選出適當的答案。本大題共有三段對話，總題數為 4 題。第一題考的是聽完兩人對話後，選出說話者最終的選擇；第二題考的是聽完三人對話後，選出最終決議的內容；第三題分成（1）和（2）兩個小題，考的是聆聽一段獨白與兩人對話後，選出說話者各自的選擇，或是共同的選擇。題本上僅印有第三題（1）和（2）兩個小題的選項，因此第一題和第二題得完全靠聽力解題，也可能只出第二或第三的題型。

重點攻略

1 第一題考的是聆聽店員和顧客、教職人員和學生、公司同事間等兩個人的對話後，選出其中一名說話者最終的選擇。因此請仔細聆聽對話中提出的選項和條件，並特別留意後半段對話中，說話者提及最終的期望為何。

例 女の学生はどの財団の奨学金を申し込みますか。女學生要申請哪個財團的獎學金？

2 第二題考的是聆聽上司和下屬、店員和顧客、公司同事間等三人針對問題的解決方案、對策的準備等討論後，選出最終決議的事宜。因此請仔細聆聽每個人的想法，統整當中的同意和反對意見，並特別留意後半段對話中，三人最終達成的協議為何。

例 消費者層を拡大するために、何をすることにしましたか。
為擴大消費者群體，決定要做什麼事？

3 第三題分成（1）和（2）兩個小題，考的是聆聽一段獨白與兩人對話後，選出說話者各自的選擇，或是共同的選擇。一篇對話考兩道題目。獨白為單人在電視、廣播上，針對題本上四個選項的特色依序說明。而後會出現兩個人針對這些選項進行討論。因此聆聽聽力原文時，請在選項旁寫下各自的特色，再選出符合說話者期望的選項。

例 質問 1　女の人は一人でどの展示会に行きますか。
問題1　女生要獨自去哪個展覽？

質問 2　二人は、次の土曜日、どの展示会に一緒に行きますか。
問題2　下週六兩人要一起去哪個展覽？

4 該大題經常出現與大學、就業、經營、實務、健康、疾病、科技、藝術、運動等有關的內容，建議參考《N1 必考單字文法記憶小冊》（p34~39），熟記相關詞彙。

解題步驟

Step 1 **請聆聽對話，並記下重點內容。**

第一題請寫下說話者的期望和各選項的特色；第二題請寫下說話者提出的意見，以及其他人同意與否；第三題請針對題本上列出的四個選項，寫下各自對應的特色，以及男女生的期望。

[第1題]

F：まずは「フィット（FIT）」というジム。ここは料金も手頃（收費合理）ですし、トレーナーも親切（教練親切）です。ただ、マシーンの種類（器材種類）はそんなに多くない（不多）です。次は「ストロング（STRONG）」というところですが、マシーンの種類がたくさんあって（器材種類繁多）、とても広い（寬敞）です。しかしその分少し高めで（稍貴）、会員（會員）が多い（多）と聞きました。

M：そうなんだ。私は運動初めてだから、トレーナーに丁寧に教えてもらいたいし（希望教練細心指導）、マシーンとかは基本的なものだけあればいいかな（只要基本器材就夠了）。仕事帰りに行ってみるよ、ありがとう。

F：首先是一家叫做「FIT」的健身房。這裡不僅收費合理，教練也很親切，只是器材的種類並不多。接著是一家叫做「STRONG」的健身房，器材種類繁多，而且空間寬敞。不過聽說價格稍貴，會員也很多。

M：原來如此。我是第一次健身，所以希望教練能細心指導我，器材只要基本的就足夠了。我下班過後去看看，謝謝你。

Step 2 **請聆聽題目，根據剛才記下的重點筆記，選出最終的選擇，或最終決議的事情。**

第一題請選擇符合說話者期望的選項；第二題請選擇最終達成的協議；第三題請先確認問題1和問題2分別針對男生還是女生提問，或是同時針對兩人提問，再選出相符的選項。

題目　男の人はどこに行くことにしましたか。男生決定要去哪裡？

選項　✔ 1 フィット　FIT

　　　2 ストロング　STRONG

套用解題步驟 055 聽解問題5 綜合理解_01_套用解題步驟 .mp3

[題本]

1番、2番

問題用紙に何も印刷されていません。まず話を聞いてください。それから、質問とせんたくしを聞いて、１から４の中から、最もよいものを一つ選んでください。

－メモ－

1

能學到技術的社團

－ 辯論社：溝通能力、邏輯思考、講話技巧

－ 英語會話社：提升英語能力

－ 機智問答同好會：各領域的知識

－ 手語社：參與志工活動

不擅長發表

Step 1 請聆聽對話，並記下重點內容。

[音檔]

1番

大学の学生課で女の学生と職員が話しています。

F：役に立つ技術が身に付けられるサークルに入りたいんですが、どんなものがありますか。

M：そうですね。[1]「弁論部」はコミュニケーション能力や論理的な思考が身に付きますし、人前で話す技術を磨けます。また[2]「英会話クラブ」では、仲間たちと英語能力を高めて、英語が話せるようになることを目標としています。

F：どれも役に立ちそうですね。

M：[3]「クイズ同好会」は、幅広い分野の知識を深めることを目的として活動しています。

F：クイズですか。おもしろそうですね。

M：あとは[4]「手話の会」。手話を学んで、ボランティア活動に参加することが主な活動です。

F：どれも興味深いですけど、私は発表とかが苦手なので、そういうスキルを身に付けられる、ここにします。

女の学生はどこに入ることにしましたか。

 1 弁論部

2 英会話クラブ

3 クイズ同好会

4 手話の会

Step 2 請聆聽題目，根據剛才記下的重點筆記，選出最終的選擇，或最終決議的事情。

Step 1 辯論社能培養溝通能力、邏輯思考、講話技巧；英語會話社能提升英語能力；機智問答同好會能了解廣泛領域的知識；手語社則能參與志工活動。

Step 2 女學生想要參加能學到技術的社團，並表示自己不擅長發表，希望學習相關技巧。符合這兩項條件的是 1 弁論部（辯論社），故為正解。

[題本]

第1題、第2題

試題卷沒有印刷任何的東西。首先請先聽對話。接著再聽問題與選擇項目，並從 1 ～ 4 中選擇一個最適當的答案。

[音檔]

第1題

大學的學生事務處女學生和職員正在對話。

F ：我想要加入可以學到有用技術的社團，請問有什麼可以選擇？

M ：這樣的話。有「辯論社」可以培養溝通能力以及學到邏輯思考，以及磨練在人前說話的技術。還有「英文會話社團」，這個社團則是將目標訂在提高與同學間的對話能力，以及能夠開口說英語。

F ：聽起來都很有幫助。

M ：還有「機智問答同好會」則是以加深各領域知識為活動目的。

F ：機智問答啊，感覺很好玩！

M ：還有「手語社」。主要活動是學習手語並參加一些志工活動。

F ：你說的每一個我都很感興趣，不過我對發表一直不太擅長，如果可以學到這種技能的話，我選擇這裡。

女學生決定加入哪個社團？

1 辯論社

2 英語會話社團

3 機智問答同好會

4 手語會

字彙 **身に付ける みにつける** 學到 ｜ **弁論 べんろん** 名 辯論 ｜ **コミュニケーション** 名 溝通、交流 ｜ **能力 のうりょく** 名 能力 ｜ **論理的だ ろんりてきだ** な形 邏輯性 ｜ **思考 しこう** 名 思考 ｜ **人前 ひとまえ** 名 眾人面前 ｜ **英会話 えいかいわ** 名 英語會話 ｜ **仲間 なかま** 名 夥伴 ｜ **目標 もくひょう** 名 目標 ｜ **同好会 どうこうかい** 名 同好會 ｜ **幅広い はばひろい** い形 廣泛、遍布各處 ｜ **分野 ぶんや** 名 領域 ｜ **知識 ちしき** 名 知識 ｜ **深める ふかめる** 動 加深 ｜ **目的 もくてき** 名 目的 ｜ **活動 かつどう** 名 活動 ｜ **手話 しゅわ** 名 手語 ｜ **ボランティア** 名 志工 ｜ **参加 さんか** 名 參加 ｜ **主だ おもだ** な形 主要 ｜ **興味深い きょうみぶかい** い形 很感興趣 ｜ **発表 はっぴょう** 名 發表、報告 ｜ **苦手だ にがてだ** な形 不擅長、害怕 ｜ **スキル** 名 技能

[題本]

1番、2番

問題用紙に何も印刷されていません。まず話を聞いてください。それから質問とせんたくしを 聞いて、１から４の中から、最もよいものを一つ選んでください。

－メモ－

2
服飾公司、上司1員工2
－ 調整價格：礙於生產成本
－ 增加促銷次數：已經促銷過很多次
－ 導入集點卡：能讓客人多次光顧
－ 積極向客人搭話：引發反效果

Step 1 請聽對話，並記下重點內容。

[音檔]

2番

服の会社で上司と社員二人が話しています。

M：最近、商品の売り上げが横ばいなんだけど、何かいい案ないかな。

F1：[1]商品の価格を見直したらいいと思います。今の値段は競合他社と比べて少し高いので。

M：それは[1']生産コストもあるからちょっとなあ。

F2：店舗での[2]セール回数を増やすのはどうでしょう。客足が増えると思います。

M：[2']今も店舗のセールは多いほうだからこれ以上は…。

F1：では[3]ポイントカードを取り入れて、ポイントに応じて割引するのはどうですか。ポイントを貯めようと複数回来店してくれるお客様が増えませんか。

M：なるほどね。

F2：店のスタッフに[4]お客様へのお声がけを積極的にしてもらうっていう手もあると思います。

M：それは[4']逆効果になる場合もあるかも。お得さを感じてもらって、[3']何度も足を運んでもらえるようにするこの方法でいこう。

売り上げを伸ばすために何をすることにしましたか。

1 商品の値段を下げる

2 セールの回数を増やす

✔3 ポイントカードを導入する ← Step 2 請聽題目，根據剛才記下的重點筆記，選出最終的選擇、最終決議的事情。

4 客に積極的に声を掛ける

Step 1 四項建議分別為：1 降低商品價格、2 增加促銷次數、3 導入集點卡、4 積極向客人搭話。對話中提到因生產成本的問題，所以反對調整價格；已舉辦過多次促銷活動，因此反對增加促銷次數；積極向客人搭話，可能會引發反效果，因此反對此建議。

Step 2 對話最後提到同意用這個方法，讓客人願意多次光顧，因此答案要選 3 ポイントカードを導入する（導入集點卡）。

[音檔]

第2題

服裝公司上司與職員兩人正在對話。

M ：最近商品的銷售額都沒有進展了，有什麼好方案嗎？

F1：我覺得只要重新評估商品價格就好了。因為現在的價格與其它競爭公司相比稍微貴了一點。

M ：但還有生產成本的問題有點困難……

F2：那麼增加門市中的特賣次數呢？我想應該可以增加來客量。

M ：現在門市的特賣活動已經很多了…再多的話……

F1：那導入集點卡，再根據點數打折如何？想要集點的人多次回頭，來客數就會增加了。

M ：原來如此。

F2：還可以讓店員積極的和顧客對話也是一種方法。

M ：但這麼做可能會造成反效果。還是採用讓顧客有物所值的感覺，多多前來消費的方法去做吧。

為了提高銷售，最後決定怎麼做？

1 降低商品價格

2 增加特賣次數

3 導入集點卡

4 積極地和顧客搭話

字彙 **商品 しょうひん** 名 商品 | **売り上げ うりあげ** 名 銷售額 | **横ばい よこばい** 名 停滯 | **価格 かかく** 名 價格
見直す みなおす 動 重新評估 | **値段 ねだん** 名 價格 | **競合 きょうごう** 互相競爭 | **他社 たしゃ** 名 其它公司 | **コスト** 名 成本
店舗 てんぽ 名 門市 | **回数 かいすう** 名 次數 | **増やす ふやす** 動 增加 | **客足 きゃくあし** 名 來客數
ポイントカード 名 集點卡 | **取り入れる とりいれる** 動 導入 | **割引 わりびき** 名 打折 | **貯める ためる** 動 儲存、收集
複数回 ふくすうかい 副 複數次 | **来店 らいてん** 名 來店 | **声がけ こえがけ** 名 搭話 | **積極的だ せっきょくてきだ** な形 積極的
手 て 名 手段、方法 | **逆効果 ぎゃくこうか** 名 反效果 | **足を運ぶ あしをはこぶ** 移步前往 | **方法 ほうほう** 名 方法
伸ばす のばす 動 增加 | **導入 どうにゅう** 名 導入

[試題卷]

3番

まず話を聞いてください。それから二つの質問を聞いて、それぞれ問題用紙の1から4の中から、最もよいものを一つ選んでください。

質問1

Step 2 請聆聽題目，根據剛才記下的重點筆記，選出最終的選擇、最終決議的事情。

✔1　ドリーム園　遊樂園、本月入場半價優惠

2　きらめきビーチ　沙灘排球賽、能見到知名選手

3　緑のキャンプ場　租借露營用具、指導露營

4　東京プール　新的遊樂設施

Step 1 請聆聽對話，並記下重點內容。

[音檔]

テレビでアナウンサーがこの夏おすすめのおでかけスポットについて話しています。

F1：今日はこの夏おすすめの四つのおでかけスポットをご紹介します。「ドリーム園」は大人も楽しめる[1]遊園地で、今月は誰でも入場料が半額です。「きらめきビーチ」では、[2]ビーチバレー大会が開催中です。有名選手のプレーが見られる貴重な機会です。「緑のキャンプ場」では、[3]キャンプ用品の貸し出しと、キャンプ指導が受けられます。「東京プール」は今年から[4]新たなアトラクションが増え、より一層楽しめるようになりました。

M：週末一緒にどこか行かない？[男]テレビで見たことある人を実際に見られるっていうここかおもしろそうだけど。

F2：どこかに行くのは賛成。でも私、その競技あんまり興味ないんだ。

M：じゃあ、[男]それは僕一人で行くとして、今だけ普段の半分の値段で入れるここなんていいんじゃない？

F2：そうね。[女]少し高いから今まで行ったことなかったんだけど、あそこのアトラクション乗ってみたかったの。

M：じゃあ、決まり。

質問1　男の人は一人でどこに行きますか。

Step 1 1「夢之園」為遊樂園，當月提供半價入場的優惠；2「亮晶晶海灘」將舉辦沙灘排球賽，能見到知名的選手；3「綠色露營地」能租借露營用具，並接受露營的指導；4「東京游泳池」於今年增加了新的遊樂設施。對話中，男生表示想要親眼見到曾在電視上看過的人，並表示能夠半價入園的地方也不錯；女生則表示先前礙於價格過高，未曾去過此地，想趁半價去搭乘遊樂設施。

Step 2 問題 1 詢問的是男生打算獨自去哪裡。他提及想要親眼見到曾在電視上看過的人，因此答案為要選 2 きらめきビーチ（閃耀海灘）。

[題本]

第三題

首先請聽對話。接著再聽兩個問題，並各從試題卷 1 ～ 4 中選擇一項最適當的答案。

問題1

1 夢之園

2 亮晶晶海灘

3 綠色露營地

4 東京游泳池

[音檔]

第三題

電視上的播報員正在介紹夏季推薦外出景點。

F1：今天我要介紹的是夏季最推薦的四個外出景點。「夢之園」是大人也能玩得開心的遊樂園，本月的話所有人入園都只要半價。「亮晶晶海灘」正在舉辦沙灘排球大會，這是個可以看到知名選手展現身手的好機會。「綠色露營地」有提供露營用品出租以及露營指導。「東京游泳池」從今年起增加了新的遊樂設施，一定可以玩得更盡興。

M ：週末要一起去哪裡嗎？能實際看見在電視上看到的人感覺很有趣。

F2：我同意去哪裡走走，但是我對那種比賽沒什麼興趣。

M ：那個我自己去，這個現在只要半價的地方感覺還不錯吧?

F2：是啊。以前覺得有點貴所以從來沒去過，我還滿想玩玩看新的遊樂設施。

M ：那就決定了！

問題1：男人決定一個人去哪裡？

字彙 **スポット**名景點 | **遊園地 ゆうえんち**名遊樂園 | **入場料 にゅうじょうりょう**名入場費 | **半額 はんがく**名半價 | **ビーチバレー**名沙灘排球 | **大会 たいかい**名大會 | **開催 かいさい**名舉辦 | **貴重だ きちょうだ**な形貴重 | **キャンプ**名露營 | **用品 ようひん**名用品 | **貸し出し かしだし**名出租 | **指導 しどう**名指導 | **新ただ あらただ**な形新的 | **アトラクション**名遊樂設施 | **より一層 よりいっそう** 更加地 | **実際 じっさい**名實際 | **賛成 さんせい**名贊成 | **競技 きょうぎ**名競技、比賽 | **普段 ふだん**名平常 | **値段 ねだん**名價格

實力奠定

056 聽解問題5 綜合理解_02.mp3

請聆聽對話，針對題目選出適當的選項。

01 ①

②

③

02 ①

②

③

03 ①

②

③

04 ①

②

③

05 質問1

① お化け屋敷のカフェ

② たぬきのカフェ

③ 探偵のカフェ

質問2

① お化け屋敷のカフェ

② たぬきのカフェ

③ 探偵のカフェ

06 質問1

① 1番の車

② 2番の車

③ 3番の車

質問2

① 1番の車

② 2番の車

③ 3番の車

答案 P563

實戰測驗 1

057 聽解問題5 綜合理解_03.mp3

問題5

問題５では、長めの話を聞きます。この問題には練習はありません。
問題用紙にメモをとってもかまいません。

1番、2番

問題用紙に何も印刷されていません。まず話を聞いてください。それから、質問とせんたくしを聞いて、１から４の中から、最もよいものを一つ選んでください。

-メモ-

3番

まず話を聞いてください。それから、二つの質問を聞いて、それぞれの問題用紙の１から４の中から、最もよいものを一つ選んでください。

質問１

1　読み聞かせ

2　ポスター作成

3　企画

4　本のチェック

質問２

1　読み聞かせ

2　ポスター作成

3　企画

4　本のチェック

聴解
問題5　綜合理解

答案　P567

實戰測驗 2

058 聽解問題5 綜合理解_04.mp3

問題5

問題５では、長めの話を聞きます。この問題には練習はありません。
問題用紙にメモをとってもかまいません。

1番、2番

問題用紙に何も印刷されていません。まず話を聞いてください。それから、質問とせんたくしを聞いて、１から４の中から、最もよいものを一つ選んでください。

-メモ-

3番

まず話を聞いてください。それから、二つの質問を聞いて、それぞれの問題用紙の１から４の中から、最もよいものを一つ選んでください。

質問１

1　京都郊外

2　三保の松原

3　北海道

4　長野の川下り

質問２

1　京都郊外

2　三保の松原

3　北海道

4　長野の川下り

答案　P571

實戰測驗 3

059 聽解問題5 綜合理解_05.mp3

問題5

問題5では、長めの話を聞きます。この問題には練習はありません。
問題用紙にメモをとってもかまいません。

1番、2番

問題用紙に何も印刷されていません。まず話を聞いてください。それから、質問とせんたくしを聞いて、1から4の中から、最もよいものを一つ選んでください。

-メモ-

3番

まず話を聞いてください。それから、二つの質問を聞いて、それぞれの問題用紙の１から４の中から、最もよいものを一つ選んでください。

質問１

1　街づくりエリア

2　農業エリア

3　ものづくりエリア

4　自然エリア

質問２

1　街づくりエリア

2　農業エリア

3　ものづくりエリア

4　自然エリア

答案　P575

-メモ-

-メモ-

JLPT新日檢 N1 一本合格

Contents

文字・語彙

問題1 漢字讀法

實力奠定

p.44

01 ③	02 ①	03 ②
04 ④	05 ②	06 ①
07 ③	08 ④	09 ①
10 ④	11 ③	12 ②
13 ③	14 ④	15 ①
16 ②	17 ②	18 ④
19 ①	20 ③	

實戰測驗 1

p.46

1 3　2 3　3 4　4 2　5 1　6 1

問題 1　請從 1、2、3、4 中，選出最符合畫底線處之語彙讀音。

1

世界和平是眾人共同的願望。

解析 「万人」的讀音為 3 ばんにん。請注意「万」和「人」皆有兩種讀法，「万」可以唸作ばん或まん；「人」可以唸作にん或じん，寫作「万人」時，正確讀音為「ばんにん」。

詞彙 万人 ばんにん名眾人 | 平和 へいわ名和平
共通 きょうつう名共通 | 願い ねがい名願望

2

夏天的暑氣使垃圾場飄來惡臭。

解析 「漂って」的讀音為 3 ただよって。

詞彙 漂う ただよう動飄散 | 暑さ あつさ名炎熱
ごみ捨て場 ごみすてば名垃圾集中區 | 悪臭 あくしゅう名惡臭

3

我丈夫升職了，所以我們在家慶祝。

解析 「昇進」的讀音為 4 しょうしん。請注意しょう為長音，且「進」的正確讀音為しん，而非濁音。

詞彙 昇進 しょうしん名升職

4

必須靈活地應對各種情況。

解析 「柔軟」的讀音為 2 じゅうなん。請注意「柔」有兩種讀法，可以唸作じゅう或にゅう，寫作「柔軟」時，要唸作じゅう。

詞彙 柔軟だ じゅうなんだな形柔軟的 | 状況 じょうきょう名狀況
応じる おうじる動回應 | 対応 たいおう名應對
求める もとめる動要求

5

他自己犯了錯會立刻承認錯誤，是個乾脆的人。

解析 「潔い」的讀音為 1 いさぎよい。

詞彙 潔い いさぎよいい形乾脆的 | 誤り あやまり名錯誤
認める みとめる動承認

6

我好像感冒了，身體一陣陣的畏寒。

解析 「寒気」的讀音為 1 さむけ。請注意「寒」為訓讀，唸作さむ；「気」為音讀，唸作け。

詞彙 寒気 さむけ名惡寒 | 風邪を引く かぜをひく 感冒

實戰測驗 2

p.47

1 3　2 4　3 2　4 3　5 1　6 2

問題 1　請從 1、2、3、4 中，選出最符合畫底線處之語彙讀音。

1

為了改善事態，採取必要的措施。

解析 「措置」的讀音為 3 そち。請注意正確讀音為そ，而非長音。

詞彙 措置 そち名措施 | 事態 じたい名事態 | 改善 かいぜん名改善

2

世紀性的首腦會談在和睦的氛圍中平安結束了。

解析 「和やか」的讀音為 4 なごやか。

詞彙 和やかだ なごやかだ な形 和睦的

雰囲気 ふんいき 名 氣氛 | 世紀 せいき 名 世紀

首脳会談 しゅのうかいだん 名 首腦會談 | 無事 ぶじ 名 順利

3

他有著刻意誇大自己缺點的傾向。

解析 「誇張」的讀音為 2 こちょう。請注意正確讀音為こ，而非長音。

詞彙 誇張 こちょう 名 誇大 | 欠点 けってん 名 缺點

わざと 副 刻意地

4

營養不均衡可能會影響身體健康。

解析 「偏って」的讀音為 3 かたよって。

詞彙 偏る かたよる 動 偏頗 | 栄養 えいよう 名 營養

バランス 名 均衡 | 影響 えいきょう 名 影響

及ぼす およぼす 動 波及

5

這裡的書店也有販售海外知名作家的書籍。

解析 「著名」的讀音為 1 ちょめい。請注意「名」有兩種讀法，可以唸作めい或みょう，寫作「著名」時，要唸作めい。

詞彙 著名だ ちょめいだ な形 著名的 | 書店 しょてん 名 書店

海外 かいがい 名 海外 | 作家 さっか 名 作家

扱う あつかう 動 經手

6

發生了數十年一度的大規模洪水。

解析 「洪水」的讀音為 2 こうずい。請注意正確讀音為こう，而非拗音，且ずい為濁音。

詞彙 洪水 こうずい 名 洪水 | 数十年 すうじゅうねん 幾十年

大規模だ だいきぼだ な形 大規模的 | 発生 はっせい 名 發生

實戰測驗 3

p.48

1 2　2 2　3 4　4 1　5 3　6 3

問題 1 ＿＿請從 1、2、3、4 中，選出最符合畫底線處之語彙讀音。

1

發出的派對邀請已得到爽快的答覆。

解析 「快い」的讀音為 2 こころよい。

詞彙 快い こころよい い形 爽快的 | パーティー 名 派對

誘い さそい 名 邀約 | 返事 へんじ 名 回覆

2

鈴木先生對銀行提起了訴訟。

解析 「訴訟」的讀音為 2 そしょう。請注意正確讀音為そ，而非拗音；正確讀音為しょう，而非濁音。

詞彙 訴訟 そしょう 名 訴訟 | 相手 あいて 名 對方

3

「永遠都歡迎你來玩」只不過是一種場面話。

解析 「建前」的讀音為 4 たてまえ。請注意「建前」為訓讀名詞，「建（たて）」「前（まえ）」皆為訓讀。

詞彙 建前 たてまえ 名 表面 | 台詞 せりふ 名 台詞

4

在別人的眼裡保持體面的形象。

解析 「体裁」的讀音為 1 ていさい。請注意「体」有兩種讀法，可以唸作てい或たい，寫作「体裁」時，要唸作てい。

詞彙 体裁 ていさい 名 體面 | 気にする きにする 在意

取り繕う とりつくろう 動 修繕

5

山下小姐是名嬌小纖瘦的女性。

解析 「華奢」的讀音為 3 きゃしゃ。請注意きゃ為拗音，且しゃ非濁音。

詞彙 華奢だ きゃしゃだ な形 纖瘦的 | 小柄 こがら 名 嬌小

6

他自己都不做，光會指使他人。

解析 「指図」的讀音為 3 さしず。請注意「指」為訓讀，唸作さし；「図」為音讀，唸作ず。

詞彙 指図 さしず 名 指使

實戰測驗 4

p.49

1 1　2 4　3 2　4 3　5 2　6 1

問題 1 請從 1、2、3、4 中，選出最符合畫底線處之語彙讀音。

1

資料已經附在郵件裡傳給你了。

解析 「添付」的讀音為 1 てんぷ。請注意ぷ為半濁音。

詞彙 添付 てんぷ 名 附加 | 資料 しりょう 名 資料

2

只要看請款金額的明細，就能明白有多少多餘的支出。

解析 「内訳」的讀音為 4 うちわけ。請注意「内訳」為訓讀名詞，「内（うち）」和「訳（わけ）」皆為訓讀。

詞彙 内訳 うちわけ 名 細目、明細
請求金額 せいきゅうきんがく 名 請款金額
詳細だ しょうさいだ な形 詳細的
無駄だ むだだ な形 浪費的 | 支出 ししゅつ 名 支出

3

弟弟每年都會有好幾次原因不明的病情發作。

解析 「発作」的讀音為 2 ほっさ。請注意「発」和「作」皆有兩種讀法，「発」可以唸作はつ或ほつ；「作」可以唸作さ或さく，寫作「発作」時，ほつ要變成促音ほっ，「作」唸作さ。

詞彙 発作 ほっさ 名 發作 | 数回 すうかい 名 多次
原因不明 げんいんふめい 名 原因不明

4

那個地方籠罩著一股嚴肅的氣氛。

解析 「厳か」的讀音為 3 おごそか。

詞彙 厳かだ おごそかだ な形 莊嚴的 | 雰囲気 ふんいき 名 氣氛

5

在這個節目，會有大學教授回答孩子們單純的疑問。

解析 「素朴」的讀音為 2 そぼく。請注意「素」有兩種讀法，可以唸作そ或す，寫作「素朴」時，要唸作そ。

詞彙 素朴だ そぼくだ な形 單純的 | 教授 きょうじゅ 名 教授
疑問 ぎもん 名 疑問

6

這裡的主廚聽說曾在國外修行了十年。

解析 「修行」的讀音為 1 しゅぎょう。請注意「修」有兩種讀法，可以唸作しゅ或 しゅう；「行」有三種讀法，可以唸作ぎょう、こう、或あん，寫作「修行」時，要唸作しゅぎょう。

詞彙 修行 しゅぎょう 名 修行 | シェフ 名 廚師 | 海外 かいがい 名 海外
積む つむ 動 累積

問題 2 前後關係

實力奠定 p.74

01 ③	02 ②	03 ④	04 ①	05 ②
06 ①	07 ④	08 ③	09 ②	10 ③
11 ①	12 ④	13 ④	14 ③	15 ①
16 ②	17 ②	18 ④	19 ①	20 ③

01

做好接受急診病患的（　　）

① 積極性　② 本事
③ 準備　④ 團結

詞彙 急患 きゅうかん 名 急診病患 | 備える そなえる 動 預備、應對
受け入れる うけいれる 動 接收、接受
整える ととのえる 動 整頓 | 意欲 いよく 名 意欲
腕前 うでまえ 名 本領 | 態勢 たいせい 名 陣勢
結束 けっそく 名 團結

02

為了研究（　　）莫大的資金。

① 培育　**② 投入**
③ 運轉　④ 貢獻

詞彙 莫大だ ばくだいだ な形 莫大的 | 資金 しきん 名 資金
育成 いくせい 名 培育 | 投入 とうにゅう 名 投入
稼働 かどう 名 勞動 | 寄与 きよ 名 貢獻

03

犯人的陳述與他說的（　　）一致。

① 背景　② 推移、變遷
③ 軌道　**④ 大致上**

詞彙 犯人 はんにん 名 犯人 | 陳述 ちんじゅつ 名 陳述
一致 いっち 名 一致 | 背景 はいけい 名 背景 | 推移 すいい 名 推移
軌道 きどう 名 軌道 | 大筋 おおすじ 名 概略

04

打開門的瞬間（　　）看見了。

① 突然一瞥　② 沉甸甸地
③ 深深地　④ 結實地

詞彙 ドア 名 門 | 瞬間 しゅんかん 名 瞬間 | ちらっと 副 一閃而過地
ずっしりと 副 沉重地 | ひしひしと 副 深刻地
がっしりと 副 結實地

05

他一直（　　　）要結婚，讓我很困擾。
① 堅持說　② **脫口而出**
③ 審訊　④ 唸出來

詞彙 言い張る いいはる 動 堅持｜切り出す きりだす 動 突然說出
取り調べる とりしらべる 動 偵訊
読み上げる よみあげる 動 朗讀

06

一個人（　　　）煩惱也不是好辦法。
① **愁眉不展地**　② 陰鬱
③ 拖拖拉拉　④ 寬寬大大

詞彙 悩む なやむ 動 煩惱｜くよくよ 副 悶悶不樂地
じめじめ 副 陰濕地｜ずるずる 副 拖延地｜だぶだぶ 副 鬆垮地

07

悲傷的背影逐漸（　　　）。
① 怠慢　② 避開
③ 沮喪　④ **遠離**

詞彙 姿 すがた 名 姿態｜次第に しだいに 副 逐漸地
怠る おこたる 動 怠惰｜避ける よける 動 迴避
くじける 動 沮喪｜遠ざかる とおざかる 動 遠離

08

雙手不能用時　鼻子卻（　　　）不得了。
① 大量數不盡　② 舒適
③ **發癢得**　④ 驚人

詞彙 両手 りょうて 名 雙手｜おびただしい い形 浩瀚的
ここちよい い形 愜意的｜くすぐったい い形 搔癢的
すさまじい い形 駭人的

09

她為了守住自己的（　　　）非常拚命地工作。
① 最前線　② **位置**
③ 標籤　④ 共享

詞彙 守る まもる 動 守護｜必死だ ひっしだ な形 拚命的
フロント 名 最前線｜ポジション 名 地位｜ラベル 名 標籤
シェア 名 分享

10

為了世界盃，我不斷地（　　　）練習。
① 超　② 片
③ **猛**　④ 當

詞彙 ワールドカップ 名 世界盃｜重ねる かさねる 動 反復

11

市府（　　　）公正，市民才能安心地生活。
① **行政**　② 發起活動
③ 交錯　④ 審議

詞彙 公正だ こうせいだ な形 公正的｜暮らす くらす 動 生活
行政 ぎょうせい 名 行政｜発足 はっそく 名 成立
交錯 こうさく 名 交錯｜審議 しんぎ 名 審議

12

電影的內容不差，我是有點累了才（　　　）。
① 煩惱　② 易混淆
③ 乾脆　④ **想睡**

詞彙 内容 ないよう 名 內容｜悩ましい なやましい い形 惱人的
紛らわしい まぎらわしい い形 難以分辨的
潔い いさぎよい い形 乾脆的｜眠たい ねむたい い形 睏倦的

13

能做出（　　　）之作我很滿足。
① 眷戀　② 支持
③ 真心話　④ **得意**

詞彙 出来 でき 名 成品｜作品 さくひん 名 作品
満足 まんぞく 名 滿足｜愛着 あいちゃく 名 愛戀
支持 しじ 名 支持｜本音 ほんね 名 真心話｜会心 かいしん 名 滿意

14

有名的週刊雜誌（　　　）那個事件。
① 脫稿了　② 面向了
③ **報導了**　④ 需要

詞彙 週刊誌 しゅうかんし 名 週刊雜誌｜事件 じけん 名 事件
内容 ないよう 名 內容｜脱する だっする 動 脫離
面する めんする 動 面對｜報じる ほうじる 動 報導
要する ようする 動 需要

15

那座山必須搭乘（　　　）才能上到山頂。
① **纜車**　② 油門
③ 廠商　④ 過濾器

詞彙 頂上 ちょうじょう 名 頂峰｜ロープウェイ 名 纜車
アクセル 名 油門｜メーカー 名 製造商｜フィルター 名 濾網

16

能輕輕鬆鬆地（　　　）肚子的食品最受歡迎。
① 掩埋　② **填滿**
③ 承擔　④ 滲入

詞彙 手軽だ てがるだ ㋨形 輕易的｜食品 しょくひん 名 食品
人気 にんき 名 人氣｜埋まる うまる 動 埋沒
満たす みたす 動 填滿｜担う になう 動 擔負
染みる しみる 動 滲透

17

(　　) 事故原因是最要緊的。

① 埋頭　② **查明**
③ 摻入　④ 打破

詞彙 何より なにより 最好不過｜没頭 ぼっとう 名 熱衷
究明 きゅうめい 名 查明｜加味 かみ 名 摻入｜打開 だかい 名 打破

18

簽訂合約必須帶著（　　）。

① 課題　② 人手
③ 標準　④ **印鑑**

詞彙 契約 けいやく 名 契約｜結ぶ むすぶ 動 締結｜持参 じさん 名 自備
課題 かだい 名 課題｜人手 ひとで 名 人手
目安 めやす 名 大致基準｜印鑑 いんかん 名 印章

19

才剛想風會從縫隙吹進來，窗戶就（　　）關上了。

① **恰好地**　② 無精打采地
③ 截釘截鐵地　④ 失望地

詞彙 隙間風 すきまかぜ 名 自縫隙吹入的風｜きっちり 副 準確地
がっくり 副 喪氣地｜きっぱり 副 果斷地｜げっそり 副 憔悴地

20

激烈運動後，全身（　　）汗。

① 掛滿　② 更別說
③ **沾滿了**　④ 符合

詞彙 激しい はげしい い形 激烈的｜全身 ぜんしん 名 全身
汗 あせ 名 汗水

實戰測驗 1

p.76

7 1　**8** 3　**9** 3　**10** 1　**11** 4
12 2　**13** 4

問題 2　請從 1、2、3、4 中，選擇最適當填入（　　）中的選項。

7

犯人大概是（　　）了自己所處的情況，再也沒有任何的抵抗。

1 **領悟**　2 掌握
3 貫穿　4 承認

解析 四個選項皆為動詞。括號加上其前方內容表示「**自分が置かれた状況を悟ったのか**（似乎是意識到自己所處的情況）」最符合文意，因此答案為 1 **悟った**。其他選項的用法為：2 **原因を捉えた**（找到原因）；3 **銃弾が窓を貫いた**（子彈穿過窗戶）；4 **罪を認めた**（認罪）。

詞彙 犯人 はんにん 名 犯人｜状況 じょうきょう 名 狀況
抵抗 ていこう 名 抵抗｜悟る さとる 動 領悟
捉える とらえる 動 掌握｜貫く つらぬく 動 貫穿
認める みとめる 動 承認

8

我們這一年來為了開發新藥，（　　）研究付出了極大的努力。

1 整天、終日　2 事到如今
3 **不分晝夜**　4 急忙

解析 四個選項皆為副詞。括號加上前後方內容表示「**薬を開発するため終日研究に励んできた**（為開發藥物，整天致力於研究）」或「**薬を開発するため日夜研究に励んできた**（為開發藥物，不分晝夜致力於研究）」皆為適當的用法，因此得確認整句話的文意。整句話表示「**私たちはこの一年間、新しい薬を開発するため日夜研究に励んできた**（我們這一年來，為開發新藥物，不分晝夜致力於研究）」最符合文意，因此答案為 3 **日夜**。其他選項的用法為：1 **終日仕事に没頭している**（整天埋首於工作）；2 **今更記者会見をする**（召開記者招待會）；4 **急遽説明会を中止する**（緊急中止說明會）。

詞彙 開発 かいはつ 名 開發｜励む はげむ 動 奮勉
終日 しゅうじつ 副 終日地｜今更 いまさら 副 事到如今
日夜 にちや 副 不分晝夜｜急遽 きゅうきょ 副 緊急地

9

這項操作非常危險，必須依照規定好的（　　）操作。

1 排列　2 過程
3 **步驟**　4 路線

解析 四個選項皆為名詞。括號加上前後方內容表示「**決められた手順通りに行わなければならない**（必須按照規定的順序進行）」最符合文意，因此答案為 3 **手順**。其他選項的用法為：1 **アルファベット順に配列する**（按照字母順序排列）；2 **過程を経て作られる**（經過程製作）；4 **話に道筋をつける**（言之有理）。

詞彙 作業 さぎょう 名 工作｜配列 はいれつ 名 排列
過程 かてい 名 過程｜手順 てじゅん 名 程序
道筋 みちすじ 名 條理

10

將頭髮剪至齊肩的她，整個形象（　　）改變。

1　顛覆性地　　2　一閃一閃地
3　修長苗條地　　4　輕飄飄地

解析 四個選項皆為副詞。括號加上其後方內容表示「がらりと印象が変わっていた（瞬間改變了形象）」最符合文意，因此答案為 1 がらりと。其他選項的用法為：2 きらりと星が光っていた（星星閃爍著）；3 体つきがすらりとしていた（身材苗條）；4 ふわりと雪が舞い降りてきた（忽然飄起雪來）。

詞彙 肩 かた 名肩膀｜印象 いんしょう 名印象｜がらりと 副猛然地
きらりと 副閃爍地｜すらりと 副修長地｜ふわりと 副輕柔地

11

想要（　　）身心健康的生活，每日運動必不可少。

1　培養　　2　需要
3　任職　　**4　經營**

解析 四個選項皆為動詞。括號加上其前方內容表示「健康な生活を営む（經營健康的生活）」最符合文意，因此答案為 4 営む。其他選項的用法為：1 健康な体を育む（培養健康的身體）；2 十分な睡眠時間を要する（需要充足的睡眠時間）；3 大学病院に勤める（在大學醫院工作）。

詞彙 心身 しんしん 名身心｜ともに 副皆
健康だ けんこうだ な形健康的｜かかせない 不可或缺
育む はぐくむ 動培養｜要する ようする 動需要
勤める つとめる 動任職｜営む いとなむ 動經營

12

為了因應社會日漸嚴重的高齡化問題，我們調查了獨居高齡者的（　　）

1　狀態　　**2　實情**
3　模樣　　4　事態情況

解析 四個選項皆為名詞。括號加上前後方內容表示「一人暮らしの高齢者の状態を調査した（調查了獨居老人的狀況）」或「一人暮らしの高齢者の実情を調査した（調查了獨居老人的實際情況）」皆為適當的用法，因此得確認整句話的文意。整句話表示「さらなる社会の高齢化に備え、一人暮らしの高齢者の実情を調査した（為應對日益嚴重的高齡化社會，調查了獨居老人的實際情況）」最符合文意，因此答案為 2 実情。其他選項的用法為：1 傷の状態を観察した（觀察了傷口狀況）；3 患者の様子がおかしかった（病患的樣子不太尋常）；4 重大な事柄を発表した（宣佈了重大事件）。

詞彙 さらなる 更加｜高齢化 こうれいか 名高齡化
備える そなえる 動因應｜一人暮らし ひとりぐらし 名獨居
高齢者 こうれいしゃ 名高齡者｜調査 ちょうさ 名調查
状態 じょうたい 名狀態｜実情 じつじょう 名實情
様子 ようす 名情況｜事柄 ことがら 名事項

13

因為練習（　　）腰部，導致比賽無法出場。

1　危害　　2　使崩壞
3　妨害　　**4　弄傷**

解析 四個選項皆為動詞。括號加上其前方內容表示「練習で腰を傷めて（因為在練習中傷到腰）」最符合文意，因此答案為 4 傷め。其他選項的用法為：1 他人の命を危めて（因為危及他人的性命）；2 体調を崩して（因為身體不適）；3 相手の気分を害して（因為破壞對方的心情）。

詞彙 腰 こし 名腰｜出場 しゅつじょう 名上場
危める あやめる 動危害｜崩す くずす 動瓦解
害する がいする 動冒犯｜傷める いためる 動損傷

實戰測驗 2

p.77

7 4　**8** 1　**9** 3　**10** 1　**11** 2
12 3　**13** 3

問題 2　請從 1、2、3、4 中，選擇最適當填入（　　）中的選項。

7

不像理想中的那樣，大部分的人的職業（　　）都是以生活為重的。

1　論　　2　派
3　視點　　**4　觀**

解析 四個選項皆為接尾詞。括號加上其前方名詞表示「職業観（職業觀）」最符合文意，因此答案為 4 観。其他選項的用法為：1 二元論（二元論）；2 少数派（少數派）；3 問題視（視為問題）。

詞彙 職業観 しょくぎょうかん 名職業觀｜理想 りそう 名理想
暮らし くらし 名生活｜ほとんど 名幾乎

8

西邊的天空已被夕陽（　　）一片赤紅。

1　染成　　2　滲入
3　塗上　　4　點綴、著色

解析 四個選項皆為動詞。括號加上其前方內容表示「夕日で真っ赤に染まっていた（被夕陽染得一片通紅）」最符合文意，因此答案為 1 染まって。其他選項的用法為：2 服に汚れがにじんでいた（衣服上沾滿了污漬）；3 薬を塗っていた（擦了藥）；4 花が庭をいろどっていた（花朵點綴庭院）。

詞彙 夕日 ゆうひ 名夕陽｜真っ赤だ まっかだ な形通紅的
染まる そまる 動染上｜塗る ぬる 動塗抹
いろどる 動裝點

9

教師的職責是增強學生對學習的（　　）。

1　氣魄　　2　想法
3　意願　　4　意圖

解析 四個選項皆為名詞。括號加上前後方內容表示「学習に対する意欲を高める（提升對學習的意願）」最符合文意，因此答案為 3 意欲。其他選項的用法為：1 意地を張る（固執己見）；2 意思を表す（表示意思）；4 意図を捉える（掌握意圖）。

詞彙 教師 きょうし 名 教師 ｜ 役割 やくわり 名 角色
学習 がくしゅう 名 學習 ｜ 高める たかめる 動 提高
意地 いじ 名 倔強 ｜ 意思 いし 名 想法 ｜ 意欲 いよく 名 意願
意図 いと 名 意圖

10

由於冬天的空氣非常乾燥，所以我們預計日後會更會加強（　　）宣導。

1　防火　　2　避難
3　災害　　4　緊急

解析 四個選項皆為名詞。括號加上前後方內容表示「今以上に防火の呼びかけを強化（進一步加強防火宣導）」或「今以上に避難の呼びかけを強化（進一步加強避難宣導）」皆為適當的用法，因此得確認整句話的文意。整句話表示「冬は空気が乾燥するため、今以上に防火の呼びかけを強化していく予定だ（冬天空氣乾燥，因此預計進一步加強防火宣導）」最符合文意，因此答案為 1 防火。其他選項的用法為：2 避難の必要性を認識（認識疏散的必要性）；3 災害の可能性を公表（公布災害的可能性）；4 緊急の事態に対応（應對緊急情況）。

詞彙 乾燥 かんそう 名 乾燥 ｜ 呼びかけ よびかけ 名 宣導、呼籲
強化 きょうか 名 強化 ｜ 防火 ぼうか 名 防火 ｜ 避難 ひなん 名 避難
災害 さいがい 名 災害 ｜ 緊急 きんきゅう 名 緊急

11

那位選手因個子高，速度也很快而被稱為平成年代最後的（　　）。

1　大師　　**2　優秀人材**
3　名家　　4　行家

解析 四個選項皆為名詞。括號加上前後方內容表示「平成最後の巨匠と言われている（被稱為平成時代的最後一位大師）」、「平成最後の逸材と言われている（被稱為平成時代的最後一位卓越人才）」、「平成最後の名家と言われている（被稱為平成時代的最後一位名人）」、「平成最後の玄人と言われている（被稱為平成時代的最後一位專家）」皆為適當的用法，因此得確認整句話的文意。整句話表示「あの選手は長身でスピードも兼ね備えており、平成最後の逸材と言われている（那位選手的身高高，也兼具速度，被稱為平成時代的最後一位卓越人才）」最符合文意，因此答案為 2 逸材。其他選項的用法為：1 芸術の巨匠と言われている（被稱為藝術大師）；3 地域の名家出身と言われている（據說是出身當地的名門望族）；4 時計の玄人と言われている（被稱作鐘錶專家）。

詞彙 選手 せんしゅ 名 選手 ｜ 長身 ちょうしん 名 高個子
スピード 名 速度 ｜ 兼ね備える かねそなえる 動 兼備
平成 へいせい 名 平成 ｜ 巨匠 きょしょう 名 大師
逸材 いつざい 名 卓越人才 ｜ 名家 めいか 名 名門
玄人 くろうと 名 行家

12

這個派對並不是（　　）參加的。

1　強行　　2　強隊
3　強制　　4　強逼

解析 四個選項皆為名詞。括號加上前後方內容表示「参加は強制ではない（非強制參加）」最符合文意，因此答案為 3 強制。其他選項的用法為：1 工事は強行できない（不能強行施工）；2 あのチームは強豪ではない（那支隊伍並非強隊）；4 飲酒を強要してはいけない（不能強迫喝酒）。

詞彙 参加 さんか 名 參加 ｜ 強行 きょうこう 名 強行
強豪 きょうごう 名 強隊 ｜ 強制 きょうせい 名 強制
強要 きょうよう 名 強迫

13

過去，人們生活中的（　　）建立在農業上。

1　基礎　　2　基本
3　基盤　　4　基準

解析 四個選項皆為名詞。括號加上前後方內容表示「農業に生活の基盤を置いていた（生活的基礎建立在農業之下）」最符合文意，因此答案為 3 基盤。其他選項的用法為：1 料理の基礎（烹飪基礎）；2 動作の基本（動作的基本原理）；4 評価の基準（評價標準）。

詞彙 ひと昔 ひとむかし 名 過去（約十年前）｜ 農業 のうぎょう 名 農業
基礎 きそ 名 基礎 ｜ 基本 きほん 名 基本 ｜ 基盤 きばん 名 基盤
基準 きじゅん 名 基準

實戰測驗 3

p.78

7 1　**8** 3　**9** 2　**10** 4　**11** 1
12 3　**13** 4

問題 2　請從 1、2、3、4 中，選擇最適當填入（　　）中的選項。

7

祖父的病症，至今已到了無法（　　）的狀況。

1　預判　　2　預備
3　猶豫　　4　預兆

解析 四個選項皆為名詞。括號加上前後方內容表示「病状は未だ予断を許さない（仍無法預測病情的）」最符合文意，因此答案為 1 予断。其他選項的用法為：2 予備を確保しない（不保證有所準備）；3 猶予を与えない（不容許暫緩）；4 予兆を捉えられない（未能掌握預兆）。

詞彙 祖父 そふ名祖父｜病状 びょうじょう名病情
未だ いまだ副仍然｜許す ゆるす動容許
状況 じょうきょう名狀況｜予断 よだん名預斷
予備 よび名預備｜猶予 ゆうよ名寬限｜予兆 よちょう名預兆

8

我無法（　　）接受他的想法。

1　靜靜地　　2　模糊地
3　欣然地　　4　一點一滴地

解析 四個選項皆為副詞。括號加上前後方內容表示「考えをすんなり受け入れる（欣然接受想法）」最符合文意，因此答案為 3 すんなり。其他選項的用法為：1 話をしんみり聞く（靜靜聆聽話語）；2 月をぼんやり眺める（痴痴地望著月亮）；4 気持ちがじんわり伝わる（一點一滴地傳達出心情）。

詞彙 考え かんがえ名想法｜受け入れる うけいれる動接納
しんみり副沉靜地｜ぼんやり副恍惚地｜すんなり副毫不費力地
じんわり副一點一滴地

9

姊姊大概是累了，在巴士上居然（　　）窗戶就睡著了。

1　到達　　**2　靠著**
3　頂撞　　4　壓住

解析 四個選項皆為動詞。括號加上其前方內容表示「バスの窓に寄り掛かって（靠在公車的窗戶）」最符合文意，因此答案為 2 寄り掛かって。其他選項的用法為：1 山の頂上に差し掛かって（到達山頂）；3 生徒が教師に突っ掛かって（學生頂撞老師）；4 重い物が伸し掛かって（重物壓上去）。

詞彙 差し掛かる さしかかる動抵達
寄り掛かる よりかかる動倚靠
突っ掛かる つっかかる動頂撞
伸し掛かる のしかかる動壓迫

10

（　　）繼承者在社會上也可說是一項重要的課題。

1　栽培　　2　促進
3　扶養　　**4　培育**

解析 四個選項皆為名詞。括號加上其前方內容表示「後継者を育成する（培養接班人）」最符合文意，因此答案為 4 育成。其他選項的用法為：1 野菜を栽培する（種菜）；2 技術発展を促進する（推動技術發展）；3 親を扶養する（撫養父母）。

詞彙 後継者 こうけいしゃ名繼承人｜重要だ じゅうようだな形重要的
課題 かだい名課題｜栽培 さいばい名栽培
促進 そくしん名促進｜扶養 ふよう名贍養｜育成 いくせい名培育

11

她是為貧窮人（　　）一生的人。

1　貢獻　　2　侍奉
3　投向　　4　接受

解析 四個選項皆為動詞。括號加上其前方內容表示「人々のために生涯を捧げた（為人們奉獻一生）」最符合文意，因此答案為 1 捧げた。其他選項的用法為：2 神に仕えた（侍奉神明）；3 身を投じた（投身其中）；4 取得税を納めた（繳納契稅）。

詞彙 貧しい まずしいい形貧困的｜生涯 しょうがい名生涯
捧げる ささげる動奉獻
仕える つかえる動侍奉
投じる とうじる動投入
納める おさめる動繳納、接受

12

本次旅行的目的是享受秋天的（　　）。

1　餘味　　2　調味
3　味覺　　4　試味道

解析 四個選項皆為名詞。括號加上前後方內容表示「秋の味覚を満喫（盡情享受秋天的味道）」最符合文意，因此答案為 3 味覚。其他選項的用法為：1 苦い後味を残す（殘留苦澀的餘味）；2 経営上の判断を加味する（加入業務方面的判斷）；4 料理の味見をする（嘗試料理的味道）。

詞彙 今回 こんかい名這次｜目的 もくてき名目的
満喫 まんきつ名享受｜後味 あとあじ名餘味｜加味 かみ名摻入
味覚 みかく名味覺｜味見 あじみ名嚐味

13

這家醫院引進了預約網路看診用的（　　）。

1　機械裝置　　2　課程計劃
3　專業技術　　**4　系統**

解析 四個選項皆為名詞。括號加上其前方內容表示「診察の予約をするシステム（看診預約系統）」最符合文意，因此答案為 4 システム。其他選項的用法為：1 痛みを抑えるメカニズム（緩解疼痛的裝置）；2 想像力を育成するカリキュラム（培養想像力的教育課程）；3 報告書を作成するノウハウ（撰寫報告書的技巧）。

詞彙 インターネット名網路｜診察 しんさつ名看診

導入 どうにゅう名導入 | メカニズム名機制
カリキュラム名教育課程 | ノウハウ名專業技術 | システム名系統

實戰測驗 4

p.79

7 1　**8** 3　**9** 4　**10** 3　**11** 2
12 4　**13** 3

問題 2　請從 1、2、3、4 中，選擇最適當填入（　　）中的選項。

7

（　　）即將脫口而出的怒言，努力冷靜下來。

1 **吞下**　2 咬緊
3 打退　4 接住

解析 四個選項皆為動詞。括號加上其前方內容表示「**怒りの言葉を飲み込み**（吞下憤怒的話語）」最符合文意，因此答案為 1 **飲み込み**。其他選項的用法為：2 **歯を噛みしめ**（咬緊牙關）；3 **敵を押し返し**（擊退敵人）；4 **批判を受け止め**（接受批評）。

詞彙 出かかる でかかる動即將脫口而出 | 怒り いかり名憤怒
冷静だ れいせいだな形冷靜的 | 努める つとめる動努力
飲み込む のみこむ動吞下
噛みしめる かみしめる動咬緊 | 押し返す おしかえす動擊退
受け止める うけとめる動接受

8

（　　）因地震倒塌的住宅，需要相當長的時間。

1 新建　2 改裝
3 **重建**　4 設計

解析 四個選項皆為名詞。括號加上其前方內容表示「**崩壊した住宅を再建する**（重建倒塌的房屋）」最符合文意，因此答案為 3 **再建**。其他選項的用法為：1 **一戸建てを新築する**（新建獨棟房屋）；2 **古い建物を改装する**（翻修舊房子）；4 **自分で家を設計する**（自己設計房子）。

詞彙 崩壊 ほうかい名坍塌 | 住宅 じゅうたく名住宅
それなり 相應 | 新築 しんちく名新建
改装 かいそう名裝修 | 再建 さいけん名重建
設計 せっけい名設計

9

幾百根樹木（　　）並立的樣子十分震撼。

1 籠統　2 絕對
3 公然　4 **整齊**

解析 四個選項皆為副詞。括號加上前後方內容表示「**木々が整然と立ち並んでいる**（樹木整齊排列著）」最符合文意，因此答案為 4 **整然と**。其他選項的用法為：1 **計画を漠然と立てている**（制定模糊的計畫）；2 **勝率が断然と高くなる**（獲勝率明顯提升）；3 **情報が公然と知られている**（消息公諸於世）。

詞彙 木々 きぎ名樹木 | 立ち並ぶ たちならぶ動排列
様 さま名樣子 | 圧巻 あっかん名壯觀震撼、最傑出的部分
漠然と ばくぜんと副籠統地 | 断然と だんぜんと副顯然地
公然と こうぜんと副公然地
整然と せいぜんと副有序地

10

本次開發的新素材，受到（　　）領域的關注。

1 關係範圍廣　2 根深蒂固
3 **廣泛**　4 深遠

解析 四個選項皆為形容詞。括號加上其後方內容表示「**幅広い分野からの注目**（廣泛領域的關注）」最符合文意，因此答案為 3 **幅広い**。其他選項的用法為：1 **手広い空間**（寬敞的空間）；2 **根深い誤解**（根深蒂固的誤解）；4 **奥深い山地**（深山）。

詞彙 今回 こんかい名這次 | 開発 かいはつ名開發
新素材 しんそざい名新材料 | 分野 ぶんや名領域
注目 ちゅうもく名注目 | 手広い てびろいい形寬闊的
根深い ねぶかいい形根深蒂固的 | 幅広い はばひろいい形廣泛的
奥深い おくぶかいい形幽深的

11

大學朋友（　　）我是否參加他的婚禮。

1 援助　2 **詢問**
3 促進　4 獎勵

解析 四個選項皆為名詞。括號加上其前方內容表示「**結婚式への参加を打診された**（受邀參加婚禮）」最符合文意，因此答案為 2 **打診**。其他選項的用法為：1 **奨学金を援助された**（獲得獎學金贊助）；3 **雇用が促進された**（促進就業）；4 **貯蓄が奨励された**（鼓勵儲蓄）。

詞彙 大学時代 だいがくじだい名大學時期 | 友人 ゆうじん名友人
結婚式 けっこんしき名婚禮 | 参加 さんか名參加
援助 えんじょ名援助 | 打診 だしん名探聽
促進 そくしん名促進 | 奨励 しょうれい名獎勵

12

雖然採取了不讓烏鴉（　　）垃圾的對策，但似乎沒有效果。

1 騷動　2 弄亂
3 弄壞　4 **使荒廢**

解析 四個選項皆為動詞。括號加上其前方內容表示「**カラスがごみを荒らさないように**（為了不讓烏鴉把垃圾弄亂）」最符合文意，因此答案為 4 **荒らさ**。其他選項的用法為：1 **深夜**

は騷がないように（為避免在深夜喧嘩）；2 服装を乱さないように（為了不弄亂衣服）；3 物を壊さないように（為了不弄壞東西）。

詞彙 カラス名烏鴉｜対策 たいさく名對策｜効果 こうか名效果
騒ぐ さわぐ動吵鬧｜乱す みだす動不整
壊す こわす動破壞｜荒らす あらす動擾亂

13

田中先生很擅長（　　）提醒對手，以免得罪人。

1 輕飄飄地　　2 嚴實地
3 **委婉地**　　4 潮濕

解析 四個選項皆為副詞。括號加上其後方內容表示「やんわり注意する（委婉地提醒）」最符合文意，因此答案為 3 やんわり。其他選項的用法為：1 ふんわり着地する（輕輕地落地）；2 ぴったり貼り付ける（準確地黏貼）；4 しっとり保湿する（滋潤地保濕）。

詞彙 相手 あいて名對方
気を悪くする きをわるくする 感到不快
ふんわり副輕柔地｜ぴったり副準確、嚴實地
やんわり副溫和地｜しっとり副濕潤地

問題 3 近義替換

實力奠定

p.92

01 ①	02 ②	03 ④
04 ③	05 ③	06 ①
07 ④	08 ②	09 ④
10 ③	11 ①	12 ②
13 ③	14 ②	15 ④
16 ①	17 ③	18 ④
19 ②	20 ①	

實戰測驗 1

p.94

14 2　15 4　16 1　17 3　18 2　19 1

問題 3　請從 1、2、3、4 中選擇與＿＿＿最相近的選項。

14

散佈了告知銷售消息的文件。

1 印刷了　　2 **分發**
3 廢棄　　4 訂購

解析 ばらまいた的意思為「分發」，因此答案為同義的 2 配布した。

詞彙 セール名特賣｜告知 こくち名啟示
ばらまく動散佈｜印刷 いんさつ名印刷
配布 はいふ名分發｜廃棄 はいき名廢棄
発注 はっちゅう名下單

15

硬要說缺點的話，那我覺得就是價格太高這一點了。

1 再次　　2 一針見血
3 順帶　　4 **勉強**

解析 敢えて的意思為「硬要」，因此答案為同義的 4 強いて。

詞彙 欠点 けってん名缺點｜敢えて あえて副斗膽地
値段 ねだん名價格｜改めて あらためて副再次
ずばり副直截了當地｜ついでに副順便｜強いて しいて副強硬地

16

田中先生突然說起了毫無脈絡的話題。

1 **關聯性**　　2 條理
3 歸納性　　4 目的

解析 脈絡的意思為「關聯性」，因此答案為同義的 1 つながり。

詞彙 突然 とつぜん副突然地｜脈絡 みゃくらく名脈絡
つながり名關連｜筋道 すじみち名條理｜まとまり名統整
目的 もくてき名目的

17

我以前經常與朋友互相競爭。

1 互相溝通　　2 互相爭吵
3 **互相競爭**　　4 消除隔閡

解析 張り合って的意思為「競爭」，因此答案為同義的 3 競い合って。

詞彙 昔 むかし名往昔｜張り合う はりあう動對抗
通じ合う つうじあう動相通
言い合う いいあう動爭論
競い合う きそいあう動競爭
解け合う とけあう動交融

18

極力地避免發生糾紛。

1 可能的話　　2 **盡可能**
3 某種程度　　4 總算

解析 極力的意思為「盡可能」，選項中可替換使用的是 2 できる限り，故為正解。

詞彙 トラブル名麻煩｜極力 きょくりょく副盡力地
避ける さける動避免｜可能だ かのうだ な形可能的
できる限り できるかぎり 盡可能地｜程度 ていど名程度
どうにか 想盡辦法

19

請仔細地執行檢查。

1 細心周到地 2 迅速地
3 暗中 4 簡潔地

解析 細かく丁寧に的意思為「細心慎重地」，選項中可替換使用的是 1 入念に，故為正解。

詞彙 確認 かくにん名確認｜細かい こまかいい形細微的
丁寧だ ていねいだな形謹慎的
入念だ にゅうねんだな形周到的
迅速だ じんそくだな形迅速的
内密だ ないみつだな形機密的
簡潔だ かんけつだな形簡潔的

實戰測驗 2

p.95

14 2 **15** 3 **16** 2 **17** 4 **18** 1 **19** 3

問題 3　請從 1、2、3、4 中選擇與＿＿＿最相近的選項。

14

他試圖打斷談話。

1 試圖統整 **2 試圖中斷**
3 試圖展開 4 試圖延續

解析 打ち切ろう的意思為「打斷」，因此答案為同義的 2 中断しよう。

詞彙 打ち切る うちきる動中止｜整理 せいり名整理
中断 ちゅうだん名中斷｜展開 てんかい名展開
続行 ぞっこう名繼續

15

請確保舞台設計的空間。

1 人手 2 預算
3 空間 4 期間

解析 スペース的意思為「空間」，因此答案為同義的 3 空き。

詞彙 舞台 ぶたい名舞台｜設置 せっち名設置｜スペース名空間
確保 かくほ名確保｜人手 ひとで名人手｜予算 よさん名預算
空き あき名空位｜期間 きかん名期間

16

我將那天發生的瑣碎小事全寫在日記裡了。

1 討厭的 **2 小小的**
3 重要的 4 開心的

解析 些細な的意思為「瑣碎的」，因此答案為同義的 2 小さな。

詞彙 些細だ ささいだな形瑣碎的｜出来事 できごと名事件
残す のこす動留下｜嫌だ いやだな形厭惡的
小さな ちいさな 細小的｜重要だ じゅうようだな形重要的
うれしいい形喜悅的

17

撤回停業一年的命令。

1 否決 2 遵守
3 下達 **4 取消**

解析 撤回した的意思為「撤回」，因此答案為同義的 4 取り消した。

詞彙 業務 ぎょうむ名業務｜停止 ていし名停止
命令 めいれい名命令｜撤回 てっかい名撤回
拒否 きょひ名拒絕｜遵守 じゅんしゅ名遵守
下す くだす動下達｜取り消す とりけす動取消

18

我喜歡的衣服被媽媽批評得一無是處。

1 被批評得一文不值 2 被禁止
3 被處分 4 被裁切

解析 悪く言われた的意思為「貶低」，選項中可替換使用的是 1 けなされた，故為正解。

詞彙 お気に入り おきにいり名中意｜けなす動批評
禁じる きんじる動禁止｜処分 しょぶん名處理、處分
裁断 さいだん名裁剪

19

我無法立刻相信，父親他曾經是一名演員。

1 一般 2 無論如何
3 立即 4 果然

解析 にわかには的意思為「即刻」，選項中可替換使用的是 3 すぐには，故為正解。

詞彙 俳優 はいゆう名演員｜にわかだな形即刻的
信じる しんじる動相信｜どうしても 無論如何都｜やはり副果然

實戰測驗 3

p.96

14 2 **15** 2 **16** 1 **17** 3 **18** 3 **19** 4

問題 3　請從 1、2、3、4 中選擇與＿＿＿最相近的選項。

14

部長斥責了下屬多起的違規行為。

1 告發 **2 追究**
3 控制住 4 漏看

解析 とがめた的意思為「責備」，因此答案為同義的 2 追及した。

詞彙 部下 ぶか [名] 部下 | 数々 かずかず [名] 多數 | 不正 ふせい [名] 不當
とがめる [動] 責備 | 告発 こくはつ [名] 告發
追及 ついきゅう [名] 究責 | 食い止める くいとめる [動] 阻止
見逃す みのがす [動] 放過、漏看

15

得到的情報指出，在這個地下有大型集會秘密舉辦中。

1 偶爾　　2 **悄悄地**
3 頻繁地　　4 確實地

解析 ひそかに的意思為「隱密地」，因此答案為同義的 2 こっそり。

詞彙 地下 ちか [名] 地下 | 大規模だ だいきぼだ [な形] 大規模的
集会 しゅうかい [名] 集會 | ひそかだ [な形] 秘密的
情報 じょうほう [名] 資訊 | 得る える [動] 獲得
ときおり [副] 有時 | こっそり [副] 掩人耳目地
頻繁だ ひんぱんだ [な形] 頻繁的 | まさに [副] 正是

16

昨天收到了顧客的客訴。

1 抱怨　　2 建言
3 質問　　4 期望

解析 クレーム的意思為「投訴」，因此答案為同義的 1 苦情。

詞彙 お客様 おきゃくさま [名] 顧客 | クレーム [名] 客訴
苦情 くじょう [名] 抱怨 | 助言 じょげん [名] 建議
要望 ようぼう [名] 要求

17

山本先生一定是哪裡誤會了。

1 煩惱　　2 畏懼
3 搞錯　　4 自覺

解析 錯覚して的意思為「搞錯」，因此答案為同義的 3 勘違いして。

詞彙 錯覚 さっかく [名] 錯覺 | 思い悩む おもいなやむ [動] 憂心
危惧 きぐ [名] 擔憂 | 勘違い かんちがい [名] 誤會
自覚 じかく [名] 自覺

18

在學習外語上，跟讀書本的發音可說是極為有效的方法。

1 相應地　　2 實在的
3 沒有更勝於它的　　4 超乎意料

解析 極めて的意思為「極其」，選項中可替換使用的是 3 この上なく，故為正解。

詞彙 外国語 がいこくご [名] 外語 | 学習 がくしゅう [名] 學習
音読 おんどく [名] 誦讀 | 極めて きわめて [副] 極其地
有効だ ゆうこうだ [な形] 有效的 | 方法 ほうほう [名] 方法
それなり 相應 | この上ない このうえない 最佳的
思いのほか おもいのほか 意外

19

那樣的事態，已經做不了什麼防堵了。

1 沒有打算　　2 沒有必要
3 沒有理由　　**4 沒有方法**

解析 すべがなかった的意思為「沒有辦法」，選項中可替換使用的是 4 方法がなかった，故為正解。

詞彙 事態 じたい [名] 事態 | 防ぐ ふせぐ [動] 防止
すべ [名] 手段 | 方法 ほうほう [名] 方法

實戰測驗 4

p.97

14 3　**15** 4　**16** 4　**17** 1　**18** 1　**19** 3

問題 3　請從 1、2、3、4 中選擇與＿＿＿最相近的選項。

14

抵達人生的重大局面。

1 遭遇　　2 對待
3 到達　　4 面臨

解析 差し掛かった的意思為「抵達」，因此答案為同義的 3 到達した。

詞彙 人生 じんせい [名] 人生 | 局面 きょくめん [名] 局面
差し掛かる さしかかる [動] 抵達 | 遭遇 そうぐう [名] 遭遇
立ち向かう たちむかう [動] 面對 | 到達 とうたつ [名] 到達
臨む のぞむ [動] 面臨

15

針對景氣恢復的目標不斷地展開討論。

1 徵兆　　2 可能性
3 背景　　**4 遠見**

解析 めど的意思為「前景」，因此答案為同義的 4 見通し。

詞彙 景気 けいき [名] 景氣 | 回復 かいふく [名] 恢復 | めど [名] 眉目、目標
～について 針對～ | 議論 ぎろん [名] 議論
繰り広げる くりひろげる [動] 展開 | 兆し きざし [名] 徵兆
可能性 かのうせい [名] 可能性 | 背景 はいけい [名] 背景
見通し みとおし [名] 預測

16

高橋先生從以前就是個對待時間很鬆散的人。

1 吵鬧、囉嗦　　2 正確的
3 毫不關心　　**4 散漫、馬虎**

解析 ルーズな的意思為「散漫的」，因此答案為同義的 4 だらしない。

詞彙 ルーズだ な形 散漫的｜うるさい い形 囉嗦的
正確だ せいかくだ な形 正確的
無関心だ むかんしんだ な形 漠不關心的
だらしない い形 邋遢的、散漫的

17

那個圖表中直截了當地展現出現況。

1 明明白白 2 詳細
3 大致上 4 意外的

解析 端的に的意思為「清楚地」，因此答案為同義的 1 明白に。

詞彙 グラフ 名 圖表｜現状 げんじょう 名 現狀
端的だ たんてきだ な形 清晰的｜現れる あらわれる 動 呈現
明白だ めいはくだ な形 明瞭的｜詳細だ しょうさいだ な形 詳細的
大まかだ おおまかだ な形 粗略的｜意外だ いがいだ な形 意外的

18

受到無數精美作品的刺激，重新啟動了創作活動。

1 觸發 2 誘惑
3 魅惑 4 恩賜

解析 刺激を受け的意思為「受到刺激、啟發」，選項中可替換使用的是 1 触発され，故為正解。

詞彙 数々 かずかず 名 多數｜作品 さくひん 名 作品
刺激 しげき 名 刺激｜創作 そうさく 名 創作
活動 かつどう 名 活動｜再開 さいかい 名 重啟
触発 しょくはつ 名 啟發｜誘惑 ゆうわく 名 誘惑
魅する みする 動 吸引｜恵まれる めぐまれる 動 受惠

19

他在聽了女友的話之後，露出了惱怒的表情。

1 開心的 2 悲傷的
3 生氣的 4 驚訝的

解析 むっとした的意思為「生氣的」，選項中可替換使用的是 3 怒ったような，故為正解。

詞彙 むっと 副 惱怒地｜表情 ひょうじょう 名 表情
嬉しい うれしい い形 喜悅的｜悲しい かなしい い形 悲傷的
怒る おこる 動 憤怒｜驚く おどろく 動 驚訝

問題 4 用法

實力奠定

p.114

01 ① 02 ① 03 ② 04 ② 05 ① 06 ②
07 ② 08 ① 09 ② 10 ② 11 ① 12 ①

01

摘錄

① 從複數的歌曲中摘錄歌詞作成有趣的歌曲。
② 她所摘錄的人每人都成為有名的模特兒。

詞彙 抜粋 ばっすい 名 摘錄｜複数 ふくすう 名 複數｜歌詞 かし 名 歌詞
曲 きょく 名 樂曲｜モデル 名 模特兒

02

草率

① 以那張眾人所熟知的面孔，他的行為也太草率了。
② 樂器當中，我最喜歡可以發出草率聲音的鼓。

詞彙 軽率だ けいそつだ な形 輕率的｜あまりにも 副 太過於
行動 こうどう 名 行動｜楽器 がっき 名 樂器｜ドラム 名 鼓
好み このみ 名 喜好

03

回饋

① 此產品體積雖小，但回饋空氣的機能非常優異。
② 接受了國家或自治團體的支援，那麼回饋利益給社會也是理所當然的。

詞彙 還元 かんげん 名 回饋｜製品 せいひん 名 製品
機能 きのう 名 機能｜優れる すぐれる 動 出色
自治体 じちたい 名 地方政府｜支援 しえん 名 支援
利益 りえき 名 利益｜当然だ とうぜんだ な形 當然的

04

減免

① 民眾大聲疾呼應該減免那位警官的職位。
② 由於上一年的良好成績，今年獲得了學費減免。

詞彙 免除 めんじょ 名 免除｜警察官 けいさつかん 名 警官
国民 こくみん 名 國民｜声があがる こえがあがる 發聲
前年度 ぜんねんど 名 去年度｜成績 せいせき 名 成績
今学期 こんがっき 這學期｜授業料 じゅぎょうりょう 名 學費

05

總而言之
① **總而言之評價還是很高的，應該可以得到肯定性的審核結果。**
② 不遵照政府指示而危害到國民健康的行為總而言之難以原諒。

詞彙 総じて そうじて 副 概括而言 | 評価 ひょうか 名 評價
肯定的だ こうていてきだ な形 肯定的 | 検討 けんとう 名 商討
政府 せいふ 名 政府 | 指示 しじ 名 指示 | 従う したがう 動 遵從
国民 こくみん 名 國民 | 健康 けんこう 名 健康
危うい あやうい い形 危急的 | 行為 こうい 名 行為
許す ゆるす 動 原諒

06

相隔
① 夏天應該相隔注意，避免中暑。
② **相隔年月，已經想不起他的臉和名字了。**

詞彙 隔たる へだたる 動 相隔
熱中症 ねっちゅうしょう 名 中暑
気を使う きをつかう 留意 | 年月 ねんげつ 名 歲月
すでに 副 已經

07

標準
① 接近那個人的標準不是財產，好像是人脈。
② **為了健康，我每天都以 30 分的標準運動。**

詞彙 目安 めやす 名 大致基準 | 財産 ざいさん 名 財產
人脈 じんみゃく 名 人脈 | 近づく ちかづく 動 接近
健康 けんこう 名 健康 | 保つ たもつ 動 保持

08

親暱
① **那個人對初次見面的人也會擺出親暱的態度。**
② 廣告中說只要喝下這個藥，就能一直親暱。

詞彙 馴れ馴れしい なれなれしい い形 過度親暱的
初対面 しょたいめん 名 初次見面 | 態度 たいど 名 態度
広告 こうこく 名 廣告

09

破裂
① 光是沉默誤會也不會破裂，所以我拿出了勇氣。
② **我珍藏的衣服居然在擁擠的人群中破裂了。**

詞彙 裂ける さける 動 破裂 | ただ 副 但是
黙る だまる 動 沉默 | 誤解 ごかい 名 誤解
勇気 ゆうき 名 勇氣 | 人込み ひとごみ 名 人群
とっておき 名 珍藏 | 衣服 いふく 名 衣服

10

墊付
① 購買大幅的畫，將它當作擺飾一樣墊付在牆上。
② **由於手上沒有現金，只好請朋友幫忙墊付參加費用。**

詞彙 立て替える たてかえる 動 代墊 | インテリア 名 室內裝飾
わざと 副 刻意地 | 手元 てもと 名 手邊 | 現金 げんきん 名 現金
参加費 さんかひ 名 參加費用

11

籌措
① **生活太過貧困，連籌措伙食費都不容易。**
② 為了啟動海外進出口，我正在籌措與消費者認知有關的資訊。

詞彙 調達 ちょうたつ 名 籌措、調度 | 貧困 ひんこん 名 貧困
暮らし くらし 名 生活 | 食料 しょくりょう 名 食物
ろくに 副 滿足地 | 海外 かいがい 名 海外 | 進出 しんしゅつ 名 進軍
消費者 しょうひしゃ 名 消費者 | 認識 にんしき 名 認知

12

殷切
① **正因為是今年所以更殷切地祈求通過考試。**
② 為了制定了殷切的政策，連日舉行會議。

詞彙 切実だ せつじつだ な形 殷切的 | 受験 じゅけん 名 考試
合格 ごうかく 名 合格 | 願う ねがう 動 祈願
対策 たいさく 名 對策 | 連日 れんじつ 名 連日

實戰測驗 1

p.116

20 4 **21** 3 **22** 1 **23** 3 **24** 2 **25** 3

問題 4 請從下列 1、2、3、4 中，選擇一項用法最正確的選項。

20

籌措
1 該公司從成立以來員工增加了一倍，因此籌措了新的辦公室。
2 政府為了消解工時過長的問題，決定籌措了新的政策。
3 我們預計在下個月舉辦一場說明會，因此事先籌措了可以容納 100 人的會場。
4 在上大學期間，我為了籌措留學資金真的非常辛苦。

解析 題目字彙「工面（籌措）」用於表示事先準備好、設法弄到

的東西，通常用於金錢，屬於名詞，所以要先確認各選項中，該字彙與其前方的內容。正確用法為「留学の費用を工面する（籌措留學的費用）」，因此答案為 4。其他選項可改成：1 用意（ようい，準備）；2 工夫（くふう，籌劃）, 3 確保（かくほ，保證）。

詞彙 工面 くめん名籌措｜設立 せつりつ名設立｜以来 いらい名以來
從業員 じゅうぎょういん名員工
倍増 ばいぞう名倍增｜政府 せいふ名政府
長時間 ちょうじかん名長時間｜労働 ろうどう名勞動
対策 たいさく名對策｜説明会 せつめいかい名說明會
収容 しゅうよう名容納｜可能だ かのうだな形可能的
通う かよう動來往｜自分で じぶんで 自行
留学 りゅうがく名留學｜費用 ひよう名費用
苦労 くろう名辛勞

21

災難
1　野生動物吞噬了所有農作物，造成非常大的災難。
2　我們必須謹慎地採取行動以避免為他人帶來災難。
3　因為不知道災難何時會發生，所以準備了一個防災包。
4　藥物災難有時也可能反而使症狀惡化。

解析 題目字彙「災害（災難）」用於表示因自然災害造成的損失，屬於名詞，所以要先確認各選項中，該字彙與其前方的內容。1 的「大きな災害を受けた（遭受巨大的災難）」和的 3「いつ災害が発生するか（何時會發生災難）」皆為適當的用法，因此得確認整句話的文意。3 表示「いつ災害が発生するかわからないので、日頃から防災セットを準備している（因為不曉得何時會發生災難，所以平常就會準備好防災避難包）」為正確用法，因此答案為 3。其他選項可改成：1 被害（ひがい，損害）；2 迷惑（めいわく，麻煩）；4 副作用（ふくさよう，副作用）。

詞彙 災害 さいがい名災害｜野生動物 やせいどうぶつ名野生動物
農作物 のうさくぶつ名農作物｜全て すべて名全部
食い荒す くいあらす動亂啃亂咬｜他人 たにん名他人
及ぼす およぼす動波及｜行動 こうどう名行動
慎む つつしむ動謹慎｜発生 はっせい名發生
日頃 ひごろ名平時｜防災セット ぼうさいセット名防災包
症状 しょうじょう名症狀｜あり得る ありえる 有可能

22

符合
1　找到好幾個房屋都完美符合我期望的條件，所以現在非常煩惱。
2　旅行當天在車站前符合後，聽導遊詳細地說明了旅程的內容。
3　即使夫妻倆的收入符合，也未達申請的條件。
4　我已經決定暫且擱置在與大企業符合的領域中擴大事業的版圖了。

解析 題目字彙「合致（符合）」用於表示符合某種目的或條件，或是指彼此的意見相同，屬於名詞，所以要先確認各選項中，該字彙與其前方的內容。正確用法為「希望の条件にぴったり合致する（完全符合期望的條件）」，因此答案為 1。其他選項可改成：2 集合（しゅうごう，集合）；3 合算（がっさん，合計）；4 競合（きょうごう，競爭）。

詞彙 合致 がっち名符合｜希望 きぼう名希望
条件 じょうけん名條件｜ぴったり副吻合地
物件 ぶっけん名物件、契約中的動產或不動產
悩む なやむ動煩惱｜当日 とうじつ名當天
駅前 えきまえ名站前｜ガイド名嚮導｜旅程 りょてい名旅程
詳しい くわしいい形詳細的｜夫婦 ふうふ名夫婦
収入 しゅうにゅう名收入｜申し込み もうしこみ名申請
要件 ようけん名必要條件｜満つ みつ動滿足
大手企業 おおてきぎょう名大企業｜分野 ぶんや名領域
事業 じぎょう名事業｜拡大 かくだい名拓展
見送る みおくる動暫緩

23

輕率
1　車站前的美容院十分擅長展現輕率的髮型。
2　那位女演員輕率的笑容擄獲了中年男性的心。
3　那位政治家為自己輕率的發言而招人誤會一事公開道歉。
4　因週末預計出席一場相親，因此購買了輕率顏色的洋裝。

解析 題目字彙「無闇（輕率）」用於形容未考慮後果，任意或過度行事的樣子，屬於形容詞，所以要先確認各選項中，該字彙與前後方的內容。正確用法為「誤解を招く無闇な発言（招致誤會的輕率發言）」，因此答案為 3。其他選項可改成：1 無造作（むぞうさ，隨意的）；2 無邪気（むじゃき，天真無邪的）；4 無難（ぶなん，保險的）。

詞彙 無闇だ むやみだな形輕率的
駅前 えきまえ名站前｜美容院 びよういん名美容院
ヘアスタイル名髮型｜演出 えんしゅつ名表演效果
得意だ とくいだな形拿手的｜女優 じょゆう名女演員
笑顔 えがお名笑容｜中年 ちゅうねん名中年
心を捕らえる こころをとらえる 擄獲人心
政治家 せいじか名政治家｜人々 ひとびと名人們
誤解 ごかい名誤解｜招く まねく動招致
発言 はつげん名發言｜謝罪 しゃざい名謝罪
週末 しゅうまつ名週末｜見合い みあい名相親
購入 こうにゅう名購入

24

取締
1　適當地取締睡眠時間，在維持健康上是不可欠缺的。
2　警察取締交通違規，目的在於減少事故的發生。
3　鈴木在一年之間，成功地完成取締部下的主管任務。
4　這家店取締了其它地方無法入手的貴重進口商品。

解析 題目字彙「取り締まる（取締）」用於表示監視並管制非法的行為，屬於動詞，所以要先確認各選項中，該字彙與其前方的內容。正確用法為「交通違反を取り締まっている（取締違反交通規則）」，因此答案為 2。其他選項可改成：1 管理する（かんりする，管理）；3 束ねる（たばねる，統帥）4 取り扱う（とりあつかう，處理）。

詞彙 取り締まる とりしまる 動 取締 | 睡眠 すいみん 名 睡眠
適切だ てきせつだ な形 適當的 | 健康 けんこう 名 健康
維持 いじ 名 維持 | 欠かせない かかせない 不可或缺
減らす へらす 動 減少 | 目的 もくてき 名 目的
違反 いはん 名 違反 | 部員 ぶいん 名 成員 | リーダー 名 領導者
役割 やくわり 名 角色 | 果たす はたす 動 達成
手に入る てにはいる 入手
貴重だ きちょうだ な形 貴重的 | 輸入品 ゆにゅうひん 名 舶來品

25

自由自在、隨意

1 小孩子超乎常識的自在思考，有時都會使大人感到驚訝。
2 一個人自由自在地行動，也有可能給周圍大多數人帶來困擾。
3 那位工匠隨意地操縱玻璃，打造出機械所無法做出的藝術品。
4 自從結婚後，可以隨意支配的金錢就急劇地減少了。

解析 題目字彙「自在（自如）」用於形容能隨自己的意思處理事情，屬於形容詞，所以要先確認各選項中，該字彙與前後方的內容。正確用法為「ガラスを自在に操り（自如地操控玻璃）」，因此答案為 2。其他選項可改成：1 柔軟（じゅうなん，靈活的）；2 自分勝手（じぶんかって，隨心所欲）；4 自由（じゆう，自由）。

詞彙 自在だ じざいだ な形 自在的、自如的、隨意的
常識 じょうしき 名 常識 | とらわれる 動 受限
発想 はっそう 名 構想 | ときに 有時 | びっくりする 驚訝
行動 こうどう 名 行動 | 周囲 しゅうい 名 周遭
人々 ひとびと 名 人們 | 多大だ ただいだ な形 龐大的
迷惑 めいわく 名 困擾 | 与える あたえる 動 給予
可能性 かのうせい 名 可能性 | 職人 しょくにん 名 工匠
操る あやつる 動 操縱 | 作りだす つくりだす 動 製造
芸術 げいじゅつ 名 藝術 | 生み出す うみだす 動 創造
極端だ きょくたんだ な形 極端的 | 減る へる 動 減少

實戰測驗 2

p.118

20 2 **21** 1 **22** 3 **23** 4 **24** 3 **25** 1

問題 4 請從下列 1、2、3、4 中，選擇一項用法最正確的選項。

20

審議

1 警察當中也有一部分的警官接受過直接與犯人審議的特別訓練。
2 議會從上個月開始，已經針對明年的預算法案進行了無數次的審議。
3 居民因為自來水費無預警的上漲而向市政府提出了審議。
4 我只要身體出現在意的症狀，就會向熟悉的醫師提出審議。

解析 題目字彙「審議（審議）」用於表示審查並討論案件，屬於名詞，所以要先確認各選項中，該字彙與其前方的內容。正確用法為「法案を何度も審議している（法案經多次審議）」，因此答案為 2。其他選項可改成：1 交渉（こうしょう，交涉）；3 抗議（こうぎ，抗議）；4 相談（そうだん，諮詢）。

詞彙 審議 しんぎ 名 審議 | 犯人 はんにん 名 犯人
直接 ちょくせつ 名 直接 | 訓練 くんれん 名 訓練
警察官 けいさつかん 名 警官 | 議会 ぎかい 名 議會
予算 よさん 名 預算 | 関する かんする 動 相關
法案 ほうあん 名 法案 | 何度 なんど 名 幾次 | 事前 じぜん 名 事前
突然 とつぜん 副 突然地 | 水道料金 すいどうりょうきん 名 水費
値上げ ねあげ 名 漲價 | 住民 じゅうみん 名 居民
気になる きになる 在意 | 症状 しょうじょう 名 症狀
かかりつけ 經常就診 | 医師 いし 名 醫師

21

空白、空窗期

1 因為懷孕休假專心育兒，所以有了一段空窗期。
2 向福利設施捐贈空白且大量金錢的人絡繹不絕。
3 有個年幼的孩子從窗簾的空白處探出頭來看著我們。
4 我有效地利用了家中無用的空白，確保了新的收納處。

解析 題目字彙「ブランク（空窗期）」用於表示持續一件事出現中斷的那段期間，屬於名詞，所以要先確認各選項中，該字彙與其前方的內容。正確用法為「育児に専念していたためブランクがある（因為專注於育兒，所以有空窗期）」，因此答案為 1。其他選項可改成：2 匿名（とくめい，匿名）；3 隙間（すきま，縫隙）；4 空間（くうかん，空間）。

詞彙 ブランク 名 空窗期 | 休職 きゅうしょく 名 留職停薪
育児 いくじ 名 育兒 | 専念 せんねん 名 專心
福祉施設 ふくししせつ 名 福利機構 | 大金 たいきん 名 鉅款
寄付 きふ 名 捐贈 | 後を絶たない あとをたたない 絡繹不絕
幼い おさない い形 年幼的 | のぞかせる 動 窺探
無駄だ むだだ な形 多餘的 | 有効だ ゆうこうだ な形 有效的
活用 かつよう 名 活用 | 新ただ あらただ な形 新的
収納 しゅうのう 名 收納 | 確保 かくほ 名 確保

22

獲得、贏得

1 這家店為了防止店內人數過度，一度獲得了可入店的人數。

2 山田對任何事都會排列優先順序，對時間的獲得相當得心應手。

3 這次選舉由新人候選人以過半數的選票贏得了選舉。

4 搭載了最新技術的汽車獲得了暴衝而引起的衝撞。

解析 題目字彙「制する（取得）」用於表示把某樣東西變成自己的，屬於動詞，所以要先確認各選項中，該字彙與其前方的內容。正確用法為「新人の候補者が過半数を制して（新人候選人取得過半票數）」，因此答案為3。其他選項可改成：1 制限する（せいげんする，限制）；2 管理する（かんりする，管理）；4 阻止する（そしする，阻止）。

詞彙 制する せいする動贏取｜店内 てんない名店內
混雑 こんざつ名雜沓｜防ぐ ふせぐ動防止
入店 にゅうてん名入店｜人数 にんずう名人數
物事 ものごと名事物｜優先順位 ゆうせんじゅんい名優先順序
選挙 せんきょ名選舉｜新人 しんじん名新人
候補者 こうほしゃ名候選人｜過半数 かはんすう名過半數
当選 とうせん名當選｜果たす はたす動達成
最新 さいしん名最新｜搭載 とうさい名搭載
急だ きゅうだな形突然的｜発進 はっしん名進發
衝突 しょうとつ名衝撞

23

敏捷

1 看哥哥被爸爸罵了還以為他會很沮喪，沒想到敏捷地恢復了元氣。

2 那座在日本的雲霄飛車以世界第一敏捷而聞名。

3 她的演技擁有敏捷地吸引觀眾的魅力。

4 運動項目需要有敏捷的判斷力，以對眼前的事物做出瞬間的反應。

解析 題目字彙「素早い（敏捷的）」用於形容頭腦靈活運轉、行動迅速，屬於形容詞，所以要先確認各選項中，該字彙與前後方的內容。正確用法為「瞬時に対応する素早い判断力（瞬間應對的迅速判斷力）」，因此答案為4。其他選項可改成：1 早い（はやい，快的）；2 速い（はやい，速度快的）。

詞彙 素早い すばやいい形敏捷的｜落ち込む おちこむ動消沉
取り戻す とりもどす動取回｜ジェットコースター名雲霄飛車
演技 えんぎ名演技｜観客 かんきゃく名觀眾
引きつける ひきつける動吸引｜魅力 みりょく名魅力
瞬時 しゅんじ名即刻｜対応 たいおう名應對
判断力 はんだんりょく名判斷力

24

（因化學成分、毒素導致的）皮膚發炎

1 這個時期的空氣很容易發炎，不能不開加濕器

2 昨天晚飯吃太多，導致胃因為消化不良有點發炎。

3 我一用了朋友給我的化妝品，肌膚就發炎了。

4 看到大受歡迎的演員和我發炎完全一樣的帽子，讓我非常高興。

解析 題目字彙「かぶれる（發炎）」用於表示皮膚受某樣東西的影響而發炎，屬於動詞，所以要先確認各選項中，該字彙與其前方的內容。正確用法為「肌がかぶれてしまった（皮膚發炎、紅腫）」，因此答案為3。其他選項可改成：1 乾く（かわく，乾燥）；2 荒れる（あれる，胡鬧、粗糙）；4 被る（かぶる，戴）。

詞彙 かぶれる動發炎｜時期 じき名時期
加湿器 かしつき名加濕機｜手放す てばなす動鬆手
食べ過ぎる たべすぎる動飲食過量
消化不良 しょうかふりょう名消化不良｜胃 い名胃
知人 ちじん名相識之人｜化粧品 けしょうひん名化妝品
使い始める つかいはじめる 開始使用｜全く まったく副完全地
人気 にんき名人氣｜俳優 はいゆう名演員

25

辭退

1 雖然被選為宿願中的代表，卻因健康狀態不得不辭退。

2 如果無法在期限內提出可證明所得的文件，申請也可能被辭退。

3 我司以業績惡化為由，宣布將海外分店辭退。

4 女兒在暑假結束後，持續辭退回學校上課。

解析 題目字彙「辞退（辭職）」用於表示放棄自身的權力或地位，屬於名詞，所以要先確認各選項中，該字彙與其前方的內容。正確用法為「健康状態を理由にやむなく辞退した（以健康狀況為由，不得不辭職）」，因此答案為1。其他選項可改成：2 却下（きゃっか，駁回）；3 撤退（てったい，收回）；4 拒否（きょひ，拒絕）。

詞彙 辞退 じたい名辭退｜念願 ねんがん名心願
代表 だいひょう名代表
健康状態 けんこうじょうたい名健康狀態
やむなく 不得已｜期限内 きげんない名期限內
所得 しょとく名所得｜証明 しょうめい名證明
書類 しょるい名文件｜提出 ていしゅつ名提出
申請 しんせい名申請｜わが社 わがしゃ 我們公司
業績 ぎょうせき名業績｜悪化 あっか名惡化
海外 かいがい名海外｜支店 してん名分店
発表 はっぴょう名發表｜明ける あける動結束
登校 とうこう名上學

實戰測驗 3

p.120

20 2　**21** 1　**22** 4　**23** 3　**24** 2　**25** 1

問題 4　請從下列 1、2、3、4 中，選擇一項用法最正確的選項。

20

圓滑、順利

1　因為昨晚下雨地面變得很圓滑，請小心。
2　由於木村圓滑的主持，會議提早結束了。
3　感情很好的父母是任何人見了都會說是圓滑的夫妻。
4　金先生已經在日本待了十年了，說得一口圓滑的日語。

解析 題目字彙「円滑（順利）」用於形容事情進展順利，屬於形容詞，所以要先確認各選項中，該字彙與前後方的內容。正確用法為「円滑な進行（順利進行）」，因此答案為 2。其他選項可改成：3 円満（えんまん，美滿）；4 流暢（りゅうちょう，流利）。

詞彙 円滑だ えんかつだ ナ形 圓滑、順利的｜昨夜 さくや 名 昨夜
地面 じめん 名 地面｜気を付ける きをつける 當心
進行 しんこう 名 進行｜仲 なか 名 感情｜夫婦 ふうふ 名 夫婦
滞在 たいざい 名 停留｜日本語 にほんご 名 日語

21

未滿

1　參加人數未滿十人，講座即延期舉辦。
2　大腦氧氣未滿已被證明會導致專注力下降。
3　蓋房子時，為了未滿預算下了很多工夫。
4　如果不是雙方努力拉近距離，我們之間的鴻溝應該永遠未滿吧。

解析 題目字彙「満たない（未滿）」用於表示未達一定的標準，或不足夠，屬於形容詞，所以要先確認各選項中，該字彙與前後方的內容。正確用法為「参加者が 10 名に満たない（參加者未滿十人）」，因此答案為 1。其他選項可改成：2 足りない（たりない，不足）；3 超えない（こえない，不超過）；4 埋まらない（うまらない，填補不了）。

詞彙 満たない みたない 未滿
参加者 さんかしゃ 名 參加者｜講座 こうざ 名 講座
開催 かいさい 名 舉辦｜延期 えんき 名 延期
脳内 のうない 名 腦內｜酸素 さんそ 名 氧氣
集中力 しゅうちゅうりょく 名 專注力｜低下 ていか 名 低落
つながる 動 相關｜わかる 動 知曉｜予算 よさん 名 預算
様々だ さまざまだ ナ形 各式各樣的｜工夫 くふう 名 設法
重ねる かさねる 動 反覆｜お互い おたがい 名 互相
歩み寄る あゆみよる 動 妥協｜溝 みぞ 名 隔閡

22

稱作

1　該業者稱作為蔬菜產地販售一事被曝光了。
2　他稱作我們所聽到的所有事情都是不容置疑的事實。
3　光說不做的人沒有稱作夢想的資格。
4　學生時代經常會參與各式各樣稱作社會學習的打工。

解析 題目字彙「称する（稱作）」用於表示為某事物命名或稱呼，屬於動詞，所以要先確認各選項中，該字彙與其前方的內容。正確用法為「社会勉強と称して（稱作社會學習）」，因此答案為 4。其他選項可改成：1 偽る（いつわる，欺騙）；2 告げる（つげる，告訴）；3 語る（かたる，訴說）。

詞彙 称する しょうする 動 稱呼｜業者 ぎょうしゃ 名 業者
産地 さんち 名 產地｜販売 はんばい 名 販賣｜事実 じじつ 名 事實
明るみに出る あかるみにでる 曝光
耳にする みみにする 聽聞｜すべて 副 全部
紛れもない まぎれもない 明白無誤的｜真実 しんじつ 名 真實
口ばかり くちばかり 光說｜行動 こうどう 名 行動
移す うつす 動 付諸｜資格 しかく 名 資格
学生時代 がくせいじだい 名 學生時代
様々だ さまざまだ ナ形 各式各樣的

23

色彩

1　下過雨的街景有著不同於以往的色彩，讓人感覺非常舒服。
2　海外觀光客大增，市場逐漸恢復了色彩。
3　這位畫家的畫色彩非常鮮豔，非常地吸引人。
4　從幼時就接觸書籍，可有效培育豐富的色彩。

解析 題目字彙「色彩（色彩）」用於表示顏色的多樣性，屬於名詞，所以要先確認各選項中，該字彙與其前方的內容。1 的「異なる色彩（不同的色彩）」、3 的「絵は色彩が（畫作色彩）」、和 4 的「豊かな色彩（豐富的色彩）」皆為適當的用法，因此得確認整句話的文意。3 表示「この画家の絵は色彩が鮮やかで、見る人を惹きつけてやまない（這位畫家的畫作色彩鮮明，使觀者著迷）」，為正確用法，因此答案為 3。其他選項可改成：1 趣（おもむき，情趣）；2 活気（かっき，活力）；4 感性（かんせい，感性）。

詞彙 色彩 しきさい 名 色彩｜街並み まちなみ 名 街景
普段 ふだん 名 平常｜異なる ことなる 動 相異
心地よい ここちよい イ形 舒適的｜海外 かいがい 名 海外
観光客 かんこうきゃく 名 觀光客｜徐々に じょじょに 副 逐步地
市場 しじょう 名 市場｜画家 がか 名 畫家
鮮やかだ あざやかだ ナ形 鮮豔的
惹きつける ひきつける 動 吸引｜幼い頃 おさないころ 幼時
書籍 しょせき 名 書籍｜触れ合う ふれあう 動 接觸
豊かだ ゆたかだ ナ形 豐富的｜育む はぐくむ 動 培養
繋がる つながる 動 相關

24

完成
1　被媽媽大罵了一頓，我很後悔居然用那種輕浮的態度完成惡作劇的事。
2　為了趕上截止時間，我徹夜未眠地完成了稿件。
3　睽違了半個世紀，終於完成了大會紀錄刷新的歷史大業。
4　由於身體狀態失調，我決定提早完成旅行，在家休息。

解析 題目字彙「仕上げる（完成）」用於表示做完事情的最後一個階段，屬於動詞，所以要先確認各選項中，該字彙與其前方的內容。正確用法為「原稿を仕上げた（完成稿子）」，因此答案為 2。其他選項可改成：1 仕掛ける（しかける，做出）；3 成し遂げる（なしとげる，達成）；4 切り上げる（きりあげる，結束）。

詞彙 仕上げる しあげる動完成｜安易だ あんいだな形輕率的
いたずら名惡作劇｜後悔 こうかい名後悔
締め切り しめきり名截止｜一睡 いっすい名一覺
徹夜 てつや名熬夜｜原稿 げんこう名原稿
大会 たいかい名比賽｜記録 きろく名紀錄
半世紀 はんせいき名半世紀｜更新 こうしん名更新
歴史的だ れきしてきだな形歷史性的｜偉業 いぎょう名偉業
体調を崩す たいちょうをくずす 身體欠佳
早めだ はやめだな形較早的

25

分裂
1　世界本來是一個大陸地，因為各自分裂最終有了如今的模樣。
2　洗潔劑擁有可分裂污垢用的酵素。
3　我決定將從雙親那繼承來的土地，與姊妹們平均分裂。
4　好好分裂垃圾，結果上還是能減少垃圾的。

解析 題目字彙「分裂（分裂）」用於表示一塊東西分成兩個或兩個以上，屬於名詞，所以要先確認各選項中，該字彙與其前方的內容。正確用法為「一つの大陸で、それが分裂して（一塊大陸分裂之後）」，因此答案為 1。其他選項可改成：2 分解（ぶんかい，分解）；3 分割（ぶんかつ，分割）；4 分別（ぶんべつ，區分）。

詞彙 分裂 ぶんれつ名分裂｜本来 ほんらい副本來
大陸 たいりく名大陸｜現在 げんざい名現在
洗剤 せんざい名洗潔劑｜汚れ よごれ名髒污
働き はたらき名功能｜酵素 こうそ名酵素
含む ふくむ動含有｜相続 そうぞく名繼承｜土地 とち名土地
姉妹 しまい名姊妹｜平等だ びょうどうだな形平等的
所有 しょゆう名擁有｜きちんと副正確地
結果的だ けっかてきだな形結果論的｜減らす へらす動減少
繋がる つながる動相關

實戰測驗 4

p.122

20 4　**21** 2　**22** 3　**23** 2　**24** 1　**25** 3

問題 4　請從下列 1、2、3、4 中，選擇一項用法最正確的選項。

20

簡易
1　沒有萬全的準備，就想簡易地轉職是非常危險的事。
2　光看他的表情，就能簡易地想像發生了什麼事。
3　不加裝飾的簡易生活，意外地能豐富人的心靈。
4　免稅申報因變更為更加簡易的手續使便利性大增。

解析 題目字彙「簡易（簡易）」用於表示內容或形式簡便，屬於形容詞，所以要先確認各選項中，該字彙與前後方的內容。正確用法為「申請が簡易な手続きに（簡易的申請流程）」，因此答案為 4。其他選項可改成：1 安易（あんい，安逸）；2 容易（ようい，容易）；3 簡素（かんそ，簡單樸素）。

詞彙 簡易だ かんいだな形簡易的｜転職 てんしょく名轉行
非常だ ひじょうだな形非常的｜表情 ひょうじょう名表情
起こる おこる動發生｜想像 そうぞう名想像
飾り気 かざりけ名修飾｜意外だ いがいだな形意外的
豊かだ ゆたかだな形豐富的｜免税 めんぜい名免稅
申請 しんせい名申請｜手続き てつづき名手續
変更 へんこう名變更｜利便性 りべんせい名便利性
増す ます動增加

21

希望
1　給生意對象發道歉信時，應該重覆確認內容沒有希望。
2　醫療的進步使以前沒有希望治好的疾病都有救了。
3　搬家時應向複數的業者取得希望再比較金額較好。
4　我迷了路，完全找不到該往哪個方向走的希望。

解析 題目字彙「見込み（希望）」用於表示對於可能性的期望，屬於名詞，所以要先確認各選項中，該字彙與其前方的內容。正確用法為「以前なら治る見込みのなかった病（以前沒希望治好的疾病）」，因此答案為 2。其他選項可改成：1 見逃し（みのがし，遺漏）；3 見積り（みつもり，估價）；4 見当（けんとう，推測）。

詞彙 見込み みこみ名希望｜取引先 とりひきさき名客戶
お詫び おわび名致歉｜メール名電子郵件｜確認 かくにん名確認
医療 いりょう名醫療｜進歩 しんぽ名進步｜以前 いぜん名以往
病 やまい名疾病｜助かる たすかる動得救
引っ越し ひっこし名搬家｜際 さい名時候｜複数 ふくすう名複數
業者 ぎょうしゃ名業者｜金額 きんがく名金額
比較 ひかく名比較｜道に迷う みちにまよう 迷路
方角 ほうがく名方位｜さっぱり副全然地

22

只問不買

1 我父親要我將腦袋只問不買下來，好好思考平日的作風。

2 就像是要將勇敢面對困難的我只問不買下來一樣，給我的試煉又更沉重了。

3 朋友們並不打算買任何東西，他們只是想來店裡只問不買一下而已。

4 我不太能喝熱的飲料，所以平常都是只問不買過後才喝的。

解析 題目字彙「冷やかす（只問價錢）」用於表示只詢問價格，並未打算在店裡消費，屬於動詞，所以要先確認各選項中，該字彙與其前方的內容。正確用法為「何も買うつもりもなく、ただ冷やかしに（無意買東西，只是詢問價錢）」，因此答案為3。其他選項可改成：1 冷やす（ひやす，冷卻）；2 あざ笑う（あざわらう，嘲笑）；4 冷ます（さます，放涼）。

詞彙 冷やかす ひやかす 動 只問不買｜日頃 ひごろ 名 平時
行い おこない 名 品行｜困難 こんなん 名 困難
立ち向かう たちむかう 動 面對｜さらなる 更加
試練 しれん 名 試煉｜押し寄せる おしよせる 動 蜂擁
ただ 副 只是｜のぞく 動 窺視
苦手だ にがてだ な形 不擅長的

23

查明

1 登山時為防萬一，會帶著身份證以方便查明身份。

2 那個研究所公開表示已查明颱風的發生機制。

3 既然已經有了清楚的證據，那麼你的行為是不可能被查明的。

4 隨著印刷技術被查明，書的普及已經更加普遍。

解析 題目字彙「解明（查明）」用於表示查清楚當前不明確之處，屬於名詞，所以要先確認各選項中，該字彙與其前方的內容。正確用法為「台風発生のメカニズムを解明した（查明颱風的形成機制）」，因此答案為2。其他選項可改成：1 判明（はんめい，識別）；3 弁明（べんめい，辯解）；4 発明（はつめい，發明）。

詞彙 解明 かいめい 名 查明｜登山 とうざん 名 登山｜際 さい 名 時候
万が一 まんがいち 名 萬一｜備える そなえる 動 防備
身元 みもと 名 身分｜身分証 みぶんしょう 名 身分證
持参 じさん 名 自備｜研究所 けんきゅうじょ 名 研究所
発生 はっせい 名 形成｜メカニズム 名 機制
発表 はっぴょう 名 發表｜明白だ めいはくだ な形 明瞭的
証拠 しょうこ 名 證據｜行為 こうい 名 行為｜余地 よち 名 餘地
印刷 いんさつ 名 印刷｜普及 ふきゅう 名 普及

24

制裁

1 該國政府聽說也在考慮要不要增加對其它國的經濟制裁。

2 學校決定對數次打破校規的學生做出制裁。

3 被以不講理的理由解雇的前員工，對企業提出了制裁。

4 主張 SNS 的使用年齡應建立制裁的呼聲更高漲了。

解析 題目字彙「制裁（制裁）」用於表示禁止違反規定的對象從事某些行為，特別指國家所做出的禁止處置，屬於名詞，所以要先確認各選項中，該字彙與其前方的內容。正確用法為「他国へ経済的な制裁（對其他國家的經濟制裁）」，因此答案為1。其他選項可改成：2 処分（しょぶん，處罰）；3 裁判（さいばん，審判）；4 制限（せいげん，限制）。

詞彙 制裁 せいさい 名 制裁｜政府 せいふ 名 政府｜他国 たこく 名 他國
経済的だ けいざいてきだ な形 經濟上的
加える くわえる 動 施加｜検討 けんとう 名 商討
複数回 ふくすうかい 名 數次｜およぶ 動 達及
校則 こうそく 名 校規｜破る やぶる 動 違反
決定 けってい 名 決定｜理不尽だ りふじんだ な形 不講理的
解雇 かいこ 名 解僱｜従業員 じゅうぎょういん 名 員工
企業 きぎょう 名 企業｜相手 あいて 名 對象｜利用 りよう 名 利用
年齢 ねんれい 名 年齡｜設ける もうける 動 設定
必要性 ひつようせい 名 必要性｜主張 しゅちょう 名 主張
声が上がる こえがあがる 發聲

25

過於

1 也很重要的一點就是不要過於否定孩子所說的話，應該對他們偶爾保持尊重。

2 我覺得與以前相比，寫信的機會少得過於多。

3 我才覺得今天書包好像過於重，原來是字典還放在裡面。

4 久未到訪的故鄉和以前相比，改變得過於多。

解析 題目字彙「やけに（過於）」用於表示有別於一般的狀況，屬於副詞，所以要先確認各選項中，該字彙與其後方的內容。2的「やけに減ってしまった（明顯地減少）」和3的「やけにかばんが重い（包包特別重）」皆為適當的用法，因此得確認整句話的文意。3表示「今日はやけにかばんが重いと思ったら、 辞書が入ったままだった（今天覺得包包特別重，原來是字典還放在裡面）」，為正確用法，因此答案為3。其他選項可改成：1 無性に（むしょうに，盲目地）；2 極めて（きわめて，極其）；4 ずいぶんと（相當）。

詞彙 やけに 副 過於地｜否定 ひてい 名 否定
時には ときには 有時｜尊重 そんちょう 名 尊重
以前 いぜん 名 以往｜減る へる 動 減少
訪れる おとずれる 動 造訪｜地元 じもと 名 本地

文法

問題5 語法形式的判斷

實力奠定 p.214

01 ① 02 ② 03 ② 04 ① 05 ② 06 ①
07 ① 08 ① 09 ② 10 ① 11 ① 12 ②
13 ① 14 ②

01

那位政治家的發言，（① 也）可以被解讀為種族歧視。

詞彙 政治家 せいじか 名政治家｜発言 はつげん 名發言
人種差別 じんしゅさべつ 名種族歧視｜とも 助也｜さえ 助連

02

孩子幸福（② 也就是）父母的幸福，我認為這句話說得真沒錯。

詞彙 幸せ しあわせ 名幸福｜全く まったく 副完全地
そのうえ 接並且｜すなわち 接即是

03

這個企劃（② 如果失敗）的話，不知道會被部長說什麼。

詞彙 プロジェクト 名企劃｜～ようものなら 若是～

04

他的創意太過（① 創新），難以得到多數人的支持。

詞彙 アイディア 名點子｜～あまり 過於～｜支持 しじ 名支持
得る える 動獲得｜斬新だ ざんしんだ な形嶄新的

05

（② 說到）高橋先生，他好像什麼都沒說就離職了。

詞彙 ～ともなると 要是～｜～ときたら 說到～

06

她（① 一直到）第三次參加奧運，才獲得了首面金牌。

詞彙 オリンピック 名奧運｜出場 しゅつじょう 名出場｜初 はつ 名初次
金メダル きんメダル 名金牌｜獲得 かくとく 名獲得
～にして 在～｜～として 作為～

07

A：「那個新人工作積極是很好，但你不覺得有點狂妄了嗎？」
B：「會嗎？（① 如果做不到）主張自己的意見，那在這個公司也不用待下去了吧。」

詞彙 新入社員 しんにゅうしゃいん 名新進員工
積極的だ せっきょくてきだ な形積極的
生意気だ なまいきだ な形狂妄的｜主張 しゅちょう 名主張

08

在陽光照射下的沖繩大海，（① 簡直不像）這世上的東西。

詞彙 日差し ひざし 名日照｜輝く かがやく 動閃耀
～とは限らない ～とはかぎらない 不一定～

09

A：「想通過這個案子的話，只能由課長親自去（② 說服）部長了。」
B：「我去跟部長說。」

詞彙 案 あん 名提案｜通す とおす 動通過｜説得 せっとく 名說服
～よりほかない 只能～

10

（① 雖然說）身體狀況管理不好（一切就不用說了），只不過有時還是會有小心萬分還是不小心感冒的時候。

詞彙 体調 たいちょう 名身體狀況｜管理 かんり 名管理
気をつける きをつける 留心
～ばそれまでだ ～的話就到此為止了

11

從實力與大眾意見看來，他在本次大會獲獎也（①沒什麼好驚訝的吧）。

詞彙 実力 じつりょく 名實力｜世間 せけん 名社會
評判 ひょうばん 名評價｜大会 たいかい 名比賽
賞 しょう 名獎項｜～ほどの…ではない 不到～的地步
～てばかりいる 一直～

12

A：「從剛才你就在凝視遠方，怎麼了嗎？」
B：「（② 自從被）女朋友分手後，無論做什麼我都感受不到快樂了。」

詞彙 見つめる みつめる 動 凝視｜告げる つげる 動 告知
感じる かんじる 動 感到｜～ものの 雖然～
～てからというもの 自從～

13

A：「到底是有名的教授演講，人數好多啊。」
B：「是啊，一眼望去（① 差不多）有五百人吧。」

詞彙 教授 きょうじゅ 名 教授｜講演 こうえん 名 演講
～だけあって 不愧是～｜数 かず 名 數量｜ざっと 副 大略地
～といったところだ ～的程度｜～べきだ 應該～

14

A：「老師，真的萬分感謝（② 讓我旁聽）您的課，我實在是獲益良多啊！」
B：「別這麼說，如果覺得我的課還不錯，歡迎你隨時來。」

詞彙 見学 けんがく 名 參觀｜ためになる 有益

實戰測驗 1

p.216

26 1　**27** 4　**28** 1　**29** 2　**30** 3　**31** 3
32 4　**33** 1　**34** 2　**35** 3

問題 5　請從 1、2、3、4 中選擇一項最適合填入（　）的選項。

26

最近大受歡迎的年輕偶像，會唱歌顏值又高（　　），連當演員演技都很好，深受多年齡層的喜愛。
1 不用說　2 除了
3 別說…就連　4 由於

解析 本題要根據文意，選出適當的文法。四個選項皆可置於名詞「よさ（好）」的後方，因此得確認括號後方連接的內容「俳優としての演技力も高く（作為演員的演技也很不錯）」。前後連接在一起表示「不僅長得好看，作為演員的演技也很不錯」語意最為通順，因此答案為 1 もさることながら。建議一併熟記其他選項的意思。

詞彙 人気 にんき 名 人氣｜若手 わかて 名 年輕人｜アイドル 名 偶像
うまさ 名 巧妙｜外見 がいけん 名 外表
よさ 名 優秀｜俳優 はいゆう 名 演員｜～として 身為～
演技力 えんぎりょく 名 演技能力｜多く おおく 名 眾多
世代 せだい 名 世代｜～もさることながら 不僅是～
～をおいて 除了～｜～はおろか 不要說是～
～のゆえに 由於～

27

茶的產地發生慢性病的機率比較低。這是因為這些地方在日常生活中都會喝茶，所以才被認為茶（　　）預防效果。
1 差不多　2 莫過於
3 太過分　**4 大概有**

解析 本題要根據文意，選出適當的文法。括號加上前方的內容表示「因為是經常喝茶的地區，所以認為茶具有預防疾病的效果」語意最為通順，因此答案為 4 あるものと思われる。建議一併熟記其他選項的意思。

詞彙 産地 さんち 名 產地
生活習慣病 せいかつしゅうかんびょう 名 慢性病
発生率 はっせいりつ 名 發生率
日常的だ にちじょうてきだ な形 日常的｜地域 ちいき 名 地域
～ことから 由於～｜予防 よぼう 名 預防｜効果 こうか 名 效果
～といったところだ ～的程度
～に越したことはない ～にこしたことはない ～是最好不過
～なんてあんまりだ ～也太過分了
～ものと思われる ～ものとおもわれる 一般認為～

28

可以的話真不想讓孩子參加考試，但又想讓他們在好環境中接受教育。只是，（　　）私立中學、高中的話，那學費就不能小看了。
1 到了　2 假設是
3 這樣的話　4 不經意

解析 本題要根據文意，選出適當的文法。1 ともなると、2 だとしたら、和 3 だとすると皆可置名詞「高校（高中）」的後方；4 ともなしに則要置於動詞辭書形後方，因此並不適當。括號後方連接「学費はばかにならない（學費不容小覷）」，前後方的內容表示「一旦到私立國中、高中，學費不容小覷」語意最為通順，因此答案為 1 ともなる。建議一併熟記其他選項的意思。

詞彙 受験 じゅけん 名 考試｜環境 かんきょう 名 環境
私立 しりつ 名 私立｜中学 ちゅうがく 名 中學
学費 がくひ 名 學費｜ばかにならない 不可小看
～ともなると 要是～｜～としたら 假如～
～とすると 假如～｜～ともなしに 不經意地～

29

創立 20 週年的慶祝活動，承蒙眾多客人不辭千里地（　　），有了非常成功的結果。
1 拜訪　**2 來訪**
3 來社　4 前往拜訪

解析 本題要根據文意，選出適當的敬語。降低自己的地位來迎接遠道而來的客人，使用謙讓語表達「**大勢のお客様にお越しいただき**（歡迎眾多客人光臨）」最為適當，因此答案為 2 **お越しいただき**。此處的「**お越しいただく**」為「**来てもらう**」的謙讓語。1 **参り**為「**来る**」的謙讓語；3 **ご来社になり**為「**来社する**」的尊敬語；4 **お伺いし**為「**訪問する**」的謙讓語。

詞彙 **創立 そうりつ**名創立｜**周年 しゅうねん**名週年
記念式典 きねんしきてん名紀念典禮｜**遠方 えんぽう**名遠方
盛大だ せいだいだな形盛大的
参る まいる動去、來（「行く」「来る」的謙讓語）
お越しいただく おこしいただく 承蒙光臨（「来てもらう」的謙讓語）
来社 らいしゃ名來公司
お伺いする おうかがいする 拜訪（「訪問する」的謙讓語）

30

（在學校）
竹田「昨天，老師指出了我報告中的錯誤。」
木村「嗯，雖然現在（　　）分數也不會變，但我想總之還是先提交看看。」

1 修改　　2 不修改
3 **修改了**　　4 讓別人修改

解析 本題要根據對話，選出適當的動詞。括號後方連接「**ところで**」，表示括號要填入動詞た形，因此答案為 3 **直した**。填入後表示「即使現在修改，也無法改變評價」語意通順。

詞彙 **間違い まちがい**名錯誤｜**指摘 してき**名指出
今さら いまさら副事到如今｜**〜たところで** 就算〜
評価 ひょうか名評價｜**一応 いちおう**副姑且
再提出 さいていしゅつ名重新提交

31

每年住得很遠的母親都會送我很多洋裝。雖然都不是我喜歡的款式，但想丟（　　）不能丟，讓我非常困擾。

1 與　　2 但
3 **也**　　4 去

解析 本題要根據文意，選出適當的助詞。括號前後方分別連接「**あまり好みじゃないけれど、捨てる**（雖然不太符合喜好，扔掉）」和「**捨てられず、困っている**（沒辦法扔掉，感到困擾）」，整句話表示「雖然不太符合喜好，但是想扔也扔不掉，感到困擾」語意最為通順，因此答案為 3 **に**。

詞彙 **好み このみ**名喜好｜**〜に〜ず** 明明想〜卻無法〜
と助一旦、和｜**が**助但｜**に**助明明、卻｜**し**助既

32

（企業官網的「就業資訊」）
您所投遞的應聘文件（　　），原則上都不會退還，敬請諒解。

1 就結果而言　　2 對照結果
3 不顧結果　　4 **不論結果如何**

解析 本題要根據文意，選出適當的文法。括號前後方的內容表示「無論結果如何，原則上文件均不予退還」語意最為通順，因此答案為 4 **結果のいかんにかかわらず**。建議一併熟記其他選項的意思。

詞彙 **企業 きぎょう**名企業｜**ホームページ**名官網
採用 さいよう名招募｜**情報 じょうほう**名資訊
応募 おうぼ名報名｜**書類 しょるい**名文件｜**原則 げんそく**名原則
返却 へんきゃく名歸還｜**あらかじめ**副事先
ご了承ください ごりょうしょうください 敬請諒解
結果 けっか名結果｜**〜からいって** 從〜來說
〜に照らして 對照〜｜**〜をものともせず** 不顧
〜いかんにかかわらず 不論〜為何

33

田中「這一屆的馬拉松大會，路線看起來難度頗高。」
佐藤「看似平穩的上坡道，其實跑起來還蠻累的。但是，第一次的話（　　）不知道啊。」

1 **不跑跑看**　　2 根本不可能跑
3 即使跑不完　　4 雖然跑…但

解析 本題要根據文意，選出適當的文法。括號前後方的內容表示「第一次去的地方，除非跑過，否則不會知道」語意最為通順，因此答案為 1 **走ってみないと**。建議一併熟記其他選項的意思。

詞彙 **マラソン大会 マラソンたいかい**名馬拉松大賽｜**コース**名路線
なだらかだな形平緩的｜**上り坂 のぼりざか**名上坡
実際 じっさい副實際上｜**きつい**い形費力的
〜ないと 不〜的話｜**〜っこない** 根本不〜
〜ないまでも 就算不〜也｜**〜とはいえ** 雖說〜

34

說到學生（　　）的理由，主要有「經濟方面」與「生病、受傷」等。

1 克制休學　　2 **不得不休學**
3 以休學為契機　　4 以休學為首

解析 本題要根據文意，選出適當的文法。括號前後方的內容表示「學生不得不休學的理由」語意最為通順，因此答案為 2 **休学を余儀なくされる**。建議一併熟記其他選項的意思。

詞彙 **〜として** 作為〜｜**主だ おもだ**な形主要的
経済的だ けいざいてきだな形經濟上的
休学 きゅうがく名休學｜**ひかえる**動抑制、克制
〜を余儀なくされる 〜をよぎなくされる 不得不〜
〜を契機に 〜をけいきに 以〜為契機｜**〜とする** 作為〜

35

（公司裡）
吉田「部長，有關於我的下屬合約書出錯一事，真的非常抱歉！我會再次嚴格提醒教導的。」
部長「沒關係，對方能理解怎麼一回事就好了，也（　　）。

1　不得不責備他　　2　絕不責備他
3　**用不著如此責備**　　4　不得不責備他

解析 本題要根據文意，選出適當的文法。請特別留意選項 1 和 2 的「責められる」為被動形。括號前後方的內容表示「既然對方已經理解了，就不需要過於責備」語意最為通順，因此答案為 3 **責めるにはあたらない**。建議一併熟記其他選項的意思。

詞彙 **部下** ぶか 名 部下｜**契約書** けいやくしょ 名 合約書｜**ミス** 名 失誤
件 けん 名 一事｜**申し訳ない** もうしわけない 抱歉的
注意 ちゅうい 名 提醒｜**先方** せんぽう 名 對方
きちんと 副 正確地｜**理解** りかい 名 理解
責める せめる 動 責備
～ざるを得ない ～ざるをえない 不得不～
～はしない 不～｜**～にはあたらない** 不必要～
～ずにはすまない 必須～

實戰測驗 2

p.218

26 2　**27** 3　**28** 1　**29** 2　**30** 4　**31** 4
32 1　**33** 4　**34** 3　**35** 1

問題 5　請從 1、2、3、4 中選擇一項最適合填入（　　）的選項。

26

孩子在學習上一但陷入瓶頸，在那之後對那個科目就會愈來愈不想面對。（　　）數學，完全跟不上老師上課的也大有人在。

1　總而言之　　2　**特別是**
3　也就是說　　4　話雖如此

解析 本題要根據文意，選出適當的副詞。括號前方寫道：「その科目が苦手になってしまうことが多い（很容易會變得不想面對這門科目）」；括號後方連接：「数学においては、授業に全くついていけなくなる（在數學方面，變得完全跟不上課程）」，該段話表示「尤其在數學方面」語意最為通順，因此答案為 2 **とりわけ**。

詞彙 **つまずく** 動 受挫｜**科目** かもく 名 科目
苦手だ にがてだ な形 不擅長的、不想面對的｜**～において** 在～
全く まったく 副 完全地｜**ともかく** 副 總之｜**とりわけ** 副 特別是
すなわち 接 也就是說｜**もっとも** 接 話雖如此

27

姊姊身為新聞主播，（　　）以育兒為主題在全國巡迴演講、舉辦活動。

1　用不著　　2　才剛…
3　**同時還**　　4　不經意

解析 本題要根據文意，選出適當的文法。四個選項皆可置於動詞辭書形「働く（工作）」的後方，因此得確認括號後方連接的內容「子育てをテーマにした講演会など、イベント活動を行っている（舉行以育兒為主題的演講等活動）」。該段話表示「工作的同時，還舉行以育兒為主題的演講等活動」語意最為通順，因此答案為 3 **かたわら**。建議一併熟記其他選項的意思。

詞彙 **キャスター** 名 主播｜**～として** 身為～｜**子育て** こそだて 名 育兒
テーマ 名 主題｜**講演会** こうえんかい 名 演講會
イベント 名 活動｜**活動** かつどう 名 活動
～までもなく 不必要～｜**～そばから** 才剛～
～かたわら 一邊～｜**～ともなしに** 不經意地～

28

（新聞節目的採訪）
記者「這起事故太嚴重了。」
居民「這裡交通量那麼大卻沒有紅綠燈，（　　）也就發生了。」

1　**那該發生的**　　2　原以為…
3　簡直像在說　　4　不管發生什麼

解析 本題要根據文意，選出適當的文法。括號前後方的內容表示「這裡車流量大，卻沒有紅綠燈，似乎註定會發生意外」語意最為通順，因此答案為 1 **起こるべくして**。建議一併熟記其他選項的意思。

詞彙 **インタビュー** 名 訪談｜**記者** きしゃ 名 記者
住民 じゅうみん 名 居民｜**交通量** こうつうりょう 名 交通量
～わりに 相較～｜**信号** しんごう 名 紅綠燈
～ようなものだ 等同～｜**～べくして～た** 理所當然～
～と思いきや ～とおもいきや 以為～
～とばかりに 好像在說～｜**とも** 助 即使

29

大企業中發生了違規攜出顧客資料的事件。洩漏範圍相當廣泛，看來高層（　　）。

1　沒想到會請職　　2　**不請辭無法平息吧**
3　結果還是沒請辭　　4　不值得請辭

解析 本題要根據文意，選出適當的文法。括號前後方的內容表示「由於資料外洩範圍廣，管理人員不得不辭職」語意最為通順，因此答案為 2 **辞任せずにはすまないだろう**。建議一併熟記其他選項的意思。

詞彙 **大企業** だいきぎょう 名 大企業｜**顧客** こきゃく 名 顧客
データ 名 檔案｜**不正だ** ふせいだ な形 不正當的

持ち出す もちだす 動攜出
明らかになる あきらかになる 明瞭
流出 りゅうしゅつ 名外洩｜範囲 はんい 名範圍
～ことから 由於～｜役員 やくいん 名幹部｜辞任 じにん 名辭職
～ずにはすまない 必須～｜～ずじまいだ 最終未能～
～に値しない ～にあたいしない 不值得～

30

好像趕不上約定的時間了。而且，我還不小心將手機忘在家裡，（　　）。

1 不能聯絡　　2 也沒到要聯絡的地步
3 聯絡了也沒用　　**4 想聯絡都聯絡不了**

解析 本題要根據文意，選出適當的文法。括號前後方的內容表示「把手機忘在家裡，即使想聯絡也沒辦法」語意最為通順，因此答案為 4 しようにもできない。建議一併熟記其他選項的意思。

詞彙 携帯電話 けいたいでんわ 名手機
～てばかりいられない 不能一直～｜～に至る ～にいたる 至於～
～ても始まらない ～てもはじまらない 即使～也無濟於事
～ようにも～ない 就算想～也無法～

31

在校期間，田中老師真的給了我很大的幫助。在那之後，我聽說老師從大學離職回家（　　）家業了。

1 幫別人打理　　2 無法打理
3 為我打理　　**4 幫忙打理**

解析 本題要根據文意，選出適當的敬語。該段話陳述老師退休後的近況，抬高老師的地位表達「ご実家で家業を手伝っておいでになる（在老家幫忙打理家業）」最為適當，因此答案為 4 手伝っておいでになる。此處的「おいでになる」為「いる」的尊敬語。1 手伝ってさしあげる為「手伝ってやる」的謙讓語；2 的 お手伝いいたす為「手伝う」的謙讓語；3 手伝ってくださる為「手伝ってくれる」的尊敬語。

詞彙 在学中 ざいがくちゅう 名在學中
お世話になる おせわになる 受到照顧｜退職 たいしょく 名辭職
実家 じっか 名老家｜家業 かぎょう 名家業
さしあげる 動給予（「やる」的尊敬語）｜～かねる 難以～
おいでになる 動在（「いる」的尊敬語）

32

兒子好像不太喜歡晚餐的菜色。看他那個不高興的表情，（　　）就立刻知道。

1 都不用他開口說　　2 即使他開口說
3 開口說　　4 好像要開口說

解析 本題要根據文意，選出適當的動詞。括號後方連接「までも」，表示括號要填入動詞ない形，因此答案為 1 出さない。填入後表示「似乎不滿意晚餐的菜色，即使沒有說出口」語意通順。

詞彙 夕食 ゆうしょく 名晚餐｜献立 こんだて 名菜色
口に出す くちにだす 說出口
～ないまでも 就算不～也｜ぶすっと 副緊繃地
表情 ひょうじょう 名表情

33

女兒「為什麼就我一個人找不到工作，到底是哪裡不行呢？」
母親「一個人（　　）事情也不會有進展。不如和輔導職涯的老師談談？」

1 不煩惱就　　2 如果不煩惱
3 煩惱了才知道　　**4 一個勁地煩惱**

解析 本題要根據文意，選出適當的文法。括號前後方的內容表示「一個人煩惱，事情也不會有進展」語意最為通順，因此答案為 4 悩んでばかりいても。建議一併熟記其他選項的意思。

詞彙 就職 しゅうしょく 名就職｜キャリア 名職涯
支援 しえん 名支援｜悩む なやむ 動煩惱
～てからでないと 如果不先～的話
～ないことには 如果不～的話｜～てはじめて 必先～方才
～てばかりいる 一直～

34

（在公司）
佐藤「看到名冊請歸還回原本的地方。因為名簿上有個資，要注意避免（　　）。」
山田「抱歉，我會注意的。」

1 放著　　2 剛放下
3 放著不管　　4 遺忘在原地

解析 本題要根據文意，選出適當的文法。括號前後方的內容表示「因為包含個人資料，所以要注意不能隨便放置」語意最為通順，因此答案為 3 置きっぱなし。建議一併熟記其他選項的意思。

詞彙 名簿 めいぼ 名名冊｜元 もと 名原本｜戻す もどす 動歸位
個人情報 こじんじょうほう 名個資｜含む ふくむ 動包含
要注意 ようちゅうい 名必須注意｜～かけ 正要～、～到一半
～たて 剛～｜～っぱなし ～著不管
置き忘れ おきわすれ 遺忘在原地

35

積雪預報出來了。據說一個晚上（　　），我們先趁現在出去採買吧。

1 就會積到一公尺，讓人受不了　　2 積雪一公尺也沒用
3 積雪一公尺也沒關係　　4 不積個一公尺不行

解析 本題要根據文意，選出適當的文法。請特別留意選項 1 和 3 的「積もられる」為被動形；2 的「積もらせる」為使役形。括號前後方的內容表示「一個晚上累積一公尺就麻煩了，應該趁現在去買東西」語意最為通順，因此答案為 1 積もられてはかなわない。建議一併熟記其他選項的意思。

詞彙 積雪 せきせつ 名積雪｜予報 よほう 名預報

一晩 ひとばん名一晩｜今のうちに いまのうちに 趁現在
買い出し かいだし名採買｜積る つもる動累積
～てはかなわない ～的話相當困擾
～てもしかたがない ～也沒辦法
～ても差し支えない ～てもさしつかえない ～也不要緊
～ずにはすまない 必須～

實戰測驗 3

p.220

26 2　**27** 1　**28** 3　**29** 1　**30** 2　**31** 3
32 4　**33** 3　**34** 1　**35** 3

問題 5　請從 1、2、3、4 中選擇一項最適合填入（　　）的選項。

26

此種藥物的重大副作用是（　　）人命的，應該視為國家問題慎重考慮。

1　有關　　2　**關乎**
3　根據　　4　在……的時候

解析 本題要根據文意，選出適當的文法。四個選項皆可置於名詞「命（性命）」的後方，因此得確認括號後方連接的內容「ことだから、国の問題として真剣に考えるべきだ（因此應該要視為國家問題認真看待）」。該段話表示「攸關人命，因此應該要視為國家問題認真看待」語意最為通順，因此答案為 2 にかかわる。建議一併熟記其他選項的意思。

詞彙 重大だ じゅうだいだ な形 嚴重的｜副作用 ふくさよう名副作用
命 いのち名生命｜～として 作為～
真剣だ しんけんだ な形 認真的｜～べきだ 應當～
～にまつわる 關於～｜～にかかわる 攸關～
～に即した ～にそくした 符合～｜～にあたる 相當於～

27

我的父親是個說出口的話，無論再困難都會堅持到最後的人。我（　　）尊敬這樣的父親。

1　非常地　　2　不會不
3　不忍心　　4　不得不

解析 本題要根據文意，選出適當的文法。括號前後方的內容表示「一定會堅持到底的人，我尊敬這樣的父親」語意最為通順，因此答案為 1 してやまない。建議一併熟記其他選項的意思。

詞彙 口にする くちにする 說出口｜困難 こんなん名困難
やり遂げる やりとげる動做到底｜尊敬 そんけい名尊敬
～てやまない ～不已｜～ずにはおかない 必定～
～に忍びない ～にしのびない 不忍～
～ないではすまない 必須～

28

那個看起來詭異的男子，（　　）警官的身影就鑽入車裡逃之夭夭。

1　看到了　　2　看到
3　**一看到**　　4　想看到

解析 本題要根據文意，選出適當的動詞。括號後方連接「なり」，表示括號要填入動詞辭書形，因此答案為 3 見る。填入後表示「一看到警察就上了車，開往其他地方」語意通順。

詞彙 怪しげだ あやしげだ な形 看起來詭異的｜姿 すがた名身影
～なり 一～就｜乗り込む のりこむ動坐進
走り去る はしりさる動駛離

29

大概是因為新功能深受矚目的關係，這個公司的新產品（　　）瞬間就售完了。

1　一發售　　2　自從發售
3　如果發售的話　　4　發售的同時

解析 本題要根據文意，選出適當的文法。請特別留意選項 1 和 2 的「される」為被動形；括號前後方的內容表示「新產品一開賣，瞬間就被搶購一空」語意最為通順，因此答案為 1 発売されるや否や。建議一併熟記其他選項的意思。

詞彙 新機能 しんきのう名新功能｜注目 ちゅうもく名注目
新製品 しんせいひん名新產品
あっという間 あっというま 轉瞬間｜完売 かんばい名售罄
発売 はつばい名發售｜～や否や ～やいなや 一～馬上
～てからというもの 自從～之後
～となると 若是～｜～かたわら 一邊～

30

由於講堂非常地大，有些學生（　　　　）後面的座位大肆地聊天說話，都影響到別的學生了，所以我才提醒了他們。

1　考慮到老師看不到　　2　**趁著老師看不到**
3　就算老師看到時　　4　老師看到的話……不如

解析 本題要根據文意，選出適當的文法。括號前後方的內容表示「利用老師看不到後排座位，有些學生不聽課只顧著閒聊」語意最為通順，因此答案為 2 見えないのをいいことに。建議一併熟記其他選項的意思。

詞彙 講義室 こうぎしつ名講堂｜講義 こうぎ名授課
おしゃべり名聊天｜迷惑 めいわく名困擾｜～をふまえ 考慮～
～のをいいことに 趁著～｜～たところで 就算～
～くらいなら 如果要～還不如

31

這個產品開發團隊都是一些擁有豐富產品知識又很有想法的人，但是最適合當組長的人，我還是認為（　　）他沒有別人了。

1　獨有　　2　不光是
3　**除了**　　4　不管

解析 本題要根據文意，選出適當的文法。四個選項皆可置於名詞「彼（他）」的後方，因此得確認括號後方連接的內容「ほかにはいないと思う（我覺得沒有別的）」。該段話表示「我認為沒有人比他更適合擔任組長」語意最為通順，因此答案為 3 をおいて。建議一併熟記其他選項的意思。

詞彙 **商品開発チーム** しょうひんかいはつチーム 商品開發團隊
知識 ちしき 名 知識 | **豊富だ** ほうふだ ナ形 豐富的
発想力 はっそうりょく 名 構思能力 | **リーダー** 名 領導者
ふさわしい イ形 適任的 | **～ならでは** ～獨有
～に限らず ～にかぎらず 不限於～
～をおいて 除了～ | **～をよそに** 無視～

32

兒子「爸爸，去醫院醫生不是要你少喝酒嗎？」
媽媽「就是啊，雖然不能再喝你最愛的酒了，但為了健康（　　）。」

1　也不能要別人忍耐　　2　不堪要求別人忍耐
3　只不過是請你忍耐一下　　4　**只好請你忍耐一下**

解析 本題要根據文意，選出適當的文法。請特別留意選項 1 和 2 的「させる」為被動形；3 和 4 的「てもらう」為授受表現。括號前後方的內容表示「雖然不能喝最喜歡的酒會很痛苦，但是為了健康，不得不請你忍耐」語意最為通順，因此答案為 4 **我慢してもらうしかないよね**。建議一併熟記其他選項的意思。

詞彙 **控える** ひかえる 動 節制 | **つらい** イ形 難受的
健康 けんこう 名 健康 | **我慢** がまん 名 忍耐
～わけにはいかない 不能～
～に堪えない ～にたえない 不堪～
～にすぎない 不過是～ | **～しかない** 只能～

33

中村「之前的考試，我果然還是不行。申論題的部分我不知道要怎麼整理自己的想法，讓我很煩惱。」
吉田「我也是，但是就算再難還是有人考及格啊。（　　）只能努力了。」

1　或是　　2　也就是說
3　**總而言之**　　4　那麼

解析 本題要根據文意，選出適當的副詞。括號前方連接「**難しくても合格している人がいるんだよね**（再難也會有人通過）」；括號後方連接「**頑張るしかないよ**（我得盡力而為）」，括號與後方內容表示「不管怎樣，我得盡力而為」語意最為通順，因此答案為 3 ともかく。

詞彙 **論述試験** ろんじゅつしけん 名 申論試題 | **まとめる** 動 統整
合格 ごうかく 名 及格 | **～しかない** 只能～
あるいは 副 或是 | **すなわち** 接 也就是說 | **ともかく** 副 總之
すると 接 於是

34

山本「原田前輩，感謝您今天特地前來參加我們的活動。這是問卷調查，麻煩您幫忙選擇三個喜歡的項目。理由也（　　）。」

1　請您幫忙寫一下　　2　被寫下來
3　請您寫著　　4　寫給您

解析 本題要根據對話內容，選出適當的敬語。根據情境，山本鄭重拜託前輩幫忙填寫問卷，降低自身地位表達「**理由も書いていただけると助かるんですが**（如果您願意寫下理由，將會很有幫助）」最為適當，因此答案為 1 **書いていただける**。此處的「書いていただく」為「書いてもらう」的謙讓語。2 書いてしまわれる為「書いてしまう」的尊敬語；3 的「書いておいでになる」為「書いている」的尊敬語；4 書いて差し上げる為「書いてあげる」的謙讓語。

詞彙 **わざわざ** 副 特地 | **イベント** 名 活動 | **アンケート** 名 問卷
助かる たすかる 動 得救
おいでになる 動 在、來（「いる」「来る」的尊敬語）
差し上げる さしあげる 動 給（「あげる」的謙讓語）

35

經常聽別人說走路對身體很好，所以每天都會走走路。但是，想要有維持健康的效果，（　　）吧。走多少距離和怎麼走也是必須注意的。

1　說有走就好也不為過　　2　有走路就最好不過了
3　**但也不是有走就好**　　4　想走也無法走

解析 本題要根據文意，選出適當的文法。括號前後方的內容表示「並非只要走路就好了，還需要注意走路的距離和步行方式」語意最為通順，因此答案為 3 **歩けばいいというものではない**。建議一併熟記其他選項的意思。

詞彙 **健康** けんこう 名 健康 | **効果** こうか 名 效果 | **期待** きたい 名 期待
ただ 副 只是 | **距離** きょり 名 距離 | **歩き方** あるきかた 名 走法
～といっても…ない 說是～也不…
～に越したことはない ～にこしたことはない ～是最好不過
～ものではない 不是～ | **～ようにも～ない** 就算想～也無法～

實戰測驗 4

p.222

26 2　**27** 3　**28** 4　**29** 1　**30** 4　**31** 1
32 2　**33** 1　**34** 3　**35** 4

問題 5　請從 1、2、3、4 中選擇一項最適合填入（　　）的選項。

26

從超越千人的報名者中，（　　　）嚴格的書面審查，選出 30 人進入最終選拔。

1　通過　　**2　經過**
3　在…時候　　4　至於

解析 本題要根據文意，選出適當的文法。四個選項皆可置於名詞「**書類審査**（書面審查）」的後方，因此得確認括號後方連接的內容「**30 人が最終選考に進んだ**（30 人進入最終錄取階段）」。該段話表示「經過書面審查，30 人進入最終錄取階段」語意最為通順，因此答案為 2 **を経て**。雖然 1 **を通じて**的意思為「通過……」，但用於表示經由某種手段、方法來傳遞資訊，或產生某種關係，不適用於書面審查的過程。建議一併熟記其他選項的意思。

詞彙 **千人** せんにん 名 千人｜**超える** こえる 動 超過
応募者 おうぼしゃ 名 報名者｜**厳正だ** げんせいだ な形 嚴正的
書類審査 しょるいしんさ 名 書面審查｜**最終** さいしゅう 名 最終
選考 せんこう 名 評選｜**～を通じて** ～をつうじて 透過～
～を経て ～をへて 經過～｜**～にあたって** ～之際
～にいたって 至於～

27

大概是（　　　）聽到聯絡事項吧，她不知道要穿室內鞋。

1　難以　　2　不可能
3　沒　　4　絕不

解析 本題要根據文意，選出適當的文法。四個選項皆可置於動詞ます形「**聞き**（聽）」的後方，因此得確認括號後方連接的內容「**彼女は上履きが必要なことを知らなかった**（她並不曉得需要室內鞋）」。該段話表示「也許是沒聽到聯絡事項，她並不曉得需要室內鞋」語意最為通順，因此答案為 3 **そびれた**。建議一併熟記其他選項的意思。

詞彙 **事項** じこう 名 事項｜**～のか** 或許～吧
上履き うわばき 名 室內拖鞋｜**～かねる** 難以～｜**～える** 可能～
～そびれる 漏～｜**～もしない** 完全不～

28

孩子們（　　　）玩了玩具，然後丟得四處都是就出去了。

1　也　　2　只有
3　直到　　**4　就只是**

解析 本題要根據文意，選出適當的助詞。括號前方為「**おもちゃで遊ぶ**（玩玩具）」；括號後方連接「**遊んで**（玩）」，該段話表示「玩玩具玩夠了」語意最為通順，因此答案為 4 **だけ**。

詞彙 **散らかす** ちらかす 動 弄亂｜**～たまま** 維持著～
とも 助 也｜**しか** 助 僅｜**まで** 助 到｜**だけ** 助 只

29

雖然有時看到朋友夫妻感情很好的樣子會感到一點落寞，但如果每天都要（　　　）另一個人干涉生活，那不如還是單身一輩子更好。

1　受到（現在式）　　2　受到（過去式）
3　被迫受到（現在式）　　4　被迫受到（過去式）

解析 本題要根據文意，選出適當的動詞。括號後方連接「**くらいなら**」，表示括號要填入動詞辭書形。選項 1 **される**和 3 **させられる**皆為動詞辭書形，因此得根據文意判斷。括號前後方的內容表示「與其天天跟某個人在一起受干涉，不如單身一輩子」語意最為通順，因此答案為 1 **される**。

詞彙 **友人** ゆうじん 名 友人｜**夫婦** ふうふ 名 夫婦｜**仲** なか 名 感情
良さ よさ 名 良好｜**寂しさ** さびしさ 名 寂寞
感じる かんじる 動 感受｜**干渉** かんしょう 名 干涉
～くらいなら 如果要～還不如｜**一生** いっしょう 名 一生
独身 どくしん 名 單身｜**ましだ** な形 好些的

30

高達震度 5 的地震直擊了關東地區。雖然目前已停止劇烈搖晃，（　　　）還會有強烈的餘震發生，絕不可輕忽。

1　因為最好　　2　因為不一定
3　因為最好不　　**4　因為說不定**

解析 本題要根據文意，選出適當的文法。括號前後方的內容表示「有可能發生強烈的餘震，所以千萬不能掉以輕心」語意最為通順，因此答案為 4 **しないとも限らないから**。建議一併熟記其他選項的意思。

詞彙 **震度** しんど 名 震度｜**記録** きろく 名 記錄｜**関東** かんとう 名 關東
地方 ちほう 名 地區｜**直撃** ちょくげき 名 直接襲擊
揺れ ゆれ 名 搖晃｜**収まる** おさまる 動 平息
余震 よしん 名 餘震｜**油断** ゆだん 名 大意
～てはならない 不可～
～に限る ～にかぎる ～是最好｜**から** 助 由於
～とは限らない ～とはかぎらない 不一定～
～ないとも限らない ～ないともかぎらない 不一定沒有～

31

（採訪）
記者「這家店聽說是因為完全預約制再加上即使政治家或名人都不會有任何特殊待遇而聞名的吧。但（　　　）美國總統（　　　），那還是很讓人煩惱的吧。」
店長「是的，確實是收到不少來自政界人士的請求，但最終我還是無法打破自己的原則。」

1　如果是……提出要求　　2　一旦……提出要求
3　如果是……有要求　　4　一旦……提出要求

解析 本題要根據文意，選出適當的文法。請特別留意選項 1 和 2

的「お望みになる」為尊敬語；選項3和4的「お望みいたす」為謙讓語。根據括號前後方的內容，表示「如果美國總統想要來店裡的話，想必您會感到苦惱」語意最為通順，因此答案為1 **お望みになったとあれば**。建議一併熟記其他選項的意思。

詞彙 **聞き手** ききて 名採訪者｜**完全** かんぜん 名完全
予約制 よやくせい 名預約制｜**政治家** せいじか 名政治家
有名人 ゆうめいじん 名著名人士｜**特別** とくべつ 名特別
扱い あつかい 名對待｜**有名だ** ゆうめいだ な形有名的
大統領 だいとうりょう 名總統
来店 らいてん 名來店｜**さすがに** 副果然還是
悩む なやむ 動煩惱｜**店長** てんちょう 名店長
政界 せいかい 名政界｜**方々** かたがた 名人士
直々 じきじき 副直接地｜**ポリシー** 名方針
どうしても 副無論如何也｜**望む** のぞむ 動希望
～とあれば 如果是～｜**～たが最後** ～たがさいご ～就完了

32

（　　）肚子餓，只是眼前有食物的話，總是會忍不住想伸出手。

1 即使不可能　　2 **雖然未必是**
3 當然不是　　4 即使沒有

解析 本題要根據文意，選出適當的文法。請特別留意四個選項皆包含名詞「わけ」、助詞「が」和「でも」、和い形容詞「ない」。根據括號前後方的內容，表示「雖然肚子並不餓，但只要眼前有食物，手就會自動伸出來」語意最為通順，因此答案為2 **わけでもないが**。建議一併熟記文法「わけでもない」的意思為「並非、並不是……」。

詞彙 **お腹が空く** おなかがすく 肚子餓｜**ただ** 副只不過
どうしても 副無論如何也｜**手が伸びる** てがのびる 伸手
わけ 名理由｜**でも** 助也｜**～わけでもない** 也並非～

33

醫師「手術（　　）後遺症，但目前除此之外別無他法。」
患者「是嗎？那請讓我再考慮一下。」

1 雖然恐怕會留下　　2 雖然不會留下
3 由於恐怕會留下　　4 由於不會留下

解析 本題要根據文意，選出適當的文法。括號前後方的內容表示「儘管有留下後遺症的風險，但現階段沒有其他更好的解決辦法」語意最為通順，因此答案為1 **残るおそれがあるものの**。建議一併熟記其他選項的意思。

詞彙 **手術** しゅじゅつ 名手術｜**～によって** 由於～
後遺症 こういしょう 名後遺症｜**現時点** げんじてん 名現階段
最善だ さいぜんだ な形最好的｜**策** さく 名方法
～おそれがある 恐怕～｜**～ものの** 雖然～
～ないですむ 不～就能解決

34

A：「我收到了大量有關於面試結果的詢問，該怎麼辦才好？」
B：「每年都有很多這種問題，我都會盡量避免回答。（　　）。

1 我們必須向每個人說明理由嗎
2 這也不是每個人都要說的吧
3 如果每個人都要說明理由，那說也說不完
4 對每個人說明理由也沒辦法

解析 本題要根據文意，選出適當的文法。請特別留意選項1和3的「申す」為謙讓語；2和4的「おっしゃる」為尊敬語。括號前方A提到有許多人提問，詢問B該怎麼辦才好。B回應「盡量避免回答，如果向每個人逐一說明理由，會沒完沒了」語意最為通順，因此答案為3 **申していればきりがありません**。建議一併熟記其他選項的意思。

詞彙 **面接** めんせつ 名面試｜**結果** けっか 名結果
～について 關於～｜**問い合わせ** といあわせ 名洽詢
殺到 さっとう 名蜂擁而至｜**回答** かいとう 名回答
控える ひかえる 動避免｜**～ようにする** 努力～
申す もうす 動說（「言う」的謙讓語）
～なければならない 必須～
おっしゃる 動說（「言う」的尊敬語）
～ものではない 不是～｜**～でしょうか** 是否～
～ばきりがない ～的話永無止盡
～てもしようがない ～也沒用

35

木村：「課長，交期不是還有一週，現在就要請大家喝咖啡嗎？」
課長：「在這麼緊急的狀態下（　　），但如果不放鬆一下全體員工都要撐不住了。」

1 雖說是太悠哉了　　2 不管再悠哉
3 不是悠哉就好　　4 **雖說不是悠哉的時候**

解析 本題要根據文意，選出適當的文法。括號前後方的內容表示「儘管處於緊急狀況下，不太適合放鬆，但如果不稍微放鬆心情的話，所有員工都會累垮」語意最為通順，因此答案為4 **しているどころではないとはいえ**。建議一併熟記其他選項的意思。

詞彙 **納期** のうき 名交期｜**あと** 副剩下｜**緊急** きんきゅう 名緊急
事態 じたい 名事態｜**呑気だ** のんきだ な形悠閒的
余裕 よゆう 名從容｜**社員** しゃいん 名員工
全員 ぜんいん 名全體人員｜**～からといって** 雖說是～
～にしたところで 就算做了～｜**～というものではない** 不是～
～どころではない 不是～的時候｜**～とはいえ** 雖說～

實戰測驗 5

p.224

26 2　**27** 1　**28** 3　**29** 1　**30** 4　**31** 3
32 4　**33** 3　**34** 1　**35** 3

問題 5　請從 1、2、3、4 中選擇一項最適合填入（　　）的選項。

26

最近的動畫片，有一些還會反應出社會問題，（　　）大人觀看。

1　適合　　2　**值得**
3　不適合　　4　無法忍耐

解析 本題要根據文意，選出適當的文法。四個選項皆可置於助詞「に」的後方。根據括號前後方的內容，表示「當中也有反映社會問題的內容，對成年人來說也值得一看」語意最為通順，因此答案為 2 たえる。建議一併熟記其他選項的意思。

詞彙 **アニメ** 名動畫｜**反映 はんえい** 名反映
内容 ないよう 名內容｜**～にたる** 足以～
～にたえる 經得起～｜**～にたりない** 不足以～
～にたえない 不堪～

27

由社區居民組成的「綠色叔叔、阿姨」活動，是為了（　　）孩子們上下學的安全而啟動的。

1　**保護**　　2　保護
3　保護　　4　保護

解析 本題要根據文意，選出適當的動詞。括號後方連接「べく」，表示括號要填入動詞辭書形，因此答案為 1 守る。填入後表示「該措施為的是保護孩童上學放學的安全」語意通順。

詞彙 **地域 ちいき** 名地域｜**住民 じゅうみん** 名居民
ボランティア 名志工｜**～による** 起於～
緑のおじさん・おばさん みどりのおじさん・おばさん 導護叔叔、阿姨
活動 かつどう 名活動｜**登下校 とうげこう** 名上下學
～べく 為了、應該｜**取り組み とりくみ** 名解決
守る まもる 動守護

28

這座遊樂設施沒有限制身高。（　　），未滿五歲的孩童請務必與監護人一起搭乘。

1　或是　　2　因為
3　**但是**　　4　對了

解析 本題要根據文意，選出適當的連接詞。括號前方為「身長制限がございません（沒有身高限制）」；括號後方連接「5才未満のお子さんは必ず保護者と一緒にご乗車ください（5歲以下的兒童請務必由監護人陪同搭乘）」，該段話表示「但是 5 歲以下的兒童必須由監護人陪同搭乘」語意最為通順，因此答案為 3 ただし。

詞彙 **アトラクション** 名遊樂設施｜**身長 しんちょう** 名身高
制限 せいげん 名限制｜**未満 みまん** 名未滿
保護者 ほごしゃ 名家長｜**乗車 じょうしゃ** 名乘車
あるいは 副或是｜**それゆえ** 接因此｜**ただし** 接不過
ところで 接話說

29

雖然我專攻的是社會學，但我的研究內容當中也需要來自腦科學方面的論點考察。所以我（　　）了佐藤教授的研究室，特別拜託他讓我聽他的課。

1　**拜訪**　　2　來訪
3　前來　　4　給～過目

解析 本題要根據文意，選出適當的敬語。學生前往教授的研究室，拜託教授同意聽課，降低自己的地位表達「**教授の研究室に伺って**（拜訪教授的研究室）」最為適當，因此答案為 1 伺って。此處的「伺う」為「訪問する」的謙讓語。
2 いらっしゃって為「いる」的尊敬語；3 お越しになって為「来る」的尊敬語；4 お目にかけて為「見せる」的謙讓語。

詞彙 **社会学 しゃかいがく** 名社會學｜**専攻 せんこう** 名專攻
内容 ないよう 名內容｜**脳科学 のうかがく** 名腦科學
観点 かんてん 名觀點｜**考察 こうさつ** 名考察｜**そのため** 因此
教授 きょうじゅ 名教授｜**聴講 ちょうこう** 名旁聽
伺う うかがう 動拜訪（「訪問する」的謙讓語）
いらっしゃる 動在、去（「いる」「行く」的尊敬語）
お越しになる おこしになる 動來（「来る」的尊敬語）
お目にかけ おめにかける 動出示（「見せる」的謙讓語）

30

（街頭採訪）
聽話者「由於上月發生的悲劇事件，開始湧現了要求修正少年法的聲音。對此可以聽聽您的意見嗎？」
市民「這樣啊，我認為雖然未成年人與成年人因年齡的關係在精神成熟方面多少有些不同。但是犯了罪，（　　）用與大人相同的法律制裁。

1　不得了　　2　受不了
3　也沒什麼　　4　**就應該**

解析 本題要根據文意，選出適當的文法。四個選項皆可置於動詞て形「裁かれて（受審）」的後方。根據括號前後方的內容，表示「我認為既然犯了罪，就應該用和成人一樣的法律來審判」語意最為通順，因此答案為 4 しかるべきだ。建議一併熟記其他選項的意思。

詞彙 **街頭 がいとう** 名街頭｜**インタビュー** 名訪談
聞き手 ききて 名聽話者｜**起こる おこる** 動發生
悲惨だ ひさんだ な形悲慘的｜**事件 じけん** 名事件

～により 由於～｜少年法 しょうねんほう名少年法
改正 かいせい名修正｜求める もとめる動要求
件 けん名一事｜～について 關於～
未成年 みせいねん名未成年｜成年 せいねん名成年
年齢 ねんれい名年齡｜精神 せいしん名精神
成熟さ せいじゅくさ名成熟｜多少 たしょう副多多少少
違い ちがい名差異｜罪 つみ名罪過｜犯す おかす動違犯
法 ほう名法律｜裁く さばく動制裁｜～てやまない ～不已
～てたまらない ～受不了｜～てもともとだ ～也沒什麼
～てしかるべきだ ～是理所當然

31

其實我平常不太會有這種情緒化的時候，但是見證（　　　）手足般的狗狗生產，我還是淚流滿面。

1　甚至連　　　2　相符
3　**幾乎等同於**　　　4　順便

解析 本題要根據文意，選出適當的文法。四個選項皆可置於名詞「兄弟（手足）」的後方。括號後方連接「犬の出産に立ち会ったときは涙が止まらなかった（親眼目睹狗狗出生，忍不住流下淚水）」，該段話表示「親眼目睹如同手足般的狗狗出生，忍不住流下淚水」語意最為通順，因此答案為 3 も同然の。建議一併熟記其他選項的意思。

詞彙 普段 ふだん名平時｜感情的だ かんじょうてきだ な形情緒化的
育つ そだつ動成長｜出産 しゅっさん名生產
立ち会う たちあう動在場｜涙 なみだ名眼淚
～に至るまで ～にいたるまで 至於～｜～なりの 相符自己的～
～も同然の ～もどうぜんの 等同～的｜～がてら ～同時順便

32

平野「怎麼辦，我完全把今天要提交的作業忘記了。」
高橋「雖然教授大概也不會（　　　），但還是擔心會不會影響成績。

1　不會生氣　　　2　生氣
3　不會生氣　　　4　**生氣**

解析 本題要根據文意，選出適當的動詞。括號後方連接「はしない」，表示括號要填入動詞ます形。選項 2 怒り和 4 怒られ皆為動詞ます形，根據括號前後方的內容，表示「雖然不會被教授罵，但擔心會影響到成績」語意最為通順，因此答案為 4 怒られ。

詞彙 提出 ていしゅつ名提交｜～なくちゃいけない 必須～
課題 かだい名作業｜教授 きょうじゅ名教授
～はしない 是不會～｜けど助但是｜成績 せいせき名成績
響く ひびく動影響

33

對數年前的我而言，高級公寓還是個完全觸及不了的存在，但只要持續存錢（　　　）。

1　也無法否定能買得起了　　　2　也不能不買吧
3　**並不是買不起的東西**　　　4　也不是真的想買吧

解析 本題要根據文意，選出適當的文法。括號前後方的內容表示「高級公寓是遙不可及的存在，但只要再多存點錢，好像也不會買不起」語意最為通順，因此答案為 3 買えないものでもないようだ。建議一併熟記其他選項的意思。

詞彙 数年 すうねん名數年｜マンション名高級公寓
なんて助之類的｜届く とどく動觸及｜存在 そんざい名存在
貯金 ちょきん名儲蓄｜いなむ動否定｜～ようだ ～的樣子
～なくてはならない 必須～｜～だろう 大概～
～ないものでもない 也並非不～
～までのことでもない 也不必到～

34

A「無人農業機械的運行測驗，（　　　），真可惜！在返程時發生了 5 公分以上的偏移。」
B「儘管只有 5 公分，對使用者而言也是非常大的落差，必須改善一下。」

1　才以為要結束了　　　2　是否要讓它結束
3　一馬上讓它結束　　　4　或許結束了

解析 本題要根據文意，選出適當的文法。括號前後方的內容表示「無人駕駛農機的行駛測試，本以為會成功，真可惜」語意最為通順，因此答案為 1 終わると思いきや。建議一併熟記其他選項的意思。

詞彙 無人 むじん名無人｜農業 のうぎょう名農業
走行 そうこう名行駛｜実験 じっけん名實驗
成功 せいこう名成功｜ターン名迴轉｜際 さい名時候
ズレ名偏差｜生じる しょうじる動發生｜たった副僅是
でも助即使｜利用者 りようしゃ名使用者
方々 かたがた名各位｜～にとって 對～而言
差 さ名差異｜改善 かいぜん名改善
～なければいけない 必須～
～と思いきや ～とおもいきや 才想著～就
～か否か ～かいなか 是否～
～や否や ～やいなや 一～馬上｜～のか 或許～吧

35

安藤「說到插花教室，我印象中都是必須按照老師的指示動作，實際上如何？」
土屋「我去的地方，老師是會告訴我們一些關鍵點。但就某種程度來說（　　　）。」

1　我想老師還是自由操作的
2　還是打算讓我們自由地操作的
3　**還是讓我們自由地操作的**
4　給你們自由地操作也可以喔

解析 本題要根據文意，選出適當的文法。請特別留意選項 1 和 2 的「いらっしゃる」和「いただく」為敬語；2 和 3 的「させる」為使役形；4 的「てもらう」和「てあげる」為授受表現。括號前後方的內容表示「能告訴我一些關鍵的重點，但在某程度上，算是蠻自由的」語意最為通順，因此答案為 3 自由にさせてもらっている。建議一併熟記其他選項的意思。

詞彙 生け花 いけばな图插花｜指示 しじ图指示
〜通り 〜どおり 按照〜｜イメージ图印象
実際 じっさい副實際上｜重要だ じゅうようだな形重要的
ポイント图點｜とか助等等｜かな助嗎
程度 ていど图程度｜自由だ じゆうだな形自由的
いらっしゃる動在（「いる」的尊敬語）
〜と思う 〜とおもう 我想〜
いただく動得到（「もらう」的謙讓語）
〜てもらう 請〈人〉為我做〜｜〜てあげる 為〈人〉做〜
も助也

問題6 句子的組織

實力奠定

p.228

01 ③　02 ①　03 ③　04 ②　05 ③　06 ①
07 ②　08 ①　09 ③　10 ①　11 ③　12 ①
13 ②　14 ①　15 ③　16 ②　17 ③　18 ①
19 ①　20 ②

01

雖然說也不到每天加班，但交辦的工作還是要好好做完。
① 去做　② 雖然說　**③ 也不到**

詞彙 残業 ざんぎょう图加班｜与える あたえる動交付
きちんと副確實地｜こなす動處理

02

也許是因為他的企業家背景吧，完全沒有一個身為政治家的心理準備。
① 身為　② 心理準備　③ 政治家

詞彙 起業家 きぎょうか图創業家
出身 しゅっしん图出身｜全く まったく副完全地
〜たる 身為〜｜心構え こころがまえ图心態
政治家 せいじか图政治家

03

她的引退演出參加人數似乎到達了兩萬人。
① 到達了　② 人數　**③ 兩萬人**

詞彙 引退 いんたい图引退｜公演 こうえん图公演
人々 ひとびと图人們｜〜にのぼる 多達～、到達

04

即使再完美的人類，也沒有人是真的沒有缺點的。
① 沒有人　**② 沒有缺點**　③ 人類

詞彙 完璧だ かんぺきだな形完美的｜欠点 けってん图缺點
〜といえども 雖說〜也

05

哥哥為了救溺水的少年，完全不管危險地跳入水中。
① 不管　② 為了救　**③ 危險**

詞彙 溺れる おぼれる動溺水｜少年 しょうねん图少年
飛び込む とびこむ動跳進｜〜も顧みず 〜もかえりみず 也不顧〜
救う すくう動拯救

06

將自己的過錯強加於人什麼的，不講理也該有點分寸吧。
① 不講理　② 也該有點分寸吧　③ 什麼的

詞彙 ミス图失誤｜他人 たにん图他人
押し付ける おしつける動推託｜理不尽 りふじん图不講理
〜にもほどがある 〜也該有限度

07

無論是否傷害了人，都改變不了故意為之的事實。
① 傷害了人　**② 無論**　③ 故意為之

詞彙 事実 じじつ图事實｜傷つける きずつける動傷害
〜（よ）うと 不論〜｜故意 こい图故意

08

部長唱歌走音嚴重到聽都聽不下去了。
① 聽　② 嚴重　③ 不下去

詞彙 音程 おんてい图音程｜ずれ图偏差｜〜にたえない 不堪〜

09

她因為生病被迫過著住院生活，幼年時代都是在醫院度過的。
① 因為生病　② 被迫　**③ 在醫院**

詞彙 幼少時代 ようしょうじだい 兒時｜過ごす すごす動度過
〜を余儀なくされる 〜をよぎなくされる 不得不〜

10

那個男的一和警官對上眼，就飛快地跑了出去。
① 飛快地　② 對上眼　③ 一……就

詞彙 走り出す はしりだす動起跑｜勢い いきおい图勁頭
目が合う めがあう 對到眼｜〜なり 一〜就

文法

11

在圖書館講電話的年輕人好像在說他太吵了，被銳利的眼神看了一眼。
① 銳利的　② 太吵　**③ 好像在說**

詞彙 **若者** わかもの 名 年輕人｜**視線** しせん 名 視線
向ける むける 動 朝向｜**鋭い** するどい い形 銳利的
～とばかりに 好像在說～

12

結果，她因為錯過了道歉的機會而無法順利和解。
① 無法　② 道歉　③ 完了

詞彙 **結局** けっきょく 副 最後｜**和解** わかい 名 和解｜**～そびれる** 沒能～

13

從上週開始就是疲勞加上壓力，身體終於還是垮了。
① 加上　**② 壓力**　③ 疲勞

詞彙 **体調** たいちょう 名 身體狀況｜**崩す** くずす 動 瓦解
～とあいまって 與～相作用｜**ストレス** 名 壓力
疲労 ひろう 名 疲勞

14

課長好像有看人換一個態度的傾向。
① ～的傾向　② 換　③ 好像有

詞彙 **態度** たいど 名 態度｜**～きらいがある** 有～的傾向

15

愈來愈嚴重的高齡少子化社會，不光只是日本才有的問題。
① 不光是　② 並　**③ 日本**

詞彙 **深刻化** しんこくか 名 嚴重化
少子高齢化社会 しょうしこうれいかしゃかい 名 少子高齡化社會
～に限ったことではない ～にかぎったことではない 不限於～
なにも 副 並

16

由於不斷累積的負債，最終不得不宣告破產。
① 格助詞　**② 由於**　③ 的

詞彙 **積み重なる** つみかさなる 動 累積｜**借金** しゃっきん 名 欠債
自己破産 じこはさん 名 個人破產
～せざるを得ない ～せざるをえない 不得不～
～のゆえに 由於～

17

正是因為關係好，才更要守禮儀。
① 才更要　② 是　**③ 因為**

詞彙 **間柄** あいだがら 名 關係｜**礼儀** れいぎ 名 禮儀
～からこそ 正因為～

18

由於不景氣的關係，不僅是約聘員工，結果連正式員工都被裁員了。
① 正式員工　② 不要說是　③ 連

詞彙 **不景気** ふけいき 名 不景氣｜**契約** けいやく 名 契約
社員 しゃいん 名 員工｜**首を切る** くびをきる 解僱
～始末だ ～しまつだ ～的地步｜**正社員** せいしゃいん 名 正式員工
～はおろか 不要說是～｜**まで** 助 連

19

別人介紹的、值得信任的人物就是那個女孩子。
① 值得信任　② 別人介紹　③ 的人物

詞彙 **信頼** しんらい 名 信賴｜**～に足る** ～にたる 足以～
人物 じんぶつ 名 人物

20

無論失敗幾次，都只能繼續挑戰直到成功就是了。
① 的　**② 只能**　③ 就是了

詞彙 **実験** じっけん 名 實驗｜**成功** せいこう 名 成功
挑む いどむ 動 挑戰｜**～だけのことだ** ～就是了

實戰測驗 1

p.230

36 3　**37** 1　**38** 4　**39** 1　**40** 1

問題 6　請從 1、2、3、4 中，選擇一項最符合下文中 ★ 的選項。

36

公司內流傳著一個公司經營有問題的消息。雖然確實是頗為嚴峻的狀態，但也不是真的要破產，首先還是要考慮目前能做得到的對策。
① 破產　② 並非
③ 會　④ 確定

解析 2 でもあるまいし要置於名詞的後方，因此可以先排列出 3 わけ 2 でもあるまいし（並不是）。接著根據文意，再將其他選項一併排列成 1 倒産すると 4 決まった 3 わけ 2 でもあるまいし（並非確定會破產），因此答案為 3 わけ。

詞彙 **経営** けいえい 名 經營｜**うわさ** 名 傳聞
社内 しゃない 名 公司內部｜**広がる** ひろがる 動 擴散
状況 じょうきょう 名 狀況｜**まずは** 副 首先

できる限り できるかぎり 盡可能地｜對策 たいさく 名 對策
倒産 とうさん 名 破産｜～でもあるまいし 又不是～

37

這幾年來不斷在衰退的站前商店街復活了。這都是因為店主們克服了一開接著一間開的大型店以及網路銷售的普及，同時也是為了恢復以往的活力，眾人同心協力、團結一致的結果。
① **重拾**　② 以往的活力
③ 不顧　④ 店主們

解析 3 ものともせず可搭配助詞「を」組合成文法「をものともせず（不顧……）」，因此可以先排列出 **インターネット販売の普及を 3 ものともせず**（不顧網路銷售的普及）和 **2 昔のような活気を 3 ものともせず**（不介意像過去一樣的活力）兩種組合，之後可再將兩種組合分別排列成**インターネット販売の普及を 3 ものともせず 2 昔のような活気を 1 取り戻したいという 4 店主たちが**（不顧網路銷售的普及，仍想重拾往日活力的店主）和 **1 取り戻したいという 4 店主たちが 2 昔のような活気を 3 ものともせず**（想要重回的店主，不介意像過去一樣的活力）。根據文意，前者的語意較為通順，因此答案為 **1 取り戻したいという**。

詞彙 數年 すうねん 名 數年｜衰退 すいたい 名 衰退
一途 いっと 名 一路｜駅前 えきまえ 名 站前
商店街 しょうてんがい 名 商店街｜復活 ふっかつ 名 復活
大型店 おおがたてん 名 大型店鋪｜進出 しんしゅつ 名 進軍
インターネット 名 網路｜販売 はんばい 名 販賣
普及 ふきゅう 名 普及｜一丸 いちがん 名 團結一致
地道だ じみちだ な形 踏實的｜努力 どりょく 名 努力
結果 けっか 名 結果｜取り戻す とりもどす 動 取回
活気 かっき 名 生氣｜～をものともせず 不把～當一回事
店主 てんしゅ 名 店主

38

說到日本春天總能聯想到像是入學典禮、櫻花等等情景，但我認為，在街道上看到穿著黑色西裝的社會新鮮人，也可說是一種象徵春天的光景。
① 新進員工　② 也可說是
③ 穿著黑色西裝　④ **春天的象徵**

解析 2 ともいうべき要置於名詞後方，因此可以先排列出 **4 春の象徴 2 ともいうべき**（可說是春天的象徵）。接著根據文意，再將其他選項一併排列成 **3 黒いスーツを着た 1 新入社員の姿も 4 春の象徴 2 ともいうべき**（身著黑色西裝的新進員工，也可說是春天的象徵），因此答案為 **4 春の象徴**。

詞彙 入学式 にゅうがくしき 名 入學典禮｜桜 さくら 名 櫻花
日本 にほん 名 日本｜連想 れんそう 名 聯想
さまざまだ な形 各式各樣的
見かける みかける 動 看見｜光景 こうけい 名 情景
新入社員 しんにゅうしゃいん 名 新進員工｜姿 すがた 名 身影
～ともいうべき 應可說是～｜象徴 しょうちょう 名 象徵

39

他在展覽中展出的畫，是以往畫風難以比擬的色彩豐富。最令我驚訝的是從來沒看過這樣的畫。
① **形容**　② 驚訝
③ 難以　④ 看到的

解析 2 當中的「と」和 1 いったら，再加上 3 的「ない」可組合成文法「といったらない（難以形容地……）」，因此可以先排列出 **2 驚きと 1 いったら 3 なかった**（驚訝到難以形容）。接著根據文意，再將其他選項一併排列成 **4 見たときの 2 驚きと 1 いったら 3 なかった**（看到時驚訝得難以言喻），因此答案為 **1 いったら**。

詞彙 展覧会 てんらんかい 名 展覽會｜絵画 かいが 名 繪畫
作風 さくふう 名 畫風
比べ物にならない くらべものにならない 無可比擬
色彩 しきさい 名 色彩｜豊かだ ゆたかだ な形 豐富的
～といったらない 極其～｜驚き おどろき 名 驚訝

40

從拜託下一年度幹部時的反應來看，雖然我也覺得檢查不是必要的，但為了保險起見去做檢查時，卻有人說絕對不檢查讓我非常地困惑。
① **反應**　② 來看
③ 要求　④ 下年度管理人員

解析 2 からすれば要置於名詞後方，因此可以先排列出 **1 反応 2 からすれば**（從反應來看）。接著根據文意，再將其他選項一併排列成 **4 来年度の役員を 3 お願いした時の 1 反応 2 からすれば**（從拜託擔任下年度幹部的反應來看），因此答案為 **1 反応**。

詞彙 確認 かくにん 名 確認｜念のため ねんのため 慎重起見
～たところ 做了～後發現｜絶対 ぜったい 名 絕對
戸惑う とまどう 動 困惑｜反応 はんのう 名 反應
～からすれば 從～看來｜来年度 らいねんど 名 下年度
役員 やくいん 名 幹部

實戰測驗 2

p.232

36 2　**37** 1　**38** 4　**39** 4　**40** 1

問題 6　請從 1、2、3、4 中，選擇一項最符合下文中 ★ 的選項。

文法

36

聽說他在被迫多次修改之後，還被要求盡快重新提交新方案，但即使是如此優秀的他突然被這麼要求也交不出新方案吧。

① 突然地　**② 做了**
③ 如此　④ 就算

解析 第一個空格前方的助詞「に」，加上 2 した和 4 ところで 可組合成文法「にしたところで（即使、就算⋯⋯）」，因此可以先排列出 優秀な彼に 2 した 4 ところで（就算他很優秀）。接著根據文意，再將其他選項一併排列成 優秀な彼に 2 した 4 ところで 3 そんなに 1 急に（就算他很優秀，如此突然地），因此答案為 2 した。

詞彙 修正 しゅうせい 名 修正 ｜ ～たあげく ～到最後
早急だ さっきゅうだ ナ形 火急的 ｜ 別 べつ 名 另外
案 あん 名 提案 ｜ 優秀だ ゆうしゅうだ ナ形 優秀的
急だ きゅうだ ナ形 突然的 ｜ ～にしたところで 就算做了～

37

前幾天看的電影是一部從頭到尾都很有速度感，確實是一部雙眼都無法離開一瞬的好電影。

① 的　② 確實
③ 移不開視線　④ 一刻也

解析 本題沒有需連接特定詞性或文法的選項，因此要根據文意，將四個選項排列成 2 まさしく 4 一瞬たりとも 3 目が離せない 1 という（確實一刻也移不開視線）。★置於第四格，因此答案為 1 という。

詞彙 先日 せんじつ 名 日前 ｜ スピード感 スピードかん 名 速度感
ストーリー 名 劇情 ｜ おもしろさ 名 趣味 ｜ まさしく 副 的確地
離す はなす 動 移開 ｜ 一瞬 いっしゅん 名 一瞬間
～たりとも ～也都

38

本次，如果被轉調到新設部門的話，不管知識、經驗如何，首先都必須參加員工訓練。

① 不管　② 研習
③ 知識或經驗　**④ 以⋯⋯為先**

解析 1 のいかんを問わず（不管、不論）要置於名詞的後方，因此可以先排列出 2 研修 1 のいかんを問わず（不論是否有研習）和 3 知識や経験 2 のいかんを問わず（不論是否有知識或經驗）兩種組合。之後可再將兩種組合分別排列成 2 研修 1 のいかんを問わず 4 まず 3 知識や経験（不論是否有研習，以知識和經驗為先）和 3 知識や経験 1 のいかんを問わず 4 まず 2 研修（不論是否有知識或經驗，以研習為先）。而空格後方連接「都要接受才行」，前方表示 3 知識や経験 2 のいかんを問わず 4 まず 2 研修（不論是否有知識或經驗，以研習為先）語意較為通順，因此答案為 4 まず。

詞彙 新設 しんせつ 名 新設 ｜ 部署 ぶしょ 名 部門 ｜ 異動 いどう 名 調任
～なければならない 必須～
～いかんを問わず ～いかんをとわず 不問～如何
研修 けんしゅう 名 研習 ｜ 知識 ちしき 名 知識 ｜ まず 副 首先

39

本以為能勉勉強強趕上期限，沒想到最終還是失敗了，就說對現場的同仁都不知道帶來多少麻煩，就不能不去道歉。

① 帶來　② 非得
③ 多少麻煩　**④ 去道歉不可**

解析 2 ではすまない 和 4 當中的「ない」可組合成文法「ないではすまない（非⋯得⋯不可、不得不⋯⋯）」，因此可以先排列出 4 謝りに行かない 2 ではすまない（非得去道歉不可）。接著根據文意，再將其他選項一併排列成 3 多大な迷惑を 1 かけてしまったからには 4 謝りに行かない 2 ではすまない（既然造成了很大的麻煩，非得去道歉不可），因此答案為 4 謝りに行かない。

詞彙 なんとか 副 想辦法 ｜ 期日 きじつ 名 期限 ｜ 現場 げんば 名 現場
方々 かたがた 名 各位 ｜ ～てしまう 表達不滿、遺憾等負面情緒
～からには 既然～ ｜ ～ないではすまない 必須～
多大だ ただいだ ナ形 莫大的 ｜ 迷惑 めいわく 名 困擾

40

失去愛犬的她那悲傷的樣子簡直是看都不忍看，好在後來領養了朋友轉讓的幼犬，總算恢復成原本那個開朗的她。

① 看都不忍看　② 程度的
③ 樣子　④ 悲傷

解析 本題沒有需連接特定詞性或文法的選項，因此要根據文意，將四個選項排列成 4 悲しむ 3 様子は 1 見るにたえない 2 ほどの（不忍看她悲傷樣子那種程度的），因此答案為 1 見るにたえない。

詞彙 愛犬 あいけん 名 愛犬 ｜ 亡くす なくす 動 喪失
友人 ゆうじん 名 友人 ｜ 子犬 こいぬ 名 幼犬
譲り受ける ゆずりうける 動 轉讓
今では いまでは 現在 ｜ 元 もと 名 原本
～にたえない 不堪～ ｜ 様子 ようす 名 樣子
悲しむ かなしむ 動 悲傷

實戰測驗 3

p.234

36 1　**37** 3　**38** 4　**39** 1　**40** 2

問題 6　請從 1、2、3、4 中，選擇一項最符合下文中 ★ 的選項。

36

他至今為止都不知道以人事負責人的身份帶過多少屆員工訓練了，說沒有人比他更優秀一點也不誇張，所以非常期待他日後的表現。

① **說是……也不**　② 沒有比他更優秀的人
③ 說是 …… 也不為過　④ 像他一樣

解析 1 といっても和 3 當中的「ない」可組合成文法「といっても ... ない（說是……也不）」，因此可以先排列出 1 といっても 3 過言ではない（說是也不爲過）。接著根據文意，再將其他選項一併排列成 4 彼ほど 2 優秀な人材はいない 1 といっても 3 過言ではない（說是沒有比他更優秀的人才也不為過），因此答案為 1 といっても。

詞彙 これまで 目前為止｜人事 じんじ 名 人事
担当者 たんとうしゃ 名 負責人｜～として 身為～
新入 しんにゅう 名 新進｜研修 けんしゅう 名 研習
今後 こんご 名 今後｜活躍 かつやく 名 活躍
期待 きたい 名 期待｜膨らむ ふくらむ 動 膨脹
～といっても…ない 說是～也不…
優秀だ ゆうしゅうだ な形 優秀的｜人材 じんざい 名 人才
ほど 助 程度

37

昨天才剛回來，雖說也不是這週就要完成出差報告，但下週還有下週的工作要做，我想還是應該早日解決掉比較好。

① 下週有下週的　② 出差報告
③ **並非**　④ 必須完成

解析 本題沒有需連接特定詞性或文法的選項，因此要根據文意，將四個選項排列成 2 出張報告を 4 仕上げなければならない 3 というわけではないが 1 来週は来週で（並非一定要完成出差報告，但下週有下週的），因此答案為 3 というわけではないが。

詞彙 ～たばかりだ 才剛～｜立て込む たてこむ 動 繁忙
早めだ はやめだ な形 較早的｜出張 しゅっちょう 名 出差
報告 ほうこく 名 報告｜～わけではない 並非～
仕上げる しあげる 動 完成｜～なければならない 必須～

38

我中學時曾經參選當了學級委員，但因為忘了出席應該參加的會議，而被班導指責再沒責任心應該有個分寸。

① 個限度　② 也
③ 沒責任　④ **該有**

解析 2 にも 4 ほど 1 が加上第四個空格後方的「ある」可組合成文法「にもほどがある（……也要有限度）」。接著可根據文意，再將其他選項一併排列成 3 無責任 2 にも 4 ほど 1 がある（不負責任也要有限度），因此答案為 4 ほど。

詞彙 中学生 ちゅうがくせい 名 國中生｜立候補 りっこうほ 名 參選
学級 がっきゅう 名 班級｜委員 いいん 名 幹部
参加 さんか 名 參加｜～べき 應當～
無責任 むせきにん 名 不負責任｜担任 たんにん 名 班導
～にもほどがある ～也該有限度

39

本公司首先會從履歷表或職務經歷評估該員工的工作能力，接著再透過面試判斷對這個工作的幹勁以及是否是值得信賴的人物等方法，來選擇員工。

① **是否為～的人**　② 值得
③ 判斷　④ 信賴

解析 2 に足る要置於名詞或動詞辭書形後方，因此可以先排列出 3 判断する 2 に足る（值得判斷）和 4 信頼する 2 に足る（值得信賴）兩種組合。接著根據文意，再將其他選項一併排列成 4 信頼する 2 に足る 1 人物であるかどうかを 3 判断する（判斷是否為值得信賴的人），因此答案為 1 人物であるかどうかを。

詞彙 当社 とうしゃ 名 本公司｜履歴書 りれきしょ 名 履歷表
職務 しょくむ 名 職務｜経歴書 けいれきしょ 名 經歷表
能力 のうりょく 名 能力｜測る はかる 動 評估
面接 めんせつ 名 面試｜～に対する ～にたいする 對於～
やる気 やるき 名 幹勁｜方法 ほうほう 名 方法
社員 しゃいん 名 員工｜人物 じんぶつ 名 人物
～であるかどうか 是否為～
～に足る ～にたる 足以～
判断 はんだん 名 判斷｜信頼 しんらい 名 信賴

40

專題報告那一天，我因為一早就暈眩到站都站不起來，所以和下週報告的田中交換順序了。

① 從早開始　② **想站也**
③ 頭暈目眩　④ 站不起來

解析 2 的「ようにも」搭配 4 當中的「ない」可組合成文法「ようにも ~ ない（即使想……也不能）」，因此可以先排列出 2 立とうにも 4 立てなかったので（想站也站不起來）。接著根據文意，再將其他選項一併排列成 1 朝から 3 めまいがひどくて 2 立とうにも 4 立てなかったので（從早開始頭暈目眩，想站也站不起來），因此答案為 2 立とうにも。

詞彙 ゼミ 名 研討會｜発表 はっぴょう 名 發表
当日 とうじつ 名 當天｜次の週 つぎのしゅう 下一週
順番 じゅんばん 名 順序｜代わる かわる 動 調換
～ようにも～ない 就算想～也無法｜めまい 名 暈眩｜ので 助 因為

實戰測驗 4

p.236

36 2　**37** 1　**38** 3　**39** 3　**40** 4

問題６　請從１、２、３、４中，選擇一項最符合下文中　★　的選項。

36

我因為太想換新款手機，才會在合約結束之前就解約了，因為這樣我還付上兩萬元的違約金。

① 了　② **的緣故**
③ 違約金　④ 解約

解析 2 ばかりに要置於い形容詞普通形或動詞た形的後方，因此可以先排列出 1 しまった 2 ばかりに（因為做了的緣故）。接著根據文意，再將其他選項一併排列成 4 解約して 1 しまった 2 ばかりに 3 違約金として（因為解約的緣故，違約金），因此答案為 2 ばかりに。

詞彙 新型 しんがた名新型｜モデル名機型
どうしても 無論如何也｜手に入れる てにいれる 入手
契約 けいやく名契約｜期間 きかん名期間
終了 しゅうりょう名終止｜携帯 けいたい名手機
羽目 はめ名窘境｜～てしまう 表示完結、終了
～ばかりに 就因為～｜違約金 いやくきん名違約金
～として 作為～｜解約 かいやく名解約

37

雖然有個號稱是我小學同學的人出現了，但 40 年前的事我真的想不起來了。像這樣的朋友，我總感覺好像是有但也好像沒有。

① 的事　② 明確、清晰
③ **40 年前**　④ 出現過

解析 1 のこととて要置於名詞的後方，因此可以先排列出 3 40 年前 1 のこととて（因為是 40 年前的事）。接著可將其他選項一併排列成 3 40 年前 1 のこととて 2 はっきり 4 現れたが（因為是 40 年前的事，明確出現過）和 4 現れたが 3 40 年前 1 のこととて 2 はっきり（現身，但因為是 40 年前的事，明確）兩種組合。根據文意，空格前方提及「自稱是小學同學的人」，後方連接 4 現れたが 3 40 年前 1 のこととて 2 はっきり（現身，但因為是 40 年前的事，明確），語意較為通順，因此答案為 1 のこととて。

詞彙 同級生 どうきゅうせい名同學｜名乗る なのる動自稱
人物 じんぶつ名人物｜友人 ゆうじん名友人
気もする きもする 也覺得｜～こととて 因為～
はっきり副清晰地、明確｜現れる あらわれる動出現

38

就像是會吃同樣的食物吃到膩一樣，平常就有固執特質的人總感覺很容易得到憂鬱症。

① 執著於　② 的人
③ **個性上**　④ 某件事

解析 本題沒有需連接特定詞性或文法的選項，因此要根據文意，將四個選項排列成 4 何かに 1 固執する 3 気質のある 2 人は（個性上執著於某件事的人），因此答案為 3 気質のある。

詞彙 飽きる あきる動厭煩｜食べ続ける たべつづける 持續食用
普段 ふだん名平時｜うつ病 うつびょう名憂鬱症
なりやすい 容易成為｜固執 こしつ名拘泥｜気質 きしつ名性格

39

我以前很不擅長聊天，但自從開始閱讀之後有了知識就不再煩惱找不到話題，也能夠享受閒聊的樂趣了。

① 能夠享受聊天　② 自從開始讀書後
③ **不用擔心沒有話題**　④ 變得有教養

解析 本題沒有需連接特定詞性或文法的選項，根據文意，四個選項可以排列成 2 読書を始めたことで 4 教養が身につき 3 話題に困ることなく 1 雑談を楽しめる（自從開始讀書後，變得有教養，不用擔心沒有話題，能夠享受聊天）和 2 読書を始めたことで 1 雑談を楽しめる 4 教養が身につき 3 話題に困ることなく（自從開始讀書後，具備能夠享受聊天的教養，不用擔心沒有話題）兩種組合。而第四個空格後方連接「ようになった（變得……）」，前方連接「2 読書を始めたことで 4 教養が身につき 3 話題に困ることなく 1 雑談を楽しめる（自從開始讀書後，變得有教養，不用擔心沒有話題，能夠享受聊天）」語意較為通順，因此答案為 3 話題に困ることなく。

詞彙 他人 たにん名他人｜苦手だ にがてだ な形不擅長的
雑談 ざつだん名閒聊｜読書 どくしょ名讀書
話題 わだい名話題｜～ことなく 不～｜教養 きょうよう名教養
身につく みにつく 習得

40

無論再溫厚的上司，犯了錯不僅不知反省，還試圖將責任轉嫁他人，對他這種態度大家都不禁感到憤怒。

① 憤怒　② 態度
③ 無法　④ **不感到**

解析 4 當中的「ずには」和 3 當中的「いられない」可組合成文法「ずにはいられない（無法不……）」，因此可以先排列出 4 感じずには 3 いられなかった（無法不感到）。接著可再將其他選項一併排列成 1 怒りを 4 感じずには 3 いられなかった 2 態度に（無法讓人不感到憤怒的態度）和 2 態度に 1 怒りを 4 感じずには 3 いられなかった（對態度，無法不感到憤怒）兩種組合。而根據文意，空格前方提到「沒有反省，還把責任推給別人」，後方連接「2 態度に 1 怒りを 4 感じずには 3 いられなかった（對態度，無法不感到憤怒）」語意較為通順，因此答案為 4 感じずには。

詞彙 いくら副怎麼地｜温厚だ おんこうだ な形溫和的
上司 じょうし名上司｜ミス名失誤
～にもかかわらず 即使～｜反省 はんせい名反省
～どころか 不要說是～｜責任 せきにん名責任

押し付ける おしつける動推託｜怒り いかり名憤怒
態度 たいど名態度｜～ずにはいられない 無法不～
感じる かんじる動感到

實戰測驗 5

p.238

36 3 **37** 2 **38** 1 **39** 3 **40** 4

問題 6 請從 1、2、3、4 中，選擇一項最符合下文中 ★ 的選項。

36

很多人聽說遊樂園即將因為經濟不景氣、遊客數銳減而閉園的消息，都抱著創造最後的回憶的想法前往。
① 遊客人數銳減 ② 聽說
③ 受到經濟不景氣影響 ④ 遊樂園要關閉的消息

解析 本題沒有需連接特定詞性或文法的選項，因此要根據文意，將四個選項排列成 3 不況の影響を受けて 1 入園者が激減した 4 遊園地の閉園のお知らせを 2 聞きつけ（聽說受到經濟不景氣影響，遊客人數銳減，遊樂園要關閉的消息）。★置於第一格，因此答案為 3 不況の影響を受けて。

詞彙 多く おおく名眾多｜思い出 おもいで名回憶
訪れる おとずれる動造訪
入園者 にゅうえんしゃ名遊客｜激減 げきげん名驟減
聞きつける ききつける動聽聞｜不況 ふきょう名不景気
影響 えいきょう名影響｜遊園地 ゆうえんち名遊樂園
閉園 へいえん名閉園｜お知らせ おしらせ名消息

37

烏鴉擁有相當於人類五歲孩童的智能程度，不曉得是不是因為從他們的外表看來，總會給人一種狡猾的印象。
① 人類五歲孩童 **② 的智能程度**
③ 相當 ④ 烏鴉

解析 本題沒有需連接特定詞性或文法的選項。根據文意，可將四個選項排列成 1 人間の 5 歳児に 3 相当するほど 2 知能が発達している 4 カラスは（烏鴉的智力發達，相當於人類的 5 歲小孩）和 4 カラスは 1 人間の 5 歳児に 3 相当するほど 2 知能が発達している（烏鴉相當於人類的 5 歲小孩，智力發達）兩種組合。而第四個空格後方連接「不曉得是不是因為外表，往往給人一種狡猾的印象」，前方連接「1 人間の 5 歳児に 3 相当するほど 2 知能が発達している 4 カラスは（烏鴉的智力發達，相當於人類的 5 歲小孩）」語意較為通順，因此答案為 2 知能が発達している。

詞彙 見た目 みため名外觀｜なぜか副不知為何
ずる賢い ずるがしこいい形狡猾的｜イメージ名印象
～がちだ 往往～｜人間 にんげん名人類｜児 じ名孩童
知能 ちのう名智能｜発達 はったつ名發達
相当 そうとう名相當｜ほど助程度｜カラス名烏鴉

38

穿上媽媽 20 年前穿過的衣服卻沒有時代距離感，大概是因為流行是有週期吧！
① 是有週期的 ② 時尚的流行
③ 也感受不出年代感 ④ 即使穿上衣服

解析 本題沒有需連接特定詞性或文法的選項。根據文意，可將四個選項排列成 4 洋服を着ても 2 ファッションの流行に 1 周期があるから 3 時代を感じさせないのは（即使穿上衣服，因為時尚流行有一定的週期，所以感受不出年代感）和 4 洋服を着ても 3 時代を感じさせないのは 2 ファッションの流行に 1 周期があるから（即使穿上衣服，也感受不出年代感，因為時尚的流行是有週期的）兩種組合。而第四個空格後方連接「であろう」，前方連接「4 洋服を着ても 3 時代を感じさせないのは 2 ファッションの流行に 1 周期があるから（即使穿上衣服，也感受不出年代感，因為時尚的流行是有週期的）」語意較為通順。★置於第四格，因此答案為 1 周期があるから。

詞彙 周期 しゅうき名週期｜から助因為｜ファッション名時尚
流行 りゅうこう名流行｜感じる かんじる動感到

39

馬桶的使用方法在我們的常識中也許不是個需要說明的東西，但對不同文化的留學生還是應該好好地說明。
① 在 ② 也沒有
③ 必要 ④ 說明

解析 3 までのこと加上 2 でもない可組合成文法「までのことでもない（沒有必要、用不著……）」，因此可以先排列出 3 までのこと 2 でもない（沒有必要）。文法「までのことでもない」要置於動詞辭書形的後方，因此可再排列出 4 説明する 3 までのこと 2 でもない（沒有必要說明）。接著根據文意，再將其他選項一併排列成 1 では 4 説明する 3 までのこと 2 でもない（因為，沒有必要說明），因此答案為 3 までのこと。

詞彙 使い方 つかいかた名使用方法｜常識 じょうしき名常識
きちんと副正確地｜～なければならない 必須～
～では 在～｜～までのことでもない 也不必到～

40

我從小開始就十分嚮往航空界。興致勃勃地送出履歷卻連書面審查都沒能通過，讓我相當灰心。
① 名詞化 ② 就連
③ 也 **④ 通過**

解析 本題沒有需連接特定詞性或文法的選項。第一個空格前方為「書類審査（書面審查）」，後方可連接選項 2 さえ（就連）

或 3 も（也）；第四個空格後方連接助詞が，其前方可連接選項 1 こと或 2 さえ。根據文意，四個選項可排列成 書類審查 2 さえ 3 も 4 通過する 1 ことが（連書面審查的篩選），因此答案為 4 通過する。

詞彙 幼いころ おさないころ 幼時
航空業界 こうくうぎょうかい 名航空業界
憧れる あこがれる 動憧憬｜意気込む いきごむ 動振奮
履歴書 りれきしょ 名履歷表
書類審査 しょるいしんさ 名書面審查｜落胆 らくたん 名氣餒
さえ 助連｜も 助也｜通過 つうか 名通過

問題7 文章語法

實力奠定

p.244

01 ①　02 ②　03 ①　04 ①　05 ②　06 ②

01-03

大概是因為有個諺語說「早起的鳥兒有蟲吃」，再加上領先全球的企業負責人都是習慣早起的人的關係吧，**01** 有不少人因此試圖將自己的生活轉換成晨型。確實，早起的話活動時間增加，能更從容地投入在興趣、工作之中。但是對所有人 **02** 。事實上，晨型人或夜型人是基因決定的，所以晚上活動效能比較好的夜型人強迫在早上作業，效能也只會下降。而且強行地 **03** 生活節奏的話，還可能會破壞身體狀態。所以想要擁有更好的生活，首先應該先了解自己的體質才對。

詞彙 早起きは三文の徳 はやおきはさんもんのとく 早起的鳥兒有蟲吃
ことわざ 名諺語
有数 ゆうすう 名屈指｜企業 きぎょう 名企業
経営者 けいえいしゃ 名經營者
朝型人間 あさがたにんげん 習慣早起的人｜シフト 名切換
活動 かつどう 名活動｜余裕 よゆう 名從容
取り組む とりくむ 動致力｜全て すべて 名全部
有意義だ ゆういぎだ な形有意義的｜夜型 よるがた 名夜晚型
遺伝子 いでんし 名基因｜活動 かつどう 名活動
能力 のうりょく 名能力｜夜型人間 よるがたにんげん 夜貓子
早朝 そうちょう 名清早｜作業 さぎょう 名工作
リズム 名節奏｜かえって 副反而｜体調 たいちょう 名身體狀況
崩す くずす 動瓦解｜体質 たいしつ 名體質

01

① **看起來**
② 寧可

詞彙 どうやら 副看起來似乎｜むしろ 副倒不如說

02

① 一定能有意義地運作
② **也不一定有意義地運作**

詞彙 ～に違いない ～にちがいない 必定～
～とは限らない ～とはかぎらない 不一定～

03

① **試圖改變**
② 使之改變～的話

詞彙 ～とすると 假如～｜～としたら 假如～

04-06

現在每年閱讀超過 100 本書的我，其實學生時代討厭書討厭得不得了。**04** 自己拿起書來過。無法了解書的樂趣雖然是理由之一，但主要還是因為愛好閱讀的父母親一有什麼就強迫我讀書，由於反抗心理才對閱讀有了否定的情緒。

05 我如今也成了社會人士，某天我心想著在這日常忙碌難得的空暇，我應該有個什麼興趣時，腦中浮現的就是閱讀。對於曾經那麼嫌棄的書本，我居然開始覺得有趣，很快地我就 **06** 在書的世界中。這真的是很不可思議的一件事，以前被強迫成那樣都讀不下去的書，現在居然自己想讀了。說到底，其實強迫並沒有意義，要選擇什麼最重要的還得是自己的意志。

詞彙 年間 ねんかん 名年間｜超える こえる 動超過
自ら みずから 副親自地｜読書家 どくしょか 名愛書家
両親 りょうしん 名雙親｜読書 どくしょ 名讀書
強要 きょうよう 名強迫｜反抗心 はんこうしん 名反抗心
否定的だ ひていてきだ な形否定的｜感情 かんじょう 名感情
抱く いだく 動抱持｜社会人 しゃかいじん 名社會人士
日々 ひび 名每天｜合間に あいまに 空閒時｜ふと 副突然地
浮かぶ うかぶ 動浮現｜毛嫌い けぎらい 名厭惡
不思議だ ふしぎだ な形不可思議的｜意志 いし 名意志
結局 けっきょく 名終究｜無意味だ むいみだ な形無意義的
選択 せんたく 名選擇

04

① **應該從沒有**
② 雖然也不是沒有

詞彙 ～わけではない 並非～

05

① 那樣的
② **那樣的**

06

① 逐漸使之吸引
② 被吸引下去

詞彙 魅了 みりょう 名吸引 | ～つつある 逐漸～

實戰測驗 1

p.246

41 1　**42** 2　**43** 4　**44** 3　**45** 4

問題 7　請閱讀下列文章，並根據文章主旨，從 1、2、3、4 中選擇最適合 **41** ～ **45** 的選項填入。

41-45

從算式看到的解決方法

「人際關係不順利」、「被交付了高難度的工作」、「健康出問題」等，人的煩惱是源源不絕的。雖然人與人之間還是有所差異，但每個人應該都在努力解決這些有的沒有的問題。

而解決這樣的問題時，我們該注意的是問題的結果呢？還是 **41** 的過程呢？

比方說，這裡有「2+3= □」的問題。這個 2 加上 3 會等於多少的問題，是小學算數會學到的算式。相對於此，還有「□ + □ =5」的問題，這也是小學生會學到的算式。這種時候，能夠填入□的數字 **42** 有好幾種，而不限於一種。

近年來，教育實務中也像這個算式一樣，愈來愈多是採用著重在孩子的想像力或觀點的問法。也就是說，現在的教育方式可以說已經從求出正確答案，朝更重視解題過程的方向改變了。這也不僅限於計算問題，所有的科目都是如此。出題方向都已經從問你學到多少知識，變成 **43** 如何深入思考、且能夠得出自己解答的方式。

就像是算式中能了解到的一樣，即使答案只有一個，算出答案的方法也有好幾種。這一點應該也能代表比起答案，如何到達那個答案的過程才更加重要，對吧？ **44** ，就像是身邊會發生的問題一樣，不去思考不去行動就不會有找到答案的時候。

如果能像這樣不斷累積經驗，並將此應用在工作或生活中，那麼不管遇到什麼從未遇到的難題，就能自己找到解決的方法並跨越過去 **45** 。

詞彙 計算式 けいさんしき 名算式 | 解決 かいけつ 名解決
方法 ほうほう 名方法 | 人間関係 にんげんかんけい 名人際關係
任せる まかせる 動託付 | 健康上 けんこうじょう 健康方面
悩み事 なやみごと 名煩惱 | 絶える たえる 動斷絕
～によって 因～而 | 差 さ 名差異 | ～にしても 即便～
努力 どりょく 名努力 | ～において 在～時
注目 ちゅうもく 名注目 | ～べきだ 應當～ | 結果 けっか 名結果
それとも 接還是 | 過程 かてい 名過程
算数 さんすう 名算數 | 学ぶ まなぶ 動學習
～に対して ～にたいして 相對於～
小学生 しょうがくせい 名小學生 | それぞれ 名各個
当てはまる あてはまる 動符合 | 数字 すうじ 名數字
～とは限らない ～とはかぎらない 不一定～
何通り なんとおり 幾種 | 近年 きんねん 名近年
現場 げんば 名現場 | 想像力 そうぞうりょく 名想像力
視点 してん 名觀點 | 着目 ちゃくもく 名著眼
問い方 といかた 名提問方法 | つまり 副也就是說
求める もとめる 動尋求 | 大切にする たいせつにする 重視
方向 ほうこう 名方向 | 変化 へんか 名變化
計算 けいさん 名計算 | ～にとどまらない 不止於～
全て すべて 名全部 | 学習 がくしゅう 名學習
知識 ちしき 名知識 | 問う とう 動詢問 | ～なりの 自己的～
例 れい 名例子 | ～に至る ～にいたる 到達～
たどり着く たどりつく 動抵達 | 重要だ じゅうようだ な形重要的
身近だ みぢかだ な形切身的 | 起こる おこる 動發生
行動 こうどう 名行動 | ～ないことには 如果不～的話
積み重ねる つみかさねる 動累積 | 適用 てきよう 名適用
直面 ちょくめん 名面臨 | 自分で じぶんで 自行
乗り越える のりこえる 動克服

41

1 直到解決的	2 環繞解決的
3 不斷地解決的	4 不一定能解決的

解析 本題要根據文意，選出適當的文法句型。空格前一句話提到：「問題解決において、注目すべきなのは結果だろうか。それとも（解決問題的過程中，該關注的是結果嗎？還是）」；空格後方則連接：「過程だろうか（是過程？）」，該段話指出在解決問題的過程中，應該要關注過程還是結果，對此拋出疑問。空格所在的句子表示「それとも解決に至るまでの過程だろうか（還是解決這些問題的過程呢？）」最符合文意，因此答案為 1 解決に至るまで。

詞彙 ～に至るまで ～にいたるまで 至於～
～をめぐる 關於～、圍繞～ | ～つつある 逐漸～
～とは限らない ～とはかぎらない 不一定～

42

1 想到	**2 可以想到**
3 使之想到	4 被迫想到

解析 本題要根據文意，選出適當的文法句型。選項 2 使用動詞的可能形；選項 3 使用使役形；選項 4 使用使役被動形，因此請留意空格前後的行為主體或對象。根據空格前後方提及的

內容，表示「可以思考出好幾種，而非僅限一個答案」最符合文意，因此答案為 2 考えられる。

43

1 可以教問題
2 只解題
3 可以避開問題
4 可以好好看出問題

解析 本題要根據文意，選出適當的文法句型。空格所在的段落開頭提出：「**教育の現場ではこの計算式のように、子供の想像力や視点に着目した問い方が増えている**（在教育現場，越來越多題目像這個計算公式一樣，著眼於孩子的想像力、視角）」，表示助於孩子獨立思考的題目正在增加。空格所在的句子表示「**深く考え、自分なりの答えを出すような問題がよく見られるようになったのだ**（深入思考，並給出自身的答案，將會經常看到這類的題目）」最符合文意，因此答案為 4 **問題がよく見られる**。

詞彙 ～ことができる 能夠～｜だけ 助 只｜解く とく 動 解開

44

1 也就是說	2 實在是
3 這是因為	4 於是

解析 本題要根據文意，選出適當的連接詞。筆者於空格前方提到他認為比起答案，更重要的是過程；並於空格後方提出過程較答案重要的理由：「**身近に起こる問題を考えてみても、考えたり行動したりしないことには答えは見つからないからである**（因為即使想著周邊發生的問題，如果不去思考或行動，也找不到答案）」，因此答案要選 3 なぜなら。

詞彙 つまり 副 也就是說｜まさに 副 正是
なぜなら 接 原因是｜それゆえ 接 因此

45

1 不可能	2 不行
3 不應該	**4 不是嗎**

解析 本題要根據文意，選出適當的文法。空格前一段落提到：「**答えよりも、答えにたどり着くまでに何をどう考えたかということのほうが重要だと考えるべきだ**（比起答案本身，重要的應該是在得出答案之前，如何去思考）」，空格所在的段落表示「**このような経験を積み重ね、それを仕事や生活にも適用すること ができれば、今まで経験したことのない問題に直面したときにも、解決するための方法を自分で見つけて乗り越えることができるのではないか**（若能累積這樣的經驗，將其運用到工作、生活中的話，即使面臨至今從未碰到的問題，不就也能自己找到解決和克服問題的方法嗎？）」最符合文意，因此答案為 4 のではないか。

詞彙 ～はずがない 不可能～　～わけにはいかない 不能～
～ものではない 不該是～｜～のではないか 難道不是～

實戰測驗 2

p.248

41 4　**42** 3　**43** 1　**44** 1　**45** 3

問題 7　請閱讀下列文章，並根據文章主旨，從 1、2、3、4 中選擇最適合 41 ～ 45 的選項填入。

41-45

從畫中學到的歷史

我很喜歡去美術館。

在美術館，可以接觸到雕刻、工藝與書法等各種不同的藝術種類。但是不管怎麼說，我最喜歡的還是繪畫。特別是有歷史性的畫，看著畫中所描繪的人物、風景、大自然、街景或生物，我會一邊想著那究竟是個什麼樣的世界呢？不管花上幾個小時 **41** 。要說現在還能讓我看到不可能體驗得到的世界，那就是歷史畫了。

博物館的動植物標本或古代陶器等當然也和繪畫一樣能感受其中的歷史。 **42** ，對我而言繪畫還是特別的存在。那是因為畫中直接表現出作者在那個時代那個場所的所見所聞以及所感受到的一切。看著那些畫時，簡直 **43** 融入那個世界一樣。

還有，另一個緊緊抓住我的心的一點就是繪畫居然能保存至現在這個社會的這個奇蹟。即使經過了幾十年、幾百年的時光，它們有的被捨棄、被忘記、從主人的手中離開，卻這樣殘存至今然後出現在我們的面前。

在這個愈來愈方便的數據時代，無論什麼歷史或藝術作品，只要在網路上查一下立刻就能得到資訊。一透過電腦螢幕看作品，有時也會想 **44** 美術館了吧。

不過，試試站在畫前想像一下畫中的聲音、氣味、情感。畫連結我與那些看不到的過去。我想這就是畫 **45** 的魅力。前往美術館，試試看回到過去。如果能有這樣的假日或旅遊方式也很不錯的，不是嗎？

（註 1）別格：特別待遇
（註 2）奇跡：常識無法理解的不可思議事件

詞彙 学ぶ まなぶ 名 學習｜彫刻 ちょうこく 名 雕刻
工芸 こうげい 名 工藝｜書道 しょどう 名 書法
様々だ さまざまだ な形 各式各樣的｜種類 しゅるい 名 種類
芸術 げいじゅつ 名 藝術｜触れる ふれる 動 接觸
何といっても なんといっても 再怎麼說｜絵画 かいが 名 繪畫
中でも なかでも 副 其中｜歴史的だ れきしてきだ な形 歷史的
描く かく 動 描繪｜風景 ふうけい 名 風景｜自然 しぜん 名 大自然
街なみ まちなみ 名 街景｜生き物 いきもの 名 生物
めぐらす 動 思量｜今では いまでは 現在
～ことのできない 無法～｜体験 たいけん 名 體驗

博物館 はくぶつかん 名 博物館 | 植物 しょくぶつ 名 植物
標本 ひょうほん 名 標本 | 古代 こだい 名 古代
陶器 とうき 名 陶器 | 感じる かんじる 動 感受
〜にとって 對〜而言 | 別格 べっかく 特別
作者 さくしゃ 名 作者 | そのまま 原樣
現れる あらわれる 動 展現 | まるで 副 宛然
溶け込む とけこむ 動 溶入 | つかむ 動 抓住
離す はなす 動 放開 | 存在 そんざい 名 存在
奇跡 きせき 名 奇蹟 | 経る へる 動 經過 | 持ち主 もちぬし 名 物主
離れる はなれる 動 離開 | 生き延びる いきのびる 動 存活
情報 じょうほう 名 資訊 | 〜において 在〜
作品 さくひん 名 作品 | インターネット 名 網路
〜として 作為〜 | 得る える 動 獲得
〜を通して 〜をとおして 透過〜 | さえ 助 連
あふれ出る あふれでる 動 溢出 | 感情 かんじょう 名 感情
想像 そうぞう 名 想像 | 過去 かこ 名 過去 | つなぐ 動 聯繫
足を向ける あしをむける 前往
休日 きゅうじつ 名 假日 | 過ごし方 すごしかた 度過方式
旅 たび 名 旅行 | 扱い あつかい 名 對待 | 常識 じょうしき 名 常識
不思議だ ふしぎだ な形 不可思議的 | 出来事 できごと 名 事件

41

1 都應該看	2 只要看就對了
3 就該看	**4 都能一直看**

解析 本題要根據文意，選出適當的文法。空格前一句話提到：「様々な種類の芸術に触れることができる。しかし、何といっても絵画が一番だ（可以接觸到各類藝術，但是最棒的還是繪畫）」。後方表示「歴史的な絵画は、描かれている人、風景、自然、街なみや生き物を見て、どんな世界だったのだろうかと思いをめぐらせながら、何時間でも見ていられる（看著歷史畫作中所描繪的人物、風景、自然、街道、生物，想像著當時是什麼樣的世界，便能看上好幾個小時）」最符合文意，因此答案為 4 見ていられる。

詞彙 〜しかるべきだ 〜是理所當然 | 〜だけのことだ 〜就是了
〜ものだ 是該〜

42

1 別說是	2 正因為
3 但是	4 也就是說

解析 本題要根據文意，選出適當的連接詞。空格前一句話提到：「博物館の動物や植物の標本や古代の陶器などももちろん、絵画と同じように歴史を感じることができる（博物館裡的動植物標本、古代陶器等，當然也跟繪畫一樣，能讓人感受到歷史）」；空格後方連接：「私にとって、絵画は別格なのだ（對我來說，繪畫是獨樹一格的）」，提出與前方相反的內容，表示繪畫具有獨特性，有別於動植物標本和古代陶器，因此答案要選 3 だが。

詞彙 それどころか 接 豈止如此 | だからこそ 接 正因如此
だが 接 但卻 | すなわち 接 也就是說

43

1 就像是	2 只能這麼覺得
3 大家都認為	4 難道不是嗎

解析 本題要根據文意，選出適當的文法句型。空格前一句話提到：「作者がその時代にその場所で見て聞いて感じたものがそのまま現れているから（因為作者把那個時代在那個地方的所見所聞所感，原封不動地表現出來）」，表示作者如實呈現出繪畫當時的經驗，後方表示「絵画を見ていると、まるで自分がその世界に溶け込んでしまったかのように感じる（看著繪畫時，感覺自己彷彿融入了它的世界）」最符合文意，因此答案為 1 かのように感じる。

詞彙 〜かのようだ 就如同〜 | 〜ほかない 只能〜
〜ではあるまいか 難道不是〜嗎

44

1 不用實際前往也可以	2 無法實際前往
3 不太可能實際前往	4 不讓實際前往也可以

解析 本題要根據文意，選出適當的文法句型。選項 3 使用被動形；選項 4 使用使役形，因此請留意空格前後的行為主體或對象。空格前一句話提到：「情報社会においては、どんな歴史も芸術作品もインターネットで調べればすぐに情報として得ることができる（身處資訊社會，無論是什麼樣的歷史、或藝術作品，只要在網路上查詢，就能立刻獲得資訊）」，而空格前方提到：「パソコンのスクリーンを通して作品を見ていると（透過電腦螢幕觀看作品）」，後方連接「もう美術館になど足を運ばなくてもいいのではないかとさえ思ってしまうだろう（甚至會覺得現在連美術館都不用去了）」最符合文意，因此答案為 1 運ばなくてもいい。

詞彙 ても 助 即使 | 〜ようがない 無法〜 | 〜そうにない 看似不〜

45

1 光是	2 只有
3 獨有的	4 不值得

解析 本題要根據文意，選出適當的文法。空格前一句話寫道：「絵画の前に立って、あふれ出る音、におい、感情を想像してみる。絵画が、見ることのできない過去と私をつないでくれるのだ（站在畫作前方，試著想像一下滿溢而出的聲音、氣味、情感。繪畫將我與看不見的過去聯繫在一起）」，提出繪畫獨有的魅力，後方連接「絵画ならではの魅力と言えるだろう（可以說是繪畫才具備的獨特魅力）」最符合文意，因此答案為 3 ならではの。

詞彙 〜ずくめ 盡是〜 | 〜でしかない 只是〜 | 〜ならでは 〜獨有
〜にたりない 不足以〜

實戰測驗 3

p.250

41 4　**42** 3　**43** 3　**44** 4　**45** 2

問題 7　請閱讀下列文章，並根據文章主旨，從 1、2、3、4 中選擇最適合 41 ～ 45 的選項填入。

41-45

浪費掉的價值

這是最近發生的事，我出門時糊里糊塗地將手機忘在家裡了。在平常我是會折回去拿的，但因為那一天我要看電影 **41** 時間，於是就這樣直接出門，搭上了電車。只是運氣很差的是電車延誤了，而我也因為不知道何時才能到達目的站而開始擔心了起來。

我心想如果有手機的話，只需要幾分鐘就能查到了，於是我鼓起勇氣問了問旁邊看起來很溫柔的學生。**42** 跟不認識的人搭話已經很久沒有過了。

雖然之後順利抵達電影院了，但到了現場才想起電影院是之前在線上買的，所以存在手機裡。**43** 也無法回家去拿，所以只好向看起來很忙的工作人員開口問，而他也很禮貌地為我解決了。在與工作人員交談的過程中，有一位同樣忘了線上票的人走了過來和我們說話，接著我們就一起聽著工作人員的說明，同時也為還能看得上電影而鬆了口氣，後來就這樣閒聊度過了電影開場前的時間。

回途的電車上，我試著回想了一下這一天，在感嘆真是讓人擔心的一天啊的同時，也很驚訝今天居然和這麼多人說話了。

平常，你有多久才會和陌生人交談一次？只要有手機立刻就能得到的資訊卻要自己去找或拜託別人，**44** 時間與勞力啊。但是意外的是，我居然會覺得很有趣。

以前的街道上應該充斥著更多的話語。但在日漸便利的時代演變中，我 **45** 在這種「浪費、徒勞」上使用時間與勞力的價值。這就是不方便教會我的新發現。突然思考這一件事的週末。

詞彙 無駄 むだ 名 徒勞、浪費 | 価値 かち 名 價值 | つい 副 就在
携帯 けいたい 名 手機 | うっかり 副 粗心地 | 普段 ふだん 名 平時
～ところだ ～的時候 | そのまま 副 就那樣
乗り込む のりこむ 動 坐進 | 運 うん 名 運氣 | ～ことに ～的是
目的 もくてき 名 目的 | ほんの 僅少的 | 勇気 ゆうき 名 勇氣
話しかける はなしかける 搭話 | 無事だ ぶじだ な形 平安的
～ものの 雖然～ | チケット 名 票券 | 事前 じぜん 名 事前
オンライン 名 線上 | スタッフ 名 工作人員
声をかける こえをかける 搭話
丁寧だ ていねいだ な形 禮貌、周到的 | 対応 たいおう 名 應對
～最中に ～さいちゅうに 正在～
お互い おたがい 名 互相 | ほっとする 鬆一口氣
雑談 ざつだん 名 閒聊 | 過ごす すごす 動 度過
ふり返る ふりかえる 動 回想 | なんと 多麼地
同時 どうじ 名 同時 | 手に入る てにはいる 入手
情報 じょうほう 名 資訊 | 頼る たよる 動 依靠
労力 ろうりょく 名 勞力 | 意外だ いがいだ な形 意外的
あふれる 動 滿溢 | ますます 副 更加地 | 時代 じだい 名 時代
流れ ながれ 名 潮流 | 不便さ ふべんさ 名 不便
発見 はっけん 名 發現 | ふと 副 忽然 | 週末 しゅうまつ 名 週末

41

1　既然很在意	2　也不是很在意
3　由於很在意	**4　就是因為很在意**

解析 本題要根據文意，選出適當的文法句型。空格前一句話提到：「普段なら、取りに戻るところだ。しかし、その日は映画をみる予定で（在平常的狀況下，我會回去拿。但那天我要去看電影）」；空格後方連接：「そのまま出かけてしまおうと、電車に乗り込んだ（就直接出門，搭上了電車）」，該段話表示「時間が気になったものだから、そのまま出かけてしまおうと（因為在意時間，就直接出門）」最符合文意，因此答案為 4 気になったものだから。

詞彙 気になる きになる 在意 | ～からには 既然～
～ではあるまいし 又不是～ | ～手前 ～てまえ ～的份上
～ものだから 因為是～

42

1　在這個季節裡	2　在這個時間裡
3　像這樣	4　在這樣的日子裡

解析 本題要根據文意，選出適當的字詞。空格前一句話寫道：「携帯があればほんの数分で調べられることなのにと思いながら、勇気を出してとなりの優しそうな学生にきいてみた（心想要是有帶手機，只要花個幾分鐘就能查到，邊鼓起勇氣，詢問隔壁看起來滿善良的學生）」，後方連接「こんな風に知らない誰かに話しかけるなんて久しぶりだった（好久沒像這樣跟陌生人搭話了）」最符合文意，因此答案為 3 こんな風に。

詞彙 風 ふう 名 樣子

43

1　另一方面	2　或是
3　雖然是這樣	4　因此

解析 本題要根據文意，選出適當的連接詞。空格前方提到筆者想到在網路上購買的票券存在手機裡面，空格後方連接相反的內容：「家に戻ることもできず（也沒辦法回家）」，因此答案要選 3 とはいえ。

詞彙 一方 いっぽう 接 另一方面 | もしくは 接 抑或

とはいえ 接 話雖如此 | したがって 接 因此

44

1　好像耗費	2　不耗費……不行
3　不應該耗費	**4　多麼耗費……啊**

解析 本題要根據文意，選出適當的文法句型。空格前方提到：「**携帯があればすぐ手に入る情報**（只要有手機，馬上就能得到手的資訊）」，後方連接「**自分で探したり人に頼ったりすると、なんと時間と労力がかかることか**（如果自己去找或是依賴別人，需要耗費多少的時間和精力）」最符合文意，因此答案為 4 かかることか。

詞彙 ～そうだ 據聞～ | ～ないではすまない 必須～
～はずがない 不應該～、不可能～ | ～ことか ～的事啊

45

1　使…記得	**2　幾乎忘記了**
3　一定記得	3　也不能說忘記了

解析 本題要根據文意，選出適當的文法句型。選項 1 使用使役形；選項 4 使用被動形，因此請留意空格前後的行為主體或對象。空格前一句話提到：「**昔は町にもっと言葉があふれていたはずだ。ますます便利になっていく時代の流れ**（以前街上充斥著許多話語，隨著越來越方便的時代潮流）」，筆者想表達隨著時代的進步，不再需要花費多餘的時間和精力，人與人之間的對話也逐漸減少。空格前方寫道：「**この無駄に、時間と労力を使うことの価値**（這種花費無謂的時間和精力的價值）」，主詞為「**僕**（我）」，因此不適合使用使役或被動，答案要選 2 忘れかけていた。

詞彙 ～かける 快要～ | ～に相違ない ～にそういない 必定～
～とは言えない ～とはいえない 無法說是～

實戰測驗 4

p.252

41 1　**42** 2　**43** 4　**44** 3　**45** 1

問題 7　請閱讀下列文章，並根據文章主旨，從 1、2、3、4 中選擇最適合 **41** ～ **45** 的選項填入。

41-45

小說真人化

以小說問世的作品，不時會被改編為電視劇。對此，一定可以聽到小說迷批評「再怎麼努力都 **41** 原作」、「希望不要搞砸了原作」等等。在不久之前我也是其中一人。

我從以前開始，就喜歡以自己的想像力將登場人物具體化而更勝於從書面中讀取所有的訊息，也更能夠感受到情節和背景都更加自由的小說的魅力。對這樣的我而言，影像化是無趣的。

要說是有一點自己的作品被破壞了的心情吧，但可能會有人說「寫小說的又不是你，是在驕傲什麼」吧。**42a**，作品再加上讀者的想像與理解，才是一部小說的成品，對讀者而言也是最好的形式，所以對影像化的電視劇 **42b** 失望。

在幾年之前，電視劇的製作方還會害怕被原作書迷批評，通常會有選擇當紅演員來演出或忠實地重現等傾向。因為這樣，讀者會有 **43** 以相距甚遠的形態觀看熟悉作品的感覺，所以通常不會有好的印象。

但是，最近 **44** 似乎也打算應對這個問題了。比如說開始會在劇中安插原作中沒有的人物來演出重要角色，或者加入電視劇原創的劇情以做出差異性。因為這一點，或許仍無法讓原本那些會做比較的讀者以看新作品的角度去欣賞，但也能讓他們開始期待故事的發展，並享受一邊觀看一邊猜想的樂趣了。

現在，我再聽到喜歡的作品改編為電視劇，已經不會有否定性的想法了。我已經能把原作當作原作；電視劇當作電視劇，並意識到兩者 **45** 。這就是輕鬆地享受喜歡的作品如何在電視劇中呈現的樂趣。

（註 1）キーパーソン：關鍵人物、重要角色
（註 2）堪能する：享受、內心十分滿意

詞彙 実写化 じっしゃか 名 真人化 | ～として 作為～ | 世 よ 名 世間
作品 さくひん 名 作品 | 度々 たびたび 副 屢次地
ドラマ 名 連續劇 | ～に対し ～にたいし 對於～
愛読者 あいどくしゃ 名 熱烈讀者 | 原作 げんさく 名 原作
台無しだ だいなしだ な形 糟蹋的 | ～てほしい 拜託～
批判 ひはん 名 批判 | 聴く きく 動 聽聞
映し出す うつしだす 動 映出 | 情報 じょうほう 名 資訊
全て すべて 名 全部 | 映像 えいぞう 名 影像
想像力 そうぞうりょく 名 想像力
登場人物 とうじょうじんぶつ 名 登場人物
具体化 ぐたいか 名 具體化 | 舞台 ぶたい 名 舞台
背景 はいけい 名 背景 | ストーリー 名 劇情
広げる ひろげる 動 擴展 | 魅力 みりょく 名 魅力
感じる かんじる 動 感受 | ～にとって 對～而言
筆者 ひっしゃ 名 筆者 | 偉い えらい い形 了不起的
読者 どくしゃ 名 讀者 | 想像 そうぞう 名 想像
理解 りかい 名 理解 | 重なりあう かさなりあう 相疊
完成 かんせい 名 完成 | 最高 さいこう 名 至高
失望 しつぼう 名 失望 | 制作 せいさく 名 製作 | 側 がわ 名 方面
ファン 名 粉絲 | 恐れる おそれる 動 擔憂
出演者 しゅつえんしゃ 名 演出者 | 旬 しゅん 名 當紅
俳優 はいゆう 名 演員 | 起用 きよう 名 起用
忠実だ ちゅうじつだ な形 忠實的 | 再現 さいげん 名 再現
傾向 けいこう 名 傾向 | そのため 因此 | 傑作 けっさく 名 傑作

かけ離れる かけはなれる動相去甚遠｜熟知 じゅくち名熟知
内容 ないよう名內容｜いい気はしない いいきはしない 感覺不悅
対応 たいおう名應對｜キーパーソン名關鍵人物
登場 とうじょう名登場｜オリジナル名獨創
盛り込む もりこむ動加進｜差別化 さべつか名差異化
図る はかる動企圖｜比較 ひかく名比較｜展開 てんかい名發展
注目 ちゅうもく名注目｜予想 よそう名預想
今では いまでは 現在｜否定的だ ひていてきだ な形否定的
考え かんがえ名想法｜浮ぶ うかぶ動浮現｜個々 ここ名個別
捉える とらえる動認知｜両者 りょうしゃ名雙方
描く かく動描寫｜堪能 たんのう名享受
役割 やくわり名角色｜果たす はたす動達成
心ゆくまで こころゆくまで 盡情｜満喫 まんきつ名享受

41

1	**比不上**	2	少不了
3	肯定是	4	不過是

解析 本題要根據文意，選出適當的文法。空格前方寫道：「小説として世に出された作品が度々ドラマで実写化される。それに対し、小説愛読者からは（以小說形式出版的作品經常被改編成電視劇，另一方面，小說的忠實讀者）」；空格後方則寫道：「原作を台無しにしないでほしい」という批判が必ず聴かれる（「希望不要毀了原作」勢必會聽到這類批評的聲音）」，舉出真人化電視劇會聽到的批評，表示「「いくら頑張っても原作には及ばない」、「原作を台無しにしないでほしい」という批判（「再怎麼努力都比不上原作」、「希望不要毀了原作」這類批評）最符合文意，因此答案為 1 には及ばない。

詞彙 ～には及ばない ～にはおよばない 不及～
～にかかせない 對～不可或缺
～に相違ない ～にそういない 必定～｜～にすぎない 不過是～

42

1 a 然而／b 本來就會感到
2 a 儘管如此／b 不得不感到
3 a 而且／b 無法感到
4 a 再加上／b 不用感到失望

解析 a 要根據文意，選出適當的連接詞。空格前方寫道：「「小説を書いたのは筆者なのに何を偉そうに」と思う人もいるだろう（一定也會有人會覺得「明明作者才是寫小說的人，有什麼好自以為是的」）」，提出有些人可能無法認同前述的批評；而空格後方寫道：「その作品に読者の想像と理解が重なりあって完成するのが小説で、読者にとってそれが最高の形なのだから（因為一部作品是在結合讀者的想像和理解後，才得以成為小說。對讀者來說，這是最佳的形式）」，提出很難不對改編成電視劇有所批評的理由，因此 a 適合填入的答案為それでも。

b 要根據文意，選出適當的文法。空格前方提出對改編成電視劇有所批評的理由：「その作品に読者の想像と理解が重なりあって完成するのが小説で、読者にとってそれが最高の形なのだから（因為一部作品是在結合讀者的想像和理解後，才得以成為小說。對讀者來說，這是最佳的形式）」，後方連接：「読者にとってそれが最高の形なのだから、実写化されたドラマには失望を感じざるを得ない（對讀者來說，這是最佳的形式，因此勢必會對真人化感到失望）」最符合文意，因此 b 適合填入的答案為感じざるを得ない。

詞彙 ところが接不過｜～ものだ 是～｜それでも接即便如此
～ざるを得ない ～ざるをえない 不得不～
しかも接並且｜～ようがない 無法～
その上 そのうえ接而且｜～ずにすむ 不～就結束

43

1	被改變	2	被迫改變
3	使觀看	**4**	**被迫觀看**

解析 本題要根據文意，選出適當的文法。選項 1 和 4 為被動形；選項 2 為使役被動形，因此請留意空格前後的行為主體或對象。空格前方提到改編成電視劇後，對於原著小說的讀者來說：「自分の傑作とはかけ離れた形で熟知した内容（熟知的內容與自己心目中的傑作相去甚遠）」，行為對象為「読者（讀者）」，空格應填入被動形，因此答案要選 4 見せられる。

44

1	真人化	2	原作
3	**製作方**	4	讀者

解析 本題要根據文意，選出適當的字詞。前一段段落提及製作方擔心原作粉絲的批評，試圖盡可能重現小說中的內容，卻造成反效果。空格後方則提到：「これに対応しようとしているようだ。原作にはない人物をキーパーソンとして登場させ、ドラマオリジナルの内容を盛り込み、原作との差別化を図ってい（似乎有意解決這個問題，將原作中沒有的人物作為關鍵人物登場，並加入電視劇原創內容，試圖與原作有所區別）」，提出製作方的解決方式，表示「最近制作側もこれに対応しようとしているようだ（最近製作方似乎有意解決這個問題）」最符合文意，因此答案為 3 制作側。

45

1	**並不是需要比較的東西**	2	應該去比較
3	沒人比較	4	不能不比較

解析 本題要根據文意，選出適當的文法句型。文章前半段提出原本的心態，很難不對真人化的電視劇感到失望，而後提出製作方有意做出兩者的區別，讓原作粉絲得已享受改編的電視劇。空格前方提到：「原作は原作、ドラマはドラマと個々に捉える（原作是原作；戲劇是戲劇，分別看待）」；空格後方則提到：「大好きな作品がどう描かれるかドラマを堪

能するのである（充分去享受喜愛的作品如何改編成電視劇）」，前段話表示「原作は原作、ドラマはドラマと個々に捉えることは両者を比べるというものではない（原作是原作；戲劇是戲劇，分別看待，而非相互比較）」最符合文意，因此答案為 1 比べるというものではない。

詞彙 ～というものではない 不是～｜～ようになる 變得會～
～はずだ 應該～｜～ずじまいだ 最終未能～
～ずにはおかない 必定～｜～だろう ～大概

實戰測驗 5

p.254

41 4　**42** 3　**43** 1　**44** 2　**45** 1

問題 7　請閱讀下列文章，並根據文章主旨，從 1、2、3、4 中選擇最適合 41 ～ 45 的選項填入。

41-45

家事服務的選項

我們都曾有過為了早點回家，即使是走路就能抵達的距離也要利用計程車的經驗，或拿疲勞當藉口直接購買超市販售的熟食解決晚餐的時候。如果一直保持緊繃，41 這漫長的人生。

但是，到了做家事時為什麼會對向他人求助 42 猶豫不決呢？委託家事服務的話，一定可以過上比過去更有意義的生活。我想會感到猶豫的因素主要有兩種，一是他人的眼光，另一個是讓陌生人進入家裡。

當聽到同事說他委託了家事服務時，一般除了會浮現出「真是奢侈」，同時是不是還會有連自己身邊的小事 43 都做不好，真是太散漫了的想法？就是這樣的眼光才讓人感到抵觸。

再來是讓不是朋友甚至是根本不認識的陌生人進到家裡也很可怕。再加上即使對方再怎麼強調他們是專家，但將滿地散亂的屋子放到他人眼前，有種缺點被看光地羞恥。

雖說如此，但事實上隨著勞動方式改革以及工作與生活間的平衡（Work-Life　Balance）開始受到重視，家事服務也開始變成豐富自身生活的選項之一，並且這樣的選項也逐漸貼近我們的生活。就像是搭計程車、購買熟食等已經不會被視為奢侈一樣。

看到能夠不在乎他人眼光、坦然地拜託他人，以從容有餘裕的姿態工作的同事，說真的我 44 。因為每天拖著疲憊的身體回家，看到積著待洗的衣服，都會感到一種難以言說的絕望感。

首先，先找同事了解一下吧。如果能從同事那得到介紹，應該能稍微減少一點不安感。安心地將房子 45 。

（註 1）スーパーのお惣菜：超市販售的熟食小菜
（註 2）だらしない：邋遢、馬虎、散漫的樣子

詞彙 家事 かじ 名 家事｜代行 だいこう 名 代理｜サービス 名 服務
選択肢 せんたくし 名 選項｜距離 きょり 名 距離
帰宅 きたく 名 回家｜疲労 ひろう 名 疲勞
言い訳 いいわけ 名 藉口｜惣菜 そうざい 名 熟食
夕食 ゆうしょく 名 晚餐｜済ませる すませる 動 解決
気を張る きをはる 精神緊繃｜人生 じんせい 名 人生
それなのに 接 明明那樣｜～となると 若是～｜ためらう 動 猶豫
頼る たよる 動 依靠｜有意義だ ゆういぎだ な形 有意義的
間違いない まちがいない 必定的｜分ける わける 動 分別
他人 たにん 名 他人｜視線 しせん 名 眼光
同僚 どうりょう 名 同事｜なんとも 副 實在是
贅沢だ ぜいたくだ な形 奢侈的
～と同時に ～とどうじに 與～的同時
身の回り みのまわり 名 生活起居｜だらしない い形 邋遢的
向ける むける 動 朝向｜知人 ちじん 名 認識的人
友人 ゆうじん 名 友人｜全く まったく 副 完全地
いくら 副 怎麼地｜プロ 名 專業
～と言っても ～といっても 雖說是～
散らかる ちらかる 動 散亂｜弱み よわみ 名 弱點、缺點
とはいうものの 接 話雖如此
働き方 はたらきかた 名 工作方式｜改革 かいかく 名 改革
ワークライフバランス 名 工作與生活之平衡
注目 ちゅうもく 名 注目｜豊かだ ゆたかだ な形 豐盈的
選択肢 せんたくし 名 選項｜身近だ みぢかだ な形 切身的
事実 じじつ 名 事實｜気にする きにする 在意
素直だ すなおだ な形 坦率的｜余裕 よゆう 名 從容
正直 しょうじき 副 老實說｜たまる 動 堆積
洗い物 あらいもの 名 待洗物品｜絶望感 ぜつぼうかん 名 絕望感
襲われる おそわれる 動 遇襲｜まずは 副 首先
不安 ふあん 名 不安｜解消 かいしょう 名 消除｜おかず 名 配菜
きちんと 副 確實地

41

1　應該度過	2　度過給～看
3　只能這麼度過	**4　根本不可能度過**

解析 本題要根據文意，選出適當的文法句型。空格前方提到：「歩ける距離でも早く帰宅するためにタクシーを利用することもあるし、疲労を言い訳にスーパーのお惣菜で夕食を済ませることもある（有時即使是走路就能到的距離，為了早點到家，也會選擇搭計程車，有時則會以疲勞為藉口，買超市的熟食當作晚餐）」，舉出為了自身方便的行為。其後方連接「ずっと気を張っていては長い人生をやっていけっこない（如果一直繃緊神經，便無法度過漫長的人生）」最符合文意，因此答案為 4 やっていけっこない。

詞彙 やっていく 動 活下去｜～べきだ 應當～｜～てみせる 必定～給你看
～だけましだ 好在～｜～っこない 不可能～

42

1　而且	2　就像那樣
3　如此地	4　從現在開始

解析 本題要根據文意，選出適當的字詞。空格前方提到：「家事となると（一談到家事）」；空格後方則提到：「頼ってしまえば、今までよりも有意義な生活を送れるのは間違いない。それを邪魔する理由は大きく分けて二つだろう。一つは他人からの視線、もう一つは他人を家に入れることだ（如果委託他人，肯定能過上比現在更有意義的生活。造成阻礙的理由大致分為兩個，一是他人的眼光，另一個則是別人會進到家裡）」，提出難以借助他人力量做家事的兩大理由。為強調空格後方連接的「人の力を借りるのをためらってしまう（不願借著別人的力量）」，答案要選 3 こんなにも。

詞彙 あのように 像那樣｜こんなにも 如此地｜から ㊞來自

43

1　都無法	2　簡直是
3　完全	4　未必

解析 本題要根據文意，選出適當的副詞。空格前方提到：「同僚から家事代行サービスを利用していると聞いたとき、なんとも贅沢な人だなと思うと同時に（當我聽到同事在使用家事代理服務時，覺得他是個非常奢侈的人的同時）」；其後方連接「ろくに自分の身の回りのこともできないだらしない人なのではないかとも思ってしまった（還覺得他是不是一個散漫的人，連自己身邊的事都照顧不好）」最符合文意，因此答案為 1 ろくに。

詞彙 ろくに㊞像樣地、好好地｜まるで㊞宛然
いっこうに㊞一向、完全｜かならずしも㊞未必

44

1　怎麼可能羨慕	**2　羨慕得不得了**
3　不羨慕嗎？	4　不必羨慕

解析 本題要根據文意，選出適當的文法句型。空格後方提到：「疲れた体で帰宅し、たまった洗い物を見ると、何とも言えない絶望感に毎日襲われる（每天拖著疲憊的身體回到家，看到堆積如山的待洗碗盤，有種說不出的絕望感襲來）」，表示自己的日常生活有別於使用家事代理服務的同事。因此前方表示「他人の目を気にせず、人に素直に頼ることができ、余裕を持って働いている同僚を見ると、正直うらやましくてたまらない（看到同事不在意他人的眼光，坦然委託別人，並從容的工作，實在讓我羨慕得不得了）」最符合文意，答案要選 2 うらやましくてたまらない。

詞彙 うらやましい㊞令人羨慕的｜～もんか 才不～
～てたまらない ～不得了｜～のではないか 難道不是～嗎
～てはならない 不可～

45

1　交給他人是最好不過的	2　交給他人就好呢
3　交給他人也沒關係了	4　不會交給他人吧

解析 本題要根據文意，選出適當的文法句型。選項 1 為可能形；選項 4 為被動形，因此請留意空格前後的行為主體或對象。空格前方提到：「まずは同僚に相談してみよう。同僚からの紹介であれば、不安も少しは解消できるはずだ（先和同事商量一下，如果是透過同事介紹，應該多少能消除一些不安）」，表示筆者正在考慮使用家事代理服務。空格前方的「家（家）」指的是筆者自己，動詞不能使用被動形，因此空格填入「1 任せられるに越したことはない」最為適當。

詞彙 任せる まかせる㊞託付
～に越したことはない ～にこしたことはない ～是最好不過
～でしょうか 是否～
～ても差し支えない ～てもさしつかえない ～也不要緊
～ようだ ～的樣子｜～まい 絕不～｜～と思う ～とおもう 我想～

讀解

問題8 內容理解(短篇)

實力奠定

p.262

01 ② 02 ① 03 ② 04 ① 05 ② 06 ①

問題8 請閱讀下列文章，並針對每個問題從1、2中選擇最合適的答案。

01

年輕人語彙量下降的原因之一就是年輕人用詞「慘了」。原本這是用來表達否定意思的用詞，現在卻連肯定的場景都能使用了。只是，回溯這個用詞卻發現它的歷史非常悠久，最遠可以追溯到江戶時代。現在被視為一種問題的用詞居然400年前就開始用了，怎麼會有這麼滑稽的事。

符合筆者想表達的意思是？

① 沒有去理解用詞原本的意思就直接使用是不好的

② **有歷史性的用語卻變成年輕人用詞，形成一種問題是很有趣的一件事**

詞彙 若者 わかもの 名 年輕人｜語彙力 ごいりょく 名 語彙能力
若者言葉 わかものことば 名 年輕人用語
やばい い形 糟糕的｜元々 もともと 副 本來
否定的だ ひていてきだ な形 否定的｜表す あらわす 動 表現
肯定的だ こうていてきだ な形 肯定的
用いる もちいる 動 使用｜江戸時代 えどじだい 名 江戸時代
さかのぼる 動 追溯｜現在 げんざい 名 現在
問題視 もんだいし 名 視作問題｜なんとも 副 實在是
滑稽だ こっけいだ な形 滑稽的｜理解 りかい 名 理解
使用 しよう 名 使用

02

大部分的人都會以為扒手是因為貧窮才會去扒竊，但事實上未必是這樣。讓人驚訝的是身為經濟大國的日本，居然是全球屈指可數的扒手大國。這是一個有關幸福度的問題，而且是無法自我滿足的人所犯下的悲哀犯罪。即使經濟再富足，人心無法得到滿足的話，什麼樣的犯罪都是有可能發生的。

筆者對扒手抱著什麼想法？

① **生活再富足，內心無法得到滿足也可能會當起扒手**

② 為了滿足自己的內心，扒手也是不應該被允許的

詞彙 万引き まんびき 名 小偷｜貧しい まずしい い形 貧窮的
～がちだ 往往～｜～とは限らない ～とはかぎらない 不一定～
～ことに ～的是｜大国 たいこく 名 大國｜有数 ゆうすう 名 屈指
幸福度 こうふくど 名 幸福度｜満たす みたす 動 滿足
犯す おかす 動 違犯｜犯罪 はんざい 名 犯罪
豊かだ ゆたかだ な形 豐盈的｜発生 はっせい 名 發生
～恐れがある ～おそれがある 可能～
繋がる つながる 動 相關｜許す ゆるす 動 原諒

03

應該有不少人在日照強烈時會頻繁地塗防曬用品，但一旦遇到陰天就會怠於保養吧？其實陰天時，紫外線的總量也有大晴天的八成左右，也就是幾乎沒有多少差別。此外，陽光如果從雲朵的間隙中冒出來的話，紫外線的總量可能還會比大晴天時還要高，所以防曬絕不可懈怠！

這篇文章筆者想表達的是什麼？

① 陰天時可以怠於保養沒關係

② **陰天時更要注意紫外線**

詞彙 日差し ひざし 名 日照｜日焼け止め ひやけどめ 名 防曬
こまめだ な形 勤快的｜塗り直す ぬりなおす 重新塗抹
ケア 名 護理｜怠る おこたる 動 怠惰
紫外線 しがいせん 名 紫外線｜快晴 かいせい 名 晴空萬里
大差 たいさ 名 顯著差異｜隙間 すきま 名 縫隙｜増加 ぞうか 名 增加
油断 ゆだん 名 大意｜大敵 たいてき 名 強敵

04

我們似乎很喜歡將某些事物分類成什麼型。有時還會像血型測驗一樣，將自己代入那些型的特徵。一定是因為在這個名為社會的群體中，總是會想要確認自己、對方的屬性以獲得安心感吧！所以，也不需去探究是什麼根據。

這篇文章筆者想表達的是什麼？

① **人們為了消除不安感，會將自己或對方套入某個類型中**

② 人要得到安心感，會努力理解自己與對方的個性

詞彙 型 かた名類型｜分類 ぶんるい名分類
血液型 けつえきがた名血型｜診断 しんだん名診斷
特徴 とくちょう名特徵｜無理矢理 むりやり副強硬地
当てはめる あてはめる動套用｜集団 しゅうだん名集團
属性 ぞくせい名屬性｜確認 かくにん名確認
安心感 あんしんかん名安心感｜得る える動獲得
そのため 因此｜根拠 こんきょ名根據
追及 ついきゅう名追究｜不安 ふあん名不安
取り除く とりのぞく動除去｜はめる動嵌入
性質 せいしつ名個性｜理解 りかい名理解

05

交通管制通知

隨著山西煙火大會的舉行，山西中央道路將實施交通管制。煙火大會當天下午四點起至晚上十點，禁止救護車等以外的車輛進入。預測當天周邊道路交通阻塞會相當嚴重，請盡量避免開車前往。感謝您的理解與協助。

有關於交通管制，本通知通知了什麼？

① 在管制的時間段裡，無論什麼情況任何車輛皆不可進入中央道路

② **由於車輛禁止通行，除了中央道路之外，周邊道路預計也會相當混雜**

詞彙 規制 きせい名規範｜花火大会 はなびたいかい名煙火大會
開催 かいさい名舉行｜～に伴い ～にともない 伴隨～
中央 ちゅうおう名中央｜道路 どうろ名道路｜実施 じっし名實施
当日 とうじつ名當天｜救急車 きゅうきゅうしゃ名救護車
除く のぞく動除外｜車両 しゃりょう名車輛
進入 しんにゅう名進入｜禁止 きんし名禁止
周辺 しゅうへん名周邊｜渋滞 じゅうたい名壅塞
予想 よそう名預想｜移動 いどう名移動
控える ひかえる動避免｜理解 りかい名理解
協力 きょうりょく名協助｜混雑 こんざつ名雜沓

06

有關於郵寄帳單

為減少紙張使用量，自 2021 年 1 月起紙本帳單將開始收費。申請發行的手續將由客戶自行負擔，敬請諒解。此外，先前已申請使用 WEB 帳單則可免費使用，請利用此機會盡快登錄使用。

有關於紙本帳單，本通知通知了什麼？

① **紙本帳單的服務雖可持續使用，但必須支付手續費**

② 紙本帳單的服務自 2021 年起廢止，往後僅可利用 Web 帳單

詞彙 郵送 ゆうそう名郵寄｜明細書 めいさいしょ名明細表單
使用量 しようりょう名使用量｜削減 さくげん名刪減
代金 だいきん名費用｜有料化 ゆうりょうか名收費化
発行 はっこう名發行｜手数料 てすうりょう名手續費
負担 ふたん名負擔｜了承 りょうしょう名諒解｜なお接尚且
かねてより 早先以來｜移行 いこう名轉移｜無料 むりょう名免費
登録 とうろく名登錄｜継続 けいぞく名繼續｜廃止 はいし名廢止

實戰測驗 1

p.264

46 3 **47** 3 **48** 2 **49** 4

問題 8 請閱讀下列（1）～（4）的文章，再針對後述的問題，從 1、2、3、4 中選擇最合適的答案。

46

當內心被焦慮感左右，即使刻意的分散注意力，焦慮感仍不斷上升時，可以試試將腦海中浮現的所有令人焦慮的事情通通寫下來。寫完了之後再按照時間順序重新排列看看。接下來很不可思議的是會發現內心在這個過程中稍微地穩定了下來。不過重要的是必須以客觀的標準重新評價心中的焦慮感，這種時候如果是以像是嚴重程度等主觀上的標準重新評估排列，會得不到好的效果。

符合筆者所表達的內容為下列哪一項？

1 感到焦慮時，將意識集中在那件事上即可

2 令人焦慮的事情應該去想不是很嚴重比較好

3 面對焦慮時，客觀看待比較好

4 想減輕焦慮感，最好使用自己的標準

解析 本題詢問隨筆中筆者的想法。請從頭到尾仔細閱讀，理解全文的內容，並確認筆者的想法。文章開頭寫道：「不安に心が支配されて、気をそらそうとしても余計に不安が増大してしまうような時には、思い浮かぶ限りの不安なことを全て書き出してみるとよい」，以及後半段寫道：「重要なのは客観的なものさしで心の中の不安を評価し直すこと」，因此答案要選 3 不安と向き合うときは、客観的になるといい（在面對不安時，要客觀一點比較好）。

詞彙 不安 ふあん名焦慮不安｜支配 しはい名支配
気をそらす きをそらす 分心｜余計に よけいに副更加地
増大 ぞうだい名增長｜思い浮かぶ おもいうかぶ動想到
～限り ～かぎり ～範圍｜書き出す かきだす動寫出
距離 きょり名距離｜並べ直す ならべなおす 重新排列

不思議だ ふしぎだ ㊔不可思議的｜段階 だんかい ㊔階段
穏やかだ おだやかだ ㊔安穩的｜気がつく きがつく 察覺
重要だ じゅうようだ ㊔重要的
客観的だ きゃっかんてきだ ㊔客觀的｜ものさし ㊔尺度
評価し直す ひょうかしなおす 重新評價
深刻度 しんこくど ㊔嚴重度
主観的だ しゅかんてきだ ㊔主觀的｜効果 こうか ㊔效果
得る える ㊞獲得｜意識 いしき ㊔意識
集中 しゅうちゅう ㊔專注｜深刻だ しんこくだ ㊔嚴重的
向き合う むきあう ㊞面對｜減らす へらす ㊞減少
基準 きじゅん ㊔基準

47

以下為記者寫的專欄。

日本的壽司店近年來，在菜單中加入深海魚的情況不在少數。深海魚會開始出現在壽司店，原因之一就在於地球環境的變化。因為水溫的變化等原因，使原本壽司店會提供的魚的漁獲量大減。因為如此，價格上漲，只好改用深海魚來替代。不過不管說什麼，最大的理由還是大眾能夠接受與原有的魚在味道或口感上都很相似這一點。價格便宜的深海魚也很多，對店家而言深海魚也許就要變成像救世主一樣的存在了。

（註）救世主：在這裡是指可以幫助店家經營的東西

本文筆者想說的是什麼？
1　原有的魚壽司店不再提供了，是因為深海魚更便宜
2　原有的魚的漁獲量減少，是因為深海魚開始以食品之姿出現了
3　壽司店會開始經手深海魚，是因為牠們的味道與原有的魚很像
4　深海魚的漁獲量減少，是因為比起味道現在更加重視價格

解析 本題詢問隨筆中筆者的想法。請從頭到尾仔細閱讀，理解全文的內容，並確認筆者的想法。文章開頭寫道：「日本の寿司屋では近年、メニューに深海魚が含まれていることが少なくない」，以及後半段寫道：「しかしなにより、従来の魚と味や食感が似ていることが、ここまで受け入れられている理由だ」，因此答案要選 3 深海魚が寿司屋で扱われているのは、従来の魚と味が似ているからだ（壽司店供應深海魚，是因為味道與以往的魚類相似）。

詞彙 寿司屋 すしや ㊔壽司店｜メニュー ㊔菜單
深海魚 しんかいぎょ ㊔深海魚｜含まれる ふくまれる ㊞內含
出回る でまわる ㊞流通｜地球 ちきゅう ㊔地球
環境 かんきょう ㊔環境｜変化 へんか ㊔變化
水温 すいおん ㊔水溫｜従来 じゅうらい ㊔以往
提供 ていきょう ㊔提供｜漁獲量 ぎょかくりょう ㊔漁獲量
減少 げんしょう ㊔減少｜そのため 因此｜価格 かかく ㊔價格
上昇 じょうしょう ㊔上升｜なにより 最重要的
食感 しょっかん ㊔口感｜受け入れる うけいれる ㊞接納
安価だ あんかだ ㊔廉價的｜店側 みせがわ ㊔店家角度
～にとって 對～而言｜救世主 きゅうせいしゅ ㊔救世主
存在 そんざい ㊔存在｜営業 えいぎょう ㊔營業
助ける たすける ㊞幫助｜扱う あつかう ㊞經手
値段 ねだん ㊔價格｜重視 じゅうし ㊔重視

48

以下為大樓管理員發給住戶的通知

從大樓正面玄關入館時，目前是使用感應卡，但從以前就經常被住戶反應感應卡因磁力感應不良而無法使用。

為此，入館的方法將從感應卡改為密碼輸入。

現在的感應卡可使用至 5 月底，從 6 月 1 開始必須輸入密碼才可入館。

此外，從 4 月 10 日起到 5 月底，是輸入密碼或感應卡皆可使用。密碼請至管理事登錄。

[管理室　平日 8:00 ～ 17:00；六日 10:00 ～ 16:00]

櫻花大樓管理室

有關於大樓的入館方法，符合通知所述內容為下列哪一項？
1　無法使用感應卡的人，5 月底之前可使用密碼進入大樓
2　6 月以後，不輸入事前登錄的密碼則無法進入大樓
3　想要以輸入密碼的方式進入大樓，密碼必須每個月變更
4　只要登錄密碼，5 月底以後也可使用感應卡進入大樓

解析 公告屬於應用文，本題針對「マンションの入館方法（公寓入館方法）」的相關內容提問。請從頭到尾仔細閱讀，理解其內容，並掌握全文脈絡。第二段寫道：「入館方法をカードキーの利用から暗証番号の入力に変更いたします」，以及第三段寫道：「6 月 1 日からは暗証番号を入力しての入館となります」，因此答案要選 2 6 月以降は、事前に登録した暗証番号を入力しないとマンションに入れなくなること（從 6 月起，必須輸入事先登錄的密碼才能進入公寓）。

詞彙 マンション ㊔公寓大樓｜管理人 かんりにん ㊔管理員
居住者 きょじゅうしゃ ㊔居民｜配る くばる ㊞發放
正面 しょうめん ㊔正面｜入館 にゅうかん ㊔入館
カードキー ㊔門卡｜使用 しよう ㊔使用｜以前 いぜん ㊔先前
磁気 じき ㊔磁性｜不良 ふりょう ㊔不良｜指摘 してき ㊔指出
方法 ほうほう ㊔方法｜暗証番号 あんしょうばんごう ㊔密碼
入力 にゅうりょく ㊔輸入｜変更 へんこう ㊔變更
以降 いこう ㊔以後｜番号入力 ばんごうにゅうりょく ㊔輸入密碼
可能 かのう ㊔可能｜管理室 かんりしつ ㊔管理員室
登録 とうろく ㊔登錄｜平日 へいじつ ㊔平日
土日 どにち ㊔六日｜事前 じぜん ㊔事前

49

一般來說流行性感冒有A型和B型，兩種的傳播條件中都有低溫、低濕度。雖然大家常以為流行性感冒是冬天才有的疾病，但其實在氣候完全不同的東南亞或夏天的日本也都會流行。東南亞流行的流行性感冒大多是A型。然而，大家都知道日本夏季流行的幾乎都是B型。應付的對策基本上也和冬天流行時一樣，也就是說要在流行前接種疫苗才是最重要的。

有關於流行性感冒，筆者是怎麼敘述的？

1 A型流行性感冒只在東南亞流行，所以不用擔心
2 一整年在日本流行的都是B型流行性感冒
3 比較熱的地區流行的流行性感冒是A型，所以日本也要注意
4 日本的夏天流行的是B型流行性感冒，應該事前做好預防

解析 本題詢問隨筆中筆者對於「インフルエンザ（流行性感冒）」的想法。請從頭到尾仔細閱讀，理解全文的內容，並確認筆者的想法。文章後半段寫道：「日本の夏季に流行するものはB型がほとんど」以及「流行前に予防接種を受けることが大切だと言えるでしょう」，因此答案要選4 日本では夏にB型インフルエンザが流行するので、事前に予防するべきだ（日本夏天流行B型流感，因此應該提前做好預防措施）。

詞彙 一般的だ いっぱんてきだ [な形]一般的
インフルエンザ [名]流感｜いずれも [副]雙方皆
流行 りゅうこう [名]流行｜条件 じょうけん [名]條件
低温 ていおん [名]低溫｜低湿度 ていしつど [名]低溼
～がちだ 往往～｜全く まったく [副]完全地｜気候 きこう [名]氣候
東南アジア とうなんアジア [名]東南亞｜夏季 かき [名]夏季
わかる [動]知曉｜基本的だ きほんてきだ [な形]基本的
対策 たいさく [名]對策｜予防接種 よぼうせっしゅ [名]預防接種
～を通して ～をとおして 整～｜地域 ちいき [名]地域

實戰測驗 2

p.268

46 2　**47** 4　**48** 3　**49** 1

問題8　請閱讀下列文章，並針對每個問題從1、2、3、4中選擇最合適的答案。

46

年功序列已成為過去，在這個以成果為主義的社會中，人們極其地忙碌，為此賠上健康的人更是數不勝數。在這樣的情況下，自己手作盤子、器具的陶藝開始受到大家的歡迎。默默地捏土、專注地將它們做成陶藝，可以喚起如孩童時代那樣天真的心，進而減輕壓力。即使重複失敗，但在完成的花瓶中插上花的那一瞬間，會感覺自己就像在大地中開花一樣，和大自然融合在一起，找回原本那樣有活力的自己。

（註）年功序列：公司中根據年資晉升的制度

本文中筆者想說的是什麼？

1 與大自然融為一體可以減輕壓力
2 專注在陶藝中享受被療癒的過程可以減輕壓力
3 回想起孩童時代的心情，可以減輕壓力
4 插花的話可以忘記失敗、減輕壓力

解析 本題詢問隨筆中筆者的想法。請從頭到尾仔細閱讀，理解全文的內容，並確認筆者的想法。文章中段寫道：「黙々と土を練り一心に陶芸に打ち込んでいると、子供の頃のように楽しく無邪気な心が蘇り、ストレスが軽減していく」，因此答案要選2 陶芸に集中し癒されることによって、ストレスが解消できる（專注於陶藝，並獲得療癒，可以緩解壓力）。

詞彙 年功序列 ねんこうじょれつ [名]論資排輩
成果主義 せいかしゅぎ [名]成果主義｜現代 げんだい [名]現代
多忙を極める たぼうをきわめる 極度忙碌｜健康 けんこう [名]健康
損なう そこなう [動]損害
後を絶たない あとをたたない 接連不斷｜皿 さら [名]盤子
器 うつわ [名]容器｜自ら みずから [副]親自地｜制作 せいさく [名]製作
陶芸 とうげい [名]陶藝｜人気を呼ぶ にんきをよぶ 受歡迎
黙々と もくもくと [副]默默地｜練る ねる [動]揉捏
一心に いっしんに [副]一心地｜打ち込む うちこむ [動]投入
無邪気だ むじゃきだ [な形]天真的
蘇る よみがえる [動]甦醒｜ストレス [名]壓力
軽減 けいげん [名]減輕｜繰り返す くりかえす [動]重複
ついに [副]終於｜完成 かんせい [名]完成
花器 かき [名]花器｜花を生ける はなをいける 插花
瞬間 しゅんかん [名]瞬間｜大地 だいち [名]大地
自然 しぜん [名]大自然｜一体化 いったいか [名]融為一體
感じる かんじる [動]感受｜生き生きする いきいきする 生氣蓬勃
本来 ほんらい [名]本來｜取り戻す とりもどす [動]取回
年齢 ねんれい [名]年齢｜～に応じて ～におうじて 與～相應
昇進 しょうしん [名]升遷｜解消 かいしょう [名]消除
集中 しゅうちゅう [名]專注｜癒す いやす [動]療癒
生け花 いけばな [名]插花

47

日本的漫畫在國外有名的博物館舉辦了展覽。看到因為漫畫讓對日本及日語產生興趣的人愈來愈多，真的是讓人非常開心的一件事。不過同時也會想，為什麼漫畫可以被全世界的這麼多人接受呢？那是因為漫畫中帶有畫加上文字的訊息性，連像是人權、氣候變遷等複雜的問題也都能以容易理解的方式描繪出來，就是因為這種引起共鳴的力量。我想可以說，如今漫畫已經超出了娛樂的範疇，而成為一種媒介。

下列哪一項符合筆者的想法

1 由於對日語感興趣的人增加了，涉及社會難題的漫畫也逐漸得到認同
2 對日本感興趣的人增加了，漫畫在全球中漸漸以媒體之姿得到認同
3 漫畫利用它的訊息性，將日本各式各樣的問題傳播到全世界
4 漫畫透過文字與畫的表現力，跨越國境將訊息傳播到全世界

解析 本題詢問隨筆中筆者的想法。請從頭到尾仔細閱讀，理解全文的內容，並確認筆者的想法。文章中段寫道：「なぜこれほど、世界中で漫画が受け入れられているのだろうか。それは、漫画には絵と文字で伝えるメッセージ性があり」，以及後半段寫道：「複雑な問題を分かり易く描き、共感を呼ぶ力があるからだ」，因此答案要選 4 漫画の持つ文字と絵の表現力のおかげで、国境を越えてメッセージが伝えられる（多虧漫畫具備文字和繪畫的表現力，才能跨越國界傳遞訊息）。

詞彙 海外 かいがい 名 海外｜博物館 はくぶつかん 名 博物館
催す もよおす 動 舉辦｜きっかけ 名 契機
日本語 にほんご 名 日語｜増加 ぞうか 名 增加
～限りだ ～かぎりだ ～至極｜世界中 せかいじゅう 名 全世界
受け入れる うけいれる 動 接納｜文字 もじ 名 文字
メッセージ性 メッセージせい 名 訊息性｜人権 じんけん 名 人權
気候変動 きこうへんどう 名 氣候變遷
～に至るまで ～にいたるまで 至於～｜描く えがく 動 描寫
共感 きょうかん 名 共鳴｜呼ぶ よぶ 動 引起｜娯楽 ごらく 名 娛樂
枠 わく 名 框架｜超える こえる 動 超越｜今や いまや 副 現今
媒体 ばいたい 名 媒體、媒介｜役割 やくわり 名 角色
成長 せいちょう 名 成長｜扱う あつかう 動 處理
認める みとめる 動 認可｜～つつある 逐漸～
メディア 名 媒體｜表現力 ひょうげんりょく 名 表現力
国境 こっきょう 名 國境

48

以下是某家店官方網站上發出的通知。

編號：3121
登錄：2021.06.01

此次，我們新提供了一種智慧型手機 APP 可使用的電子集點卡。也接受從現有紙卡轉移點數，請務必藉此機會登錄使用。

此外，有關於本店所發出的商品禮券，很抱歉的是我們即將於本月月底停止發行，使用期限則到 8 月 31 日止。本月至 7 月使用商品禮券，將回饋雙倍點數至新的電子集點卡中，也請多加利用。

有關於集點卡，本通知通知了什麼？

1 紙卡型的集點卡與商品禮券到 8 月 31 日就不能使用了
2 申請電子集點卡的話，可以得到購買金額 5% 的點數
3 7 月前使用商品禮券，可以得到比平常時更多的點數
4 紙卡型集點卡與電子集點卡的點數可以交換

解析 公告屬於應用文，本題針對「ポイントカード（集點卡）」的相關內容提問。請從頭到尾仔細閱讀，理解其內容，並掌握全文脈絡。第二段開頭寫道：「当店発行の商品券ですが」，以及中段寫道：「今月から 7 月までに商品券をご利用いただいた場合に限り、新規電子ポイントカードに通常の 2 倍のポイントを還元させていただきますので」，因此答案要選 3 7 月までに商品券を使うと、普段より多くのポイントがもらえること（若於 7 月之前使用禮券，便能獲得比平常更多的點數）。

詞彙 ホームページ 名 官網｜掲載 けいさい 名 刊登
登録 とうろく 名 登錄｜当店 とうてん 名 本店
スマホ 名 智慧型手機｜アプリ 名 應用程式｜電子 でんし 名 電子
ポイントカード 名 集點卡｜従来 じゅうらい 名 舊有
カード型 カードがた 名 卡片型｜移行 いこう 名 轉移
承る うけたまわる 動 承辦｜発行 はっこう 名 發行
商品券 しょうひんけん 名 商品券｜誠に まことに 副 非常地
勝手だ かってだ な形 任性的｜廃止 はいし 名 廢止
～をもって 以～為期｜終了 しゅうりょう 名 結束
～に限り ～にかぎり 限於～｜新規 しんき 名 新
通常 つうじょう 名 平常｜還元 かんげん 名 回饋
金額 きんがく 名 金額｜交換 こうかん 名 交換

49

想要有效地利用移動時間的想法，是交通工具變得發達後所產生的一種煩惱。人類有很長的時間都投入在開發怎麼移動到遠方的課題，而在這項課題已經幾乎解決了的現在，又開始想怎麼解決掉移動時什麼都沒法做的問題，所以在電車中，常看到大家都不知道在跟什麼人較量一樣，拚命玩著手機。

其實移動本身就是目的，所以明明什麼都不做也是可以的。所以，人類真的是個既認真又奇妙的生物啊。

對於人類筆者是怎麼解讀的

1 總是自己生出不需要解決的課題，然後再試圖解決課題
2 致力於解決課題非常認真，好像總是和什麼人較量著
3 移動時間應該想怎麼用就怎麼用，卻都用來工作
4 即使在移動時間，也試圖同時解決很多課題

解析 本題詢問隨筆中筆者對於人類的想法。請從頭到尾仔細閱讀，理解全文的內容，並確認筆者的想法。文章第一段末寫道：「移動の間に何もしないことをどうにか解決しようと」，以及第二段寫道：「移動こそが目的なのだから、何もしなくたって全く構わないはずなのに、人間とはなんと真面目で

讀解

おかしな生き物なのでしょうか」，因此答案要選 1 解決する必要がない課題を自ら生み出し、それを解決しようとする（自己創造沒必要解決的問題，並試圖去解決它）。

詞彙 移動時間 いどうじかん 名 移動時間｜有効だ ゆうこうだ な形 有效的
交通手段 こうつうしゅだん 名 交通工具｜発達 はったつ 名 發達
悩み なやみ 名 煩惱｜人類 じんるい 名 人類
長い間 ながいあいだ 長久｜方法 ほうほう 名 方法
課題 かだい 名 課題｜取り組む とりくむ 動 致力｜ほぼ 副 幾乎
解決 かいけつ 名 解決｜現在 げんざい 名 現在
競う きそう 動 競爭｜スマートフォン 名 智慧型手機
目的 もくてき 名 目的｜全く まったく 副 完全地
構わない かまわない 無妨｜なんと 副 多麼地
おかしな 奇怪的｜生き物 いきもの 名 生物
自ら みずから 副 親自地｜生み出す うみだす 動 產出
姿勢 しせい 名 態度｜常に つねに 副 經常地
こなす 動 處理｜同時 どうじ 名 同時

實戰測驗 3

p.272

46 2　**47** 3　**48** 2　**49** 1

問題 8　請閱讀下列文章，並針對每個問題從 1、2、3、4 中選擇最合適的答案。

46

給他人提供建議時，有不少人都會像是在責備對方一樣不斷地指出對方的缺點，但如果提出建議的目的是為了有效地改善情況的話，那麼就應該尊重對方並有意識地引導對方展開新的行動。也就是說重要的是對於有困難的人應該用可以能讓對方積極思考的語言去引導對方。還有，過於具體地強調怎麼做比較好，從不尊重對方的這一點來看也和指出對方缺點沒什麼兩樣，也是必須注意的一點。

有關於提供建議的方式，符合筆者想法的是哪一項？
1　有效的建議應該注意不要去責備對方
2　有效的建議應該是要引導對方讓對方能夠自己思考並行動
3　提供建議時重要的是對於解決方法應該閉口不談
4　提供建議時重要的是尊重對方的同時也提出具體的內容

解析 本題詢問隨筆中筆者對於建議的方法的想法。請從頭到尾仔細閱讀，理解全文的內容，並確認筆者的想法。文章開頭寫道：「状況を改善するための効果的な助言がしたいのであれば、相手を尊重し、その人が新しい行動を起こせるように導くことを意識するべきだ」，因此答案要選 2 効果的な助言とは、相手が自分で考えて行動できるように促すものだ（有效的建議是要鼓勵對方自行思考並行動）。

詞彙 他人 たにん 名 他人｜助言 じょげん 名 建議
相手 あいて 名 對方｜責める せめる 動 責備
欠点 けってん 名 缺點｜指摘 してき 名 指出
状況 じょうきょう 名 狀況｜改善 かいぜん 名 改善
効果的だ こうかてきだ な形 有效的｜尊重 そんちょう 名 尊重
行動 こうどう 名 行動｜導く みちびく 動 引導｜意識 いしき 名 意識
重要だ じゅうようだ な形 重要的｜みずから 副 親自地
積極的だ せっきょくてきだ な形 積極的｜一方 いっぽう 名 另一方面
具体的だ ぐたいてきだ な形 具體的
気をつける きをつける 留意
促す うながす 動 促成｜解決 かいけつ 名 解決
方法 ほうほう 名 方法｜一言 ひとこと 名 一句話
内容 ないよう 名 內容

47

以下是來自某電子廠商的郵件

收件人：abc345@main.co.jp
主旨：關於更換電視機的處理方式

本公司發現，在 2018 年製造並於 2018 年～ 2020 年間販售的電視機，有一部分發生了無法啟動電源的問題。

我們決定提供更換電視機的方式，如您使用的是該款電視機，請您電話聯絡「顧客窗口」。

撥打電話前，請先確認電視機背面的製造編號為 18 開頭的機型。如您的電視機是 18 開頭以外的產品，即使是在上述期間內購買也無法更換新機。

關於電視機的更換，此郵件通知了什麼？
1　2018 年到 2020 年間購買電視機的人，可以更換新電視機
2　電視機電源無法開啟時，撥打「顧客窗口」電話就可以更換新電視機
3　製造編號屬於換貨對象的電視，可撥打電話換貨
4　即使製造編號在可更換的範圍內，如果不是電源無法開啟就無法更換

解析 電子郵件屬於應用文，本題針對「テレビの交換（電視換貨）」的相關內容提問。請從頭到尾仔細閱讀，理解其內容，並掌握全文脈絡。第二段寫道：「ご交換の対応をとらせていただきますので、対象のテレビをご使用のお客様は「お客様窓口」までお電話をお願い致します」，以及第三段寫道：「製造番号が 18 から始まることをご確認ください。18 以外から始まる製品は、上の期間に購入したものであってもご交換の対象ではありません」，因此答案要選 3 製造番号が交換対象のテレビは、電話をすれば交換してもらえること（製造編號屬於換貨對象的電視，可撥打電話換貨）。

詞彙 メーカー 名 製造商｜あて先 あてさき 名 收件人
件名 けんめい 名 標題｜交換 こうかん 名 交換
対応 たいおう 名 應對｜当社 とうしゃ 名 本公司
製造 せいぞう 名 製造｜販売 はんばい 名 販賣

一部 いちぶ 名 一部分｜電源 でんげん 名 電源
トラブル 名 故障｜発生 はっせい 名 發生
明らかになる あきらかになる 明瞭｜対象 たいしょう 名 對象
お客様 おきゃくさま 名 顧客｜窓口 まどぐち 名 窗口
裏 うら 名 背面｜製造番号 せいぞうばんごう 名 製造號碼
確認 かくにん 名 確認｜製品 せいひん 名 產品
期間 きかん 名 期間｜購入 こうにゅう 名 購入

48

以下為新聞投稿欄刊載的文章

「用心過生活」雖然沒有明確的定義，但大部分是指做一些容易保存的食品、手作衣服等，不受時間逼迫，在家事上多下一點點工夫的生活。
「用心過生活」是女性雜誌中頻繁提到的主題。但是，對於家事工作兩頭燒的絕大部分的女性而言，那也只能是一種嚮往。事實上，並不是表示想過這種生活的人變多了，而不過就是把它當作夢想般的生活的一種形態談論著而已。

下列哪一項符合筆者的想法
1 將時間花費在烹調食物的生活才是「用心過生活」
2 「用心過生活」雖然並非現實，但也是多數女性嚮往的一種生活模式
3 沒有工作的女性，支持著「用心過生活」
4 實現「用心過生活」雖然很困難，但想實踐的人變多了。

解析 本題詢問隨筆中筆者的想法。請從頭到尾仔細閱讀，理解全文的內容，並確認筆者的想法。文章第二段中間寫道：「現在の多くの女性たちにとって、それは憧れでしかありません」以及「「丁寧な暮らし」をしようとする人が増えているわけではなく、夢の生活の一つの形」，因此答案要選 2「丁寧な暮らし」は現実的ではないが、多くの女性が憧れる生活スタイルである（雖然「用心生活」並不符合現實，卻是很多女性嚮往的生活方式）。

詞彙 投書欄 とうしょらん 名 投書欄｜掲載 けいさい 名 刊載
丁寧だ ていねいだ な形 用心的｜暮らし くらし 名 生活
明確だ めいかくだ な形 明確的｜定義 ていぎ 名 定義
保存食 ほぞんしょく 名 耐放食品｜手作り てづくり 名 手做
追う おう 動 追趕｜家事 かじ 名 家事
ひと手間 ひとてま 名 一點工夫
頻繁だ ひんぱんだ な形 頻繁的｜取り上げる とりあげる 動 提出
テーマ 名 主題｜現在 げんざい 名 現在
憧れ あこがれ 名 憧憬｜～でしかない 只是～
実際 じっさい 名 實際｜語る かたる 動 談論
～に過ぎない ～にすぎない 不過是～
食事作り しょくじづくり 做菜
現実的だ げんじつてきだ な形 現實的｜スタイル 名 樣式
支持 しじ 名 支持｜実践 じっせん 名 實踐｜増加 ぞうか 名 增加

49

我年輕的時候，總是希望自己能夠變得更強。但即使是想變強也不是指打架很強或擁有權力這些，而是嚮往著一種無論遇到什麼困難，都能持續努力不放棄的強。所以，我也曾以為學生時期沉迷在運動中的自己，已經是個認真、努力、很強的人了。但是經歷了一場大病後，我才意識到是因為有那些在背後支持的人和環境，人才能夠努力。

（註）切磋琢磨する：認真努力

下列哪一項符合筆者的想法
1 不斷努力變強，是因為周圍的支持才得以成立。
2 挺過病痛變強，是因為身邊人的幫助才得以成立。
3 能夠沉迷於運動的人，擁有挺過病痛的強。
4 不斷努力的人，有著掌控周圍環境的強。

解析 本題詢問隨筆中筆者的想法。請從頭到尾仔細閱讀，理解全文的內容，並確認筆者的想法。文章中段寫道：「決して諦めずに努力を続けられる強さを持つことに憧れていた」，以及最後寫道：「大きな病気をしたことをきっかけに、支えてくれる人と環境があればこそ、人は努力できるのだということに気がついた」，因此答案要選 1 努力を続ける強さは、周囲の支えで成り立っている（持續努力的力量，是建立在身邊的人的支持上）。

詞彙 権力 けんりょく 名 權力｜困難だ こんなんだ な形 困難的
起こる おこる 動 發生｜諦める あきらめる 動 放棄
努力 どりょく 名 努力｜憧れる あこがれる 動 憧憬
打ち込む うちこむ 動 投入｜学生時代 がくせいじだい 名 學生時代
切磋琢磨 せっさたくま 名 切磋琢磨｜人間 にんげん 名 人類
きっかけ 名 契機｜支える ささえる 動 支持
環境 かんきょう 名 環境｜気がつく きがつく 察覺
真剣だ しんけんだ な形 認真的｜周囲 しゅうい 名 周遭
成り立つ なりたつ 動 成立｜乗り越える のりこえる 動 克服
身近だ みぢかだ な形 身邊的｜手助け てだすけ 名 幫助
コントロール 名 控制

問題 9.10 內容理解（中篇・長篇）

實力奠定

p.280

01 ① 02 ② 03 ① 04 ① 05 ② 06 ①

01

在很久以前，衣服的任務就是保護身體。但隨著時代進步，衣服開始變成享受流行的娛樂。然後到了現在，經過多樣化之後還多了一個展現個性的任務。但有一些人也不曉得知不知道這一點，他們總是可以毫無顧忌地批評別人的衣服。這種行為就跟直接否定他人意見和價值觀沒什麼兩樣。

筆者對於說他人衣服壞話的行為是怎麼想的？

① 就跟批評別人的價值觀是一樣的行為。

② 跟以衣服判斷他人價值觀是一樣的行為。

詞彙 大昔 おおむかし[名]久遠以前｜衣服 いふく[名]衣服
外部 がいぶ[名]外部｜身体 しんたい[名]身體
守る まもる[動]保護｜保護 ほご[名]保護｜役割 やくわり[名]角色
近代化 きんだいか[名]近代化｜流行 りゅうこう[名]流行
娯楽 ごらく[名]娛樂｜現在 げんざい[名]現在
多様化 たようか[名]多樣化｜～を経て ～をへて 經歷～
個性 こせい[名]個性｜表現 ひょうげん[名]表現｜ツール[名]工具
役割を果たす やくわりをはたす 扮演角色
他人 たにん[名]他人｜平気 へいき[名]不在乎
価値観 かちかん[名]價值觀｜真っ向 まっこう[名]迎面
切り捨てる きりすてる[動]捨棄｜行為 こうい[名]行為
批判 ひはん[名]批判｜判断 はんだん[名]判斷

02

在推動女性進入社會的同時，發現障礙在於托育孩子所需的保育設施是不足的。無法進入幼稚園的待機兒童人數超過了一萬人。對於情況難以改善的困境，雖然有許多應該增加設施、確保保育人員等聲音，但是這種肉眼可見單純的措施是不夠的。根源還是在於保育人員的雇用環境，應該盡快改善。

筆者對於待機兒童的問題是怎麼想的？

① 想要解決問題不能不從增加保育設施或保育人員來改善。

② 想要解決問題，不重新審視保育人員的勞動環境就無法有所前進。

詞彙 進出 しんしゅつ[名]進入｜推進 すいしん[名]推進
障害 しょうがい[名]障礙｜預ける あずける[動]託管
保育 ほいく[名]保育｜施設 しせつ[名]設施｜不足 ふそく[名]不足
入所 にゅうしょ[名]入所｜待機 たいき[名]待機｜児童 じどう[名]兒童
超える こえる[動]超過｜状況 じょうきょう[名]狀況
改善 かいぜん[名]改善｜増設 ぞうせつ[名]增設
保育士 ほいくし[名]保育人員｜確保 かくほ[名]確保
単純だ たんじゅんだ[な形]單純的｜対策 たいさく[名]對策
補う おぎなう[動]彌補｜潜む ひそむ[動]潛在
雇用 こよう[名]雇用｜環境 かんきょう[名]環境
解決 かいけつ[名]解決｜増やす ふやす[動]增加
労働 ろうどう[名]勞動｜見直す みなおす[動]重新審視
進める すすめる[動]進行

03

當被要求「絕對不能摸！」、「絕對不能開！」時，都會忍不住想去摸摸看、開開看。這種一旦被禁止某種行為反而會更衝動，採取相反行為其實是人類的心理作用。這種現象就稱為卡里古拉效應。這種效應的根本其實不只在於好奇心，而是同時存在著對於限制自由的反抗心。

卡里古拉效應是什麼？

① 被限制行動的反作用，愈被限制愈想去做那個行為的心理現象

② 因被剝奪自由所產生的怒氣，使人們不由自主想採取突發性行動的心理現象

詞彙 絶対 ぜったい[名]絕對｜行動 こうどう[名]行動
禁止 きんし[名]禁止｜かえって[副]反而｜衝動 しょうどう[名]衝動
駆られる かられる[動]受驅使｜心理 しんり[名]心理
カリギュラ効果 カリギュラこうか[名]卡里古拉效應
根本 こんぽん[名]根源｜好奇心 こうきしん[名]好奇心
規制 きせい[名]規範｜反発心 はんぱつしん[名]反抗心
同時 どうじ[名]同時｜存在 そんざい[名]存在
反動 はんどう[名]反作用｜現象 げんしょう[名]現象
奪う うばう[動]剝奪｜突発的だ とっぱつてきだ[な形]突發的

04

學習語言的時候，不能用母語直翻。必須去理解那一句話的語感。像是在亞州圈經常聽到的「吃了嗎？」這種像是社交辭令一樣的問候語也是，換了一個國家可能還會被理解成約會邀請。還有一個單詞一定的範圍內也會因為語言而有各種意思。例如日語中的「恥ずかしい」翻譯成韓語有四種意思。所以，只是單純地置換是無法好好區分意思的。

為什麼必須去理解那一句話的語感？

① 因為學習語言時直接置換成母語可能會產生誤解

② 因為必須得區分語言圈中一定範圍內的單詞

詞彙 言語 げんご[名]語言｜学習 がくしゅう[名]學習
母語 ぼご[名]母語｜直訳 ちょくやく[名]直譯、直翻
ニュアンス[名]語感｜理解 りかい[名]理解
アジア圏 アジアけん[名]亞洲圈｜社交 しゃこう[名]社交
辞令 じれい[名]辭令｜デートの誘い デートのさそい 約會之邀
捉える とらえる[動]認知｜単語 たんご[名]單字
許容 きょよう[名]容許｜範囲 はんい[名]範圍
様々だ さまざまだ[な形]各式各樣的｜～にあたる 相當於～
結局 けっきょく[名]終究｜単純だ たんじゅんだ[な形]單純的
置き換える おきかえる[動]置換

使い分け つかいわけ 名 分別使用 | 誤解 ごかい 名 誤解
生じる しょうじる 動 產生 | 言語圏 げんごけん 名 語言圈

05

戲劇或運動的典禮等，現在對身心障礙者的關注也愈來愈高了。像是什麼不能做、需要什麼樣的補助等，他們在媒體上具體的發言也促進了雙方的理解。而且，從這一點也感受到了他們的強勁。身心障礙者一般都會被當作社會上的弱者，但克服了種種的困難，也不會隱藏自己弱點的他們，與社會上的弱者距離還是非常遙遠的。

有關於身心障礙者，筆者最想說的是什麼？
① 透過對身心障礙者的深入了解，他們變得不再是社會上的弱者了。
② 他們雖然身體不方便，但精神上比誰都還強。

詞彙 ドラマ 名 影劇 | 式典 しきてん 名 典禮
～とあいまって 與～相輔相成
障がい者 しょうがいしゃ 名 身心障礙人士
関心 かんしん 名 關心 | 高まる たかまる 動 高漲
～つつある 逐漸～ | 補助 ほじょ 名 補助 | メディア 名 媒體
具体的だ ぐたいてきだ な形 具體的 | 理解 りかい 名 理解
繋がる つながる 動 相關 | 感じる かんじる 動 感受
一般的だ いっぱんてきだ な形 一般的 | 弱者 じゃくしゃ 名 弱者
扱う あつかう 動 對待 | 様々だ さまざまだ な形 各式各樣的
困難 こんなん 名 困難 | 克服 こくふく 名 克服
包み隠す つつみかくす 動 隱藏
ほど遠い ほどとおい い形 相去甚遠的 | 存在 そんざい 名 存在
身体 しんたい 名 身體 | 精神 せいしん 名 精神

06

最近，我再次被科學技術的進步震憾到了。我一直以來在上的英語會話教室開始能線上上課，工作也是，只要使用遠端服務，在家裡也能登入公司的電腦。就連會議都能用視訊電話解決。真的是忍不住為此感到佩服。即使十年後職場上沒有變得都是機器人在工作，但員工人數減少是非常有可能的。

筆者的這篇文章最想說的是什麼？
① 技術的進步讓人很驚訝，將來可能會有被機器人剝奪工作機會一天。
② 對技術的進步感到非常佩服，將來應該會迎來與機器人共事的時代。

詞彙 進歩 しんぽ 名 進步 | 改めて あらためて 副 再次
英会話 えいかいわ 名 英語會話 | ネット 名 網路
講義 こうぎ 名 授課 | 代用 だいよう 名 代替
遠隔 えんかく 名 遠端 | サービス 名 服務 | ログイン 名 登入
テレビ電話 テレビでんわ 名 視訊電話 | 感心 かんしん 名 感佩
職場 しょくば 名 職場 | ロボット 名 機器人
社員数 しゃいんすう 名 員工人數 | 削減 さくげん 名 刪減
あり得る ありえる 有可能 | 職 しょく 名 職業
奪う うばう 動 剝奪 | 可能性 かのうせい 名 可能性

實戰測驗 1

p.282

50 3	**51** 1	**52** 4	**53** 1	**54** 2	**55** 4
56 1	**57** 4	**58** 2	**59** 2	**60** 2	**61** 3
62 4					

問題 9　請閱讀下列（1）～（3）的文章，並針對後面的問題從 1、2、3、4 中選擇最合適的答案。

50-52

在汽車技術的領域為了因應全球性的環境問題，也正在加速對電動化等新領域的挑戰。例如傳統引擎（內燃機）與電力相結合的油電車或純用電力運轉的電動車，除了研發不停歇之外，銷售數量也確確實實在增長中。在歐洲各國已經開始出現了禁止搭載燃油機的汽車販售的趨勢。隨著汽車動力與能量來源的多樣化，以往還是主流的只搭載內燃機的純燃油車，①它們的地位正深受新動力源的威脅。

將來電動車將會成為主流，而傳統的內燃機雖然常有人說未來會完全消失，但另一方面則是有人預測未來將會被內燃機加電力雙動力的油電車所取代。這是因為②也不能單單依靠電力。

所以令人期待的就是環境負荷比現在更小的新型內燃機。在動力源大變遷中，2014 年國內大型製造商打破了企業間的隔閡，發起了研究汽車用內燃機的工會「AICE」。有趣的是，「AICE」定下了一個 2050 年燃油車將與電動車一樣，內燃機的碳排放量都將比 2010 年還要少 90% 的目標。也就是說，這也暗示著內燃機不可能消失，而是會持續推動研究開發以得到飛躍性的成果，將來也期望能以一個可期待的動力源，持續地推動研究與開發，以得到飛躍性的成果。

（註）搭載する：在這裡為裝備在內的意思

詞彙 世界的だ せかいてきだ な形 世界規模的 | 環境 かんきょう 名 環境
対応 たいおう 名 應對 | 自動車 じどうしゃ 名 汽車
分野 ぶんや 名 領域 | 電動化 でんどうか 名 電動化
新ただ あらただ い形 新的 | 領域 りょういき 名 領域
挑戦 ちょうせん 名 挑戰 | 加速 かそく 名 加速
従来 じゅうらい 名 以往 | エンジン 名 引擎
内燃エンジン ないねんエンジン 名 內燃引擎
動力 どうりょく 名 動力 | 組み合わせる くみあわせる 動 組合
ハイブリッドカー 名 油電混合動力車 | 開発 かいはつ 名 開發
ますます 副 更加地 | 販売数 はんばいすう 名 銷售量

伸ばす のばす動增長｜確実だ かくじつだな形確實的
欧州 おうしゅう名歐洲｜各国 かっこく名各國｜ガソリン名汽油
搭載 とうさい名搭載｜販売 はんばい名販賣
禁止 きんし名禁止｜動力源 どうりょくげん名動力源
エネルギー源 エネルギーげん名能源
多様化 たようか名多樣化｜これまで 目前為止
主流 しゅりゅう名主流｜ガソリン車 ガソリンしゃ名汽油車
地位 ちい名地位｜脅かす おびやかす動威脅
将来 しょうらい名將來｜電気自動車 でんきじどうしゃ名電動車
一方 いっぽう名另一方面｜予測 よそく名預測
頼る たよる動依靠｜～ことはない 不必～｜期待 きたい名期待
負荷 ふか名負荷｜軽減 けいげん名減輕
変遷 へんせん名變遷｜国内 こくない名國內
大手メーカー おおてメーカー名大製造商｜企業 きぎょう名企業
垣根 かきね名圍籬｜越える こえる動超越
組合 くみあい名工會｜発足 ほっそく名成立
興味深い きょうみぶかいい形饒富趣味的｜同様 どうよう名同樣
排出量 はいしゅつりょう名排放量｜比較 ひかく名比較
削減 さくげん名削減｜目標値 もくひょうち名目標數值
消滅 しょうめつ名消滅｜有望だ ゆうぼうだな形有望的
飛躍的だ ひやくてきだな形飛躍的｜成果 せいか名成果
推進 すいしん名推進｜示唆 しさ名示意、暗示
装備 そうび名裝備

50

文中有①它們的地位正深受新動力源的威脅，這是為什麼？

1　因為因為電動車的登場，燃油車已經失去價值
2　因為比起燃油車，用電驅動的電動車可以跑得更快
3　因為靠其他動力驅動的汽車，銷售量也有望增加
4　為解決環境問題，燃油車的販售已被禁止

解析 題目列出的畫底線句子「新たな動力源にその地位を脅かされている（其地位受到新動力來源的威脅）」位在文章第一段末，因此請閱讀第一段，並找出針對畫底線句子的相關說明。該段開頭寫道：「従来のエンジン（内燃エンジン）と電気による動力を組み合わせたハイブリットカーや電気のみで動く自動車の開発はますます進み、販売数を伸ばしていくことは確実だろう」，因此答案要選 3 他の動力によって動く自動車の販売数が伸びる見込みがあるから（因為靠其他動力驅動的汽車銷售量有望增長）。

詞彙 登場 とうじょう名登場｜価値 かち名價值
見込み みこみ名預期｜解決 かいけつ名解決

51

文中有②也不能單單依靠電力，請問這種想法是基於下列何種想法？

1　根據預測，也不是所有的汽車都會被電動化
2　根據預測，燃油車日後也會繼續販售
3　根據預測，油電車的輛數會逐漸減少
4　根據預測，汽車的能源會更加多樣化

解析 題目列出的畫底線句子「電気だけに頼ることはない（不必僅依靠電力）」位在文章第二段末，因此請閱讀第二段，並找出針對畫底線句子的相關說明。該段中間寫道：「内燃エンジンと電気の両方を動力源とするハイブリットカーがガソリン車に代わり売れ続けるだろうという予測がある」，因此答案要選 1 予測によると、全ての自動車が電動化されるわけではない（據預測，並非所有的汽車都會電動化）。

詞彙 全て すべて名全部｜台数 だいすう名車輛數
減少 げんしょう名減少｜さらに副更加地

52

本文筆者最想說的是什麼？

1　內燃機的碳排放量比電動車多非常多，所以以後會被消滅吧。
2　內燃機今後在安全性與環境保護上，會以不遜色動力源繼續下去吧。
3　內燃機在達到碳排放量的削減目標值之前，不能停止研發吧。
4　內燃機會往成為碳排放量少，對環境也友善的動力源繼續開發下去吧。

解析 本題詢問筆者透過文章想表達的內容，因此請仔細閱讀文章後半段，確認筆者的想法或主張。第三段開頭寫道：「そこで期待されるのは、環境への負荷を今より軽減させた新たな内燃エンジンである」，以及最後寫道：「今後も有望な動力源の一つとして飛躍的な成果を上げるべく研究開発が推進されるということを示唆している」，因此答案要選 4 内燃エンジンは CO_2 の排出量が少ない環境に優しい動力源へと開発が進められるだろう（內燃機將被開發成低二氧化碳排放的環保動力源）。

詞彙 劣る おとる動低劣、遜色｜届く とどく動到達
環境に優しい かんきょうにやさしい 環保

53-55

曾有一次，我和認識的朋友說起故鄉的火車站時，他立刻說「那是鹿兒島本線吧」。明明只是個無名的小車站，他卻以這不是常識嗎的口吻說出，那是我出生以來第一次認知到原來那個車站是本線而不是支線。而我那位朋友就是所謂的「鐵路宅」。

「阿宅」原先指的是動畫或電玩、漫畫等的狂熱粉絲，或者是指略帶有點偏見的那種愛好者，所以一開始是帶有蔑視的意思。但是，現在卻已經泛指那些擁有一般興趣的人或者是藝人的粉絲。還有很多人只是稍微喜歡或稍懂一點就會自稱「阿宅」，例如歷史宅、棒球宅、家電宅等各個領域都可看見，因為這樣，這個字的意思也變得不那麼負面了。現在有很多人會非常得意地自稱「我是阿宅」，還以為他特別了解某個領域但結果也不是，遇到這種情況甚至都有一種失望的感覺了。

但是，也許是因為我太喜歡聽人說話了，我覺得他們基

本上說話都是非常熱情洋溢。這種快樂和熱情似乎會傳染，就算我們毫無知識，對固有名詞或獨特的比喻也絲毫沒有概念，也會奇妙地感到佩服或興奮。雖然別人聽這些可能會感到浪費時間或有點膩，但對於他們願意花費很多時間解說的語言中，除了感覺好玩之外，也同時感到了一股份量。

（註 1）鹿児島本線：鐵路的路線名稱
（註 2）支線：從鐵路本線分離出來的線
（註 3）蔑視：輕視、把人當笨蛋一樣

詞彙 **知り合い** しりあい 名 認識的人｜**故郷** こきょう 名 故鄉
鉄道駅 てつどうえき 名 鐵路車站｜**鹿児島** かごしま 名 鹿兒島
本線 ほんせん 名 本線｜**無名** むめい 名 無名
常識 じょうしき 名 常識｜**口ぶり** くちぶり 名 語氣
支線 しせん 名 支線｜**認識** にんしき 名 認知｜**いわゆる** 所謂的
鉄道 てつどう 名 鐵路｜**おたく** 名 御宅
元々 もともと 副 本來｜**アニメ** 名 動畫｜**ゲーム** 名 電玩
熱狂的だ ねっきょうてきだ な形 狂熱的｜**ファン** 名 粉絲
やや 副 稍微地｜**偏る** かたよる 動 偏頗
愛好者 あいこうしゃ 名 愛好者｜**呼称** こしょう 名 稱呼
かなり 副 相當地｜**蔑視** べっし 名 蔑視｜**含む** ふくむ 動 包含
一般的だ いっぱんてきだ な形 一般的
芸能人 げいのうじん 名 藝人
詳しい くわしい い形 精通的｜**自称** じしょう 名 自稱
野球 やきゅう 名 棒球｜**家電** かでん 名 家電｜**あらゆる** 所有的
分野 ぶんや 名 領域｜**存在** そんざい 名 存在
得意気だ とくいげだ な形 看似得意的
異常だ いじょうだ な形 異常的｜**がっかりする** 失望
基本的だ きほんてきだ な形 基本的
熱心だ ねっしんだ な形 熱心的
好ましい このましい い形 理想的、喜歡的｜**情熱** じょうねつ 名 熱情
伝染 でんせん 名 傳染｜**知識** ちしき 名 知識
固有名詞 こゆうめいし 名 專有名詞
独特だ どくとくだ な形 獨特的｜**比喩** ひゆ 名 比喻
さっぱり 副 完全地｜**妙だ** みょうだ な形 奇妙的
感心 かんしん 名 感佩｜**興奮** こうふん 名 興奮
無駄だ むだだ な形 徒勞的｜**あきれる** 動 吃驚
費やす ついやす 動 花費｜**故** ゆえ 名 緣故
同時 どうじ 名 同時｜**重み** おもみ 名 分量｜**名称** めいしょう 名 名稱

53

文中的這不是常識嗎的口吻，朋友是將什麼當作了常識？
1　話題中出現的車站是鹿兒島本線
2　本來以為無名的車站其實很有名
3　即使是小車站，但只要是鐵路宅人人都知道
4　故鄉的車站，只要是那個地方的人都知道名字

解析 題目列出的畫底線句子「常識だと言わんばかり（說得像是常識一般）」位在文章第一段，因此請閱讀第一段，並找出針對畫底線句子的相關說明。畫底線處前方寫道：「知り合いに私の故郷の鉄道駅のことを話したら、「それ、鹿児島本線ですよね」と言われたことがある」，因此答案要選 1 話題に出てきた駅が鹿児島本線の駅であること（話題中出現的車站為鹿兒島本線的車站）。

詞彙 **話題** わだい 名 話題｜**地域** ちいき 名 地域

54

現在，「阿宅」這個單詞是怎麼被使用的？
1　擁有一般的興趣的人或藝人粉絲也會使用，熱心程度也比以前還要強。
2　比起以前使用範圍更廣，也有很多人只是喜歡就會如此自稱。
3　被用於很多領域，只要喜歡人人都能稱作「阿宅」。
4　即使是不太了解的人，只要擅長該領域就能稱作「阿宅」。

解析 題目提及「おたく（御宅族、阿宅）」，其使用上的變化出現在第二段，因此請閱讀第二段，確認相關內容。第二段中間寫道：「今では広く一般的な趣味を持つ人や芸能人のファンにも使われている。ちょっと好きだったり詳しかったりすると「おたく」を自称する人も多く」，因此答案要選 2 以前より広い範囲で使われていて、好きだというだけで自称する人も多くなった（使用範圍較以前廣泛，也有越來越多人單純因為喜歡而自稱）。

詞彙 **熱心さ** ねっしんさ 名 熱心程度｜**以前** いぜん 名 以前
範囲 はんい 名 範圍｜**得意だ** とくいだ な形 拿手的

55

有關於聽別人說話，筆者是怎麼想的？
1　一問到喜歡的東西，就冒出很多別人不懂的。
2　在說明自己喜歡的東西時，會花時間到甚至讓人感到吃驚的地步。
3　對喜歡的東西，不管是誰說都能讓人感受到快樂與熱情。
4　為喜歡的東西耗費時間說明的人，他們說的話不僅有趣也讓人感受到份量。

解析 本題詢問對於傾聽別人的故事，筆者有什麼看法，請仔細閱讀第三段，確認相關內容。第三段末寫道：「他人からは無駄と思われ、あきれるほどの時間を費やした故の言葉には、面白さと同時に重みすら感じることもあるのだ」，因此答案要選 4 好きなことについて時間を費やした人の話は、面白いし重みを感じる（為喜歡的東西耗費時間說明的人，他們說的話不僅有趣也讓人感受到份量）。

讀解

56-58

週末看的電影，劇情意外地很棒。說的是郵箱跨越了兩年的時光才將信送達的故事。

故事講述一名搬家到海邊獨棟小屋的女子，在自己家的郵箱裡丟了一封信寫著如果有寄給自己的信件，請幫忙寄到新家就離開了。後來，看到信的男子非常疑惑。因為這個房子是男子自己動手設計並建造，是自己一點一點蓋起來的家。對此非常在意的男子到了信中所寫的地址一看，發現那也還只是建造中的房子。到這裡，兩位主角和觀眾也開始隱隱約約地察覺，兩人所在的世界差距了兩年的時光。而他是從兩年後的未來收到了這封信。

利用這個不可思議的郵箱交換信件的期間，兩人開始對彼此有了好感，也開始有和對方見面的念頭。接著兩個人約定三天後，話說回來對男子而言應該是兩年又三天後見面，也就是經常聽說的穿越時空。但由於這部電影是信穿越時空，所以差距離兩年時光的兩人究竟要怎麼樣才能見面大概就是這個故事的魅力所在。

看這類故事我常會因為情節都太過巧合而感到冷場，但卻被這個作品吸引，而且居然還萌生了想給好久沒聯絡的老朋友寫信的心情。如果能幫我把信送給兩年前因小事大吵一架的朋友就好了，但現實卻是不可能的。時過境遷，現在的我被神祕的郵箱所帶來的魔法推了一把，決定寫信告訴他我想和他見一面了。

（註 1）白ける：失去興趣、感到沒意思
（註 2）惹き込まれる：內心被強烈吸引

詞彙 週末 しゅうまつ名週末｜思いのほか おもいのほか 出乎意料
內容 ないよう名內容｜郵便ポスト ゆうびんポスト名信箱
越える こえる動超越｜届く とどく動寄達
海辺 うみべ名海邊｜一軒家 いっけんや名獨棟
自分宛て じぶんあて 寄給自己｜次 つぎ名下一個
疑問 ぎもん名疑問｜抱く いだく動抱持
自ら みずから副親自地｜設計 せっけい名設計
建設 けんせつ名建設｜たずさわる動從事
念願 ねんがん名心願｜マイホーム名自己的房子
記す しるす動記載｜あたり名附近
じわじわ副一點一滴地｜主人公 しゅじんこう名主角
観客 かんきゃく名觀眾｜気付く きづく動察覺
未来 みらい名未來｜受け取る うけとる動收下
不思議だ ふしぎだ な形不可思議的｜交換 こうかん名交換
～うちに ～過程中｜互いに たがいに副互相地
好意 こうい名好感｜～といっても 雖說是～
～にとって 對～而言
タイムスリップ物 タイムスリップもの 穿越時空劇
どうにかして 想盡辦法｜魅力 みりょく名魅力
類 るい名種類｜都合がよい つごうがよい 湊巧
白ける しらける動冷場｜本作品 ほんさくひん名這部作品
惹き込まれる ひきこまれる動被吸引
不意だ ふいだ な形突然的｜つまらぬ 無聊的
衝突 しょうとつ名衝突｜現実 げんじつ名現實
経る へる動經過｜魔法 まほう名魔法
素直だ すなおだ な形坦率的｜関心 かんしん名關心
引き寄せる ひきよせる動吸引

56

文中寫到男子非常疑惑，男子為什麼會感到疑惑？

1 因為不可能有人比自己先住進這個房子
2 收件地址不可能有蓋好的房子
3 兩年前的信不可能送到自己手上吧
4 女子的信不可能會從另一個世界送來吧

解析 題目列出的畫底線句子「疑問を抱いた（產生疑問）」位在文章第二段，因此請閱讀第二段，並找出針對畫底線句子的相關說明。畫底線處後方寫道：「この家は自ら設計と建設にたずさわり建てた念願のマイホームであった」，因此答案要選 1 自分より先に住んでいた人はいるはずがないから（因為不可能有人比自己更早入住）。

詞彙 先に さきに副先前｜～はずがない 不可能～
送り先 おくりさき名寄達處

57

就筆者所述，這部電影的魅力是什麼？

1 不可能見面的兩人，他們的信穿越時空了
2 這是很常見的故事，可以想像兩人見面
3 想見面的話無論如何一定可以見上面
4 即使是兩年的差距，但努力的話就能見面

解析 本題詢問對於該部電影的魅力，筆者有什麼看法，請仔細閱讀第三段，確認相關內容。第三段末寫道：「手紙のタイムスリップだが、2 年の差であればどうにかして会えそうなところがこの話の魅力だろう」，因此答案要選 4 2 年という差なら、努力すれば会えると思える点（認爲兩年的時間差，只要努力就有辦法相見）。

詞彙 想像 そうぞう名想像｜努力 どりょく名努力

58

筆者為什麼會想給朋友寫信？

1 因為想見兩年前遭遇意外的朋友
2 因為想見兩年前吵架分離的朋友
3 因為覺得朋友很無聊所以沒有聯絡的
4 因為無論如何都想和朋友見面，想好好地將心情傳達出去

解析 本題詢問筆者想要寫信給朋友的理由，請仔細閱讀第四段，從中找出相關內容。第四段中寫道：「できればつまらぬことで衝突した 2 年前の友に届くといいが」、以及「不思議なポストの魔法に背中を押され、会いたいと素直に書こう」，因此答案要選 2 2 年前にけんか別れした友人に会いたいと思ったから（因為想見兩年前因為吵架而分開的朋

友）。

詞彙 事故 じこ 名 事故｜遭う あう 動 遭遇
けんか別れ けんかわかれ 不歡而散

問題 10 請閱讀下列文章，並針對後面的問題從 1、2、3、4 中選擇最合適的答案。

59-62

沙沙沙，一邊聽著這爽快的破土聲，一邊除著田地裡的草是我最近的例行公事。出於某些原因我現在暫時停職中，現在幫忙照顧雙親的家庭菜園就是我唯一的勞動。雖說是家庭菜園但其實佔地頗大，幾乎有一整面的網球場那麼大，所以完全是新手的我能做的也只是除除雜草，每天竭盡心力地除兩個小時的草。四月上旬，父母親為了接下來要種植夏季蔬菜，似乎已經開始耕田、植入菜苗了。但是，現在的我就只是單純地迷上了①這個簡單的作業。

經常聽說心生了病的人透過做做農業工作可以逐漸恢復的故事，但其實我能懂。因為田地的空氣、土地的氣味及觸感、還有沐浴在太陽光下，再加上最好的一點就是不用再顧慮到別人，光是這一點就足夠了。我也實際地感受到，對身心而言與大自然的接觸就是最高等級的養分。再加上除草時那種無止境的感覺也讓人感到心情舒暢，不知不覺地都停不下來了。雖然雜草怎麼除都除不完，但是那種爽快感是一直一直都能體會得到的。由於雜草會不斷地生出來，所以一週前還很乾淨的地方很快又會冒出新芽。即使想連根一起除掉，但是草根就像它字面上的意思一樣是縱橫無止盡的，所以不可能除光。也就是說無論怎麼做都不可能做得完美。從一開始就是場打不贏的仗，認知到這一點是不是反而能讓內心輕鬆一點？無論怎麼做都不可能做得完美，反正知道是不可能的了，心情上反而很輕鬆。

無論是自己或他人，人都是不完美的。而且人和世界都和大自然一樣不可預測又充滿了不合理，有時還需要放棄或做出妥協，也有很多事情總是沒辦法做好。但如果從一開始就能認知道已經輸定了，雖然那可能會有點痛苦，但在除去田裡茂密的雜草時我好像能體會得到了，那是因為這原本就不是一場比賽。但即使如此，我還是沒有中途放棄的念頭，反而還湧出了更多的熱情。在那種無力感、熱情、一時片刻的成就感以及永遠不會膩的情緒交織下，反而讓我體會到原來活著就是這樣，並開心了起來。了解自身的無力並虛心地面對眼前的現實，還有在田裡那些淡然又悠閒的時間，相信也能巧妙地調整我們的身心吧。我也因為這樣重新意識到，原本因為人際關係受挫，所以打算停下工作好好休息一陣子，其實就已經②幾乎耗盡全力了。

我一邊想著栽培或收成大概又是另一番樂趣吧，但現在也只能盡可能地把草根上的土清乾淨，並想著這樣的我應該就能成為比以前更寬容的人了吧？

（註 1）精を出す：熱情努力
（註 2）根こそぎ：連根全部
（註 3）縱横無尽に：到處都是自由地

詞彙 サクサク 副 沙沙作響地｜砕く くだく 動 敲碎
快い こころよい い形 爽快的｜畑 はたけ 名 旱田
日課 にっか 名 日課｜一時的だ いちじてきだ な形 一時的
休職 きゅうしょく 名 留職
家庭菜園 かていさいえん 名 家庭菜園
唯一 ゆいいつ 名 唯一｜労働 ろうどう 名 勞動
テニスコート 名 網球場｜一面 いちめん 名 一面
全く まったく 副 完全地｜素人 しろうと 名 外行
雑草 ざっそう 名 雜草｜取り除く とりのぞく 動 拔除
草取り くさとり 名 除草｜精を出す せいをだす 熱心從事
初旬 しょじゅん 名 初旬｜夏野菜 なつやさい 名 夏季蔬菜
耕す たがやす 動 耕作｜苗 なえ 名 菜苗
今のところ いまのところ 目前｜単純 たんじゅん 名 單純
作業 さぎょう 名 工作｜夢中だ むちゅうだ な形 忘我的
病む やむ 動 生病｜農作業 のうさぎょう 名 農務
徐々に じょじょに 副 逐步地｜回復 かいふく 名 恢復
実際 じっさい 名 實際｜太陽 たいよう 名 太陽｜光 ひかり 名 光線
何よりも なによりも 比什麼都｜気を使う きをつかう 顧慮
充分だ じゅうぶんだ な形 充分的｜心身 しんしん 名 身心
自然 しぜん 名 大自然｜触れ合う ふれあう 動 接觸
極めて きわめて 副 極其地｜上等だ じょうとうだ な形 上等的
栄養 えいよう 名 營養｜実感 じっかん 名 實際感受
そのうえ 並且｜際限 さいげん 名 止盡｜むしろ 副 倒不如說
一種 いっしゅ 名 一種｜爽快感 そうかいかん 名 爽快感
味わう あじわう 動 品嘗｜次々に つぎつぎに 副 接二連三地
生える はえる 動 生長｜芽 め 名 芽
見え始める みえはじめる 開始看見
根こそぎ ねこそぎ 名 連根｜根 ね 名 根部
文字 もじ 名 文字｜縦横無尽 じゅうおうむじん 名 縱橫無邊
広がる ひろがる 動 擴展
不可能だ ふかのうだ な形 不可能的｜とにかく 副 總之
完璧だ かんぺきだ な形 完美的｜負け戦 まけいくさ 名 敗仗
かえって 副 反而｜すがすがしい い形 神清氣爽的
自然同様 しぜんどうよう 與大自然相同｜予測 よそく 名 預測
不条理 ふじょうり 名 荒誕｜満ちる みちる 動 充滿
あきらめ 名 放棄｜折り合い おりあい 名 妥協
敗北 はいぼく 名 敗北｜捉える とらえる 動 認知
勝負 しょうぶ 名 勝負｜茂る しげる 動 茂生
体感 たいかん 名 體驗｜だからといって 話雖如此
投げ出す なげだす 動 放棄｜意欲 いよく 名 意欲
無力 むりょく 名 無力｜ひととき 名 一時
達成感 たっせいかん 名 成就感｜飽く あく 動 厭煩
繰り返す くりかえす 動 反覆｜謙虚だ けんきょだ な形 謙虛的
現実 げんじつ 名 現實｜立ち向かう たちむかう 動 面對
淡々と たんたんと 副 淡然地｜だが 接 但卻
悠々と ゆうゆうと 副 悠然地｜巧みだ たくみだ な形 巧妙的
調整 ちょうせい 名 調整｜人間関係 にんげんかんけい 名 人際關係

讀解

挫折 ざせつ图挫折
休息 きゅうそく图休息 | 無気力 むきりょく图沒有幹勁
気付く きづく動察覺 | 栽培 さいばい图栽培
収穫 しゅうかく图收穫 | 寛容だ かんようだな形寬容的
熱心だ ねっしんだな形熱心的 | 励む はげむ動奮勉

59

①這個簡單的作業是指什麼？
1 為了雙親開闢廣大的家庭菜園
2 除去家庭菜園長出的雜草
3 每天都花兩個小時到雙親的田裡去
4 幫助培育夏季蔬菜的雙親

解析 題目列出的畫底線句子「この単純作業（該項簡單的作業）」位在文章第一段，因此請閱讀第一段，並找出針對畫底線句子的相關說明。畫底線處前方寫道：「全くの素人である私ができることといったら雑草を取り除くくらいで、畑に通っては毎日2時間ほど草取りに精を出している」，因此答案要選2 家庭菜園に生えている雑草を取り除くこと（清除生長在菜園裡的雜草）。

60

據筆者所述，農業工作為什麼能夠修復生病的心？
1 因為做農業工作時接觸到大自然的期間，可以不用與人碰面
2 因為農務工作面對的是自然，不需要在意其他人就能完成
3 因為放棄農業工作不可能做得完全的想法使內心變輕鬆了
4 因為了解農業工作對初學者是非常困難的，所以反而感到輕鬆

解析 本題詢問筆者認為從事農務工作能讓心理疾病恢復的理由，請仔細閱讀第二段，從中找出相關內容。第二段中寫道：「畑の空気、土のにおい、土に触ること、太陽の光を浴びること。何よりも人に気を使わなくていい、それだけでも充分だ」，因此答案要選2 農作業は自然を相手にし、他の人のことを気にしなくて済むから（因為農務工作面對的是自然，不需要在意其他人就能完成）。

詞彙 相手 あいて图對象 | 気にする きにする 在意
気楽だ きらくだな形放鬆的

61

文中的②幾乎感到無力，符合筆者所述的為下列哪一項？
1 無法好好地和世間不合理的部分共處，痛苦事太多導致內心生病了。
2 自己不可能贏得了別人，從一開始就放棄了人生。
3 因人際關係受到傷害，失去了面對眼前現實的能力。
4 因為與他人總是無法和諧相處，變得無法諒解他人。

解析 題目列出的畫底線句子「無気力に近かった（幾乎是感到無力）」位在文章第三段，因此請閱讀第三段，並找出針對畫底線句子的相關說明。畫底線處前方寫道：「人間関係で挫折し、仕事を休んで休息しているつもりが」，因此答案要選3 人間関係で傷つき、目の前にある現実に立ち向かう力をなくしていた（在人際關係中受到傷害，失去了面對眼前現實的力量）。

詞彙 世の中 よのなか图社會 | 付き合う つきあう動相處
人生 じんせい图人生 | 傷つく きずつく動受傷
許す ゆるす動原諒

62

本文筆者所描述的是什麼？
1 因為持續做著反正也做不好的事會感到爽快，所以想繼續做。
2 即使是充滿無力感的自己，在重覆做著一樣的事也逐漸意識到趣味。
3 因為想改變自己而開始除草，終於順利調整了身心。
4 面對世界上無法預測的事或不合理的事，也想要謙虛以對。

解析 本題詢問筆者透過文章想表達的內容，因此請仔細閱讀文章後半段，確認筆者的想法或主張。第三段中寫道：「自分自身の無力を知り、謙虚な気持ちで目の前の現実に立ち向かう」，以及第四段中寫道：「これまでより少しは寛容な人間になれるだろうかと考えている」，因此答案要選4 世の中の予測がつかず不合理なことに対しても、謙虚に立ち向かいたい（想要謙虛面對世上無法預測和不合理的事情）。

詞彙 様々だ さまざまだな形各式各樣的 | おもしろさ图樂趣
不合理だ ふごうりだな形不合理的

實戰測驗 2

p.290

50 1	**51** 3	**52** 2	**53** 2	**54** 4	**55** 2
56 1	**57** 4	**58** 3	**59** 2	**60** 3	**61** 1
62 1					

問題9 請閱讀下列（1）～（3）的文章，並針對後面的問題從1、2、3、4中選擇最合適的答案。

50-52

已經完全滲透到年輕人世界的「擦擦筆」。那是只要用筆上附的橡皮擦擦過，筆跡就會立刻消失的劃時代產品。有了這個，①錯字終於不用再劃雙線訂正了。

那麼，一般不會消失的墨水筆跡卻消失了。這樣完美消失的技術究竟是因為什麼呢？答案就在於特殊的墨水。這種墨水是一種稱作「熱消型墨水」只要利用摩擦生熱即可消除墨跡。

其實一開始研發的是將黑色文字經摩擦生熱就會變成彩色文字的原子筆。但銷售量據說不是那麼漂亮。開始展開新的研發，契機則在於來自歐洲的「能不能不是將『某色換為某色』，而是直接讓『某色變透明』？」的聲音。原子筆和鉛筆不一樣的就是不容易消失，所以這②完全是另一種概念。後來在法國試賣時，成了熱銷產品。

但是一開始也有受到批評，因為使用附的橡皮擦擦拭筆跡時需要用點力，但即使如此消失了的筆跡卻仍會在筆記本上留下一點點痕跡。不過現在已經改良到輕輕擦拭筆跡就能消失得一乾二淨了。

這是因為文具製造商為了滿足客戶的需求，會用盡所有巧妙的技術重覆改良他們的產品。此外，不只是功能面，有的產品嶄新的設計甚至都能拿來當擺飾品，使我們的生活變得方便又多采多姿。像這樣，經過不斷的改良製造出來的文具，以後也一定會繼續支持著我們的生活。

（註 1）コンセプト：概念、理念

（註 2）幾重もの：不斷重覆

詞彙 若者 わかもの 名 年輕人｜浸透 しんとう 名 滲透
消去用 しょうきょよう 名 消去用｜ゴム 名 橡膠
擦る こする 動 摩擦｜即座に そくざに 副 即刻地
筆跡 ひっせき 名 筆跡｜画期的だ かっきてきだ な形 劃時代的
製品 せいひん 名 產品｜誤字 ごじ 名 錯字
二重線 にじゅうせん 名 雙刪除線｜訂正 ていせい 名 訂正
さて 接 且說｜通常 つうじょう 名 通常
二度と にどと 副 再也｜インク 名 墨水
見事だ みごとだ な形 完美的｜備わる そなわる 動 配備
特殊だ とくしゅだ な形 特殊的
熱消去性 ねつしょうきょせい 名 熱消性｜発生 はっせい 名 發生
当初 とうしょ 名 起初｜開発 かいはつ 名 開發
摩擦熱 まさつねつ 名 摩擦熱｜加える くわえる 動 施加
カラフルだ な形 彩色的｜変化 へんか 名 變化
売り上げ うりあげ 名 銷售額｜芳しい かんばしい い形 佳的
新ただ あらただ な形 新的｜乗り出す のりだす 動 著手
きっかけ 名 契機｜ヨーロッパ 名 歐洲｜透明 とうめい 名 透明
容易だ よういだ な形 容易的｜利点 りてん 名 好處
全く まったく 副 完全地｜コンセプト 名 概念｜フランス 名 法國
販売 はんばい 名 販賣｜大ヒット だいヒット 名 暢銷
商品 しょうひん 名 商品｜それでも 接 即便如此
要する ようする 動 需要｜微妙だ びみょうだ な形 稍微的
批判 ひはん 名 批判｜改良 かいりょう 名 改良
文具 ぶんぐ 名 文具｜メーカー 名 製造商
常に つねに 副 經常地｜消費者 しょうひしゃ 名 消費者
要求 ようきゅう 名 要求｜満たす みたす 動 滿足
巧みだ たくみだ な形 精巧的｜尽くす つくす 動 竭盡
重ねる かさねる 動 反覆｜機能面 きのうめん 名 功能層面
インテリア 名 室內裝飾｜～得る ～える 可能～
斬新だ ざんしんだ な形 嶄新的｜デザイン 名 設計
存在 そんざい 名 存在｜便利 べんり 名 便利
彩り いろどり 名 色彩｜幾重 いくえ 名 多重
作り出す つくりだす 動 做出｜文房具 ぶんぼうぐ 名 文具
今後 こんご 名 今後｜支える ささえる 動 支撐
～に違いない ～にちがいない 必定～
考え方 かんがえかた 名 想法｜概念 がいねん 名 概念
ひたすら 副 一心地｜繰り返す くりかえす 動 重複

50

文中指出①錯字終於不用再劃雙線訂正了，這是為什麼？

1 因為墨水的筆跡變得能夠消除了

2 因為用原子筆消去的行為變得普遍了

3 因為出現了用橡皮壓就能消除筆跡的功能

4 因為來消除文字的筆開始販售了

解析 題目列出的畫底線句子「誤字を二重線で訂正する必要もなくなった（不需要再畫雙線訂正錯別字）」位在文章第一段，因此請閱讀第一段，並找出針對畫底線句子的相關說明。畫底線處前方寫道：「ペンに付いている消去用ゴムで擦ると即座に筆跡が消える」，因此答案要選 1 インクの筆跡を消すことができるようになったから（因為能夠擦去墨水的筆跡）。

詞彙 行為 こうい 名 行為｜一般的だ いっぱんてきだ な形 一般的
押さえる おさえる 動 按壓｜機能 きのう 名 功能
売り出し うりだし 名 發售

51

文中有②完全是另一種概念，是指下列哪一點和以往不一樣？

1 利用熱消除原子筆文字的概念

2 將原子筆的顏色變成另一種顏色的概念

3 將原子筆寫下的文字變成透明的概念

4 開發可以在歐洲販售的原子筆的概念

解析 題目列出的畫底線句子「全く別のコンセプト（完全另一種的概念）」位在文章第三段，因此請閱讀第三段，並找出針對畫底線句子的相關說明。畫底線處前方寫道：「『ある色から別の色へ』ではなく、『ある色から透明に』することはできないか？」，因此答案要選 3 ボールペンで書いたものを透明にするという考え（想把原子筆寫的東西變透明）。

52

本篇文章筆者最想說的是什麼？

1 文具製造商為了利益一直都在進行新技術的研發並重複地改良產品。

2 文具製造商一直在開發好用的產品，讓我們的生活得更加豐富。

3 文具現在也兼具有擺飾品的要素，可以說已經超越了文具的領域。

4 文具為了解決我們生活的不悅感，還在持續改良中。

讀解

解析 本題詢問筆者透過文章想表達的內容，因此請仔細閱讀文章後半段，確認筆者的想法或主張。第五段中寫道：「文具メーカーは常に消費者の要求を満たすべく、巧みな技術を尽くし製品の改良を重ねているのだ」、以及「私たちの生活を便利で彩りあるものにしてくれている」，因此答案要選2文具メーカーは、常により使いやすい商品の開発を進め、私たちの生活をより豊かにしてくれている（文具製造商不斷開發出更方便使用的商品，使我們的生活更加豐富多彩）。

詞彙 利益 りえき 名 利潤｜豊かだ ゆたかだ な形 豐富的
要素 ようそ 名 要素｜兼ね備える かねそなえる 動 兼具
もはや 副 早已｜領域 りょういき 名 領域
不快さ ふかいさ 名 不悅感｜解消 かいしょう 名 消除

53-55

我兒子上的公立中學實施了一場「改革」。

日本的公立中學就像是以全員同質為目標一樣，所實施的教育往往都是追求孩子們的平均化。但是，本來學校的存在最重要的應該是培養出能在社會上過得更好、更獨立的大人，而不是一個製造出聽話的大人的地方。決定實施改革的校長就是這麼說的。

改革實施的例子之一就是修訂校規。裙子的長度要幾公分、冬天也禁止圍圍巾等，有很多我小時候就不能接受的校規現在也仍然存在。但是，兒子的學校卻決定由孩子們自己來修訂這些校規。修訂這些長久以來實施至今的校規。我聽說，孩子們是先表示改變這些難以接受的校規是有其必要性的，接著多方交流意見、不斷討論，最終得到一個結果。這些主事的孩子們他們自發性地展開行動，還說正是自己決定的事才更重要，老師們對此也讚不絕口。

過去的我們一直在忍耐，把相信老師所說的「忍耐就是成為大人的第一步」當作藉口矇騙了自己。不過，兒子他們的世界，等到他們即將成為大人時，迎來的就會是一個可以大聲地說出「奇怪的事情就是奇怪」的社會了吧。他們的話一定會這麼做的。我想「改革」的成果再10年後或20年後就能看見了。

詞彙 公立 こうりつ 名 公立｜改革 かいかく 名 改革
日本 にほん 名 日本｜全員 ぜんいん 名 全體人員
同質 どうしつ 名 同質｜目指す めざす 動 定為目標
平均化 へいきんか 名 平均化｜求める もとめる 動 追求
～がちだ 往往～｜本来 ほんらい 名 本來｜自立 じりつ 名 自立
従順だ じゅうじゅんだ な形 順從的
取り組む とりくむ 動 致力｜校長先生 こうちょうせんせい 名 校長
取り組み とりくみ 名 努力｜校則 こうそく 名 校規
改定 かいてい 名 改訂｜センチ 名 公分
マフラー 名 圍巾｜使用禁止 しようきんし 名 禁止使用
納得 なっとく 名 信服｜必要性 ひつようせい 名 必要性
示す しめす 動 指出｜各々 おのおの 名 各自
出し合う だしあう 動 互相提出｜話し合い はなしあい 名 討論
重ねる かさねる 動 反覆｜結果 けっか 名 結果
当事者 とうじしゃ 名 當事者
自発的だ じはつてきだ な形 自發的｜行動 こうどう 名 行動
自ら みずから 副 親自地
誇らしげだ ほこらしげだ な形 看似驕傲的｜我慢 がまん 名 忍耐
第一歩 だいいっぽ 第一步｜ごまかす 動 欺騙
世代 せだい 名 世代｜声を上げる こえをあげる 發聲
ためらう 動 猶豫｜成果 せいか 名 成果｜あるいは 副 或是

53

文中有全員同質的描述，請問何謂同質？

1 老師們教育的方式
2 孩子們的思考方式與行動
3 變得能夠獨立的方法
4 遵守校規的意識

解析 題目列出的畫底線句子「全員が同質であること（所有人都一樣）」位在文章第二段，因此請閱讀第二段，並找出針對畫底線句子的相關說明。畫底線處後方寫道：「子供達の平均化を求める教育」、以及「従順な大人を作るための場所ではない」，因此答案要選2子供達の考え方や行動（孩子們的想法和行為）。

詞彙 考え方 かんがえかた 名 想法｜方法 ほうほう 名 方法
守る まもる 動 遵守｜意識 いしき 名 意識

54

根據筆者所述，為什麼會決定修訂校規？

1 因為以前制定的校規已經很舊了
2 因為學校無法接受的校規太多了
3 因為孩子們想將校規改成自己想要的
4 因為孩子們認為修訂校規是有必要的

解析 本題詢問筆者認為修改校規的理由，請仔細閱讀第三段，從中找出相關內容。第三段中寫道：「子供達が、納得できない校則に対して変える必要性を示し、各々が意見を出し合い、話し合いを重ねた結果」，因此答案要選4変える必要性があると子供達が考えたから（因為孩子們認為有必要修改）。

55

有關於兒子的學校的「改革」，筆者是怎麼想的？

1 教會了我們當事人的問題只有當事人能夠解決。
2 教會了我們面對自己的問題，說出意見也沒關係。
3 對於有興趣的事情，應該互相交流意見、互相討論。
4 教育改革的成果可能不會立刻出現，但可以製造出不再忍耐的大人。

解析 本題詢問對於「改革」，筆者有什麼看法，請仔細閱讀第四段，從中確認相關內容。第四段中寫道：「息子達の世代が大人になったときには、おかしいことはおかしいと、声を上げることをためらわないような社会が来るだろう」，因此答案要選2自分達の問題に対し、意見を言ってもいいと教えることができている（能夠教導他們可以對於自身的問題表達意見）。

詞彙 解決 かいけつ 名 解決｜話し合う はなしあう 動 討論

56-58

看到出版社交回的自己的原稿時，如果看到編輯擅自作主地拿掉或添加某個標點符號，不僅作者本人會立刻發現，看著看著還會立刻產生一種奇怪的感覺，老實說會感到不舒服。或許大家會認為不過就是一個標點符號，但是文章就像呼吸一樣，無論再短的文章都有著作者獨特的語氣，當自然呼吸著的時候突然被打擾了，都會有一瞬間的突兀感。

當然，我明白修改原稿是編輯的工作之一。但是，除了事實或用詞等明確錯誤以外的修正，只要是寫文章的人大多都會或多或少地被影響到心情吧？先是生氣，然後稍微冷靜下來後接受，雖然我一直以來都在重複這樣的過程，但是應該也有人會無法接受而提出異議吧？

所有的創作都是來自於那個人的生理、身體、情緒、經驗，也就是由那個人自身的一切所創造出來的。就像是小孩子粗糙的作文也是，經過老師評價或著手修改，那麼寫出來的也不是孩子能寫的東西，還有像是同事做的統計表，除了數字以外，格式也會和自己做的有所差別。而且從外插手的行為，即使目的是想要變得更好，但難道我們不應該明白這就是一種份外大膽的行為嗎？

（註 1）句読点：「。」「，」等，文章中的標點符號
（註 2）無論：當然

詞彙 出版社 しゅっぱんしゃ 名 出版社
戻ってくる もどってくる 返回｜原稿 げんこう 名 原稿
編集者 へんしゅうしゃ 名 編輯｜勝手だ かってだ な形 擅自的
句読点 くとうてん 名 標點符號｜付け加える つけくわえる 動 附加
本人 ほんにん 名 本人｜気付く きづく 動 察覺
みるみる 副 看著看著｜妙だ みょうだ な形 奇怪的
正直だ しょうじきだ な形 老實的｜不快だ ふかいだ な形 不悅的
たかが 副 不過是｜～かもしれない 或許～
呼吸 こきゅう 名 呼吸｜独自 どくじ 名 獨自
調子 ちょうし 名 語調｜自然だ しぜんだ な形 自然的
息をする いきをする 呼吸｜～ところを ～的當下
急だ きゅうだ な形 突然的｜一瞬 いっしゅん 名 一瞬間
はっと 副 驚嚇地｜無論 むろん 副 當然
手を入れる てをいれる 加工｜事実 じじつ 名 事實
明らかだ あきらかだ な形 明顯的｜間違い まちがい 名 錯誤
修正 しゅうせい 名 修正｜程度 ていど 名 程度
害する がいする 動 損害｜腹が立つ はらがたつ 生氣
冷静 れいせい 名 冷靜｜納得 なっとく 名 信服
過程 かてい 名 過程｜繰り返す くりかえす 動 重複
異議 いぎ 名 異議｜申し立てる もうしたてる 動 提出
創作物 そうさくぶつ 名 創作物｜生理 せいり 名 生理
身体 しんたい 名 身體｜情緒 じょうしょ 名 感情
つまり 副 也就是說｜自身 じしん 名 自身
生み出す うみだす 動 產出｜評価 ひょうか 名 評價
手を加える てをくわえる 修改｜同僚 どうりょう 名 同事
統計表 とうけいひょう 名 統計表｜数字 すうじ 名 數字
作成 さくせい 名 製作｜体裁 ていさい 名 樣式
手を出す てをだす 插手｜行為 こうい 名 行為
目的 もくてき 名 目的｜大胆だ だいたんだ な形 大膽的
心得る こころえる 動 領會｜符号 ふごう 名 符號

56

會感到不舒服是為什麼？
1 因為自己寫的文章節奏被改動了
2 因為文章中出現不符自己心情的內容
3 因為自己的文章那種生動的感覺消失了
4 因為自己短短的文章，被做出了驚人的改動

解析 題目列出的畫底線句子「不快になる（感到不高興）」位在文章第一段，因此請閱讀第一段，並找出針對畫底線句子的相關說明。畫底線處後方寫道：「文章は呼吸のようなものでどんなに短い文章でもその人独自の調子があり、自然に息をしているところを急に邪魔されると一瞬はっとするのだ」，因此答案要選 1 自分の書いた文章のリズムが変えられてしまうから（因為自己寫的文章節奏被改動了）。

詞彙 リズム 名 節奏｜異なる ことなる 動 相異
生き生き いきいき 副 生動地｜感じ かんじ 名 感覺

57

在筆者的想法中，什麼是編輯的工作？
1 將作者寫的原稿變成出版社的所有物
2 重寫原稿並讓作者接受
3 只修正原稿中明確的錯誤
4 修正錯誤或標點符號等各種情況

解析 本題詢問筆者對於編輯工作的看法，因此請仔細閱讀第二段，從中找出相關內容。筆者於第一段提到收到出版社寄來的原稿，發現標點符號被拿掉，感到不太愉快。第二段中則寫道：「原稿に手を入れることは編集者の仕事の一つだとわかってはいる」，因此答案要選 4 誤りや句読点など様々な個所を修正すること（更正錯誤或標點符號等各種部分）。

詞彙 作者 さくしゃ 名 作者｜書き直す かきなおす 動 重寫
明確だ めいかくだ な形 明確的｜誤り あやまり 名 錯誤
個所 かしょ 名 地方

58

對於修正他人的創作物，筆者是怎麼想的？
1 修改他人的創作物是很失禮的，這種行為就像是在說原作者的壞話一樣。
2 修正他人的創作物時，應該充分地注意作者的心情。
3 所有的創作物都是作者獨特的所有物，他人插手都是大膽的行為。

讀解

4　所有的創作物都是作者才能作出的，修正時需要勇氣。

解析 本題詢問筆者對於修改他人創作的看法。因此請仔細閱讀第三段，並從中找出相關內容。第三段中寫道：「すべての創作物はその人の生理、身体、情緒、経験、つまりその人自身から生み出される」，以及「そこに外から手を出す行為は、より良くするという目的の為であっても、大胆なことだと心得るべきではないだろうか」，因此答案要選 3 全ての創作物は作者独自のものなので、他人が手を加えるのは思い切った行為だ（所有的創作都是屬於作者的獨有之物，所以別人插手是一個大膽的舉動）。

詞彙 他人 たにん名他人｜悪口 わるくち名壞話
行い おこない名行為｜気を配る きをくばる 顧慮
思い切った おもいきった 果敢的｜全て すべて名全部
勇気 ゆうき名勇氣

問題 10　請閱讀下列文章，並針對後面的問題從 1、2、3、4 中選擇最合適的答案。

59-62

小時候，我家養的狗從來都沒有叫過。因為是第五個家人，所以將牠取名為阿五，雖然外表很帥，也非常優秀，像是會在大賽中得獎，但好像因為什麼壓力心理生病了，所以一直找不到願意領養的人，來到我家時已經是個成犬了。雖然當時很想養幼犬的我們兄弟倆是有點失望，但是更讓我們困惑的是，牠完全無法親近人這件事。牠非常地害怕人類，害怕到讓我們了解原來所謂的封閉心靈就是這個樣子啊。所以，一開始連帶牠出去散步都是一大難事，首先牠連小屋都不願意出來，也無法幫牠繫上牽引繩。好不容易終於繫上，想帶牠出門時，牠又像被強迫做什麼萬般不願的事一樣變得非常哀傷。餵食時也是，無論怎麼叫牠牠都不會從小屋出來，沒有辦法只好放著，卻又確實有在吃……當時就是這種狀態。

我們一邊想著摸摸牠應該是夢想中的夢想吧，也為了不嚇到牠，非必要時也不會去逗弄牠。但即使如此，我們還是每天都會和牠有一點接觸。然後，破冰的那天終於在 2、3 年之後到來了。一開始光是看牠從小屋走出來就非常感動，我和哥哥兩人還很興奮地比賽誰能把牠叫出來，或摸摸牠試探牠的反應。後來看牠終於從我手上吃了牠最愛的起司時，我真的非常自豪，有一種第一次真正得到信任的感覺。雖然牠還是慢慢的，看起來也怕怕的，但確實是逐漸敞開了心扉，也開始會客氣地靠近我們，出門時也會讓我們看到尾巴垂釣，無精打采的心情。所以大家真的都非常高興。晚年時雖然牠的腳變得不太好，走路都搖搖晃晃的，但只要一到散步的時間，就會開心嬉鬧的模樣，真的非常可愛。

現在會想起這些事是因為我很明白，在工作上想要說服原本就不信任自己的人是極為困難的一件事。不能認為與孩子或動物交流的體驗都能原樣照搬，而且人家沒有耐心等待才是現實，所以除了坦誠相待沒有別的方法了。比方說，對律師要放下警戒心真的非常困難。

儘管我相信阿五已經逐漸地親近我們了，但牠除了偶爾在夢中發出一點聲音之外完全沒有叫過。那時候我還心想也許能聽到汪汪的叫聲吧，雖然那也不過就是我一個隱隱的期待，再加上也很希望在破冰後能看見一個更大的寶物。不過我的父母親和哥哥似乎完全不在意牠不會叫，基於必須尊重對方的意願，也不能太過執著。而且也沒有什麼比信任更重要，這是阿五從我手上悄悄吃掉起司的觸感，教會我的事實。

（註 1）雪解け：這裡指的是雙方之間的緊張感緩解、開始有了友好氣氛
（註 2）誇らしい：感到自豪、驕傲的心情
（註 3）真に：真的

詞彙 飼う かう動飼養｜名付ける なづける動取名
コンクール名競賽｜表彰 ひょうしょう名表揚
見た目 みため名外表｜優秀だ ゆうしゅうだな形優秀的
ストレス名壓力｜引き取り手 ひきとりて名收養者
既に すでに副已經｜子犬 こいぬ名幼犬｜がっかりする 失望
困惑 こんわく名困惑｜全く まったく副完全地｜なつく動親近
徹底 てってい名徹底｜怖がる こわがる動恐懼
連れ出す つれだす動帶出門｜一苦労 ひとくろう名費力
小屋 こや名狗等寵物的小屋｜まるで副宛然
嫌がる いやがる動厭惡｜無理強い むりじい名強迫
どんなに 怎麼地｜仕方ない しかたない 沒辦法
状態 じょうたい名狀態｜なでる動撫摸
夢のまた夢 ゆめのまたゆめ 白日夢｜構う かまう動理睬
接する せっする動接觸｜雪解け ゆきどけ名雪融
やってくる動到來｜すんなり副順利地｜感動 かんどう名感動
競う きそう動競爭｜盛り上がる もりあがる動熱烈
ついに副終於｜好物 こうぶつ名喜愛的食物
チーズ名起司｜誇らしい ほこらしいい形驕傲的
本物 ほんもの名真正｜信頼 しんらい名信賴｜得る える動獲得
感じる かんじる動感受｜恐る恐る おそるおそる副戰戰兢兢地
確実だ かくじつだな形確實的｜許す ゆるす動放寬
遠慮がちだ えんりょがちだな形有所顧慮的
寄せる よせる動靠近｜垂らす たらす動垂下
ションボリ副垂頭喪氣地｜感情 かんじょう名感情
晩年 ばんねん名晚年｜ヨタヨタ副搖搖晃晃地｜はしゃぐ動嬉鬧
信用 しんよう名信用｜依頼人 いらいにん名委託人
説得 せっとく名說服｜困難 こんなん名困難
相手 あいて名對象｜成功 せいこう名成功
体験 たいけん名體驗｜通用 つうよう名通用
気長だ きながだな形有耐心的｜現実 げんじつ名現實
誠実だ せいじつだな形誠實的｜方法 ほうほう名方法
弁護士 べんごし名律師｜警戒心 けいかいしん名警戒心

真に しんに 副 真正地 | 次第に しだいに 副 逐漸地
寝言 ねごと 名 夢話 | ワンワン 副 汪汪地
勝手だ かってだ な形 擅自的 | 期待 きたい 名 期待
さらに 副 更加地 | 宝物 たからもの 名 寶物 | さほど 副 那麼地
気にする きにする 在意 | あくまでも 原則上
意思 いし 名 意志 | 尊重 そんちょう 名 尊重 | そっと 副 安靜地
感触 かんしょく 名 觸感 | 両者 りょうしゃ 名 雙方
緊張 きんちょう 名 緊張 | ゆるむ 動 鬆緩
友好 ゆうこう 名 友好 | 誇り ほこり 名 驕傲
自慢 じまん 名 自豪

59

狗狗完全不親近人的理由是什麼？
1 因為長時間沒有人領養
2 因為強烈的壓力，變得害怕人類
3 因為來到家裡時已經是成犬了
4 因為非常討厭出門

解析 本題詢問無法馴服狗的理由，因此請仔細閱讀第一段，並從中確認相關內容。第一段中寫道：「何かのストレスで心を病んでしまい」、以及「心を開かないとはこのことかと思うほど徹底して人間を怖がっていた」，因此答案要選 2 強いストレスがあり、人を怖がっていたから（因為壓力很大、怕人）。

詞彙 長い間 ながいあいだ 長期 | 引き取る ひきとる 動 收養
成犬 せいけん 名 成犬

60

孩童時代的筆者，為了得到狗狗的信任做了什麼？
1 將感到厭惡的狗狗帶出門，每天一起散步
2 試著靠近牠，注意不因為過度的撫摸嚇到牠
3 每天接觸牠，但非必要盡可能不去逗弄，以免嚇到牠
4 注意不要太執著，靜靜地等待牠

解析 本題詢問取得狗信任的方式，因此請仔細閱讀第二段，並從中確認相關內容。第二段中寫道：「怖がらせないよう必要以上には構わず、それでも毎日接していると」，因此答案要選 3 毎日接していたが、怖がらせないように構うのは必要最低限にした（雖然每天都有跟牠互動，但僅維持最低限度，以免嚇到牠）。

詞彙 必要最低限 ひつようさいていげん 必要的最低限度
気を付ける きをつける 留意

61

這些事是指什麼事？
1 一開始害怕人的狗狗，逐漸敞開了心扉
2 狗狗上了年紀之後，腳變得不好就無法走路了
3 小時候飼養的狗狗幾乎沒有出聲叫過
4 得從心靈封閉的狗狗得到真正的信任時，是非常令人自豪的事

解析 題目列出的畫底線句子「こんなこと（這樣的事情）」位在文章第三段，因此請閱讀第三段，並找出針對畫底線句子的相關說明。畫底線處前一段寫道：「ゆっくりと恐る恐るではあったが確実に心を許してくれるようになり、遠慮がちに体を寄せてきたり、出掛ける時は尾を垂らしてションボリするなどの感情も見せるので皆でいちいち喜んだものだ」，以及畫底線處後方寫道：「動物相手の成功体験」，因此答案要選 1 最初は人を怖がっていた犬が、だんだんと心を許してくれるようになったこと（剛開始怕人的狗，漸漸接納我的心意）。

詞彙 年を取る としをとる 上年紀

62

符合筆者想法的是下列哪一項？
1 想要得到別人的信任，除了坦誠相待別無他法
2 一直尊重對手的意思，一定可以得到信任
3 孩提時期的成功體驗，對律師的工作是很有用處的
4 無論是人還是狗狗，得到對方的信任在人生中是最為重要的。

解析 本題詢問筆者透過文章想表達的內容，因此請仔細閱讀文章後半段，確認筆者的想法或主張。第三段中寫道：「誠実に接するしか方法はない」，以及第四段中寫道：「必死になりすぎないよう、あくまでも相手の意思を尊重しなければならない。信頼以上に大切なことはないのだ」，因此答案要選 1 人から信頼されるようになるには、誠実に接するよりほかはない（想要得到別人的信任，除了坦誠相待別無他法）。

詞彙 〜よりほかはない 只有〜
〜に違いない 〜にちがいない 必定〜
役立つ やくだつ 動 有益 | 人生 じんせい 名 人生

實戰測驗 3

p.298

50 2 **51** 1 **52** 2 **53** 4 **54** 2 **55** 1
56 3 **57** 2 **58** 4 **59** 3 **60** 2 **61** 1
62 4

問題 9 請閱讀下列（1）～（3）的文章，並根據後面的問題從 1、2、3、4 中選擇最合適的答案。

讀解

50-52

以觀測地球及太空以及利用太空環境進行研究或實驗為目的的巨大載人設施，也就是國際太空站。在那裡，有許多致力於太空實驗或解決課題的機組員滯留，他們的實驗所帶來的新科學技術，也對地面上的生活及產業有很大的幫助。

國際太空站在距離地面約 400km 的上空中，以時速 27,700km，換算成秒速約 7.7km 的速度飛行，約 90 分即可繞地球一圈；1 天可繞地球 16 圈。機組員滯留的期間，氣壓、氧氣與二氧化碳的濃度、水等，則由環境控制系統與生命保障系統控制、管理。這些系統大部分都是由美國、俄羅斯各自開發提供，但緊急情況時也會相互利用。其中，維持生命所必須的水與排泄方面也少不了這個體制。

但是，過去也曾經發生過遠遠超出想像的緊急狀況。2019 年的某一天，俄羅斯和美國雙方的廁所都停止運作。美國方的廁所無法消除故障顯示。俄羅斯方的廁所淨化槽也因為滿槽無法使用。警報聲因此鳴叫個不停，雙方都陷入了無廁所可用的狀況。雖然機組員疲於奔命地應付修復作業，但一直到解決問題之前的一整個晚上，每個人在沒有廁所可用的情況下也都沒有因此陷入慌亂地堅持了下來。

在這種瀕臨死亡的情況下，從克服緊急情況的他們身上可以學到很多。而且，偶爾想到在我們抬頭看見的遙遠天空，也有許多跨越國境，團結地完成各種任務的國際太空站組員也是很不錯的對吧。

（註）翻弄される：玩弄、愚弄。在這裡指的是被時間追著跑的應付各種事。

詞彙 地球 ちきゅう 名 地球｜及び および 接 以及
宇宙 うちゅう 名 宇宙｜観測 かんそく 名 觀測
環境 かんきょう 名 環境｜実験 じっけん 名 實驗
目的 もくてき 名 目的｜巨大だ きょだいだ な形 巨大的
有人 ゆうじん 名 有人｜施設 しせつ 名 設施
国際宇宙ステーション こくさいうちゅうステーション 名 國際太空站
課題 かだい 名 課題｜解決 かいけつ 名 解決
優秀だ ゆうしゅうだ な形 優秀的
乗組員 のりくみいん 名 機組員｜滞在 たいざい 名 滯留
もたらす 動 帶來｜新ただ あらただ な形 新的
地上 ちじょう 名 地球上｜役立てる やくだてる 動 助益
上空 じょうくう 名 上空｜なんと 副 竟然｜時速 じそく 名 時速
秒速 びょうそく 名 秒速｜換算 かんさん 名 換算
飛行 ひこう 名 飛行｜気圧 きあつ 名 氣壓｜酸素 さんそ 名 氧氣
二酸化炭素 にさんかたんそ 名 二氧化碳｜濃度 のうど 名 濃度
制御 せいぎょ 名 控制｜生命 せいめい 名 生命｜維持 いじ 名 維持
システム 名 系統｜管理 かんり 名 管理｜多く おおく 名 多數
ロシア 名 俄羅斯｜それぞれ 名 各自｜開発 かいはつ 名 開發
提供 ていきょう 名 供給｜非常時 ひじょうじ 名 緊急時刻
相互 そうご 名 相互｜必須 ひっす 名 必須｜排泄 はいせつ 名 排泄
体制 たいせい 名 體制｜欠かせない かかせない 不可或缺的
想定 そうてい 名 預想｜はるかに 副 遠遠地
事態 じたい 名 事態｜機能 きのう 名 機能｜停止 ていし 名 停止
米国 べいこく 名 美國｜表示 ひょうじ 名 號誌
浄化槽 じょうかそう 名 淨化槽｜満タン まんたん 填滿
使用 しよう 名 使用｜不可 ふか 名 不可
ブザー音 ブザーおん 警報音｜状況 じょうきょう 名 狀況
陥る おちいる 動 陷入｜復旧 ふっきゅう 名 修復
作業 さぎょう 名 工程｜翻弄される ほんろうされる 任憑擺佈
不具合 ふぐあい 名 故障｜一晩中 ひとばんじゅう 一整晚
取り乱す とりみだす 動 慌亂｜状態 じょうたい 名 狀態
辛抱 しんぼう 名 忍耐｜死 し 名 死亡
隣り合わせ となりあわせ 名 相鄰
非常事態 ひじょうじたい 名 緊急事態
乗り切る のりきる 動 克服｜見上げる みあげる 動 仰望
国境 こっきょう 名 國境｜団結 だんけつ 名 團結
あらゆる 所有的｜任務 にんむ 名 任務｜遂行 すいこう 名 遂行
対応 たいおう 名 應對｜追う おう 動 追趕

50

在國際太空站中做實驗或其它研究是為了什麼？

1 為了開發可以在太空空間使用的新科學技術
2 為了探索人類社會中可活用的新科學技術
3 為了調查太空空間可用的技術能否在地面上使用
4 為了從利用太空環境的研究選擇出對生活有用的東西

解析 本題詢問實驗的目的為何，因此請仔細閱讀第一段，從中確認相關內容。第一段中寫道：「彼らの実験からもたらされた新たな科学技術は、地上の生活や産業に役立てられている」，因此答案要選 2 人間の社会で活用できる新しい科学技術を探すため（為找出可用於人類社會的新科技）。

詞彙 空間 くうかん 名 空間｜活用 かつよう 名 活用
役立つ やくだつ 動 有益

51

文中提到緊急情況時也會相互利用，請問是怎麼利用？

1 美國的系統無法運作時，還可以暫時使用俄羅斯的系統。
2 可以使用美國開發的系統，然後重新開發俄羅斯的系統。
3 為緊急問題而備，可在一定時間內交互使用各自的系統。
4 只有生命保障系統，可以按順序使用各自的系統。

解析 題目列出的畫底線句子「非常時には相互利用することがある（在緊急情況下也會互相利用）」位在文章第二段，因此請閱讀第二段，並找出針對畫底線句子的相關說明。畫底線處前方寫道：「乗組員たちの滞在中、気圧、酸素・二酸化炭素の濃度、水などは、環境制御・生命維持システムによって制御・管理」，以及「これらのシステムの多くを、アメリカ、ロシアのそれぞれが開発及び提供」，因此答案要選 1 アメリカのシステムが作動しない場合は、ロシアのシステムを一時的に使用することがある（當美國的系統無法運作時，可以暫時使用俄羅斯的系統）。

詞彙 作動 さどう名運作｜一時的だ いちじてきだ な形一時的
再開発 さいかいはつ名重新開發｜トラブル名故障
備える そなえる動防備｜一定 いってい名一定
期間 きかん名期間｜交互 こうご名交互
～に限って ～にかぎって 限於～｜順番 じゅんばん名輪流

52

這篇文章筆者想說的是？
1 如果沒有美國、俄羅斯兩國的環境控制、生命保障系統，一定無法完成任務。
2 從不同國籍的機組員面對一項問題時的態度，可以學到很多東西。
3 國際太空站的機組員都非常優秀，遇到緊急狀況也可順利解決。
4 在瀕臨死亡的狀況下，如果不團結，無論什麼問題都無法解決。

解析 本題詢問筆者透過文章想表達的內容，因此請仔細閱讀文章後半段，確認筆者的想法或主張。第四段中寫道：「非常事態を乗り切る彼らの姿から学ぶものは多い」，以及「国境を越えて団結することであらゆる任務を遂行する国際宇宙ステーションの乗組員たち」，因此答案要選 2 国籍の異なる乗組員たちが一つの課題に立ち向かう姿勢から、多くのことが学べる（從不同國籍的機組員處理一個問題的態度中，可以學到很多東西）。

詞彙 国籍 こくせき名國籍｜異なる ことなる動相異
立ち向かう たちむかう動面對｜姿勢 しせい名態度
見事だ みごとだ な形完美的｜団結力 だんけつりょく名團結力

53-55

大約在 20 年前，我在某個國家辦理了居留簽證延期手續。我心想都是區公所的工作，一定什麼都是按規則來，無論是誰申請都要等差不多一樣的天數。手續費也一定是固定的，沒想到對方居然告訴我還有特急手續費、快速手續費和普通手續費的差別。我忘了普通手續費要等幾天了，反正一聽到支付特急手續費當日就可拿到，我立刻就追加了好幾張鈔票來等。回國後我和同事們聊起這件事時，大多數的人都說「這簡直是特別優待有錢人嘛！」，只有一個人說「①那很不錯」，並說「這不就是隨機應變嗎？」

那個人認為，這世上每個人都有苦衷。也許有人非得在那一天拿到新的簽證不可？又或者是一個能夠左右他人人生的理由呢？比起用一個固定的規則束縛住所有的人，那先制定一個規則當基準，再規劃出②寬鬆運行的體制，這樣的社會不是能過得更加輕鬆嗎？

我認為和眾人使用同樣的規則比較公平。所以當時聽到那個女孩這麼說的時候我感到很衝擊。就像是法律上的平等一樣，既然有任何人都應站在同一立足點的想法，那麼相反的，也能想到說同樣的規則使用在所有人身上，可能會產生不人道的結果。所以任何事都不能只看一個面向來決定。

（註）優遇する：比其它的人更加禮遇、優待。

詞彙 滞在 たいざい名滯留｜ビザ名簽證｜延長 えんちょう名延長
手続き てつづき名手續｜役所 やくしょ名公所
何もかも なにもかも 無論何事｜ルール名規則
申請 しんせい名申請｜日数 にっすう名日數
手数料 てすうりょう名手續費｜一定 いってい名固定
料金 りょうきん名費用｜快速 かいそく名快速
告げる つげる動告知｜払う はらう動支付
即日 そくじつ名當日｜発行 はっこう名交付
お札 おさつ名紙幣｜追加 ついか名追加｜帰国 きこく名回國
同僚 どうりょう名同事｜優遇 ゆうぐう名優待
融通が利く ゆうずうがきく 臨機應變、通融｜それぞれ副各自地
事情 じじょう名事由｜人生 じんせい名人生
左右 さゆう名左右｜～かねない 可能～
一律 いちりつ名一律｜全て すべて名全部
縛り付ける しばりつける動束縛
基準 きじゅん名基準｜～かたわら 一方面～
緩やかだ ゆるやかだ な形寬大的｜運用 うんよう名運用
体制 たいせい名體制｜万人 ばんにん名萬人
適用 てきよう名適用｜公平だ こうへいだ な形公平的
発言 はつげん名發言｜衝撃 しょうげき名衝擊｜法 ほう名法律
平等 びょうどう名平等｜誰も だれも 任何人
立場 たちば名立場｜反面 はんめん名反面
非人道的だ ひじんどうてきだ な形非人道的
～得る ～える 可能～｜物事 ものごと名事物
一面 いちめん名片面｜もてなす動款待

53

文中提到①那很不錯，是指什麼不錯？
1 區公所的手續費不一樣
2 簽證可當日發行
3 有錢的人可以得到優待
4 只要付錢就能通融

解析 題目列出的畫底線句子「それはいい（那很好）」位在文章第一段，因此請閱讀第一段，並找出針對畫底線句子的相關說明。畫底線處前方寫道：「特急料金を払えば即日発行」、以及畫底線處後方寫道：「融通が利くってことでしょ」，因此答案要選 4 お金を払えば融通が利くこと（只要付錢就能有所變通）。

54

文中提到②寬鬆運行的體制，這裡指的是什麼意思？
1 即使違反規則，只要有錢的人就能獲得隨機應變。
2 雖然有規則，但可以看情況配合個人苦衷或原委來改變。
3 為人平等對待所有人，可以視情況改變規則。
4 對每個人的規則都不太嚴格，允許做出與規則不同的應對。

解析 題目列出的畫底線句子「緩やかに運用する体制（寬鬆運行

的體制）」位在文章第二段，因此請閱讀第二段，並找出針對畫底線句子的相關說明。畫底線處前方寫道：「人にはそれぞれ事情がある」，以及包含畫底線處在內的句子寫道：「基準となるルールがあるかたわらで、緩やかに運用する体制があるほうが」，因此答案要選 2 ルールはあるが、場合によっては個人の事情に合わせて変えることができる（雖然有規定，但在某些情況下，可根據個人狀況有所改變）。

詞彙 反する はんする動違反、相反｜個人 こじん名個人
対応 たいおう名應對

55

有關於規則，筆者是怎麼想的？

1 所有人適用同一規則，有好的一面也有壞的一面。

2 規則適用應該要公平，但運用則必須交給使用的人決定。

3 為了實現人人皆平等的理想，沒有必要所有人都遵守同一個規則。

4 在決定任何事都應該仔細思考，以避免使用不人道的規則。

解析 本題詢問筆者對於規定的看法，因此請仔細閱讀文章的第三段，並從中確認相關內容。第三段中寫道：「法の下の平等のように、誰もが同じ立場であるべきだという考えがある反面、誰に対しても同じ規則を使うがゆえ非人道的なことも起こり得る。物事は一面だけを見ては決められないものである」，因此答案要選 1 誰に対しても一律のルールを適用することは、いい面も悪い面もある（對任何人都適用同樣的規則，既有好處也有壞處）。

詞彙 面 めん名層面｜任す まかす動託付｜守る まもる動遵守

56-58

明明知道有不能不去做的事，但卻遲遲無法展開行動。我想應該沒有人沒有過這樣的經驗。這在生活或社會的各種場合下都可以看到，只是大部分的時候都不會演變成什麼大問題。但是，拖延這個事實還是會為人的內心造成影響，不斷反覆發生還會逐漸變成習慣。

如果因為拖延行動讓事態惡化那就更麻煩了，愈是延遲焦慮感也會增加。然後會發現著手變得更難了，甚至還會因為太過困難，而自我說服去接受無法立刻做到的自己。所以，想要切斷「事態惡化與焦慮感大增」只有不管碰到任何事都立刻著手開始。當遇到覺得困難而無法快速行動的事時，有人說先將要做的事細分成好幾個作業步驟，是很有用的方式。也就是說當遇到宛如大山一樣的事時，就先將它們變成單純且立刻就能行動，可以解決掉的作業。即使是一點一點的，但只要穩步前進，那遲早也只是囊中物。

任何事情在開始之前都會讓人以為很困難，或者剛下手時也會覺得好像得不到什麼成就感。但是只要好好的做下去，並將看起來很大的事細分，不僅可以降低困難度，應該也能感受到開始前想像不到的成就感。累積小小的滿足，不僅能將行動落實，還能有效克服拖延的問題。

（註 1）皆無：完全沒有
（註 2）細分化する：細分
（註 3）有用：有用的

詞彙 取り掛かる とりかかる動著手｜おそらく副恐怕
皆無 かいむ名完全沒有｜場面 ばめん名局面
さほど副那麼地｜先延ばし さきのばし名拖延
事実 じじつ名事實｜影響 えいきょう名影響
与える あたえる動造成｜繰り返す くりかえす動重複
習慣化 しゅうかんか名養成習慣｜行動 こうどう名行動
事態 じたい名事態｜悪化 あっか名惡化｜予想 よそう名預想
さらに副更加地｜厄介だ やっかいだな形棘手的
遅らせる おくらせる動延遲｜不安 ふあん名不安
増大 ぞうだい名增大｜一層 いっそう副更加地
着手 ちゃくしゅ名著手｜感じる かんじる動感受
納得 なっとく名信服｜悪循環 あくじゅんかん名惡性循環
断ち切る たちきる動斷絕｜とにかく副總之
物事 ものごと名事物｜困難だ こんなんだな形困難的
細分化 さいぶんか名細分｜作業 さぎょう名工作
分ける わける動分割｜有用だ ゆうようだな形有用的
単純だ たんじゅんだな形單純的｜完了 かんりょう名完成
確実だ かくじつだな形確實的｜進める すすめる動進行
こっちのもの 照自己所想的運行｜～たところで 就算～
達成感 たっせいかん名成就感
やり始める やりはじめる 開始進行｜低下 ていか名降低
満足 まんぞく名滿足｜積み重ねる つみかさねる動累積
克服 こくふく名克服｜つながる動相關｜全く まったく副完全地

56

文中有指出變成習慣，請問是什麼變成習慣？

1 該做的事情不做，也不會覺得有問題

2 以該做的事為由，強行要求他人

3 知道是該做的事，但無法立刻動作

4 該做的事不做，只會拜託他人

解析 題目列出的畫底線句子「習慣化されてしまう（變成習慣）」位在文章第一段，因此請閱讀第一段，並找出針對畫底線句子的相關說明。畫底線處前方寫道：「しなければいけないとわかっていることに、なかなか取り掛かれない」，以及「先延ばしにしたという事実は人の心に影響を与え」，因此答案要選 3 しなければいけないと理解しているが、すぐには始めないこと（雖然理解非做不可，但是卻不會馬上開始）。

詞彙 問題視 もんだいし名視作問題｜強要 きょうよう名強求
理解 りかい名理解｜頼る たよる動依靠

57

根據筆者所述，怎麼做才能立刻展開行動？
1　從把所有事分成可以立刻行動的小小任務開始
2　將該做的事細分成小小的任務
3　單純地思考，立刻行動
4　只選擇能夠終結的任務，並它從開始

解析 本題詢問筆者認為能夠展開行動的方法為何，因此請仔細閱讀文章的第二段，並從中確認相關內容。第二段中寫道：「始めることが困難な場合は、すべきことを細分化し、いくつかの作業に分けることが有用だと言われている」，因此答案要選 2 しなければいけないことを小さな作業に分ける（把非做不可的事情分割成小的任務）。

58

這篇文章筆者最想說的是什麼？
1　在著手任何事時先細分為小小的任務就不會犯錯。
2　迅速地處理任何事雖然很困難，但只要得到滿足感就不會再拖延了
3　任何事想要確實的行動，不拖延，立刻開始比較好。
4　如果能從把事情做好當中獲得成就感，便會停止拖延

解析 本題詢問筆者透過文章想表達的內容，因此請仔細閱讀文章後半段，確認筆者的想法或主張。第三段中寫道：「始める前に思っていた以上の達成感を感じるはずだ。小さな満足を積み重ねることは、実行を確実なものにするだけでなく、先延ばしを克服することにつながるのだ」，因此答案要選 4 物事を確実に行うことによって達成感を得られると、先延ばしをしなくなるだろう（如果能從把事情做好當中獲得成就感，便會停止拖延）。

詞彙 分割 ぶんかつ 名 分割｜速やかだ すみやかだ な形 迅速的
處理 しょり 名 處理｜滿足感 まんぞくかん 名 滿足感

問題 10　請閱讀下列文章，並根據後面的問題從 1、2、3、4 中選擇最合適的答案。

59-62

真心話與場面話，通常很難決定哪個應該被優先考慮。

每年初春，隔壁的老奶奶總會送我大量的山菜，那好像是老奶奶的最愛而且是她自己摘的。老奶奶是個很溫柔的人，對我非常親切，我也很喜歡聽她說故鄉的故事，但其實我不喜歡山菜，所以每一次都吃得很辛苦。而且即使想說吃不完就送給別人好了，但不喜歡山菜的人實在太多了，結果幾乎還是我自己吃掉。雖然我經常提醒自己還是盡可能坦率一點，但結果總是不能如意，當收到一些讓我感到有點困擾的東西時，我終究還是會①場面話優先於真心話，貌似開心地接受。對待食物我會盡可能不浪費，但如果食物壞了不能吃了，即使會感到有點抱歉，但同時也會鬆了一口氣，然後決定下一次至少也要說出這麼多我吃不完。但結果還是反覆地失敗。

在這種說不清道不明的心情中，有一天我被一個簡直像是我心情的對照組，標題為「功利主義論」的刊物給救贖了。「功利主義論」是一種將能不能得到功利，也就是利益，視為最重要的思考邏輯。說的是對大多數人而言什麼最有益、在人際關係中真實的重要性。還有謊言會破壞我們語言交流的穩定性，並破壞來自他人的信任。還容易使人際關係惡化，威脅到社會的幸福感。因為信任是社會上創造幸福的要素之一，傳播真實是有益的，而謊言才是無益的。

雖然我認為這一點絕對正確，但仍有例外，也就是說為了保護某人，還是需要避免給人帶來不愉快的謊言，我真的深深贊同這項論點。對於認為填補個人幸福與群體幸福的差距就是人類的目的、且追求社會整體之善的作者而言，②這個例外就是貢獻給絕大多數人的幸福。但這種有益於幸福的行動，想必是經歷過不少經驗才得以誕生的吧。

所以我的迷茫也消失了，和兒子兒媳同住的老奶奶，假日時兒子會開車送她到特別的地方摘最喜歡的山菜，然後再轉送一些給我。而且我也經常會送一些手作的果醬給她，這也是一種彼此間的好意吧。即使有一點困擾；即使我總是吃不完，但感激地收下來也是一種有益的「謊言」。我想她一定是比我還熟練的功利主義者。

（註 1）山菜：生長在山中的可食用植物
（註 2）挫ける：氣餒、感到灰心

詞彙 本音 ほんね 名 真心話｜建前 たてまえ 名 場面話
優先 ゆうせん 名 優先｜悩ましい なやましい い形 惱人的
春先 はるさき 名 初春｜山菜 さんさい 名 山菜
大好物 だいこうぶつ 名 特別喜愛的事物
摘む つまむ 動 摘採｜気の良い きのよい 個性好
故郷 こきょう 名 故鄉｜苦手だ にがてだ な形 不擅長的
苦労 くろう 名 辛勞｜とても 副 怎麼也
食べきる たべきる 吃完｜結局 けっきょく 副 最後
常々 つねづね 平時｜正直だ しょうじきだ な形 誠實的
心掛ける こころがける 動 留心｜意 い 名 心情
沿う そう 動 遵循｜受け取る うけとる 動 收下
粗末だ そまつだ な形 糟蹋的、浪費的｜傷む いたむ 動 腐壞
申し訳ない もうしわけない い形 抱歉的｜せめて 副 至少
決心 けっしん 名 決心｜挫ける くじける 動 挫敗
繰り返し くりかえし 名 反覆｜曖昧だ あいまいだ な形 曖昧的
功利主義論 こうりしゅぎろん 名 功利主義論
心情 しんじょう 名 心情｜正反対 せいはんたい 名 完全相反
タイトル 名 標題｜書物 しょもつ 名 書籍
救われる すくわれる 被拯救｜すなわち 接 也就是
利益 りえき 名 利益｜最重要 さいじゅうよう 最重要
論理 ろんり 名 理論｜最大 さいだい 名 最大｜多数 たすう 名 多數
有益だ ゆうえきだ な形 有益的
人間関係 にんげんかんけい 名 人際關係｜真実 しんじつ 名 真實
説く とく 動 闡述｜交す かわす 動 交換

不安定だ ふあんていだ [な形]不安定的 | 信頼 しんらい [名]信賴
損なう そこなう [動]毀損 | よって [接]因此
幸福 こうふく [名]幸福 | 脅かす おびやかす [動]威脅
作り出す つくりだす [動]創造 | 要素 ようそ [名]要素
無益 むえき [名]無益 | 全く まったく [副]完全地
例外 れいがい [名]例外 | 不愉快だ ふゆかいだ [な形]不愉快的
論説 ろんせつ [名]論說 | 賛同 さんどう [名]贊同
個人 こじん [名]個人 | 集団 しゅうだん [名]集團
隔たり へだたり [名]隔閡 | 埋める うめる [動]填補
目的 もくてき [名]目的 | 追求 ついきゅう [名]追求
著者 ちょしゃ [名]作者 | 貢献 こうけん [名]貢獻
少なからず すくなからず [副]不少 | 夫婦 ふうふ [名]夫婦
同居 どうきょ [名]同住 | どっさり [副]大量地
手作り てづくり [名]手做 | いわば [副]可說是 | 好意 こうい [名]好意
熟練 じゅくれん [名]熟練 | 生える はえる [動]生長
食用 しょくよう [名]食用 | 植物 しょくぶつ [名]植物
弱気になる よわきになる 退縮 | 意欲 いよく [名]意欲
失う うしなう [動]失去

59

①場面話優先於真心話指的是什麼？

1 討對方開心，並始終保持誠實
2 比起自己，更應該考慮正在煩惱的對方的心情
3 沒有明確說不要，而是裝作高興的樣子
4 自己由衷地接受讓自己困擾的事

解析 題目列出的畫底線句子「本音よりも建前を優先（場面話優於真心話）」位在文章第二段，因此請閱讀第二段，並找出針對畫底線句子的相關說明。畫底線處前方寫道：「実は私は山菜が苦手で毎回食べるのに苦労します」，以及畫底線處所在的句子寫道：「ちょっと困るようなものをいただいたときは、やはり本音よりも建前を優先し、喜んで受け取ります」，因此答案要選3 はっきり要らないと言わず、うれしいふりをすること（沒有明確說不要，而是裝作高興的樣子）。

詞彙 喜ばせる よろこばせる [動]取悅 | 受け入れる うけいれる [動]接納

60

筆者的心情與「功利主義論」有何不同？

1 相對於筆者是將對方的心情放在首位，「功利主義論」主要是以利益為優先。
2 相對於筆者為不知如何行動而感到困擾，「功利主義論」首先重要的是能不能成為利益。
3 相對於筆者重視場面話，「功利主義論」認為唯有傳遞出真實的訊息才是有益的。
4 相對於筆者不想說謊，「功利主義論」認為說謊也是很重要的。

解析 本題詢問筆者對於「功利主義」的看法，因此請仔細閱讀文章第三段，從中確認相關內容。筆者於第二段中提到不曉得該不該說出真心話，並於第三段中寫道：「「功利主義論」とは、功利すなわち利益になるかどうかを最重要に考える論理です」，因此答案要選2 筆者がどうふるまうべきか迷っているのに対し、「功利主義論」は利益になることをまず重要視する（筆者猶豫著該如何行動，而「功利主義論」則強調能否成為利益為優先）。

詞彙 ふるまう [動]行動 | 重要視 じゅうようし [名]重視

61

②這個例外指的是什麼？

1 為了保護某人、不搞壞別人心情，謊言是很重要的
2 縮小個人的幸福與群體的幸福之間的差距所做的行動
3 只要是為了追求社會全體的幸福，無論說什麼謊都沒有關係
4 不能只傳遞出真實的訊息，謊言也要一起傳遞出去

解析 題目列出的畫底線句子「この例外（這個例外）」位在文章第四段，因此請閱讀第四段，並找出針對畫底線句子的相關說明。畫底線處前方寫道：「しかし例外があり、誰かを守るため、不愉快な思いをさせないための嘘は重要だという論説に深く賛同しました」，因此答案要選1 誰かを守るためや気分を悪くさせないための嘘は大切だということ（為了保護某人、不搞壞別人心情，謊言是很重要的）。

詞彙 守る まもる [動]保護

62

有關於「謊言」，下列哪一項符合筆者的想法？

1 謊言會消耗掉信任，使社會變得不穩定，但很難說就是無益的。
2 為了社會全體的幸福所製造的謊言，都是從人的經驗中誕生的。
3 為了維持人際關係，有時也會互相說謊。
4 不會給對方造成不好回憶的謊言，能給人帶來幸福。

解析 本題詢問的是筆者對於「謊言」的看法，因此請仔細閱讀文章第五段，並從中確認相關內容。第五段中寫道：「少々困っても、たとえ食べきれなくても、ありがたく受け取るのは有益な「嘘」なのです」，因此答案要選4 相手に嫌な思いをさせないための嘘は、人々を幸福にする（不會給對方造成不好回憶的謊言，能給人帶來幸福）。

綜合理解

實力奠定

p.310

01 ① 02 ① 03 ② 04 ①

01

A

看新聞節目的時候，我聽到來賓用一大堆外來語都會感到有點不耐煩。像是「context」、「logic」這樣的外來語也像理所當然一樣地使用。「context」指的是文脈；「logic」指的是邏輯，這是需要特地換成外來語的用詞嗎？

雖然還不至於說是日語的誤用，但我對於過度使用外來語都會感到疑問。話說回來，新聞節目的目的是要向觀眾傳播消息，但我甚至不知道他們是不是真的有心要好好傳播。

B

外來語的使用雖然是已經被視為一種問題，但是語言是隨著時代變化的，使用新的語彙是非常自然的一件事。像是「risk（風險）」、「motivation（動力）」等數十年前還沒被使用的語彙，今天卻已經被定調為日語了。當然，我也認為傳播資訊用的新聞節目或報紙等，應該注意用詞必須讓所有人都能理解，但家人或朋友日常的對話只要能互相理解，那想使用也是沒問題的吧。

有關於過度使用外來語，A 與 B 是怎麼敘述的？

① **A 說的是應該避免使用不必要的外來語；B 說的是隨著時代的變化，語言發生變化也是理所當然的事。**

② A 說的是大量使用外來語會使資訊的傳播變得困難；B 說的是資訊只要能正確傳播，無論什麼場合怎麼使用外來語都沒有關係。

詞彙 出演者 しゅつえんしゃ 名 登壇者｜外来語 がいらいご 名 外來語
多用 たよう 名 頻用｜嫌気がさす いやけがさす 感到厭煩
コンテクスト 名 前後文｜ロジック 名 邏輯
当たり前 あたりまえ 名 理所當然｜使用 しよう 名 使用
文脈 ぶんみゃく 名 文章脈絡｜論理 ろんり 名 邏輯
わざわざ 副 刻意地｜言い換える いいかえる 動 換言
乱れ みだれ 名 紊亂｜過度 かど 名 過度｜疑問 ぎもん 名 疑問
感じる かんじる 動 感到｜そもそも 副 本來
情報 じょうほう 名 資訊｜問題視 もんだいし 名 視作問題
言語 げんご 名 語言｜変化 へんか 名 變化｜リスク 名 風險
モチベーション 名 動力｜定着 ていちゃく 名 扎根
友人 ゆうじん 名 友人｜日常的だ にちじょうてきだ な形 日常的
～において 在～｜理解 りかい 名 理解
避ける さける 動 避免｜～にともなう 伴隨～

02

A

雖然說貧困常被認為是個人因素，但這其實是個人無法解決的社會全體的問題。像是生來就很貧窮的家庭環境，或因為突如其來的災難而變得身無分文等各種不同的情況，一旦陷入貧困就很難脫身。所以貧困也可說是負能量的連鎖效應。政府必須充實生活保障制度，而且除了經濟方面是一定要的，以長遠來說也應該要為就業支持投入力量。

B

就如自己承擔責任這句話一樣，只要自己努力無論什麼狀況都能得到改變。在有生活保障制度的現代，即使是貧困階層，只要不間斷地努力應該就能從貧困中脫離。人生就是努力了多少才能看見多少成果。而且像是幼童時期不得不過著貧困生活的孩子，因為一項發明轉身變成億萬富翁，或是成了藝人成功等例子都不知道有多少。所以終究還是得靠自己努力。

有關於貧困，A 與 B 是怎麼說的？

① **A 認為貧困是應該全社會一起解決的大問題；B 認為只要努力就能脫離貧困階層及貧困的生活。**

② A 認為貧困是一旦陷入就會產生連鎖效應的事；B 認為年幼時受貧困所苦的孩子也比較容易獲得成功。

詞彙 貧困 ひんこん 名 貧困｜個々 ここ 名 個別
取り扱う とりあつかう 動 看待｜個人 こじん 名 個人
全体 ぜんたい 名 整體｜貧しい まずしい い形 貧窮的
環境 かんきょう 名 環境｜突然 とつぜん 副 突然地
災害 さいがい 名 災害｜見舞う みまう 動 襲擊
一文無し いちもんなし 名 身無分文｜状況 じょうきょう 名 狀況
様々だ さまざまだ な形 各式各樣的｜陥る おちいる 動 陷入
抜け出す ぬけだす 動 逃脫｜困難 こんなん 名 困難
負の連鎖 ふのれんさ 負面連鎖｜政府 せいふ 名 政府
保護 ほご 名 保護｜制度 せいど 名 制度｜充実 じゅうじつ 名 充實
支援 しえん 名 支援｜雇用 こよう 名 雇用
自己責任 じこせきにん 名 自身責任｜努力 どりょく 名 努力
現代 げんだい 名 現代｜貧困層 ひんこんそう 名 貧困層
脱出 だっしゅつ 名 逃脫｜人生 じんせい 名 人生
見返り みかえり 名 回報｜幼少期 ようしょうき 名 兒時
余儀なくされる よぎなくされる 無可奈何
発明 はつめい 名 發明｜億万長者 おくまんちょうじゃ 名 億萬富翁
登り詰める のぼりつめる 動 登頂｜芸能人 げいのうじん 名 藝人
成功 せいこう 名 成功｜結局 けっきょく 名 最後
～次第だ ～しだいだ 全憑｜解決 かいけつ 名 解決
連鎖 れんさ 名 連鎖｜繰り返す くりかえす 動 反覆
苦労 くろう 名 辛勞｜収める おさめる 動 取得

03

A

在基本的生命權中，對於善終有各種不同的見解。像是瑞士等好幾個歐美國家，也已經可以接受安樂死，只要符合特定的條件即可獲得允許。瑞士不僅是國內，甚至也接受來自國外居民的安樂死要求，據說申請的人數並不少。數量是國內外加起來每年都有超出 1000 人。請求安樂死的理由幾乎都是因為罹患重病，希望能從肉體、精神上的苦痛解脫。

B

對於沒有恢復希望的患者而言，與難忍的病痛共存是非常痛苦的事。其中也有希望能安樂死的聲音出現。雖然也不是不能理解那些說「不能這麼粗暴地對待生命」的想法，但是每每看到已經沒有任何生存目標，只單靠著醫療的力量勉強活著的患者，就會感到一陣心痛。有一些人甚至將之形容為活生生的地獄。就像我們在接受治療時都有選擇的權利，那麼為了這些患者，把安樂死加入選項之中難道不行嗎？

有關於安樂死，A 與 B 的觀點是什麼？

① A 指出安樂死增加的原因；B 批評安樂死是粗暴對待生命的行為。

② A 具體地提出安樂死的現狀；B 提出考慮將安樂死納為選項之一。

詞彙 基本的だ きほんてきだ ㋤形 基本的｜生命 せいめい 名 生命
人権 じんけん 名 人權｜～における 關於～｜死 し 名 死亡
在り方 ありかた 名 樣貌｜様々だ さまざまだ な形 各式各樣的
見解 けんかい 名 見解｜スイス 名 瑞士｜欧米 おうべい 名 歐美
諸国 しょこく 名 各國｜すでに 副 已經
安楽死 あんらくし 名 安樂死｜容認 ようにん 名 容許
特定 とくてい 名 特定｜条件 じょうけん 名 條件
満たす みたす 動 滿足｜要求 ようきゅう 名 要求
許諾 きょだく 名 同意｜国内 こくない 名 國內
国外 こくがい 名 國外｜居住者 きょじゅうしゃ 名 居民
認める みとめる 動 承認｜国内外 こくないがい 名 國內外
年間 ねんかん 名 年間｜超える こえる 動 超過
希望 きぼう 名 希望｜大病 たいびょう 名 大病
患う わずらう 動 罹患｜肉体的 にくたいてき な形 肉體上的
精神的 せいしんてき な形 精神上的
苦痛 くつう 名 痛苦｜解放 かいほう 名 解放
回復 かいふく 名 恢復｜見込み みこみ 名 希望
患者 かんじゃ 名 病患｜耐え難い たえがたい 難以忍受的
過酷だ かこくだ な形 嚴酷的｜望む のぞむ 動 希望
粗末だ そまつだ な形 粗率的｜～ないでもない 也並非不～
生き甲斐 いきがい 名 生存意義｜医療 いりょう 名 醫療
生かす いかす 動 維生｜生き地獄 いきじごく 名 活人地獄
表現 ひょうげん 名 表現｜治療 ちりょう 名 治療
選択肢 せんたくし 名 選項｜増加 ぞうか 名 增加
指摘 してき 名 指出｜批判 ひはん 名 批判
現状 げんじょう 名 現狀｜具体的だ ぐたいてきだ な形 具體的
提示 ていじ 名 提出｜提案 ていあん 名 提案

04

A

在開始意識到長時間工作是異常的現在，如果想要過上充實的生活，那麼就需要重新思考生活與工作的平衡。生活與工作的平衡經常會被誤解為生活與工作時間的比例，但其實正確的意思應該是生活與工作間的和諧。也就是說，生活品質提升可有助於工作更有效率地完成，然後私生活的時間也變得更多，是種循環相乘的效果。但這是有個體差異的，最重要的還是找到最適合自己的工作方式。

B

對於熱愛工作的我而言，生活與工作的平衡這種理論就只是累贅了。這種想法本身雖然不差，但它的概念引來太多誤解，比方被上司要求公事一做完時間到就強制下班就是個大問題。特別是對於沒有任何的興趣，只能從工作上的表現獲得充實感的我而言，等於就是被剝奪了樂趣。現在不斷地推出什麼勞動方式改革，但應該讓想工作的人工作，不想工作的人休息才對。我希望人人都可以被允許以他們想要的方式工作。

有關於勞動方式，A 與 B 的觀點是什麼樣的？

① A 說的是為了解決問題才推動生活與工作平衡，B 則是指出勞動方式改革的問題點。

② A 說的是對於追求生活與工作平衡的批判，B 則是推動符合個人的勞動方式。

詞彙 長時間 ちょうじかん 名 長時間｜労働 ろうどう 名 勞動
異常だ いじょうだ な形 異常的｜気づく きづく 動 察覺
充実 じゅうじつ 名 充實｜営む いとなむ 動 經營
ライフワークバランス 名 生活與工作之平衡
見直す みなおす 動 重新審視｜比率 ひりつ 名 比例
誤解 ごかい 名 誤解｜～がちだ 容易～｜調和 ちょうわ 名 調和
質 しつ 名 品質｜効率的だ こうりつてきだ な形 有效率的
こなす 動 處理｜私生活 しせいかつ 名 私生活
有意義だ ゆういぎだ な形 有意義的
循環型 じゅんかんがた 名 循環型
相乗効果 そうじょうこうか 相乘效應
個人差 こじんさ 名 個人差異｜適する てきする 動 適合
見つける みつける 動 尋找｜仕事人間 しごとにんげん 名 工作狂
～でしかない 只是～｜自体 じたい 名 本身
上司 じょうし 名 上司｜定時であがる ていじであがる 準時下班
強制 きょうせい 名 強制｜退勤 たいきん 名 下班
強いる しいる 動 強迫｜成果 せいか 名 成果
充実感 じゅうじつかん 名 充實感｜得る える 動 獲得
奪う うばう 動 剝奪｜～も同然だ ～もどうぜんだ 幾乎等於～
次々 つぎつぎ 副 接二連三地｜改革 かいかく 名 改革
実施 じっし 名 實施｜個人 こじん 名 個人｜推進 すいしん 名 推進
指摘 してき 名 指出｜追求 ついきゅう 名 追求
批判 ひはん 名 批判

實戰測驗 1

p.314

63 1　**64** 4

問題 11　請閱讀 A 與 B 兩篇文章，並針對後面的問題從 1、2、3、4 中選擇最合適的答案。

63-64

A

日本人從古代開始，就會為了學習異國的制度與技術辛苦地遠渡重洋。那是為了與未知事物相遇的「旅行」。旅行的形式跟著時代一起不斷地變遷，不僅僅是旅行的目的變得多元，在世界上移動也變容易了。但在這個電視或網路都能得到多種資訊的現在，人們為什麼還要旅行呢？

人會嚮往回到像被安心感滿滿的搖籃包圍一樣的孩童時代，也會有從被保護的環境中展翅高飛的期許。確實從網路上獲得資訊或知識也能夠獲得成長。但是外出旅行，用身體實際感受景色的壯闊；和不認識的人心靈交流；經歷新的體驗；感受自身的成長，都會從心靈的深處湧出「我認真活著」的喜悅。我想曾經有過這種感動的人也不在少數，而無法忘記這種感動的人勢必還會再一次地外出旅行。

B

以前說到旅行的話，都是隨身攜帶列車時刻表與地圖。但現代只要有手機，不僅可以預約住宿地，在旅遊地也能順利抵達目的地不用怕迷路，但即使如此，旅行這種東西還是時不時會有感到迷茫，並需要做出決定的時刻。這一點簡直就像人生一樣。

人生路途中會出現好幾道岔路，也會有因為天降高牆而不知所措的時候。這種時候我就會不設目的地出門旅行。然後，遭遇各式各情形再被迫做出選擇及判斷，如此反覆。但是，如果在未知的土地都能經由自己判斷完成一次充實的旅行，那麼這些經驗也可以運用在選擇最重要的人生道路上。所以也可以說，旅行就是人生道路的指引吧。

（註 1）ゆりかご：哄睡小嬰兒用的嬰兒籃
（註 2）退行：回到以前的狀態，在這裡指的是回到孩子的狀態

詞彙 古代 こだい 名 古代｜異国 いこく 名 異國｜制度 せいど 名 制度
学ぶ まなぶ 動 學習｜苦労 くろう 名 辛勞｜未知 みち 名 未知
出会う であう 動 邂逅｜～とともに 與～一同
変遷 へんせん 名 變遷｜遂げる とげる 動 遂行
目的 もくてき 名 目的｜多様化 たようか 名 多樣化
世界中 せかいじゅう 名 全世界｜容易だ よういだ な形 容易的
インターネット 名 網路｜様々だ さまざまだ な形 各式各樣的
情報 じょうほう 名 資訊｜得る える 動 獲得
現在 げんざい 名 現在｜ゆりかご 名 搖籃
安心感 あんしんかん 名 安心感｜包む くるむ 動 包覆
退行 たいこう 名 倒退｜願望 がんぼう 名 願望｜保護 ほご 名 保護
環境 かんきょう 名 環境｜羽ばたく はばたく 動 振翅
成長 せいちょう 名 成長｜知識 ちしき 名 知識
壮大だ そうだいだ な形 壯闊的｜感じる かんじる 動 感受
見知らぬ みしらぬ 未曾謀面的｜自身 じしん 名 自身
喜び よろこび 名 喜悅｜底 そこ 名 深處｜湧く わく 動 湧現
感動 かんどう 名 感動｜味わう あじわう 動 品味
列車 れっしゃ 名 列車｜時刻表 じこくひょう 名 時刻表
肌身離さず はだみはなさず 不離身
持ち歩く もちあるく 動 攜帶｜現代 げんだい 名 現代
携帯電話 けいたいでんわ 名 手機
宿泊先 しゅくはくさき 名 住宿地點｜旅先 たびさき 名 旅行地點
迷う まよう 動 迷路｜目的地 もくてきち 名 目的地
たどり着く たどりつく 動 抵達｜しばしば 副 屢次地
決断 けつだん 名 決斷｜求める もとめる 動 要求
人生 じんせい 名 人生｜幾つ いくつ 名 幾處
分かれ道 わかれみち 名 岔路｜前途 ぜんと 名 前途
立ちはだかる たちはだかる 動 阻擋
途方に暮れる とほうにくれる 迷惘
ふらりと 副 漫步地｜場面 ばめん 名 局面
遭う あう 動 遭遇｜選択 せんたく 名 選擇
判断 はんだん 名 判斷｜迫る せまる 動 逼迫
繰り返し くりかえし 名 重複｜土地 とち 名 土地
自ら みずから 副 親自地｜充実 じゅうじつ 名 充實
やり遂げる やりとげる 動 達成
自ずと おのずと 副 自然而然地｜生かす いかす 動 活用
道案内 みちあんない 名 嚮導｜～得る ～える 可能～
かご 名 籃子｜以前 いぜん 名 以前｜状態 じょうたい 名 狀態

63

關於「旅行」的變遷，A 與 B 是怎麼敘述的？

1　A 和 B 都指出以前旅行不容易，但現在已經可以輕易地實現了。

2　A 和 B 都指出比起以前，現在的旅行是變得容易了，但現在如果沒有網路也會很辛苦。

3　A 說的是以前的旅行都是為了留學；B 則是以前的旅行比較有情懷比較好。

4　A 說的是以前的移動非常辛苦；B 則是現代由於有手機，所以移動的時間已經變少了。

解析 題目提及「旅の移り変わり（旅行的變遷）」，請分別找出文章 A 和 B 對此的看法。文章 A 第一段開頭寫道：「異国の制度や技術を学ぶために苦労して海を渡った。それは未知のものに出会うための「旅」であった。旅の形は時代とともに変遷を遂げ、その目的は多様化し、世界中の移動は容易になった」；文章 B 第一段開頭寫道：「昔の旅といえば、列車の時刻表と地図を肌身離さず持ち歩いたものだった。現代は携帯電話さえあれば、宿泊先の予約もでき、旅先で

も迷わず目的地にたどり着けるようになったが」。綜合上述，答案要選 1 A も B も、昔の旅は容易ではなかったが、今は手軽にできるようになったと述べている（A 和 B 都表示過去旅行不容易，但現在能夠輕鬆完成）。

詞彙 移り変わり うつりかわり 名 變遷
手軽だ てがるだ な形 輕易的｜留学 りゅうがく 名 留學
情緒 じょうちょ 名 風情｜移動 いどう 名 移動

64

有關於旅行的好處，A 與 B 是怎麼敘述的？

1 A 說的是旅行可以滿足欲望；B 說的則是可以邂逅未知的事物。
2 A 說的是可以有安心感；B 說的則是可以豐富人際關係。
3 A 說的是旅行可以得到與媒體相同的各種資訊；B 說的則是可以與全世界的人建立連結。
4 A 說的是通過新的體驗可以獲得成長；B 說的則是可以獲得對人生有幫助的經驗。

解析 題目提及「旅行の良い点（旅行的好處）」，請分別找出文章 A 和 B 對此的看法。文章 A 第二段中間寫道：「旅に出て壮大な景色を体で感じ、見知らぬ人と心を通わせ、新しい経験をすることで、自身の成長を感じ、生きている喜びが心の底から湧いてくる」；文章 B 第二段末寫道：「未知の土地で自ら判断し充実した旅をやり遂げれば、その経験が自ずと大切な人生の道の選択にも生かされる。旅は人生の道案内にもなり得るのだ」。綜合上述，答案要選 4 A は新たな体験を通して成長できると述べ、B は人生に役立つ経験ができると述べている（A 表示能透過新的體驗成長；B 則表示能有對人生有幫助的經驗）。

詞彙 欲望 よくぼう 名 慾望｜満たす みたす 動 滿足
人間関係 にんげんかんけい 名 人際關係
豊かだ ゆたかだ な形 豐富的｜メディア 名 媒體
同様だ どうようだ な形 同樣的｜繋がり つながり 名 連繫
役立つ やくだつ 動 有益

實戰測驗 2

p.316

63 2　**64** 3

問題 11　請閱讀 A 與 B 兩篇文章，並針對後面的問題從 1、2、3、4 中選擇最合適的答案。

63-64

A

數十年，不對，直到數年前都還以為只有動畫世界中才可能實現的自動駕駛汽車，現在居然已經成功地運用在公共道路上了。在世界各國以追求舒適的生活、提高安全性、活化經濟為目的，開始自動駕駛技術的開發已經將近 100 年了，實在可以說是所有技術人員努力的結晶。

這樣的自動駕駛汽車，也有望作為已成為社會問題的高齡駕駛事故的一項解決方案。高齡者只要通過駕照更新考試，即使是在無法放棄汽車的鄉下，有了能自動煞車的車，高齡者應該也能安心地駕駛。雖然我現在還無法肯定，但我相信自動駕駛的普及一定能為解決這個問題做出很大的貢獻。

B

各製造商在研發出更高精密度的自動駕駛汽車上，競爭十分火熱。現階段商品化的車型還無法達到完全自動，而是方向盤與系統共存的形式。即便如此，對於高齡者或身心障礙者等，那些對駕駛還是有些不安的人的幫助，卻是無庸置疑。

但即使舉出了種種好處，自動駕駛技術也不可能毫無問題點。問題之一就是，當自動駕駛汽車發生事故時責任的歸屬。目前是系統交出駕駛權後則屬於駕駛人，但如果是發生無法預測的故障，那就是製造商的責任。但是，如果在事故發生前突然發出交出駕駛權的要求，駕駛人也未必能立刻反應過來。如此一來，還要讓駕駛人承擔所有責任就很奇怪了。所以在這個基準無法明確下來之前，大概還是很難普及。

詞彙 アニメ 名 動畫｜可能だ かのうだ な形 可能的
自動運転 じどううんてん 名 自動駕駛｜ついに 副 終於
公道 こうどう 名 公路｜実用化 じつようか 名 實用化
成功 せいこう 名 成功｜各国 かっこく 名 各國
快適だ かいてきだ な形 愜意的｜安全性 あんぜんせい 名 安全性
向上 こうじょう 名 提升｜活性化 かっせいか 名 活性化
目的 もくてき 名 目的｜開発 かいはつ 名 開發
～にも及ぶ ～にもおよぶ 長達～｜まさに 副 正是
技術者 ぎじゅつしゃ 名 技師｜努力 どりょく 名 努力
結晶 けっしょう 名 結晶｜高齢者 こうれいしゃ 名 高齢者
事故 じこ 名 事故｜防止 ぼうし 名 防止
新ただ あらただ な形 新的｜解決策 かいけつさく 名 解決方策
期待 きたい 名 期待｜集める あつめる 動 聚集
運転免許 うんてんめんきょ 名 駕照｜更新 こうしん 名 更新
合格 ごうかく 名 及格｜どうしても 無論如何也
手放す てばなす 動 放手
ブレーキが利く ブレーキがきく 煞車起作用｜～であれば 若是～
～とは言えない ～とはいえない 無法說～
普及 ふきゅう 名 普及｜解決 かいけつ 名 解決
貢献 こうけん 名 貢獻｜間違い まちがい 名 錯誤
メーカー 名 製造商｜精度 せいど 名 精密度
企業 きぎょう 名 企業｜過熱 かねつ 名 過熱
現段階 げんだんかい 名 現階段｜商品化 しょうひんか 名 商品化
完全だ かんぜんだ な形 完全的｜全自動 ぜんじどう 名 全自動
ドライバー 名 司機｜システム 名 系統
共存 きょうそん 名 共存｜それでも 接 即便如此
障害者 しょうがいしゃ 名 身心障礙人士｜不安 ふあん 名 不安
抱える かかえる 動 抱持｜支え ささえ 名 支援

～は言うまでもない ～はいうまでもない ～是也不必多說
利点 りてん 名 好處 | ～ばかり 淨是～
取り上げる とりあげる 動 提出 | 問題点 もんだいてん 名 問題點
責任 せきにん 名 責任 | 所在 しょざい 名 所在
現在 げんざい 名 現在 | 交代 こうたい 名 交替
要請 ようせい 名 請求 | 予測 よそく 名 預測
不具合 ふぐあい 名 故障 | 生じる しょうじる 動 發生
直前 ちょくぜん 名 前一刻 | 急だ きゅうだ な形 突然的
瞬時に しゅんじに 瞬間 | 対応 たいおう 名 應對
～とは限らない ～とはかぎらない 不一定～
全責任 ぜんせきにん 全數責任 | 判断 はんだん 名 判斷
基準 きじゅん 名 基準 | 明確だ めいかくだ な形 明確的
～ないことには 若無～

63

有關於自動駕駛汽車，A 與 B 的觀點是什麼樣的？

1 A 說明了自動駕駛車到開發為止的過程；B 則是針對自動駕駛車在開發上發生的產業競爭進行批判。

2 A 暗示了自動駕駛車對社會未來的幫助；B 提出自動駕駛車應該克服的課題。

3 A 說的是要推動高齡駕駛對自動駕駛車的使用；B 則是喚起自動駕駛車可能帶來的危險性。

4 A 提出了自動駕駛車實用化的可能性；B 說的是擔心自動駕駛車對社會帶來的影響。

解析 題目提及「自動運転車（自動駕駛汽車）」，請分別找出文章 A 和 B 對此的看法。文章 A 第二段開頭寫道：「社会問題にもなっている高齢者運転手の事故防止の新たな解決策として期待を集めている」，以及該段最後寫道：「自動運転車の普及がこの問題の解決に大きく貢献することは間違いないだろう」；文章 B 第二段開頭寫道：「利点ばかり取り上げられる自動運転技術だが、問題点がないわけではない。そのうちの一つが自動運転車が事故を起こした場合の責任の所在だ」。綜合上述，答案要選 2 A は自動運転車が社会の未来に役立つことを示唆し、B は自動運転車が克服すべき課題を提示している（A 表示自動駕駛汽車將有助於社會的未來；B 則提出自動駕駛汽車應克服的問題）。

詞彙 ～に至る ～にいたる 到達～ | 経緯 けいい 名 來龍去脈
～をめぐる 關於～ | 争い あらそい 名 糾紛
批判 ひはん 名 批判 | 未来 みらい 名 未來
役立つ やくだつ 動 有益 | 示唆 しさ 名 示意
克服 こくふく 名 克服 | 課題 かだい 名 課題 | 提示 ていじ 名 提出
推進 すいしん 名 推進 | 危険性 きけんせい 名 危險性
喚起 かんき 名 提醒 | 可能性 かのうせい 名 可能性
もたらす 動 帶來 | 影響 えいきょう 名 影響 | 懸念 けねん 名 擔憂

64

有關於自動駕駛車的普及，A 與 B 是怎麼敘述的？

1 A 說的是只要能讓多數的高齡者利用，就能普及；B 說的是不提高技術的精密度就沒有普及的可能性。

2 A 說的是為了守護交通安全，應該盡早普及；B 說的是只要推動普及的進度，即有望成為社會問題的解決方案。

3 A 表示隨著普及，高齡駕駛者造成的事故將會減少；B 則表示重新審視事故的責任歸屬與普及息息相關。

4 A 說的是在明確安全性的問題之前不應該普及；B 說的是為了普及，應該企業承擔事故的責任。

解析 題目提及「自動運転車の普及（自動駕駛汽車的普及）」，請分別找出文章 A 和 B 對此的看法。文章 A 第二段中間寫道：「高齢者の運転免許更新に合格した人、田舎で自動車がどうしても手放せない人でも、自動でブレーキが利く車であれば高齢者も安心して運転できるはずだ」；文章 B 第二段最後寫道：「ドライバーに全責任があると判断するのもおかしな話だ。この基準が明確にならないことには、普及は難しいだろう」。綜合上述，答案要選 3 A は普及により高齢者ドライバーの事故が減少すると述べ、B は事故の責任問題を見直すことが普及に繋がると述べている（A 表示隨著普及，高齡駕駛者造成的事故將會減少；B 則表示重新審視事故的責任歸屬與普及息息相關）。

詞彙 守る まもる 動 遵守 | 減少 げんしょう 名 減少
見直す みなおす 動 重新審視 | 繋がる つながる 動 相關
負う おう 動 擔負

實戰測驗 3

p.318

63 1　**64** 2

問題 11　請閱讀 A 與 B 兩篇文章，並針對後面的問題從 1、2、3、4 中選擇最合適的答案。

63-64

A

儘管日本人在學校長年學習英語，但還是經常聽到有人指出日本人不會說英語。日本人從前有過禁止與外國貿易的島國獨特歷史，也能很明確地了解到日本人在與異國人士交流上，有著如撞上高大圍牆般的民族性。學校教育也從來沒將重點放在口說上面。這跟不得不互相理解的大陸型國家有著環境上的差異。

但現在物流或人流都已經到了不國際化不行的時代。從今以後，日本也需要能與他國文化共存的環境。因此，日本終於也在小學就開始了英語教育。曾有研究結果指出，外語的教育最理想的年齡在 0 歲～6 歲左右，所以還是非常地不夠。但即使如此，只要能夠盡快地完成英語環境的整頓，應該可以更進一步提升日本人的英語溝通能力。

B

日本人始終無法好好使用英語，原因就在於以文法與讀解問題為中心，這種已經過時的入學考。只要學校教育繼續以應付考試為主，那還是學不到平常能使用的英語。再加上，珍視與他人和諧的日本社會追求協調性，對此也很難說出自己的意見。重要的不是怎麼說而是說什麼，只有追求這一點的社會才能成為培養語言能力的基盤。

今日，資訊技術已經更加地進步，與世界的距離又更加地近了，意見的表達也變得更容易了。從今以後，日本人只要也能持有自己的意見，並且能有為了表達而有傾心學習的力量，那一定能夠學習到有實踐性的語學能力。

（註）尊ぶ：珍視、重視

詞彙 日本人 にほんじん 名 日本人｜長年 ながねん 長時間
～にもかかわらず 雖然～｜指摘 してき 名 指出
かつて 副 曾經｜禁止 きんし 名 禁止｜島国 しまぐに 名 島國
～ならではの ～獨有的｜異国 いこく 名 異國
交流 こうりゅう 名 交流｜感じる かんじる 動 感受
国民性 こくみんせい 名 民族性｜重き おもき 名 重點
理解 りかい 名 理解｜～ざるを得ない ～ざるをえない 不得不～
大陸 たいりく 名 大陸｜諸外国 しょがいこく 海外各國
環境 かんきょう 名 環境｜異なる ことなる 動 相異
今や いまや 副 現今｜物流 ぶつりゅう 名 物流
グローバル化 グローバルか 名 全球化｜語る かたる 動 談論
共存 きょうそん 名 共存｜ようやく 副 總算
外国語 がいこくご 名 外語｜理想的だ りそうてきだ な形 理想的
結果 けっか 名 結果｜それでも 接 即便如此
整える ととのえる 動 整頓｜コミュニケーション 名 溝通
能力 のうりょく 名 能力｜向上 こうじょう 名 提升
いつまでも 副 始終｜使いこなす つかいこなす 動 運用自如
読解 どっかい 名 讀解｜中心 ちゅうしん 名 中心
時代遅れ じだいおくれ 名 落伍
入学試験 にゅうがくしけん 名 入學考試
～にほかならない 正是～｜受験 じゅけん 名 應考
～限り ～かぎり 只要～｜使える つかえる 動 能用
身に付く みにつく 習得｜その上 そのうえ 而且
他人 たにん 名 他人｜調和 ちょうわ 名 調和
尊ぶ とうとぶ 動 尊重
協調性 きょうちょうせい 名 協調性｜求める もとめる 動 要求
重要だ じゅうようだ な形 重要的｜言語 げんご 名 語言
基盤 きばん 名 基盤｜今日 こんにち 名 今日
情報 じょうほう 名 資訊｜発達 はったつ 名 發達
さらに 副 更加地｜距離 きょり 名 距離｜発信 はっしん 名 傳播
学習 がくしゅう 名 學習｜無我夢中 むがむちゅう 名 渾然忘我
継続 けいぞく 名 持續｜実践的だ じっせんてきだ な形 實用的
語学力 ごがくりょく 名 語言能力

63

有關於日本的英語教育，A 與 B 是如何敘述的？

1 A 與 B 說的都是至今從未重視過英語會話教育。

2 A 與 B 說的都是至今珍視讀寫這一點很好。

3 A 說的是期望能從小學開始英語教育；B 說的則是要重視能表達意見的環境。

4 A 說的是教師專業的必要性；B 說的則是應該重新審視英語教育的意義。

解析 題目提及「日本の英語教育（日本的英語教育）」，請分別找出文章 A 和 B 對此的看法。文章 A 第一段後半段寫道：「学校教育でも、今まで話すことに重きを置かなかった」；文章 B 第一段開頭寫道：「日本人がいつまでも英語を使いこなせないのは、文法と読解問題中心の時代遅れの入学試験が原因にほかならない」。綜合上述，答案要選 1 A も B も今まで英会話教育を重要視していなかったと述べている（A 和 B 都表示至今都不太重視英語會話教育）。

詞彙 英会話 えいかいわ 名 英語會話｜重要視 じゅうようし 名 重視
読み書き よみかき 名 讀寫｜開始 かいし 名 開始
望ましい のぞましい い形 最理想的｜教師 きょうし 名 教師
専門性 せんもんせい 名 專業性｜あり方 ありかた 名 理想狀態
見直す みなおす 動 重新審視

64

有關於日本人學習的英語，A 與 B 的觀點如何？

1 A 指出英文學習上，學習方法的問題，B 說明日本人無法學好英語的理由。

2 A 表示要推動從幼年時期開始學習英語；B 則論述日本社會與英語學習間的關係。

3 A 針對強迫英語學習的教育機關進行批判；B 則是推動學習英語應出國留學。

4 A 主張英語學習時溝通順暢的重要性；B 則是提出從幼兒時期開始學習英語的問題。

解析 題目提及「日本人の英語習得（日本人的英語學習）」，請分別找出文章 A 和 B 對此的看法。文章 A 第二段中間寫道：「外国語教育は 0 歳から 6 歳ごろに始めるのが理想的であるという研究結果もあり」，以及該段最後寫道：「少しでも早く英語の環境を整えれば、日本人の英語のコミュニケーション能力は向上するはずだ」；文章 B 第一段中間寫道：「他人との調和を尊ぶ日本社会では協調性が求められ、そのことも自分の意見を言いにくくさせている」，以及第二段中寫道：「これからは、日本人も自分の意見を持ち、それを発信するための英語学習を無我夢中で継続する力さえあれば、必ず実践的な語学力が身に付けられると思う」。綜合上述，答案要選 2 A は幼少期からの英語習得を推進し、B は日本社会と英語習得の関係性を論じている（A 表示要推動從幼年時期開始學習英語；B 則論述日本社會與英語學習間的關係）。

詞彙 ～における ～之｜方法 ほうほう 名 方法

幼少期 ようしょうき 名 兒時 | 推進 すいしん 名 推進
関係性 かんけいせい 名 關聯性 | 論じる ろんじる 動 論述
押し付ける おしつける 動 強加 | 機関 きかん 名 機構
批判 ひはん 名 批判 | 留学 りゅうがく 名 留學
意思疎通 いしそつう 名 溝通 | 重要性 じゅうようせい 名 重要性
問題点 もんだいてん 名 問題點 | 提起 ていき 名 提起

問題 12 論點理解（長篇）

實力奠定

p.324

01 ①　02 ②　03 ①　04 ①　05 ①　06 ②

01

大家應該都有聽過空間設計師這種職業吧？配合客戶的需求，為餐飲店、商業設施、住宅等所有的空間進行內部裝設設計或裝潢等。說到空間設計的話，往往都會想到房間佈置，但是壁紙、窗簾、家具等配置也都是空間設計師的工作。因為利用這些，可以讓空間變得更多彩繽紛。

這種工作單靠個人的價值觀是無法成立的。需要與客戶重覆討論，再利用知識與培養下來的經驗，將他們腦中抽象的想像化為具體的模樣。因此所有的起點都在於客戶，絕不能跳脫這項原則。

有關空間設計師的工作，筆者是怎麼敘述的？
① 要理解客戶的期望，再以擺飾品打造出空間。
② 以自己的價值觀為基準，設計出適合客戶的建築內部裝潢。

詞彙 空間 くうかん 名 空間 | デザイナー 名 設計師
職業 しょくぎょう 名 職業 | 飲食店 いんしょくてん 名 餐飲店
商業 しょうぎょう 名 商業 | 施設 しせつ 名 設施
住宅 じゅうたく 名 住宅 | 顧客 こきゃく 名 顧客 | ニーズ 名 需求
合わせる あわせる 動 配合 | あらゆる 副 一切
内装 ないそう 名 裝潢 | デザイン 名 設計
装飾 そうしょく 名 裝飾 | 担当 たんとう 名 負責
設計 せっけい 名 設計 | 間取り まどり 名 格局
思い浮かべる おもいうかべる 動 想像 | ～がちだ 往往～
壁紙 かべがみ 名 壁紙 | 家具 かぐ 名 家具 | 手配 てはい 名 安排
用いる もちいる 動 利用 | 彩る いろどる 動 裝點
個人 こじん 名 個人 | 身勝手だ みがってだ な形 任性的
価値観 かちかん 名 價值觀 | 成り立つ なりたつ 動 成立
打ち合わせ うちあわせ 名 事前會議 | 重ねる かさねる 動 反覆
抽象的だ ちゅうしょうてきだ な形 抽象的 | イメージ 名 形象
知識 ちしき 名 知識 | 培う つちかう 動 培養
具体的だ ぐたいてきだ な形 具體的 | あくまで 副 原則上
脱線 だっせん 名 偏軌 | 許す ゆるす 動 允許
要望 ようぼう 名 要求 | 理解 りかい 名 理解
インテリア 名 室內設計 | 演出 えんしゅつ 名 表現

02

據說日本的垃圾掩埋場再 20 年就要爆滿了。呼喊「要減少垃圾量」、「要做資源回收」總覺得缺乏現實性，好像是與自己相距甚遠的世界，但已經是非常迫切的問題了。像這樣在危機中，企業如何做好環境保護非常引人注目。

食品產業有一種強烈的趨勢在減少包裝，最近甚至還有無包裝標籤的飲料商品登場。這些不僅是對環境友善，已經疲於做環保的消費族群也大受好評。對要做非常多家事的家庭主婦來說，做分類時撕寶特瓶的標籤是費心費時的。

本文中筆者對於無包裝標獲得好評的理由是怎麼敘述的？
① 因為這是一個可以突破性地減少逼近極限的生活垃圾的商品。
② 因為這是考慮到環境，而且可以減少家事工作的商品。

詞彙 埋立地 うめたてち 名 掩埋場 | 満杯 まんぱい 名 裝滿
減らす へらす 動 減少 | リサイクル 名 資源回收
声掛け こえかけ 名 呼籲 | 現実味 げんじつみ 名 真實感
かけ離れる かけはなれる 動 相去甚遠 | 限界 げんかい 名 極限
迫る せまる 動 逼近 | 危機 きき 名 危機
状況 じょうきょう 名 狀況 | 企業 きぎょう 名 企業
環境 かんきょう 名 環境 | 保全 ほぜん 名 保全
～における 於～上的 | 取り組み とりくみ 名 努力
目立つ めだつ 動 醒目 | 食品 しょくひん 名 食品
業界 ぎょうかい 名 業界 | 包装 ほうそう 名 包裝
極力 きょくりょく 副 極力地 | 傾向 けいこう 名 傾向
ラベル 名 標籤 | 飲料 いんりょう 名 飲料
商品 しょうひん 名 商品 | 登場 とうじょう 名 登場
環境に優しい かんきょうにやさしい 環保
エコ疲れ エコづかれ 疲於環保
客層 きゃくそう 名 客層 | 好評 こうひょう 名 好評
こなす 動 處理 | 主婦 しゅふ 名 主婦 | 分別 ぶんべつ 名 分類
ペットボトル 名 寶特瓶 | はがす 動 撕掉 | 作業 さぎょう 名 工作
ひと手間 ひとてま 一會兒功夫
画期的だ かっきてきだ な形 劃時代的

03

我們的生活中滿溢著各式各樣的色彩。雖然色彩通常都是被當作視覺的判斷材料，但意外的是我們受到色彩很多的影響。例如看到綠色就會有心情放鬆下來的感覺，這是因為副交感神經受到刺激的關係。而鮮豔的紅色則會刺激交感神經、提高血壓。所以說顏色對我們的心理、身體都是有驅動力的。

讀解

這樣的原理在廣告或網站等需要觸動人心的媒體也常會運用到。例如，如果是以推銷為目的的廣告，那使用容易促使人發起行動的紅色就能發揮效果。

這樣的原理是指什麼？

① **顏色會對人的心理或身體帶來某種刺激**

② 配合媒體的目的有效地使用顏色

詞彙 暮らし くらし名生活｜様々だ さまざまだな形各式各樣的
溢れる あふれる動滿溢｜視覚 しかく名視覺
判断 はんだん名判斷｜材料 ざいりょう名材料
色彩 しきさい名色彩｜影響 えいきょう名影響
緑色 みどりいろ名綠色｜リラックス名放鬆
副交感神経 ふくこうかんしんけい名副交感神經
刺激 しげき名刺激｜鮮やかだ あざやかだな形鮮豔的
血圧 けつあつ名血壓｜心理 しんり名心理
身体 しんたい名身體｜原理 げんり名原理
広告 こうこく名廣告｜インターネットサイト名網站
働きかける はたらきかける動作用｜媒体 ばいたい名媒體
購買 こうばい名購買｜目的 もくてき名目的
用いる もちいる動利用
効果的だ こうかてきだな形有效的｜与える あたえる動給予

04

從開始懂事時，母親就經常會像唸咒語一樣地說「你是個只要做就會成功的孩子」。以前還會因為能得到母親的期許而感到開心，但隨著成長，那樣的話開始變成了重擔。一直到出了社會還是一樣，為了能成為那個成功的人，我總是卯足了全力。

而當我發覺那其實只是一句鼓勵的話，是我成為母親的時候。就在女兒努力克服不擅長的單槓，這句咒語脫口而出了。當時其實完全沒有什麼期許的心態，就只是希望她別學會立刻放棄，就只是這樣的父母心。但我還是對自己堅定地立下誓言，絕不再對女兒說出那一句話了。

唸咒語一樣地說是什麼意思？

① **母親說的話成為自己的重擔，並讓自己因為說不出做不到而苦惱。**

② 雖然很高興母親對自己有所期許，但那樣的期許已經膨脹到讓人感受到壓力。

詞彙 物心がつく ものごころがつく 懂事｜呪文 じゅもん名咒語
期待 きたい名期待｜成長 せいちょう名成長
重圧 じゅうあつ名重壓｜社会人 しゃかいじん名社會人士
当たり前 あたりまえ名理所當然
気を張る きをはる 精神緊繃｜励まし はげまし名激勵
鉄棒 てつぼう名單槓｜諦める あきらめる動放棄
身に着ける みにつける 習得｜親心 おやごころ名父母心
発する はっする動發出
誓う ちかう動發誓｜重荷 おもに名重擔
苦しむ くるしむ動痛苦｜膨らむ ふくらむ動膨脹
負担 ふたん名負擔｜感じる かんじる動感受

05

大概是因為對年金制度的不安感吧，現在的人從20幾歲開始就在努力存錢了。所以寫省錢方法的書或涉及到省錢情報的網站、SNS都非常受歡迎。在這之中，吸引我目光的是一個名為「如何將實際收到16萬日圓存成100萬日圓」的部落格。很難相信一個人住在都內居然還能存錢。所以對這種為了節約所下的工夫真的佩服得不得了。只是，同時我腦海中也浮現了另一個想法。雖然說省錢是很好的事。但是，因為低薪而被迫節約，難道不會有任何的不滿嗎？首先，我們不是應該要對無法安心生活的社會發聲嗎？

本文中筆者最想說的是什麼？

① **省錢很好，但應該將不穩定的社會視為問題。**

② 愈是不穩定的社會，愈是需要拚命地尋找存活下來的方法。

詞彙 年金 ねんきん名年金｜制度 せいど名制度｜不安 ふあん名不安
貯金 ちょきん名儲蓄｜いそしむ動勤奮
節約術 せつやくじゅつ名省錢方法｜節約 せつやく名省錢
情報 じょうほう名資訊｜サイト名網站
SNS名社群媒體平台｜人気 にんき名人氣
目に留まる めにとまる 引人注目｜手取り てどり名實領
貯める ためる動儲存｜方法 ほうほう名方法｜ブログ名部落格
都内 とない名都內｜一人暮らし ひとりぐらし 一個人住
信じる しんじる動相信｜工夫をこらす くふうをこらす 想方設法
姿 すがた名態度｜感心 かんしん名感佩
～ざるを得ない ～ざるをえない 不得不～
浮かぶ うかぶ動浮現｜低賃金 ていちんぎん名低薪
強いる しいる動強迫｜不満 ふまん名不滿
不安定だ ふあんていだな形不安定的｜疑問視 ぎもんし名抱持疑問
生き抜く いきぬく動存活

06

農業人口與30年前相比，減少了一半。與此同時，從事農業的人口也逐漸高齡化，如果考慮到農業工作都是重度勞動，那可以預想到未來農業人口一定會愈來愈少。如此一來日本的農業就只有一路衰退了。

政府為了讓年輕人拾起對農業的興趣制定了很多政策，但結果都差強人意。而無人農機開始受到注目。這是一種利用衛星定位系統送達的訊號，代替人力工作的機械。到能夠運用到實務上大概還需要一點時間，但一旦推出一定能成為救世主。

本文筆者最想說的是什麼？

① 為了增加農業人口，政府應該思考有效的改善對策。

② 為了守護日本的農業，必須借助科學技術的力量。

詞彙 農業 のうぎょう 名 農業｜減少 げんしょう 名 減少
携わる たずさわる 動 從事｜年齢 ねんれい 名 年齡
高齢化 こうれいか 名 高齡化｜重労働 じゅうろうどう 名 體力活
農作業 のうさぎょう 名 農務｜ますます 副 更加地
減る へる 動 減少｜衰退 すいたい 名 衰退
〜一方だ 〜いっぽうだ 愈來愈〜｜政府 せいふ 名 政府
若者 わかもの 名 年輕人｜対策 たいさく 名 對策
練る ねる 動 推敲｜〜ものの 雖然〜｜結果 けっか 名 結果
いまひとつだ 稍嫌不足｜注目 ちゅうもく 名 注目
無人 むじん 名 無人
衛星測位システム えいせいそくいシステム 名 衛星定位系統
信号 しんごう 名 信號｜実用 じつよう 名 實用
救世主 きゅうせいしゅ 名 救世主｜増やす ふやす 動 增加
効果的だ こうかてきだ な形 有效的
改善策 かいぜんさく 名 改善方策

實戰測驗 1

p.328

65 3　**66** 1　**67** 2　**68** 3

問題 12　請閱讀下列文章，並針對後面的問題從 1、2、3、4 中選擇最合適的答案。

65-68

從不生病且討厭去醫院，連對預防針和健康檢查都不太行的我，突如其來地生了一場大病，並住院了將近兩個月。只能躺在病床上的日子裡，為了隔絕同病房其它患者的說話聲和生活的動靜，我經常會用耳機聽古典樂。

雖然我平常不太會聽，但比起日常常聽的搖滾或流行樂，這種時候果斷選擇了喜歡的莫札特。反覆聆聽之後，我腦海中突然浮現以前在教科書上讀到，一篇和莫札特有關、很有名的評論中的一小章。也就是「悲傷快速蔓延」這一句話。當時虛弱的身體再加上說不清的不安與恐懼感，我那時應該很悲傷吧。雖然我不知道那則評論真正的含義，但只要想到活著的本身就是悲傷，那我是注定會對莫札特的音樂產生共鳴。

共鳴在物理學中稱為共振，也就是說當擁有相同振頻的物體 A 與 B，A 的振動傳達到 B，B 就會開始進行同樣的振動。不僅限於音樂，我想所有優秀的藝術都能引起這樣的共鳴。就像我感受到了莫札特的音樂一樣，大多數人所喜愛的藝術，振頻會與廣泛的個體們相符吧。如果說所謂的共鳴就是與什麼一起動起來的話，那就是我虛弱身體裡的細胞因為得到音樂的力量終於又動起來了吧。

人類本就是孤獨的生物，活著本質上就是悲傷的。當然能夠找到與這種悲傷同頻的東西，並緊緊地依偎它，那麼孤獨感就能得到一定程度的緩解。此外，人們在有人相伴的時候，也更能夠發揮出自己的潛力。共鳴就是像這樣能喚起並驅動生命力的一種鼓勵。這是我在身體逐漸恢復的過程中感受到的。當然，能引起共鳴的東西也不僅限於藝術。即使是隨意的一句話或路邊的草啊花、空氣舒適等什麼都好。只要做好接受（它）的準備，那不管是什麼都能夠從中得到共鳴。

雖然住院生活一開始是充滿抗拒，但漸漸地習慣了之後開始能夠信任醫師，也對護理師的工作充滿了感激並感受到了親切感，再加上對其它的住院患者也開始有了點興趣後，我漸漸地就不總戴著耳機了。那時大概是心想音樂什麼時候都能聽，而且也想試著去感受看看原本視為噪音，想避開的醫院擾人的雜音與各種動靜吧。後來我甚至感覺到連聽到護理師喊我的名字，或對供餐、清掃或抽血等都能得到一點共鳴的力量。很幸運的，藥力奏效後我也平安出院了。之後我在自家開大音量聽莫札特慶祝自己康復，一邊聽著才流下了生病以來的第一道眼淚。共鳴成了我活著的力量。

（註 1）モーツァルト：18 世紀的古典派音樂代表音樂家，莫札特。

（註 2）漠然とした：朦朦朧朧、不清不楚的樣子

詞彙 病気知らず びょうきしらず 不知病痛
病院嫌い びょういんぎらい 厭惡醫院
予防 よぼう 名 預防｜健康 けんこう 名 健康
診断 しんだん 名 檢查｜苦手だ にがてだ な形 不擅長的
突如 とつじょ 副 突然地｜予期せぬ よきせぬ 預想不到
病になる やまいになる 患病｜横たわる よこたわる 動 臥躺
病室 びょうしつ 名 病房｜患者 かんじゃ 名 病患
話し声 はなしごえ 名 談話聲｜気配 けはい 名 氣息
様々だ さまざまだ な形 各式各樣的｜雑音 ざつおん 名 噪音
さえぎる 動 遮擋｜イヤホン 名 耳機
クラシック音楽 クラシックおんがく 名 古典音樂
聴く きく 動 聆聽｜普段 ふだん 名 平時
日常 にちじょう 名 日常｜ロック 名 搖滾樂｜ポップス 名 流行樂
断然 だんぜん 副 斷然地｜モーツァルト 名 莫札特
好む このむ 動 喜好｜繰り返す くりかえす 動 重複
教科書 きょうかしょ 名 課本｜評論文 ひょうろんぶん 名 評論文
一節 いっせつ 名 一段｜度々 たびたび 副 屢次地
浮かぶ うかぶ 動 浮現｜かなしさ 名 悲傷
疾走 しっそう 名 奔馳｜弱る よわる 動 虛弱
身体 しんたい 名 身體｜漠然と ばくぜんと 副 莫名地
不安 ふあん 名 不安｜恐れ おそれ 名 恐懼
抱える かかえる 動 懷抱｜評論 ひょうろん 名 評論
正確だ せいかくだ な形 正確的｜共鳴 きょうめい 名 共鳴
間違いない まちがいない 必定的｜物理学 ぶつりがく 名 物理學
共振 きょうしん 名 共振｜つまり 副 也就是說
振動数 しんどうすう 名 振頻｜物体 ぶったい 名 物體

伝わる つたわる動傳遞｜～に限らず ～にかぎらず 不限於～
優れる すぐれる動出色｜芸術 げいじゅつ名藝術
すべて副全部｜広範囲 こうはんい名廣泛｜個体 こたい名個體
一致 いっち名一致｜細胞 さいぼう名細胞
再び ふたたび副再次｜動き出す うごきだす動展開活動
本来 ほんらい副本來｜孤独だ こどくだ な形孤獨的
本質的だ ほんしつてきだ な形本質上的｜鼓動 こどう名跳動
ぴったり副吻合地｜寄り添う よりそう動貼近
いくぶん名些許｜緩和 かんわ名緩和｜連れ つれ名同行者
持てる もてる動能擁有｜引き出す ひきだす動取出
生きる力 いきるちから 生存力量
呼び起こす よびおこす動喚起｜励まし はげまし名激勵
回復 かいふく名恢復｜実感 じっかん名實際感受
引き起こす ひきおこす動引起
何気ない なにげない い形不經意的｜一言 ひとこと名一句話
道端 みちばた名路旁｜草花 くさばな名花草
受け取る うけとる動接收｜用意 ようい名準備
あらゆる 所有的｜始め はじめ名起初｜おそらく副估計是
全身 ぜんしん名全身｜拒絶 きょぜつ名拒絕
信頼 しんらい名信賴｜看護師 かんごし名護士
働き はたらき名工作｜感謝 かんしゃ名感謝
親しみ したしみ名親近感｜動向 どうこう名動向
次第に しだいに副逐漸地｜外す はずす動摘下
避ける さける動避開｜物音 ものおと名聲響
感知 かんち名感知｜採血 さいけつ名抽血
幸い さいわい副所幸｜効く きく動奏效
無事だ ぶじだ な形平安的｜自宅 じたく名自家
大音量 だいおんりょう名大音量｜快復 かいふく名康復
祝い いわい名慶祝｜～て以来 ～ていらい 自～以來
涙が出る なみだがでる 落淚｜世紀 せいき名世紀
古典派 こてんは名古典樂派｜代表 だいひょう名代表
音楽家 おんがくか名音樂家｜ぼんやり副模糊地
はっきり副清晰地

65

文中提到經常會聽古典樂，是為什麼呢？
1 因為比起經常聽的搖滾或流行樂，更喜歡古典樂
2 因為生了病不想感到不安和恐懼
3 因為不想聽到醫院內的各種雜音
4 因為發生了不平常的狀況而感覺到悲傷

解析 題目列出的畫底線句子「よくクラシック音楽を聴いていた（以前經常聽古典音樂）」位在文章第一段，因此請閱讀第一段，並從中找出針對畫底線句子的相關說明。畫底線處前方寫道：「ベッドに横たわる毎日、同じ病室の患者の話し声や気配、その他様々な雑音をさえぎろうと」，因此答案要選 3 病院内のいろいろな雑音を聞きたくなかったから（因為不想聽到醫院裡的各種雜音）。
詞彙 状況 じょうきょう名狀況

66

有關於優秀的藝術，筆者是怎麼敘述的？
1 優秀的藝術可以給很多的人帶來共鳴。
2 優秀的藝術可以製造出振動與共鳴。
3 優秀的藝術對於特別虛弱的人是必須的。
4 優秀的藝術可以給很多人傳達出振動。

解析 本題詢問筆者對於卓越的藝術有什麼看法，因此請仔細閱讀文章第三段，確認相關內容。第三段中寫道：「優れた芸術はすべてこのような共鳴を起こすのだと思う」，以及「多くの人に愛される芸術は振動数が広範囲の個体に一致するのだろう」，因此答案要選 1 優れた芸術は、多くの人に共鳴を与えるものである（卓越的藝術能引起很多人的共鳴）。
詞彙 与える あたえる動給予、造成

67

根據筆者所述，引起共鳴的東西是指什麼東西？
1 非常日常的，身邊就有的東西
2 不限於藝術作品的各式各樣的東西
3 能給人活著的力量的全部的東西
4 當想要去感受時，身邊就有的東西

解析 本題詢問筆者認為什麼能引起共鳴，因此請仔細閱讀文章第四段，確認相關內容。第四段中寫道：「共鳴を引き起こすものは芸術に限らないだろう」，以及「受け取る側の用意があれば、あらゆるものから共鳴を受けることができそうだ」，因此答案要選 2 芸術作品に限らない、あらゆるもの（不僅限藝術作品，各式各樣的東西）。
詞彙 日常的だ にちじょうてきだ な形日常的
身近だ みぢかだ な形切身的｜芸術 げいじゅつ名藝術
作品 さくひん名作品｜周り まわり名周遭

68

本篇文章，筆者最想說的是什麼？
1 自從停止聽音樂後，開始與醫院內的噪音產生共鳴，就開始喜歡原本恐懼的醫院了。
2 去聽別人的動靜或感受到別人的動作，疾病也好得快。
3 因為與周圍很多事情有了共鳴，而得到了活著的力量。
4 因為與音樂、陪伴的人的聲音有了共鳴，使難過的住院生活獲得了鼓勵。

解析 本題詢問筆者透過文章想表達的內容，因此請仔細閱讀文章後半段，確認筆者的想法或主張。第五段中寫道：「看護師さんが私の名を呼ぶ声や、食事や清掃や採血にすら共鳴し力を得ていたように思う」，以及「共鳴は生きる力になった」，因此答案要選 3 自分の周りの様々なことに共鳴することで、生きる力を得ることができた（對周遭的各種事物產生共鳴，能獲得生存的力量）。
詞彙 得る える動獲得｜励ます はげます動激勵

實戰測驗 2

p.330

65 3　**66** 3　**67** 2　**68** 4

問題 12　請閱讀下列文章，並針對後面的問題從 1、2、3、4 中選擇最合適的答案。

65-68

有一句話說「地方自治是民主主義的學校」。這是出自英國的法律學者同時也是政治家詹姆斯・布萊斯（James Bryce）的一句話。因為是孩子們在學校學政治時一定會出現的話，所以應該也很多人記得吧。地方自治體指的是國家允許以地方為單位實施自治的團體；而地方自治則是一個地方上的政治。地方自治比國家政治更能夠反映出居民的聲音，也更能夠體現出居民監督的功能，對於學習民主主義是一種最理想的形態。這也是前面那句話出現的原由。

2019 年東京都江戶川區實施了自治體選舉，結果有一位印度籍的男子當選了議員。江戶川區這個地方是日本最多印度人居住的城市，那個區還曾提出了一個建造印度人專屬的區域，也就是「小印度」的計畫。對此，那位議員就提出這個計畫是將印度籍居民視為特別的存在，這種將印度人與日本人做出區別的作法，難道不是有悖於行政原有的立意嗎？聽說這一點也是他參選議員的一大契機。他以議員身份開始活動後，聽說也有人當場質問「你只要做有關外國居民的提案就好了嗎？」但是，他在成為外籍議員之前，他也是那個地區的居民。他只是想將自己居住的城市，變成一處任何人都能住得輕鬆、能舒服生活的幸福城市，這和國籍是沒有關係的。他說，吸取周圍人們的意見並帶到議論的場合，就是自己的工作，他不是專屬於印度籍居民的代表。

同樣身屬外國籍這個少數派，又身為議員的人其實也不只他一位。而且要說少數的群體也不只有外國人。因為所有的人都抱著不同的想法，那麼說所有的人都是少數派也不過分。比方說贊成 A 問題卻反對 B 問題，或相反的人，或都贊成、都反對等，人的意見想法是非常多元的。對於世界上的各種事情，我想不可能會有想法完全一致的人。

但是，吸取少數派的意見並反映出來對於國家這個組織過於龐大。所以往往只能以多數決進行判斷，進而無視小小的聲音。而地方自治體的小規模就是最好的武器。所以當地方自治體發生問題時才有可能盡早進行改革，而將這些化為可能的，其實就是居民的聲音。只要地方能夠改變，國家就能改變。如果政治是為了創造一個人人都能幸福生活的社會，那麼就絕不可以捨棄掉少數派的意見。

（註）マイノリティー：少數派

詞彙 地方 ちほう 名 地方 | 自治 じち 名 自治
民主主義 みんしゅしゅぎ 名 民主主義 | イギリス 名 英國
法律学者 ほうりつがくしゃ 名 法律學者 | かつ 副 並且
政治家 せいじか 名 政治家 | 記憶 きおく 名 記憶
自治体 じちたい 名 自治體 | 単位 たんい 名 單位
認める みとめる 動 承認 | 団体 だんたい 名 團體
いわば 副 可說是 | 住民 じゅうみん 名 居民
反映 はんえい 名 反映 | 機能 きのう 名 功能 | ～ゆえ 由於～
理想的だ りそうてきだ な形 理想的 | 前述 ぜんじゅつ 名 前述
さて 接 且說 | 東京都 とうきょうと 名 東京都
江戸川区 えどがわく 名 江戶川區 | 選挙 せんきょ 名 選舉
インド 名 印度 | 出身 しゅっしん 名 出身 | 議員 ぎいん 名 議員
インド系 インドけい 名 印度裔 | 日本 にほん 名 日本
持ち上がる もちあがる 動 興起 | 特別視 とくべつし 名 特別看待
日本人 にほんじん 名 日本人 | 区別 くべつ 名 區別
やり方 やりかた 名 做法 | 行政 ぎょうせい 名 行政
在り方 ありかた 理想狀態 | 立候補 りっこうほ 名 參選
きっかけ 名 契機 | 活動 かつどう 名 活動 | 提案 ていあん 名 提案
地域 ちいき 名 地域 | 誰もが だれもが 任何人
快適だ かいてきだ な形 愜意的 | 暮らす くらす 動 生活
幸せだ しあわせだ な形 幸福的 | 国籍 こくせき 名 國籍
くみ上げる くみあげる 動 汲取 | 代表 だいひょう 名 代表
マイノリティー 名 少數派 | グループ 名 集團
属する ぞくする 動 隸屬 | ～つつ 一面～
異なる ことなる 動 相異 | 少数派 しょうすうは 名 少數派
～と言っても…ない ～といっても…ない 說是～也不…
賛成 さんせい 名 贊成 | 世の中 よのなか 名 世上
あらゆる 所有的 | 事象 じしょう 名 現象 | 一致 いっち 名 一致
そんな中 そんななか 在這之中 | 組織 そしき 名 組織
巨大だ きょだいだ な形 巨大的 | どうしても 副 無論如何都
多数決 たすうけつ 名 多數決 | 判断 はんだん 名 判斷
無視 むし 名 無視 | 規模 きぼ 名 規模 | 武器 ぶき 名 武器
発生 はっせい 名 發生 | 早急だ さっきゅうだ な形 緊急的
改革 かいかく 名 改革 | 可能だ かのうだ な形 可能的
切り捨てる きりすてる 動 捨棄 | 一切 いっさい 副 一概地
取り入れる とりいれる 動 採納 | 監視 かんし 名 監督
システム 名 系統 | 設ける もうける 動 設置
届く とどく 動 傳達 | 常に つねに 副 總是

65

文中指出地方自治是民主主義的學校，這是為什麼？

1　因為在學校一定會學地方政治的民主主義是什麼
2　由於被居民賦與了行使政治的權利，所以更能夠實施政治
3　因為容易聽取居民的意見，並建立一個可由居民監督的系統
4　因為比國家政治更能夠聽到居民的聲音，隨時都能貫徹理想政治的關係

解析 題目列出的畫底線句子「民主主義の学校（民主主義的學校）」位在文章第一段，因此請閱讀第一段，並從中找出針對畫底線句子的相關說明。畫底線處後方寫道：「国の政治より住民の声を反映させやすく、住民によるチェック機能もあるゆえ、民主主義とは何かを学ぶのに理想的な形だと

され、前述の言葉となった」，因此答案要選 3 住民の意見を取り入れやすく、住民による監視システムも設けられているから（因為不僅容易採納居民的意見，還設置了居民監控系統）。

66

有關於印度籍的男性議員，筆者是怎麼敘述的？

1 由於是在印度籍居民較多的城市，所以他希望能夠成為印度籍居民的代表。

2 因為他參選的關係，可能使印度籍的居民被特殊對待。

3 他之所以成為議員，為的是讓這座城鎮成為一個所有人都適合居住的地方。

4 他認為聽取印度籍居民的意見並在議會提出就是行政該做的事。

解析 本題詢問筆者對於印度出身的男性議員有什麼看法，因此請仔細閱讀文章第二段，確認相關內容。第二段中寫道：「自分が住んでいる町を、誰もが住みやすく、快適に暮らせる幸せな町にしたい」，因此答案要選 3 彼が議員になったのは、全ての人が住みやすい町にしたいからだ（他之所以成為議員，為的是讓這座城鎮成為一個所有人都適合居住的地方）。

詞彙 ～かねない 難以～｜議会 ぎかい 名 議會
提出 ていしゅつ 名 提出

67

有關於少數派，筆者是怎麼敘述的？

1 在少數派群中，想找出意見一致的人是很困難的。

2 因為這世上沒有意見完全相同的人，所以每個人都是少數派。

3 重視少數派的意見，才是民主主義應有的樣子。

4 地方政治想反映出少數派的意見幾乎是不可能的。

解析 本題詢問筆者對於少數派有什麼看法，因此請仔細閱讀文章第三段，確認相關內容。第三段中寫道：「全ての人が異なる考えを持っているのだから、全ての人が少数派であると言っても過言ではない」、以及「世の中のあらゆる事象について、考えがすっかり一致する人などいないはずだ」，因此答案要選 2 意見が完全に同じだという人はいないのだから、誰もがマイノリティだ（沒有人的意見會完全相同，所以每個人都是少數派）。

詞彙 完全だ かんぜんだ な形 完全的｜～こそ ～才是
あるべき 應有的｜不可能 ふかのう 名 不可能

68

有關於政治應有的樣子，筆者想說的是什麼？

1 地方政治比國家政治更需要快速的改革，所以重視少數派的意見是很重要的。

2 由於所有的人想法都是不一樣的，所以盡可能地反映出所有的意見是很重要的。

3 地方自治比較容易反映出居民的意見，所以在議會上提出居民的意見是很重要的。

4 想要打造一個任何人都能舒服居住的社會，那麼重視少數派的意見是很重要的。

解析 本題詢問筆者對於政治的基本原理有什麼看法，因此請仔細閱讀文章第四段，確認相關內容。第四段中寫道：「誰もが幸せに暮らせる世の中を作ろうとするのが政治であるならば、少数派の意見を切り捨てることなど一切あってはならない」，因此答案要選 4 誰もが住みやすい世の中にするためには、少数派の意見を大切にすることが重要だ（為了創造一個人人都適合生活的世界，重視少數派的意見很重要）。

詞彙 素早い すばやい い形 迅速的｜努力 どりょく 名 努力

實戰測驗 3

p.332

65 3　**66** 4　**67** 1　**68** 2

問題 12　請閱讀下列文章，並針對後面的問題從 1、2、3、4 中選擇最合適的答案。

65-68

日本每年出生孩童的數量，正以非常快的速度在減少。雖然日本政府將少子化對策視為非常緊迫的課題之一，但是人口減少對日本而言究竟會帶來什麼樣的問題呢？

最大的問題首先就是勞動力減少。可以勞動的人口數量減少，企業就無法確保必須的勞動力，如此一來企業活動就會縮小。能預想到經濟整體的衰退，包含人們的薪資也隨之減少；東西賣不出去等。此外，勞動所得的收入有一部分會以所得稅回饋給國家，因為這些稅金，維持我們生活所必須的基礎建設才得以維護，所以國家稅金收入減少就等於國家或自治體的基礎建設維護也將停滯，對社會就會造成很大的影響。除此之外還有，由年輕人支持高齡者的年金制度崩解，以及因為高齡者人數大增導致社會保障費用大增也很讓人擔憂。

政府近年來，針對育兒家庭提出了「經濟資源擴充」的政策，正在努力阻止少子化的擴大，這是因為放棄生育的理由當中，有人提出了育兒所需的經濟負擔太重了。為已經開始育兒的人提供支援，這樣的政策應該可以受到育兒家庭的歡迎。只是，只有這樣就想要阻止少子化的擴大是不可能的。

其實有統計指出，已經結婚的夫妻所生育的孩子數量與 30 年前幾乎是一樣的。也就是說只要結了婚，孩子就會被生下來，和 30 年前一樣。但是代表著 50 歲前從沒結過婚的生涯未婚率自 1995 年開始就年年上升，現在已經到了男性中四人有一人；女性中六人有一人沒有結婚，就這樣逐漸老去的情況。由此可看出，最該視為問題的不應該是少子化，而可說是未婚化。不結婚的理由有很多。比方說像是收入無法到達能下定決心結婚；工作不穩定；女性愈加深入地投入職場，已經不用依靠男性就能獨立生活；一個人生活也不再有什麼不方便的地方等等。雖然有一些自治團體推出了以年輕人為對象的婚介活動，但是適齡結婚的人已經因為少子化變少了，所以即使結婚的人增加了也無法阻止少子化的擴大。就這麼下去，日本整個社會大概會在找不到有效對策的狀況下愈來愈小。

　可惜的是，今後日本大概也無法解決少子化的問題。所以勞動力不足等經濟上的問題，應該要從別的層面著手施行對策。日本這個國家未來究竟該選擇什麼道路，應該盡快想清楚。

（註 1）喫緊：非常急迫也重要的事
（註 2）懸念する：擔憂、擔心
（註 3）婚活：介紹結婚對象的活動；婚姻介紹活動

詞彙 日本 にほん 名 日本｜ペース 名 步調
減少 げんしょう 名 減少｜政府 せいふ 名 政府
少子化 しょうしか 名 少子化｜対策 たいさく 名 對策
喫緊 きっきん 名 吃緊｜課題 かだい 名 課題
捉える とらえる 動 認知｜減る へる 動 減少
労働力 ろうどうりょく 名 勞動力｜働く人 はたらくひと 工作者
企業 きぎょう 名 企業｜確保 かくほ 名 確保
活動 かつどう 名 活動｜縮小 しゅくしょう 名 縮小
～により 由於～｜収入 しゅうにゅう 名 收入
全体 ぜんたい 名 整體｜落ち込み おちこみ 名 低迷
予想 よそう 名 預想｜労働 ろうどう 名 勞動｜得る える 動 獲得
一部 いちぶ 名 一部分｜所得税 しょとくぜい 名 所得稅
税金 ぜいきん 名 稅金｜還元 かんげん 名 回歸
～を元に ～をもとに 以～為本｜インフラ 名 基礎建設
整備 せいび 名 整頓｜自治体 じちたい 名 地方政府
停滞 ていたい 名 停滯｜そのもの 本身｜影響 えいきょう 名 影響
ほかにも 其他也｜世代 せだい 名 世代
高齢者 こうれいしゃ 名 高齡者｜支える ささえる 動 支援
年金 ねんきん 名 年金｜制度 せいど 名 制度
崩壊 ほうかい 名 崩壞｜保障 ほしょう 名 保障
費用 ひよう 名 費用｜増大 ぞうだい 名 增加｜懸念 けねん 名 擔憂
近年 きんねん 名 近年｜子育て こそだて 名 育兒
世帯 せたい 名 家庭｜経済的だ けいざいてきだ な形 經濟上的
支援 しえん 名 支援｜拡充 かくじゅう 名 擴充
出産 しゅっさん 名 生產｜諦める あきらめる 動 放棄
負担 ふたん 名 負擔｜すでに 副 已經｜サポート 名 支援
歓迎 かんげい 名 歡迎｜政策 せいさく 名 政策
夫婦 ふうふ 名 夫婦｜ほぼ 副 幾乎｜統計 とうけい 名 統計
つまり 副 也就是說｜同様だ どうようだ な形 同樣的
一方 いっぽう 名 另一方面｜～たことがない 不曾～
割合 わりあい 名 比例｜示す しめす 動 顯示
生涯 しょうがい 名 生涯｜未婚率 みこんりつ 名 未婚率
年々 ねんねん 副 年年地｜上昇 じょうしょう 名 上升
現在 げんざい 名 現在｜年を取る としをとる 上年紀
明らかになる あきらかになる 明瞭
問題にする もんだいにする 視作問題｜むしろ 副 不如說是
未婚化 みこんか 名 未婚化
踏み切る ふみきる 動 決斷｜雇用 こよう 名 雇用
不安定だ ふあんていだ な形 不安定的｜進出 しんしゅつ 名 參與
頼る たよる 動 依靠｜一人暮らし ひとりぐらし 名 一個人住
不自由 ふじゆう 名 不方便｜感じる かんじる 動 感受
対象 たいしょう 名 對象｜婚活 こんかつ 名 婚姻介紹的活動
そもそも 名 本來｜年齢 ねんれい 名 年齡
増やす ふやす 動 增加｜効果的だ こうかてきだ な形 有效的
残念ながら ざんねんながら 可惜的是｜今後 こんご 名 今後
解消 かいしょう 名 消除｜対策を打つ たいさくをうつ 施行對策
早急だ さっきゅうだ な形 火急的｜相手 あいて 名 對象

65

筆者所提到的很大的影響是指什麼？
1　勞動的人變少了
2　經濟狀況惡化了
3　基礎建設的維護停滯
4　年金無法使用了

解析 題目列出的畫底線句子「大きな影響（大的影響）」位在文章第二段，因此請閱讀第二段，並從中找出針對畫底線句子的相關說明。畫底線處前方寫道：「この国の税金収入が減ることで国や自治体によるインフラ整備が停滞し」，因此答案要選 3 インフラ整備が止まること（基礎建設的維護停滯）。

詞彙 状況 じょうきょう 名 狀況｜年金 ねんきん 名 年金

66

對於育兒家庭的經濟支援，筆者是怎麼敘述的？
1　政府只要施行經濟方面的支援，生育的人就會增加。
2　政府的支援對象是只針對已經在養育孩子的人。
3　育兒需要很大量的金錢，所以是非常好的政策。
4　即使增加針對育兒的支援也無法阻止少子化擴大。

解析 本題詢問筆者對於撫養孩子的家庭的經濟支援有什麼看法，因此請仔細閱讀文章第三段，確認相關內容。第三段中寫道：「子育て世帯への「経済的な支援の拡充」をすることで、少子化を止めようとしている」、以及「しかし、これで少子化が止められると考えるのは無理があると思う」，因此答案要選 4 子育てに対する支援を増やしても、少子化は止められない（即使增加對撫養孩子的支援，也沒辦法阻止少子化擴大）。

詞彙 ～に対する ～にたいする 對於～

讀解

67

筆者對於日本社會真正面臨的問題是怎麼敘述的？

1 放棄結婚的人增加得非常多，孩子的數量愈來愈少了

2 放棄生育的人增加得非常多，生育率不斷下降

3 即使結婚的人增加了，孩子的數量也停滯沒有增加

4 儘管結婚的人減少了，生育率也沒有變化

解析 本題詢問筆者認為日本社會真正的問題為何，因此請仔細閱讀文章第四段，確認相關內容。第四段中寫道：「50 歳までに一度も結婚したことがない人の割合を示す生涯未婚率は 1995 年から年々上昇」，以及「問題にすべきなのは少子化ではなくむしろ未婚化」，因此答案要選 1 結婚を諦める人が非常に増えたため、子供の数がどんどん減ること（放棄結婚的人增加得非常多，孩子的數量愈來愈少了）。

詞彙 出産率 しゅっさんりつ 名 生產率 | 増加 ぞうか 名 增加
～にもかかわらず 雖然～ | 横ばい よこばい 名 停滯
変わりない かわりない 不變

68

本文中筆者最想說的是什麼？

1 比起少子化對策，在未婚化對策上注入力量，願意結婚的人應該會增加。

2 今後因應少子化的措施無法奏效，因此應該要思考由此產生的問題。

3 現在各種問題都並非少子化的關係，應該考慮別的對策。

4 現在的少子化對策沒有效果，應該考慮別的對策。

解析 本題詢問筆者透過文章想表達的內容，因此請仔細閱讀文章後半段，確認筆者的想法或主張。第四段中寫道：「そもそも結婚する年齢の人々がすでに少子化で少なくなっている世代のため、結婚する人を増やしても少子化を止めることはできない」，以及第五段中寫道：「労働力不足などの経済的な問題は別の面から対策を打つべきだ」，因此答案要選 2 今後も少子化対策はうまくいかないので、そこから生じる問題について考えるべきだ（今後因應少子化的措施無法奏效，因此應該要思考由此產生的問題）。

詞彙 力を入れる ちからをいれる 致力　うまくいかない 進展不順
生じる しょうじる 動 產生 | 効果 こうか 名 效果

問題 13 信息檢索

實力奠定

p.338

01 ②　02 ①　03 ①　04 ②

01

木村正在考慮留學，但志願中的留學地點沒有他大學的協議學校。木村留學的方法是下列哪一個？

① 在學校申請留學地的入學許可書，免費留學一年

② 直接從留學地取得入學許可書，自費留學一年。

●可承認學分的留學●

此為不需休學即可出國留學的方案。在留學地取得的學分可計入本校學分。

方案	期間	留學地的學費	留學地
交換留學	1 年	本人無需負擔	僅限協議校
私費留學	**1 年**	**全額自費**	**協議校以外的大學**

（注意）

1. 原則上，留學期間也必須繳納本校學費。
2. 想留學的地方如非本校協議學校，首先請提出含有該校概要的資料。經過本校審查，僅有得到許可的學校才可承認學分。此外，也必須提出該校入學許可書，但這方面本校一概不介入。請本人直接向該校申請。

詞彙 希望 きぼう 名 希望 | 留学先 りゅうがくさき 名 留學大學
協定校 きょうていこう 名 協議校 | 方法 ほうほう 名 方法
許可書 きょかしょ 名 許可書 | 申し込む もうしこむ 動 申請
無料 むりょう 名 免費 | 直接 ちょくせつ 名 直接
私費 しひ 名 私費 | 単位 たんい 名 學分 | 認定 にんてい 名 認定
休学 きゅうがく 名 休學 | プラン 名 方案 | 取得 しゅとく 名 取得
本学 ほんがく 名 本校 | 可能 かのう 名 可能 | 期間 きかん 名 期間
授業料 じゅぎょうりょう 名 學費 | 交換 こうかん 名 交換
本人 ほんにん 名 本人 | 負担 ふたん 名 負擔
全額 ぜんがく 名 全額 | 原則として げんそくとして 原則上
納める おさめる 動 繳納 | 概要 がいよう 名 概要
資料 しりょう 名 資料 | 提示 ていじ 名 提出 | 審査 しんさ 名 審查
～を経て ～をへて 經過～ | 認める みとめる 動 認可
一切 いっさい 副 一概地 | 介入 かいにゅう 名 干預
申請 しんせい 名 申請

02

大森到設施中會面，可以在週末移交即將成為新家人的狗狗。在領養狗狗上，大森必須做的是下列哪一項？

① 在設施中簽下誓約書，並支付 4 萬日圓的費用。

② 在自家給誓約書蓋章，並連同 10 萬日圓一起寄出。

>> 募集可愛狗狗的養父母 <<

我們保護了因為人類個人原由而被捨棄、預定執行處分的狗狗們，並舉辦了為牠們找尋新家人的活動。由於我們必須舉辦會面，因此請有意領養者撥打下列電話，並於事先申請。

－注意事項－

・狗狗的轉交在本設施實行。此外，為了不再給已經負傷的狗狗們悲傷的回憶，所以麻煩提交誓約書，誓約書需要印鑑，請務必記得攜帶。

・領養每隻狗狗需繳納 4 萬日圓的費用。由於收容後到讓各位認養，每一隻狗狗都要花費近 10 萬日圓的費用。來自每位領養家庭的資金將會繼續投入在下一隻狗狗的救援活動中。

NPO 法人　DOGSUPPORT　TEL　0298-0000-XXXX

詞彙 施設 しせつ 名 設施｜面会 めんかい 名 會面
引き渡す ひきわたす 動 交付｜受け取る うけとる 動 領取
～にあたって ～之際｜誓約書 せいやくしょ 名 誓約書
費用 ひよう 名 費用｜支払う しはらう 動 支付
自宅 じたく 名 自家｜ハンコ 名 印章｜わんちゃん 小狗
里親 さとおや 名 養父母｜募集 ぼしゅう 名 募集
人間 にんげん 名 人類｜身勝手だ みがってだ な形 任性的
事情 じじょう 名 事由｜処分 しょぶん 名 處分
執行 しっこう 名 執行｜保護 ほご 名 保護｜活動 かつどう 名 活動
申請 しんせい 名 申請｜事項 じこう 名 事項
再び ふたたび 副 再次｜取り交わす とりかわす 動 交換
印鑑 いんかん 名 印章｜譲渡 じょうと 名 轉讓
資金 しきん 名 資金｜救う すくう 動 拯救｜支援 しえん 名 支援
法人 ほうじん 名 法人｜ドッグ 名 犬｜サポート 名 支援

03

竹田因為工作過於忙碌一直找不到打掃家裡的時間，因此正在考慮委託家事服務。特別是最不擅長的廚房清潔，還有從夏天到秋天，天氣已逐漸轉涼，因此需要將衣服換季。請問竹田委託的方案是哪一個？

① **自選清潔方案**

② 用水區域集中方案

－家事服務－

家事就交給專家吧！請不要感到負擔地與我們聯繫。

方案名稱	方案內容	時間	費用
基本清潔方案	清潔範圍包含客廳、廚房、廁所等屋內全部。主要為基本的掃帚清掃與擦拭清掃，希望重點清潔的客戶不建議選擇此項目。	3 小時	7500 日圓
自選清潔方案	在時間內優先清潔客戶自選區域。無論是冷氣機清潔或衣服整理皆可提供協助。	2 小時	5000 日圓
用水區域集中方案	重點清潔浴室、廚房、廁所等平日不易維護的區域。	2 小時	6500 日圓

延長費用為 1 小時 1500 日圓。

詞彙 家事 かじ 名 家事｜代行 だいこう 名 代理｜サービス 名 服務
キッチン 名 廚房｜衣替え ころもがえ 名 換季
申し込む もうしこむ 動 申請｜コース 名 方案
お好みスポット おこのみスポット 希望場所
水回り みずまわり 名 用水場所｜集中 しゅうちゅう 名 集中
プロ 名 專業｜任せる まかせる 動 託付
気軽だ きがるだ な形 輕鬆的、隨意的
問い合わせる といあわせる 動 洽詢｜料金 りょうきん 名 費用
基本 きほん 名 基本｜居間 いま 名 客廳｜全体 ぜんたい 名 整體
掃き掃除 はきそうじ 名 掃帚清掃
拭き掃除 ふきそうじ 名 擦拭清掃
重点的だ じゅうてんてきだ な形 重點式的｜希望 きぼう 名 希望
優先的だ ゆうせんてきだ な形 優先的｜エアコン 名 空調
整理 せいり 名 整理｜担当 たんとう 名 擔任
風呂場 ふろば 名 浴室｜普段 ふだん 名 平時
手入れ ていれ 名 維護｜丁寧だ ていねいだ な形 仔細的
延長 えんちょう 名 延長

04

鈴木想要將作品投稿至電影比賽的觀光地部門。請問鈴木可以投稿的作品為下列哪一個？

① 官方網站中所列出的設施照片與自己拍攝的影像結合在一起的影片

② **介紹有名的神社與週邊數家餐飲店的影片**

觀光影像大賽

將日本介紹給全世界！將全世界介紹給日本！

利用 180 秒的影像傳達出其中的魅力！

| 參加者 |

任何人皆可參加！不限年齡與國籍。

| 募集部門 |

① 世界遺產部門：請在各國的世界遺產中選擇一處，並向全世界介紹它的魅力。

② 觀光地部門：在全國各地的觀光地中選擇一處，並製作出可以增加海外觀光客來的影像作品。

| 募集作品 |

我們正在募集推薦日本魅力的影像作品，

影像時間請控制在 3 分鐘以內。

制作過程中必須充分注意著作權。

請避免使用網路上已有的照片或影像。

作品只可使用自己攝影的內容。

| 截止日 |

9 月 30 日（五）下午 5 點止

詞彙 コンテスト 名 競賽｜観光地 かんこうち 名 觀光景點
部門 ぶもん 名 部門｜作品 さくひん 名 作品｜応募 おうぼ 名 報名
公式 こうしき 名 官方｜ホームページ 名 首頁
施設 しせつ 名 設施｜映像 えいぞう 名 影像
組み合わせる くみあわせる 動 組合｜動画 どうが 名 影片

讀解

複数 ふくすう名複數｜飲食店 いんしょくてん名餐飲店
観光 かんこう名觀光｜魅力 みりょく名魅力
参加者 さんかしゃ名參加者｜参加 さんか名參加
可能 かのう名可能｜年齢 ねんれい名年齡
国籍 こくせき名國籍｜問う とう動問｜募集 ぼしゅう名募集
各国 かっこく名各國｜遺産 いさん名遺產
選択 せんたく名選擇｜観光客 かんこうきゃく名觀光客
制作 せいさく名製作｜著作権 ちょさくけん名著作權
インターネット名網路｜既存 きぞん名現有
くれぐれも副千萬｜控える ひかえる動避免
撮影 さつえい名攝影｜使用 しよう名使用
締め切り しめきり名期限

實戰測驗 1

p.340

69 1　**70** 2

問題 13　右頁是針對有意轉職者的就業資訊。請針對下列問題並從 1、2、3、4 中選出最適當的答案。

69

以前曾為業務人員的吉田先生 32 歲，正在尋找接下來轉職的公司。擁有的證照資格只有普通汽車駕照。接下來想找月收 25 萬日圓以上，雇用形態不拘的新工作。吉田先生可以應徵的公司為下列哪一個？

1　無經驗也可應徵的丸一食品，與符合資格的 SANCO 建設。
2　符合年齡條件的大北電機，與符合資格的 SANCO 建設。
3　無經驗也可應徵的丸一食品，與滿足優遇條件的南森鐵工廠。
4　無經驗也可應徵的南森鐵工廠，與優遇無經驗者的 JOP 保險公司。

解析 本題詢問的是吉田能夠應徵的公司。題目列出的條件為：
(1) 営業スタッフとして勤務（當過業務人員）：能應徵的公司包含丸一食品、SANCO 建設、南森鐵工廠、AKK 警衛保全、JOP 保險公司、都觀光、精英進學補習班。
(2) 32 歳（32 歲）：綜合 (1)、(2) 能應徵的公司為丸一食品、SANCO 建設、AKK 警衛保全、JOP 保險公司、都觀光、精英進學補習班
(3) 普通自動車運転免許（一般汽車駕照）：綜合 (1)、(2)、(3) 能應徵的公司有丸一食品、SANCO 建設、AKK 警衛保全、JOP 保險公司
(4) 月収が 25 万円以上（月收入 25 萬日圓以上）：綜合 (1)、(2)、(3)、(4) 能應徵的公司有丸一食品、SANCO 建設、JOP 保險公司
綜合上述條件以及題目選項所述，答案要選 1 未経験者でも応募できる丸一食品と、資格を満たしているサンコー建設（無經驗者也能應徵的丸一食品和符合資格的 SANCO 建設）。

詞彙 以前 いぜん名以前｜営業 えいぎょう名業務
スタッフ名工作人員｜勤務 きんむ名上班
転職先 てんしょくさき名轉行公司｜資格 しかく名證照
普通自動車 ふつうじどうしゃ名普通小型車
運転免許 うんてんめんきょ名駕照｜雇用 こよう名雇用
形態 けいたい名型態｜こだわる動拘泥
月収 げっしゅう名月薪｜応募 おうぼ名應徵
未経験者 みけいけんしゃ名無經驗者｜食品 しょくひん名食品
満たす みたす動滿足｜建設 けんせつ名建設
年齢 ねんれい名年齡｜条件 じょうけん名條件
電機 でんき名電機｜優遇 ゆうぐう名優待
鉄工所 てっこうじょ名鐵工廠
保険会社 ほけんがいしゃ名保險公司

70

以前曾在遊戲開發公司擔任開發人員的佐佐木先生 27 歲，正在尋找接下來轉職的公司。佐佐木先生畢業自四年制大學的工學院資工系，只要是月收 30 萬日圓以上的正職即可，不在乎是何職種，想應徵可以承擔責任的公司。符合佐佐木先生期望的公司，哪一個才是正確的？

1　日南電鐵符合必要的資格條件。工作可發揮領導能力。
2　南森鐵工廠滿足學歷、年齡的條件，且可交付需承擔責任的工作。
3　大北電機符合學歷、年齡、所需人物特質，可活用其經驗。
4　MS 資訊服務符合年齡、畢業科系的條件，喜歡願意認真工作的員工。

解析 本題詢問的是符合佐佐木希望條件的公司。綜合選項條件如下：
(1) 日南電鐵：佐佐木沒有會計專業，此非答案
(2) 南森鐵工廠：年齡、資格、薪水、承擔責任上都符合描述，此為正解
(3) 大北電機：年紀與佐佐木不符，此非答案
(4) MS 資訊服務：年紀與佐佐木不符，此非答案
綜合上述，答案要選 2 南森鉄工所は、学歴、年齢の条件を満たしており、責任のある仕事を任せてもらえる（南森鐵工所符合學歷、年齡要求，且有被指派負責的工作）。

詞彙 ゲーム名遊戲｜開発 かいはつ名開發
工学部 こうがくぶ名工學院
情報工学科 じょうほうこうがくか名資訊工程學系
正社員 せいしゃいん名正式員工｜職種 しょくしゅ名行業
責任 せきにん名責任｜任せる まかせる動託付
希望 きぼう名希望｜電鉄 でんてつ名電鐵
リーダーシップ名領導能力｜発揮 はっき名發揮
学歴 がくれき名學歷｜求める もとめる動要求
人物像 じんぶつぞう名人物形象｜生かす いかす動活用

情報 じょうほう 名 資訊 | サービス 名 服務 | 学科 がっか 名 科系
評価される ひょうかされる 受到好評

69-70

JOB Research 就業資訊

（2 月 適用轉職者）

公司名稱、部門	就業形態	條件、必要資格等	收入／要求人格特質
丸一食品 食品管理人員	正職員工	歡迎無經驗者	月收 28 萬起。我們是重視團隊合作的公司。
大北電機 開發人員	正職員工	大學畢業，28 ～ 35 歲間，有產品開發經驗者	月收 35 萬起。誠徵責任感強烈的夥伴。
日南電鐵 會計課長助理	正職員工	大學畢業，40 歲以下，有會計經驗者	月收 40 萬起。誠徵有領導能力的夥伴。
大阪百貨店 銷售人員	正職員工	有銷售經驗者或有領導經驗者	月收 35 萬起。熱烈歡迎對服飾業有興趣者。
綠藥局 銷售人員	正職員工	有銷售經驗者或有商品管理經驗者	月收 40 萬起。喜歡熱情服務客人者，誠徵長期人員。
SANCO 建設 建設作業員	約聘人員	必須有普通汽車駕照	月收 25 萬起。誠徵願承擔工作責任者。
三星製藥 研究人員	正職員工	大學畢業，35 歲以下，有藥劑師國家資格執照	月收 35 萬起。是可發揮藥劑師國家資格的好機會。
南森鐵工廠 業務人員	正職員工	大學畢業，28 歲以下，歡迎無經驗者，有業務經驗者可享優遇	月收 31 萬起。負責客戶業務。
MS 資訊服務 工程師	正職員工	28 歲以上，資訊系畢業或有系統工程師經驗者	月收 32 萬起。誠徵工作認真努力者。
AKK 警衛保全 警衛人員	兼職人員	可接受深夜工作者，歡迎學生	時薪 2000 日圓。也接受春節短期打工
JOP 保險公司 受理人員	約聘人員	歡迎無經驗者，有事務經驗者可享優遇	月薪 30 萬起。有前輩細心輔導。
都觀光 服務人員	正職員工	25 ～ 48 歲，TOEIC780 分以上	月收 24 萬起。歡迎有觀光經驗者。需要支援年輕員工。
精英進學補習班 兼任講師	兼職人員	四年制大學理科學系在學生或畢業生	時薪 1800 日圓左右。誠徵可解說中學生也能聽懂的數學、理科的人。

詞彙 リサーチ 名 調查 | 求人 きゅうじん 名 招募人才
情報 じょうほう 名 資訊 | 転職者 てんしょくしゃ 名 轉行者
～向け ～むけ 以～為對象 | 会社名 かいしゃめい 名 公司名稱
配属 はいぞく 名 分發部門 | 収入 しゅうにゅう 名 收入
製品 せいひん 名 產品 | 管理 かんり 名 管理
歓迎 かんげい 名 歡迎 | チームワーク 名 團隊合作
責任感 せきにんかん 名 責任感
経理課長 けいりかちょう 名 會計課長 | 補佐 ほさ 名 輔佐、助理
百貨店 ひゃっかてん 名 百貨店 | 販売 はんばい 名 販賣
リーダー 名 領導者 | アパレル 名 服飾業
大歓迎 だいかんげい 名 非常歡迎 | 薬局 やっきょく 名 藥局
接客 せっきゃく 名 接客 | 作業員 さぎょういん 名 操作員
契約社員 けいやくしゃいん 名 約聘員工 | 必須 ひっす 名 必要
製薬 せいやく 名 製藥 | 薬剤師 やくざいし 名 藥劑師
国家 こっか 名 國家 | 資格 しかく 名 證照
保有者 ほゆうしゃ 名 持有者 | チャンス 名 機會
取引先 とりひきさき 名 客戶 | エンジニア 名 工程師
情報系 じょうほうけい 名 資訊領域 | システム 名 系統
コツコツ 副 腳踏實地地 | 警備 けいび 名 警備
保障 ほしょう 名 保全 | 深夜 しんや 名 深夜
時給 じきゅう 名 時薪 | 春休み はるやすみ 名 春假
短期 たんき 名 短期 | バイト 名 打工 | 事務 じむ 名 事務
丁寧だ ていねいだ な形 細心的 | サポート 名 協助
観光 かんこう 名 觀光 | 取得者 しゅとくしゃ 名 取得者
若手 わかて 名 年輕人 | 進学塾 しんがくじゅく 名 升學補習班
非常勤 ひじょうきん 名 兼任 | 講師 こうし 名 講師
在学生 ざいがくせい 名 在學生 | 前後 ぜんご 名 左右
理科 りか 名 理科 | 解説 かいせつ 名 解說

實戰測驗 2

p.342

69 3 **70** 4

問題 13 右頁是針對星光大學的獎學金說明。請針對下列問題並從 1、2、3、4 中選出最適當的答案。

69

由美即將於 4 月入學星光大學文學院。她正在查自己可以申請的獎學金，本次的獎學金中，由美可申請的獎學金為下列哪一種？

1 星光大學獎學金
2 星光大學獎學金與優秀學生獎學金
3 星光大學獎學金與未來獎學金
4 未來獎學金與研究人員培育獎學金

解析 本題詢問的是由美可以申請的獎學金。題目列出的條件為：

(1) 文学部（文學院）：所有學院皆可申請的是星光大學獎學金、優秀學生獎學金，和研究者育成獎學金，文學院可申請的是未來獎學金

(2) 入学予定（即將入學）：不能申請優秀學生獎學金，和研究者育成獎學金，前者的申請對象為在校生；後者為四年級學生。

綜合上述，答案要選 3 星光大学奨学金と未来奨学金（星光

大學獎學金和未來獎學金）。

詞彙 文学部 ぶんがくぶ 名 文學院｜申請 しんせい 名 申請
獎学金 しょうがくきん 名 獎學金｜今回 こんかい 本次
募集 ぼしゅう 名 招募｜優秀 ゆうしゅう 名 優秀
未来 みらい 名 未來｜研究者 けんきゅうしゃ 名 研究人員
育成 いくせい 名 培育

70

翁同學是星光大學理學院的 2 年級學生。正打算申請「理學會獎學金」，但他計劃在 3 月 12 日至 4 月 5 日的期間回國。請問翁同學最早可以拿到申請書的日子是哪一天，以及取得方法，下列哪一項方法符合？

1　3 月 10 日，持學生證與印鑑至獎學金窗口申請。
2　3 月 10 日，自網站系統中下載。
3　3 月 15 日，郵寄回國。
4　4 月 6 日在大學校內獎學金窗口索取。

解析 本題詢問的是元先生申請獎學金的行動。題目列出的條件為：「理学会奨学金」を申請しようと考えているが、3 月 12 日から 4 月 5 日まで国へ帰る予定である（正打算申請「理學會獎學金」，預計於 3 月 12 日至 4 月 5 日回國），根據「今回募集する奨学金一覧（本次募集的獎學金列表）」，理學會的獎學金申請書下載顯示為「不可」。而在下方的「申請の手続き（申請程序）」中寫道：「ウェブシステムに対応していない奨学金の申請を希望する学生は、奨学金窓 口で入手してください。配布期間は 3 月 15 日から 4 月 10 日です」，因此答案要選 4 4 月 6 日に、大学構内の奨学金窓口で受け取る（4 月 6 日於大學校內的獎學金窗口領取）。

詞彙 理学部 りがくぶ 名 理學院｜理学会 りがっかい 名 理學會
最も もっとも 副 最｜申請書 しんせいしょ 名 申請書
入手 にゅうしゅ 名 入手｜方法 ほうほう 名 方法
学生証 がくせいしょう 名 學生證｜印鑑 いんかん 名 印章
窓口 まどぐち 名 窗口｜ウェブ 名 網路｜システム 名 系統
ダウンロード 名 下載｜郵送 ゆうそう 名 郵寄
取り寄せる とりよせる 動 索取
構内 こうない 名 校內｜受け取る うけとる 動 領取

69-70

星光大學　春季獎學金申請辦法

○ 本次可申請的獎學金一覽

獎學金		申請書下載	可申請學院
星光大學獎學金	貸款型	可	所有學院
理學會獎學金	貸款型	不可	理學院
優秀學生獎學金	給付型	不可	所有學院
未來獎學金	給付型	可	法學院、文學院
研究人員培育獎學金	給付型	可	所有學院

○ 獎學金種類

獎學金種類分為貸款型及給付型兩種。貸款型將來必須償還。給付型則無需償還。

○ 獎學金申請對象

・按照學院、學年可申請的獎學金會有所不同。
・「優秀學生獎學金」是以在校生為對象。4 月入學的新生不可申請。
・「研究人員培育獎學金」申請者，僅限欲進入研究所就讀的四年級生。

○ 申請手續

・申請期間自申請書發布開始日起至 4 月 30 日止。申請手續為：本人將填好的申請書及其它必要文件，攜至獎學金窗口申請。申請時需要學生證與印鑑。
・申請書：除了部分情況外，可從學生專用的 web 系統中下載。申請書發布期間為 3 月 10 日～ 4 月 10 日。各獎學金要求之條件如上述獎學金一覽所示。入學前的一年級生及以及想申請 web 系統中沒有的獎學金的同學，請至獎學金窗口取得。申請書發布期間為 3 月 15 日～ 4 月 10 日止。
・其它必要文件：請仔細閱讀次頁以後各獎學金的申請要點，並請準備所需資料。如資料未備齊，則無論任何理由都不可接受申請，請特別注意。

注意）一個年度內，各種類只能申請一項。

■ 獎學金窗口（星光大學事務棟一樓）
開放時間 9:00 ～ 17:00
3 月 10 日自 4 月 30 日止，六日也開放申請。

詞彙 一覧 いちらん 名 一覽｜貸与型 たいよがた 名 借貸型
可 か 名 可｜全学部 ぜんがくぶ 名 全校學院｜不可 ふか 名 不可
給与型 きゅうよがた 名 給付型｜法学部 ほうがくぶ 名 法學院
種類 しゅるい 名 種類｜将来 しょうらい 名 將來
返済 へんさい 名 償還｜対象 たいしょう 名 對象
学年 がくねん 名 學年｜異なる ことなる 動 相異
在校生 ざいこうせい 名 在校生
大学院 だいがくいん 名 碩博班｜進学 しんがく 名 升學
希望 きぼう 名 希望｜手続き てつづき 名 手續
期間 きかん 名 期間｜配布 はいふ 名 發放
開始日 かいしび 名 開始日期｜記入済み きにゅうずみ 填畢
及び および 接 以及｜その他 そのほか 其他
書類 しょるい 名 文件｜持参 じさん 名 自備
専用 せんよう 名 專用｜対応 たいおう 名 應對
状況 じょうきょう 名 狀況｜上記 じょうき 名 上記
示す しめす 動 表示｜以降 いこう 名 以後
要項 ようこう 名 簡章｜不備 ふび 名 不周
～いかんに関わらず ～いかんにかかわらず 不論～為何
受け付ける うけつける 動 受理｜年度 ねんど 名 年度
事務棟 じむとう 名 事務棟｜開所 かいしょ 名 事務所營業

實戰測驗 3

p.344

69 3　**70** 2

問題 13　右頁是劇場官網所揭載的「月花劇場同好會」入會指南。請針對下列問題，從 1、2、3、4 中選出最合適的答案。

69

Rao 是正在日本學習戲劇歷史的大學生，正在考慮加入友之會。他只要能從網路上申請會員即可，請問成為會員後他能享受到什麼福利？

1　劇場所有公演劇目，隨時都能以 9 折票價購票觀賞。
2　可以參加每個月定期舉辦的脫口秀。
3　在劇場內商店購物時，可享受折扣。
4　在網路上購買的票券可以郵寄至自家。

解析 本題詢問的是 Rao 成為會員後能做的事情。題目列出的條件為：会員になった場合（成為會員時），根據下方「特典（優惠）」列出的內容，第三點寫道：「月花劇場内売店で販売している書籍 10% 引き、その他の商品を 5% 引きにいたします」，因此答案要選 3 劇場内の店で買い物をする時に、割引サービスを受けることができる（在劇場內的商店購物時，可享有折扣）。

詞彙 演劇 えんげき名戲劇｜学ぶ まなぶ動學習
友の会 とものかい名同好會｜入会 にゅうかい名入會
インターネット名網路｜申し込む もうしこむ動申請
会員 かいいん名會員｜全て すべて名全部
公演 こうえん名公演｜いつでも副無論何時
定期的だ ていきてきだな形定期的｜トークショー名脫口秀
参加 さんか名參加｜割引 わりびき名折扣｜サービス名服務
購入 こうにゅう名購入｜チケット名票券｜自宅 じたく名自家

70

佐藤是個喜歡戲劇的高中生，想要加入同好會。由於還是學生所以沒有信用卡，但有銀行帳戶。請問佐藤要怎麼做，才能加入「月花劇場　同好會」？

1　成為一般會員，從銀行帳戶轉帳支付年會費 3000 日圓。
2　成為一般會員，到事務局窗口現金支付年會費 2500 日圓。
3　成為網路會員，從銀行帳戶轉帳支付年會費 2000 日圓。
4　成為網路會員，到事務局窗口現金支付年會費 1500 日圓

解析 本題詢問的是佐藤該如何入會。題目列出的條件為：学生なのでクレジットカードは持っていないが、銀行口座は持っている（因為是學生，所以沒有信用卡，但有銀行帳戶），根據下方「会員種別（會員種類）」寫道：「高校生以下の会員は年会費が 500 円引きになります」，普通會員的費用為 3000 日圓，扣除 500 日圓為 2500 日圓。另外，下方「ご入会の手続き（入會程序）」寫道：「会費はクレジットカード、銀行振込、もしくは事務局での現金支払いができます」，因此答案要選 2 一般会員になり、年会費 2,500 円を事務局の窓口で支払う（成為普通會員，於事務局窗口繳交年會費 2500 日圓）。

詞彙 クレジットカード名信用卡｜口座 こうざ名帳戶
劇場 げきじょう名劇場｜一般 いっぱん名一般
年会費 ねんかいひ名年費｜引き落とし ひきおとし名扣款
支払う しはらう動支付｜事務局 じむきょく名事務局
窓口 まどぐち名窗口｜ネット名網路

69-70

月花劇場　同好會
月花劇場　同好會是專為由衷熱愛戲劇的各位開設的會員組織。

☞ 特典
1. 同好會會員搶先購買
在公開販售之前，會先針對會員開啟搶先購買機會。
會員搶先購買，每場公演每人限購 2 張票，並可享 9 折優惠。
每年發六次公演情報誌，會直接郵寄至住家地址。（僅限一般會員）
2. 活動招待
會員獨享，可參加出演者出席的脫口秀。（不定期舉辦）
3. 館內優惠
購買月花劇場內商店販售書籍可享 9 折優惠；其它商品則為 95 折。

☞ 會員類型
高中生以下會員，年會費可減免 500 日圓。

	一般會員	網路會員
同好會年會費	3000 日圓	2000 日圓
購票方法	電話或網路	網路
票券	郵寄至住家 劇場內自動兌票機	超商兌票 劇場內自動兌票機

☞ 入會手續
- 一般會員：可直接在網路上申請入會，或以入會申請書辦理手續。入會申請書可於劇場內索取。或者也可撥打同好會事務局電話郵寄申請書。會費可使用信用卡、銀行轉帳或者直接至事務局支付現金。
- 網路會員：僅可於網路上申請入會。會費可使用信用卡或銀行轉帳支付。

收到會員卡後，即可行使會員搶先購票等友之會會員獨享服務。

詢問處：月花劇場　同好會事務局
TEL：042-987-6532　（10:00 ～ 18:00　星期二公休）

詞彙 心から こころから 副由衷地｜愛する あいする 動愛好
方々 かたがた 名人士｜組織 そしき 名組織
特典 とくてん 名優惠、特典｜先行 せんこう 名先行
前売り まえうり 名預售｜先がける さきがける 動率先
実施 じっし 名實施｜～向け ～むけ 以～為對象
出演者 しゅつえんしゃ 名演出者｜不定期 ふていき 名不定期
開催 かいさい 名舉辦｜施設 しせつ 名設施
優待 ゆうたい 名優待｜売店 ばいてん 名小賣部
書籍 しょせき 名書籍｜商品 しょうひん 名商品
種別 しゅべつ 名種別｜郵送 ゆうそう 名郵寄
自動発券機 じどうはっけんき 名自動售票機
コンビニ 名便利商店｜手続き てつづき 名手續
申込書 もうしこみしょ 名申請書｜可能だ かのうだ 名可能
設置 せっち 名設置｜振込 ふりこみ 名匯款｜もしくは 接抑或
現金 げんきん 名現金｜会員証 かいいんしょう 名會員證
カード 名卡片｜手元 てもと 名手上｜～次第 ～しだい 一～就
問い合わせ といあわせ 名洽詢｜定休 ていきゅう 名公休

聽解

問題1 問題理解

實力奠定

p.352

01 ② 02 ① 03 ② 04 ② 05 ① 06 ②
07 ② 08 ① 09 ① 10 ①

01

[音檔]

大学の事務室で女の学生と職員が話しています。**女の学生**はこのあと**まず何を**しますか。

F：あの、交換留学のプログラムの申請ってここでできますか。

M：それはこちらではなく、応募期間中に学校のホームページ上で行うことになっています。

F：あ、そうなんですね。

M：その際に、**英語の語学能力の証明書も提出していただかなければいけないんですが、もう用意されていますか。**

F：いえ、まだです。じゃあ、**先に書類の発行からですね。**

女の学生はこのあとまず何をしますか。

[題本]

① 留学のプログラムに申請する

② **必要な書類を準備する**

中譯 大學的辦公處有女學生與職員正在說話。**女學生**接下來**首先**要做**什麼**？

F：請問…申請交換留學是在這裡嗎？

M：不在這裡，現在是要在報名期間內到學校的官方網站上面申請。

F：啊，這樣嗎？

M：申請時**必須提交英語能力證明書，妳準備好了嗎**？

F：還沒有準備。那就是要**先處理文件對吧**。

女學生接下來首先要做什麼？

① 申請留學項目

② **準備必要文件**

詞彙 **事務室** じむしつ 名 事務處 | **職員** しょくいん 名 職員
交換 こうかん 名 交換 | **留学** りゅうがく 名 留學
プログラム 名 計畫 | **申請** しんせい 名 申請
応募期間 おうぼきかん 名 報名期間 | **ホームページ** 名 官網
語学 ごがく 名 外語 | **能力** のうりょく 名 能力
証明書 しょうめいしょ 名 證明書 | **提出** ていしゅつ 名 提交
発行 はっこう 名 出證明、發行

02

[音檔]

旅行会社で女の人と男の人が話しています。**男の人**はま**ず何を**しなければなりませんか。

F：山田くん、悪いんだけど、今から新しいキャンペーンの**チラシ配りお願いできる？**

M：今、アンケートの結果を整理してるところなんですけど、この作業が終わってからでもいいですか。

F：ちょうどお昼時で、駅前に会社員の人たちが出てくる時間帯だから、**先にお願いしたいんだけど。**

M：**はい、分かりました。**

F：ありがとう。今やってる仕事は退勤時間までに終わらせてくれたらいいから。

男の人はまず何をしなければなりませんか。

[題本]

① **駅前でチラシを配る**

② アンケートの結果をまとめる

中譯 旅行社裡女人與男人正在說話。**男人**接下來必須**先**做**什麼**？

F：山田，抱歉，現在**能拜託你**幫忙**發**新活動的**傳單**嗎？

M：我現在還在整理問卷調查的結果，可以等這個做完了再去發嗎？

F：現在正好是中午，這個時段正好車站前會有很多公司職員，**所以請你先做這個**。

M：**好的，我知道了**。

F：謝謝。你現在做的工作只要在下班前做完就可以了。

男人首先必須做什麼？

① **去車站前發傳單**

② 整理問卷調查的結果。

詞彙 **キャンペーン** 名 促銷活動 | **チラシ配り** チラシくばり 名 發傳單
アンケート 名 問卷 **結果** けっか 名 結果 | **整理** せいり 名 整理
作業 さぎょう 名 工作 | **昼時** ひるどき 名 午餐時間

会社員 かいしゃいん 名 公司職員 | 時間帯 じかんたい 名 時段
退勤 たいきん 名 下班 | 駅前 えきまえ 名 站前 | チラシ 名 傳單
配る くばる 動 發放 | まとめる 動 統整

03

[音檔]

会社で課長と女の人が話しています。**課長はこのあと何を**しますか。

F：課長、何か悩み事ですか。
M：うーん、高校３年生になる息子が「大学には行かない。歌手になる。」って聞かなくてね。それで、頭ごなしに進学するように説得しようとしたら、言い争いになってしまって。
F：それはだめですよ。息子さんも高校３年生だから、子供じゃあるまいし、自分の考えがちゃんとあるはずなんです。**まずは話を聞いてあげたら、どうですか。**
M：**そうだね。そうするよ。**

課長はこのあと何をしますか。

[題本]
① 息子に進学を勧める
② **息子の相談にのる**

中譯 公司中有課長和女人正在說話。**課長接下來要什麼**？
F：課長，您有什麼事在煩惱嗎？
M：嗯…我那位快要升高三的兒子說他「不想考大學，想當歌手」，我不由分說地勸他升學，所以就吵架了。
F：這樣不行啊。你兒子都高三了，已經不是小孩子了，應該有自己的想法。**首先還是先聽他怎麼說吧**。
M：**說的也是，就這麼做吧**。

課長接下來會怎麼做？
① 勸兒子升學
② **找兒子討論**

詞彙 悩み事 なやみごと 名 煩惱 | 歌手 かしゅ 名 歌手
頭ごなし あたまごなし 不由分說 | 進学 しんがく 名 升學
説得 せっとく 名 說服 | 言い争い いいあらそい 名 爭執
ちゃんと 副 確實地 | 勧める すすめる 動 勸說
相談にのる そうだんにのる 商量、討論

04

[音檔]

ラーメン屋の店長と経営の専門家が話しています。**店長は**客を増やすために新たに**何を**しますか。

F：近くに新しいラーメン屋ができてから、客の減少が目立つようになりました。うちよりも値段が安いみたいで。
M：それは困りましたね。でも、だからといって、そのお店に合わせて値段を下げる方法は一時的な効果しか得られないのであまりお勧めしたくありません。
F：じゃあ、どうすればいいんでしょうか。
M：**宣伝方法を変えるのはいかがですか。**最近はSNSを使った広告に力を入れているお店が多いんですよ。
F：そうですか。SNSの広告ならコストも安いし、**すぐにやってみます。**

店長は客を増やすために新たに何をしますか。

[題本]
① 商品の値段を下げる
② **SNSを利用して宣伝する**

中譯 拉麵店的店長與經營專家正在說話。**店長**為了增加來客數，採取**什麼**新方法？
F：由於附近開了新的拉麵店，導致我們店的來客數明顯減少。而且他們好像還賣得比我們便宜。
M：那確實讓人煩惱啊。但即使如此，配合那家店降價也只能得到暫時性的效果，所以我不太想建議你這麼做。
F：那我應該怎麼做才好呢？
M：**換一下宣傳方法如何**？最近有很多店會利用 SNS 投放廣告。
F：這樣嗎？在 SNS 打廣告成本也很便宜，**我立刻來試試看**。

店長為了增加來客數，採取什麼新方法？
① 調降商品價格
② **利用 SNS 宣傳**

詞彙 ラーメン屋 ラーメンや 名 拉麵店 | 店長 てんちょう 名 店長
経営 けいえい 名 經營 | 専門家 せんもんか 名 專家
増やす ふやす 動 增加 | 新ただ あらただ な形 新的
減少 げんしょう 名 減少 | 目立つ めだつ 動 醒目
方法 ほうほう 名 方法 | 一時的だ いちじてきだ な形 一時的
効果 こうか 名 效果 | 得る える 動 獲得
勧める すすめる 動 推薦 | 宣伝 せんでん 名 宣傳
SNS 名 SNS（社群平台） | 広告 こうこく 名 廣告
コスト 名 成本 | 商品 しょうひん 名 商品 | 値段 ねだん 名 價格

05

[音檔]

男の人がコンテストについて問い合わせの電話をしています。**男の人は**応募票と一緒に**何を**送らなければいけませんか。

M：マンガコンテストに作品を応募したいんですが。
F：原稿は手書きですか。それともパソコンで制作したものですか。

M：パソコンで制作しました。

F：では、そのデータをCDに入れて、**応募票と一緒に郵送してください。**

M：あ、原稿のコピーも必要ですか。

F：いえ、**最初に申し上げた二点のみで結構です。**

男の人は応募票と一緒に何を送らなければいけませんか。

[題本]

① **マンガの原稿のデータCD**

② マンガの原稿のコピー

中譯 男人正在電話中詢問有關於比賽的問題。**男人**連同申請表，還要寄出**什麼東西**？

M：我想要投稿漫畫大賽。

F：您的原稿是手繪的嗎？還是電腦繪製的呢？

M：是電腦繪製的。

F：那麼，請您**將作品燒錄進光碟裡，連同申請表一起郵寄**。

M：那必須將原稿複印出來嗎？

F：不用，**一開始只需寄出上述兩樣即可**。

男人連同申請表，還要寄出什麼東西？

① **漫畫的原稿資料光碟**

② 漫畫的原稿複印件

詞彙 コンテスト 名 競賽｜問い合わせ といあわせ 名 洽詢
応募票 おうぼひょう 名 報名表｜マンガ 名 漫畫
作品 さくひん 名 作品｜応募 おうぼ 名 報名
原稿 げんこう 名 原稿｜手書き てがき 名 手繪｜それとも 接 還是
制作 せいさく 名 製作｜データ 名 檔案｜郵送 ゆうそう 名 郵寄

06

カフェで男の人と女の人が話しています。**男の人はまず何をしますか。**

M：フランス語の勉強を始めて2年になるんだけど、全然伸びてる感じがしないんだよね。

F：フランス語は難しいっていうよね。どうやって勉強しているの？

M：基礎的な文法はもう終わってて、今は詩や子ども向けの小説を翻訳したりしてるよ。

F：へえ、すごいじゃない。それなのに、実力が伸びないなんて、難しいね。うーん…。あ！反対に**日本の小説をフランス語にしてみたら？**

M：なるほど。でも最初から小説は難しそうだから、**絵本から始めてみるよ。妹に貸してもらえると思うから。**

男の人はまず何をしますか。

[題本]

① 小説をフランス語に訳す

② **妹に絵本を借りる**

中譯 咖啡店裡男人和女人正在說話。**男人首先**要做**什麼**？

M：我學法語到現在已經兩年了，但感覺上完全沒有進步。

F：聽說法語很難啊，你是怎麼學的呢？

M：我已經學完基礎文法了，現在會翻譯一些詩啊或給小朋友看的小說。

F：欸？那不是很厲害了嗎？但居然還是覺得實力沒有增長，真的很難吧。對了！還是要不要**試試**反過來**將日本的小說翻譯成法語**？

M：原來如此。但是一開始就翻譯小說好像有點難，**我先從繪本試試看吧！我想我妹應該能借我**。

男人首先要做什麼？

① 將小說翻譯成法語

② **向妹妹借繪本**

詞彙 カフェ 名 咖啡館｜フランス語 フランスご 名 法語
伸びる のびる 動 長進｜感じ かんじ 名 感覺
基礎的だ きそてきだ な形 基礎的｜詩 し 名 詩
実力 じつりょく 名 實力｜絵本 えほん 名 繪本
訳す やくす 動 翻譯

07

[音檔]

会社で女の人と男の人が話しています。**男の人**はこのあと**まず何を**しなければなりませんか。

M：部長、今日のプレゼンの資料なんですけど、確認してもらえますか。売り上げのグラフをもう少し見やすく表示した方がいい気もするんですが。

F：うーん、私は十分見やすいと思うけどね。

M：そうですか。それなら、よかったです。

F：あ！**このグラフのデータ、一昨年のものになってるよ。**

M：えっ、そうですね。すみません、**すぐに去年のものに直します。**

男の人はこのあとまず何をしなければなりませんか。

[題本]

① 売り上げのグラフを見やすく示す

② **売り上げのグラフを去年のものにする**

中譯 公司中男人和女人正在說話。**男人**接下來，必須**先**做**什麼**？

M：部長，這是今天報告的資料，能請您看一下嗎？我覺得有關於營業額的圖表，應該再弄簡單一點。

F：嗯…我覺得已經很簡單了。

M：這樣嗎？那就太好了。

F：啊！**這個圖表的數據，已經是前年的了**。

M：哎呀還真的是。抱歉，**我立刻修改成去年的數據**。

男人接下來，首先必須做什麼？

① 把營業額的圖表改簡單一點

② 把營業額的圖表修改為去年的數據

詞彙 プレゼン 名 報告 | 資料 しりょう 名 資料
確認 かくにん 名 確認 | 売り上げ うりあげ 名 銷售額
グラフ 名 圖表 | 表示 ひょうじ 名 表示 | データ 名 數據
示す しめす 動 表示

08

[音檔]

書店で店長と男の店員が話しています。**男の店員**はこのあとまず**何**をしますか。

F：南くん、**田沢先生の新作の在庫、確認してくれた？**

M：すみません、忘れてました。

F：**すぐに確認お願い**。昨日芸能人がラジオで紹介したらしくて、問い合わせがすごいの。

M：はい、分かりました。

F：それが終わったら、本を多めに持ち出してくれる？今棚に10冊しかなくて。

男の店員はこのあとまず何をしますか。

[題本]

① 本の在庫を確認する

② 本を棚に並べる

中譯 書店中店長和男店員正在說話。**男店員**接下來**首先**要做**什麼**？

F：阿南，**你去檢查過田澤老師的新作庫存了嗎**？

M：抱歉，我忘記了。

F：**麻煩你立刻檢查**，昨天聽說有藝人在廣播中介紹，現在好多人在問。

M：好的，我了解了。

F：檢查完之後，可以再多搬一些出來嗎？現在架上只剩下10本了。

男店員接下來首先要先做什麼？

① 檢查書的庫存

② 將書排上架

詞彙 書店 しょてん 名 書店 | 店長 てんちょう 名 店長
新作 しんさく 名 新作 | 在庫 ざいこ 名 庫存
確認 かくにん 名 確認 | 芸能人 げいのうじん 名 藝人
問い合わせ といあわせ 名 洽詢 | 多めだ おおめだ な形 較多的
持ち出す もちだす 動 拿出

09

[音檔]

飲食店で男の人と女の人が話しています。**女の人はこのあと何をしますか**。

M：村田さん、ちょっと銀行に行ってくるから、野菜の下準備、村田さんに任せていいかな。

F：はい、大丈夫ですよ。

M：**夜の営業分の玉ねぎを細かく刻んでおいてほしいんだ**。

F：**分かりました**。お肉の脂身の処理もしておきましょうか。

M：いや、それは上野さんに頼むよ。

女の人はこのあと何をしますか。

[題本]

① 料理に使う玉ねぎを切る

② 肉の脂身部分を取り除く

中譯 餐飲店中男人和女人正在說話。**女人接下來**要做**什麼**？

M：村田，我要去一下銀行，蔬菜的準備可以拜託你嗎？

F：好的，沒問題喔。

M：**那要請妳先把**晚上開店需要的**洋蔥切碎**。

F：**好的**，肉也要先把肥的地方處理掉嗎？

M：不用，那個部分我會拜託上野。

女人接下來要做什麼？

① 切料理要用的洋蔥

② 將肉的脂肪部分去掉

詞彙 飲食店 いんしょくてん 名 餐飲店
下準備 したじゅんび 名 預先準備 | 任せる まかせる 動 託付
営業 えいぎょう 名 營業 | 玉ねぎ たまねぎ 名 洋蔥
刻む きざむ 動 切碎 | 脂身 あぶらみ 名 肥肉 | 処理 しょり 名 處理
部分 ぶぶん 名 部分 | 取り除く とりのぞく 動 去除

10

[音檔]

化粧品会社で部長と女の人が話しています。**部長は口紅をどのように改善しますか**。

M：新商品の口紅、質にはこだわったものの、何か新しさに欠けていると思うんだ。

F：そうですね。口紅って最後まで使いきれない場合が多いので、**サイズを小さくして、値段も半分にしたらどうですか**。持ち運ぶのに便利ですし。

M：なるほど、それはいいアイディアだな。

F：あとは色ですかね。もう少しバリエーションがあった方が選ぶ楽しさがあると思います。

M：それは開発部と相談してみないといけないことだからちょっとなあ…。**まずはサイズを検討しよう。**

部長は口紅をどのように改善しますか。

[題本]

① **口紅の大きさを変える**

② 口紅の色の種類を増やす

中譯 化妝品公司的部長和女人正在說話。部長會怎麼改善口紅？

M：新商品口紅在品質上雖然是已經很講究了，但總覺得少了點什麼新意。

F：是啊。像口紅這種東西，大多都是無法用到最後的，所以我想**如果把尺寸縮小一點，價格也減半的話如何呢**？這樣攜帶很方便。

M：說的也是，這真是個好主意。

F：還有就是顏色。我認為再多點變化，在選擇上也會更有樂趣。

M：這一點還得和研發部商量……。**首先考慮尺寸吧**。

部長會怎麼改善口紅？

① **改變口紅的大小**

② 增加口紅的顏色

詞彙 化粧品 けしょうひん名化妝品｜口紅 くちべに名口紅
改善 かいぜん名改善｜質 しつ名品質｜こだわる動講究
欠ける かける動欠缺｜サイズ名尺寸｜値段 ねだん名價格
持ち運ぶ もちはこぶ動攜帶｜アイディア名點子
バリエーション名變化｜開発部 かいはつぶ名開發部
検討 けんとう名商討｜種類 しゅるい名種類
増やす ふやす動增加

實戰測驗 1

p.354

1 4　**2** 2　**3** 3　**4** 4　**5** 4　**6** 4

問題 1 請先聽問題。然後聽完對話之後，從問題卷上 1 至 4 的選項中，選出最適合的答案。

1

[音檔]

大学で、男の学生と女の学生が新入生歓迎会の準備について話しています。男の学生はまず何をしますか。

M：先輩、来週の新入生歓迎会のお店の候補なんですけど、ちょっと見てもらえますか。

F：あ、ごめん。[1]お店のことは予算を管理してる田中さんが決めるから、そっちに連絡しておいてもらえる？まだ時間があるから、急いで連絡しなくても大丈夫だと思うけど。

M：そうですか。わかりました。

F：[2]私、今、新入生に日時の連絡をしてるところなんだけど、連絡先がわからない人が三人いて…。誰か知っている人いるかな。

M：あ、この三人の連絡先、私は知りませんが、山田さんが同じ授業受けてるって言ってたので、知ってるかもしれません。

F：そっか。[3]じゃ、後で私から連絡してみる。そうそう、[4]会費の集金なんだけど、まだ出してない人が2年生に二人、3年生に一人いるんだ。川島君、2年生だよね？ちょっとこの2年生の人への連絡もお願いしていい？

M：[4]わかりました。じゃあ、こっちを先にしておきます。

F：うん。お願い。他はこっちでしておくから。

男の学生はまず何をしますか。

[題本]

1 歓迎会の店を決める

2 新入生に日時の連絡をする

3 連絡先がわからない人を調べる

4 **会費を払っていない2年生に連絡する**

中譯 大學裡，男學生和女學生正在討論迎新會的準備。男學生首先要做什麼？

M：學姐，這是下週迎新會餐廳備選名單，可以請妳看一下嗎？

F：啊，抱歉。有關於餐廳的部分，是由管理預算的田中決定的，你能跟他聯絡嗎？不過反正還有時間，也不用那麼急。

M：這樣啊，那我知道了。

F：我現在正在聯絡新生，通知他們日期時間，但是有三個人我不知道聯絡方式……有沒有誰知道啊？

M：那三人的聯絡方式我是不知道，但山田有說過他們上同一堂課，說不定他會知道。

F：是嗎？那我等一下聯絡看看。對了對了，還有會費繳納的問題，還沒繳費的 2 年級還有兩人、3 年級一人。川島你是 2 年級的吧？這兩位 2 年級生能麻煩你幫忙聯絡一下嗎？

M：好的，那我先做這個。

F：嗯，麻煩你了，其它的我先來做。

男學生首先要先做什麼？

1 決定迎新會要去的店

2 聯絡新生日期時間

3　調查不知道聯絡方式的人

4　聯絡還沒繳會費的 2 年級生

解析 本題要從 1「決定店家」、2「聯絡新生」、3「調查聯絡方式」、4「聯絡尚未繳交會費的二年級學生」當中，選出男學生最先要做的事情。對話中，女生提出：「会費の集金なんだけど、まだ出してない人が 2 年生に二人、3 年生に一人いるんだ。川島君、2 年生だよね？ちょっとこの 2 年生の人への連絡もお願いしていい？」。而後男生回應：「わかりました。じゃあ、こっちを先にしておきます」，因此答案要選 4 会費を払っていない 2 年生に連絡する（聯絡尚未繳交會費的二年級學生）。1 為田中要做的事情；2 和 3 為女子要做的事情。

詞彙 新入生 しんにゅうせい 名 新生｜歓迎会 かんげいかい 名 歡迎會
候補 こうほ 名 候補、備選｜予算 よさん 名 預算
管理 かんり 名 管理｜日時 にちじ 名 日期時間
連絡先 れんらくさき 名 聯絡方式｜会費 かいひ 名 會費
集金 しゅうきん 名 收款

2

[音檔]

家具の店で女の人と店員が話しています。女の人は、まず何をしますか。

F：すみません。この家具を家まで届けてほしいんですが。持って帰ろうと思ったんですけど、結構重くて。

M：かしこまりました。こちら、お会計はお済みですか。

F：[1]ええ。

M：それでしたら、あちらのサービスカウンターで受け付けいたします。あちらで、お届け用紙にご住所とお名前をご記入ください。

F：[3]あの、送料はかかりますか。

M：お届け先の地域によって異なりますが、一定の範囲内でしたら無料となっております。お届け先はどちらでしょうか。

F：さくら町 1 丁目なんですが。

M：それでしたら、えーと、送料は2,000円かかります。あ、お客様は、当店のポイントカードはお持ちですか。

F：いいえ。

M：もし、お作りいただければ、送料が割引になりますので、よろしければこの機会にお作りになりませんか。

F：そうですか。ポイントカードって、今日の買い物もポイントが付くんですか。

M：はい、お付けします。

F：そうですか。[4]じゃあ、お願いします。

M：かしこまりました。[2]それではまず配達先をお伺いします。こちらへどうぞ。

女の人は、まず何をしますか。

[題本]

1 レジで支払いをする

2 お届け用紙に記入する

3 送料を確認する

4 ポイントカードを作る

中譯 家具店裡女人和店員正在說話，女人首先要做什麼？

F：不好意思，這個家具我想請你們幫忙送到家。我本來想自己搬的，但真的太重了。

M：好的我了解了。請問您結完帳了嗎？

F：結完了。

M：這樣的話，請到那裡的服務台，我們為會您辦理。那裡有配送單，請您填一下地址與姓名。

F：那需要運費嗎？

M：運費會視收件地區的不同而異，但一定範圍內的話是免費的。您要送到哪裡呢？

F：櫻町 1 丁目。

M：這樣的話，嗯…運費需要 2000 日圓。對了，您有本店的集點卡嗎？

F：沒有。

M：若能辦理集點卡，運費還能再打折，可以的話要不要趁這次機會辦呢？

F：是嗎。那集點卡的話，今天的消費也能算點數嗎？

M：可以的。

F：是嗎。那我要辦，麻煩你了。

M：我了解了，那首先先讓我了解一下您的寄送地點，這邊請。

女人首先要做什麼？

1　在收銀結帳

2　填寫配送單

3　確認運費

4　申請集點卡

解析 本題要從 1「收銀台付款」、2「填寫配送單」、3「確認運費」、4「申辦集點卡」當中，選出女子最先要做的事情。對話中，男子表示：「それではまず配達先をお伺いします」，因此答案要選 2 お届け用紙に記入する（填寫配送單）。1 和 3 皆已完成；4 為填寫完配送單後才要做的事。

詞彙 家具 かぐ 名 家具｜会計 かいけい 名 結帳
サービスカウンター 名 服務櫃台
受け付ける うけつける 動 受理｜届ける とどける 動 運送
用紙 ようし 名 表格｜記入 きにゅう 名 填寫
送料 そうりょう 名 運費｜届け先 とどけさき 名 寄達處
地域 ちいき 名 地域｜異なる ことなる 動 相異
一定 いってい 名 一定｜範囲内 はんいない 名 範圍內
無料 むりょう 名 免費｜当店 とうてん 名 本店
ポイントカード 名 集點卡｜割引 わりびき 名 折扣

ポイント 名 點數｜確認 かくにん 名 確認

3

[音檔]

会社で男の人と女の人が話しています。男の人は、まず何をしますか。

M：あの、すみません。これ、先週の出張の領収書なんですけど、誰に渡したらいいですか。

F：領収書?もう入力は済みました?

M：あの、入力って?

F：あ、初めてでしたっけ? [2]領収書を提出する前に、まずパソコンに自分で入力するんですよ。社内システムの中にある領収書精算っていうボタンを押すと、金額とか入力できるので、それで…。

M：そうなんですか。じゃあ、入力したらこれはどうすれば…。

F：それは課長に渡してください。月末に課長がまとめて提出するので。

M：わかりました。ありがとうございます。

F：あ、でも今は社内システムが更新中で使えませんよ。もう少ししたら、終わると思いますけど。あと15分くらいですね。

M：え、そうなんですね。[1]じゃあ更新を待つしかないですね。あの、そこのデスクを貸してもらってもいいですか。来週の会議の資料の整理をしようと思うので…。

F：いいですよ。[3][4]あの、もしそれが急ぎじゃなかったら、先にダイレクトメールの発送、手伝ってもらえませんか。

M：[3]はい、わかりました。

男の人は、まず何をしますか。

[題本]

1 領収書の内容をパソコンで入力する
2 領収書を課長に渡す
3 ダイレクトメールの発送を手伝う
4 来週の会議の書類をチェックする

中譯 公司中，男人和女人正在說話，男人首先要做什麼？

M：抱歉…。這是上週出差的收據，請問要交給誰？

F：收據？你輸入完了嗎？

M：輸入是指？

F：啊，你是第一次嗎？在提交收據之前，首先要自己先在電腦上輸入。公司系統中有一個收據精算的按鈕，按下後就能輸入金額了，接著再…

M：這樣嗎？那輸入完了之後這些要怎麼辦？

F：那些請交給課長。月底時再由課長匯整後提交。

M：好的，我了解了。謝謝妳。

F：對了，但是現在公司系統正在更新，無法使用。不過應該很快就會結束了，大約再15分鐘吧。

M：好的我知道了，那就是只能等更新完了。那我可以借一下那邊的桌子嗎？我想要整理下週會議的資料…。

F：沒問題。不過，如果你那邊不是很急的話，能不能幫我先發一下廣告信件？

M：好的，沒問題。

男人首先要做什麼？

1 電腦輸入收據的內容
2 將收據交給課長
3 幫忙發送廣告信件
4 檢查下週的會議資料

解析 本題要從1「把收據內容輸入至電腦」、2「把收據交給課長」、3「幫忙傳送郵件」、4「檢查會議資料」當中，選出男子最先要做的事情。對話中，女子提出：「あの、もしそれが急ぎじゃなかったら、先にダイレクトメールの発送、手伝ってもらえませんか」。而後男子回應：「はい、わかりました」，因此答案要選3 ダイレクトメールの発送を手伝う（幫忙發送廣告郵件）。1待電腦更新完畢才能做；2要先把收據內容輸入至電腦才能做；4幫忙發送郵件後才做。

詞彙 出張 しゅっちょう 名 出差｜領収書 りょうしゅうしょ 名 收據
入力 にゅうりょく 名 輸入｜提出 ていしゅつ 名 提交
社内 しゃない 名 公司內部｜システム 名 系統
精算 せいさん 名 細算｜金額 きんがく 名 金額
月末 げつまつ 名 月底｜まとめる 動 統整｜更新 こうしん 名 更新
資料 しりょう 名 資料｜整理 せいり 名 整理
ダイレクトメール 名 直郵廣告｜発送 はっそう 名 寄送
書類 しょるい 名 文件

4

[音檔]

郵便局で、男の人と郵便局員が話しています。男の人はこれから何をしますか。

M：すみません、この荷物、送りたいんですけど、明後日までには届きますか。

F：はい、大丈夫です。あ、宛先の郵便番号の記入がありませんが、おわかりですか。

M：あ、すみません。今、番号調べます。えーと、どこに書いたかなあ。

F：こちらでお調べしておきましょうか。

M：[1]あ、いいですか。すみません、お願いします。

F：日時指定はありますか。ありましたらこちらの欄にお願いします。

M：あ、明後日届くなら、[2]指定は無しで大丈夫です。

F：かしこまりました。万が一紛失した際の補償はお付けしましょうか。追加で250円かかりますが。

聽解

M：250円ですか。今まで壊れた状態で届いたことないけど…。うーん、じゃあ、お願いします。[3][4]切手で払うことはできますか。

F：[4]はい、可能です。送料とあわせて750円です。

男の人はこれから何をしますか。

[題本]

1 郵便番号を記入する
2 指定日時を記入する
3 切手を購入する
4 切手で料金を払う

中譯 郵局裡，男人正在與郵局職員說話，男人接下來要做什麼？

M：抱歉，我想寄送這個包裹，後天前到得了嗎？
F：可以，沒問題的。啊，您沒有填寫寄送地址的郵遞區號，郵遞區號多少您知道嗎？
M：抱歉，我現在查查看。嗯…我寫在哪裡呢？
F：我來幫您查吧。
M：啊，可以嗎？不好意思那麻煩妳了。
F：您要指定日期時間嗎？需要指定的話可以填寫這裡的欄位。
M：如果後天送達的話，那就不需要指定了。
F：我了解了。另外也有信件萬一遺失時的賠償方案，只是需要追加 250 日圓。
M：250 日圓啊。目前在寄送過程中是都沒有寄壞過…。嗯……好吧，那麻煩你了。可以用郵票支付嗎？
F：可以的。那麼包含郵寄費一共是 750 日圓。

男人接下來要做什麼？

1 填寫郵遞區號
2 填寫指定日期時間
3 購買郵票
4 用郵票支付費用

解析 本題要從 1「填寫郵遞區號」、2「填寫指定日期時間」、3「購買郵票」、4「用郵票支付費用」當中，選出男子接下來要做的事。對話中，男子詢問：「切手で払うことはできますか」。而後女子回應：「はい、可能です。送料とあわせて 750 円です」，因此答案要選 4 切手で料金を払う（用郵票支付費用）。1 為女子要做的事；並沒有要做 2 和 3。

詞彙 郵便局 ゆうびんきょく 名 郵局
郵便局員 ゆうびんきょくいん 名 郵局職員
宛先 あてさき 名 收件人
郵便番号 ゆうびんばんごう 名 郵遞區號 | 記入 きにゅう 名 填寫
日時 にちじ 名 日期時間 | 指定 してい 名 指定 | 欄 らん 名 欄位
万が一 まんがいち 副 萬一 | 紛失 ふんしつ 名 遺失
補償 ほしょう 名 補償 | 追加 ついか 名 追加
状態 じょうたい 名 狀態 | 可能 かのう 名 可能
送料 そうりょう 名 運費 | あわせる 動 合計
購入 こうにゅう 名 購入 | 料金 りょうきん 名 費用

5

[音檔]

会社で男の人と女の人が新商品のカメラについて話しています。女の人はこれから何をしなければなりませんか。

M：新商品の君の企画書なんだけど、課長に見てもらったんだけどさ、だめだったよ。
F：え、ほんと？ いいと思ったんだけどなあ。
M：もう一度、案を出してくれって。
F：そう、じゃあ、また一からやり直しね。やっぱりデザインにこだわり過ぎたかな。コストは抑えたつもりだったんだけど。
M：いや、基本的な部分は悪くないってさ。[2]コストも抑えられてるし、[1]デザインもこのままでいいって。
F：そう。じゃあ、何がだめだったのかしら。
M：やっぱり、前のより重いってことがね。
F：ああ、あのバッテリーのせいかな？ 前のモデルの時から、重いって言われてたしね。軽いものを探してみようかな。
M：[3][4]いや、バッテリーより、レンズじゃない？前のから大きく変えたからね。
F：[4]そこかあ。わかった。じゃあ、とりあえず別の物を探してから、企画書を作り直してみるわ。

女の人はこれから何をしなければなりませんか。

[題本]

1 別のデザインを考える
2 企画書に書いた価格を見直す
3 新しいバッテリーを探す
4 軽いレンズを探す

中譯 公司中男人與女人正在討論新商品相機。女人接下來必須做什麼？

M：妳寫的新商品企劃書，我給課長看，結果不行。
F：咦？真的嗎？我還想說寫得蠻好的。
M：課長說要妳再重寫一次方案。
F：這樣啊，好吧，那我再重新做，果然還是因為我太糾結在設計了嗎？不過我本來是想要壓低成本的。
M：也不是，其實基本上不差，成本也還可以，設計也說這樣就很好。
F：是嗎？那是哪裡不行了？
M：應該是比以前的商品還要重的關係吧。
F：啊…難道是電池的問題嗎？從上一個型號開始就被說很重。那我再找找看有沒有輕一點的吧。
M：不，比起電池，難道不是鏡頭嗎？鏡頭變得比以前更大了。

F：原來是這個啊，那我懂了。那總之我還是先找看看別的，再來重寫企劃書吧。

女人接下來必須做什麼？

1　思考別種設計

2　重新評估企劃上的價格

3　找新的電池

4　找輕的鏡頭

解析　本題要從1「思考其他設計」、2「重新評估價格」、3「尋找新電池」、4「尋找輕巧的鏡頭」當中，選出女子接下來要做的事。對話中，男子表示：「いや、バッテリーより、レンズじゃない？前のから大きく変えたからね」。而後女子回應：「そこかあ。わかった。じゃあ、とりあえず別の物を探してから、企画書を作り直してみるわ」，因此答案為4 軽いレンズを探す（尋找輕巧的鏡頭）。1、2、3皆為不需要做的事情。

詞彙　**新商品** しんしょうひん 名 新商品｜**企画書** きかくしょ 名 企劃書
やり直す やりなおす 動 重做｜**デザイン** 名 設計
こだわる 動 講究｜**コスト** 名 成本｜**抑える** おさえる 動 壓低
基本的だ きほんてきだ な形 基本的｜**部分** ぶぶん 名 部分
バッテリー 名 電池｜**レンズ** 名 鏡頭｜**とりあえず** 副 總之
作り直す つくりなおす 動 重寫｜**価格** かかく 名 價格
見直す みなおす 動 重新審視

6

[音檔]

大学で男の学生と女の学生が話しています。男の学生はこのあと何をしますか。

M：最近、どうも集中できなくって。勉強してても、10分ももたなくってさ。

F：体調でも悪いの？大丈夫？

M：最近なんだか頭がぼーっとすることが多くって。

F：ちゃんと眠れてる？

M：ああ、[1]それは問題ないんだ。逆に寝過ぎって言うくらい。

F：食欲はどう？栄養偏ったりしてない？

M：うん、[2]よく食べてるとは思うんだけど。もともと食べることが趣味みたいなもんだしね。

F：一度病院でちゃんと診てもらったら？

M：[3]検査は苦手なんだよ。普段あんまり行かないからか、なんか緊張しちゃってさ。

F：そうじゃなくって、[4]病院っていろいろ体の悩みを聞いてくれたり、相談に乗ってくれたりするところもあるんだよ。よかったら紹介するよ。

M：[4]そう、じゃあ、行ってみようかな。

男の学生はこのあと何をしますか。

[題本]

1　十分な睡眠をとる

2　食生活を改善する

3　いろいろな検査を受ける

4　カウンセリングを受ける

中譯　大學裡有男學生和女學生正在說話。男學生接下來要做什麼？

M：我最近好難專注，唸書都無法持續十分鐘。

F：身體不舒服嗎？還好嗎？

M：最近經常會覺得腦袋渾渾噩噩的。

F：你有好好睡覺嗎？

M：嗯，睡眠是沒有問題。反而可以說是有點睡太多了。

F：那食慾呢？營養沒有失衡嗎？

M：嗯，我覺得還是有好好在吃，而且原本吃這種事可以說就是我的興趣。

F：那還是去醫院看看呢？

M：我有點害怕檢查，大概是平常不太去醫院吧，不由地有點緊張。

F：不能這麼說，醫院可以幫忙看看身體上有什麼問題，是能好好和我們商量的地方。可以的話我來幫你介紹吧。

M：這樣啊，好吧，那我去看看吧。

男學生接下來要做什麼？

1　獲得充足的睡眠

2　改善飲食生活

3　接受各式各樣的檢查

4　接受諮詢

解析　本題要從1「充足的睡眠」、2「改善飲食」、3「接受檢查」、4「接受諮詢」當中，選出要男子接下來要做的事。對話中，女子提出「病院っていろいろ体の悩みを聞いてくれたり、相談に乗ってくれたりするところもあるんだよ。よかったら紹介するよ」。而後男子回應：「そう、じゃあ、行ってみようかな」，因此答案要選4 カウンセリングを受ける（接受諮詢）。1和2並非之後需要做的事、3為男子不想做的事。

詞彙　**集中** しゅうちゅう 名 專注｜**体調** たいちょう 名 身體狀況
ぼうっと 副 恍惚地｜**ちゃんと** 副 好好地｜**逆** ぎゃく 名 相反
寝過ぎ ねすぎ 名 睡太多｜**食欲** しょくよく 名 食慾
栄養 えいよう 名 營養｜**偏る** かたよる 動 偏頗
もともと 副 本來｜**診る** みる 動 看診｜**検査** けんさ 名 檢查
苦手だ にがてだ な形 不擅長的｜**普段** ふだん 名 平常
緊張 きんちょう 名 緊張｜**悩み** なやみ 名 煩惱
睡眠 すいみん 名 睡眠｜**食生活** しょくせいかつ 名 飲食生活
改善 かいぜん 名 改善｜**カウンセリング** 名 諮商

聽解

實戰測驗 2

p.356

1 2　2 4　3 1　4 3　5 1　6 3

問題 1 請先聽問題。然後聽完對話之後，從問題卷上 1 至 4 的選項中，選出最適合的答案。

1

[音檔]

電車の中で男の人と女の人が話しています。男の人はこのあとどうしますか。

M：あの、すみません。みどり駅へは次の駅で降りて、乗り換えればいいですか。

F：えーと、みどり駅って、地下鉄の？それなら、次で降りればいいですよ。

M：あれ…、[4]僕が行きたいのは地下鉄のみどり駅じゃなくて、確か、東西…。

F：もしかして、東西線のみどり駅のことかしら。

M：はい、そうです。[2]山寺というお寺に行きたいのですが。

F：ああ、山寺に行きたいんですね。[1][2]じゃあ、このまま終点のさくら町駅まで乗って行ったほうがいいですよ。

M：え…、この電車のままで大丈夫なんですか？

F：はい、大丈夫です。[3]駅を降りたらバス停があるから、そこで山寺行きのバスが来たら乗ってください。

M：ありがとうございます。ちなみに東西線のみどり駅からも行けるんですよね？

F：いつもは行けるんですけど、今年の台風の影響で、今、駅からの道が閉鎖されちゃってて。

M：そうでしたか。ありがとうございます。

男の人はこのあとどうしますか。

[題本]

1 次の駅で降りる

2 終点の駅で降りる

3 すぐバスに乗り換える

4 地下鉄に乗り換える

中譯 電車裡有男人和女人正在說話。男人接下來該怎麼辦？

M：抱歉，我想要去綠站，是要在下一站下車再轉乘嗎？

F：這個啊，綠站是地下鐵？這樣的話在下一站下車就好了。

M：那個…我要去的不是地下鐵的綠站，嗯…好像是東西…

F：難道是東西線的綠站？

M：是的，沒錯。我想去一個叫山寺的寺廟。

F：啊啊…原來你是要去山寺啊。那你就這樣搭到終點站的櫻町站會比較好。

M：就是說搭這輛電車就可以了嗎？

F：是的，可以的。出了車站後會有公車站，請等前往山寺的公車來了你再上車。

M：謝謝妳，那如果從東西線的綠站能去得了嗎？

F：以往是去得了啦，但今年受到颱風的影響，現在前往車站的道路是封閉的。

M：原來如此，謝謝妳。

男人接下來該怎麼辦？

1 在下一站下車

2 在終點站下車

3 立刻轉乘公車

4 轉乘地下鐵

解析 本題要從 1「下一站下車」、2「在終點站下車」、3「換搭公車」、4「換搭地鐵」當中，選出男子接下來要做的事。對話中，男子表示「山寺というお寺に行きたいのですが」。而後女子回應「じゃあ、このまま終点のさくら町駅まで乗って行ったほうがいいですよ」，因此答案要選 2 終点の駅で降りる（在終點站下車）。1 和 4 皆為不需要做的事；3 為抵達終點站後才要做的事。

詞彙 もしかして 副 該不會｜終点 しゅうてん 名 終點
バス停 バスてい 名 公車站｜ちなみに 接 順帶一提
影響 えいきょう 名 影響｜閉鎖 へいさ 名 閉鎖

2

[音檔]

洋服の店で、男の人と店員が話しています。男の人は、このあとまず何をしますか。

M：あの、すみません。オーダーメイドスーツを買おうかなと思ってるんですが…。

F：ありがとうございます。では、簡単に流れをご説明させていただきますね。まず、生地をこちらの15種類の中から選んでいただきます。

M：はい。

F：[2]それから、スーツの形をこちらの5つの形からお決めいただきます。

M：なるほど。かなりの種類があるんですね。どうしようかなあ。

F：あちらにサンプルがありまして、ご試着も可能ですよ。

M：ああ、それはよかったです。じゃあ、生地を決めてから試着しようかな。

F：お客様のサイズのデータが当店にある場合はすぐにご案内できるのですが、当店をこれまでにご利用いただいたことはございますか。

M：ずいぶん前に一度、就職活動用のスーツをこちらで買ったんですが、だいぶ体型も変わっているので…。

F：[4]では、本日改めて測らせていただきますので、試着室へどうぞ。[3]サイズの測定が終わりましたら、お客さまのお体に合うサンプルをお選びしますので、[1]それをもとにご検討ください。

M：[4]ありがとうございます。

男の人は、このあとまず何をしますか。

[題本]

1 生地を見て試着する

2 スーツの形を決める

3 サンプルを選ぶ

4 試着室へ行く

中譯 服裝店裡，男人和店員正在說話。男人接下來首先要做什麼？

M：抱歉，我想要買客製西裝…。

F：謝謝你。那麼請讓我先說明一下一些簡單的流程。首先，布料的話可以從這裡的 15 種裡面選擇。

M：好的。

F：接著西裝的版型是從這 5 種裡面選。

M：原來如此，好多種，我要怎麼選才好。

F：這裡有樣本可以看，也可以試穿喔。

M：啊啊，那太好了，那我先選布料再來試穿吧。

F：如果以前有在本店留下您的尺寸資料，我可以立即介紹，請問您以前有來過本店嗎？

M：在好久以前找工作時有來買過，不過現在跟那時的體型已經差很多了…。

F：那我們今天就重新再量一次吧，請到試衣間。等尺寸量完了之後，我們會選一個適合您體型的樣品，再請您參考。

M：謝謝妳。

男人接下來要做什麼？

1 看看布料後試穿

2 決定西裝的版型

3 選擇樣品

4 去試衣間

解析 本題要從 1「挑選西裝布料後試穿」、2「決定西裝樣式」、3「挑選樣衣」、4「前往更衣室」當中，選出男子最先要做的事。對話中，女子提出：「では、本日改めて測らせていただきますので、試着室へどうぞ」。而後男子回應：「ありがとうございます」，因此答案要選 4 試着室へ行く（前往更衣室）。1 挑選完樣衣後才要做的事；2 待試穿完樣衣後才要做的事；3 為女子要做的事。

詞彙 オーダーメイドスーツ 客製西裝｜流れ ながれ 名 流程
生地 きじ 名 布料｜種類 しゅるい 名 種類｜かなり 副 相當地
サンプル 名 樣本｜試着 しちゃく 名 試穿｜可能 かのう 名 可能
サイズ 名 尺寸｜データ 名 數據｜当店 とうてん 名 本店
就職 しゅうしょく 名 求職｜活動 かつどう 名 活動
体型 たいけい 名 體型｜本日 ほんじつ 名 本日
改めて あらためて 副 重新｜測る はかる 動 測量
試着室 しちゃくしつ 名 試衣間
測定 そくてい 名 測定｜検討 けんとう 名 考慮

3

[音檔]

会社で男の人と課長が話しています。男の人は、このあとまず何をしますか。

M：課長、システムのマニュアル作成の件で、ご相談があるんですが…。

F：ああ、週明けに見せてもらうことになっているあれね。

M：ええ。今回、作成を新入社員の山田さんにお願いしていたんですが、実は作業がだいぶ遅れてまして。[1]私も一部手伝おうかと思うのですが…。

F：そっか。新入社員には少し負担が大きかったかな。ほかに急ぎの仕事はないの？

M：ミーティング用の売上データの集計と印刷がありますが、午前中には終わりますので。

F：じゃあ、[2]それは私がまとめておくから、[1]すぐ着手して。集計できたら教えるから、印刷はお願いしていいかな。

M：[3]はい、もちろんです。ありがとうございます。

F：そのマニュアル、部長にも提出することになってるから、締め切りにどうしても間に合わなそうだったら、すぐに教えて。

M：[4]分かりました。速やかに報告します。

男の人は、このあとまず何をしますか。

[題本]

1 マニュアル作りを手伝う

2 売上データをまとめる

3 ミーティングの資料を印刷する

4 進行状況を報告する

中譯 公司裡，男人與課長正在說話。男人接下來首先要做什麼？

M：課長，有關於製作系統手冊一事，我想和您商量…。

F：這個啊，你是說週一時要給我看的那個吧。

M：是的，這一次，我是交給新人山田去做，但其實這項工作啟動得太晚，所以我想我是不是也幫忙一部分…。

F：對新人來說，負擔會不會有點太大了？你還有其它比較急的工作嗎？

M：還有會議要用的銷售資料要統計跟印刷，但中午前就能完成了。

F：那這個我來整理吧，你趕快著手去做。等統計完了我會跟你說，印刷的話麻煩你可以嗎？

M：好的，當然沒問題。謝謝您。

F：那個手冊是要提交給部長的，如果真的無論如何都來不及的話，立刻告訴我。

M：我了解了，我會立刻跟您報告。

男人接下來首先要做什麼？

1　幫忙製作手冊

2　整理銷售資料

3　印刷會議資料

4　報告進度狀況

解析　本題要從 1「協助製作手冊」、2「整理銷售數據」、3「列印會議資料」、4「報告進展情況」當中，選出男子最先要做的事。對話中，針對新進員工未能準時完成手冊一事，男子表示：「私も一部手伝おうかと思うのですが」。而後女子回應：「すぐ着手して」，因此答案要選 1 マニュアル作りを手伝う（協助製作手冊）。2 為女子要做的事；3 待銷售數據統計完畢後才要做的事；4 若未趕上截止日時才需要做的事。

詞彙　システム名系統｜マニュアル名手冊

作成 さくせい名製作｜件 けん名一事

週明け しゅうあけ名下週初｜今回 こんかい名這次

新入 しんにゅう名新進｜社員 しゃいん名員工

作業 さぎょう名工作｜一部 いちぶ名一部分

負担 ふたん名負擔｜ミーティング名會議

売上 うりあげ名銷售額｜データ名數據

集計 しゅうけい名總計｜印刷 いんさつ名印刷

まとめる動統整｜着手 ちゃくしゅ名著手

提出 ていしゅつ名提交｜締め切り しめきり名期限

どうしても副無論如何｜間に合う まにあう 趕上

速やかだ すみやかだ な形迅速的｜報告 ほうこく名報告

進行 しんこう名進行｜状況 じょうきょう名狀況

4

[音檔]

大学で、男の学生と女の学生が話しています。女の学生はこのあとまず何をしますか。

M：佐藤さん、今、急いでる？

F：帰ろうと思ってたところだけど、大丈夫だよ。何？

M：あのさ、そろそろゼミの謝恩会の準備を始めなきゃと思ってて。それで、佐藤さんに会場のお花と招待状の手配をお願いしたいんだけど、どうかな？

F：うん、いいよ。何から始めればいい？

M：取り急ぎ、招待者リストの作成から始めてくれる？ おおかたできた段階で、一度メールで送ってもらえると助かるんだけど。最終チェックは僕がやるから。

F：[1]うん、分かった。作り始める前に、去年の招待者リストを確認したいんだけど、誰が持ってるか分かる？

M：山田先輩が持ってると思うんだけど。去年担当だったから。

F：了解。じゃあ、[2]あとで家に帰ったら山田先輩に、リストを送ってもらえるようにメールしてみる。あっ、そういえば、うちのゼミがいつもお願いしている駅前のお花屋さん、明日から改装のためにしばらく休業するって書いてあったような気がするんだけど…。

M：えっ、そうなの？ 全然知らなかった。

F：休業が明けてからの依頼で間に合うと思うけど、念のため、[3]いつまで休むのか、あとで立ち寄って聞いてみるね。[4]その場で注文しないといけないようだったら、相談するね。

M：うん、すぐ電話して。

女の学生はこのあとまず何をしますか。

[題本]

1 招待者リストを作成する

2 先輩に招待者リストの送付を依頼する

3 花屋にいつまで休業するか確認する

4 花屋に注文の電話をかける

中譯　大學裡，男學生和女學生正在說話。女學生接下來首先要做什麼？

M：佐藤，你現在忙嗎？

F：我不忙欸，才剛要回家。怎麼了嗎？

M：那個啊，我在想我們差不多得開始準備專題的謝師宴了。所以我想拜託佐藤妳準備會議要用的花及邀請函，可以嗎？

F：嗯，可以啊。那要先做什麼呢？

M：現在比較急的是邀請人名單，可以請你先從這個開始嗎？等你大概做出一個階段再請你郵件傳給我，最終檢查就由我來做。

F：嗯，了解。在開始之前，我想確認一下去年的邀請人名單，你知道誰有嗎？

M：我覺得山田學長那裡應該有，因為去年是他負責的。

F：了解。那我等一下回家就先發個郵件請山田學長將名單傳給我。啊…說起來，我想起我們專題平常在車站前訂的那家花店，好像有寫說明天開始就要休業裝修了…。

M：咦？這樣嗎？我完全不知道。

F：不過我想等他重新開業再委託也還來得及，但保險起見，我等一下先去問問看他要休到什麼時候。如果來不及的話我再跟你商量。

M：嗯，立刻打電話給我。

女學生接下來首先要做什麼？

1　製作邀請人名單

2　請學長傳送邀請人名單

3　確認花店休業到什麼時候

4　打電話向花店訂購

解析 本題要從1「撰寫邀請名單」、2「委託前輩寄出邀請名單」、3「確認花店會停業至何時」、4「打電話訂貨」當中，選出女學生最先要做的事。對話中，針對花店將會暫停營業一段時間，女子提出：「いつまで休むのか、あとで立ち寄って聞いてみるね」，因此答案要選3 花屋にいつまで休業するか確認する（確認花店會休息至何時）。1待確認完去年的邀請名單後才要做的事；2待回家後才要做的事；4為不需要做的事。

詞彙 ゼミ 名 專題、研討會｜謝恩会 しゃおんかい 名 謝師宴
招待状 しょうたいじょう 名 邀請函｜手配 てはい 名 安排
取り急ぎ とりいそぎ 副 立即地｜招待者 しょうたいしゃ 名 賓客
リスト 名 名單｜作成 さくせい 名 製作｜おおかた 副 大致上
段階 だんかい 名 階段｜助かる たすかる 動 得救
最終 さいしゅう 名 最終｜作り始める つくりはじめる 開始製作
確認 かくにん 名 確認｜担当 たんとう 名 負責
了解 りょうかい 名 了解｜花屋 はなや 名 花店
改装 かいそう 名 改裝｜休業 きゅうぎょう 名 休業
明ける あける 動 結束｜依頼 いらい 名 委託
間に合う まにあう 來得及｜立ち寄る たちよる 動 順道拜訪
その場 そのば 當下｜注文 ちゅうもん 名 下訂
送付 そうふ 名 寄送

5

[音檔]

男の人と女の人が話しています。男の人はこのあと何をしますか。

M：田中さん、確か、小鳥を飼ってたよね？

F：うん、2羽いるよ。

M：昨日ショッピングセンターのペットショップにかわいい鳥がいて、一目で気に入っちゃって。今、飼おうか考え中なんだよね。

F：小鳥でしょ？ 小さいうちにいっぱい遊んで手に慣れさせたら、すごく懐くから早いほうがいいよ。初めてだったら、小鳥の飼い方の本を一冊読んでからのほうがいいかも。準備する物もわかるし、かかりやすい病気とかもわかるから。

M：確かにそうだね。図書館で借りられるかな。

F：どうかな。でも、ペットって楽しいことだけじゃないから、いろいろ知ってから決めたほうがいいよ。今の時期ならヒーターも要るよ。暖かい空気を逃さないように鳥かごにつけるカバーも要るし。最初は案外用意する物が多いんだよ。

M：[3]そういうのはペットショップで買えるよね。鳥と一緒に。

F：うん。それから、病気を持ってないか、ペットショップからうちに連れて帰るまでに一度獣医さんに診てもらったほうがいいよ。[2]ペットショップで検査してるなら、いいんだけど。

M：へえ、[4]小鳥も病院に連れて行くんだね。

F：[1]あ、うちに読みやすい本があるから、明日持ってきてあげるよ。

M：[1]本当？ ありがとう。

男の人はこのあと何をしますか。

[題本]

1 小鳥の飼い方の本を読む

2 小鳥を検査に連れて行く

3 小鳥の飼育に必要なものを買う

4 小鳥専門の病院を調べる

中譯 男人與女人正在說話。男人接下來要做什麼？

M：我記得妳有養小鳥對吧？

F：嗯，我養了兩隻。

M：昨天在購物中心的寵物店看到好可愛的小鳥，我一眼就非常喜歡。現在正在考慮要不要養。

F：是幼鳥吧？最好趁牠們還小時好好地陪牠們玩，讓牠們習慣手，這樣很快就會變得親近的。第一次的話，最好先讀一本有關養鳥的書。那就可以知道需要準備什麼，也可以了解容易染上的疾病。

M：妳說的沒錯，圖書館應該借得到吧。

F：我也不知道有沒有，不過養寵物也不是只有快樂而已。最好還是先多了解一點之後再決定比較好。這個時期的話還需要保暖器，還有為了避免暖空氣跑掉，還要準備鳥籠的蓋布。一開始要準備的東西意外地還蠻多的。

M：這個的話寵物店應該都能買到吧？和鳥一起。

F：嗯。還有在從寵物店帶回家之前，最好去一下動物醫院看看有沒有什麼疾病比較好。但如果寵物店已經檢查的話就沒有問題。

M：嘿…原來小鳥也要看醫生啊。

F：啊，我家有簡單易讀的書，我明天帶來給你看看好了。

M：真的嗎？謝謝妳！

男人接下來要做什麼？

1 看怎麼飼養小鳥的書

2 帶小鳥去做檢查

3 購買養小鳥所必須的物品

4 調查小鳥專科醫院

解析 本題要從1「閱讀如何養小鳥的書籍」、2「帶小鳥去檢查」、3「購買養小鳥所需的東西」、「查詢小鳥專門醫院」當中，選出男子接下來要做的事。對話中，女子建議先了解養小鳥的相關知識再決定，並表示「うちに読みやすい本があるから、明日持ってきてあげるよ」。而後男子回應：「本当？ありがとう」，因此答案要選1小鳥の飼い方の本を読む（閱讀如何養小鳥的書籍）。2先確認寵物店是否會檢查；3確定要養小鳥後才要做的事；4為不需要做的事。

詞彙 飼う かう 動 飼養｜ショッピングセンター 名 購物中心

ペットショップ名寵物店｜一目 ひとめ名一眼
気に入る きにいる 中意｜懐く なつく動親近
飼い方 かいかた名飼養方法｜時期 じき名時期
ヒーター名暖氣機｜逃す のがす動散失
鳥かご とりかご名鳥籠｜カバー名罩子
案外 あんがい副意外地｜獣医 じゅうい名獸醫
診る みる動看診｜検査 けんさ名檢查｜飼育 しいく名飼育

6

[音檔]

日本語学校で、女の学生と先生が話しています。女の学生はこのあとまず何をしなければなりませんか。

F：先生、おはようございます。

M：ああ、おはよう。体調はもういいの？

F：はい、おかげさまで元気になりました。毎日友達が宿題を連絡してくれてたんですけど、まだほとんど手をつけられていなくて…。すみません。

M：それは、仕方ないよ。ずっと熱があったんだから。ただ、先週末が締め切りだった作文は、早めに出してほしいんだ。[1]明日返却して、それをもとにすぐスピーチの練習に入る予定だから。

F：はい。途中までは書いてあるので、急いで完成させます。[2]今日、授業後、教室に残ってやってもいいですか。

M：うん、いいよ。あっ、そうそう、事務の人から伝言を頼まれてたんだ。[3]欠席理由を証明する書類を出してほしいから、授業の前に事務室に寄ってほしいって。

F：[3]はい、分かりました。診断書は持ってきていますから。

M：よろしくね。あとは、漢字のテストだね。金曜日の午後、不合格者の再試験をやるから、一緒に受けられるかな。

F：えっ、金曜の午後ですか。アルバイトの開始時間を遅らせることができれば、大丈夫なんですが…。電話して聞いてみますので、少し待っていただけますか。

M：[4]返事は明日でいいから、急がなくていいよ。

女の学生はこのあとまず何をしなければなりませんか。

[題本]

1 先生とスピーチの練習をする
2 教室で作文を仕上げる
3 事務室に書類を提出する
4 アルバイトの時間を変更する

中譯 日語學校裡，女學生與老師正在說話。女學生接下來首先必什麼？

F：老師早安。

M：啊，早，身體已經好了嗎？

F：託您的福已經完全好了。不過同學們雖然是每天都會跟我說作業的事，但我幾乎都還沒動手…抱歉。

M：那也沒有辦法，畢竟妳一直在發燒。只是，上週末截止的作文還是希望妳能盡快交出來。因為我預計明天回傳給妳，妳就可以盡快開始練習演講了。

F：好的，我已經寫一半了，我會盡快完成的。今天下課後我可以留在教室嗎？

M：嗯，可以啊。啊，對了對了，教務處的人有交代說，希望妳能提出可證明缺席理由的文件，在上課前要妳去教務處一趟。

F：好的，我了解了。我有帶診斷書來。

M：那麻煩妳了。還有就是漢字的考試。星期五下午會給沒及格的人補考的機會，妳能一起補考嗎？

F：咦，星期五下午嗎？如果打工的時間可以延後的話就沒問題…。我打電話問問看，請您稍等一下。

M：回覆的話明天就可以了，不用那麼著急。

女學生接下來首先必須做什麼？

1 和老師一起練習演講
2 在教室完成作文
3 去教務處提交文件
4 變更打工的時間

解析 本題要從 1「練習演說」、2「寫作文」、3「繳交資料」、4「更改打工時間」當中，選出女學生最先要做的事。對話中，男老師提出：「欠席理由を証明する書類を出してほしいから、授業の前に事務室に寄ってほしいって」。而後女學生回應：「はい、分かりました。診断書は持ってきていますから」，因此答案要選 3 事務室に書類を提出する（到教務處繳交資料）。1 待完成作文後才要做的事；2 待繳交完資料，下課後才要做的事；4 並非急著要做的事。

詞彙 体調 たいちょう名身體狀況｜手をつける てをつける 著手
締め切り しめきり名期限｜早め はやめ名較早
返却 へんきゃく名歸還｜スピーチ名演講
完成 かんせい名完成｜伝言 でんごん名傳話
欠席 けっせき名缺席｜証明 しょうめい名證明
書類 しょるい名文件｜診断書 しんだんしょ名診斷書
不合格者 ふごうかくしゃ名不合格者｜再試験 さいしけん名重考
開始 かいし名開始｜仕上げる しあげる動完成
提出 ていしゅつ名提交｜変更 へんこう名變更

實戰測驗 3

p.358

1 3　**2** 3　**3** 2　**4** 1　**5** 4　**6** 1

問題 1 請先聽問題。然後聽完對話之後，從問題卷上 1 至 4 的選項中，選出最適合的答案。

1

[音檔]

料理教室で女のスタッフと男のスタッフが話しています。男のスタッフはこのあとまず何をしますか。

M：秋のクラスの募集要項、目を通していただけましたか。春のクラスのものを参考にしたので、大きな変更はないんですが…。

F：ええ、細かい部分はまだですけど、あれでだいたい、いいと思います。そういえば、開講日が変更になったのは知ってますか。

M：[1]ええ、メールで変更のお知らせをいただいたので、すぐ修正しました。

F：[2]念のため、あとでそこも確認しておきますね。それから、一か月に一回の野菜料理のクラス、内容が少し変更になるそうですよ。野菜も季節で変わるから、前回の料理の写真は使えないですよね。[3]来週、試作したあと、写真撮影があるので、写真を撮ったら送るように言っておきますね。

M：[3]そうですか。じゃあ、それは私からメールしておきます。

F：あ、そうですね。そのほうがいいですね。それから、授業の様子の写真も入れ替えたほうがいいのでは？今のは若い人しか写ってないですから。うちの料理教室、若い人向けだと思っている人も多いみたいなんですよ。いろんな年齢層の人がいると知ってもらえたら、受講者がもっと増えると思うんです。[4]撮ったのがありますから、それも聞いてみてくれますか。

M：そうですね。そちらも一緒にお願いしてみます。

男のスタッフはこのあとまず何をしますか。

[題本]

1 秋のクラスの開講日を変更する
2 秋のクラスの開講日を確認する
3 写真を送ってもらえるようにメールする
4 いろいろな人がいるクラスの写真を撮る

中譯 烹飪教室中，女工作人員和男工作人員正在說話。男工作人員接下來首先要做什麼？

M：秋季班的報名事項妳看過了嗎？目前看起來基本上還是參考春季班的內容，所以沒有特別大的改變……

F：是啊，雖然細節部分我是還沒看，不過這樣的話應該還不錯。話說回來，開課日也改了，這個你聽說了嗎？

M：嗯嗯，我有收到變更通知的郵件，所以立刻就修正好了。

F：保險起見，等等我還是確認看看吧。還有，每個月一次的蔬菜料理班，課程內容好像也有些微變動。因為使用的蔬菜會因為季節有變化，所以上次使用的料理照片就不能用了。不過下週，試作過後會拍照，要先跟他們說拍好了之後要把照片傳過來。

M：這樣嗎？那這一點我會先發郵件告訴他們。

F：說的也是？這樣也好。還有上課的照片是不是也要替換一下比較好？現在的都只拍到年輕人，導致很多人都以為我們烹飪教室是為年輕人設計。所以我想如果能讓大家知道我們教室各年齡層的人都有，一定會有更多學員加入。已經有拍了一些，這點也可以幫我問問看嗎？

M：好的，那這個我也會一起拜託看看。

男工作人員接下來首先要做什麼？

1 變更秋季班的開課日
2 確認秋季班的開課日
3 發郵件詢問能不能寄照片來
4 拍下很多人在上課的照片

解析 本題要從1「更改開課日」、2「確認開課日」、3「用電子郵件詢問傳照片」、4「拍攝課程照片」當中，選出男子最先要做的事。對話中，女子表示：「来週、試作したあと、写真撮影があるので、写真を撮ったら送るように言っておきますね」。而後男子回應：「そうですか。じゃあ、それは私からメールしておきます」，因此答案要選3写真を送ってもらえるようにメールする（發郵件詢問能不能寄照片來）。1和4皆為已完成的事；2為女子要做的事。

詞彙 スタッフ 名 工作人員｜募集 ぼしゅう 名 募集
要項 ようこう 名 簡章｜目を通す めをとおす 過目
参考 さんこう 名 參考｜変更 へんこう 名 變更
部分 ぶぶん 名 部分｜開講日 かいこうび 名 開課日
修正 しゅうせい 名 修正｜内容 ないよう 名 內容
試作 しさく 名 試做｜撮影 さつえい 名 攝影｜様子 ようす 名 情況
入れ替える いれかえる 動 代換｜写る うつる 動 映照
向け むけ 名 適合｜年齢層 ねんれいそう 名 年齡層
受講者 じゅこうしゃ 名 學員

2

[音檔]

飲食店の店長が男の人と話しています。店長はアルバイトを募集するために新たに何をしますか。

F：アルバイト募集をずっとしているんですが、なかなか人が集まらなくて。島田さんのお店ではどうやって集めていらっしゃるんですか？

M：そうですね。うちは今働いている人に友達で誰かいないか聞くことが多いですね。そしたら、だいたい誰か連れてきてくれるんですよ。一緒に働くことになるから、まじめな人を連れてきてくれますよ。

F：そうですよね。[1]私も聞いているんですが、なかなかやりたいって人がいなくて…。

M：友達の店では広告会社にお願いをしている人もいますよ。ネット上の求人広告とか。新聞の広告とか。

F：[2]それ、料金がかかりますよね。経費はこれ以上かけられないんですよね。あまり余裕がなくて。時給を上げたら来てくれると思うんですけど、それもできないし。

M：ああ、それなら、[3]食事付きにしたらどうですか。ここの食事おいしいし、時給を上げなくても来てくれますよ。

F：[3]それならコストの心配をせずに、できそうですね。食材は多めに仕入れていますから。そうやって、もう一度友達にいないか聞いてもらおうかなあ。

M：それから、お店のウェブサイトに載せるのもいいですよ。ほら、インターネット上のコミュニティーとか。この店が好きな人が見てくれていると思うので、働きたいって人も出てくるんじゃないでしょうか。

F：そうですね。[4]人が集まらなかったら、その方法も試してみます。

店長はアルバイトを募集するために新たに何をしますか。

[題本]

1 今のアルバイトの人に紹介してもらう
2 広告会社に求人広告を頼む
3 食事付きのアルバイトにする
4 インターネットに情報を出す

中譯 餐飲店的店長正在和男人說話。店長為了招募兼職員工，會採取什麼新的方法？

F：我一直在招兼職員工，但始終找不到人。島田先生的店都是怎麼招募員工的呢？

M：這個嘛，我們店大多都是讓在職的問問朋友中有沒有人想來。這樣大概就會一個帶一個來了。而且找來的也是要一起工作，所以他們都會找認真的人來。

F：說的也是，不過我也有問過，只是還是找不太到人。

M：我朋友的店的話，有一些是會委託廣告公司。像是網路上的求才廣告、報紙上的廣告之類的。

F：但這個的話就得花錢了吧。我已經沒有更多的經費可以用了。都已經沒什麼餘力了。本來想增加時薪就能找到人了吧，結果也不行。

M：啊啊，這樣的話，還是改成供餐呢？妳這裡的東西那麼好吃，即使不加薪都願意來的吧。

F：這個的話好像不用擔心成本就能做到了。因為我食材都會進得比較多。那我就這麼做吧，再問問看他們有沒有朋友願意來。

M：還有，也可以放在店裡的官網上面。妳看，現在不是有網路社群之類的嗎，那麼喜歡這家店的人也能看到，也許就能出現想來這裡工作的人了。

F：你說的對，如果還是找不到人，我就試試這個方法。

站長為了招募兼職員工，會採取什麼新的方法？

1 請在職的員工介紹
2 委託廣告公司刊登求才廣告
3 打工增加供餐
4 在網路上刊登資訊

解析 本題要從 1「由工讀生介紹」、2「委託廣告公司做徵人廣告」、3「打工附餐食」、4「在網路上發布消息」當中，選出女子接下來要做的事。對話中，男子提出：「食事付きにしたらどうですか。ここの食事おいしいし、時給を上げなくても来てくれますよ」。而後女子回應：「それならコストの心配をせずに、できそうですね」，因此答案要選 3 食事付きのアルバイトにする（打工附餐食）。1 為已經做過的事；2 為沒辦法做的事；4 如果再找不到工讀生，才要做的事。

詞彙 飲食店 いんしょくてん 名 飲食店｜店長 てんちょう 名 店長
募集 ぼしゅう 名 募集｜新たに あらたに 副 重新地
広告 こうこく 名 廣告｜ネット上 ネットじょう 網路上
求人 きゅうじん 名 招募人員｜料金 りょうきん 名 費用
経費 けいひ 名 經費｜余裕 よゆう 名 餘力｜時給 じきゅう 名 時薪
食事付き しょくじつき 附餐｜コスト 名 成本
食材 しょくざい 名 食材｜多め おおめ 名 較多
仕入れる しいれる 動 進貨｜ウェブサイト 名 網頁
載せる のせる 動 刊登｜コミュニティー 名 社群
試す ためす 動 嘗試｜情報 じょうほう 名 資訊

3

[音檔]

会社で男の人と女の人が新製品のアイスクリームについて話しています。男の人はこのあとまず何をしなければなりませんか。

F：この前のアイスクリームの試食会のアンケート、まとまった？

M：ええ、昨日終わりました。今回は多くの方がご協力くださったので、[1]分析も十分にできたと思います。

F：それはよかったね。何か気になる意見って、あった？

M：味については甘さもちょうどいい、買って食べてみたいというのがほとんどで、高評価でした。ただ、新しい食感にチャレンジしすぎたようで、かじったら落ちそうで食べにくいという意見も多かったですね。

F：[2]それは商品開発部の人に知らせて、改善してもらわないといけないね。食べ方を気にしていると、いくらおいしくても味に集中できないからね。

M：[2]ええ。それと、アイスクリームにしては珍しく、[3]黒くてシンプルなパッケージにしたのはよかったみたいです。中身を連想させないデザインに意外性があって、おもしろいと。

F：ああ、賛否両論があると思っていたんだけど、それならよかった。試作品ができたら、もう一度試食会をするから、駅前の広場、また使用許可を取っといて。

M：分かりました。人気の場所なので、早めにしておきます。

F：まあ、[4]試作品がないとできないから、だいたいいつ頃出来上がるか、開発部に聞いてみてからだね。

M：そうします。

男の人はこのあとまず何をしなければなりませんか。

[題本]

1 アンケート結果を分析する

2 商品開発部に連絡をする

3 パッケージデザインを見直す

4 駅前の広場の使用許可を申請する

中譯 公司裡男人與女人正在討論新產品冰淇淋。男人接下來首先必須做什麼？

F：之前的冰淇淋試吃大會的問卷調查，你整理好了嗎？

M：昨天整理完了。由於這一回得到非常多人的協助，我認為分析也完成得相當充分。

F：那太好了。有什麼讓人特別在意的意見嗎？

M：有關於味道的部分，大多都是甜度剛剛好，或者都是一些說會想買來吃吃看的，評價非常好。只是也有很多意見表示我們似乎太追求挑戰新口感了，只要咬一口就像要掉落了一樣，吃起來不太容易。

F：這一點要讓商品開發部的人知道，不能不改善。因為如果太過擔心吃的方式，那再怎麼樣好吃都很難專注在味道上。

M：對啊。還有就是，也有不少人認為我們的包裝以冰淇淋來說很稀奇，他們似乎覺得黑色簡約的包裝非常好。想像不到內容物的設計也有新奇感，都說很有趣。

F：嗯，雖然好壞都有人說，但這樣也不錯。等試作品完成了，就再舉辦一次試吃大會，記得要先取得站前廣場的使用許可。

M：我了解了，因為那是個大受歡迎的場所，我會盡早訂好。

F：好的，由於沒有試作品就什麼都不用說了，所以也必須向開發部問問大約什麼時候完成。

M：好的，我就這麼做。

男人之後，首先要先做什麼？

1 分析問卷結果

2 聯絡商品開發部

3 重新評估購物袋上的設計

4 申請站前廣告的使用許可

解析 本題要從 1「分析問卷調查結果」、2「聯絡商品開發部」、3「重新評估包裝設計」、4「申請廣場使用許可」當中，選出男子最先要做的事。對話中，女子提出：「それは商品開発部の人に知らせて、改善してもらわないといけないね」。而後男子回應：「ええ」，因此答案要選 2 商品開発部に連絡をする（聯絡商品開發部）。1 為已經做過的事；3 為不需要做的事；4 待向商品開發部確認新產品完成日後，才會做的事。

詞彙 **新製品** しんせいひん 名 新產品｜**アイスクリーム** 名 冰淇淋
試食会 ししょくかい 名 試吃活動｜**アンケート** 名 問卷
まとまる 動 統整｜**今回** こんかい 名 這次
協力 きょうりょく 名 協助｜**分析** ぶんせき 名 分析
気になる きになる 在意｜**高評価** こうひょうか 名 高評價
食感 しょっかん 名 口感｜**チャレンジ** 名 挑戰
かじる 動 咬｜**商品** しょうひん 名 商品
開発部 かいはつぶ 名 開發部｜**改善** かいぜん 名 改善
気にする きにする 在意｜**集中** しゅうちゅう 名 專注
シンプルだ な形 簡樸的｜**パッケージ** 名 包裝
中身 なかみ 名 內容物｜**連想** れんそう 名 聯想｜**デザイン** 名 設計
意外性 いがいせい 名 意外性
賛否両論 さんぴりょうろん 名 有褒有貶
試作品 しさくひん 名 試做品｜**広場** ひろば 名 廣場
使用 しよう 名 使用｜**許可** きょか 名 許可｜**早め** はやめ 名 較早
見直す みなおす 動 重新審視｜**申請** しんせい 名 申請

4

[音檔]

大学で女の学生と男の学生が話しています。女の学生はこのあとまず何をしますか。

F：大学祭まであと2か月ですね。私、模擬店の担当なので、今できることをやっておきたいんですが。

M：うん、そろそろ準備をしないとね。この前のクラブの会議で確かソフトクリーム屋さんをすることになったんだよね。

F：みんなはそれでいいって言ってたんですが、部長が反対してて、結局、決まってなかったと思います。

M：あ、そうだったっけ。でも、あのあと部長と話してたら、まあいいかって言ってたよ。[1]念のため、もう一度聞いといてくれる？ 今日、クラブに来るって言ってたから。

F：[1]わかりました。[2][3][4]ソフトクリーム屋さんって決まったら、[2]機械の予約をしないと。[3]それから、材料も。やることたくさんありますね。

M：そうだね。機械はすぐ予約しといたほうがいいね。イベントで借りたい人も多いと思うし。ソフトクリームの材料って、どのくらい要るのかなあ…。

F：確か去年、テニス部がやってたと思うので、テニス部の友達に聞いておきますね。

M：そうだね。ありがとう。助かるよ。じゃあ、わかったら教えて。ああ、そうだ。[4]大学祭の本部にも何をするか

聽解

伝えないといけないんだった。それもお願いしていい？

F：わかりました。

女の学生はこのあとまず何をしますか。

[題本]

1 部長にソフトクリーム屋でいいか聞く

2 ソフトクリームの機械を予約する

3 ソフトクリームの材料の量を考える

4 大学祭の本部にソフトクリーム屋をすると伝える

中譯 大學裡女學生與男學生正在說話。女學生接下來首先要做什麼？

F：距離大學祭還有兩個月，由於我是模擬商店的負責人，所以現在想先把能做的事做一做。

M：嗯，也差不多該做準備了。之前我們社團開會是已經決定要開霜淇淋店了。

F：大家是都覺得很好，但是社長反對，所以我想結果是還沒有結論。

M：啊，是這樣嗎？不過那之後我有和社長聊過，他說還可以耶。那保險起見，妳能再去跟他確認一下嗎？他說過今天會來社團。

F：好，我知道了。如果決定要開霜淇淋店的話，就得預約機器了，還有材料。有很多事得做的。

M：是啊，機器還是立刻預約下來比較好。不然辦活動應該很多人想借。還有霜淇淋的材料，大概需要多少呢……

F：我記得去年網球社有做過，我來問問看網球社的朋友。

M：那也好，謝謝妳，真是幫了我大忙了。那妳問到了再告訴我。啊對了，還必去跟大學祭主辦單位報告要做什麼。這個也能麻煩妳嗎？

女學生接下來首先要做什麼？

1 向社長確認做霜淇淋店可以嗎

2 預約霜淇淋的機器

3 思考霜淇淋需要多少量

4 向大學祭主辦單位報告要做霜淇淋店

解析 本題要從 1「詢問社長意見」、2「預約機器」、3「考慮材料的量」、4「通知大學祭典主辦單位」當中，選出女學生最先要做的事。對話中，男學生提出：「念のため、もう一度聞いといてくれる？今日、クラブに来るって言ってたから」。而後女學生回應：「わかりました」，因此答案要選 1 部長にソフトクリーム屋でいいか聞く（詢問社長能否經營霜淇淋店）。2、3、4 皆為決定要開什麼店後才要做的事。

詞彙 大学祭 だいがくさい 名 大學祭｜模擬店 もぎてん 名 模擬店鋪

担当 たんとう 名 負責｜クラブ 名 社團

ソフトクリーム 名 霜淇淋｜結局 けっきょく 名 最後

材料 ざいりょう 名 材料｜イベント 名 活動

助かる たすかる 動 得救｜本部 ほんぶ 名 本部

5

[音檔]

電話で女の人と男の人が話しています。男の人はこれからまず何をしなければなりませんか。

F：もしもし、石川です。お疲れ様です。

M：あ、部長、お疲れ様です。何かありましたか。

F：ええ、今日の3時からの、ＡＮＣの田中部長との会議なんだけど、まだ大阪なの。事故があったみたいで、新幹線がいつ動くかわからなくて。3時までに帰れそうにないんだよね。

M：え、部長、じゃあ私一人で対応するんですか？

F：いや、あちらも担当とその上の方のお二人でいらっしゃる予定だから、山本課長に代わりに出てもらうようにお願いできないかな。

M：わかりました。課長のスケジュールを確認しますね。

F：それで、大丈夫そうだったら、昨日打ち合わせた内容を課長に説明してほしいの。

M：わかりました。[1]今、課長のスケジュールを確認しているんですが、その時間は大丈夫そうです。

F：そう。ありがとう。じゃあ、[2]私から課長に電話して、お願いしておくわ。[4]資料は、課長も読めるように共有フォルダに入れておいて。[3]それを見てもらいながら、説明するといいと思う。

M：[4]わかりました。じゃ、そっちを先にしておきます。

男の人はこれからまず何をしなければなりませんか。

[題本]

1 課長のスケジュールを確認する

2 課長に電話で、会議への出席を依頼する

3 会議で話す内容を課長に説明する

4 会議の資料を共有フォルダに保存する

中譯 電話中女人與男人正在說話。男人接下來首先必須做什麼？

F：喂，我是石川，辛苦了。

M：啊，部長，您也辛苦了。怎麼了嗎？

F：今天 3 點開始本來是要和 ANC 的田中部長開會，但我現在還在大阪。新幹線好像發生事故了，所以也不知道什麼時候才會恢復運行。看來 3 點是回不去了。

M：那部長是要讓我一個人去開會嗎？

F：不是，那一邊也是負責人和上面的兩位要來，所以我在想是不是能拜託山本課長代替我出席。

M：我了解了。我來確認一下課長的行程。

F：那如果可以的話，要請你將昨天我們討論過的內容向課長說明一下。

M：我了解了。我現在正在看課長的行程，那個時間看起來是沒有問題。

F：是嗎？謝謝你。那我來打電話拜託課長。資料你再放到共享資料夾裡讓課長也能看。我覺得他一邊看你一邊說明會比較好。

M：我了解了。那我先這麼做。

男人接下來首先必須做什麼？

1　確認課長的行程

2　打電話給課長請他出席會議

3　向課長說明會議要說的內容

4　將會議的資料存到共享資料夾

解析　本題要從 1「確認日程表」、2「委託他人出席會議」、3「向課長說明」、4「儲存至共享檔案夾」當中，選出男子最先要做的事。對話中，女子表示：「資料は、課長も読めるように共有フォルダに入れておいて」。而後男子回應：「わかりました。じゃ、そっちを先にしておきます」，因此答案要選 4 会議の資料を共有フォルダに保存する（將會議資料儲存至共享檔案夾）。1 為已經做過的事；2 為女子要做的事；3 待資料存到共享檔案夾後才要做的事。

詞彙　新幹線 しんかんせん 名 新幹線｜対応 たいおう 名 應對
担当者 たんとうしゃ 名 負責人｜スケジュール 名 行程
確認 かくにん 名 確認｜打ち合わせる うちあわせる 動 事前開會
内容 ないよう 名 內容｜資料 しりょう 名 資料
共有 きょうゆう 名 共享｜フォルダ 名 資料夾
依頼 いらい 名 委託｜保存 ほぞん 名 存檔

6

[音檔]

大学で女の学生と先生が話しています。女の学生はこのあと配布資料をどのように変更しますか。

F：先生、先日メールでお送りした発表の配布資料ですが、目を通していただけましたか。

M：うん、見たよ。前に見たときより、まとまっていたね。よく分析ができていて、内容も分かりやすくなってたよ。

F：ありがとうございます。ちょっと文字が多いかなと思ったのですが…。

M：あ、そうそう。それを言おうと思ってたんだ。発表のときはあくまで話す内容が大事なんだ。みんな、資料を読むのに必死になって話に耳を傾けなくなるからね。だから、[1]配布資料には話すことのポイントを書くだけでいいんだよ。まあ、[2]箇条書きで書かれてるっていうのはいいんだけどね。

F：[1]わかりました。それから、[3]文の中に数値を書いたのですが、グラフのほうがわかりやすいでしょうか。

M：[4]あれはあれでいいよ。グラフにするとまたスペースを取っちゃうし、A4一枚に収まらないと思うよ。

F：そうですね…。でも、グラフがあったほうが、内容が頭に入りやすいと思うんです。

M：それなら、口頭で発表するときにスクリーンで見せたらいいんじゃない？ 資料一枚で全体像を見てもらって、詳しい分析については発表の時にスライドで説明すればいいんだから。

F：わかりました。

女の学生はこのあと配布資料をどのように変更しますか。

[題本]

1 文字数を減らす

2 箇条書きにする

3 数値を入れる

4 グラフを入れる

中譯　大學中，女學生與老師正在說話。女學生接下來要怎麼修改要發的講義？

F：老師，前幾天郵件傳給您的發表要用的講義，您看過了嗎？

M：嗯，我看了。比起之前的整理得更好了。分析也做得很好，內容也寫得很好懂。

F：謝謝老師。我是想說字數會不會有點多。

M：啊，確實是，我剛想說這個。因為發表的時候，最重要的還是妳說的內容。大家如果太過拚命在看資料的話，就不會聽妳在說什麼了。所以發給大家的講義只要寫重點就好。甚至說條列式地列出來也是可以的。

F：我了解了。還有就是文中有寫到一些數值，是不是改成圖表比較好？

M：那個的話這樣就好。做成圖表的話又得佔掉一部分空間，就無法集中在一張 A4 紙了。

F：是也沒錯…。但是，我覺得有圖表大腦會比較容易吸收。

M：這樣的話，在口頭報告時，不是會有螢幕嗎？資料的話就將整個內容濃縮到一張 A4 紙。詳細的分析做成投影片說明就好了。

F：我了解了。

女學生接下來要怎麼修改要發的講義？

1　縮減字數

2　改成條列式

3　加入數值

4　加入圖表

解析　本題要從 1「刪減字數」、2「逐項列出」、3「加入數值」、4「加入圖表」當中，選出女學生接下來要做的事。對話中，老師提出：「配布資料には話すことのポイントを書くだけでいいんだよ」。而後女學生回應：「わかりました」，因此答案要選 1 文字数を減らす（刪減字數）。2 和 3 為已經做過的事；4 為不需要做的事。

聽解

詞彙 配布 はいふ 名 分發｜資料 しりょう 名 資料
變更 へんこう 名 變更｜先日 せんじつ 名 日前
発表 はっぴょう 名 發表｜目を通す めをとおす 過目
まとまる 動 統整｜分析 ぶんせき 名 分析｜内容 ないよう 名 內容
文字 もじ 名 文字｜資料 しりょう 名 資料
必死だ ひっしだ な形 拚命的
耳を傾ける みみをかたむける 傾聽｜ポイント 名 重點
箇条書き かじょうがき 名 條列式｜数値 すうち 名 數值
グラフ 名 圖表｜スペース 名 空間｜収まる おさまる 動 收納
口頭 こうとう 名 口頭｜全体像 ぜんたいぞう 名 整體構造
詳しい くわしい い形 詳細的｜スライド 名 投影片
減らす へらす 動 減少

問題 2 重點理解

實力奠定

p.364

01 ②　02 ①　03 ②　04 ②　05 ①　06 ①
07 ②　08 ①　09 ②　10 ②

01

[音檔]

ラジオでアナウンサーが男の人に農業についてインタビューしています。**男の人は農業の何が大変だと言っていますか。**

F：近年、田舎暮らしやスローライフがメディアなどでも取り上げられ、農業で生計を立てる若者が増えています。今日は会社員から農家になった林さんにお話を伺います。今まで農業に携わったことがないとのことでしたが、実際に農業を始めてみていかがですか。

M：そうですね。農業を始める前は農業って種をまいて、育った野菜を収穫するだけの楽なものだと思っていたんです。でも、畑を耕したり、肥料をまいたり、意外と重労働な仕事が多くて、体力がない人には大変だと思います。

F：そうなんですね。

M：幸い、僕は体を動かすことが好きなので、苦ではありません。**それよりも、問題なのは天候です。**会社員時代は毎月決まったお給料をもらっていましたが、**農業は天候に左右されるので、台風や大雨が続くと収入がゼロになることも珍しくないです。**

男の人は農業の何が大変だと言っていますか。

[題本]

① 力を必要とする仕事が多いこと
② **収入が天候に左右されること**

中譯 廣播中，有一位播音員正在採訪男人關於農業的問題。**男人認為農業工作中最辛苦的是什麼？**

F：近年來，媒體經常會做一些鄉下生活或慢生活的主題，而且以農業維生的年輕人也不斷在增加。今天我們邀請到原本是上班族卻轉職成為農家的林先生跟我們聊聊。聽說您以前都沒有接觸過農業，那麼實際開始過後您感覺如何呢？

M：這個啊。在開始之前，我一直以為農業就是播種之後等著收成，是很輕鬆的工作。但實際上是必須耕田、撒肥料，其實意外有很多是屬於重勞動的工作，對於體力不好的人應該會很辛苦。

F：說的也是。

M：所幸，我是個喜歡活動身體的人，所以不以為苦。**比起這個，我覺得真正的問題是天候。**以前還是上班族時，每個月都是領固定的薪水，但**農業會受到天候的影響，如果持續遇到颱風或大雨，收入完全為零也不是什麼稀有的事。**

男人認為農業工作中最辛苦的是什麼？
① 有很多工作需要體力
② **收入會受天候影響**

詞彙 農業 のうぎょう 名 農業｜インタビュー 名 訪談
近年 きんねん 名 近年｜田舎暮らし いなかぐらし 名 鄉村生活
スローライフ 名 慢活｜メディア 名 媒體
取り上げる とりあげる 動 報導
生計を立てる せいけいをたてる 維持生計
若者 わかもの 名 年輕人｜会社員 かいしゃいん 名 公司職員
農家 のうか 名 農家｜携わる たずさわる 動 從事
実際 じっさい 名 實際｜種 たね 名 種子｜まく 動 播下
育つ そだつ 動 成長｜収穫 しゅうかく 名 收穫｜畑 はたけ 名 田地
耕す たがやす 動 耕作｜肥料 ひりょう 名 肥料
重労働 じゅうろうどう 名 體力活｜体力 たいりょく 名 體力
幸い さいわい 副 所幸｜動かす うごかす 動 活動
天候 てんこう 名 天候｜給料 きゅうりょう 名 薪水
左右 さゆう 名 左右｜大雨 おおあめ 名 大雨
収入 しゅうにゅう 名 收入

02

[音檔]

会社で男の人と女の人が話しています。**女の人は結婚するにあたり何が心配だと言っていますか。**

M：来月結婚式っていうのに元気ないね。悩みでもあるの？

F：うん、**実は彼の両親が未だに私たちの結婚を認めてくれてないの。**私は結婚しても、今の仕事を続けたいしキャリアも積みたいから、会社をやめるつもりはないんだけど、彼の両親は家にいて、家庭の仕事をきちんとこなす人との結婚を望んでいるみたい。

M：彼はなんて言ってるの？

F：家事や子育ては二人で分担すればいいし、そもそも結婚は二人でするものだから親は関係ないって。彼とは性格や価値観が合うってわけじゃないけど、教養があって誠実だし、私もできれば、ずっと一緒にいたいと思ってる。

女の人は結婚するにあたり何が心配だと言っていますか。

[題本]

① **相手の両親が結婚に反対していること**

② 家庭の仕事がうまくできないこと

中譯 公司中，男人與女人正在說話。**女人說對於結婚她擔心的是什麼？**

M：不是下個月就是婚禮了嗎？怎麼這麼沒精神。有什麼煩惱嗎？

F：嗯，**其實男友的父母到現在都還沒有同意我們兩個結婚。**因為我結婚之後也想繼續工作，想繼續我的職涯，所以不打算從公司辭職，但男友的父母親似乎是比較希望他和能待在家裡、做好家裡工作的人結婚。

M：那他怎麼說？

F：他說家事和孩子只要兩個人共同分擔就好了，而且結婚是兩個人的事和父母親沒有關係。雖然我和他個性和價值觀也不是都非常合拍，但是他真的是個很有修養又很老實的人，我也希望可以的話，可以和他一直在一起。

女人說對於結婚她擔心的是什麼？

① **結婚對象的父母反對他們結婚**

② 無法做好家庭內的工作

詞彙 結婚式 けっこんしき 名 結婚典禮｜悩み なやみ 名 煩惱
未だ いまだ 副 仍｜認める みとめる 名 認可
キャリア 名 職涯｜積む つむ 動 累積｜きちんと 副 確實地
こなす 動 妥善處理｜望む のぞむ 動 期望｜家事 かじ 名 家事
子育て こそだて 名 育兒｜分担 ぶんたん 名 分擔
そもそも 副 本來｜性格 せいかく 名 個性
価値観 かちかん 名 價值觀｜教養 きょうよう 名 教養
誠実だ せいじつだ な形 誠實的

03

[音檔]

市役所で男の職員と女の職員が廃墟の問題について話しています。**問題を解決**するために、**どうすることに**しましたか。

M：今や街のいたるところに廃墟があって、このまま放置していては増え続ける一方だよ。予算もないのに、どうしたものか。

F：課長、今まではそれらを撤去や解体することに目を向けて、予算をどうするか話し合ってきたじゃないですか。

M：工場なんかは建物が大きい分、予算が膨らんでしまうからね。

F：そこでですが、そういう建物を飲食店として利用するのはどうでしょうか。昔懐かしい雰囲気を生かしたまま、リノベーションしたカフェが若い女性に人気で増えているそうですよ。

M：それは斬新だな。**古い考え方にとらわれないで、もう一度アイディアを出し合ってみよう。**

問題を解決するために、どうすることにしましたか。

[題本]

① 廃墟を解体する予算を調節する

② **新しい視点で解決策を考える**

中譯 市政府中男職員與女職員正在討論廢墟的問題。為了**解決問題**，他們決定**怎麼做**？

M：現在城市裡到處都是廢墟，若繼續這樣放置不管的話只會愈來愈多。但沒有預算又什麼都做不了。

F：課長，我們一直以來不是都只想到撤除和解體，卻總是因為預算問題在討論嗎？

M：因為工廠之類的建築物都非常大，所以預算也相對非常高。

F：所以啊，我想如果把這些建築物改成餐飲店又如何呢？那種翻修成復古氛圍的餐飲店應該都很受女性的歡迎。

M：這個想法還真嶄新。那**我們就跳脫固有想法的拘束，大家一起來出主意吧。**

為了解決問題，他們決定怎麼做？

① 調整廢墟解體的預算

② **從新的視角思考解決對策**

詞彙 市役所 しやくしょ 名 市政府、市公所｜職員 しょくいん 名 職員
廃墟 はいきょ 名 廢墟｜解決 かいけつ 名 解決
いたるところ 到處｜放置 ほうち 名 放置｜予算 よさん 名 預算
撤去 てっきょ 名 撤除｜解体 かいたい 名 解體
目を向ける めをむける 注目｜話し合う はなしあう 動 討論
膨らむ ふくらむ 動 膨脹｜飲食店 いんしょくてん 名 餐飲店
懐かしい なつかしい い形 懷舊的｜雰囲気 ふんいき 名 氣氛
生かす いかす 動 活用｜リノベーション 名 整建
カフェ 名 咖啡館｜人気 にんき 名 人氣
斬新だ ざんしんだ な形 嶄新的｜とらわれる 動 受限
アイディア 名 點子｜出し合う だしあう 動 互相提出
調節 ちょうせつ 名 調節｜視点 してん 名 觀點
解決策 かいけつさく 名 解決方案

04

[音檔]

ラジオで専門家が話しています。**専門家はダイエットにおいて、どんなことが最も重要だと言っていますか。**

M：夏本番に向けて、ダイエットに励んでいる方々が多いと思います。ダイエットというとどうしても運動が重要視されますよね。もちろん、運動も大切ですが、**忘れてはいけないのが食事です。**運動を一生懸命していても、脂質や糖質が高いものを好き勝手に食べていては意味がありません。ダイエットは９割が食生活です。**野菜やたんぱく質が多い食品を中心に健康的な食生活を心がけましょう。**

専門家はダイエットにおいて、どんなことが最も重要だと言っていますか。

[題本]

① 一生懸命に運動すること

② **健康的な食事をとること**

中譯 廣播中有專家正在說話。**專家說在減重上最重要的是怎樣的事？**

M：即將進入盛夏，我想一定有很多觀眾正在努力地減重。不過一說到減重，大家都會認為運動是最重要的。當然運動也很重要，不過**最不能忘記的還是飲食**。因為即使拚命地運動，但如果還是為所欲為地攝取高脂肪高澱粉的食物，那也沒有任何意義。減重的關鍵有九成在於飲食生活，**應該注意要以蔬菜及蛋白質的食品為中心，建立健康的飲食生活。**

專家說在減重上最重要的是什麼？

① 拚命地運動

② **攝取健康的飲食**

詞彙 專門家 せんもんか 名 專家｜ダイエット 名 減肥
夏本番 なつほんばん 盛夏｜励む はげむ 動 勵行
どうしても 無論如何｜重要視 じゅうようし 名 重視
脂質 ししつ 名 脂質｜糖質 とうしつ 名 醣類
好き勝手だ すきかってだ な形 為所欲為的
食生活 しょくせいかつ 名 飲食生活
たんぱく質 たんぱくしつ 名 蛋白質｜食品 しょくひん 名 食品
中心 ちゅうしん 名 中心｜健康的だ けんこうてきだ な形 健康的
心がける こころがける 動 留心

05

[音檔]

ラジオでアナウンサーと評論家が画家について話しています。**どうして日本人はこの画家が好きだと言っていますか。**

F：私もゴッホの作品が好きで、よく美術展に行くんです。日本の方々の中にもファンが多いと思うんですが、ゴッホが日本人に好まれる理由はどこにあるのでしょうか。

M：ゴッホの作品を見ると分かると思うんですが、**日本人に愛される秘訣がその色彩です。**浮世絵の影響を受けていて、**日本人には馴染みのあるものに感じられるのです。**親近感というんですかね。

F：なるほど。そうなんですね。

M：ゴッホの作品も初期の頃は色を混ぜて、濁った色やくすんだ色を使って繊細に描かれる絵が多かったのですが、どんどん変化していったようです。

どうして日本人はこの画家が好きだと言っていますか。

[題本]

① **馴染みのある色が使われているから**

② 何色もの色を混ぜて繊細に描いているから

中譯 廣播中有播音員正與評論家討論畫家的話題。他說**為什麼日本人會喜歡這位畫家？**

F：我也很喜歡梵谷的作品，經常去看畫展。我想日本應該也有很多他的粉絲，那麼梵谷會受到日本人歡迎的原因又是什麼呢？

M：我覺得看過梵谷的作品就能了解，**會受到日本人喜愛的原因就在於他的色彩。**由於受到浮世繪的影響，所以**這種風格對日本人而言也是比較熟悉的感覺。**也可以說是親近感吧。

F：原來如此，我明白了。

M：梵谷的作品一開始顏色也很混雜，他經常會用混濁或暗沉的顏色描繪意境細膩的畫，但後來就漸漸改變了。

他說為什麼日本人會喜歡這位畫家？

① **因為使用了日本人熟悉的色彩**

② 因為會有許多種顏色混合，描繪出意境細膩的畫。

詞彙 評論家 ひょうろんか 名 評論家｜画家 がか 名 畫家
ゴッホ 名 梵谷｜作品 さくひん 名 作品｜ファン 名 粉絲
好む このむ 動 喜好｜愛する あいする 動 喜愛
秘訣 ひけつ 名 秘訣｜色彩 しきさい 名 色彩
浮世絵 うきよえ 名 浮世繪｜影響 えいきょう 名 影響
馴染み なじみ 名 熟悉｜感じる かんじる 動 感受
親近感 しんきんかん 名 親近感｜初期 しょき 名 初期
混ぜる まぜる 動 混合｜濁る にごる 動 混濁｜くすむ 動 黯淡
繊細だ せんさいだ な形 纖細的｜変化 へんか 名 變化

06

[音檔]

メディア論の授業で先生が話しています。**今学期の講義のテーマは何ですか。**

F：一昔前はメディアというとテレビや新聞などごく一部に限られていました。しかし、インターネットが普及したことにより、SNSなどのメディアを通し、今では誰もが情報を発信できる時代になりました。そうなると、**問題になってくるのが個人のプライバシーです。**最近もメディアによってプライバシーが侵害された事件が話題になりましたね。**今学期はメディアにおけるプライバシーの在り方を中心に学習していきます。**今日は初回ですから、先ほども述べたメディアの変遷について詳しく見ていきたいと思います。

今学期の講義のテーマは何ですか。

[題本]

① **メディアにおけるプライバシー問題**

② メディアのこれまでの歴史とその変化

中譯 在媒體論的課堂上，老師正在說話。**本學期這門課的主題是什麼？**

F：很久之前，媒體都只限於電視或報紙等極小的一部分。但隨著網路的普及，通過 SNS 等媒體，現在已經是任何一個人都能發送資訊。只是，隨之而來的**問題就是個人的隱私**。像最近還有媒體侵害個人隱私的事件成為熱門話題。所以**本學期的重點就是學習使用媒體時應注意的隱私問題**。由於今天是初次上課，所以我想仔細來看剛才說到有關媒體的變遷。

本學期這門課的主題是什麼？

① **媒體中的隱私問題**

② 媒體至今的歷史與其變化

詞彙 メディア論 メディアろん 名 媒體論｜今学期 こんがっき 本學期
講義 こうぎ 名 課程｜テーマ 名 主題
一昔 ひとむかし 名 十幾年前｜メディア 名 媒體
一部 いちぶ 名 一部分｜限る かぎる 動 侷限
インターネット 名 網路｜普及 ふきゅう 名 普及
SNS 名 社群網路｜通す とおす 動 透過｜情報 じょうほう 名 資訊
発信 はっしん 名 傳播｜個人 こじん 名 個人
プライバシー 名 隱私｜侵害 しんがい 名 侵害
事件 じけん 名 事件｜話題 わだい 名 話題
在り方 ありかた 名 理想狀態｜中心 ちゅうしん 名 中心
学習 がくしゅう 名 學習｜初回 しょかい 名 初次
先ほど さきほど 方才｜述べる のべる 動 敘述
変遷 へんせん 名 變遷｜詳しい くわしい い形 詳細的

07

[音檔]

会社で女の人と男の部長が話しています。**女の人は何が問題だと言っていますか。**

M：林さん、明日の取引先との打ち合わせで使う資料はもうできてるよね？

F：それが問題が起きて、まだ完成していないんです。

M：え？ この間の調査結果の部分がまとまってないとか？

F：いえ、**実は完成したデータがなくなってしまって、一から作り直しているんです。**内容は覚えているので今日中にはできると思うんですが。

M：うーん、事前に目を通したかったけど、それじゃ仕方ないね。

女の人は何が問題だと言っていますか。

[題本]

① 調査結果の整理ができていないこと

② **データが消えてしまったこと**

中譯 公司中，女人和男部長正在說話。**女人說問題是什麼？**

M：林小姐，明天跟客戶開會要用的資料做好了嗎？

F：那個發生了一點問題，所以還沒完成。

M：咦？難道之前調查結果的部分還沒有整理好嗎？

F：不是，**其實是完成的數據消失了，所以正在重頭開始做**。不過我還記得內容，所以今天應該可以做完。

M：嗯…本來是想事前看一下，不過那也沒辦法。

女人說問題是什麼？

① 調查結果沒有整理好

② **數據消失了**

詞彙 取引先 とりひきさき 名 客戶｜打ち合わせ うちあわせ 名 事前會議
資料 しりょう 名 資料｜完成 かんせい 名 完成
調査 ちょうさ 名 調查｜結果 けっか 名 結果｜部分 ぶぶん 名 部分
まとまる 動 統整｜データ 名 檔案
作り直す つくりなおす 動 重做｜事前 じぜん 名 事前
目を通す めをとおす 過目｜整理 せいり 名 整理
消える きえる 動 消失

08

[音檔]

テレビでアナウンサーと監督がバレーボール選手について話しています。**この選手の最も優れたところはどこですか。**

F：俳優のような整った顔立ちで女性に大人気の松本選手ですが、実力も世界クラスなんですよね。

M：はい。**彼の持ち味は２メートルの長身から繰り出され**

聽解

るパワーあふれる強烈なスパイクです。攻撃力は外国人選手に比べても、劣りません。

F：私もその迫力には圧倒されました。守備の面ではどうですか。

M：大型の選手の中ではうまいほうですが、時々ミスもあるので、いつでも安定した守りができるようにもう少し練習が必要ですね。

この選手の最も優れたところはどこですか。

[題本]

① **力強い攻撃ができる**

② 安定した守備ができる

中譯 電視裡，播報員與教練正在討論排球選手。**這位選手最優秀的**是哪一點？

F：因為擁有如同演員般帥氣顏值而大受女性歡迎的松本選手，實力也是世界頂級的。

M：沒錯。**他的拿手好戲就是以 200 公分的高大身材使出威力強大的扣球**。攻擊力道絲毫不輸外國選手。

F：我也被那個迫力震撼了。那防守方面如何呢？

M：在高個子選手中算是好的了，但偶爾也會有失誤，要想保持穩定的防守還得多加練習。

這位選手最優秀的是哪一點？

① **力道強烈的攻擊**

② 穩定的防守

詞彙 監督 かんとく 名教練｜バレーボール 名排球
優れる すぐれる 動出色｜俳優 はいゆう 名演員
整う ととのう 動端正｜顔立ち かおだち 名容貌
大人気 だいにんき 名超人氣｜実力 じつりょく 名實力
持ち味 もちあじ 名特色｜長身 ちょうしん 名高個子
繰り出す くりだす 動放出｜パワー 名能量
あふれる 動滿溢｜強烈だ きょうれつだ な形強烈的
スパイク 名扣殺｜攻撃力 こうげきりょく 名攻擊力
劣る おとる 動低劣｜迫力 はくりょく 名魄力
圧倒 あっとう 名震懾｜守備 しゅび 名守備
大型 おおがた 名高大｜ミス 名失誤｜安定 あんてい 名安定
守り まもり 名防守｜力強い ちからづよい い形強力的
攻撃 こうげき 名攻擊

09

[音檔]

会社で女の人と男の人が話しています。**男の人は剣道の一番の魅力は何だと言っていますか。**

F：高橋さん、剣道を始めて30年ってすごいですね。やっぱり剣道の魅力って精神統一ってものですか。

M：確かに、それはあるね。剣を振っていると、剣の動きに意識が集中して無心になれるんだ。だから、ストレス発散にもなるよ。

F：へぇー、そうなんですね。

M：でも、**何より剣道が他のスポーツと違うのは、生涯続けていけるってことかな。**僕も30年間やってるけど、一緒に練習してる90歳のおじいさんなんて70年以上続けてるって言ってたよ。そんなスポーツなかなかないよね。

男の人は剣道の一番の魅力は何だと言っていますか。

[題本]

① 集中力を高められること

② **年齢関係なく続けられること**

中譯 公司中女人與男人正在說話。**男人說劍道最大的魅力**是什麼？

F：高橋，你學習劍道居然已經 30 年了，真的好厲害。話說回來，你覺得劍道的魅力是在於精神的專注嗎？

M：確實也是有吧。揮劍時，意識就會完全集中在劍上變得專心一致。所以也可以消解壓力。

F：嘿…原來如此啊。

M：不過，**最重要的還是劍道與其它的運動不同，也就是可以持續一生的這一點吧**。像我已經持續 30 年了，跟我一起練習的 90 歲老爺爺則說他已經持續 70 年以上了。這樣的運動幾乎是沒有的吧。

男人說劍道最大的魅力是什麼？

① 可以提高專注力

② **無關年齡可以一直持續下去**

詞彙 剣道 けんどう 名劍道｜魅力 みりょく 名魅力
精神統一 せいしんとういつ 名精神統一｜剣 けん 名劍
振る ふる 動揮動｜意識 いしき 名意識
集中 しゅうちゅう 名專注｜無心だ むしんだ な形心無雜念的
ストレス 名壓力｜発散 はっさん 名釋放
生涯 しょうがい 名生涯｜集中力 しゅうちゅうりょく 名專注力
高める たかめる 動提高｜年齢 ねんれい 名年齡

10

[音檔]

男の人と女の人が話しています。**男の人はどうしてテニスを習うことにしましたか。**

M：山田さんってテニスやってるよね？僕も来週からテニスを習うことになったんだ。

F：へえ。でもなんで急に？最近テレビでテニスの大会が放送されてるけど、その影響とか？

M：ああ、確かにテレビで試合を見たし、選手たちがかっこいいとは思ったけどね。実は、友だちのお兄さんがテニス教室を始めたらしいんだけど、この前一緒に行かないかって友だちに誘われちゃってさ。

F：そうなんだ。誰かと一緒に習い始めたら楽しくできるだろうね。来週から頑張ってね。

M：ありがとう。

男の人はどうしてテニスを習うことにしましたか。

[題本]

① テニスの選手がかっこよかったから

② テニス教室に通おうと誘われたから

中譯 男人與女人正在說話。**男人為什麼**會決定**學網球呢**？

M：山田有在打網球對吧？我下週也要開始學網球了。

F：咦？怎麼會這麼突然？是因為最近電視正好在轉播網球大賽，難道是受到這個的影響？

M：是也沒錯，我的確是在電視上看了比賽，而且也覺得選手們真的太帥了。不過**其實是因為我朋友的哥哥正好開了網球教室，所以朋友問我要不要一起去學。**

F：原來如此，如果有人一起學的話一定會更有樂趣。下週開始加油吧！

M：謝謝妳。

男人為什麼會決定學網球呢？

① 因為網球選手太帥了

② 因為被邀請去網球教室上課

詞彙 大会 たいかい 名 比賽｜影響 えいきょう 名 影響
かっこいい い形 帥氣的｜誘う さそう 動 邀約

實戰測驗 1

p.366

1 2　**2** 1　**3** 4　**4** 3　**5** 2　**6** 4
7 1

問題 2 請先聽問題。接著請閱讀問題卷上的選項。考試將會提供閱讀時間。之後請聽對話，從問題卷上 1 至 4 的選項中，選出最適合的答案。

1

[音檔]

会社の人事部で男の人と女の人が話しています。男の人はどうして電話応対の研修が必要だと言っていますか。

M：今年の新入社員の研修なんだけど、これでいいかな。だいたい去年と同じなんだけど。

F：あれ？ 電話の練習がなくなってるよ。

M：ああ、あれ。しなくても大丈夫じゃない？

F：えー、でも、最近の若い人って携帯電話でメールはするんだけど、通話しないし、まして家に固定電話がないから、会社の固定電話で話すのが不安な人が多いんだって。

M：えっ、そうなんだ。直接相手と話せて便利だと思うけど。時代が変わったのかなあ。

F：まあ、メールなら何回でも納得いくまで書き直せるけど、電話だと失礼なことを言っちゃっても言い直せないから、電話が怖いんじゃないかな。

M：うーん。でも、それじゃ、困るよね。

F：うん。取引先やお客様との関係を大事にしようと思ったらね。電話は感情が伝わるし、ちょっとした雑談がきっかけで営業につながることもあるから、電話応対の研修は必須だよね。

M：確かに。そう考えると、これって、社会人としての意識を学べる何よりの研修だね。

F：やっぱり、電話練習、入れたほうがいいんじゃない？

M：じゃあ、逆に、今年の研修は電話応対の時間を増やす方向で進めようか。

男の人はどうして電話応対の研修が必要だと言っていますか。

[題本]

1 直接相手と会話ができて便利だから

2 社会人としての意識が高められるから

3 雑談が営業成績につながるから

4 電話対応の時間が増えているから

中譯 在公司人事部有男人和女人正在說話。男人為什麼說電話禮儀的培訓是必要的？

M：今年新人的培訓這樣可以嗎？大概和去年差不多。

F：咦？沒有接電話的練習嗎？

M：啊啊，那個啊。那不做也沒關係吧？

F：這個啊…但是最近的年輕人都是用手機傳訊息，幾乎都不講電話了，甚至還有家裡都沒有市話的。所以有很多人對於在公司用市話講話都感到有點不安。

M：這樣啊。我還想說直接和對方說話比較方便呢，時代真的變了。

F：我想大概是因為發郵件的話可以重寫，寫到滿意為止，但在電話中說了失禮的話卻不能重來，所以才會覺得電話很可怕吧。

M：嗯…這樣的話確實是有點麻煩。

F：是啊，因為不管是和廠商還是客戶的關係都得好好重視啊。電話可以傳達出情緒，而且有時稍微閒聊一下都對業務有所幫助，所以我認為培訓是必要的。

M：確實是，這麼想的話，這也是一種學會身為社會人意識的培訓呢。

F：所以，還是應該要加入電話的練習吧？

M：即然如此，今年的培訓就以增加電話禮儀時數的方向規劃吧。

男人為什麼說電話禮儀的培訓是必要的？

1 因為可以直接與對方說話非常方便

2 因為可以提高身為社會人的意識

3 因為閒聊也可能對業務產生助益

4 因為增加了電話禮儀的時間

解析 本題詢問男子認為需要電話培訓的理由。各選項的重點為 1「因為能夠直接跟對方對話」、2「因為能提升作為社會人士的意識」、3「因為閒聊能帶來銷售業績」、4「因為接電話的時間越來越長」。對話中，男子表示：「これって、社会人としての意識を学べる何よりの研修だね」，因此答案要選 2 社会人としての意識が高められるから（因為能提升作為社會人士的意識）。1 為講電話的好處；3 為女子的想法；4 當中並未提到。

詞彙 人事部 じんじぶ［名］人事部｜研修 けんしゅう［名］研習
新入 しんにゅう［名］新進｜社員 しゃいん［名］員工
携帯電話 けいたいでんわ［名］手機｜通話 つうわ［名］通話
まして［副］再加上｜固定 こてい［名］固定
不安だ ふあんだ［な形］不安的｜直接 ちょくせつ［名］直接
納得 なっとく［名］滿意、接受｜書き直す かきなおす［動］重寫
失礼だ しつれいだ［な形］失禮的｜言い直す いいなおす［動］重說
取引先 とりひきさき［名］客戶｜感情 かんじょう［名］感情
伝わる つたわる［動］傳遞｜雑談 ざつだん［名］閒聊
きっかけ［名］契機｜営業 えいぎょう［名］生意｜つながる［動］相關
応対 おうたい［名］應對｜必須 ひっす［名］必須
社会人 しゃかいじん［名］社會人士｜意識 いしき［名］意識
学ぶ まなぶ［動］學習｜逆 ぎゃく［名］相反
増やす ふやす［動］增加｜方向 ほうこう［名］方向
進める すすめる［動］進行｜成績 せいせき［名］成績
対応 たいおう［名］應對

2

[音檔]

テレビでアナウンサーと女の人が野菜の配達サービスについて話しています。女の人はこのサービスが選ばれる最も大きな理由は何だと言っていますか。

M：今日は最近人気の野菜の配達サービスについて、サービスを始めた会社の方にお聞きします。これはどのようなものなのですか。

F：今や夫婦ともに仕事をするのが当たり前の世の中になりましたし、働き方も多様化してまいりました。このような多忙な時代に、貴重な時間を使ってわざわざ店舗に行かなくても、自宅から注文すれば野菜が届くので、このサービスはとても便利なんです。週に1回インターネットで注文するだけで買い物の時間が大いに節約できますから。

M：人々の忙しさが背景にあるのですね。

F：それから、全国の農家から、旬の野菜を買うことができます。どの野菜も農家が自信をもってお勧めするものです。

M：そうですか。

F：でも、やはり、何といっても、環境問題の意識が高まっていることが大きいんじゃないでしょうか。このサービスが提供している有機野菜を買うことで、二酸化炭素削減に貢献できることが人気の秘密です。その選択が地球の未来につながることが大いに期待されています。

女の人はこのサービスが選ばれる最も大きな理由は何だと言っていますか。

[題本]

1 地球の環境問題を改善できるから

2 買い物の時間が節約できるから

3 働き方が変わってきたから

4 安全でおいしい野菜が買えるから

中譯 電視中播報員與女人正在討論蔬菜配送服務的話題。女人說選擇這個服務最大的原因是什麼？

M：今天我們要討論的是最近大受歡迎的蔬菜配送服務，我們請到了開始這項服務的公司成員跟我們聊聊。你認為這是什麼樣的一個服務呢？

F：由於現在的社會已經到了夫妻雙薪工作也理所當然的階段，工作的方式也變得多元化。在這麼忙碌的時代中，如果可以不耗費珍貴的時間親自去商店購買，就能將訂購的蔬菜送到家，那這樣的服務不是非常方便嗎？而且一週只要上網訂購一次，也可以大幅縮減購物的時間。

M：所以主要還是在於人們的忙碌囉。

F：而且，還能夠從全國的農家購買到當季的蔬菜。這些蔬菜都是農家們自豪的產物。

M：原來如此。

F：不過我想最大的一點果然還是因為大家對環境問題的意識愈來愈高漲了吧？透過這項服務所購買的有機蔬菜，也可做到減少碳排放的目的，這一點就是大受歡迎的奧祕。所以，也期望這樣的選擇能對地球的未來有所助益。

女人說選擇這個服務最大的原因是什麼？

1 因為可以改善地球的環境問題

2 因為可以縮減購物的時間

3 因為工作的方式已經改變了

4 因為可以買到安全又美味的蔬菜

解析 本題詢問選擇蔬菜宅配服務最大的原因。各選項的重點為 1「因為能改善環境問題」、2「因為能節省時間」、3「因為工作方式有所改變」、4「因為能買到安全又好吃的蔬菜」。對話中，女子表示：「やはり、何といっても、環境問題の意識が高まっていることが大きいんじゃないでしょうか。このサービスが提供している有機野菜を買うことで、二酸化炭素削減に貢献できることが人気の秘密です」，因此答案要選 1 地球の環境問題を改善できるから（因為能改善地球的環境問題）。2 和 4 並非最大的原因；3 為起初開始做此項服務的原因。

詞彙 配達 はいたつ 名 寄送｜サービス 名 服務
今や いまや 副 現今｜夫婦 ふうふ 名 夫婦
当たり前 あたりまえ 名 理所當然｜世の中 よのなか 名 社會
多様化 たようか 名 多樣化｜多忙だ たぼうだ な形 繁忙的
貴重だ きちょうだ な形 寶貴的｜わざわざ 副 特地
店舗 てんぽ 名 店鋪｜自宅 じたく 名 自家
注文 ちゅうもん 名 下訂｜届く とどく 動 送達
インターネット 名 網路｜大いに おおいに 副 大幅地
節約 せつやく 名 節約｜背景 はいけい 名 背景
全国 ぜんこく 名 全國｜農家 のうか 名 農家｜旬 しゅん 名 產季
自信 じしん 名 自信｜勧め おすすめ 名 推薦
環境 かんきょう 名 環境｜意識 いしき 名 意識
高まる たかまる 動 高漲｜提供 ていきょう 名 提供
有機 ゆうき 名 有機｜二酸化炭素 にさんかたんそ 名 二氧化碳
削減 さくげん 名 削減｜貢献 こうけん 名 貢獻
秘密 ひみつ 名 祕密｜選択 せんたく 名 選擇
地球 ちきゅう 名 地球｜未来 みらい 名 未來｜つながる 動 相關
期待 きたい 名 期待｜改善 かいぜん 名 改善

3

[音檔]

テレビでアナウンサーと専門家が企業の社会貢献について話しています。この専門家は日本の企業の何が問題だと言っていますか。

M：今回は、企業の社会貢献についてお聞きしたいのですが、現在の企業はどうあるべきだとお考えでしょうか。

F：えー、企業の存在意義は、言うまでもなく、利益の追求です。企業は世の中に役立つ製品、サービスを提供し、その対価として利益を得て、設備投資などの事業を展開し発展していくものです。その上で、国や地域と連携し、働く人の権利や周辺の環境を守っていくのが、真の企業の社会貢献だとグローバル社会では考えられています。

M：利益の追求がまずあり、その上で地域社会との連携が必要だということでしょうか。

F：はい。ところが、日本では、企業の社会貢献は、単に地域のイベントや文化事業への援助、また災害地域への寄付やボランティア活動にとどまるものと認識されがちです。この程度の認識では、日本の企業はグローバル企業とは言えないのです。

M：社会貢献そのものの考え方が違うということですね。

この専門家は日本の企業の何が問題だと言っていますか。

[題本]

1 社会貢献より利益の追求を大切にしていること
2 経営者の腐敗防止の対策を進めていないこと
3 環境を守ることこそが、企業の社会貢献だと考えていること
4 企業の社会貢献とはボランティア活動であると考えていること

中譯 電視中，播報員與專家正在討論企業社會貢獻的問題。這位專家說日本企業的問題在於什麼？

M：本次，我們想與您討論看看有關於企業社會貢獻的問題，您認為現在的企業應該怎麼做呢？

F：這個啊，企業的存在意義。毋庸置疑地，還是在於利益的追求。企業應該提供有助於社會的產品及服務，並獲得利益以作為對價，接著再展開設備投資等項目持續發展的存在。做到了這些之後再與國家或地方合作，保護勞動者的權利與周邊的環境，這就是國際社會中認定，真正的企業社會貢獻。

M：也就是說首先是追求利益，然後必須與地區社會合作是嗎？

F：是的。但在日本對企業社會貢獻的認知，往往都只限於單純舉辦地方性的活動或給文化項目提供援助，還有捐助受災地區或投入志工活動。如果是這種程度的認知，那麼日本的企業還不能算說是國際性的企業。

M：也就是說是對社會貢獻認識的不同對吧。

這位專家說日本企業的問題在於什麼？

1 比起社會貢獻，更加重視利益的追求
2 沒有防止經營者腐敗的對策
3 認為保護環境才是企業的社會貢獻
4 認為企業的社會貢獻就是志工活動

解析 本題詢問日本企業的問題為何。各選項的重點為 1「比起社會貢獻，更重視追求利益」、2「未推進防止經營者腐敗的對策」、3「認為環境保護就是社會貢獻」、4「認為企業的社會貢獻就是志工活動」。對話中，女子表示：「日本では、企業の社会貢献は、単に地域のイベントや文化事業への援助、また災害地域への寄付やボランティア活動にとどまるものと認識されがちです」，因此答案要選 4 企業の社会貢献とはボランティア活動であると考えていること（認為企業的社會貢獻就是志工活動）。1 當中提到利益的追求為企業存在的意義；2 當中並未提到；3 國際社會中認定的企業社

會貢獻之一。

詞彙 専門家 せんもんか 名 專家｜企業 きぎょう 名 企業
貢献 こうけん 名 貢獻｜存在 そんざい 名 存在
意義 いぎ 名 意義｜利益 りえき 名 利潤｜追求 ついきゅう 名 追求
製品 せいひん 名 產品｜サービス 名 服務
提供 ていきょう 名 提供｜対価 たいか 名 等價報酬
得る える 動 獲得｜設備投資 せつびとうし 名 設備投資
事業 じぎょう 名 事業｜展開 てんかい 名 展開
発展 はってん 名 發展｜地域 ちいき 名 地域
連携 れんけい 名 合作｜権利 けんり 名 權利
周辺 しゅうへん 名 周邊｜環境 かんきょう 名 環境
真 しん 名 真正
グローバル社会 グローバルしゃかい 名 全球化社會
ところが 接 不過｜単に たんに 副 單純地｜援助 えんじょ 名 援助
災害 さいがい 名 災害｜地域 ちいき 名 地域｜寄付 きふ 名 捐款
ボランティア活動 ボランティアかつどう 名 志工活動
とどまる 動 止住｜認識 にんしき 名 認知｜程度 ていど 名 程度
経営者 けいえいしゃ 名 經營者｜腐敗 ふはい 名 腐敗
防止 ぼうし 名 防止｜対策 たいさく 名 對策

4

[音檔]

就職説明会で男の人が会社紹介をしています。男の人の会社は今後、何を始める予定ですか。

M：私達の会社は書籍の出版が主な業務です。弊社では早くから電子書籍市場の拡大を行ってきており、業界の中でも確実に成長している存在です。また、最近個人当たりの年間読書量が減っている現状を踏まえ、この度、小学生を対象とした読書の魅力を体験する読書会を全国の書店で開催いたしました。実は、これは、入社2年目の社員の提案で始まったものなんです。今後は従来の事業と並行し、本だけではなく書店の魅力も伝えていきたいと考えております。そのためにも、古い考えにとらわれず、新しい企画にチャレンジしていける人に入社してほしいと考えております。

男の人の会社は今後、何を始める予定ですか。

[題本]

1 電子書籍の販売
2 子どもを対象とした読書会
3 書店の魅力を広める活動
4 新しい企画の募集

中譯 在就業說明會上，男人正在介紹公司。男人的公司今後預計要開始做什麼？

M：我們公司主要做的是書籍出版。本公司很久以前就開始投入在電子書籍市場的擴張，現在在整個業界也穩步地成長中。此次，有鑒於每人年間閱讀量不斷地減少，接下來我們將在全國的各個書店舉辦專為小朋友而設的讀書會，我們希望能藉此讓小朋友體驗到閱讀的樂趣。其實，這是入職第二年的新進員工提出的企劃案，但我們會將它與之前的企劃案並行。通過這個企劃主要是因為我們希望除了書籍本身之外，也能讓大家感受到書店的魅力。為了實現這一點，我們不能再拘泥於老舊的思想，所以希望能招募到願意挑戰新企劃的新夥伴加入。

男人的公司今後預計要開始做什麼？

1 電子書籍的販售
2 以小朋友為目標的讀書會
3 推廣書店魅力的活動
4 募集新的企劃案

解析 本題詢問男子的公司預計著手做的事情。各選項的重點為 1「販售電子書」、2「以兒童為對象的讀書會」、3「宣傳書店魅力的活動」、4「招募新企劃」。對話中，男子表示：「今後は従来の事業と並行し、本だけではなく書店の魅力も伝えていきたいと考えております」，因此答案要選 3 書店の魅力を広める活動（宣傳書店魅力的活動）。1 和 2 為已經做過的事；4 當中並未提到。

詞彙 就職 しゅうしょく 名 求職｜説明会 せつめいかい 名 說明會
書籍 しょせき 名 書籍｜出版 しゅっぱん 名 出版
主だ おもだ な形 主要的｜業務 ぎょうむ 名 業務
弊社 へいしゃ 名 弊公司｜電子 でんし 名 電子
書籍 しょせき 名 書籍｜拡大 かくだい 名 擴大
業界 ぎょうかい 名 業界｜確実だ かくじつだ な形 確實的
成長 せいちょう 名 成長｜存在 そんざい 名 存在
個人当たり こじんあたり 每人平均｜年間 ねんかん 名 年間
読書量 どくしょりょう 名 讀書量｜減る へる 動 減少
現状 げんじょう 名 現狀｜踏まえる ふまえる 動 根據、立足於
対象 たいしょう 名 對象｜読書 どくしょ 名 讀書
魅力 みりょく 名 魅力｜体験 たいけん 名 體驗
読書会 どくしょかい 名 讀書會｜全国 ぜんこく 名 全國
書店 しょてん 名 書店｜開催 かいさい 名 舉行
入社 にゅうしゃ 名 進公司｜社員 しゃいん 名 員工
提案 ていあん 名 提案｜従来 じゅうらい 名 舊有
事業 じぎょう 名 事業｜並行 へいこう 名 並行
とらわれる 動 受限｜企画 きかく 名 企劃｜チャレンジ 名 挑戰
募集 ぼしゅう 名 募集｜広める ひろめる 動 推廣

5

[音檔]

ラジオで専門家がある動物について話しています。専門家は、この動物を守るために何が必要だと言っていますか。

F：皆さんは、「マヌルネコ」という動物をご存知ですか。猫の中で最も古い種と言われ、昔から大きく姿を変え

ることなく世界中の様々な地域に生息していますが、今、その環境が大きく変化しています。多くは乾燥した高地で暮らしていて、寒さに耐えるためその体は長い毛で覆われています。そして、ウイルスに弱く、感染症にかかりやすいことが知られています。近年は地球温暖化により、住んでいた場所の気候が変わったため、生息数は減る一方です。私達が地球温暖化を食い止めることが、マヌルネコをはじめとする多くの生き物を守ることにつながるでしょう。

専門家は、この動物を守るために何が必要だと言っていますか。

[題本]

1 環境を変えること
2 地球温暖化を止めること
3 感染症を予防すること
4 ウイルスをなくすこと

中譯 廣播中專家正在談論有關動物的話題。專家說必須做些什麼才能保護這些動物？

F：大家聽說過一種稱為「兔猻」的動物嗎？據說這是貓中最古老的品種，從以前就棲息在世界各地，模樣都沒怎麼改變，但現在環境已經大幅改變了。牠們大部分都棲息在氣候乾燥的高地，為了能夠抵抗嚴寒，牠們的身上覆蓋著長長的毛髮。還有據說牠們對病毒的抵抗力很弱，很容易染上傳染病。近年來因為地球暖化，牠們原本居住的地方氣候也發生了變化，因此棲息數才不斷地減少。我們阻止地球暖化繼續惡化，也是為了能幫助保護兔猻及其它更多的生物。

專家說必須做些什麼才能保護這些動物？

1 改變環境
2 阻止地球暖化
3 預防傳染病
4 消滅病毒

解析 本題詢問守護動物需要做的事情。各選項的重點為 1「改變環境」、2「阻止地球暖化」、3「預防傳染病」、4「消滅病毒」。對話中，女子表示：「私達が地球温暖化を食い止めることが、マヌルネコをはじめとする多くの生き物を守ることにつながるでしょう」，因此答案要選 2 地球温暖化を止めること（阻止地球暖化）。1 當中提到已經改變；3 和 4 當中必為提到。

詞彙 専門家 せんもんか 名 專家｜守る まもる 動 保護
マヌルネコ 名 兔猻｜種 しゅ 名 種類
様々だ さまざまだ な形 各式各樣的｜地域 ちいき 名 地域
生息 せいそく 名 棲息｜環境 かんきょう 名 環境
変化 へんか 名 變化｜乾燥 かんそう 名 乾燥
高地 こうち 名 高地｜暮らす くらす 動 生活
耐える たえる 動 忍耐｜覆う おおう 動 覆蓋｜ウイルス 名 病毒
感染症 かんせんしょう 名 感染症｜近年 きんねん 名 近年
地球温暖化 ちきゅうおんだんか 名 全球暖化
気候 きこう 名 氣候｜減る へる 動 減少
食い止める くいとめる 動 遏止｜生き物 いきもの 名 生物
つながる 動 相關｜予防 よぼう 名 預防

6

[音檔]

会社で男の社員と女の社員が話しています。男の社員は、今回営業成績が良くなかったのはどうしてだと言っていますか。

F：先月の個人営業成績、もう部長から聞いた？
M：うん。もう最悪。
F：え、うそ！先月、最近田中さんはよく頑張ってるって部長が言ってたから、てっきり売り上げいいのかなって思ってたよ。
M：部長がそう言ってくれてたのは本当にありがたいけど…。途中までいけそうだった契約が、先方の子会社で不祥事があってその対応で忙しいからって、契約延期になっちゃってさ。
F：へえ。それは残念だったね。でも、他の契約もあったでしょ？
M：そうなんだけど、どれも金額が少なくて。この契約が成立したら目標達成できるからいいかなって思って、他の新規契約は探さなかったんだ。
F：そっか。でも、契約延期ってことは、そのうち売り上げになるってことでしょ。じゃあ、その時はまたうちの部の成績トップになれるかもね。
M：僕は時々成績トップになるより、毎月一定の結果を出せるほうが難しいけど重要だと思ってて。そこを目標にしてるから、今回のことは本当にショックだったよ。いい経験になったけど。
F：そうだね。最後まで気を抜いちゃいけないってことだよね。私も気をつけよっと。

男の社員は、今回営業成績が良くなかったのはどうしてだと言っていますか。

[題本]

1 部長の期待が大きすぎると感じたから
2 新しい会社の契約金額が少なかったから
3 契約したい会社を探さなかったから
4 契約が延期された会社があったから

聽解

中譯 公司中男職員與女職員正在說話。男職員說這次業績不好是為什麼？

F：上個月的個人業績，你聽部長說了嗎？

M：聽說了，真的超慘的。

F：真的嗎？上個月部長都誇田中你說你非常努力，我還以為你的業績一定非常好。

M：部長這麼說我是非常感謝啦……原本很順利的合約，但由於對方子公司發生了醜聞，他們為了應付這件事簡直忙翻了，所以合約的簽訂就延期了。

F：哎呀那太可惜了。不過不是還有其它的嗎？

M：是這樣沒錯，但每一項金額都很低。因為我想只要能簽成這個合約就達成目標了，所以就沒再去找其它的機會。

F：原來如此，不過合約延期的話，還是會成為你的業績的。所以到時你也一定還是我們部門的 TOP。

M：比起偶爾拿下 TOP，我覺得每個月都有一定的成果，雖然比較難但也比較重要。我是把這一點當作目標，所以這一次真的很衝擊，雖說也是一個很好的學習機會。

F：說的也是，也就是說最後都不能鬆懈對吧，我接下來也必須多注意才行。

男職員說這次業績不好是為什麼？

1 部長的期待太高了

2 新公司的合約金額太低了

3 沒有尋找想簽約的公司

4 有一些公司合約延期了

解析 本題詢問銷售業績不佳的理由。各選項的重點為 1「部長的期望過高」、2「新公司的合約金偏低」、3「未尋找想簽約的公司」、4「有公司的合約延期」。對話中，男子表示：**「途中までいけそうだった契約が、先方の子会社で不祥事があってその対応で忙しいからって、契約延期になっちゃってさ」**，因此答案要選 4 契約が延期された会社があったから（因為有公司的合約延期）。1 當中並未提到；2 應為其他公司的合約，而非新的公司；3 因為沒料到會有公司將合約延期，所以才沒去找新公司。

詞彙 社員 しゃいん 名 員工｜營業 えいぎょう 名 營業
成績 せいせき 名 成績｜個人 こじん 名 個人
最悪 さいあく 名 糟透｜てっきり 副 肯定地
売り上げ うりあげ 名 銷售額｜契約 けいやく 名 契約
先方 せんぽう 名 對方｜子会社 こがいしゃ 名 子公司
不祥事 ふしょうじ 名 醜聞｜対応 たいおう 名 應對
延期 えんき 名 延期｜金額 きんがく 名 金額
成立 せいりつ 名 成立｜目標 もくひょう 名 目標
達成 たっせい 名 達成｜新規 しんき 名 新｜トップ 名 首位
一定 いってい 名 一定｜結果 けっか 名 結果
ショック 名 衝擊｜気を抜く きをぬく 鬆懈｜期待 きたい 名 期待

7

[音檔]

テレビでレポーターと水族館の職員が話しています。水族館の職員は、この水族館の入場者が増えた理由は何だと言っていますか。

M：今日は、東川水族館に来ております。こちらは、最近入場者数が増え続けている人気の水族館です。こちらは飼育員の小川さんです。本日はよろしくお願いいたします。

F：よろしくお願いいたします。

M：こちらの来場者増加の秘密は何でしょうか。

F：そうですね。従来からイルカショーは人気がありましたが、それに加えて、シャチの飼育を始めたので、共演ショーまでやってみようということになったんです。

M：シャチって、野生ではイルカを食べてしまいますよね。大丈夫なんですか？

F：ええ、イルカにも大きな種類がいますから、体格差を考慮したりして適切に飼育すれば可能なんです。驚かれるお客様もいらっしゃいますが、その意外性を楽しんでいただけているようです。

M：そうなんですね。他にも、こちらの水族館では様々な取り組みをされていると伺いましたが。

F：はい。子供たちに、魚のことを知ってもらいたいと考え、危険の少ない魚に触れるコーナーを設けています。以前は月一だったんですが、好評なので最近は回数を増やして、行っております。

M：それはおもしろそうですね。

水族館の職員は、この水族館の入場者が増えた理由は何だと言っていますか。

[題本]

1 イルカとシャチのショーを行うようにしたこと

2 大きなイルカのショーを行うようにしたこと

3 シャチがイルカを食べるのを見られるようにしたこと

4 いつでも魚に触ることができるようにしたこと

中譯 電視上的播報員正在與水族館員說話。水族館員說，水族館入場人數增加是因為什麼？

M：今天，我們來到的是東川水族館。這裡是最近入場人數大增的人氣水族館。這位是飼育員小川小姐，今天請多多指教。

F：請多多指教。

M：您說為什麼入場人數會大增呢？

F：是這樣的，我們水族館的海豚秀從以前開始就非常受歡迎，現在我們開始養了虎鯨，最近也開始讓虎鯨跟我們一起演出。

M：說到虎鯨，野生的話是會吃掉海豚的吧？這沒關係嗎？

F：不會的，海豚中也有體形非常大的種類，只要考量到體格差並適當地養育還是沒問題的。雖然也有一些觀眾感到驚訝，但他們似乎也很享受在這種驚喜感當中。

M：原來如此。聽說還有其它方法是嗎？

F：是的。為了能讓孩子們多多了解魚類，我們還設了一個可以和低危險性小魚互動的觸摸區。以前是每月一次，但因為大受好評，所以最近舉辦的次數也增加了。

M：這個看起來很有趣啊。

水族館員說，水族館入場入數增加是因為什麼？

1 開始舉辦海豚與虎鯨共同表演的秀

2 開始舉辦大型海豚表演秀

3 可以看到虎鯨吃掉海豚的表演

4 無時無刻都可以摸得到魚

解析 本題詢問水族館入場人數增加的原因。各選項的重點為 1「有海豚和虎鯨的表演」、2「有大型海豚的表演」、3「能看到虎鯨吃海豚」、4「能觸摸到魚類」。對話中，男子詢問：「こちらの来場者増加の秘密は何でしょうか」。而後女子回應：「従来からイルカショーは人気がありましたが、それに加えて、シャチの飼育を始めたので、共演ショーまでやってみようということになったんです」，因此答案要選 1 イルカとシャチのショーを行うようにしたこと（有海豚和虎鯨的表演）。2 當中僅提到有大型的海豚，並為提到大型的海豚表演；3 為野生的情況；4 僅為水族館的其中一項活動，並非入場人數增加的主要原因。

詞彙 水族館 すいぞくかん 名 水族館｜職員 しょくいん 名 職員
入場者 にゅうじょうしゃ 名 入館者｜飼育員 しいくいん 名 飼育員
本日 ほんじつ 名 本日｜来場者 らいじょうしゃ 名 來館者
増加 ぞうか 名 增加｜秘密 ひみつ 名 秘密
従来 じゅうらい 名 以往｜イルカショー 名 海豚秀
加える くわえる 動 加上｜シャチ 名 虎鯨
共演 きょうえん 名 合演｜野生 やせい 名 野生
種類 しゅるい 名 種類｜体格差 たいかくさ 名 體格差異
考慮 こうりょ 名 考慮｜適切だ てきせつだ な形 適切的
可能 かのう 名 可能｜意外性 いがいせい 名 意外性
様々だ さまざまだ な形 各式各樣的｜取り組み とりくみ 名 努力
触れる ふれる 動 接觸｜コーナー 名 區域
設ける もうける 動 設置｜好評 こうひょう 名 好評
回数 かいすう 名 次數｜増やす ふやす 動 增加
参加 さんか 名 參加

實戰測驗 2

p.368

1 4　**2** 3　**3** 1　**4** 3　**5** 2　**6** 2
7 1

問題 2 請先聽問題。接著請閱讀問題卷上的選項。考試將會提供閱讀時間。之後請聽對話，從問題卷上 1 至 4 的選項中，選出最適合的答案。

1

[音檔]

会社の休憩室で女の人と男の人が話しています。男の人は片付けで得られる最も重要なことは何だと言っていますか。

F：部屋を片付けてすっきりさせたいっていつも思ってるんだけど、なかなか捨てられないんだよね。

M：まあ、片付けは面倒だからね。僕は要らない物はすぐ処分してるよ。部屋が広く使えて、気持ちいいよ。

F：ふーん。私は買った物はみんな気に入ってるから。

M：だけど、買って一年使わなかった物や着なかった服は、ほんとは要らないんじゃないかな。そういう物を全部整理したら、次は買う前に本当に必要なものかどうか考えられるようになるんだよ。自分の無駄な行動がわかるようになるっていうか。これは部屋の片付けだけじゃなくて、仕事をする時にも役に立つし。

F：なるほどね。でも、捨てようとすると、いつか使うんじゃないかって、すごく不安になるんだよね。

M：そうか。でも、物を捨てると損するって思わないで、整理して生活がしやすくなることに目を向けたほうがいいんじゃない？

F：そうね。でも、古いものや洋服にも思い出があるから。なかなか。

M：思い出も大切だけど、無駄を見極める癖をつけなきゃ。何より効率的に仕事もこなせるようになるからね。

男の人は片付けで得られる最も重要なことは何だと言っていますか。

[題本]

1 部屋を広く使えること

2 無駄が見極められるようになること

3 物の価値がわかるようになること

4 効率的に仕事を処理できるようになること

中譯 公司休息室中，女人和男人正在說話。男人說在整理中得到的最重要的東西是什麼？

F：雖然一直都在想要好好整理房間，但總是無法丟掉東西。

M：因為整理真的太麻煩了啊。我的話不要的東西就會立刻處理掉。如此一來房間變大了，心情也會變得很好。

F：嗯…我想大家都很熱愛購物。

M：但是，買了一年卻沒有用過、或沒有穿過的衣服不是等於不需要的東西嗎？這些東西如果能夠全部處理掉的話，下次在買之前就能好好地思考哪些東西才是真的必要的，換個角度也算是認知到自己的浪費行為吧。這一點除了整理房間之外，對工作也是有幫助的。

F：原來如此，但是想說丟掉吧，又很猶豫會不會哪一天可能用到，就會立刻焦慮起來。

M：這樣啊。不過我是覺得不要把丟東西當成一種損失，就想說整理過後生活也變得輕鬆不就好了嗎？

F：你說的對。但是，那些舊東西和舊衣服也是回憶啊，真的太困難了。

M：回憶確實也很重要，但還是必須養成杜絕浪費的習慣。最重要的還是這樣才能有效率地處理掉所有工作。

男人說在整理中得到的最重要的東西是什麼？

1　房間變大了

2　可以杜絕掉浪費

3　可以了解到物品的價值

4　可以更有效率地處理工作

解析　本題詢問從整理中獲得最重要的事為何。各選項的重點為1「能使用寬敞的房間」、2「能辨識出用不到的東西」、3「能得知東西的價值」、4「能有效率地處理工作」。對話中，男子表示：「何より効率的に仕事もこなせるようになるからね」，因此答案要選4効率的に仕事を処理できるようになること（能有效率地處理工作）。當中並為提到1、2、3為最重要的事。

詞彙　休憩室 きゅうけいしつ 名 休息室

重要だ じゅうようだ な形 重要的｜すっきり 副 整潔地

面倒だ めんどうだ な形 麻煩的｜処分 しょぶん 名 處理

気に入る きにいる 中意｜整理 せいり 名 整理

無駄だ むだだ な形 徒勞的｜行動 こうどう 名 行動

不安だ ふあんだ な形 不安的｜損する そんする 動 損失

目を向ける めをむける 注目｜思い出 おもいで 名 回憶

見極める みきわめる 動 辨別｜癖 くせ 名 習慣

効率的だ こうりつてきだ な形 有效率的｜こなす 動 運用自如

価値 かち 名 價值｜処理 しょり 名 處理

2

[音檔]

男の人と女の人が宅配サービスについて話しています。男の人はこのサービスをどうして利用し始めたと言っていますか。

M：うち、今月から食材の宅配サービスを利用し始めたんだ。週に一回、うちまで料理の材料を届けてくれるんだよ。

F：へえ。でも、手数料かかるから、店で買ったほうが安いんじゃない？

M：うん、でもまあ、それは仕方ないかと思って申し込んだら、子どもがいる家庭の割引があって、一回たったの100円だったんだ。

F：それならいいわね。利用してみて、どう？ 私も利用してみようかな。車がないし、お米とか重い物を買うのが大変なのよね。

M：うちは車があるから、その点は問題なかったんだけどね。実は、買い物に行くとつい要らないものまで買って、無駄遣いをしちゃうってことがよくあってね。そんな話を友達にしてたら、スマホで注文して合計額がすぐにわかるし予算内で買い物ができるよ、ってこのサービスを教えてくれてさ。

F：近所のスーパーで買えるもの、全部あるの？

M：うん、それどころかスーパーと比べ物にならないくらい取り扱い商品が多いよ。他の地方の野菜やお菓子も注文できるんだ。

F：へえ、それはいいね。

男の人はこのサービスをどうして利用し始めたと言っていますか。

[題本]

1 手数料が安かったから

2 重い物を運んでくれるから

3 無駄遣いを防ぐことができるから

4 珍しい食材を購入できるから

中譯　男人和女人正在討論宅配的問題。男人說他為什麼會開始使用這項服務？

M：我家從這個月開始使用配送食材的服務。每週一次將料理所需的材料直接送到家。

F：但不是需要手續費嗎？那還是去店家買比較便宜吧？

M：嗯，不過我一開始也是沒辦法才開始利用這服務的，有孩子的家庭還有折扣，雖然每次只有100日圓。

F：那也不錯。那你用了感覺如何？我也來使用看看吧，我沒有車，如果要買米之類的重物其實很辛苦。

M：我家是有車，所以這點不成問題。其實，我是因為去買東西時，總是會買一堆不需要的東西，也就是衝動消費。我將這個問題跟朋友說了之後，他就說那用手機訂購可以立刻看到合計金額，就能將花費控制在預算內了。然後才介紹給我這個服務。

F：附近超市能買的東西上面都有嗎？

M：嗯，何止如此，上面販售的商品簡直是超市不能比的多。還可以訂購其它地區的蔬菜水果。

F：那這一點真的很不錯耶。

男人說他為什麼會開始使用這項服務？

1　因為手續費很便宜

2　因為可以幫忙運送很重的東西

3　因為可以避免浪費

4　因為可以購買到稀有的食材

解析 本題詢問開始使用宅配服務的理由。各選項的重點為 1「手續費便宜」、2「幫忙搬運重物」、3「能夠避免浪費」、4「能夠買到珍貴的食材」。對話中，男子表示：「**実は、買い物に行くとつい要らないものまで買って、無駄遣いをしちゃうってことがよくあってね**」，因此答案要選 3 **無駄遣いを防ぐことができるから**（因為能夠避免浪費）。1 當中僅提到開始使用後，有提供手續費的優惠；2 為女子認為的優點；4 為宅配服務的優點。

詞彙 **宅配** たくはい 名 宅配｜**サービス** 名 服務
食材 しょくざい 名 食材｜**材料** ざいりょう 名 材料
手数料 てすうりょう 名 手續費｜**申し込む** もうしこむ 動 申請
割引 わりびき 名 折扣｜**無駄遣い** むだづかい 名 浪費
スマホ 名 智慧型手機｜**注文** ちゅうもん 名 下訂
合計額 ごうけいがく 名 合計金額｜**予算** よさん 名 預算
それどころか 豈止如此、
比べ物にならない くらべものにならない 無可比擬
取り扱い とりあつかい 名 經手｜**商品** しょうひん 名 商品
地方 ちほう 名 地區｜**防ぐ** ふせぐ 動 防止
購入 こうにゅう 名 購入

3

[音檔]

動物園の園長が会議で話しています。園長は入場者を増やすために、新たにどんなことをすると言っていますか。

M：皆さんのご協力のおかげで、春頃から入場者数が増えてきました。園のホームページにお子様向けのページを作ったところ、ページのアクセス数も増えてきています。えー、先日、お客様より、動物の居住スペースが狭くて、動いている姿があまり見られないというご意見をいただきました。これには、遊び道具や餌をいろいろな場所に置いて、動いている動物をお客様に見てもらえるように工夫していきたいと思います。それから、引き続きスタッフによるガイドツアーも毎日開催しますので、ご協力をお願いします。

園長は入場者を増やすために、新たにどんなことをすると言っていますか。

[題本]

1 動物の見せ方を工夫する
2 動物の居住スペースを広くする
3 子供向けのホームページを作成する
4 スタッフによるガイドツアーを行う

中譯 動物園的園長正在會議上發言。園長說為了增加入場人數，會開始採取什麼新的方法？
M：有賴於各位的協助，我們大約從春季開始入場人數就一直在增加。自從官方網站上面做了小朋友專用頁面之後，網頁的瀏覽數也有所上升。還有，前幾天因為訪客反應動物的居住空間太小了，都看不到牠們活動的樣子。因此，我們決定接下來要開始將牠們的遊戲器具、飼料放置在各處，讓訪客們看看動物們動起來的樣子。接下來，我們每天仍會繼續由工作人員進行館內的導覽，也請各位多多給予協助。

園長說為了增加入場人數，會開始採取什麼新的方法？
1　在展示動物的方式上下功夫
2　擴大動物的居住空間
3　製作小朋友專用的官方網頁
4　由工作人員進行館內導覽

解析 本題詢問為了增加入場人數，所做的新行動為何。各選項的重點為 1「在展示動物的方式上下功夫」、2「拓寬動物的居住空間」、3「製作兒童專用網頁」、4「進行導覽行程」。對話中，男子提出：「**遊び道具や餌をいろいろな場所に置いて、動いている動物をお客様に見てもらえるように工夫していきたいと思います**」，因此答案要選 1 **動物の見せ方を工夫する**（在展示動物的方式上下功夫）。2 當中並未提到；3 和 4 為已經完成的事。

詞彙 **園長** えんちょう 名 園長｜**入場者** にゅうじょうしゃ 名 入園者
増やす ふやす 動 增加｜**新ただ** あらただ な形 新的
協力 きょうりょく 名 協助｜**ホームページ** 名 官網
お子様向け おこさまむけ 以小孩為對象｜**アクセス** 名 訪問
先日 せんじつ 名 日前｜**居住** きょじゅう 名 居住
スペース 名 空間｜**遊び道具** あそびどうぐ 遊樂器材
餌 えさ 名 飼料｜**工夫** くふう 名 巧思
引き続き ひきつづき 副 繼續地｜**スタッフ** 名 工作人員
ガイドツアー 名 導覽行程｜**開催** かいさい 名 舉辦
作成 さくせい 名 製作｜**見せ方** みせかた 名 展現方法

4

[音檔]

テレビで専門家が日本人のペットの飼育について話しています。専門家はどんなことが最も問題だと言っていますか。

F：近年日本では、ペットの飼育数が15歳未満の子供の数を上回っています。少子高齢化社会になり、ペットが子供や家族のようになりつつありますが、同時に様々な問題も出てきました。医療や栄養面が改善され、ペットの寿命が延びたのはいいことです。しかし、ペットとの関係が深まれば深まるほど、亡くなったときの喪失感が強く、心身の不調を訴える人が増えてきています。また、現在何より深刻なのは、かわいいからといって安易に飼い始め、手に余るからという理由だ

聽解

けで飼育を放棄する人がいることです。命を預かっているということをよく考えてほしいです。

専門家はどんなことが最も問題だと言っていますか。

[題本]

1 動物と人間の少子高齢化社会

2 家族としてペットを受け入れる難しさ

3 最期まで世話をしない飼い主

4 ペットの死が引き起こす喪失感

中譯 電視上專家正在談論日本人養寵物的話題。專家說最大的問題是什麼？

F：近年來，日本飼養寵物的總數，已經超越了 15 歲以下兒童總人口數。在少子高齡化社會的現在，寵物雖然變成像孩子或家人一樣的存在，但同時也出現了各種問題。寵物的壽命因為醫療及營養層面的改善，而有了大幅的成長。雖然能延長壽命是好事，但相對地，人類與寵物的關係愈深，面對死亡時的失落感也愈加強烈，因為這樣身心失調的人也愈來愈多了。還有，最嚴重的一點還是因為有太多看寵物可愛就輕易決定開始養，然後再以養不了為由放棄飼養的人。希望大家都能思考，這交到手上的都是一條條的生命。

專家說最大的問題是什麼？

1　動物與人類的少子高齡化社會

2　將寵物視為家人接納的困難

3　不照顧到最後的飼主

4　因為寵物的死亡而引起的失落感

解析 本題詢問養寵物的最大問題為何。各選項的重點為 1「少子化和高齢化社會」、2「難以接受寵物為家庭的一部分」、3「未照顧到最後一刻」、4「寵物死亡引起的失落感」。對話中，女子提出：「現在何より深刻なのは、かわいいからといって安易に飼い始め、手に余るからという理由だけで飼育を放棄する人がいることです」，因此答案要選 3 最期まで世話をしない飼い主（主人未照顧到最後一刻）。1 為養寵物的人數增加的原因；2 當中並未提到；4 並非最大的問題。

詞彙 専門家 せんもんか 名 專家｜飼育 しいく 名 飼育
近年 きんねん 名 近年｜未満 みまん 名 未滿
上回る うわまわる 動 超過
少子高齢化 しょうしこうれいか 名 少子高齡化
同時 どうじ 名 同時｜様々だ さまざまだ な形 各式各樣的
医療 いりょう 名 醫療｜栄養面 えいようめん 名 營養層面
改善 かいぜん 名 改善｜寿命 じゅみょう 名 壽命
延びる のびる 動 延長｜深まる ふかまる 動 加深
喪失感 そうしつかん 名 失落感｜心身 しんしん 名 身心
不調 ふちょう 名 失調｜訴える うったえる 動 訴說
現在 げんざい 名 現在｜深刻だ しんこくだ な形 嚴重的
安易だ あんいだ な形 輕率的
飼い始める かいはじめる 名 開始飼養
手に余る てにあまる 應付不了｜放棄 ほうき 名 放棄
命 いのち 名 生命｜預かる あずかる 動 接管
受け入れる うけいれる 動 接納
最期 さいご 名 臨終｜世話をする せわをする 照顧
飼い主 かいぬし 名 飼主｜引き起こす ひきおこす 動 引起

5

[音檔]

テレビでレポーターが書店の店長にインタビューをしています。店長はイベントを始めたきっかけは何だと言っていますか。

M：皆さん、今日はこちらの店長さんにお話を伺っていきたいと思います。お店の真ん中に大きなテーブルが置かれていますが、何に使われているんですか。

F：私の店では、一週間に一回、お客様同士が本について話すイベントを開いているんですが、それをこのテーブルで行うんです。

M：そうですか。それは店長さんのアイディアなんですか。

F：いえ。これは常連のお客様からのリクエストでして。

M：そうなんですか。

F：リクエストを聞いて、ああ、そういえば戦前までは書店というのはそんな役割があったっていう話を思い出しまして。当時のお客さんは店主や他のお客さんと文学の話をして、長居をしていたそうなんです。それで、こんな小さな書店だから、近所の大きな書店に負けないように何かやってみるのもいいなって思ったんです。

M：お客さんに長居をされたら、商売が大変じゃないですか。

F：いえいえ、このイベントのおかげで、参加した皆さんが話し合った本をここで買ってくださるんですよ。それで、なんとかやっていけてますよ。

店長はイベントを始めたきっかけは何だと言っていますか。

[題本]

1 好きな本について話したいと思ったこと

2 お客さんからリクエストがあったこと

3 近くに大型書店ができたこと

4 戦前の書店の役割について聞いたこと

中譯 電視上採訪記者正在採訪書店店長。店長說開始舉辦活動的契機是什麼？

M：大家好，今天我們要採訪這裡的店長。店裡正中央有一張好大的桌子，請問這是做什麼用的呢？

F：我們店裡每週都會舉辦一次讓顧客一起聊聊書的活動，就在這張桌子上。

M：原來如此。這是店長的想法嗎？

F：不是。這是我們常客提出的請求。

M：這樣啊。

F：聽到這樣的請求，我突然想到說起來在戰前所謂的書店不就是這樣的角色嗎？當時的客人好像都會長待在店裡，和店主或其它客人交流文學的話題。所以我就想，像我們這種小書店為了不輸給附近的大書店，那做點什麼也不錯。

M：但是讓客人長待在店裡，不會影響生意嗎？

F：那倒不會，多虧了這個活動，參加的客人都會在這裡買他們聊的書。所以目前還算經營得不錯。

店長說開始舉辦活動的契機是什麼？

1　因為想聊聊有關喜歡的書的話題

2　因為有來自客人的請求

3　因為附近開了大型書店

4　因為聽說了戰前書店擔任的角色

解析　本題詢問開始做這項活動的契機。各選項的重點為 1「想針對喜歡的書籍進行討論」、2「顧客提出的建議」、3「附近有家大型書店」、4「聽說有關戰前書店的作用」。對話中，男子詢問該項活動是否為女子的想法，而後女子回應：「いえ。これは常連のお客様からのリクエストでして」，因此答案要選 2 お客さんからリクエストがあったこと（顧客提出的建議）。1 為活動的內容；3 當中並未提到；4 聽完顧客的建議後才想到的。

詞彙　レポーター名記者｜書店 しょてん名書店

店長 てんちょう名店長｜インタビュー名訪談

イベント名活動｜きっかけ名契機｜アイディア名點子

常連 じょうれん名常客｜リクエスト名希望

戦前 せんぜん名戰前｜役割 やくわり名角色

当時 とうじ名當時｜店主 てんしゅ名店主

長居 ながい名久居｜商売 しょうばい名生意

参加 さんか名參加｜大型 おおがた名大型

書店 しょてん名書店

6

[音檔]

会社で男の人と女の人が話しています。女の人は今、何が心配だと言っていますか。

M：新しい企画が採用されたんだって？ すごい大抜擢だね。おめでとう。

F：ありがとうございます。すごく時間をかけて考えた企画なので、採用されたことは本当にうれしいんですけど。

M：どうしたの？ 何か問題でもあるの？

F：問題っていうわけじゃないんですけど…。

M：急に大きな仕事を任されることになってプレッシャーを感じてるとか？

F：それは、もちろんそうです。失敗して迷惑かけることになったらどうしようとか、予定通りに終わらなかったり予算をオーバーしてしまったりしたらって考えると、すごくプレッシャーを感じます。でも、そういうのは乗り越えなきゃならないものですよね。

M：そうだよね。よくわかってるじゃない。

F：でも、私一人で成し遂げられることじゃないし、チームのみんなの協力がないとできないことだってわかってるんですけど、チームには先輩もいるし、今回企画が採用されなかった同期もいて、私がみんなを引っ張っていけるのかなって。

M：なるほど。でも、みんなの話をよく聞いて、大変な時は周りにどんどん頼ったほうがうまくいくもんだよ。

F：そうですね。

女の人は今、何が心配だと言っていますか。

[題本]

1　プレッシャーにたえること

2　リーダーシップをとること

3　企画を成功させること

4　相談できる人がいないこと

中譯　公司中男人和女人正在說話。女人說現在擔心的是什麼？

M：聽說妳的新企劃被採用了？那真是個超大的機會耶，恭喜妳！

F：謝謝你。那個企劃花了我很多時間，所以能被採用我真的很開心，只是…

M：怎麼了嗎？難道有什麼問題嗎？

F：也不是問題啦……

M：難道是因為突然被交付了重大工作，感到壓力了？

F：那是當然的，就是一想到假如失敗了給大家造成困擾的話要怎麼辦，或是沒辦法按預定情況結束、超過預算之類的，就感覺壓力非常大。但這也是必須得跨越過去的吧。

M：是啊。妳這不是很明白的嗎？

F：而且，這也不是我一個人促成的，我很清楚如果不是因為大家的幫助我也沒辦法做到，而且團隊裡有前輩，也有這次企劃沒被採用的同梯，我真的能夠帶領大家嗎？

M：原來如此，但我想只要好好聽大家說話，感到辛苦時就多多依靠一下大家，一定可以順利的。

F：說的也是。

女人說現在擔心的是什麼？

1　能不能承受壓力

2　發揮領導能力

3　企劃能不能成功

4　沒有人可以商量

解析　本題詢問女子所擔心的事。各選項的重點為 1「承受壓力」、2「發揮領導能力」、3「讓企劃成功」、4「沒有人可以商量」。對話中，女子表示：「チームには先輩もいるし、今回企画が採用されなかった同期もいて、私がみんなを引っ張っていけるのかなって」，因此答案要選 2 リーダーシップをとること（發揮領導能力）。1 為非克服不可的事；為感受到壓力的原因；4 當中並未提到。

詞彙 企画 きかく 名企劃｜採用 さいよう 名採納
大抜擢 だいばってき 名破格提拔｜任す まかす 動任命
プレッシャー 名壓力｜感じる かんじる 動感受
迷惑 めいわく 名困擾｜予算 よさん 名預算
乗り越える のりこえる 動克服
成し遂げる なしとげる 動達成｜協力 きょうりょく 名協助
チーム 名團隊｜今回 こんかい 名這次｜同期 どうき 名同期同事
引っ張る ひっぱる 動引領｜頼る たよる 動依靠
たえる 動忍耐｜リーダーシップ 名領導地位
成功 せいこう 名成功

7

[音檔]

大学で女の学生と男の学生が話しています。男の学生は留学の一番の目的は何だと言っていますか。

F：イギリスに短期留学が決まったんだって？おめでとう。で、いつからなの？
M：ありがとう。来月、向こうに行くことになってるんだ。
F：そうなんだ。言葉の習得にはやっぱりその国に行くのが一番だよね。
M：そうだね。もちろん行く前にこっちでできるだけ勉強していくつもりだけどね。語学ももちろんだけど、文化とか風習とか、そういうところも肌で感じられると思うから楽しみにしてるんだ。
F：へえ。そういうのも興味があるんだね。
M：うん。自分の視野が広がると思うし、イギリスのそういうことを知りたいって、実はずっと思ってて。だから留学を考えたんだ。
F：そうだったんだ。結構ちゃんといろいろ考えてるんだね。
M：もちろんだよ。それに大好きなサッカーが盛んだからね。スタジアム巡りも今からすごく楽しみで。
F：えー、本当はそれが目的なんじゃないの？
M：いやいや、サッカーはおまけだよ。

男の学生は留学の一番の目的は何だと言っていますか。

[題本]

1 文化や風習について知ること
2 サッカースタジアムを見て回ること
3 語学力をつけること
4 自分の見る世界を広げること

中譯 大學中，女學生與男學生正在說話。男學生說留學的最大目的是什麼？

F：聽說你決定去英國留學了？恭喜你。所以是什麼時候要去？
M：謝謝妳。我下個月就要出發了。
F：這樣啊。想要學習一國的語言，果然還是要到那個國家去才是最好的吧。
M：是啊，當然在出發之前我還是會盡可能好好學習的。除了語言之外，像是風俗文化也是都能夠實際地體驗了，所以我非常地期待。
F：原來你對這個也感興趣啊。
M：是啊，我認為這可以開闊自己的視野，而且其實我一直以來也很想多了解一下英國這方面的東西。所以才會考慮留學。
F：這樣嗎？看來你真的考慮了很多。
M：那是當然。而且英國也很盛行我最愛的足球。我現在也非常期待能到處參觀足球場。
F：其實那才是你的目的吧？
M：不不不，足球真的只是附加的。

男學生說留學的最大目的是什麼？

1 了解文化與風俗
2 巡訪足球場
3 增加語言能力
4 開闊自己所看到的世界

解析 本題詢問留學最大的目標。各選項的重點為 1「了解文化風俗」、2「參觀足球場」、3「提升語言能力」、4「拓寬自身的視野」。對話中，男學生表示：「語学ももちろんだけど、文化とか風習とか、そういうところも肌で感じられると思うから楽しみにしてるんだ，イギリスのそういうことを知りたいって、実はずっと思ってて。だから留学を考えたんだ」，因此答案要選 1 文化や風習について知ること（了解文化和風俗）。2 和 3 並非最大的目標；4 為留學能獲得的東西。

詞彙 目的 もくてき 名目的｜イギリス 名英國｜短期 たんき 名短期
留学 りゅうがく 名留學｜習得 しゅうとく 名習得
語学 ごがく 名語言學習｜風習 ふうしゅう 名風俗
肌 はだ 名肌膚｜感じる かんじる 動感受｜視野 しや 名視野
広がる ひろがる 動擴展｜ちゃんと 副確實地｜サッカー 名足球
スタジアム巡り スタジアムめぐり 球場巡禮｜おまけ 名附贈

實戰測驗 3

p.370

1 3 **2** 4 **3** 2 **4** 3 **5** 2 **6** 3
7 1

問題 2 請先聽問題。接著請閱讀問題卷上的選項。考試將會提供閱讀時間。之後請聽對話，從問題卷上 1 至 4 的選項中，選出最適合的答案。

1

[音檔]

大学で男の学生と女の学生がリンゴの栽培について話しています。男の学生は、リンゴ栽培における最近の変化は何だと言っていますか。

M：この前授業で、いろんな果物の栽培について聞いたんだけど、日本のリンゴ栽培の話、おもしろかったんだよね。

F：へえ。日本でリンゴと言えば、青森県とか寒い地域だよね。

M：そう思うでしょ?それが、実は南の方の地域でも、いろんなところで栽培しているんだって。

F：そうなんだ。たしかに、リンゴは暖かい国でも生産されてるもんね。でも、一般的には平均気温が低くて、昼夜の気温差が大きいところのほうが育ちやすいんじゃないの?

M：そう思うよね。でも、それは低温の環境で害虫の発生を防いだり、気温差でリンゴの色をきれいな赤にするためなんだって。だから、違う方法で害虫を防げて、色にこだわらないリンゴなら寒い地域じゃなくても栽培できるらしいよ。

F：へえ。

M：特に、最近は温暖化の影響を受けて、どの地域でも平均気温が高くなっていることが問題になっているから、今までとは違う地域での栽培が増えていて、そのために暖かい地域でも栽培できるリンゴについても研究されてるんだって。

F：そうなんだ。

男の学生は、リンゴ栽培における最近の変化は何だと言っていますか。

[題本]

1 寒い地域で栽培して害虫を防ぐこと
2 温暖化の影響から北の地域で栽培できないこと
3 南の地域での栽培が増えたこと
4 新しいリンゴについて研究され始めたこと

中譯 大學裡，男學生與女學生正在討論蘋果種植的話題。男學生說在蘋果的種植上，最近發生了什麼變化？

M：我之前在課堂上，聽到了許多水果種植的話題，日本在種植蘋果上有很多有趣的故事呢。

F：日本說到蘋果的話，就是青森縣等比較寒冷的地區了吧。

M：一般都會這麼想的對吧？其實聽說在南方也有很多地方有種。

F：這樣啊。確實，其它氣候溫暖的國家也有生產蘋果。但是一般不是說在平均氣溫低、晝夜溫差大的地方會比較容易種植嗎？

M：果然都會這麼想吧。不過，確實在低溫的環境下比較容易防止害蟲侵害，溫差也容易促成蘋果長出漂亮的紅色。所以說，只要能用不同的方法防止害蟲，或者不糾結顏色的話，蘋果在不冷的地方也是可以種類的。

F：喔……

M：特別是最近受到地球暖化的影響，使得每個地區的平均氣溫都在上升，因為這樣的問題才開始有愈來愈多的地區開始加入種植行列。所以現在才會開始研究氣候溫暖的地區也能種植的蘋果。

F：原來如此。

男學生說在蘋果的種植上，最近發生了什麼變化？

1 在寒冷的地區種植可防止害蟲
2 因為地球暖化的影響，北部地區已經沒辦法栽種了
3 在南方地區栽種的品種增加了
4 開始了有關於新蘋果的研究

解析 本題詢問針對種植蘋果，最近的變化為何。各選項的重點為 1「在寒冷地區種植以防止蟲害」、2「無法在北方地區種植」、3「在南方地區栽種的品種增加了」、4「開始研究新的蘋果」。對話中，男子表示：「特に、最近は温暖化の影響を受けて、どの地域でも平均気温が高くなっていることが問題になっているから、今までとは違う地域での栽培が増えていて」，因此答案要選 3 南の地域での栽培が増えたこと（在南方地區栽種的品種增加了）。1 為一般蘋果的種植方式；2 當中並未提到；4 僅與研究有關，與種植蘋果無關。

詞彙 リンゴ 名 蘋果｜栽培 さいばい 名 栽培｜地域 ちいき 名 地域
一般的だ いっぱんてきだ 名 一般的
平均気温 へいきんきおん 名 平均氣溫｜昼夜 ちゅうや 名 晝夜
気温差 きおんさ 名 溫差｜育つ そだつ 動 成長
低温 ていおん 名 低溫｜環境 かんきょう 名 環境
害虫 がいちゅう 名 害蟲｜発生 はっせい 名 發生
防ぐ ふせぐ 動 防止｜方法 ほうほう 名 方法｜こだわる 動 講究
温暖化 おんだんか 名 暖化｜影響 えいきょう 名 影響

2

[音檔]

テレビでアナウンサーが女の人にインタビューをしています。女の人は今年の野菜の生産で一番大変だったことは何だと言っていますか。

M：今日は無農薬で野菜を生産している農家さんにお邪魔しました。早速お話を伺いましょう。無農薬での野菜作りは手間がかかって大変じゃないですか?

F：そうですね。病気や害虫から野菜を守るために、日々の観察と手入れが欠かせません。

M：それは大変そうですね。何種類ぐらいの野菜を生産されているんですか?

聽解

F：常に10種類ぐらいは育てていますね。相性のいい野菜を隣同士に植えるなどして工夫しています。

M：なるほど。それだけの種類があるとそれぞれの管理も大変ですね。

F：はい。なるべく自然に近い形で育てたいと思っていますので、毎年虫や病気との戦いです。特に害虫駆除は大変で毎年苦労しています。

M：それは大変な作業ですね。

F：でも今年はそれよりも雨が少ないことに悩まされました。水やりの回数を増やしてもすぐに乾いてしまうので水やり作業に追われました。やりすぎもよくないので、畑の様子を見ながら調整しなければならずとても気を使いました。

M：そうでしたか。毎年いろんな苦労をされているんですね。

女の人は今年の野菜の生産で一番大変だったことは何だと言っていますか。

[題本]

1 毎日様子を見て野菜を管理すること

2 病気から野菜を守ること

3 野菜についた虫を取り除くこと

4 状態に合わせて畑の水を管理すること

中譯 電視上播報員正在採訪女人。女人說今年蔬菜的生產，最辛苦的一點是什麼？

M：今天我們來拜訪無農藥種植蔬菜的農家。讓我們立刻來問問看。無農藥種植蔬菜，在照顧上不是很辛苦嗎？

F：是啊。為了保護蔬菜不因疾病或害蟲損壞，每天的觀察及照顧都是不可缺的。

M：那真的很辛苦吧。你們一共種植幾種蔬菜？

F：平常培育的大約有10種左右。我們還會特別地下工夫，讓彼此適性較好的蔬菜種在隔壁。

M：原來如此，光照顧這幾種，各類的管理就非常辛苦了吧。

F：是的。由於我們想盡可能地以最接近自然的方式培育它們，所以每年都是與蟲和疾病的抗爭。特別是驅除害蟲真的很辛苦，我們每年都非常地努力。

M：這些作業真的很辛苦吧。

F：不過比起這個，今年煩惱的是雨太少了。澆再多次的水都會立刻乾掉，我們簡直就是被澆水作業追著跑。而且澆得過多也不行，所以還得還非常注意看著農田的狀態調整。

M：原來是這樣。每年都得為了各種工作奮鬥努力呢。

女人說今年蔬菜的生產，最辛苦的一點是什麼？

1 每天觀察管理蔬菜的狀態

2 保護蔬菜不生病

3 去除蔬菜上的蟲

4 配合農田的狀態管理澆水作業

解析 本題詢問今年種菜碰上最辛苦的事情。各選項的重點為1「每日管理蔬菜」、2「保護蔬菜免受疾病侵襲」、3「除蟲」、4「管理田裡的水」。對話中，女子表示：「今年はそれよりも雨が少ないことに悩まされました。水やりの回数を増やしてもすぐに乾いてしまうので水やり作業に追われました。やりすぎもよくないので、畑の様子を見ながら調整しなければならずとても気を使いました」，因此答案要選4状態に合わせて畑の水を管理すること（根據情況管理田裡的水）。1、2、3為每年碰上的狀況，並非今年碰上最辛苦的事。

詞彙 インタビュー 名 訪談｜無農薬 むのうやく 名 無農藥

農家 のうか 名 農家｜早速 さっそく 副 馬上地

手間がかかる てまがかかる 耗時費力

害虫 がいちゅう 名 害蟲｜守る まもる 動 保護｜日々 ひび 名 每天

観察 かんさつ 名 觀察｜手入れ ていれ 名 維護

欠かす かかす 動 欠缺｜種類 しゅるい 名 種類

常に つねに 副 經常地｜相性 あいしょう 名 適性

工夫 くふう 名 巧思｜管理 かんり 名 管理｜戦い たたかい 名 戰鬥

駆除 くじょ 名 驅除｜苦労 くろう 名 辛勞｜作業 さぎょう 名 勞動

悩ます なやます 動 惱人｜回数 かいすう 名 次數

増やす ふやす 動 增加｜追う おう 動 追趕｜畑 はたけ 名 田地

様子 ようす 名 狀況｜調整 ちょうせい 名 調整

取り除く とりのぞく 動 去除｜状態 じょうたい 名 狀態

3

[音檔]

先生と女の学生が、レポートについて話しています。先生は何を中心にレポートを書いたほうがいいと言っていますか。

M：山川さん、次のレポート発表の課題は、もう決めた？

F：はい。町の港の歴史に関するレポートにしようと思ってます。

M：それは、おもしろそうだね。もう何か始めてるの？

F：はい。漁業の開始時期やどんな魚を採ってたかといったことは調べました。あと、地域の図書館で昔の町の地図も見せていただきました。これから、お年寄りにインタビューをしたり、実際に港の跡地に行って港とその周りの様子などを調べてこようと思っているんです。

M：それはいいね。インタビューさせていただく方はもう見つかった？

F：まだです。今、探しているんですが、知り合いにはなかなか適当な方がいなくて。

M：そうか。町の様子を詳細に調査できれば、それもおもしろいとは思うけど、図書館の資料じゃ足りないだろうね。でも、昔のことを知ってる町の方のお話をメインに書けば、いい発表ができると思うよ。その際に、漁獲高なども事前に調べてから行くと、いい話が聞けるんじゃないかな。

F：わかりました。そうしてみます。

先生は何を中心にレポートを書いたほうがいいと言っていますか。

[題本]

1 町の漁業の歴史
2 町の老人の話
3 昔の港町の様子
4 昔の魚の漁獲高

中譯 老師與女學生正在討論報告。老師說報告以什麼為中心書寫比較好？

M：山川同學，下次報告發表的題目妳選好了嗎？

F：是的。我想做有關於城鎮港口歷史的報告。

M：那好像還蠻有趣的。已經開始做什麼了嗎？

F：是的，目前已經調查了漁業開始的時期以及以前都是捕什麼魚。還有，我還去了圖書館看過以前鎮上的地圖。接下來想去採訪老人，然後實際去港口的遺跡看看港口以及那周邊的樣子。

M：（那）很不錯，採訪的對象已經找到了嗎？

F：還沒有，現在還在找，但認識的人裡面都沒有合適的人選。

M：這樣啊，如果可以詳細地查查城鎮的樣子，那應該會很有趣。只是圖書館的資料可能不太夠，但如果能跟了解從前的人多聊聊並以此為中心書寫，應該可以完成一個很棒的報告。在那之前，也可以先查查漁獲量之類的資料再去，應該可以問到很多有趣的故事。

F：我了解了。我試試看！

老師說報告以什麼為中心書寫比較好？

1 城鎮漁業的歷史
2 城鎮上老人的故事
3 城鎮從前的樣子
4 從前的漁獲量

解析 本題詢問老師建議的報告內容。各選項的重點為 1「漁業歷史」、2「老人的故事」、3「港口城市的樣貌」、4「昔日的漁獲量」。對話中，老師表示：「昔のことを知ってる町の方のお話をメインに書けば、いい発表ができると思うよ」，因此答案要選 2 町の老人の話（鎮上老人的故事）。1 當中並未提到；3 僅提到圖書館內的資料不夠多；4 為採訪老人時可以得知的事。

詞彙 中心 ちゅうしん 名 中心｜発表 はっぴょう 名 發表
課題 かだい 名 課題｜関する かんする 動 關於
漁業 ぎょぎょう 名 漁業｜開始 かいし 名 開始｜時期 じき 名 時期
地域 ちいき 名 地域｜年寄り としより 名 年長者
実際 じっさい 名 實際｜跡地 あとち 名 舊址
知り合い しりあい 名 認識的人｜様子 ようす 名 狀況
詳細だ しょうさいだ な形 詳細的｜調査 ちょうさ 名 調查
資料 しりょう 名 資料｜メイン 名 主要
漁獲高 ぎょかくだか 名 漁獲量｜事前 じぜん 名 事前
老人 ろうじん 名 老人

4

[音檔]

テレビで男の人がある絵画について説明しています。男の人はこの絵画のどんな点が最も魅力的だと言っていますか。

M：この教会の絵は、18世紀末にイギリスの画家によって描かれたもので、描かれた当時から今まで変わらず人気を集めています。当時としては新しい技法を使って描かれていることや、豊かな色彩がその理由でしょう。また、この画家は建築家でもあるため、多くの建物や工業製品を作品内に描いていて、私達は当時の技術力を読み取ることもできます。しかし、なんと言ってもこの作品の優れた点は、どの作品よりも建築物が精密に描かれていることです。これが人々を魅了してやまないのでしょう。ちなみに、これはこの画家の晩年に描かれたものであると言われています。画家の晩年の作品は著しく少ないので、この点も注目すべきところです。

男の人はこの絵画のどんな点が最も魅力的だと言っていますか。

[題本]

1 新しい方法で描かれていること
2 当時の技術力を知ることができること
3 建物が細かく描かれていること
4 画家が亡くなる直前に描いたこと

中譯 電視上男人正在做某一幅畫的說明。男人說這幅畫最大的魅力是哪一點？

M：這座教堂的畫，是來自於 18 世紀末英國畫家所畫，從畫下的當時到現在都一直很受歡迎。我想理由就在於它使用的是當時最新的技法，以及它豐富的色彩吧。還有，由於這位畫家也是建築家，所以他的作品中畫了很多建築物及工業產品，所以從中我們還能夠看到當時的技術能力。不過，不管怎麼說，這個作品最了不起的一點，就是這幅畫中的建築物，畫得比其它所有的作品都還要細膩，這一點可以說是最吸引人的地方。順帶一提，據說這是這位畫家晚年所作。由於這位畫家晚年的作品非常稀少，所以這一點也是值得關注的一點。

男人說這幅畫最大的魅力是哪一點？

1 是用新方法畫成的

2　可以看到當時的技術能力

3　建築物畫得非常細膩

4　是畫家在去世之前畫的作品

解析 本題詢問該幅畫作最有魅力的地方。各選項的重點為 1「採用新方法繪製」、2「能了解當時的技術能力」、3「細膩描繪出建築物」、4「畫家臨死前所畫的畫作」。對話中，男子提出：「なんと言ってもこの作品の優れた点は、どの作品よりも建築物が精密に描かれていることです」，因此答案要選 3 建物が細かく描かれていること（細膩描繪出建築物）。1 為繪製當時受歡迎的原因；2 透過畫作能確認的事；4 為值得關注的地方。

詞彙 絵画 かいが 名 繪畫｜魅力的だ みりょくてきだ な形 有魅力的
イギリス 名 英國｜画家 がか 名 畫家｜描く えがく 動 描繪
当時 とうじ 名 當時｜人気 にんき 名 人氣｜技法 ぎほう 名 技法
色彩 しきさい 名 色彩｜建築家 けんちくか 名 建築家
製品 せいひん 名 產品｜作品 さくひん 名 作品
技術力 ぎじゅつりょく 名 技術力｜読み取る よみとる 動 讀取
優れる すぐれる 動 出色｜建築物 けんちくぶつ 名 建築物
精密だ せいみつだ な形 精密的｜人々 ひとびと 名 人們
魅了 みりょう 名 吸引｜ちなみに 接 順帶一提
晩年 ばんねん 名 晚年｜著しい いちじるしい い形 顯著的
注目 ちゅうもく 名 注目｜直前 ちょくぜん 名 前一刻

5

[音檔]

ラジオでアナウンサーと女の人が話しています。女の人は高齢者にとって何が問題だと言っていますか。

M：最近、買い物弱者という言葉が聞かれるようになりましたが、どういう意味なのでしょうか。

F：買い物弱者というのは、日常の買い物をするのが難しい人々のことで、これは人口が減少している地方ばかりでなく大都市でも起こっている問題なんです。開発が進む都市部にも、昔からその土地に住んでいる人達が多くいます。しかし、昔はあった小さい商店はなくなってビルばかりになった町では、十分な買い物ができません。近くにスーパーもありませんし、コンビニはビルの中で働く人達向けの商品しかありません。その町で生まれ育った高齢者は引っ越しを嫌がります。昔より不自由な生活を送っている高齢者がいるのです。

M：インターネットで新鮮な野菜なども買えるようになりましたが。

F：はい、若い人達には便利でしょうが、しかし高齢者にとってはそれすら難しいと感じる人が珍しくはないです。そういう人達向けに、新たに車での移動販売を始めるスーパーも出てきましたが、なかなか利益にならないというのが、企業にとっての問題になっています。

女の人は高齢者にとって何が問題だと言っていますか。

[題本]

1 近くのスーパーが移動してしまうこと

2 住んでいる町で買い物ができなくなったこと

3 都会の生活には自由がないこと

4 新鮮な野菜が買えないこと

中譯 廣播中，播報員與女人正在說話。女人說對高齡者而言問題在於什麼？

M：最近，突然常常聽到購物弱者這個詞，這是什麼意思啊？

F：購物弱者指的是日常購物有困難的群體，不僅在人口減少的鄉下地方，就連大都市也有這樣的問題。即使在開發進行中的都市地區，也有從很久以前就住在那塊土地的人們。但是，以前的小商店紛紛消失，變成了一座座的大樓。在這樣的地區購物就變得不那麼容易。因為附近不僅沒有超市，便利超商賣的也都是專為上班族所提供的產品。而原本生長在那個街區的老人又討厭搬家，這就是老人為什麼生活會過得比以前還要不自由的原因。

M：不過現在網路上都能購買到新鮮的蔬菜了。

F：是的，對年輕人而言是非常方便，但對高齡者而言感到困難的人應該不在少數。雖然有些超市會為了這樣的人群出動移動販售車，但是實在難以得到利潤，對於企業而言這一點也是個問題。

女人說對高齡者而言問題在於什麼？

1　附近的超市搬走了

2　住的城鎮無法輕鬆購物了

3　都市生活沒有自由

4　無法買到新鮮的蔬菜

解析 本題詢問高齡者碰到的問題為何。各選項的重點為 1「鄰近的超市搬遷」、2「無法輕鬆購物」、3「生活沒有自由」、4「買不到新鮮的蔬菜」。對話中，女子表示：「昔はあった小さい商店はなくなってビルばかりになった町では、十分な買い物ができません」，因此答案要選 2 住んでいる町で買い物ができなくなったこと（沒辦法在居住的城鎮輕鬆購物）。1 消失不見，而非搬遷；3 和 4 當中並未提到。

詞彙 高齢者 こうれいしゃ 名 高齡者｜弱者 じゃくしゃ 名 弱者
日常 にちじょう 名 日常｜人々 ひとびと 名 人們
減少 げんしょう 名 減少｜地方 ちほう 名 地區
大都市 だいとし 名 大都市｜開発 かいはつ 名 開發
都市部 としぶ 名 市區｜土地 とち 名 土地
商店 しょうてん 名 商店｜コンビニ 名 便利商店
商品 しょうひん 名 商品｜引っ越し ひっこし 名 搬家
嫌がる いやがる 動 抗拒｜不自由だ ふじゆうだ な形 不方便的
インターネット 名 網路｜新鮮だ しんせんだ な形 新鮮的
感じる かんじる 動 感受｜新ただ あらただ な形 新的
移動 いどう 名 移動｜販売 はんばい 名 販賣｜利益 りえき 名 利潤
企業 きぎょう 名 企業｜都会 とかい 名 都會

6

[音檔]

ラグビーチームの監督とチームのマネージャーがラグビーの練習を見ながら話しています。監督はこのチームの今後の課題は何だと言っていますか。

M：ああ、あんなところに走っていくなんて。もっと全体の動きを見て走れって、いつも言ってるじゃないか。

F：監督、もっと強くなるには何が必要なんでしょうね。

M：そうだなあ。チーム全体の調子は上向いていて、選手みんなの体力も以前と比べたらだいぶ上がってきてるよね。筋力トレーニングはこのまま続けていければいいんじゃないかな。試合中のそれぞれの役割もわかってきて、適切に動くことも、まあ、できるようになってきたし。でも、さっきのように、相手チームの動きに気付かないことが時々あって。それができるようになれば、相手からボールを奪いやすくなるよね。

F：体を動かしながら、頭も使わないといけない、ということですよね。

M：そうそう。ボールを追いかけるだけじゃなくて、先を読まないと。

監督はこのチームの今後の課題は何だと言っていますか。

[題本]

1 体力を向上させること
2 試合中の動き方を知ること
3 対戦相手の動きを見ること
4 よく考えてボールを持つこと

中譯 橄欖球隊的教練與經紀人正一邊看練習一邊談話。教練說這個球隊未來要面對的問題是什麼？

M：哎呀，怎麼跑到那個地方去了？我平常不是一直說跑動時應該多看看整體的動向嗎？

F：教練，您認為想變得更強最需要的是什麼？

M：這個嘛，其實球隊整體的狀態已經很好，選手們的體力也比以前成長了不少。所以接下來就只要持續做肌力訓練就可以了。他們也都明白自己在比賽中所扮演的角色，適當地跑動這一點也算做得還不錯吧。不過就像剛才那樣，有時會無法察覺到對手球隊的動向，如果他們能再做好這一點，一定可以更輕易的從對手手上搶到球。

F：也就是說在身體在動，大腦也不能不用是嗎？

M：沒錯。不能光只是追著球啊，不思考怎麼行呢？

教練說這個球隊未來的要面對的問題是什麼？

1 提升體力
2 了解比賽中對手的動作
3 觀察對戰對手的動作
4 好好的思考後再持球

解析 本題詢問該球隊今後的課題為何。各選項的重點為 1「增強體力」、2「了解比賽中的移動方式」、3「觀察對戰對手的動作」、4「好好思考過後再投球」。對話中，男子表示：「相手チームの動きに気付かないことが時々あって。それができるようになれば、相手からボールを奪いやすくなるよね」，因此答案要選 3 対戦相手の動きを見ること（觀察對戰對手的動作）。1 和 2 為已經解決的課題；4 當中並未提到。

詞彙 ラグビー 名 橄欖球｜チーム 名 隊伍｜監督 かんとく 名 教練
マネージャー 名 經理｜今後 こんご 名 今後
課題 かだい 名 課題｜全体 ぜんたい 名 整體
調子 ちょうし 名 狀態｜上向く うわむく 動 好轉
選手 せんしゅ 名 選手｜体力 たいりょく 名 體力
以前 いぜん 名 以前｜筋力 きんりょく 名 肌力
トレーニング 名 訓練｜役割 やくわり 名 角色
適切だ てきせつだ な形 適切的｜相手 あいて 名 對手
気付く きづく 動 察覺｜ボール 名 球｜奪う うばう 動 奪取
追いかける おいかける 動 追逐｜先を読む さきをよむ 預測動向
向上 こうじょう 名 提升｜対戦 たいせん 名 對戰

7

[音檔]

女の人がセミナーでストレスについて話しています。女の人はストレスと上手に付き合うには何が大切だと言っていますか。

F：ストレスの解消方法は人によって様々ですが、実はストレスは、完全になくなるものではありません。皆、いつでも多少のストレスを抱えています。ですので、うまく共存していくことが大切なのです。そのためにはまず、体力が必要です。健康な体があれば多少のストレスにも打ち勝つことができます。老化と同じように考えるとわかりやすいかもしれません。年を取るにつれ、体力があるかないかは健康という面で重要になってきますよね。前向きに考えたり、気分転換したりすることも大切ですが、腹が減っては戦ができぬと言う通り、体力がなければ勝てるものも勝てないでしょう。

女の人はストレスと上手に付き合うには何が大切だと言っていますか。

[題本]

1 体力をつけること
2 上手に年を取ること
3 ポジティブに考えること
4 気分を変えること

聽解

中譯 女人正在研究會中發表關於壓力的言論。女人說在與壓力共處上，最重要的是什麼？

F：化解壓力的方法每個人都不一樣，但其實壓力是不可能完全消失的。任何人無論何時都或多或少承受著壓力。所以，好好地與壓力共處才是最重要的。想要做到這一點，首先需要的是體力。只要有健康的身體，面對任何壓力都能戰勝。如果想成和老化一樣，大概就比較能理解了。因為隨著年齡增長，有沒有體力關係著人健康不健康，對吧？當然正向的思考、適時轉換心情都很重要，但就跟肚子餓了也打不了仗一樣，若沒有體力，想贏也贏不了。

女人說在於壓力共處上，最重要的是什麼？

1　培養體力

2　好好地面對年齡增長

3　正向思考

4　轉換心情

解析 本題詢問為能與壓力共存，最重要的事情為何。各選項的重點為 1「增強體力」、2「好好地變老」、3「正面思考」、4「轉換心情」。對話中，女子提出：「まず、体力が必要です。健康 な体があれば多少のストレスにも打ち勝つことができます」，因此答案要選 1 体力をつけること（增強體力）。2 當中並未提到；3 和 4 也很重要，但在此之前最重要的仍是具備體力。

詞彙 セミナー名研習會｜ストレス名壓力
付き合う つきあう動相處｜解消 かいしょう名消除
方法 ほうほう名方法｜様々だ さまざまだな形各式各樣的
完全だ かんぜんだな形完全的｜多少 たしょう名多少
抱える かかえる動抱持｜共存 きょうぞん名共存
体力 たいりょく名體力｜健康だ けんこうだな形健康的
打ち勝つ うちかつ動擊敗｜老化 ろうか名老化
年を取る としをとる 上年紀｜前向き まえむき名正向
転換 てんかん名轉換｜戦 いくさ名戰鬥
ポジティブだな形積極的

問題3 概要理解

實力奠定

p.376

01 ①　02 ②　03 ②　04 ①　05 ②　06 ①
07 ①　08 ②　09 ②　10 ①

01

[音檔]

ラジオで女の人が話しています。

F：日本ではスイカを食べる際、甘みを強めるために塩をかけて食べる人も多いと思いますが、海外の人から見ると不思議な文化だそうです。これはスイカが**塩によって実際に甘くなっているのではなく、味の対比効化によるものです。本来の味に他の味わいを加えることで本来の味わいを際立たせることができるのです。**また、この組み合わせは夏バテの予防にも最適です。

女の人は主に何について話していますか。

① **スイカが甘く感じられる原理**

② 夏バテを防ぐ効果的な方法

中譯 廣播中有女人正在說話。

F：**在日本，吃西瓜的時候，有很多人會為了突顯甜味而加上鹽巴**，但從外國人看來，這好像是個非常不可思議的文化。其實西瓜**並不會因為鹽巴而變甜，只是因為味覺的對比效果所造成的**。也就是說**透過在原本的味道加上別的味道，即可突顯出食物原本的味道**。此外，這樣的組合對於預防夏季倦怠是最適合的。

女人主要說的是什麼？

① **西瓜讓人感覺甜的原理**

② 預防夏季倦怠的有效方法

詞彙 スイカ名西瓜｜甘み あまみ名甜味
強める つよめる動加強｜海外 かいがい名海外
不思議だ ふしぎだな形不可思議的｜実際 じっさい名實際
対比 たいひ名對比｜効果 こうか名效果｜本来 ほんらい名本來
味わい あじわい名味道｜加える くわえる動加上
際立つ きわだつ動顯著｜組み合わせ くみあわせ名組合
夏バテ なつバテ名中暑｜予防 よぼう名預防
最適だ さいてきだな形最佳的｜原理 げんり名原理
防ぐ ふせぐ動防止｜効果的だ こうかてきだな形有效的
方法 ほうほう名方法

02

[音檔]

大学の授業で教授が話しています。

M：言語学には「言語の構造」に観点を置くものと「社会の中での言語の使われ方」に観点を置くものの二つがあり、私たちが学ぶのは後者です。社会言語学と呼ばれ、言葉の変化や地域差に方言の違い、アイデンティティーなどその範囲は多岐に及びます。全てに着目することはできませんので、今学期は**正しい日本語と日本語の乱れに注目し**、深く見ていきたいと思います。

今学期の授業のテーマは何ですか。

① 言語における観点の置き方
② **乱れた日本語の正しい使い方**

中譯 大學課堂上，教授正在說話。

M：語言學中有側重於「語言構造」與側重於「語言在社會中如何使用」兩種觀點，我們學的是後面這種，也稱作社會語言學。社會語言學涉及的範圍遍及詞語的變化、方言的地區性差異以及身份意識（identity）等。不過我們無法全部都講到，**所以這學期我們就著眼在正確的日語與日語的亂象兩大論點深入地探討。**

本學期的上課主題是什麼

① 語言上觀點的側重方
② **日語亂象的正確用法**

詞彙 教授 きょうじゅ 名 教授｜言語学 げんごがく 名 語言學
言語 げんご 名 語言｜構造 こうぞう 名 構造
観点 かんてん 名 觀點｜学ぶ まなぶ 動 學習
後者 こうしゃ 名 後者｜言語学 げんごがく 名 語言學
変化 へんか 名 變化｜地域差 ちいきさ 地域差異
方言 ほうげん 名 方言｜違い ちがい 名 不同
アイデンティティー 名 自我認同｜範囲 はんい 名 範圍
多岐 たき 名 多方面｜及ぶ およぶ 動 涉及
全て すべて 名 全部｜着目 ちゃくもく 名 著眼
今学期 こんがっき 這學期｜乱れ みだれ 名 紊亂
注目 ちゅうもく 名 注目｜テーマ 名 主題｜観点 かんてん 名 觀點

03

[音檔]

テレビでカフェのオーナーが話しています。

F：うちのカフェではコーヒーはもちろん、器にもこだわっています。器は全て私の手作りです。もともと、私は陶芸家として活動していましたが、**陶芸品というとお年寄りが楽しむものというイメージが強く、なかなか若い人には手に取ってもらえませんでした。そこで若い人たちにも楽しんでもらおうと、このカフェを開きました。**カフェの別館には体験教室があり、実際に自分だけの作品を制作できます。

カフェのオーナーは何について話していますか。

① コーヒーと器へのこだわり
② **カフェを始めた目的**

中譯 電視上咖啡店老闆正在說話。

F：我們咖啡店別說是咖啡了，就連餐具也非常講究。餐具全部都是出自於我本人之手，原本我是以陶藝家的名義活動，但**說到陶藝品，大部分的人都會覺得那是老年人的樂趣，年輕人很難入門。所以我才會開這家咖啡店，希望能讓年輕人們也感受到陶藝的樂趣。**咖啡店的別館設有體驗教室，可以實際地做出屬於自己的作品。

咖啡店老闆正在說什麼？

① 對咖啡及餐具的講究
② **開咖啡店的目的**

詞彙 カフェ 名 咖啡館｜オーナー 名 老闆｜器 うつわ 名 容器
こだわる 動 講究｜全て すべて 副 全部
手作り てづくり 名 手做｜もともと 副 原本
陶芸家 とうげいか 名 陶藝家｜活動 かつどう 名 活動
年寄り としより 名 年長者｜イメージ 名 形象
手に取る てにとる 拿取｜別館 べっかん 名 別館
体験 たいけん 名 體驗｜実際 じっさい 名 實際
作品 さくひん 名 作品｜制作 せいさく 名 製作｜目的 もくてき 名 目的

04

[音檔]

テレビでレポーターが話しています。

M：今年で開催70回を迎える雪まつりの会場に来ています。すっかり冬の祭りの定番となった雪祭りですが、**祭りのきっかけは地元の高校生が作った二体の雪像でした。**技術や道具が不足する中、作られた雪像でしたが、**他のイベントとあいまってたちまち大人気になりました。**それから定着していったそうです。**そして、今では世界各国から200万人以上が来場する大規模な祭りになりました。**

レポーターは主に何について話していますか。

① **雪まつりの歴史**
② 雪まつりの規模

中譯 電視上採訪記者正在說話。

M：我們來到了今年迎來第 70 屆的雪祭會場。已經成為冬季慶典固定項目的雪祭，其實**一開始舉辦的契機是因為在地的高中生做的兩個雪人。**雖然那是在技術道具都不太充足的狀況下做出來的雪人，但**因為與其它活動融合，終於逐漸地變得受歡迎**，也是因為這樣，後來才定調下來。**到了現在，這個慶典已經成為可以迎來 200 萬參觀人次的大規模慶典。**

採訪記者主要說的是什麼？

① **雪祭的歷史**
② 雪祭的規模

詞彙 レポーター 名 記者｜開催 かいさい 名 舉行
定番 ていばん 名 常態｜きっかけ 名 契機
地元 じもと 名 本地｜雪像 せつぞう 名 雪像
不足 ふそく 名 不足｜イベント 名 活動｜たちまち 副 轉瞬間
大人気 だいにんき 名 超人氣｜定着 ていちゃく 名 扎根

各国 かっこく名各國｜来場 らいじょう名到場
規模 きぼ名規模

05

[音檔]
ラジオで女の人が話しています。
F：**読書が続かない人におすすめしたいのが、「並列読書」**です。同じ分野でも、全く異なる分野の本でも構わないので、二冊以上の本を並行して読んでいきます。一冊の本が自分に合わなくても、別の本を読めばいいし、**何より集中力が途切れても、間に別の本を挟むことで、新鮮な気持ちで再度読書することができ、読書が習慣化しやすくなるのです。**

女の人は何について話していますか。
① 読書が集中力を高める理由
② **習慣化する本の読み方**

[音檔]
中譯 廣播中女人正在說話。
F：**我想給無法堅持閱讀的人一點建議，那就是「並列閱讀」**。無論是相同領域或完全不同的領域都沒關係，總之就是同時閱讀兩本以上的書。那麼即使有一本不合自己的胃口，也還有其它的書可以讀下去。而且**最重要的是即使中途專注力中斷了，但是空檔時間可以換讀別本書，轉換新心重新開始，也更容易將閱讀培養成習慣。**

女人主要說的是什麼？
① 提高閱讀專注力的理由
② **養成習慣的閱讀方法**

詞彙 読書 どくしょ名讀書｜おすすめ名推薦｜並列 へいれつ名並列
分野 ぶんや名領域｜全く まったく副完全地
異なる ことなる動相異｜集中力 しゅうちゅうりょく名專注力
途切れる とぎれる動中斷｜挟む はさむ動插入
新鮮だ しんせんだな形新鮮的｜再度 さいど副再次
習慣化 しゅうかんか名養成習慣｜高める たかめる動提高

06

[音檔]
生物学の授業で先生が話しています。
M：みなさんは両親や兄弟と似ていますか。私たちは両親から遺伝子を半分ずつもらい、その遺伝子で形成されています。遺伝子が容姿に関係するのはみなさんもお分かりだと思いますが、**遺伝子で決まるのは何も見た目だけではありません**。ある程度は環境に影響されますが、**知能に関しては60パーセント、性格は40パーセントほど影響を受けています。**

先生の話のテーマは何ですか。
① **遺伝子が与える影響**
② 遺伝子と環境の関係

中譯 生物學課中老師正在說話。
M：大家和父母親、兄弟姐妹長得像嗎？我們都是從父母那裡得到各一半的基因，並由基因組成而來。我想大家都知道基因關係著容貌，但是**基因所決定的也不僅僅是外貌而已**。基因在某種程度會受到環境的影響，據說**智能的部分有 60%，個性的部分則有 40% 會受到影響。**

老師談論的主題是什麼？
① **基因帶來的影響**
② 基因與環境的關係

詞彙 生物学 せいぶつがく名生物學｜遺伝子 いでんし名基因
形成 けいせい名形成｜容姿 ようし名容貌
見た目 みため名外表｜程度 ていど名程度
環境 かんきょう名環境｜影響 えいきょう名影響
知能 ちのう名智能｜パーセント名百分比
性格 せいかく名個性｜テーマ名主題｜与える あたえる動造成

07

[音檔]
テレビでレポーターが話しています。
F：こちら春田市ではハーブ豚の飼育が盛んに行われています。数種類の天然のハーブを加えた飼料で育つ**ハーブ豚は豚肉特有の臭みがなく、お肉があっさりしています**。それに一般的な豚肉に比べて、**鮮度が長持ちしやすいそうです**。スーパーでご購入できますので、ぜひソテーやしゃぶしゃぶなど様々な方法でお楽しみください。

レポーターは何について話していますか。
① **ハーブ豚の特徴**
② ハーブ豚の調理方法

中譯 電視上採訪記者正在說話。
F：在春田市這裡非常盛行飼養香草豬。在飼料中加入多種天然香草養育的**香草豬，肉質清爽而沒有豬特有的臭味。據說新鮮度也比一般的豬肉更棒**。超市就能購買，請務必試試嫩煎或涮等方式享用。

採訪記者說了什麼？
① **香草豬的特徵**
② 香草豬的烹調方法

詞彙 レポーター名記者｜ハーブ名香草｜飼育 しいく名飼育

盛んだ さかんだ 名 興盛 | 種類 しゅるい 名 種類
天然 てんねん 名 天然 | 加える くわえる 動 添加
飼料 しりょう 名 飼料 | 育つ そだつ 動 成長
特有 とくゆう 名 特有 | 臭み くさみ 名 臭味 | あっさり 副 清淡地
一般的だ いっぱんてきだ な形 一般的 | 鮮度 せんど 名 鮮度
長持ち ながもち 名 持久 | 購入 こうにゅう 名 購入
ソテー 名 嫩煎 | しゃぶしゃぶ 名 涮肉
様々だ さまざまだ な形 各式各樣的 | 方法 ほうほう 名 方法
特徴 とくちょう 名 特徴 | 調理 ちょうり 名 調理

08

[音檔]

ラジオで医者が話しています。

M：年を取ると骨や筋肉が弱り、思うように身体が動かせなくなります。その状態になってから、何かしようでは手遅れです。だから、若いうちから適度な運動を行わなくてはいけません。**運動を継続し、元気な体を維持することが大切です。**しかし、途中でやめてしまったとしても**体は以前受けた刺激を覚えていて、何もしていない人よりも運動の効果が出やすいので、やるにこしたことはありません。**

医者はどのようなテーマで話していますか。

① 筋肉の老化の症状

② 運動を行う重要性

中譯 廣播上醫師正在說話。

M：人一上了年紀，骨骼肌肉都會變弱，身體會變得無法隨意運動。一到了這種狀態，再想做什麼都來不及了。所以一定要趁年輕時適度地運動。**持續運動、維持健康的身體才是最重要的。**即使中途放棄，**身體也會記得曾經受過的刺激，所以還是會比完全不運動的人還要來得有效果，總之不管如何一定要運動。**

醫師談論的主題是什麼？

① 肌肉老化的症狀

② 運動的重要性

詞彙 年を取る としをとる 上年紀 | 骨 ほね 名 骨頭
筋肉 きんにく 名 肌肉 | 弱る よわる 動 衰弱
身体 しんたい 名 身體 | 動かす うごかす 動 活動
状態 じょうたい 名 狀態 | 手遅れ ておくれ 名 為時已晚
適度だ てきどだ な形 適度的 | 継続 けいぞく 名 持續
維持 いじ 名 維持 | 刺激 しげき 名 刺激 | 効果 こうか 名 效果
テーマ 名 主題 | 老化 ろうか 名 老化 | 症状 しょうじょう 名 症狀
重要性 じゅうようせい 名 重要性

09

[音檔]

テレビでレポーターが話しています。

F：最近、話題となっているお店に来ています。ここは一見すると、普通の洋服店のようですが、実は男性用、女性用といった男女の区分がないお店なんです。**20年以上前から「全ての人が自分らしさを表現できる服」をコンセプト**にやってきたそうですが、時代の変化とともに20年のときを超え、注目を集めることになりました。**デザイナーさんの強い意志**が感じられますよね。

レポーターは何について伝えていますか。

① 洋服店の変化

② デザイナーの信念

中譯 電視上採訪記者正在說話。

F：我們來到了最近掀起熱門話題的店家。這裡乍看之下只是個普通的服裝店，但其實是沒有男裝或女裝區分男女的店家。這家店據說**在 20 多年前就以「讓所有人都能表達自我的服裝」為理念**，隨著時代的變化，直到 20 多年後的現在才終於引起關注。從這裡，我們也感受到了**設計師的堅強意志力。**

採訪記者想傳達的是什麼？

① 服裝店的變化

② 設計師的信念

詞彙 レポーター 名 記者 | 話題 わだい 名 話題
一見 いっけん 名 乍看 | 洋服店 ようふくてん 名 服飾店
男性用 だんせいよう 名 男用 | 女性用 じょせいよう 名 女用
男女 だんじょ 名 男女 | 区分 くぶん 名 區分 | 全て すべて 副 全部
表現 ひょうげん 名 展現 | コンセプト 名 理念
変化 へんか 名 變化 | 注目 ちゅうもく 名 注目
デザイナー 名 設計師 | 意志 いし 名 意志
感じる かんじる 動 感受 | 信念 しんねん 名 信念

10

[音檔]

会議室で女の人が男の人に意見を聞いています。

F：では、「出勤時間の自由化」について、ご意見お願いします。

M：出勤時間の自由化ですが、**私は取り入れるべきだと思います。**退勤時間にもズレが生じ、会議などに問題が出るという意見もありますが、**スケジュールの管理さえ徹底すれば何の問題もありません。**それよりも**個人にあったワークスタイルを重視すべきです。**

男の人はどう考えていますか。

① **出勤時間の自由化に賛成**

② 出勤時間の自由化に反対

中譯 會議室中，女人正在詢問男人意見。

F：那麼，有關於「上班時間自由化」，請您說說您的意見。

M：有關於上班時間自由化，**我認為應該導入**。雖然有一些意見指出如此一來大家下班時間錯開，會對開會等造成問題。但我覺得**只要貫徹行程的管理就不會有任何的問題**。而且最重要的是**應該要重視每個人的工作模式**。

男人是怎麼想的？

① **贊成上班時間自由化**

② 反對上班時間自由化

詞彙 出勤 しゅっきん名上班｜自由化 じゆうか名自由化
取り入れる とりいれる動採用｜退勤 たいきん名下班
ズレ名分歧｜生じる しょうじる動產生｜スケジュール名行程
管理 かんり名管理｜徹底 てってい名徹底｜個人 こじん名個人
ワークスタイル名工作型態｜重視 じゅうし名重視
賛成 さんせい名贊成

實戰測驗 1

p.377

1 4　2 2　3 3　4 1　5 3　6 4

問題 3 試題卷上不會寫有任何內容。本題將針對對話整體內容進行提問。對話前不會提供問題。請先聽對話，再聽問題及選項，並從 1 至 4 的選項中選出最適合的答案。

1

[音檔]

学校の授業で先生が説明しています。

F：皆さん、この授業ではエコについて考えていきたいと思います。といっても、難しく考えることはなく、皆さんの生活の中の小さなことから考えていきましょう。まず、日常生活の中で使っている資源の中で、節約できるものは何があるでしょうか。水、紙、電気、ガスなど色々ありますね。どれも身近な生活に欠かせない大切なものというだけでなく、日本や世界にとっても貴重な資源ですが、その使い方について考えたことがありますか。例えば、水について考えてみましょう。皆さん、歯磨きの時、水を出しっぱなしにしていませんか。その都度水を止めることで、一日にざっと100リットルほど節約できるのです。このようなことに気付き、私たち一人一人が貴重な資源への意識を高く持つことで、少しでも無駄遣いをなくすことができます。その積み重ねがやがて地球に広がる大きな問題も解決していくことになるのではないでしょうか。こういったことをこの授業で学んでいきましょう。

この授業の目的はなんですか。

1 資源の種類について学ぶ

2 世界の環境問題について学ぶ

3 経済的な生き方について学ぶ

4 生活の中の資源の節約について学ぶ

中譯 學校的課堂上老師正在說明。

F：在這堂課上，我希望大家都能開始思考有關於環保的問題。但即使這麼說，也不是要大家想很難的東西，只要從大家生活裡的小事思考就可以了。比方說首先，在日常生活中所使用的資源，有什麼是能做到節約的呢？那可以想到有水、紙、電、瓦斯之類的，對吧？這些不僅僅是日常生活中不可或缺的東西，對日本或全世界而言也是非常貴重的資源。大家有去思考過這些資源都是怎麼用的嗎？比如說，請大家想一下你是怎麼用水的。大家在刷牙時會將水龍頭的水開著任它流嗎？只要每次都適時地關上水龍頭，一天就可以節約將近 100 公升的水。多注意這些，我們每個人也更加提升對貴重資源的意識，多少就能減少浪費。而且，如此累積下來也許也有助於解決地球上不斷惡化的問題，我們這堂課要學的就是這個。

本堂課授課目的是什麼？

1 學習資源的種類

2 學習世界上的環境問題

3 學習節約的生活

4 學習如何節約生活中的資源

解析 情境說明中提及老師於課堂上進行說明，因此請仔細聆聽老師所說的內容，並掌握整體脈絡。老師表示：「この授業ではエコについて考えていきたいと思います，皆さんの生活の中の小さなことから考えていきましょう，私たち一人一人が貴重な資源への意識を高く持つことで、少しでも無駄遣いをなくすことができます，こういったことをこの授業で学んでいきましょう」，而本題詢問的是該課程的目的，因此答案要選 4 生活の中の資源の節約について学ぶ（學習如何在生活中節省資源）。

詞彙 エコ名環保｜日常生活 にちじょうせいかつ名日常生活
資源 しげん名資源｜節約 せつやく名節約
身近だ みぢかだな形切身的｜欠かす かかす動欠缺
貴重だ きちょうだな形寶貴的｜使い方 つかいかた名使用方法
歯磨き はみがき名刷牙｜その都度 そのつど 每次
ざっと副大略地｜気付く きづく動察覺｜意識 いしき名意識
無駄遣い むだづかい名浪費｜積み重ね つみかさね名累積

やがて 副 終會 | 地球 ちきゅう 名 地球 | 広がる ひろがる 動 擴展
解決 かいけつ 名 解決 | 種類 しゅるい 名 種類
環境 かんきょう 名 環境 | 経済的だ けいざいてきだ 名 實惠的

2

[音檔]

講演会で男の人が話しています。

M：近年、学校では、クラスメイトと一緒に課題に取り組んだり、話し合ってお互いに意見を交換したりするような、学生が参加しながら学ぶ授業が多くなりました。同じ内容を勉強するのでも、授業を聞くだけより、自分で考えて答えを見つけるほうが、たくさんのことを学べますし、記憶に強く残ると言われています。自分の考えや気持ちを上手に相手に伝える力や相手の考えや気持ちを理解する力、つまりコミュニケーション能力は、一日や二日で養われるものではありません。社会に出て仕事をするようになると重要視されるこの能力は、このような活動を通じて、育てていくことが必要だと言われています。このような学びの経験を積むことによって、学生の能力は育っていくのです。

男の人の話のテーマは何ですか。

1 コミュニケーション能力の課題
2 参加型授業の必要性
3 社会人に必要な能力
4 授業方法の問題点

中譯 演講中，男人正在說話。

M：近年來，學校增加了許多可以讓同學們一起做專題或互相討論交換意見、一邊參與一邊學習的課程。有人說即使學的都是一樣的東西，但比起單純的聽講，自己思考尋找答案不僅可以學到更多，還能增強記憶力。溝通能力，也就是將自己的想法心情好好傳達出去，以及好好理解他人想法的能力，這些不是一天兩天就能養成的。所以才有人說這在出了社會後會被視為最重要的能力，也是有必要去透過這些活動培養訓練。透過這樣的經驗累積，學生的能力也能成長起來。

男人談論的主題是什麼？

1 溝通能力的課題
2 參與型課程的必要性
3 社會人必要的能力
4 上課方法的問題點

解析 情境說明中提及男子在演講，因此請仔細聆聽男子所說的內容，並掌握整體脈絡。男子表示：「学生が参加しながら学ぶ授業が多くなりました，自分で考えて答えを見つけるほうが、たくさんのことを学べますし、記憶に強く残る，このような活動を通じて、育てていくことが必要だ」，而本題詢問的是演講的主題，因此答案要選 2 参加型授業の必要性（參與型課程的必要性）。

詞彙 講演会 こうえんかい 名 演講會 | 近年 きんねん 名 近年
クラスメイト 名 同學 | 課題 かだい 名 課題
取り組む とりくむ 動 致力 | 話し合う はなしあう 動 討論
互いに たがいに 副 互相地 | 交換 こうかん 名 交換
参加 さんか 名 參加 | 内容 ないよう 名 內容
見つける みつける 動 尋找 | 記憶 きおく 名 記憶
理解 りかい 名 理解 | コミュニケーション 名 溝通
能力 のうりょく 名 能力 | 養う やしなう 動 養成
重要視 じゅうようし 名 重視 | 活動 かつどう 名 活動
通じる つうじる 動 透過 | 育つ そだつ 動 成長
積む つむ 動 累積 | 参加型 さんかがた 名 參加型
必要性 ひつようせい 名 必要性
社会人 しゃかいじん 名 社會人士
問題点 もんだいてん 名 問題點

3

[音檔]

テレビで女の人が話しています。

F：今日は、最近話題になっているこちらの小説を紹介したいと思います。個人的に、この作家の小説が大好きで、出版される度に読んでいます。私のようなファンの方にももちろんお勧めしますが、彼の小説が初めてという方にもぜひ読んでもらいたいと思います。今回の作品は、彼ならではの独特の世界観が、前作に比べてあまり強調されていません。ですので、彼のファンの方には物足りないかもしれませんが、初めての方には読みやすいのではないでしょうか。また、同じジャンルの他の作品と比べてみても、法律の専門用語が少ないので、テンポよく読み進めることができます。裁判が主な舞台なだけに、子供でも楽しめる作品とは言えませんが、男女問わず楽しめるこの作品を、皆さん、手に取ってみてはいかがでしょうか。

女の人はこの本についてどう思っていますか。

1 前作よりも読みにくい
2 同じジャンルのものより難しい
3 子供よりも大人向けだ
4 女性より男性のほうが読みやすい

中譯 電視中女人正在說話。

F：今天，我想介紹給大家最近成為熱門話題的這本小說。我個人非常地喜歡這位作家的小說，只要他有出版新書我一定會看。如果有像我一樣的書迷，那是一定得推薦的，不過如果是沒看過他作品的人，我希望你們也一定要看看這本。這一次的作品比起過往，就沒有那麼突顯他獨特的世

聽解

界觀了。所以，也許他的書迷會感到有點不滿足，但對初次接觸的人而言應該會更容易閱讀。此外，比起其它相同領域的作品，他的法律用語也比較少，所以可以用很順利的節奏閱讀下去。雖然說是以法庭審判為背景的故事，不能說是小孩子也能好好享受閱讀的作品，但無論男女一定都會喜歡這本書，希望大家都能買來看看。

女人認為這本書是怎麼樣的書？

1　比前作比起來更不易閱讀

2　比同領域的作品還難

3　比起小孩更適合大人閱讀

4　男人會比女人看得容易

解析 情境說明中提及女子在電視上的談話，因此請仔細聆聽女子所說的內容，並掌握整體脈絡。女子表示：「今回の作品は、彼ならではの独特の世界観が、前作に比べてあまり強調されていません，初めての方には読みやすいのではないでしょうか，同じジャンルの他の作品と比べてみても、法律の専門用語が少ないので、テンポよく読み進めることができます，子供でも楽しめる作品とは言えませんが、男女問わず楽しめるこの作品」，而本題詢問的是女子對於本書的感想，因此答案要選 3 子供よりも大人向けだ（比起小孩更適合大人看）。

詞彙 話題 わだい 名 話題｜個人 こじん 名 個人｜作家 さっか 名 作家
出版 しゅっぱん 名 出版｜ファン 名 粉絲
お勧め おすすめ 名 推薦｜作品 さくひん 名 作品
独特 どくとく 名 獨特｜世界観 せかいかん 名 世界觀
前作 ぜんさく 名 上部作品｜強調 きょうちょう 名 強調
物足りない ものたりない い形 不過癮的｜ジャンル 名 類型
用語 ようご 名 用語｜テンポ 名 節奏｜裁判 さいばん 名 官司
主だ おもだ な形 主要的｜舞台 ぶたい 名 舞台
男女 だんじょ 名 男女｜手に取る てにとる 拿取
大人向け おとなむけ 適合大人

4

[音檔]
講演会で作曲家が話しています。

M：道を歩いていると、私の作った曲を聞いて元気になったと声を掛けられることがあります。大変うれしいことです。若いころ、どうしようもなく落ち込んでいるときにたまたま入った店で、暗い曲が流れてきたことがあります。歌詞に共感できて救われる気がしたのですが、それもつかの間のことで、そのあと気分がますます滅入った経験があります。その時から意図的に明るい音楽を作るようになりました。落ち込んでいるときにあの音楽を聞きたい、元気になりたいから聞こう。そう思ってもらえる音楽を作るようにしています。音楽には人をリラックスさせて楽しませる効果があると考えているからです。本来音楽はストレスを解き放つものだと思うのです。

作曲家は何について話していますか。

1 曲を作る際の心がけ

2 人を元気づける曲の条件

3 若いころに悲しんだ経験

4 ストレスを解消する方法

中譯 演講會上作曲家正在說話。

M：在路上走著的時候，突然有人過來跟我說，聽了我做的歌之後恢復精神了。那真的是讓我非常高興的事。年輕的時候，我曾在一次無可奈何的事件後，心情低落的去到一家店，但那家店正在放一首特別黑暗的歌曲。本來是想從歌詞中得到共鳴及救贖的我，卻因為一瞬間的事心情一落千丈。從那時候開始，我就開始有意識地做出開朗明快的音樂。在心情低落時會想聽，或想恢復元氣時可以聽。我都是抱著這樣的心思在作曲的。這是因為我認為音樂有讓人放鬆、感到快樂的效果。而且本來音樂也是用來解放壓力的。

作曲家說的是什麼？

1　作曲時的心思

2　幫助人恢復精神的歌曲條件

3　年輕時悲傷的經驗

4　消解壓力的方法

解析 情境說明中提及作曲家在演講，因此請仔細聆聽作曲家所說的內容，並掌握整體脈絡。作曲家表示：「私の作った曲を聞いて元気になったと声を掛けられることがあります。大変うれしいことです，意図的に明るい音楽を作るようになりました。落ち込んでいるときにあの音楽を聞きたい、元気になりたいから聞こう。そう思ってもらえる音楽を作るようにしています」，而本題詢問的是作曲家正在談論的內容，因此答案要選 1 曲を作る際の心がけ（作曲時的心思）。

詞彙 講演会 こうえんかい 名 演講會｜作曲家 さっきょくか 名 作曲家
曲 きょく 名 曲子｜どうしようもなく 副 無計可施地
落ち込む おちこむ 動 沮喪｜たまたま 副 偶然地
流れる ながれる 動 傳播｜歌詞 かし 名 歌詞
共感 きょうかん 名 共鳴｜救う すくう 動 拯救
つかの間 つかのま 名 一瞬間｜ますます 副 更加地
滅入る めいる 動 鬱悶｜意図 いと 名 意圖
リラックス 名 放鬆｜効果 こうか 名 效果｜本来 ほんらい 名 本來
ストレス 名 壓力｜解き放つ ときはなつ 動 解放
心がけ こころがけ 名 用心｜条件 じょうけん 名 條件
悲しむ かなしむ 動 悲傷｜解消 かいしょう 名 消除

5

[音檔]

テレビで女の人が話しています。

F：今住んでいるアパートは便利な場所にあるのですが、とても狭い、いわゆる極狭物件です。三畳しかないんですよ。以前はもう少し広い部屋でしたが、片道1時間半もかけて通勤していました。つまり、毎日3時間も通勤に時間を費やしていたので、時間がもったいないなとずっと思ってたんです。3時間もあれば何か習い事でもできるじゃないですか。でも、都心は家賃が高額だし、仕方がないと諦めていたのです。そう思っていたときに、この部屋なら以前の家賃と変わらないと知ったのです。初めて部屋を見たときはあまりの狭さに驚きましたが、週末もうちでじっとしていませんから寝るスペースさえあればいいかなと思ったんです。今は会社へは自転車で5分で行けるんですよ。

女の人は何について話していますか。

1 都心に通勤する大変さ
2 引っ越す前の住居の問題点
3 今のアパートに引っ越した理由
4 引っ越してから新しく始めた趣味

中譯 電視上的女人正在說話。

F：我現在住的公寓雖然地點方便，但非常地狹小，也就是所謂的超狹窄房屋。大約只有三張榻榻米左右的大小。以前我住的地方是比這裡稍微大一點，但通勤單程就要一個半小時，也就是說我每天都要花費三個小時在通勤上，所以我一直覺得很浪費時間。如果能多出三個小時不是就能學很多東西了嗎？但就在我心想都心的房租太高了了，實在沒辦法也只好放棄的時候，得知現在的這個房間的房租居然和之前的差不了多少。雖然第一次看到屋子時，真的有被狹小的程度嚇到，但我想反正我週末也不會一直待在家裡，所以只要能有睡覺的空間就夠了。現在我去公司騎自行車也只要 5 分鐘。

女人正在說的是有關什麼的話題？

1 往都心通勤非常辛苦
2 搬家前住處的問題點
3 為什麼會搬到現在住的公寓的理由
4 搬家後開始的新的興趣

解析 情境說明中提及女子在電視上的談話，因此請仔細聆聽女子所說的內容，並掌握整體脈絡。女子表示：「今住んでいるアパートは便利な場所にあるのですが、とても狭い、いわゆる極狭物件です，以前はもう少し広い部屋でしたが、片道 1 時間半もかけて通勤していました。つまり、毎日 3 時間も通勤に時間を費やしていたので、時間がもったいないなとずっと思ってたんです，この部屋なら以前の家賃と変わらないと知ったのです，今は会社へは自転車で 5 分で行けるんですよ」，而本題詢問的是女子正在談論的內容，因此答案要選 3 今のアパートに引っ越した理由（搬到現在的公寓的理由）。

詞彙 いわゆる 副 所謂
極狭物件 ごくきょうぶっけん 名 極窄房屋
以前 いぜん 名 以前｜片道 かたみち 名 單程
通勤 つうきん 名 通勤｜費やす ついやす 動 花費
もったいない い形 可惜的｜習い事 ならいごと 名 才藝
都心 としん 名 市中心｜家賃 やちん 名 房租
高額 こうがく 名 高額｜諦める あきらめる 動 放棄
じっと 副 動也不動地｜スペース 名 空間
住居 じゅうきょ 名 住處｜問題点 もんだいてん 名 問題點

6

[音檔]

大学の先生が授業で話しています。

M：10年ほど前から、この大学から長期間の留学に行く学生が減少しています。私は大学生のときに長期留学したことで視野が広がり、本当によかったと思っているので、この状況を残念に思っています。先日のアンケート結果を見ると、「海外に行くのが不安である」や「面倒である」のような否定的な意見が目立ちました。また短期だったら行きたいと書いた人も多かったです。私は慣れたころに帰国する短期留学より長く行くことをすすめます。また、世界的に見ても、短期留学をする人が多いのですが、1か月、長くても3か月未満の短期留学はあっという間ですので、何をしたいのかをあらかじめ決めておかないと、得るものは少ないでしょう。それなら現地に行かずに、オンラインでの留学ではどうかという意見がありますが、やはり現地に行かないとわからない、ということは多くあるのではないでしょうか。

先生が言いたいことは何ですか。

1 留学せずに後悔しているので皆さんにはしてほしい
2 長期間行きたくない人には短期留学をすすめる
3 世界中の傾向として短期留学のほうが人気がある
4 短期留学をするより長期留学するとよい

中譯 大學老師正在課堂上說話。

M：大約從 10 年前開始，從這所大學去長期留學的學生就在減少。我一直覺得能在大學時出去留學開闊視野是非常好的機會，所以對這樣的狀況感到相當可惜。前幾天看到問卷調查的結果，上面都是像「對出國有點不安」、「很麻煩」之類的否定的意見。還有就是有很多人寫說如果是短期的話就願意去。比起才剛習慣就要回國了的短期留學，

聽解

我還是比較建議長期的。以全世界的情況來說，有短期留學經驗的人真的很多。但一個月、最多都不滿三個月的短期留學，除非事先決定好要做些什麼，不然能收穫的東西還是非常少吧。也有人說不去當地，選擇線上留學如何呢？我認為還是有很多東西是不去當地就無法體會得到的，不是嗎？

老師想說的是什麼？

1　由於以前沒去留學很後悔，所以希望大家都能去

2　不想去長期留學的人建議選擇短期

3　以全世界的傾向來說短期留學比較受歡迎

4　比起短期短學，長期留學更好

解析 情境說明中提及老師正在授課，因此請仔細聆聽老師所說的內容，並掌握整體脈絡。老師表示：「この大学から長期間の留学に行く学生が減少しています，この状況を残念に思っています，私は慣れたころに帰国する短期留学より長く行くことをすすめます，1 か月、長くても 3 か月未満の短期留学はあっという間ですので、何をしたいのかをあらかじめ決めておかないと、得るものは少ないでしょう」，而本題詢問的是老師想表達的內容，因此答案要選 4 短期留学をするより長期留学するとよい（長期留學優於短期留學）。

詞彙 長期 ちょうき 名 長期｜減少 げんしょう 名 減少
視野 しや 名 視野｜広がる ひろがる 動 擴展
状況 じょうきょう 名 狀況｜先日 せんじつ 名 日前
アンケート 名 問卷｜結果 けっか 名 結果｜海外 かいがい 名 海外
不安 ふあん 名 不安｜面倒だ めんどうだ な形 麻煩的
否定的だ ひていてきだ な形 否定的
目立つ めだつ 動 醒目｜短期 たんき 名 短期
帰国 きこく 名 回國｜未満 みまん 名 未滿｜現地 げんち 名 當地
オンライン 名 線上｜後悔 こうかい 名 後悔
傾向 けいこう 名 傾向

實戰測驗 2

p.377

1 3　**2** 4　**3** 4　**4** 3　**5** 1　**6** 3

問題 3 試題卷上不會寫有任何內容。本題將針對對話整體內容進行提問。對話前不會提供問題。請先聽對話，再聽問題及選項，並從 1 至 4 的選項中選出最適合的答案。

1

[音檔]

男の人がインタビューで自分の体験について話しています。

M：僕は、小さい頃から人の気持ちを考えるくせがありましたね。こう言ったら嫌われるだろうかと、よく考えていました。そして考えているうちに話す機会を逃してしまって、気持ちを伝えられないこともありましたね。それが中学生の頃から少しずつ変わりました。なぜかというと、中学の部活動では学生たちが、活動を通して人間関係を作っていきますよね。ですから、その中で自分の意見を求められることが多かったんです。最初はあれこれ考えてうまくできませんでしたが、友達から「何も考えないで、言いたい事を何でも言ってみたら？」とアドバイスされたんです。試しにそうしてみたら、自分でも驚くくらいすらすらと自分の気持ちを伝えることができました。考えることは大切だけど、考えすぎることはよくないとわかったんです。時には失敗してもいいと思って、思い切ってやってみることが大切なんです。

男の人はこの体験から何がわかったと言っていますか。

1 考えてから話せばうまく伝わること

2 考えないで話すとうまく伝わらないこと

3 考えすぎるとうまく伝えられないこと

4 考えすぎてもうまく伝えられること

中譯 男人正在採訪中述說自己的體驗。

M：我從小就很會顧慮別人的心情。經常會想說我這麼說的話會被討厭吧。然後在思考的時候就錯過了開口的機會，結果就是想說的話都沒能好好表達出來。一直到中學左右，我才開始有改變。要說為什麼的話，那應該是因為中學時，學生們都是透過活動建立人際關係。所以，我經常會被問到自己的意見。我一開始還會因為考慮東考慮西而無法好好說出來，但朋友鼓勵我說「什麼都別想，想說什麼就說說看」。我試著去做了之後，意外到我自己都嚇了一跳，那就是我終於能好好表達出我的想法了。思考固然很重要，但想太多也不行。偶爾抱著失敗了也沒關係，大膽地去嘗試的心態也是很重要的。

男人說在這個體驗中了解了什麼？

1　想清楚再說才能好好表達想法

2　不思考就說出口的話就無法好好表達想法

3　想太多會無法好好表達想法

4　想很多也能好好表達想法

解析 情境說明中提及男子在談論自身的經驗，因此請仔細聆聽男子所說的內容，並掌握整體脈絡。男子表示：「小さい頃から人の気持ちを考えるくせがありましたね，考えているうちに話す機会を逃してしまって、気持ちを伝えられないこともありましたね，友達から「何も考えないで、言いたい事を何でも言ってみたら？」とアドバイスされたんです。試しにそうしてみたら、自分でも驚くくらいすらすらと自分の気持ちを伝えることができました，考えることは大切だけど、

考えすぎることはよくないとわかったんです」，而本題詢問的是男子從經驗中體悟了什麼事，因此答案要選 3 考えすぎるとうまく伝えられないこと（想太多的話沒辦法好好傳達）。

詞彙 インタビュー 名 訪談｜体験 たいけん 名 體驗｜くせ 名 習慣
嫌う きらう 動 討厭｜逃す のがす 動 錯失
部活動 ぶかつどう 名 社團活動｜活動 かつどう 名 活動
人間関係 にんげんかんけい 名 人際關係
求める もとめる 動 徵求｜あれこれ 名 這個那個
アドバイス 名 建議｜試しに ためしに 副 嘗試｜すらすら 副 流暢地
思い切って おもいきって 毅然｜伝わる つたわる 動 傳達

2

[音檔]

ラジオで外国語学校の講師が話しています。

F：何を学ぶにしても、始める時期は早ければ早いほどいいと言われています。特に言語の学習においては早いに越したことはありませんが、最近では、40代や50代になってから外国語を学び始める人も多いんです。大人になってから始めようというときに、それは本当に習得することだけが目的なのでしょうか。もちろんそういう人もたくさんいるでしょう。ですが、何かのコミュニティーに参加したい、誰かと話したい、自分を高めたいなどといった声もよく聞きます。それがたまたま言語を学ぶ場所だったということです。そうやって、習得することだけにこだわらず気軽に学んでみたら、意外にも楽しくなってどんどん上達していくかもしれませんよ。

講師は何について話していますか。

1 言語学習を始める時の注意点
2 効率よく言語を学ぶコツ
3 言語学習の悪い例
4 楽しく言語を学ぶ姿勢

中譯 廣播中外語學校的講師正在說話。

F：大家都說不管學什麼都愈早愈好，特別是學語言還是早一點學最好。但是最近開始有很多人到了 40 ～ 50 歲才開始學外語。我想應該會有不少人疑惑成人之後才開始學，他們的目的真的是想學到什麼嗎？但是，我經常聽他們想參加什麼交流活動、想和誰說說話、想提升自己等等的意見。其實不過是因為我們剛好是學語言的場所。所以我想，如果能像這樣不糾結於學什麼，而單純抱著輕鬆的心態什麼都去學，也許能獲得意外的快樂並有效的提升自己。

講師正在說的是有關什麼的話題？

1 開始學習語言時該注意的地方
2 高效學習語言的秘訣
3 學習語言的負面案例
4 快樂學習語言的態度

解析 情境說明中提及外語學校的講師的談話，因此請仔細聆聽外語講師所說的內容，並掌握整體脈絡。講師表示：「最近では、40 代や 50 代になってから外国語を学び始める人も多いんです，何かのコミュニティーに参加したい、誰かと話したい、自分を高めたいなど，習得することだけにこだわらず気軽に学んでみたら、意外にも楽しくなってどんどん上達していくかもしれませんよ」，而本題詢問的是講師正在談論什麼內容，因此答案要選 4 楽しく言語を学ぶ姿勢（開心學習語言的態度）。

詞彙 外国語 がいこくご 名 外語｜講師 こうし 名 講師
学ぶ まなぶ 動 學習｜時期 じき 名 時期｜言語 げんご 名 語言
学習 がくしゅう 名 學習｜習得 しゅうとく 名 習得
目的 もくてき 名 目的｜コミュニティー 名 社群
参加 さんか 名 參加｜高める たかめる 動 提升
たまたま 副 偶然地｜こだわる 動 拘泥
気軽だ きがるだ な形 輕鬆的｜上達 じょうたつ 名 進步
注意点 ちゅういてん 名 注意事項｜効率 こうりつ 名 效率
コツ 名 訣竅｜姿勢 しせい 名 態度

3

[音檔]

講演会で男の人が話しています。

M：子どもの教育についてご両親から寄せられる相談で最近増えているのは、「子どもが勉強しないんですが、どうしたらいいですか」というものです。お気持ちはよく分かるのですが、周りの子と比べて自分の子どもを評価している人が少なくないことに、不安を感じています。成長のスピードは人それぞれで、背の高さが異なるように、勉強に興味を持ち始める時期にも個性があります。まずは、子どもの心の状態を知ることから始めるべきなのに、そこを飛ばして理想を押し付けようとする人が非常に多いんです。

男の人の話のテーマは何ですか。

1 子どもの勉強時間を増やす方法
2 勉強しない子どもが増えた理由
3 子どもの成長に対する評価の重要性
4 子育てをしている親に対する心配

中譯 演講會中男人正在說話。

M：在我接到的有關孩子教育問題的諮詢案件中，最近增加最多的是「孩子都不好好讀書，該怎麼辦」。雖然我非常能夠理解這種心情，但對於居然有不少家長會拿自己的孩子與別家的孩子比較，我感到相當不安。這是因為每個人的成長進度是不一樣的，就像身高人人有差一樣，每個孩子對學習開始產生興趣的時期也都不一樣。明明應該先了解

聽解

孩子們的內心狀態的，但卻有非常多家長跳過這一點而去要求孩子們追求理想。

男人談論的主題是什麼？

1　增加孩子們學習時間的方法

2　不願意好好學習的孩子數量大增的理由

3　對孩子的成長過程進行評價的重要性

4　擔心養育孩子的家長們的心態

解析 情境說明中提及男子正在演講，因此請仔細聆聽男子所說的內容，並掌握整體脈絡。男子表示：「周りの子と比べて自分の子どもを評価している人が少なくないことに、不安を感じています，子どもの心の状態を知ることから始めるべきなのに、そこを飛ばして理想を押し付けようとする人が非常に多いんです」，而本題詢問的是男子正在談論的主題，因此答案要選 4 子育てをしている親に対する心配（擔心養育孩子的家長們的心態）。

詞彙 講演会 こうえんかい 名 演講會｜寄せる よせる 動 捎來
評価 ひょうか 名 評價｜不安 ふあん 名 不安
感じる かんじる 動 感受｜成長 せいちょう 名 成長
スピード 名 速度｜異なる ことなる 動 相異
時期 じき 名 時期｜個性 こせい 名 個性｜状態 じょうたい 名 狀態
飛ばす とばす 動 跳過｜理想 りそう 名 理想
押し付ける おしつける 動 強加｜テーマ 名 主題
増やす ふやす 動 增加｜方法 ほうほう 名 方法
成長 せいちょう 名 成長｜重要性 じゅうようせい 名 重要性
子育て こそだて 名 育兒

4

[音檔]

テレビでホテルの社長が話しています。

F：3年前までは若いお客様を増やすことに力をいれていたのですが、従業員との協議の中で、これからの時代、お年寄りが快適に過ごせるホテルを目指すべきではないかという意見が出たことをきっかけに方針を変えました。まず設備面の改装に着手し、スロープや手すりを増やして、車椅子でも移動しやすいように大きいエレベーターも設置しました。お料理につきましても、若い世代に人気の食べ放題はやめて、体調やお好みに合わせてメニューをお選びいただける形へと変更しました。このことは、若い年代のお客様にも喜ばれる結果となりました。多くの方にまた来たいと思っていただけるように、高齢の方々のご要望をこれからも取り入れていきたいと考えております。

ホテルの社長は何について話していますか。

1 若者の客を増やすための対策

2 ホテルの経営が失敗した理由

3 お年寄りが過ごしやすい施設への転換

4 全ての世代に満足してもらうための工夫

中譯 電視上飯店的社長正在說話。

F：三年前我們還在為增加年輕顧客而努力，但在與員工討論過後，認為我們應該還是要成為讓老年人感到舒服的飯店，因此才開始改變方針。首先，我們開始著手設備方面的改裝，像是增加了坡道和扶手，為了方便輪椅的移動我們還設置了大面積的電梯。餐飲方面也是，我們放棄了大受年輕人歡迎的吃到飽，改成可以按自己身體狀況選擇菜單的形式。沒想到結果也大受年輕人好評。為了迎接更多的客人，我們接下來也會努力回應老年人的期望。

飯店的社長談論的是什麼話題？

1　為了增加年輕客人的對策

2　飯店經營失敗的理由

3　改建為適合老人的設施

4　為了滿足所有年齡層所下的工夫

解析 情境說明中提及飯店社長的談話，因此請仔細聆聽飯店社長所說的內容，並掌握整體脈絡。飯店社長表示：「お年寄りが快適に過ごせるホテルを目指すべきではないかという意見が出たことをきっかけに方針を変えました，スロープや手すりを増やして、車椅子でも移動しやすいように大きいエレベーターも設置しました，体調やお好みに合わせてメニューをお選びいただける形へと変更，高齢の方々のご要望をこれからも取り入れていきたい」，而本題詢問的是飯店社長正在談論的內容，因此答案要選 3 お年寄りが過ごしやすい施設への転換（改建為適合老人的設施）。

詞彙 増やす ふやす 動 增加｜従業員 じゅうぎょういん 名 員工
協議 きょうぎ 名 協議｜年寄り としより 名 年長者
快適だ かいてきだ な形 愜意的｜目指す めざす 動 定為目標
きっかけ 名 契機｜方針 ほうしん 名 方針｜設備 せつび 名 設備
改装 かいそう 名 改裝｜着手 ちゃくしゅ 名 著手
スロープ 名 斜坡｜手すり てすり 名 扶手
車椅子 くるまいす 名 輪椅｜移動 いどう 名 移動
設置 せっち 名 設置｜世代 せだい 名 世代｜人気 にんき 名 人氣
食べ放題 たべほうだい 名 吃到飽｜体調 たいちょう 名 身體狀況
好み このみ 名 喜好｜変更 へんこう 名 變更
年代 ねんだい 名 年代｜結果 けっか 名 結果
高齢 こうれい 名 高齢｜方々 かたがた 名 人士
要望 ようぼう 名 要求｜取り入れる とりいれる 動 採納
若者 わかもの 名 年輕人｜対策 たいさく 名 對策
経営 けいえい 名 經營｜施設 しせつ 名 設施
転換 てんかん 名 轉換｜満足 まんぞく 名 滿足
工夫 くふう 名 巧思

5

[音檔]

地域の集会で男の人が話しています。

M：今日は、この地域で問題となっているマンション建設とそれに伴う幼稚園移転について皆さんと考えたいと思います。色々な意見があるようですが、私は、何よりも子供の育つ環境のことを考えなければならないと思っています。予定されている幼稚園の移転先は今の自然の多い場所とは違い、交通量の多い大通りに面した場所で、環境が今よりずっと悪くなることが心配されます。この点については保護者の皆さんにも今後アンケートを取っていきたいと考えています。一方、マンション建設ですが、これ自体は、新しい人達が多く移り住むことで地域が活性化される部分も大きく、個人的には嬉しく思っています。ですが、マンションを建設するとなると幼稚園は移転せざるを得ません。難しいところですね。皆さんはどう思われますか。

男の人は、この地域の問題についてどう考えていますか。

1 マンション建設には賛成だが、幼稚園移転には反対だ

2 マンション建設と幼稚園移転のどちらにも反対だ

3 マンション建設と幼稚園移転のどちらにも賛成だ

4 マンション建設には反対だが、幼稚園移転には賛成だ

中譯 地區的集會上男人正在說話。

M：今天，我希望能和大家一起想想這個地區因為大樓建造導致的幼稚園搬遷問題。目前看來有許多不同的意見，但我認為最重要的是必須考慮養育孩子的環境。預計搬遷的地點不像現在是個綠化較佳的環境，那是個面向大流量馬路的地方，環境比現在還要差很多，真的很讓人擔心。有關於這一點，我接下來會擬定問卷調查，詢問各位家長的意見。另一方面，建造大樓本身我認為是能夠吸引更多的人入住，對於地區的活化非常有幫助，所以我個人是很認同的。只是，一旦開始建起來，幼稚園又不能不搬。這一點真的很讓人煩惱，大家又是怎麼想的呢？

男人對這個地區的問題是怎麼想的？

1 贊成建大樓，但反對搬幼稚園

2 建大樓和搬幼稚園都反對

3 建大樓和搬幼稚園都贊成

4 反對建大樓，但贊成搬幼稚園

解析 情境說明中提及男子於地方集會的談話，因此請仔細聆聽男子所說的內容，並掌握整體脈絡。男子表示：「幼稚園の移転先は今の自然の多い場所とは違い、交通量の多い大通りに面した場所で、環境が今よりずっと悪くなることが心配，マンション建設ですが、これ自体は、新しい人達が多く移り住むことで地域が活性化される部分も大きく、個人的には嬉しく思っています」，而本題詢問的是男子對於該地區的問題的想法，因此答案要選 1 マンション建設には賛成だが、幼稚園移転には反対だ（贊成建公寓大樓，但反對幼稚園的搬遷）。

詞彙 地域 ちいき 名 地域｜集会 しゅうかい 名 集會

マンション 名 公寓大樓｜建設 けんせつ 名 建設

伴う ともなう 動 伴隨｜幼稚園 ようちえん 名 幼稚園

移転 いてん 名 搬遷｜育つ そだつ 動 成長

環境 かんきょう 名 環境｜交通量 こうつうりょう 名 交通量

大通り おおどおり 名 大馬路｜面する めんする 動 面對

保護者 ほごしゃ 名 家長｜今後 こんご 名 今後

アンケート 名 問卷｜一方 いっぽう 接 另一方面

自体 じたい 名 本身｜移り住む うつりすむ 動 移住

活性化 かっせいか 名 活性化｜部分 ぶぶん 名 部分

個人的だ こじんてきだ な形 個人的｜賛成 さんせい 名 贊成

6

[音檔]

学校の説明会で女の人が話しています。

F：皆さん、本日はお越しいただきありがとうございます。この説明会をきっかけに、我が校のことをよく知ってもらえると嬉しいです。皆さんは、この学校やこの学校に通う生徒達に色々なイメージをもっていると思います。私がまず皆さんに伝えたいことは、どんな自分でもいいということです。入学したら何をしたいか、どんな自分になりたいか考えてみてください。それが周囲の人と同じである必要は全くありません。勉強でもスポーツでも趣味でも、自分のしたいことを思いっきりやってみてください。そうすると、きっと同じように考える人達が自然と集まり、時間を一緒に過ごしながら、よい人間関係を築くことができるでしょう。まず自分の希望や目標を大切にして、そして仲間とともに成長してくれること、それが、私達が願っていることです。

女の人は、何について伝えていますか。

1 この学校の授業の受け方

2 この学校の生徒のイメージ

3 この学校の教育方針

4 この学校での友達の作り方

中譯 學校的說明會上，女人正在說話。

F：今天感謝各位遠道前來。如果能藉著這次說明會，讓各位更了解本校一點，將是我最開心的事。我想，大家對這所學校及學生們都有各種不一樣的印象。但首先我想告訴大家的是，不管是什麼樣的自己都是最好的。請大家試著想一下自己在入學之後想做什麼？想成為一個什麼樣的樣子？不用和旁邊的人一樣。不管是學習、運動或興趣，只要一心地去想自己最想做的是什麼。如此一來，和你有一

聽解

樣的想法的人自然就會聚在一起，共度相處時光的同時，一定也能建立起良好的人際關係。所以，首先應該重視自己的期望及目標，然後和同伴一起成長。這就是我們最期待的事。

女人想傳達的想法是什麼？
1　這個學校的上課方式
2　這個學校學生給人的印象
3　這個學校的教育方針
4　在這個學校交朋友的方法

解析　情境說明中提及女子於學校說明會的談話，因此請仔細聆聽女子所說的內容，並掌握整體脈絡。女子表示：「入学したら何をしたいか、どんな自分になりたいか考えてみてください，自分のしたいことを思いっきりやってみてください，自分の希望や目標を大切にして、そして仲間とともに成長してくれること、それが、私達が願っていること」，而本題詢問的是女子正在傳達的內容為何，因此答案要選 3 この学校の教育方針（這所學校的教育方針）。

詞彙　説明会 せつめいかい 名 說明會｜本日 ほんじつ 名 本日
きっかけ 名 契機｜イメージ 名 形象｜周囲 しゅうい 名 周遭
全く まったく 副 完全地
思いっきり おもいっきり 副 大膽地（＝思いきり）
人間関係 にんげんかんけい 名 人際關係｜築く きずく 動 建立
希望 きぼう 名 希望｜目標 もくひょう 名 目標
仲間 なかま 名 夥伴｜成長 せいちょう 名 成長
願う ねがう 動 期望｜方針 ほうしん 名 方針

實戰測驗 3

p.377

1 1　**2** 4　**3** 3　**4** 4　**5** 2　**6** 3

問題 3 試題卷上不會寫有任何內容。本題將針對對話整體內容進行提問。對話前不會提供問題。請先聽對話，再聽問題及選項，並從 1 至 4 的選項中選出最適合的答案。

1

[音檔]
大学の授業で先生が話しています。
M：えー、皆さんは、日本は祝日が少ないと思っていませんか。日本人は働き過ぎで休みが少ないというイメージがありますが、実は祝日の日数に限って言えば、先進国の中では最も多く、年間16日もあります。しかし一方で、日本人の有給休暇の消化率は、50%程度で先進国の中では最下位です。日本人が休まない理由はいろいろ考えられますが、例えば、何かあった時のために取っておいたが、結局何もなかったとか、旅行するには費用が高過ぎる、周囲の人が休まないので休みにくいなどが挙げられるでしょう。祝日は気兼ねなく休める貴重な休みといえるかもしれません。まあ、それにしても、日本の祝日の多さは本当に意外だと思いませんか。

先生の話のテーマは何ですか。
1 日本の祝日の日数
2 日本人の働き方
3 日本人の有給休暇
4 日本人が休まない理由

中譯　大學的課堂上，老師正在說話。
M：大家會覺得日本的節日很少嗎？也許大家會有日本人熱愛工作很少休假的印象，但其實以節日的天數來說，日本是先進國家中最多的，一年當中有 16 個節日。但另一方面，日本人的帶薪休假消耗率卻只有約 50%，是先進國家中的最後一名。日本人不休假的理由有很多，例如說不定有什麼時候需要請假，但結果沒有；想將假留下給旅遊用，但旅遊費用太高了；周圍的人都不休假所以很難休等等。這麼看來節日也可以說是一個不需要任何顧慮的寶貴休假日了。不過，話雖如此，你們不覺得日本節日之多真的很出乎意料嗎？

老師談論的主題是什麼？
1　日本節日的天數
2　日本人的勞動模式
3　日本人的帶薪休假
4　日本人不休假的理由

解析　情境說明中提及老師正在上課，因此請仔細聆聽老師所說的內容，並掌握整體脈絡。老師表示：「祝日の日数に限って言えば、先進国の中では最も多く、年間 16 日もあります，日本の祝日の多さは本当に意外」，而本題詢問的是老師正在談論的主題，因此答案要選 1 日本の祝日の日数（日本節日的天數）。

詞彙　祝日 しゅくじつ 名 國定假日
働き過ぎ はたらきすぎ 名 工作過度
イメージ 名 形象｜日数 にっすう 名 日數
限る かぎる 動 僅限｜先進国 せんしんこく 名 先進國家
最も もっとも 副 最｜年間 ねんかん 名 一年當中
一方 いっぽう 名 另一方面｜有給 ゆうきゅう 名 有薪
休暇 きゅうか 名 休假｜消化率 しょうかりつ 名 消耗率
程度 ていど 名 程度｜最下位 さいかい 名 墊底
結局 けっきょく 副 最後｜費用 ひよう 名 費用
周囲 しゅうい 名 周遭｜気兼ね きがね 名 顧慮
貴重だ きちょうだ な形 寶貴的｜テーマ 名 主題

2

[音檔]

テレビで医者が話しています。

F：通信のインフラが整備されてきた昨今、仕事や買い物はもちろん、医療の現場でもオンライン診療に関心が向けられてきています。私達の病院でも、遠方の患者さんやお子さん、ご高齢の方に、ご自宅から待ち時間なしで診察を受けていただけるオンライン診療を始めたところ、このような診療を希望される方が予想以上に多いことが分かりました。処方された薬はご自宅の近くの薬局で受け取ることもできますし、こちらからご自宅まで郵送することも可能です。ただ、初めて診察を受ける場合や、外科のように処置が必要な場合には適しておりませんので、まだまだ課題はありますが。持病の薬の処方や、免疫力が下がっていて外出なさらないほうがいい場合などには有効です。医師と話しただけでご家族も患者さんご本人も安心されるので、是非全国の皆様にご利用いただきたいと思います。

医者は何について話していますか。

1 通信環境の整備の拡張
2 診療を希望する人の増加
3 薬を郵便でもらう方法
4 オンライン診療を推奨する理由

中譯 電視上有醫師正在說話。

F：在通訊基礎設施發展日趨完善的現在，工作或購物就不用說了，連醫療界也對線上診療愈來愈感興趣。我們醫院也是，在開始接受遠地病患或小孩、高齡者在家不需等待的線上診療後，我才發覺需要這種診療方式的病患原來有如此之多。處方藥可以到住家附近的藥局領取，也可以直接由我們郵寄。只是，初診或需要外科處置時還是無法適用，雖然還有很多課題尚待我們去解決，但對慢性病的藥物處方、或免疫力低下應盡量避免外出的患者而言，還是相當有效的。能和醫師說上話，對於家屬或患者本人也能增加安心感，希望全國民眾都能多多利用。

醫師談論的是有關什麼的話題？

1 通訊環境擴大整頓
2 需要診療的人增加了
3 郵寄藥物的方法
4 推薦線上診療的理由

解析 情境說明中提及醫生的談話，因此請仔細聆聽醫生所說的內容，並掌握整體脈絡。醫生表示：「ご自宅から待ち時間なしで診察を受けていただけるオンライン診療を始めたところ、このような診療を希望される方が予想以上に多いこと，持病の薬の処方や、免疫力が下がっていて外出なさらないほうがいい場合などには有効，是非全国の皆様にご利用いただきたいと思います」，而本題詢問的是醫生正在談論什麼內容，因此答案要選4 オンライン診療を推奨する理由（推薦線上看診的理由）。

詞彙 通信 つうしん名通訊｜インフラ名基礎建設
整備 せいび名整頓｜昨今 さっこん名近來
医療 いりょう名醫療｜現場 げんば名現場｜オンライン名線上
診療 しんりょう名診療｜関心 かんしん名關注
向ける むける動朝向｜遠方 えんぽう名遠方
患者 かんじゃ名病患｜高齢 こうれい名高齢
自宅 じたく名自家｜診察 しんさつ名看診
希望 きぼう名希望｜予想 よそう名預想｜処方 しょほう名處方
薬局 やっきょく名藥局｜受け取る うけとる動領取
郵送 ゆうそう名郵寄｜外科 げか名外科
処置 しょち名處置｜適する てきする動適用
課題 かだい名課題｜持病 じびょう名宿疾
免疫力 めんえきりょく名免疫力｜外出 がいしゅつ名外出
有効 ゆうこう名有效｜医師 いし名醫師｜本人 ほんにん名本人
全国 ぜんこく名全國｜環境 かんきょう名環境
拡張 かくちょう名擴張｜増加 ぞうか名増加
郵便 ゆうびん名郵件｜方法 ほうほう名方法
推奨 すいしょう名推薦

3

[音檔]

テレビでレポーターが話しています。

M：この地域では、育てやすい一般的な野菜の生産に押され、地域に古くから伝わる伝統野菜の生産は、ほぼゼロといってもいいくらい減ってしまいました。しかし、数年前から、ベテラン農家と若い世代の農家が協力して、失われつつある伝統野菜を地域の特産品にするべく、様々な努力をしてきました。そしてこの春、ついに5種類の伝統野菜が、全国のスーパーに並ぶことになりました。生産過程においては、伝統的な方法にこだわることなく、最新の農業技術が取り入れられています。生産量が大幅に増えた背景には、ビニールハウスでの自動温度管理があるそうです。

レポーターは、何について伝えていますか。

1 新しい野菜の開発
2 生産者の世代交代
3 伝統野菜の生産増大
4 伝統的な農業技術の活用

中譯 電視上採訪記者正在說話。

M：在這個地區，因為傾力在培育容易生產的蔬菜上，導致這地區自古以來傳承特有的傳統蔬菜的生產幾乎減為零了。但是從幾年前開始，在經驗老道的農民與年輕農民的合

聽解

作之下，終於將正在逐漸失傳的傳統蔬菜變成當地的特產品。然後，到了這個春天，終於有 5 種的傳統蔬菜在全國超市的商品架上架。據說在生產過程中，他們沒有拘泥在傳統的種植方式，而是採用了最新的農業技術。而生產量能夠大幅增加的原因，據說就在於溫室中的自動溫度管理。

採訪記者想說的是什麼？

1　新蔬菜的開發

2　生產者的世代交替

3　傳統蔬菜產量增加

4　活用傳統的農業技術

解析 情境說明中提及記者的談話，因此請仔細聆聽記者所說的內容，並掌握整體脈絡。記者表示：「伝統野菜の生産は、ほぼゼロといってもいいくらい減ってしまいました，伝統野菜を地域の特産品にするべく、様々な努力をしてきました，生産量が大幅に増えた背景には、ビニールハウスでの自動温度管理があるそうです」，而本題詢問的是記者正在傳達什麼事，因此答案要選 3 伝統野菜の生産増大（傳統蔬菜的產量增加）。

詞彙 レポーター 名 記者｜地域 ちいき 名 地域
一般的だ いっぱんてきだ な形 一般的
伝わる つたわる 動 傳承｜ほぼ 副 幾乎｜減る へる 動 減少
ベテラン 名 老手｜農家 のうか 名 農家｜世代 せだい 名 世代
協力 きょうりょく 名 協助｜失う うしなう 動 失落
特産品 とくさんひん 名 特產品
様々だ さまざまだ な形 各式各樣的｜努力 どりょく 名 努力
ついに 副 終於｜種類 しゅるい 名 種類｜全国 ぜんこく 名 全國
過程 かてい 名 過程｜方法 ほうほう 名 方法｜こだわる 動 拘泥
最新 さいしん 名 最新｜農業 のうぎょう 名 農業
取り入れる とりいれる 動 引進｜大幅 おおはば 名 大幅
背景 はいけい 名 背景｜ビニールハウス 名 溫室
自動 じどう 名 自動｜温度 おんど 名 溫度｜管理 かんり 名 管理
開発 かいはつ 名 開發｜生産者 せいさんしゃ 名 生產者
世代交代 せだいこうたい 名 世代交替
増大 ぞうだい 名 增加、增加｜活用 かつよう 名 活用

4

[音檔]

ラジオでウェブショップの女の人が話しています。

F：ウェブショップを開くにあたっては、お客様の視点から、見やすさ、買いやすさを追求することに力を注ぎました。実際のお店とは異なり、商品を手にとっていただくことができないので、写真撮影は実績のあるプロカメラマンに依頼しました。そして、まるで商品が目の前にあるかのように感じることができる写真を掲載することを目指したんです。商品を置く角度や背景の色、光の当たり具合まで、細かい調整を重ねました。そのおかげで、当店の商品の魅力が十分に伝わるウェブショップが完成したと思っています。

女の人は何について話していますか。

1　ウェブショップを開く目的

2　プロカメラマンの撮影技術

3　商品の特徴と魅力

4　商品写真の工夫

中譯 廣播中網路商店的女人正在說話。

F：在經營網路商店上，我們在顧客視角、順眼、好購買的追求上傾注了全力。網路商店與實體商店不同的是無法看到實體商品，所以有關於照片拍攝，我們委託了有實績的專業攝影師。我們的目標是拍出讓顧客宛如置身商店現場一樣的照片。所以，對於商品的置放角度或背景的顏色、光照的角度等，我們都非常細心地反覆調整。多虧了這一點，我相信我們已經完成了一個能夠傳達我們商品魅力的網路商店。

女人正在談論的話題是什麼？

1　開網路商店的目的

2　專業攝影師的攝影技術

3　商品的特徵與魅力

4　在商品照片下的工夫

解析 情境說明中提及女子針對網路商店的談話，因此請仔細聆聽女子所說的內容，並掌握整體脈絡。女子表示：「写真撮影は実績のあるプロカメラマンに依頼，商品が目の前にあるかのように感じることができる写真を掲載，商品を置く角度や背景の色、光の当たり具合まで、細かい調整を重ねました」，而本題詢問的是女子正在談論的內容，因此答案要選 4 商品写真の工夫（在商品照上所下的工夫）。

詞彙 ウェブショップ 名 網路商店｜視点 してん 名 觀點
追求 ついきゅう 名 追求｜注ぐ そそぐ 動 投注
実際 じっさい 名 實際｜異なる ことなる 動 相異
商品 しょうひん 名 商品｜撮影 さつえい 名 攝影
実績 じっせき 名 實績｜プロ 名 專業｜カメラマン 名 攝影師
依頼 いらい 名 委託｜まるで 副 宛然｜感じる かんじる 動 感受
掲載 けいさい 名 刊登｜目指す めざす 動 定為目標
角度 かくど 名 角度｜背景 はいけい 名 背景｜光 ひかり 名 光線
あたる 動 照射｜具合 ぐあい 名 狀況
調整 ちょうせい 名 調整｜重ねる かさねる 動 反覆
当店 とうてん 名 本店｜魅力 みりょく 名 魅力
伝わる つたわる 動 傳達｜完成 かんせい 名 完成
目的 もくてき 名 目的｜特徴 とくちょう 名 特徵
工夫 くふう 名 巧思

5

[音檔]

大学の授業で先生が話しています。

F：えー、私たちは人と話すときに話の内容だけではなく、声のトーンや身振り手振りなど様々な情報を読み取っています。しかし、その読み取り方には、日本人と欧米人に違いがあるのを知っていますか。例えば表情です。顔の中で一番顕著に感情が表れるのは口元で、一番感情を偽りにくいのが目元だと言われています。口元は意志で動かすことができますが、目元はそれが難しいためです。つまり、口元は自分が見せたい表情を作ることができるのに対して、目元は感じたままの感情が出てしまうというわけです。日本人はサングラスをしている人に不信感を持ちますが、欧米人はマスクをしている人により不信感を持つそうです。ここから、双方が主にどこに着目してコミュニケーションしているか、ということが分かりますね。そして、これらが示す通り、日本人と欧米人の間には大きな違いがあるのです。

先生の話のテーマは何ですか。

1 コミュニケーション時に口元と目元に表れる感情
2 コミュニケーション時の情報の取り込み方の違い
3 コミュニケーション時の口元と目元が与える印象
4 コミュニケーション時に必要な表情の出し方

中譯 大學的課堂上，老師正在說話。

F：我們在和別人說話的時候，除了說話的內容，其實還會從聲音的語調還有肢體語言等去讀取各種訊息。但是，你們知道這種讀取的方法，日本人和歐美人是不一樣的嗎？例如表情，有人說五官當中情緒表達最明顯的是嘴角，而最難偽裝情緒的則是眼角。這是因為嘴角還能以意志控制，但眼角卻相當地困難。也就是說，嘴角能做出自己想讓人看出的表情，但眼角卻會洩漏出感受到的真實情緒。據說日本人不信任戴太陽眼鏡的人，而歐美人卻是不信任戴口罩的人。從這一點來看，就能知道雙方在交流時關注的是哪一點了。除此之外，也能顯示出，日本人與歐美人之間的差異真的很大。

老師正在談論的主題是什麼？

1 交流時，嘴角與眼角表達出來的情緒
2 交流時，訊息吸取方式的差異
3 交流時，嘴角與眼角給人的印象
4 交流時，必要的表情表達方式

解析 情境說明中提及老師正在授課，因此請仔細聆聽老師所說的內容，並掌握整體脈絡。老師表示：「私たちは人と話すときに話の内容だけではなく、声のトーンや身振り手振りなど様々な情報を読み取っています，その読み取り方には、日本人と欧米人に違いがあるのを知っていますか，日本人はサングラスをしている人に不信感を持ちますが、欧米人はマスクをしている人により不信感を持つそうです」，而本題詢問的是老師談論的主題為何，因此答案要選 2 コミュニケーション時の情報の取り込み方の違（溝通過程中獲取資訊的方法差異）。

詞彙 内容 ないよう 名 內容｜トーン 名 音調｜身振り みぶり 名 動作｜手振り てぶり 名 手勢｜様々だ さまざまだ な形 各式各樣的｜情報 じょうほう 名 資訊｜読み取る よみとる 動 讀取｜欧米人 おうべいじん 名 歐美人｜表情 ひょうじょう 名 表情｜顕著だ けんちょだ な形 顯著的｜感情 かんじょう 名 感情｜現れる あらわれる 動 顯現｜口元 くちもと 名 嘴角｜偽る いつわる 動 偽裝｜目元 めもと 名 眼角｜意志 いし 名 意志｜動かす うごかす 動 活動｜感じる かんじる 動 感受｜サングラス 名 太陽眼鏡｜不信感 ふしんかん 名 懷疑｜マスク 名 口罩｜双方 そうほう 名 雙方｜主に おもに 副 主要地｜着目 ちゃくもく 名 著眼｜コミュニケーション 名 溝通｜取り込み方 とりこみかた 名 接收方法｜与える あたえる 動 給予｜印象 いんしょう 名 印象

6

[音檔]

会議で女の人が男の人に花まつりの開催と期間について意見を聞いています。

F：それでは、「花まつりの開催」と「開催期間」についてご意見をお聞かせください。

M：はい。まず、開催するかどうかですが、私はぜひ開催するべきだと思います。田舎で交通の便が悪く集客に不安があるという意見もありますが、近くに高速道路の出口もありますし、最寄り駅まで送迎バスを運行すれば問題ないと思います。むしろ、近隣の緑豊かな環境をアピールすれば、集客が期待できると考えます。「期間」については、もう少し検討が必要じゃないでしょうか。現在の2月から8月ですと少し長い上に花の少ない時期もありますので、コストを抑える意味でも期間の見直しをするべきではないかと思います。

男の人は花まつりの開催と期間についてどう考えていますか。

1 開催にも開催期間にも、賛成だ
2 開催も開催期間も、見直しが必要だ
3 開催には賛成だが、開催期間は考え直すべきだ
4 場所を見直す必要があるが、開催期間は賛成だ

中譯 會議中，女人正在詢問男人有關於花祭的舉辦與舉辦期間的問題。

F：那麼，有關於「花祭的舉辦」與「舉辦的時間」，可以聽聽您的意見嗎？

M：好的。首先是要不要舉辦的問題，我認為一定要舉辦。雖然有人說鄉下地區交通不便，對能否吸引人來有疑問，但我認為這附近有高速公路交流道，而且只要設置接駁巴士往返最近的車站就沒有問題了。另外，如果我們強調推廣這附近綠意盎然的環境，我想在召集觀光客上還是值得期待的。而關於「舉辦期間」的問題，我認為是不是應該再多評估一下？以現在的2月到8月期間，不僅時間有點長，也不是花季期間。因此我認為即使是從節省成本的角度上思考，也應該重新評估舉辦的期間。

男人對於花祭的舉辦與舉辦期間是怎麼想的？

1　無論舉辦與否或舉辦期間都贊成

2　無論舉辦與否與舉辦期間都必須重新評估

3　贊成舉辦，但舉辦期間必須重新評估

4　應該重新評估場所，但贊成舉辦期間

解析 情境說明中提及女子正在詢問男子的意見，因此請仔細聆聽男子所說的內容，並掌握整體脈絡。男子表示：「**開催するかどうかですが、私はぜひ開催するべきだと思います**，「**期間」については、もう少し検討が必要じゃないでしょうか**」，而本題詢問的是男子對於花祭典的舉辦和時間的想法，因此答案要選3 **開催には賛成だが、開催期間は考え直すべきだ**（贊成舉辦，但要再考慮舉辦的時間）。

詞彙 開催 かいさい 名 舉行｜期間 きかん 名 期間
集客 しゅうきゃく 名 招客｜高速 こうそく 名 高速
道路 どうろ 名 公路｜最寄り駅 もよりえき 最近的車站
送迎 そうげい 名 接送｜運行 うんこう 名 行駛｜むしろ 副 倒不如說
近隣 きんりん 名 鄰近｜環境 かんきょう 名 環境
アピール 名 宣傳｜期待 きたい 名 期待｜検討 けんとう 名 商討
現在 げんざい 名 目前｜時期 じき 名 時期｜コスト 名 成本
抑える おさえる 動 壓低｜見直し みなおし 名 重新審視
賛成 さんせい 名 贊成｜考え直す かんがえなおす 動 重新思考

問題4 即時應答

實力奠定

p.380

01 ①	02 ②	03 ②	04 ①	05 ②	06 ②
07 ②	08 ①	09 ②	10 ①	11 ①	12 ②
13 ①	14 ②	15 ②	16 ①	17 ①	18 ①
19 ②	20 ②				

01

[音檔]

M：新入社員じゃあるまいし、コピーくらいきちんととれないようじゃ困るよ。

① **すぐにやり直します。**

② 私が取ってきますね。

中譯 M：都已經不是新人了，連影印這種小事都做不好，真令人困擾。

① **我立刻重印。**

② 我去拿來。

詞彙 新入 しんにゅう 名 新進｜社員 しゃいん 名 員工
きちんと 副 確實地｜やり直す やりなおす 動 重做

02

[音檔]

F：鈴木さんはどんな服でもきれいに着こなすね。

① うまくこなせますかね。

② **そんなことないですよ。**

中譯 F：鈴木先生無論什麼衣服都能穿得很好看。

① 真的好看嗎？

② **沒有的事。**

詞彙 着こなす きこなす 動 穿得好看｜こなす 動 運用自如

03

[音檔]

M：木村さんが手伝ってくれたおかげで助かったよ。

① 助かってよかったですね。

② **お役に立てて何よりです。**

中譯 M：多虧了木村小姐的幫助，我真是得救了。

① 能得救太好了。

② **能幫到你的忙最重要。**

詞彙 助かる たすかる 動 得救

04

[音檔]

F：黙っていても始まらないから、提案だけでもしてみたら？

① **うん、部長に話してみるよ。**

② え、いつ始まるの？

中譯 F：什麼都不說，是不可能有進展的。你要不要試著提案看看？

① **嗯，我會試著和部長提提看。**

② 咦？什麼時候開始？

詞彙 黙る だまる 動 沉默｜提案 ていあん 名 提案

05

[音檔]

M：自分が時間を決めておきながら、約束に遅れるなんて。

① 時間は決めておいた？

② 道が混んでたんだよ。

中譯 M：明明是自己定好的時間卻還是遲到了…

① 是我定好的嗎？

② 路上塞車了嘛。

06

[音檔]

F：ミス一つたりとも許されないから、丁寧に確認してちょうだいね。

① これを渡したらいいですか。

② はい、気をつけます。

中譯 F：一個失誤都不允許發生，請務必仔細確認。

① 這個交給你可以嗎？

② 好的，一定會注意！

詞彙 ミス 名 失誤｜許す ゆるす 動 允許

丁寧だ ていねいだ な形 仔細的｜確認 かくにん 名 確認

気をつける きをつける 留意

07

[音檔]

F：引っ越ししてからというもの、いいことばかり起きるんだ。

① きっといいことがあるって。

② そんなこと偶然だよ。

中譯 F：從搬過來之後，發生的都是好事。

① 我就說一定會有好事。

② 那也只是偶然啊。

詞彙 引っ越し ひっこし 名 搬家｜偶然 ぐうぜん 名 偶然

08

[音檔]

M：あんなにいい試合しておいて、落ち込む必要なんかないよ。

① 勝たなきゃ意味がないじゃん。

② 元気出して、試合に挑もう。

中譯 M：打了一場那麼精彩的比賽，不需要低落啊。

① 沒有贏就沒有任何意義，不是嗎？

② 拿出精神，向比賽宣戰。

詞彙 落ち込む おちこむ 動 沮喪｜挑む いどむ 動 挑戰

09

[音檔]

F：このカードが足元に落ちてたんですけど。

① カードを拾いましょうか。

② 私のではないです。

中譯 F：這張卡片掉到我腳邊了。

① 我來撿起卡片嗎？

② 這不是我的。

詞彙 足元 あしもと 名 腳邊

10

[音檔]

M：お父さんったら、人のメールを勝手に読むなんてあんまりだよ。

① それはちょっとひどいな。

② あまり読んでないよ。

中譯 M：就說我爸，居然擅自看別人的郵件，真的太過分了。

① 那真的有點過分耶。

② 也不太會看吧。

詞彙 勝手だ かってだ な形 擅自的

11

[音檔]

F：佐藤さんはプレゼン慣れしてるね。

① 学生のときよく発表してたからね。

② え、なんか変なところあった？

中譯 F：佐藤你已經很習慣做簡報了呢。

① 因為學生時代時常報告。

② 咦？這有什麼好奇怪的嗎？

詞彙 プレゼン 名 簡報｜慣れ なれ 名 習慣

発表 はっぴょう 名 發表

12

[音檔]

M：今回のプロジェクトは大きな問題が起きることなく、終わりましたね。

① 問題が解決してよかったです。

② やっとゆっくりできますね。

中譯 M：這一次的專案總算是順利結束，沒出什麼大問題。

① 問題能解決太好了。

② 終於能放鬆了。

詞彙 今回 こんかい 名 這次｜プロジェクト 名 計畫

解決 かいけつ 名 解決

13

[音檔]

F：周囲の反対を押し切ってでも、留学すればよかったかな？

① **今からでも行ってみたら？**

② 周囲の反応はどうだった？

中譯 F：即使要不顧周圍人的反對，我也要堅持去留學比較好嗎？

① **你應該先去試試看。**

② 周圍的反應如何？

詞彙 周囲 しゅうい 名 周遭｜押し切る おしきる 動 擊退

反応 はんのう 名 反應

14

[音檔]

M：イベントの開催に至るまでいろいろあったけど、成功してよかったよ。

① イベント、きっと成功するはずです。

② **大変でしたけど、やりがいを感じますね。**

中譯 M：雖然在活動舉辦之前也遇到很多問題，但能成功真的太好了。

① 活動一定能成功的。

② **雖然是很辛苦，但也覺得努力有值得。**

詞彙 イベント 名 活動｜開催 かいさい 名 舉辦｜至る いたる 動 到

成功 せいこう 名 成功｜やりがい 名 值得做

感じる かんじる 動 感受

15

[音檔]

M：コピー機故障したみたいだから、修理お願いしといて。

① はい、壊れていたそうです。

② **はい、事務室に伝えておきます。**

中譯 M：影印機好像故障了，去找人來修理。

① 是的，好像故障了

② **好的，我先跟辦公室報告。**

詞彙 コピー機 コピーき 名 影印機｜修理 しゅうり 名 修理

事務室 じむしつ 名 事務處

16

[音檔]

F：レポート、徹夜で書いても明日までに出せそうにないよ。

① **そんなこと言わずに頑張ろうよ。**

② じゃあ、今日書けばいいね。

中譯 F：就算連夜趕報告，明天之前大概也交不出來。

① **別這麼說，我們繼續努力吧。**

② 那就明天再寫吧。

詞彙 徹夜 てつや 名 熬夜

17

[音檔]

M：せっかく誘ってくれたけど、僕は遠慮しとくよ。

① **そっか。残念だな。**

② 遠慮することじゃないよ。

中譯 M：雖然是你特地邀請，但我還是不去了。

① **是嗎？那太可惜了。**

② 你不用客氣啊。

詞彙 せっかく 副 難得地｜誘う さそう 動 邀約

18

[音檔]

M：病気を機にいろんなことに挑戦することにしました。

① **いい心がけだと思います。**

② 病気は気からって言いますもんね。

中譯 M：藉著生病這個機會，我決定去挑戰很多事。

① **你這樣的心態很好。**

② 所以人家說生病都是由心情而生。

詞彙 挑戦 ちょうせん 名 挑戰｜心がけ こころがけ 名 用心

病気は気から びょうきはきから 病由心生

19

[音檔]

M：今井さん、この資料、もう目を通してくれた？

① 目が悪いんでしたっけ？

② **それなら、もう見ましたけど。**

中譯 M：今井，這個資料你看過了嗎？

① 你眼睛不好嗎？

② **那個的話我已經看過了喔。**

詞彙 資料 しりょう 名 資料｜目を通す めをとおす 過目

20

[音檔]

M：彼は実力もさることながら人間性が素晴らしいよ。

① え、すごく上手だって聞きましたよ。

② **性格までいいんですね。**

中譯 M：他是個即使不看實力，也是個人品非常好的人。

① 是啊，我還聽說他非常擅長呢。

② **就連個性也非常好呢。**

詞彙 実力 じつりょく 名 實力｜人間性 にんげんせい 名 人性

性格 せいかく 名 個性

實戰測驗 1

p.381

1 2	**2** 1	**3** 1	**4** 2	**5** 3	**6** 1
7 3	**8** 2	**9** 1	**10** 3	**11** 1	**12** 3
13 1	**14** 2				

問題 4 的問題卷上不會寫有任何內容。請先聽句子，再聽對該句子所做出的回答，並從 1 至 3 的選項中選出最適合的回答。

1

[音檔]

M：資料のデータ、新しいのに変えてって、先週念を押したよね。

F：1 はい、今ちょうど押すところでした。
2 本当にすみません。忘れていました。
3 そう思って変えていませんでした。

中譯 M：資料的數據要換成新的，我上週就提醒過你了吧。
F：1 是的，我才剛準備按下去。
2 真的很抱歉，我忘記了。
3 我因為這麼想所以沒有換。

解析 本題情境中，男生提醒女子未做的事。
1（×）重複使用「押す（おす）」，為陷阱選項。
2（○）回答「本当にすみません。忘れていました（真的很抱歉，我忘記了）」，向男子道歉，故為適當的答覆。
3（×）不符合「被要求變更」的情境。

詞彙 資料 しりょう 名 資料｜データ 名 數據
念を押す ねんをおす 叮嚀

2

[音檔]

F：この資料、中村さんがまとめてくれたんだって？ どうりできちんとしてると思ったわ。

M：**1 あの人、しっかりしてますからね。**
2 次回はきちんと仕上げたいと思います。
3 時間がなくて、あわててまとめたようですよ。

中譯 F：這個資料，是中村整理的吧？怪不得整理得條理分明。
M：**1 那個人真的很可靠。**
2 下一次我一定會做得更好。
3 大概是沒有時間，才慌慌張張整理出來的。

解析 本題情境中，女生正在稱讚中村。
1（○）回答「あの人、しっかりしてますからね（因為他很可靠）」，對於女生的讚美表示認同，故為適當的答覆。
2（×）不符合「整理得條理分明」的情境。
3（×）不符合「整理得條理分明」的情境。

詞彙 資料 しりょう 名 資料｜まとめる 動 統整｜どうりで 副 怪不得
きちんと 副 井井有條地｜次回 じかい 名 下次
仕上げる しあげる 動 完成｜あわてる 動 慌張

3

[音檔]

M：申し訳ございません。佐藤はあいにく、席を外しておりまして。

F：**1 では、あとでまた、お電話いたします。**
2 では、こちらに会いに来てくださるんですね。
3 異動されたとは伺ってませんでした。

中譯 M：很抱歉，佐藤現在正好不在位置上。
F：**1 那我等一下再打。**
2 那麼，您是要來這裡和我碰面是嗎？
3 我沒聽說有異動啊。

解析 本題情境中，男生表示佐藤現在正好不在位置上。
1（○）回答「では、あとでまた、お電話いたします（那我稍晚再打來）」，故為適當的答覆。
2（×）使用「会いに来る（あいにくる）」，與「あいにく」的讀音相似，為陷阱選項。
3（×）不符合「不在位置上」的情境。

詞彙 あいにく 副 不巧地｜席を外す せきをはずす 離席
異動 いどう 動 調任

4

[音檔]

F：手を抜いてやるから、こんなことになるのよ。

M：1 今度から両手で持つようにします。
2 すみません。最初からやり直します。
3 それはよかったです。次回も同じようにします。

中譯 F：草草行事就會造成這種下場。
M：1 下一次我會用雙手拿著。
2 抱歉，我重新做。
3 做得很好啊，我下次也會這麼做。

解析 本題情境中，女生提醒男生工作不夠細心。
1（×）重複使用「手（て）」，為陷阱選項。
2（○）回答「すみません。最初からやり直します（不好意思，我從頭重新做一遍）」，向女生道歉，故為適當的回應。
3（×）不符合「女生提醒男生」的情境。

詞彙 手を抜く てをぬく 草草了事｜両手 りょうて 名 雙手
やり直す やりなおす 動 重做｜次回 じかい 名 下次

5

[音檔]

M：1回の失敗でくよくよしてないで、気持ち切り替えて仕事に戻りましょう。

F：1 はい、どの部分を変えたらいいですか。

2 じゃあ、明日戻るようにします。

3 そんな簡単に言わないでくださいよ。

中譯 M：不過就是一次的失敗，別在那悶悶不樂的了。快點轉換心情回到工作上吧。

F：1 好的，那我應該改變哪個部分呢？

2 那我明天就回去。

3 請不要說得那麼簡單。

解析 本題情境中，男生鼓勵女生不要執著於一次的失敗。

1（×）使用「変える（かえる）」，與「切り替える（きりかえる）」的讀音相似，為陷阱選項。

2（×）重複使用「戻る（もどる）」，為陷阱選項。

3（○）回答「そんな簡単に言わないでくださいよ（請不要說得那麼簡單）」，故為適當的答覆。

詞彙 くよくよ 副 悶悶不樂地｜切り替える きりかえる 動 切換
部分 ぶぶん 名 部分

6

[音檔]

F：みんなで手分けしてやっているのに、山田さんときたら。ほら、見て。

M：**1 ほんと、さぼってばかりだよね。**

2 率先してやってくれるから、助かるね。

3 山田さん、来ないって言ってたよ。

中譯 F：明明是大家分工做的，但一說到那個山田。你們看。

M：**1 真的，又在摸魚了。**

2 他做什麼都會率先動手，真是幫了個大忙。

3 山田說了他不來喔。

解析 本題情境中，女生抱怨山田沒在做事。

1（○）回答「ほんと、さぼってばかりだよね（真的是在偷懶呢）」，表示同意女生所說的話，故為適當的答覆。

2（×）不符合「男生沒在做事」的狀況。

3（×）使用「ときたら」當中「きたら（如果來的話）」的意思回答，為陷阱選項。

詞彙 手分け てわけ 名 分工｜さぼる 動 偷懶
率先 そっせん 名 率先｜助かる たすかる 動 得救

7

[音檔]

M：散歩がてら、新しくできたパン屋さんを見てくるよ。

F：1 じゃ、一度帰ってからパン屋に行くのね。

2 たまには散歩をすればいいのに。

3 どんなだったか、あとで教えて。

中譯 M：我去散步，順便去新開的麵包店看看。

F：1 所以，你是回來後要再去一趟麵包店嗎？

2 明明偶爾散個步也很好啊。

3 那感覺如何，你等一下告訴我。

解析 本題情境中，男生表示要順道去一下新開的麵包店。

1（×）不符合「散步順道去麵包店」的情境。

2（×）男生已經準備要去散步，因此該回答並不適當。

3（○）回答「どんなだったか、あとで教えて（等等告訴我它如何）」，故為適當的答覆。

8

[音檔]

F：お書きになった記事、読みましたよ。経験者ならではのご意見でしたね。

M：1 あの方の記事、ユニークですよね。

2 そう思っていただけたら、いいのですが。

3 私はあの意見に賛成しかねますね。

中譯 F：我看了您寫的報導了。果然是有經驗的人寫下的想法啊。

M：1 那位寫的報導，角度都很獨特呢。

2 您能這麼想就夠了。

3 我恐怕無法贊同那樣的意見。

解析 本題情境中，女生稱讚男生所寫的報導。

1（×）寫報導的人為男生，主詞有誤。

2（○）回答「そう思っていただけたら、いいのですが（您能這麼想就夠了）」，表示謙虛，故為適當的答覆。

3（×）重複使用「意見（いけん）」，故為陷阱選項。

詞彙 記事 きじ 名 報導｜経験者 けいけんしゃ 名 過來人
ユニークだ な形 獨特的｜賛成 さんせい 名 贊成

9

[音檔]

M：無名の新人がピアノコンテストで優勝するとは。

F：**1 本当にわからないものですね。**

2 みんなの予想どおりでしたね。

3 だれが優勝するか、楽しみですね。

中譯 M：沒想到是個默默無聞的新人獲得鋼琴大賽優勝。

F：**1 真的是搞不懂。**

2 這不是如大家預期嗎？

3 究竟會是誰優勝呢？我很期待。

解析 本題情境中，男生對於不知名的新人在比賽中得冠感到驚訝。

1（◯）回答「本当にわからないものですね（真是搞不懂）」，表示同意男生所說的話，故為適當的答覆。

2（×）不符合「未預料到新人奪冠」的情境。

3（×）新人已經奪冠，該回答並不適當。

詞彙 無名 むめい 名 無名｜新人 しんじん 名 新人｜コンテスト 名 競賽
優勝 ゆうしょう 名 奪冠｜予想 よそう 名 預測

10

[音檔]

F：この会社に転職してから、わからないことずくめですよ。

M：1 経験がいかせて、よかったですね。

2 転職しなくて正解でしたね。

3 以前とは全く違う職種ですからね。

中譯 F：換到這個公司之後，到處都是我不懂的東西。

M：1 能好好地活用自己的經驗真好啊。

2 還好沒有選擇換工作。

3 畢竟是和以前完全不一樣的職種。

解析 本題情境中，女生提到轉職後碰上的困難。

1（×）不符合「一堆不懂的東西」的情境。

2（×）不符合「已經離職」的情境。

3（◯）回答「以前とは全く違う職種ですからね（畢竟是和以前完全不一樣的職種）」，表示對女生所說的話有同感，故為適當的答覆。

詞彙 転職 てんしょく 名 轉行｜いかす 動 活用
正解 せいかい 名 正確解答｜以前 いぜん 名 以前
全く まったく 副 完全地｜職種 しょくしゅ 名 行業

11

[音檔]

M：楽しみにしていたあのドラマ、見るにたえなかったよ。

F：1 何がそんなにひどかったの？

2 私も録画して何回も見ちゃった。

3 大丈夫よ。すぐ再放送するから。

中譯 M：我曾經那麼期待的電視劇，現在看都不忍心看。

F：1 有那麼嚴重嗎？

2 我都錄下來看了無數次了。

3 沒關係，很快就會重播的。

解析 本題情境中，男生表達對於電視劇的負面評價。

1（◯）反問「何がそんなにひどかったの？（有那麼嚴重嗎？）」，故為適當的答覆。

2（×）不符合「男生表達負評」的情境。

3（×）使用「再放送（重播）」，僅與「見る（看）」有所關聯，為陷阱選項。

詞彙 録画 ろくが 名 錄影｜再放送 さいほうそう 名 重播

12

[音檔]

F：うちの子、春休みに入ってから、四六時中スマホでゲームをしているんですよ。

M：1 2時間だけならいいじゃないですか。

2 ゲームしないなんて、珍しいですね。

3 うちも同じで、困ったもんですよ。

中譯 F：我家的孩子自從開始放春假之後，就一整天沉迷在手機遊戲中。

M：1 只有兩個小時也還好吧。

2 連遊戲都不玩真是難得啊。

3 我家的也是，我頭痛死了。

解析 本題情境中，女生在抱怨小孩整天用手機玩遊戲。

1（×）故意使用「4點至6點」兩個小時，使人產生混淆，而「四六時中」指的是「一整天」。

2（×）不符合「整天都在玩遊戲」的情境。

3（◯）回答「うちも同じで、困ったもんですよ（我們家也是，真讓人困惱）」，表示對女生所說的話深有同感，故為適當的答覆。

詞彙 春休み はるやすみ 名 春假
四六時中 しろくじちゅう 副 二十四小時｜スマホ 名 智慧型手機

13

[音檔]

M：入学試験、てっきり不合格だと思ってました。

F：1 合格できて、本当によかったね。

2 次回頑張ればいいじゃない。

3 合格するかもしれませんよ。

中譯 M：我還以為入學考試鐵定不會及格的。

F：1 能及格真的太好了。

2 下一次再努力不就好了。

3 也許會及格喔。

解析 本題情境中，男生表示本來以為考試會不及格。

1（◯）回答「合格できて、本当によかったね（有通過考試，真是太好了）」，恭喜男生順利通過考試，故為適當的答覆。

2（×）不符合「有通過考試」的情境。

3（×）不符合「有通過考試」的情境。

詞彙 入学試験 にゅうがくしけん 名 入學考試｜てっきり 副 肯定地
不合格 ふごうかく 名 不及格｜合格 ごうかく 名 及格
次回 じかい 名 下次

14

[音檔]

F：納期に間に合うよう、あらゆる手を尽くしたのですが。

M：1 それなら問題ないですよ。

2 今回は仕方がないですね。

3 それはよかったですね。

中譯 F：為了趕上交期，我已經用盡各種手段了。

M：1　那就沒有問題啊。

2　這一次真的是沒有辦法呢。

3　那就太好了。

解析 本題情境中，女生對於沒能趕上交期表達遺憾。

1（×）不符合「沒趕上交期」的情境。

2（○）回答「今回は仕方がないですね（這次實在是沒辦法）」，呼應女生所說的話，故為適當的答覆。

3（×）不符合「沒趕上交期」的情境。

詞彙 **納期** **のうき** 名交期｜**あらゆる** 所有的

手を尽くす **てをつくす** 用盡辦法｜**今回** **こんかい** 名這次

實戰測驗 2

p.381

1 3　**2** 2　**3** 2　**4** 1　**5** 2　**6** 2

7 1　**8** 1　**9** 2　**10** 2　**11** 3　**12** 2

13 1　**14** 3

問題 4 的問題卷上不會寫有任何內容。請先聽句子，再聽對該句子所做出的回答，並從 1 至 3 的選項中選出最適合的回答。

1

[音檔]

F：昨日はよく売れたね。作ったそばからなくなっちゃって。

M：1 あんなに作ったのに、残念だったね。

2 駅前のそば屋なら、今日もやってるよ。

3 天気がよかったから、お客さんも多かったしね。

中譯 F：昨天賣得超級好。一做完立刻就售光了。

M：1　做得那麼多真是可惜了。

2　如果是車站前的蕎麥麵店的話，今天也有開喔。

3　因為天氣很好，所以客人相對也比較多。

解析 本題情境中，女生表示對於昨天生意很好感到開心

1（×）不符合「生意很好」的情境。

2（×）重複使用「そば」，為陷阱選項。

3（○）回答「天気がよかったから、お客さんも多かったしね（天氣好，所以客人也很多）」，呼應女生所說的話，故為適當的答覆。

詞彙 **売れる** **うれる** 動暢銷

2

[音檔]

M：安いものならいざしらず、あの値段でこの品質はないよなあ。

F：1 いい商品が買えてよかったですね。

2 たしかに、これはないですね。

3 これからは、値段も上がるんでしょうね。

中譯 M：如果是便宜的東西還情有可原，但那種價格品質還這樣不行吧。

F：1　能買到好商品真是太好了。

2　確實是，這太糟了。

3　接下來還會再漲價吧。

解析 本題情境中，男生抱怨東西不便宜，品質又差。

1（×）不符合「東西品質不佳」的情境。

2（○）回答「たしかに、これはないですね（確實，不該是這樣）」，對於男生所說的話深表同感，故為適當的答覆。

3（×）重複使用「値段（ねだん）」，為陷阱選項。

詞彙 **値段** **ねだん** 名價格｜**品質** **ひんしつ** 名品質

商品 **しょうひん** 名商品

3

[音檔]

F：課長がああいった手前、うちの課で引き受けないわけにはいかないだろうね。

M：1 はい、前の方の座席をお取りしておきました。

2 いい機会だから、やってみましょう。

3 受けない理由でもありますか？

中譯 F：課長那麼有手段的人，怎麼可能不接我們課。

M：1　是的，我已經佔好前方的座位了。

2　這是個好機會，就來試試看吧。

3　有什麼不接受的理由嗎？

解析 本題情境中，女生表達不得不接下工作的難處。

1（×）重複使用「前（まえ）」，為陷阱選項。

2（○）回答「いい機会だから、やってみましょう（這是個好機會，我們試試看吧）」，以此話鼓勵女生，故為適當的答覆。

3（×）重複使用「受けない（うけない）」，為陷阱選項。

詞彙 **引き受ける** **ひきうける** 動接下｜**座席** **ざせき** 名座位

4

[音檔]

M：最近の部長ときたら、やけに機嫌が悪いんだよね。

F：1 部長ともなると、きっといろいろ大変なんですよ。

2 私もようやく、褒められるようになりました。

3 このところ、あまり出来がよくないですね。

中譯 M：說到最近的部長，感覺心情很不好呢。

F：**1 當上部長一定有很多辛苦的地方吧。**

2 我也終於被誇獎了

3 最近，你的成果好像不太好。

解析 本題情境中，男生表示不知為何最近部長的心情不太好。

1（◯）回答「部長ともなると、きっといろいろ大変なんですよ（當上部長一定有很多辛苦的地方吧）」，向男生說明理由，故為適當的答覆。

2（×）不符合「部長心情不太好」的情境。

3（×）使用「悪い（不好的）」的同義詞「よくない」，為陷阱選項。

詞彙 やけに 副 過分地｜機嫌 きげん 名 心情｜ようやく 副 總算

出来 でき 名 成果

5

[音檔]

F：仕事で一日中立ちっぱなしだから、足が痛くって。

M：1 僕も夏はいつもつけっぱなしですよ。

2 夕方はとくに辛いですよね。

3 一緒に立ったほうがいいですか。

中譯 F：工作站了一整天，腳好痛喔。

M：1 我夏天也都一直穿著。

2 到了傍晚特別累對吧。

3 我要跟你一起站著比較好嗎？

解析 本題情境中，女生表示一整天站著工作腳很痠。

1（×）重複使用「っぱなし」，為陷阱選項。

2（◯）回答「夕方はとくに辛いですよね（到晚上特別難受呢）」，對女生所說的話表達同感，故為適當的答覆。

3（×）不符合「女方一整天站著工作」的情境。

詞彙 辛い つらい い形 難受的

6

[音檔]

M：てっぺんからの景色の素晴らしさといったら…。君にも見せたかったなあ。

F：1 どれどれ、見せて。

2 へえ、私も行きたかったなあ。

3 それは、大変だったね。

中譯 M：說到那頂峰的景色⋯。真想讓你也看看。

F：1 哪個哪個，讓我看看。

2 這樣啊，我也好想去看看。

3 那可真是辛苦啊。

解析 本題情境中，男生對於未能跟女生一同在山頂欣賞風景感到遺憾。

1（×）重複使用「見せる（みせる）」，為陷阱選項。

2（◯）回答「へえ、私も行きたかったなあ（喔，我也很想去）」，表示對於男生所說的話深有同感，故為適當的答覆。

3（×）不符合「山頂上風景很美」的情境。

詞彙 てっぺん 名 頂峰

7

[音檔]

F：わざわざおいでくださったのに、留守にしていて申し訳ありませんでした。

M：1 いや、お電話してから伺えばよかったんですが。

2 お足元の悪い中、ありがとうございます。

3 いいえ、こちらこそお世話になっております。

中譯 F：您特地前來，我卻不在真的是太抱歉了。

M：**1 沒關係，我應該先打個電話聯絡您再去的。**

2 在這個不方便的天氣中，真的太謝謝您了。

3 別說這麼，我才受您照顧了。

解析 本題情境中，女生對於先前不在位置上感到抱歉。

1（◯）回答「いや、お電話してから伺えばよかったんですが（不，我應該先打通電話再過去找您的）」，接受女方的道歉，故為適當的答覆。

2（×）去拜訪女生的為男方，主詞有誤。

3（×）使用「いいえ、こちらこそ（不會，我也是）」回應女方的「申し訳ありませんでした（很抱歉）」，使人產生混淆。

詞彙 わざわざ 副 特地

お足元の悪い中 おあしもとのわるいなか 天候不佳

8

[音檔]

M：今やっている企業との交渉、なかなかうまく進まなくて。

F：1 一度こじれると、難しいよね。

2 ちょっとゆがんでるから、直したほうがいいね。

3 二、三度ねじってみたら？

中譯 M：我和目前負責的企業，交涉得不太順利。

F：**1 一旦受挫一次就變得更艱難了。**

2 好像有點歪掉了，還是弄直比較好。

3 轉個二、三度如何？

解析 本題情境中，男生對於工作的進展一直不太順利感到苦惱。

1（◯）回答「一度こじれると、難しいよね（一旦卡住就很難有所進展）」，表示對男子所說的話有同感，故為適當的答覆。

2（×）使用「ゆがむ」使人產生混淆。

3（×）使用「ねじる」使人產生混淆。

詞彙 企業 きぎょう 名 企業｜交渉 こうしょう 名 交涉
こじれる 動 糾纏｜ゆがむ 動 變形｜ねじる 動 扭轉

9

[音檔]

F：ねえ、昨日のドラマの最終回、見た？

M：1 あ、いけない。見落とすところだった。

2 あ、うっかり見逃しちゃった。

3 あ、それは見過ごせないね。

中譯 F：對了，昨天電視劇的最後一集你看了嗎？

M：1 啊，不行，我剛漏掉了。

2 啊，不小心錯過了

3 啊，那是不容忽視的。

解析 本題情境中，女生詢問對方昨天是否有看電視劇的最後一集。

1（×）不符合「昨天已經播出最後一集」的情境。

2（◯）回答「あ、うっかり見逃しちゃった（啊，不小心錯過了）」，故為適當的答覆。

3（×）回答與女生的提問內容無關。

詞彙 ドラマ 名 連續劇｜最終回 さいしゅうかい 名 最後一集
見落とす みおとす 動 漏看｜うっかり 副 粗心地
見逃す みのがす 動 錯過｜見過ごす みすごす 動 饒恕

10

[音檔]

M：もう少し何か召し上がりますか。

F：1 はい、先日こちらで拝見しました。

2 いえ、もうたくさんいただきました。

3 ええ、そのように伺っております。

中譯 M：還要吃點什麼嗎？

F：1 是的，前幾天剛在這裡拜見過。

2 不了，已經吃好多了。

3 是是，我是這麼問的。

解析 本題情境中，男生建議對方再多吃一點。

1（×）不符合「在吃東西」的情境。

2（◯）回答「いえ、もうたくさんいただきました（不，我已經吃很多了）」，委婉拒絕男生，故為適當的答覆。

3（×）回答「ええ（好）」，使人產生混淆。

11

[音檔]

F：この件は持ち帰って検討させていただいてもよろしいでしょうか。

M：1 では、私もお持ちいたします。

2 では、あちらの会議室をお使いください。

3 では、ご連絡をお待ちしております。

中譯 F：這件事可以讓我帶回去重新考慮嗎？

M：1 那麼，我也要帶回去。

2 那麼，請使用這裡的會議室。

3 那麼，我等您的聯絡。

解析 本題情境中，女生詢問能否帶回去研究。

1（×）重複使用「持つ（もつ）」，為陷阱選項。

2（×）不符合「想帶回去研究」的情境。

3（◯）回答「では、ご連絡をお待ちしております（那我靜待你的聯絡）」，表示同意女生的要求，故為適當的答覆。

詞彙 件 けん 名 一事｜持ち帰る もちかえる 動 帶回
検討 けんとう 名 商討

12

[音檔]

M：田中さん、戻って来るや否や、また飛び出して行ったね。

F：1 ええ、無邪気でしたね。

2 ええ、慌てていましたね。

3 ええ、目覚しかったですね。

中譯 M：田中才剛回來就又跑出去了。

F：1 是啊，很天真的樣子。

2 是啊，慌慌張張的樣子。

3 是啊，讓人很驚豔。

解析 本題情境中，男生提到田中剛回來又匆忙離開。

1（×）不符合「田中匆忙離開」的情境。

2（◯）回答「ええ、慌てていましたね（對啊，感覺他很慌張）」，呼應男生說田中回來又匆忙離開，故為適當的答覆。

3（×）不符合「田中匆忙離開」的情境。

詞彙 飛び出す とびだす 動 飛奔而出
無邪気だ むじゃきだ な形 天真的
慌てる あわてる 動 慌忙
目覚しい めざましい い形 驚豔的

13

[音檔]

F：今度(こんど)の研修(けんしゅう)、どちらの会議室(かいぎしつ)を使(つか)ったらよろしいでしょうか。

M：**1 それは参加人数(さんかにんずう)によるなあ。**

2 参加者(さんかしゃ)が少(すく)なくて、よくないよね。

3 使(つか)ってもいいけど、先(さき)に予約(よやく)しといて。

中譯 F：此次的培訓，用哪個會議室才好呢？

M：**1 那得看參加的人數啊。**

2 參加人數太少了，這樣不好喔。

3 用是可以用，但要先預約。

解析 本題情境中，女生詢問要使用哪間會議室。

1（○）回答「それは参加人数によるなあ（取決於參加人數）」，故為適當的答覆。

2（×）使用「参加者（參加者）」，僅與「会議室（會議室）」有所關聯，為陷阱選項。

3（×）重複使用「使う（つかう）」為陷阱選項。

詞彙 研修 けんしゅう 名 研習｜参加 さんか 名 參加

人数 にんずう 名 人數｜参加者 さんかしゃ 名 參加者

14

[音檔]

M：お客(きゃく)さん、会場(かいじょう)いっぱいに入(はい)ってたね。

F：1 へえ、がらがらだったんですね。

2 じゃあ、ゆっくりできましたね。

3 ええ、ぎっしりでしたね。

中譯 M：這位客人，會場已經快滿了。

F：1 唉呀，空盪盪的。

2 那終於可以放鬆了。

3 是啊，好滿啊。

解析 本題情境中，男生回想起會場滿是客人的狀況。

1（×）不符合「會場滿是客人」的情境。

2（×）不符合「會場滿是客人」的情境。

3（○）回答「ええ、ぎっしりでしたね（是的，當時滿滿的人潮）」，表示同意男生所說的話，故為適當的答覆。

詞彙 がらがら 副 空蕩地｜ぎっしり 副 擠滿地

實戰測驗 3

p.381

1 2	2 1	3 2	4 3	5 1	6 3
7 3	8 3	9 1	10 3	11 1	12 2
13 2	14 1				

問題 4 的問題卷上不會寫有任何內容。請先聽句子，再聽對該句子所做出的回答，並從 1 至 3 的選項中選出最適合的回答。

1

[音檔]

M：今日(きょう)はひっきりなしに電話(でんわ)がかかってくるもんだから、全然仕事(ぜんぜんしごと)に集中(しゅうちゅう)できなかったよ。

F：1 話(はなし)が長(なが)いと困(こま)りますよね。

2 そういう日(ひ)ってありますよね。

3 電話(でんわ)があると助(たす)かりますよね。

中譯 M：今天電話響個不停，我完全無法專心工作。

F：1 說那麼久很讓人困擾吧。

2 有時就會有這樣的一天啊。

3 有電話真是幫了我大忙。

解析 本題情境中，男生抱怨今天有太多電話打過來。

1（×）使用「話（談話）」，僅與「電話（電話）」有所關聯，為陷阱選項。

2（○）回答「そういう日ってありますよね（確實會碰到那樣的日子）」，表示同意男生所說的話，故為適當的答覆。

3（×）重複使用「電話（でんわ）」，為陷阱選項。

詞彙 ひっきりなしだ な形 接連不斷的｜集中 しゅうちゅう 名 專注

助かる たすかる 動 得救

2

[音檔]

F：お急(いそ)ぎのところ、お呼(よ)び止(と)めしてすみませんでした。

M：**1 いえ、こちらこそありがとうございました。**

2 いえ、この近(ちか)くに用事(ようじ)もあったので、ちょうどよかったです。

3 いえ、お呼(よ)びいただき、ありがとうございました。

中譯 F：很抱歉在您這麼忙的時候把您攔下來。

M：**1 不，我才要感謝您。**

2 不，我在這附近剛好也有事，所以也是剛好。

3 不，您能把我叫下來，真的謝謝。

解析 本題情境中，女生對於叫對方過來感到抱歉。

1（○）回答「いえ、こちらこそありがとうございました（不，我才要感謝您）」，表示接受對方的道歉，故為適當的答覆。

2（×）使用「用事（要去辦的事）」，僅與「急ぎ（著急）」有所關聯，為陷阱選項。

3（×）重複使用「呼び（よび）」，為陷阱選項。

詞彙 呼び止める よびとめる 動 叫住

3

[音檔]

M：彼の才能なら遅かれ早かれプロになるだろうとは思ってたけど、あっさり決まったね。

F：1 そうだね、早くプロになって活躍してほしいね。

2 そうだね、本人もびっくりしたって言ってたよ。

3 そうだね、才能があっても、プロになれるとは限らないよね。

中譯 M：我才覺得以他的才華，遲早要走上職業道路的。沒想到這麼快就定下來了。

F：1 是啊，希望他能早日走上職業道路。

2 是啊，本人也說非常驚訝。

3 是啊，即使有才華，也不一定會變成職業的呀。

解析 本題情境中，男生對於那個人比想像中更快成為專家感到驚訝。

1（×）已經成為專家，因此該回應並不適當。

2（〇）回答「そうだね、本人もびっくりしたって言ってたよ（就是說啊，他也說他很驚訝）」，呼應男生所說的話，故為適當的答覆。

3（×）不符合「已經成為職業」的情境。

詞彙 才能 さいのう 名 才華｜遅かれ早かれ おそかれはやかれ 副 遲早｜プロ 名 職業｜あっさり 副 輕易地｜活躍 かつやく 名 活躍｜本人 ほんにん 名 本人

4

[音檔]

F：あのう、すみませんが席を変えてもらうことは可能でしょうか。

M：1 あ、すみません。気が付きませんでした。

2 そうですか。どういう理由か聞いてみましょうか。

3 構いませんが、お席に何か問題がありましたか。

中譯 F：那個，很抱歉我能換一下座位嗎？

M：1 啊，抱歉，我沒有注意到。

2 是嗎？那讓我聽聽你的理由吧。

3 是沒有關係，但座位有什麼問題嗎？

解析 本題情境中，女生詢問能否跟對方換座位。

1（×）重複使用「すみません」，為陷阱選項。

2（×）要求換座位的為女方，主詞有誤。

3（〇）回答「構いませんが、お席に何か問題がありましたか（我不介意，但方便請教你的座位有什麼問題嗎？）」，故為適當的答覆。

詞彙 可能だ かのうだ な形 可能的｜気が付く きがつく 察覺

5

[音檔]

M：お客さんには怒られるし、雨に降られてびしょぬれになるし、散々な日だったよ。

F：**1 明日はいいことあるといいね。**

2 私のでよければ、この傘、使う？

3 それはあきらめるしかないかな。

中譯 M：今天被客人兇了一頓，又被大雨淋成落湯雞，真是悽慘的一天。

F：**1 希望明天能有好事。**

2 如果您願意的話，用我這把傘吧？

3 那也只能放棄了啊。

解析 本題情境中，男生表示今天度過了艱辛的一天。

1（〇）回答「明日はいいことあるといいね（希望明天會有好事發生）」，以此話安慰男生，故為適當的答覆。

2（×）使用「傘（雨傘）」，僅與題目句的「雨（雨）」有所關聯。

3（×）不符合「已經度過艱辛的一天」的情境。

詞彙 びしょぬれ 名 濕透｜散々だ さんざんだ な形 倒霉的｜あきらめる 動 放棄

6

[音檔]

M：レストランの取材にかこつけて食べてばかりいたら、太ってきちゃったんだよなあ。

F：1 何でそんなに食べても太らないの？

2 そんなにいいレストランだったの？

3 いい仕事だけど、気をつけないと。

中譯 M：我因為餐廳的採訪一直一直吃，結果就變胖了。

F：1 為什麼你吃那麼多還是不會胖呢？

2 是那麼好的餐廳嗎？

3 雖然是個好工作，但不注意也不行。

解析 本題情境中，男生表示因為工作的關係而變胖。

1（×）不符合「已經變胖」的情境。

2（×）重複使用「レストラン」，為陷阱選項。

3（〇）回答「いい仕事だけど、気をつけないと（雖然這工作很好，但你得小心一點）」，故為適當的答覆。

詞彙 取材 しゅざい 名 採訪｜何で なんで 副 為何｜気をつける きをつける 留意

7

[音檔]

F：このプロジェクトも山場にさしかかってきたから、気を緩めずに最後まで頑張ろうね。

M：1 そうだね、始まったばっかりだしね。

2 もうすぐ終わると思うと、ほっとするね。

3 うん、ここからが本番だよね。

中譯 F：這項企劃即將迎來高潮，大家一定要撐到最後不能鬆懈啊！

M：1 是啊，而且才剛開始呢。

2 一想到快要結束了，我就鬆了一大口氣。

3 嗯，接下來才要進入正題。

解析 本題情境中，女生鼓勵對方要堅持到最後一刻。

1（×）不符合「已達到巔峰」的情境。

2（×）不符合「要男方堅持到最後一刻」的情境。

3（○）回答「うん、ここからが本番だよね（嗯，好戲現在才要開始呢）」，故為適當的答覆。

詞彙 プロジェクト 名 計畫｜山場 やまば 名 重要關頭
さしかかる 動 抵達｜気を緩める きをゆるめる 鬆懈
ほっとする 鬆一口氣｜本番 ほんばん 名 正式

8

[音檔]

M：本日のお戻りは何時ごろのご予定でしょうか。

F：1 はい、戻りましたらご連絡するようお伝えしておきます。

2 わざわざお電話いただきましたのに申し訳ございません。

3 夕方には戻りますので、連絡するよう伝えましょうか。

中譯 M：您今天預計幾點左右回來呢？

F：1 是的，你跟他說回來了之後跟我聯絡。

2 讓您特地撥打電話來真是抱歉。

3 傍晚會回來，要轉告他讓他聯絡嗎？

解析 本題情境中，男生詢問對方今天預計幾點回來。

1（×）重複使用「戻る（もどる）」，為陷阱選項。

2（×）不符合「被詢問幾點會回來」的情境。

3（○）回答「夕方には戻りますので、連絡するよう伝えましょうか（傍晚會回來，要轉告他讓他聯絡嗎？）」，故為適當的答覆。

詞彙 本日 ほんじつ 名 本日｜わざわざ 副 特地

9

[音檔]

F：課長に提出した資料、情報を詰め込みすぎたせいか、かえってわかりづらいって言われちゃったよ。

M：1 なんでもやりすぎは良くないね。

2 じゃあ、次はもっと詰め込んだ方がいいね。

3 え?どこに入れちゃったの?

中譯 F：我提交給課長的資料，不知道是不是因為內容訊息量太大了，不僅被他退了回來還說很難懂。

M：1 凡事做過頭都不好。

2 那下次再收集更多內容吧。

3 咦？妳弄到哪裡去了？

解析 本題情境中，女生說明課長指出的問題。

1（○）回答「なんでもやりすぎは良くないね（凡事過猶不及）」，呼應女生所說的話，故為適當的答覆。

2（×）不符合「被指出內容太多」的情境。

3（×）使用「入れる（放進）」，僅與題目句中的「詰め込む（塞滿）」有所關聯。

詞彙 提出 ていしゅつ 名 提交｜資料 しりょう 名 資料
情報 じょうほう 名 資訊｜詰め込む つめこむ 動 填塞
かえって 副 反而

10

[音檔]

F：今日は午後から早退させてもらう予定になってるんだよね。

M：1 そうだっけ。じゃ、先に失礼するね。

2 そうだよ。病院に行くんだってさ。

3 そうだったね。じゃ、あとはやっておくよ。

中譯 F：今天下午可以讓我早退嗎？

M：1 是嗎？那我先走了。

2 是啊，因為我要去醫院。

3 妳之前有說過，那接下來我來做吧。

解析 本題情境中，女生告知對方自己今天會早退。

1（×）要早退的是女生，而非男生，主詞有誤。

2（×）要早退的是女生，主詞有誤。

3（○）回答「そうだったね。じゃ、あとはやっておくよ（妳之前有說過，那接下來我來做吧）」，故為適當的答覆。

詞彙 早退 そうたい 名 早退

11

[音檔]

M：先生に呼ばれたから、てっきり怒られるのかと思って覚悟してたんだけどなあ。

F：1 **予想が外れて、よかったね。**

2 そんなにひどく怒られちゃったの？

3 覚悟するのは大変だよね。

中譯 M：被老師叫去，還以為鐵定要被他罵了。

F：1 **還好沒像想的那樣，太好了。**

2 你有被罵得那麼慘嗎？

3 你能做好覺悟真不容易。

解析 本題情境中，男生表示跟想像中有差異，自己並未被罵。

1（○）回答「予想が外れて、よかったね（預測錯誤，真是太好了呢）」，呼應男生所說的話，故為適當的答覆。

2（×）不符合「男生並未被罵」的情境。

3（×）重複使用「覚悟（かくご）」，為陷阱選項。

詞彙 てっきり 副 肯定地｜覚悟 かくご 名 覺悟

外れる はずれる 動 偏離

12

[音檔]

F：山下さんがリーダーに選ばれるのかと思いきや、意外な人選だったね。

M：1 やっぱり、さすがリーダーだよね。

2 **まさかあの人が選ばれるなんてね。**

3 みんなも山下さんなら安心だよね。

中譯 F：我還以為會是山下被選為隊長，真是意外的人選啊。

M：1 真的，不愧是隊長。

2 **真的沒想到會是那個人被選中。**

3 大家也覺得山下很讓人安心吧。

解析 本題情境中，女生對於意外的人選被選上感到訝異。

1（×）重複使用「リーダー」，為陷阱選項。

2（○）回答「まさかあの人が選ばれるなんてね（沒想到他會被選中）」，表示對女生說的話有同感，故為適當的答覆。

3（×）不符合「山下沒被選上」的情境。

詞彙 リーダー 名 領導｜人選 じんせん 名 人選｜さすが 副 不愧是

まさか 副 沒想到

13

[音檔]

M：僕が子供のころは、よく泥まみれになって遊んだものだけどなあ。

F：1 やっぱり今の子達も変わらないよね。

2 **最近は室内でゲームなんかするほうが多いよね。**

3 それなら、キャンプに行ったらどう？

中譯 M：雖然說我小時候是經常把自己玩得全身都是泥巴。

F：1 果然現在的孩子也都差不多。

2 **最近好像是在室內玩遊戲的比較多呢。**

3 那麼去露營如何呢？

解析 本題情境中，男生提到現在的孩子跟自己小時候存在的差異。

1（×）不符合「現在的孩子跟自己小時候不一樣」的情境。

2（○）回答「最近は室内でゲームなんかするほうが多いよね（最近好像是在室內玩遊戲的比較多呢）」，呼應男生所說的話，故為適當的答覆。

3（×）使用「キャンプ（露營）」，僅與題目句中的「泥まみれ（一身泥）」有所關聯。

詞彙 泥まみれ どろまみれ 名 渾身是泥｜室内 しつない 名 室內

ゲーム 名 電動｜キャンプ 名 露營

14

[音檔]

F：このプロジェクト、大変だったけど、終わったら終わったで、少し寂しい気もするね。

M：1 **そうですね、ほっとしたけど複雑な気持ちですね。**

2 そうですね、やっと終わって本当に良かったですね。

3 そうですね、あと少しで終わりそうですね。

中譯 F：這個企劃雖然很辛苦，但真的結束了，我還是感到有點落寞。

M：1 **是啊，雖然鬆了一口氣，但心情還是很複雜。**

2 是啊，終於結束真的太好了。

3 是啊，好像再一會兒就能結束了。

解析 本題情境中，女生表示雖然專案很辛苦，但結束後感到空虛。

1（○）回答「そうですね、ほっとしたけど複雑な気持ちですね（就是說啊，雖然鬆了一口氣，但心情還是很複雜）」，表示同意女生所說的話，故為適當的答覆。

2（×）不符合「結束後感到空虛」的情境。

3（×）不符合「已經完成專案」的情境。

詞彙 プロジェクト 名 計畫｜ほっとする 鬆一口氣

實力奠定

p.390

01 ③　02 ②　03 ③　04 ①

05 **問題1** ②, **問題2** ①　06 **問題1** ②, **問題2** ③

01

[音檔]

会社で男の人と女の人が話しています。

M：谷さん、どっかいい英会話スクール知らない？ 海外の企業との共同プロジェクトに参加することになったんだ。もちろん会議や交渉も英語で行われるから、ビジネス水準で使えるようになりたくて。大勢だと質問しにくいから、なるべく1対1での授業形式がいいんだけど。

F：そうですね、私も「ABCスクール」っていうとこに通ってるんですけど、そこは大人数制で日常的な会話中心なので鈴木さんの要望とは合わないですよね。あ、じゃあ、「ビバイングリッシュ」はどうですか。業界最大手で信頼できるし、「世界を相手に通用するビジネスマン」って宣伝を掲げているくらいビジネス英語に力を入れてるじゃないですか。

M：あ、あそこね。僕も気になって調べてみたんだけど、グループレッスンしかないみたいなんだよ。

F：そうなんですね。そうなると、あとは駅前の「アップル英会話」ですかね。英語のネイティブの先生の個人レッスンなんですけど、**特にレベルっていうものがなくて、先生と面談して、レッスンの内容を決めるそうです**。個人個人にあった対応をしてくれるってこともあり、最近人気ですよ。

M：アップル英会話か。聞いたことないな。でも、**要望に合わせたレッスンをしてくれるなんて魅力的だね**。駅前にあるなら、仕事の帰りに話だけでも聞きに行ってくるよ。

男の人はどこに行くことにしましたか。

① ABCスクール

② ビバイングリッシュ

③ **アップル英会話**

中譯 公司中男人與女人正在說話。

M：谷先生，你知道哪裡有不錯的英語會話教室嗎？我接下來要參與一個與外國企業的合作企劃。當然會議或交涉都得用到英文，所以我想要將英語能力提升到商業水準。人太多的話會很難發問，所以我希望盡可能是一對一的上課方式。

F：這樣啊，我現在去的是一家叫「ABC SCHOOL」的會話教室，但那裡是多人制而且也是以日常會話為中心的，不太符合鈴木先生您的要求。啊！那「Viva English」如何？這是業界最大規模應該可以信任，而且他的宣傳還標榜著「成為世界一流的商業人士」，在商業英語上應該是很有力的。

M：啊，那裡啊。我因為好奇也有去查了一下，但好像只有團體課程。

F：這樣嗎？那麼車站前的「Apple 英語會話」如何？雖然是英文母語老師的個人課程，但**它沒什麼級別之分，好像可以跟老師面談再決定上課的內容**。還會根據個人的情況訂定方案，最近也相當受歡迎。

M：Apple 英語會話啊，我沒有聽過。但**可以根據我的期望上課這一點很吸引我**。如果是在車站前的話，那我下班回家先去問問看好了。

男人決定去哪一家？

① ABC SCHOOL

② Viva English

③ **Apple 英語會話**

詞彙 英会話 えいかいわ 名 英語會話｜スクール 名 學校
海外 かいがい 名 海外｜企業 きぎょう 名 企業
共同 きょうどう 名 共同｜プロジェクト 名 計畫
参加 さんか 名 參加｜交渉 こうしょう 名 交涉
ビジネス 名 商務｜水準 すいじゅん 名 水準
形式 けいしき 名 形式｜大人数 おおにんずう 名 多人
日常的だ にちじょうてきだ な形 日常的｜中心 ちゅうしん 名 中心
要望 ようぼう 名 要求｜イングリッシュ 名 英語
業界 ぎょうかい 名 業界｜最大手 さいおおて 名 最大公司
信頼 しんらい 名 信賴｜通用 つうよう 名 通用
ビジネスマン 名 商務人士｜宣伝 せんでん 名 宣傳
掲げる かかげる 動 揭示｜グループレッスン 名 團體課
ネイティブ 名 母語人士｜個人 こじん 名 個人｜レッスン 名 課程
レベル 名 等級｜面談 めんだん 名 面談｜内容 ないよう 名 內容
対応 たいおう 名 應對｜人気 にんき 名 人氣
合わせる あわせる 動 配合
魅力的だ みりょくてきだ な形 有魅力的

02

[音檔]

大学の事務室で女の学生と職員が話しています。

F：留学に行きたいと考えているんですが、なるべく長い期間滞在したくて、2年以上のプログラムってありますか。

M：はい、ありますよ。こちらの「二か国留学プラン」ですと、一つの国に1年ずつ留学することが可能です。文化が異なる国に滞在することで、言語だけでなく広い視野を身につけることができます。

F：へえ、そんなプランがあるんですか。

M：それから、**海外での就職を視野に入れているのであれば、「学士留学プラン」もおすすめです。本校で3年、留学先で2年、必要な単位を修得すると5年間で二つの大学の学士を取得できます。留学先の国によっては、学士を取得すれば現地で1年間インターンシップをすることもできますよ。**

F：5年間で二つの学士が取れるなんて、すごいですね。

M：あとは「大学院留学プラン」です。こちらは大学に2年、大学院に1年の計3年の留学になります。本校に3年通い、残りの3年、留学先で単位を修得すると、6年間で二つの学士と修士を取得できるプログラムです。大学院への進学をお考えの方におすすめです。

F：大学院ですか。うーん、進学はあまり考えてなかったな。**海外でのキャリアに興味があるので、このプランにします。**

女の学生はどのプランの留学プログラムに応募しますか。

① 二か国留学プラン

② **学士留学プラン**

③ 大学院留学プラン

中譯 大學的辦公處女學生與職員正在說話。

F：我正在考慮留學，我想要時間盡可能長一點，請問有2年以上的留學企劃嗎？

M：有喔。這個「兩國留學方案」的話，可以在一個國家待一年。在文化不同的國家停留，不僅僅只有語言，還能擴展視野。

F：哇，原來還有這樣的方案啊。

M：還有，**如果妳未來有考慮在海外就職的話，那我推薦「學士留學方案」**。只要在本校3年、留學地2年，取得必要的學分，即可在5年內取得兩個大學學位。而且有的國家**在取得學士學位後，還可以在當地實習1年。**

F：5年取得兩個學位真厲害啊。

M：還有「研究所留學方案」。這是大學2年、研究所1年，共計3年的留學方案。是只要在本校修滿3年，剩下的3年則在留學地修學分。即可在6年內取得兩個學士學位及碩士學位。這個推薦給有意考研究所的同學。

F：研究所啊。我沒怎麼考慮升學。但**我對海外職涯很有興趣，我決定這個方案。**

女學生申請的是哪個留學方案？

① 兩國留學方案

② **學士留學方案**

③ 研究所留學方案

詞彙 事務室 じむしつ 名 事務處 | 職員 しょくいん 名 職員

期間 きかん 名 期間 | 滞在 たいざい 名 停留

プログラム 名 計畫 | プラン 名 方案

可能だ かのうだ な形 可能的 | 異なる ことなる 動 相異

言語 げんご 名 語言 | 視野 しや 名 視野

身につける みにつける 習得 | 海外 かいがい 名 海外

就職 しゅうしょく 名 就職 | 学士 がくし 名 學士

本校 ほんこう 名 本校 | 単位 たんい 名 學分

修得 しゅうとく 名 修習 | 取得 しゅとく 名 取得

現地 げんち 名 當地 | インターンシップ 名 實習

大学院 だいがくいん 名 碩博士班 | 修士 しゅうし 名 碩士

進学 しんがく 名 升學 | キャリア 名 職涯

03

[音檔]

通信会社で上司と部下二人が話しています。

M1：企業や家電量販店から利用料金が安い格安携帯が出てきてからというもの、どうも顧客が減少傾向にあるんだ。何かいい案はないかな。

M2：では、本社でも利用料金を見直すのはどうでしょうか。同じような値段でサービスを提供できるように考えてみましょう。

F：格安携帯って自分たちで自社の通信回線を持たないで、他社から回線を借りているので、サービスが安く提供できるんですよね。月々の利用料金も4千円以上差があるのに値段を合わせるってのはちょっと現実的に厳しいかと。

M1：うーん、そうだな。

M2：じゃあ、格安携帯の欠点を補うのはどうでしょう。格安携帯の欠点はアフターサービスです。実店舗が少ないため、問題が発生しても電話対応かメールがほとんどです。それを不便に感じて、通信会社の携帯を再度利用する人もいると思います。

F：なるほど。**利用料金を下げるのは難しいですが、アフターサービスの無料化ならできるかもしれません。**

M1：そうだな。じゃあ、それに向けて予算を工面してみよう。

顧客を増やすために何をすることにしましたか。

① 1か月の携帯料金を安くする

② 他社の通信回線を借りる

③ **アフターサービスをただで行う**

中譯 通訊公司的上司與兩位下屬正在說話。

M1：自從企業或家電量販店推出使用資費也很便宜的超低價手機，我們的顧客就好像有減少的傾向，大家有什麼好方法嗎？

M2：那我們公司也重新考慮看看使用資費呢？我們想想該怎麼用相同的價格提供服務吧。

F：由於超低價手機用的不是自家公司的線路，而是直接從別家公司借線路，所以才能夠以便宜的資費提供服務。但是每個月的使用資費差額可以達到四千日圓以上，所以要配合這種費用以現實來說是有點困難的。

M1: 嗯，說的也是。

M2: 那麼，我們就來補足超低價手機的缺點如何？超低價手機的缺點在於售後服務。因為實體門市少，發生問題也幾乎都是用電話或郵件處理。我想應該也有人是因為感覺到不方便才轉回通訊公司。

F：原來如此，**降低使用資費是比較難，但如果改成免費提供售後服務，也許可行。**

M1: 是啊。**那就先以這個方向制定一下預算吧。**

他們決定做些什麼來增加顧客？

① 降低 1 個月的手機資費

② 借別家的通訊線路

③ 免費提供售後服務

詞彙 通信 つうしん 名 通訊｜上司 じょうし 名 上司｜部下 ぶか 名 部下
企業 きぎょう 名 企業｜家電 かでん 名 家電
量販店 りょうはんてん 名 量販店｜料金 りょうきん 名 費用
格安 かくやす 名 廉價｜携帯 けいたい 名 手機
顧客 こきゃく 名 顧客｜減少 げんしょう 名 減少
傾向 けいこう 名 傾向｜本社 ほんしゃ 名 我們公司、總公司
見直す みなおす 動 重新審視｜値段 ねだん 名 價格
サービス 名 服務｜提供 ていきょう 名 提供
自社 じしゃ 名 自家公司｜回線 かいせん 名 迴路
他社 たしゃ 名 別家公司｜合わせる あわせる 動 配合
現実的だ げんじつてきだ な形 現實的｜欠点 けってん 名 缺點
補う おぎなう 動 彌補｜アフターサービス 名 售後服務
実店舗 じってんぽ 名 實體店鋪｜発生 はっせい 名 發生
対応 たいおう 名 應對｜感じる かんじる 動 感受
無料化 むりょうか 名 免費化｜予算 よさん 名 預算
工面 くめん 名 籌措｜増やす ふやす 動 增加

04

[音檔]

市役所で上司と部下二人が話しています。

M1：どこの田舎の地域でも過疎化が問題となっているが、うちの地域も例外じゃないんだ。どうしたものか。

F：うーん、新しく都市部の子育て世代を呼び寄せるのはどうでしょうか。子育てをサポートすることをアピールして、**子ども一人当たりに1か月5万円など補助金や支給金制度を充実させるんです。**

M1：なるほどね。

M2：子育ては何かとお金がかかりますからね。でも、何も補助金じゃなくても、おむつや粉ミルクなど年齢に合わせて実用的なものを配布する形でもいいのかと。学費を市で負担することもできると思いますし。

F：それでは基準を定めるのが難しいと思います。子どもの成長は個人差がありますから。学校に通うのも、進学するのも個人の自由ですし。

M1：そうだな。**家庭によってお金の使い方は様々だし、金銭的サポートができるように検討してみよう。**

問題を改善するために、何をすることにしましたか。

① 子育て世代に支給金を配布する

② 子育てに必要な日用品を配布する

③ 学校の入学金や授業料を負担する

中譯 市政府裡上司與兩位下屬在說話。

M1: 人口減少已經是每一個鄉下地區的問題，我們這個地區也不例外。該怎麼辦好呢？

F：嗯…，那我們再新召集都市區域的育兒家庭呢？我們可以推出育兒補助，**像是制定每一個孩子發放 5000 日圓的補助金或津貼的制度。**

M1: 原來如此。

M2: 育兒畢竟花費非常地大。不過，沒有補助金的話，也可以配合孩子的年齡提供紙尿褲或奶粉等實用的物品。或者是學費由市政府負擔。

F：我認為這一點要制定基準會比較困難。因為孩子們的成長每個人都不一樣。而且即使去上學了，要不要繼續升學也是個人的自由。

M1: 說的也對。**而且每個家庭用錢的需求也不一樣，我們還是從金錢方面的補助考量吧。**

他們決定做些什麼以改善問題？

① 針對育兒世代發放補助金

② 發放育兒所需的日用品

③ 負擔學校的入學金或學費

詞彙 市役所 しやくしょ 名 市公所｜上司 じょうし 名 上司
部下 ぶか 名 部下｜地域 ちいき 名 地域｜過疎化 かそか 名 稀少化
例外 れいがい 名 例外｜都市部 としぶ 名 市區
子育て こそだて 名 育兒｜世代 せだい 名 世代
呼び寄せる よびよせる 動 召集｜サポート 名 支援
アピール 名 宣傳｜補助金 ほじょきん 名 補助金
支給金 しきゅうきん 名 給付金｜制度 せいど 名 制度
充実 じゅうじつ 名 充實｜何かと なにかと 副 多方地
何も なにも 副 何必｜おむつ 名 尿布｜粉ミルク こなミルク 名 奶粉
年齢 ねんれい 名 年齡｜合わせる あわせる 動 配合
実用的だ じつようてきだ な形 實用的｜配布 はいふ 名 分發
学費 がくひ 名 學費｜負担 ふたん 名 負擔｜基準 きじゅん 名 基準
定める さだめる 動 制定｜成長 せいちょう 名 成長
個人差 こじんさ 名 個人差異｜進学 しんがく 名 升學
様々だ さまざまだ な形 各式各樣的
金銭的だ きんせんてきだ な形 金錢的｜検討 けんとう 名 商討
改善 かいぜん 名 改善｜日用品 にちようひん 名 日用品

聽解

入学金 にゅうがくきん 名 入學金
授業料 じゅぎょうりょう 名 學費

05

[音檔]

ラジオで男のアナウンサーが飲食店について話しています。

M1：今日はデートにも最適な一風変わったカフェを三つご紹介します。まず、「お化け屋敷カフェ」です。暗い店内でお化けの扮装をした店員が接客してくれます。メニューもお化けをモチーフにしたものです。続いては、「たぬきカフェ」です。愛くるしいたぬきがいて、触ったり、餌をあげたりすることができます。最後に「探偵カフェ」です。店は殺人現場になっていて、推理もできます。わからなくても現役の探偵でもある店員がトリックを教えてくれます。

F：佐藤くん、今度一緒にどれか行ってみようよ。

M2：いいね。僕、推理小説が好きで事件の謎を解くのに憧れてたんだ。現役の人の話も聞きたいし、ここにしようよ。

F：えー、**私はそれよりもかわいい動物がいるとこがいいな。見るだけで癒されるじゃない。**

M2：僕、アレルギーがあるから、ちょっと…。

F：そうだったの？ **じゃあ、ここは妹とでも行くことにするよ。**あ、**幽霊がいるところはどう？**

M2：**僕もそれおもしろそうだと思ってた。**どんな食べ物が出てくるか気になるし。**じゃあ、ここにしよう。**

質問 1　女の人は妹とどのカフェに行きますか。

質問 2　二人はどのカフェに一緒に行きますか。

[題本]

質問 1

① お化け屋敷のカフェ

② **たぬきのカフェ**

③ 探偵のカフェ

質問 2

① **お化け屋敷のカフェ**

② たぬきのカフェ

③ 探偵のカフェ

中譯 廣播中，男性播音員正在談論有關餐飲店的話題。

M1：今天要介紹的是最適合約會，但又有點不一樣的三家咖啡店。首先是「鬼屋咖啡店」。在這裡燈光設得很昏暗，而且店員會扮成鬼怪的樣子提供服務。菜單也都是以鬼怪作為靈感。接著是「狸貓咖啡」，這裡有飼養可愛的狸貓，可以讓客人觸摸、餵食。最後是「偵探咖啡」，這裡則是偽裝成殺人現場，也可以享受推理的樂趣。即使有不懂的地方，也有真的是現職偵探的店員告訴我們技巧。

F：佐藤，那我們下一次一起去吧？去哪個好呢？

M2：真好，我很喜歡推理小說，所以很嚮往解謎遊戲。而且還可以和現役偵探交流。

F：哎呀，**比起這個，我喜歡有小動物在的地方。不覺得那些小動物光看就讓人感覺到療癒嗎？**

M2：我有過敏，這個有點……

F：是嗎？**那這裡我再和我妹一起去好了。**啊，那**有幽靈的地方如何？**

M2：**我也覺得那感覺很好玩。**而且也有點在意會推出什麼食物。**那我們就去這裡吧？**

問題 1　女人與妹妹要去哪家咖啡店？

問題 2　兩人後來一起去哪家咖啡店？

問題 1

① 鬼屋咖啡廳

② **狸咖啡**

③ 偵探咖啡

問題 2

① **鬼屋咖啡廳**

② 狸咖啡

③ 偵探咖啡

詞彙 飲食店 いんしょくてん 名 餐飲店 | デート 名 約會
最適だ さいてきだ な形 最佳的
一風変わった いっぷうかわった 獨特的 | カフェ 名 咖啡館
お化け屋敷 おばけやしき 鬼屋 | 店内 てんない 名 店內
お化け おばけ 名 妖怪 | 扮装 ふんそう 名 裝扮
接客 せっきゃく 名 接客 | メニュー 名 菜單 | モチーフ 名 主題
たぬき 名 狸貓 | 愛くるしい あいくるしい い形 令人憐愛的
餌 えさ 名 飼料 | 探偵 たんてい 名 偵探 | 殺人 さつじん 名 殺人
現場 げんば 名 現場 | 推理 すいり 名 推理 | 現役 げんえき 名 現職
トリック 名 妙計 | 事件 じけん 名 事件 | 謎 なぞ 名 謎團
解く とく 動 解開 | 憧れる あこがれる 動 憧憬
癒す いやす 動 療癒 | アレルギー 名 過敏
幽霊 ゆうれい 名 幽靈

06

[音檔]

テレビで男の人が話しています。

M1：自動車会社が「未来の自動車コンテスト」を開催し、その応募作品の中から三つの最優秀賞候補が選抜されました。まず、1番の作品は空飛ぶ車です。飛行モードのボタンを押すと、翼が出てきて、飛行機のように飛ぶことができます。2番の作品は水の上を走れる車です。車に乗りながら海を楽しめるなんてなんとも贅沢ですが、大雨や洪水などの緊急時にも活躍が期待できる素晴らしい車です。3番は形が変わる車です。スーパーカーになったり、バイクになったりと気分に合わせて、乗ることができます。

M2：どれもおもしろいアイディアだね。林さんなら、どれに乗りたい？

F：私は高いところ苦手だから、**水の上を移動できるものがいいな。**最近、災害も多いし、役立ちそう。

M2：**僕は一台でたくさんの種類の車を楽しめるのがいい。**これには男のロマンが詰まってるよ。

F：確かに魅力的ね。

質問1　女の人はどの車が気に入っていますか。

質問2　男の人はどの車が気に入っていますか。

[題本]

質問1

① 1番の車
② **2番の車**
③ 3番の車

質問2

① 1番の車
② 2番の車
③ **3番の車**

中譯 電視上男人正在說話。

M1: 汽車公司舉辦了「未來車大賽」。並在投稿作品中選出三個最優秀獎候選作。首先，1號作品是飛行車，只要按下飛行模式的按鈕，就會有機翼跑出來並像飛機一樣飛上天空。2號作品是可以在水面上行走的車。雖然坐著車就能感受大海樂趣相當奢侈，卻是可以在大雨或洪水等緊急情況時發揮作用的優秀好車。3號作品則是輛可以變換外型的車。可以依照心情變換成超級跑車或重型摩托車，也可乘坐。

M2: 每一輛都是很有趣的創意。林小姐的話想搭搭看哪一輛呢？

F：我對高的地方比較不行，所以**水上移動的那輛吧。**而且最近災害那麼多，感覺可以派上用場。

M2: **我想要一輛就能享受各種不同種類的車。**這可是男人的浪漫情懷啊。

F：確實是太有魅力了。

問題1　女人喜歡哪一輛車？
問題2　男人喜歡哪一輛車？

問題1

① 1號車
② **2號車**
③ 3號車

問題2

① 1號車
② 2號車
③ **3號車**

詞彙 未来 みらい 名 未來 | コンテスト 名 競賽
開催 かいさい 名 舉辦 | 応募 おうぼ 名 報名
作品 さくひん 名 作品
最優秀賞 さいゆうしゅうしょう 名 最優秀獎
候補 こうほ 名 候補 | 選抜 せんばつ 名 選拔 | 飛行 ひこう 名 飛行
モード 名 模式 | 翼 つばさ 名 機翼 | なんとも 副 實在是
贅沢だ ぜいたくだ な形 奢侈的 | 大雨 おおあめ 名 大雨
洪水 こうずい 名 洪水 | 緊急 きんきゅう 名 緊急
活躍 かつやく 名 活躍 | 期待 きたい 名 期待
スーパーカー 名 超級跑車 | バイク 名 機車
合わせる あわせる 動 配合 | アイディア 名 點子
移動 いどう 名 移動 | 災害 さいがい 名 災害
種類 しゅるい 名 種類 | ロマン 名 浪漫 | 詰まる つまる 動 充滿
魅力的だ みりょくてきだ な形 有魅力的

實戰測驗 1

p.392

1 3　**2** 2　**3** **問題1** 1, **問題2** 3

1, 2

問題卷上沒有任何內容。請先聽對話，然後聽問題及選項，並從1至4的選項中，選出最合適的答案。

1

[音檔]

会社で男の人と女の人が話しています。

M：田中さん、ジムに行ってるって言ってたよね？ 最近運動不足で、スポーツジムに通おうかと思ってるんだけど、どんなところに行ってるの？

F：ああ、私が行ってるのは「アクアジム」というところです。今、通ってるのは会社の近くじゃなくて私の家の近くのなんですけど、チェーン店だから会社の近くにもあると思いますよ。

M：あ、そうなんだ。値段はどう？ できれば月1万円以下のところがいいんだけど…。

F：それなら、鈴木さんが行ってる「スタジオゼロ」はどうでしょうか。会費が安いからそこに決めたって言ってましたよ。会社からだと電車に乗らないといけないみたいで、ちょっと遠いそうですけど。

M：電車かあ…。他にどこか知ってる場所ある？

F：そうですね。最近駅の広告で見たんですけど、「スリージム」っていうところが隣の駅前にできたそうですよ。今月入会すると、入会特典で1年間会費が安くなるとか。

M：え！ 1年も？ それはすごいなあ。いくらなんだろ。

F：それはわからないですけど、きっと入会特典だからけっこう安いんじゃないですか。あと、私は前に「三角フィットネス」ってところに行っていたんです。すぐやめちゃったんですけどね、そこも1万円しないはずです。

M：へえ。なんでそこはやめちゃったの？

F：駅からは近くて、費用も今のところより安かったんですけど、使える器具が少なくて。せっかくだから、いろんな器具を試してみたかったのに。

M：そうなんだ。ぼくは今まで全然運動してなかったから、そこは気にならないかな。でも、やっぱり、安くなるってのは魅力的だよ。今日、行ってみよう。ありがとう。

男の人はどこに行くことにしましたか。

1 アクアジム

2 スタジオゼロ

3 スリージム

4 三角フィットネス

中譯 公司中男人與女人與在說話。

M：田中小姐，妳說過妳有在上健身房對吧？我最近運動不足，想去健身房運動看看，妳都去什麼地方？

F：啊啊，我去的是一個叫「AQUA GYM」的地方。但我去的不在公司附近，是我家附近的，不過它是連鎖的，應該公司附近也有。

M：這樣啊，那價格如何？可以的話我希望一個月能控制在一萬日圓以下……

F：那麼鈴木去的「STUDIO ZERO」如何？聽他說過是因為會費很便宜才選那裡的。不過從公司的話，好像必須搭電車才到得了，距離有點遠。

M：電車啊……那妳還知道其它的嗎？

F：這麼說的話，我在我們這的車站有看過廣告，是個叫作「THREE GYM」的地方，似乎是開在隔壁車站站前。記得說這個月入會的話有入會特典，一年會費都有優惠。

M：咦！一整年啊？那真的蠻不錯的，大概會是多少呢？

F：那我就不知道了，但是入會特典的話一定可以便宜不少吧。還有，我以前還去一個叫「三角 FITNESS」的地方。雖然我很快就不去了，但那裡應該也不用一萬日圓。

M：為什麼不去了呢？

F：雖然距離車站很近，費用也比我現在去的還便宜，但能用的器材太少了。我想都特別去健身房了，還是想多試試不同的器材。

M：原來是這樣。我至今都沒有好好地運動過，所以倒是不在意這一點。但是果然還是有優惠比較吸引人。我今天就去看看，謝謝妳！

男人決定去哪家健身房？

1 AQUA GYM

2 STUDIO ZERO

3 THREE GYM

4 三角 FITNESS

解析 請仔細聆聽對話中針對各選項提及的內容與男生最終的選擇，並快速寫下重點筆記。

〈筆記〉男生→健身房、預算單月一萬日圓以內

— AQUA GYM：女生去的健身房、因為是連鎖健身房，所以公司附近應該也有

— STUDIO ZERO：鈴木去的健身房、會費便宜、得搭電車前往

— THREE GYM：車站旁新開、本月入會可享有一整年的會費優惠

— 三角 FITNESS：不到一萬日圓、鄰近車站、器材不多

男生→價格便宜最吸引人

本題詢問男生選擇去哪裡，他選擇本月入會可享有一整年優惠的健身房，因此答案要選 3 スリージム（THREE 健身房）。

詞彙 ジム 名 健身房｜運動不足 うんどうぶそく 名 運動不足

チェーン店 チェーンてん 名 連鎖店｜スタジオ 名 工作室

会費 かいひ 名 會費｜広告 こうこく 名 廣告

入会 にゅうかい 名 入會｜特典 とくてん 名 特典、優惠

三角 さんかく 名 三角｜フィットネス 名 健身｜器具 きぐ 名 器材

せっかく 副 難得地｜試す ためす 動 嘗試

気になる きになる 在意｜魅力的だ みりょくてきだ 名 有魅力的

2

[音檔]

大学で同じサークルの先輩と後輩二人が話しています。

M1：今年の学園祭で、うちのサークルとして何か出し物をする予定なんだけど、やりたいもの、何かある？

F：そうですね。去年は何をやったんですか？

M1：去年は、他のサークルとかぶらないように、飲食でも展示でもないものをやったんだ。劇をやったんだけどね…。

M2：あ、僕それ見ましたよ。この大学の創立者の一生を劇にしたんですよね。

M1：え！田中さん見に来てたんだ。あれ、あんまり評判、よくなくて…。それで今年はやっぱり飲食の店にしたほうがいいかなって思ってるんだけど…。

F：えー。そうなんですか？学園祭で劇って、他の大学にもあまりないし、面白いと思うんだけどなあ。私はいいと思いますよ。

M2：僕も悪くないと思います。でも、いいものにしたいなら、練習時間も確保しなければならないし。僕はバイトが忙しいから出るのは難しいかもしれませんが、道具作りとかならできると思います。

M1：そっか。飲食店とか、ゲームはどう？アルバイトが忙しい人も打ち合わせ回数が少なければ、担当しやすいと思うんだよね。

F：確かにそうですね。みんな忙しいから、少ない打ち合わせ回数でできるものにしたほうが参加しやすいし。

M2：ゲームは詳しい人とそうでない人の仕事量の差が大きくならないですかね。だったら、できるだけ出演人数を少なくするとか、短い演目を複数合わせるとかしたら、僕はできると思いますけど。一つ一つを小さいグループで作るとか。

M1：仕事量は考えてなかったな。なるほどね。

F：私もそれならいいと思いますし、アルバイトの時間とかに配慮できそうなら挑戦してみたいと思いますよ。

M1：そう？じゃ、みんながいいと思うなら、田中さんの方法でやってみようか。

学園祭では何をすることにしましたか。

1 評判がよかった展示をする

2 少人数でできる劇をする

3 詳しい人だけでゲームをする

4 みんなが担当できる飲食店をする

中譯 大學裡同一個社團的前輩與兩名後輩正在說話。

M1：今年的學園祭，我們社團得出個什麼項目，你們有什麼想做的嗎？

F：這樣啊，去年我們做了什麼？

M1：去年我們為了不和其它的社團重覆，所以沒做餐飲也沒做展覽，我們演了齣短劇。

M2：那我有看過。是將這所大學創辦人的一生演成短劇，對吧？

M1：唉呀！田中居然來看過啊。但那個其實評價不太好…。所以我在想，今年是不是還是做餐飲比較好…。

F：哎呀…這樣嗎？我還想其它大學校慶都不怎麼演短劇，所以覺得很有趣啊。我真的覺得很不錯。

M2：我也覺得那個不錯。但是如果想演出好的作品，那還是得確保足夠的練習時間。我還要打工比較忙，所以可能上場比較難，但如果是做道具的話那就沒問題。

M1：這樣啊。那餐飲店或遊戲如何？有打工比較忙的人也只要減少開會的次數，應該就沒什麼問題了。

F：確實是。大家都很忙，如果可以減少開會的次數，那參加起來也比較容易。

M2：遊戲的話，懂的人和不懂的人工作量的差異也不大。這樣的話，我們還可以盡可能減少出演的人數，或搭配好幾個短劇的話？我覺得可行，可以分成好幾個小團體去做。

M1：我都沒考慮到工作量，說的也對。

F：我也覺得這個不錯，而且如果有考慮到打工的時間，那我會想挑戰看看。

M1：是嗎？如果大家都覺得不錯，那我們就按照田中說的試試吧。

校慶決定要做什麼？

1 做評價很好的展覽

2 做少人數的短劇

3 由懂的人做遊戲

4 做大家都能參與的餐飲店

解析 請仔細聆聽後半段對話中三人最終達成的協議，並快速寫下重點筆記。

〈筆記〉今年學園祭要做什麼？

— 展覽：可能會跟其他社團重複

— 舞台劇：學園祭中不太常看到舞台劇→需要有足夠的練習時間
太忙的人無法演出→精簡演出人數、較短的劇多次演出、全體同意

— 遊戲：太忙的人也方便參與→熟悉和不熟悉遊戲的人工作量差異大

— 食物攤位：可能會跟其他社團重複、太忙的人也方便參與

本題詢問學園祭決定要做什麼，其他人皆同意田中的意見，因此答案要選 2 少人数でできる劇をする（以少數的人員出演的舞台劇）。

詞彙 サークル名社團｜後輩 こうはい名學弟妹
学園祭 がくえんさい名學園祭｜出し物 だしもの名表演節目
かぶる動重複｜飲食 いんしょく名飲食｜展示 てんじ名展示
劇 げき名戲劇｜創立者 そうりつしゃ名創辦人
一生 いっしょう名一生｜評判 ひょうばん名評價
確保 かくほ名確保｜道具作り どうぐづくり 道具製作
打ち合わせ うちあわせ名事前會議｜回数 かいすう名次數
担当 たんとう名負責｜詳しい くわしいい形詳細的
出演 しゅつえん名出場｜人数 にんずう名人數
演目 えんもく名節目｜複数 ふくすう名複數
合わせる あわせる動組合｜配慮 はいりょ名顧慮
挑戦 ちょうせん名挑戰

聽解

3

請先聽對話，然後聽兩個問題，並分別從問題卷上 1 至 4 的選項中，選擇最合適的答案。

3

[音檔]

図書館で職員がボランティアについて話しています。

M1：では、これからボランティアグループの説明をします。グループＡは読み聞かせです。月曜日は幼児、木曜日は小学校低学年の子供たちに本を読んでいただきます。自信がない方も、コツをお教えしますので、ご心配なく。グループＢは館内に掲示するポスターを作成していただきます。みなさんのおすすめ本を紹介してください。見た人がぜひ読んでみたいと思うようなポスターをお願いします。グループＣは企画です。図書館を利用する子どもは増えているのですが、大人は減ってきています。利用者を増やせるような企画を考えていただきます。ちなみに最近は読書会を行っています。グループＤは本のチェックです。返却された本の外側を消毒し、中に汚れや破損がないか確認する作業です。付属の地図やＣＤなど返却されたかの確認もお願いいたします。

M2：どれにする？

F：これにしたいな。大学卒業後はイベント会社で働きたいって思っているから、これだと集客方法が学べそうだし。森君はどうするの？将来、小学校の先生になりたいなら、これがいいんじゃない？

M2：そうなんだけど、緊張しそうだなあ。子どもだけじゃなくて保護者もいるだろう？人とのやり取りはちょっと苦手だから黙々と作業ができる、これか、これかなあって思ってたんだけど。

F：小学校で働きたいなら、保護者の前で話す機会が多くなるから、今から練習しとかなきゃ。

M2：それもそうなんだけどね。この本おすすめですよって紹介して、それがきっかけで読んでくれたらうれしいなっていう気持ちもあって。

F：言われてみれば、確かにそうね。それに、人の心を動かせる絵の描き方が学べそうだね。

M2：うん。でもやっぱり、さっき言ってくれたみたいに、苦手なことから逃げないで、練習のつもりでこれにしてみるよ。

F：私も将来の仕事に繋がるように、これにするわ。

質問１　男の人はどのボランティアを選びましたか。

質問２　女の人はどのボランティアを選びましたか。

[題本]

質問１

1 読み聞かせ

2 ポスター作成

3 企画

4 本のチェック

質問２

1 読み聞かせ

2 ポスター作成

3 企画

4 本のチェック

中譯 圖書館的職員正在談論有關志工的話題。

M1: 那麼，接下來是有關於志工組的說明。A 組是朗讀，負責在每個星期一讀書給幼兒、每個星期四讀書給小學低年級聽。沒有信心的人也不用擔心，我們會有訣竅教給你。B 組是製作館內刊登用的海報。內容是介紹想推薦給大家的書。所以請做出能讓看到的人一看就很想讀讀看的海報。C 組則是企劃組。使用我們圖書館的小朋友雖然有增加，但大人卻不斷地減少。所以希望你們能思考看看如何增加來館人數的企劃。順帶一提的是我們現在已經有在舉辦讀書會。D 組是負責檢查書。主要是替歸還回來的書消毒外側，並檢查內頁有沒有髒污或破損的工作。也要確認附的地圖或 CD 等有沒有確實歸還。

M2: 你要做什麼？

F：我想做做看這個。因為大學畢業後我想去活動公司上班，這個應該可以學到攬客的方法。森同學呢？你將來不是想當小學老師嗎？那這個應該不錯吧？

M2: 是這樣沒錯，但我覺得會很緊張。因為也不是只有小孩，還有家長對吧？我不太擅長與人交談，所以還是可以一個人默默作業的、這個吧…這個比較好。

F：但如果你想在小學工作，那一定有很多必須在家長面前說話的機會，不從現在開始練習不行吧。

M2: 那也沒錯。但是介紹書說這個很好看喔，然後因為這樣真的有人去看了，那也是會很讓人開心的事吧。

F：你這麼說也是。而且看來還可以學到怎麼畫出能觸動人心的畫。

M2: 是啊。但是果然就像妳說的，還是不能因為害怕就逃避，我就當作練習選這個看看吧。

F：我也想對將來的工作有幫助，所以選這個。

問題 1　男人選了哪項志工工作？

問題 2　女人選了哪項志工工作？

問題 1

1 朗讀

2 做海報

3 做企劃

4 檢查書

問題 2

1 朗讀

2 做海報

3 做企劃

4 檢查書

解析 請仔細聆聽獨白中針對各選項提及的內容，並快速寫下重點筆記。接著聆聽對話，確認兩人各自的選擇為何。

〈筆記〉志工服務 4 小組

① 故事朗讀：對象為幼童、小學低年級，會教導訣竅

② 做海報：介紹推薦書籍的海報

③ 做企劃：增加使用者的企劃、讀書會等

④ 檢查書籍：消毒書本、確認是否有污漬或破損、隨書的東西

男生→不擅長跟人互動，想要能默默完成的工作，後來決定不要逃避不擅長的事，想要趁此機會練習

女生→大學畢業後想進活動公司工作、想學習吸引顧客的方法

問題 1 詢問男生選擇的志工服務。男生表示他不擅長與人互動，但最後決定應該要多多練習，不該逃避不擅長的事情，因此答案要選 1 読み聞かせ（故事朗讀）。

問題 2 詢問女生選擇的志工服務。女生表示大學畢業後，她想進活動公司工作，所以想先學會如何吸引顧客，因此答案要選 3 企画（企劃）。

詞彙 **職員** しょくいん名職員｜**ボランティア**名志工

グループ名小組｜**読み聞かせ** よみきかせ名唸書給孩童聽

幼児 ようじ名幼兒｜**低学年** ていがくねん名低年級

自信 じしん名自信｜**コツ**名訣竅｜**館内** かんない名館內

掲示 けいじ名張貼｜**ポスター**名海報｜**作成** さくせい名製作

おすすめ名推薦｜**企画** きかく名企劃｜**減る** へる動減少

利用者 りようしゃ名使用者｜**増やす** ふやす動增加

ちなみに接順帶一提｜**読書会** どくしょかい名讀書會

返却 へんきゃく名歸還｜**外側** そとがわ名外側

消毒 しょうどく名消毒｜**破損** はそん名破損

確認 かくにん名確認｜**作業** さぎょう名工作

付属 ふぞく名附屬｜**イベント**名活動

集客 しゅうきゃく名招客｜**学ぶ** まなぶ動學習

緊張 きんちょう名緊張｜**保護者** ほごしゃ名家長

やり取り やりとり名交談｜**苦手だ** にがてだ な形不擅長的

黙々と もくもくと副默默地｜**きっかけ**名契機

描き方 かきかた名畫法｜**繋がる** つながる動相關

實戰測驗 2

p.394

1 3　**2** 3　**3** **問題1** 2, **問題2** 4

1, 2

問題卷上沒有任何內容。請先聽對話，然後聽問題及選項，並從 1 至 4 的選項中，選出最合適的答案。

1

[音檔]

コミュニティーセンターの受付で男の人と職員が話しています。

M：すみません。ちょっと、よろしいですか。

F：はい。

M：ここの教養講座に申し込みたいと思ってるんですが、どんな講座がありますか。なるべく、毎週やってるのがいいんですが…。

F：そうですか。では、いろいろな講座がありますので、ご説明しますね。

M：ええ、お願いします。

F：えー、まず人気があるのはやはり英語講座ですね。市内に住んでいる英語ネイティブの方に講師をお願いしてるんですが、みんなで交流しながら勉強できるって評判なんですよ。毎週水曜日と土曜日の午後3時からです。

M：へー。おもしろそうですね。他にはどんなのがあるんですか。

F：あとは、地域の歴史を学べる講座もあります。これは、月に2回、土曜日なんですけど、大学で実際に歴史学を教えていらっしゃる教授に来ていただいてて、大変評判がいいです。

M：へー。私、歴史好きなんですよ。

F：そうですか。それでしたら、今年から新しく始まったクラシック音楽を勉強する講座もお勧めですよ。あ、あとはダンスもあります。クラシック音楽は毎週土曜日の午前10時からで、ダンスは毎週日曜日の午後1時からです。

M：え？ 音楽やダンスもあるんですか。私は楽器も弾けないし、運動も苦手ですから、それはちょっと…。

F：あ、クラシックのほうは楽器を演奏するんじゃなくて、音楽の歴史や作曲家の人生についての講座なんですよ。

M：あ、そうなんですか。それはおもしろそうですね。迷うなあ。

F：いかがですか。

M：やっぱり、好きなことで毎週やってるのにしようかな。平日は仕事があるから難しいけど、毎週末の講座なら参加できそうだし。うん、これにしよう。これ、お願いします。

男の人はどの講座に申し込むことにしましたか。

1 中級英語講座

2 地域の歴史講座

3 クラシック音楽講座

4 ダンス講座

中譯 在社區發展中心的受理櫃台，男人正在和職員說話。

M：抱歉，可以打擾一下嗎？

F：好的，沒問題。

M：我想要報名這裡的文化課程，請問有什麼課可以上？我想要盡可能每週上課的那種……

F：這樣啊？我們有很多課程，我來為您介紹。

M：麻煩妳了。

F：首先最受歡迎的還是英語課程。我們邀請到的是住在市內的英語母語講師，大家說可以一起交流真的很有幫助，評價非常好，每週星期三和星期六下午三點上課。

M：嗯，好像還不錯，那還有其它的嗎？

F：接下來還有學習我們這個地區歷史的講座。這個是每個月兩次，星期六上課，這是由實際在大學教歷史學的教授來上課，評價非常地好。

M：哎呀…我很喜歡歷史。

F：是嗎？這樣的話，我們今年還新開了一堂可以學習古典音樂的課程我也很推薦。啊，或者還有舞蹈課。古典音樂是每週星期六上午十點上課，舞蹈課則是每週日下午1點上課。

M：咦？原來還有音樂和舞蹈啊。但我樂器都不會彈，也不擅長運動這個有點……

F：啊、古典音樂的話不是彈奏樂器，是講音樂的歷史或作曲家的人生的講座。

M：原來如此，那好像蠻好玩的，真難選啊。

F：您考慮得如何呢？

M：我還是想學喜歡的，而且可以每週上課的。因為平日還要上班有點困難，但每週末上課的話應該就沒問題了。嗯，就決定這個吧。麻煩妳了。

男人報名了哪個講座？

1 中級英語講座

2 講地區歷史的講座

3 古典音樂講座

4 舞蹈講座

解析 請仔細聆聽對話中針對各選項提及的內容與男生最終的選擇，並快速寫下重點筆記。

〈筆記〉男生→打算報名講座、每週都上

① 英語：外籍講師、邊交流邊學習、每週三、六下午3點

② 地區的歷史：一個月兩次、歷史學教授→有興趣

③ 古典音樂：每週六上午10點、音樂史、作曲家的生平→感覺很有趣

④ 舞蹈：每週日下午1點

男生→喜歡的課程、每週都上、週末上課

本題詢問男生選擇哪一個課程，他表示能夠學習喜歡的歷史、又能每週六上課，因此答案要選3クラシック音楽講座（古典音樂講座）。

詞彙 コミュニティー名社區｜センター名中心

職員 しょくいん名職員｜教養 きょうよう名教養

講座 こうざ名講座｜申し込む もうしこむ動報名

人気 にんき名人氣｜市内 しない名市內

ネイティブ名母語人士｜講師 こうし名講師

交流 こうりゅう名交流｜評判 ひょうばん名好評

地域 ちいき名地域｜学ぶ まなぶ動學習｜実際 じっさい名實際

歴史学 れきしがく名歷史學

クラシック音楽 クラシックおんがく名古典音樂｜ダンス名舞蹈

楽器 がっき名樂器｜演奏 えんそう名演奏

作曲家 さっきょくか名作曲家｜人生 じんせい名人生

平日 へいじつ名平日｜参加 さんか名參加

中級 ちゅうきゅう名中級

2

[音檔]

会社で、商品企画部の上司と部下二人が話しています。

M1：昨年出した「オレンジ紅茶」なんだけど、新しいパッケージについてアイディアを出してもらいたいんだ。

F：あの商品、若い女性を中心に売れ行きがいいんですよね。明るい色を使って、かわいい感じのパッケージで。

M2：若い女性をターゲットにしたから、そんなパッケージにしたんですか。

M1：いや、実は元々はオレンジが入ってることを強調したくてオレンジ色にしてたんだけどね。

M2：かわいい感じは残したほうがいいかもしれませんね。

F：そうですね。今までのデザインを受け継ぎながら、新しいイメージを持ってもらえるものがいいかもしれませんね。

M2：夏に向けて、季節に合わせたイメージにするのはどうでしょうか。

F：夏らしい明るいイメージですか？ 太陽とか。

M1：でも、それだと今までのイメージと被る部分も多いんじゃないかな。

F：それなら、夏だから逆に涼しさを感じられるものはどうでしょうか。これを飲んだら清涼感が感じられるっていうようなイメージで。

M1：なるほど。それなら、これからの季節にいいね。

M2：今までと違うイメージにして他の世代にもアピールしたいということでしたら、明るいイメージより落ち着いたイメージにしてみるのも手だと思います。

M1：全く違うイメージか。

F：でも今のからあまりにも離れたデザインにして、その結果、今までの顧客の支持を失ってしまうのは避けたほうがいいんじゃないですか。

M2：うーん、その可能性もありますね。そうすると、やっぱり夏向けのがいいかもしれませんね。

M1：うん、そうだね。じゃ、やっぱりさっきの案でいこうか。

商品のパッケージをどのように変更しますか。

1 かわいいイメージにする
2 明るいイメージにする
3 涼しいイメージにする
4 落ち着いたイメージにする

中譯 公司中，商品企劃部的上司與兩名下屬正在說話。

M1: 去年我們不是出了「橘子紅茶」嗎？關於新的包裝，我需要你們的靈感。

F：那個商品在年輕女性中賣得很不錯吧。所以才會用明亮的顏色，包裝也做得很可愛。

M2: 原來是因為以年輕女性為目標族群，包裝才做成那樣啊？

M1: 也不是，其實原本是因想要強調裡面加了橘子，才會做成橙色的。

M2: 但給人留下可愛的感覺也不錯吧。

F：是啊。所以我才會想延續至今的設計，再加入一點可以給人新印象的元素應該會比較好。

M2: 那加入適合夏天的季節感設計如何？

F：像是給人很夏天的明亮感？太陽之類的。

M1: 但這樣的話不是跟以往的重疊太多了嗎？

F：那這樣的話，因為是夏天所以感到涼爽的感覺呢？像是喝了它就能感到涼爽的形象。

M1: 原來如此，這個的話確實很適合接下來的季節。

M2: 但如果想以不同的形象推廣給不同年齡層的話，比起明亮的感覺，改成稍微沉穩一點也是一種方法。

M1: 完全不同的印象啊。

F：但是，如果設計差太多，會不會失去老顧客的支持？我覺得應該要避開這個問題比較好吧？

M2: 嗯……確實也有這種可能。那這樣的話，果然還是夏天感比較好吧。

M1: 嗯，說的也是，那還是以剛才那個方案去進行吧。

商品的包裝改成什麼？

1 打造成可愛的形象
2 打造成明亮的形象
3 打造成涼爽的形象
4 打造成沉穩的形象

解析 請仔細聆聽後半段對話中三人最終達成的協議，並快速寫下重點筆記。

〈筆記〉如何更改商品的新包裝？

— 可愛的：受年輕女性歡迎→保留可愛的感覺
— 明亮的：符合季節的形象、太陽→與目前的設計重疊
— 涼爽的：因為現在是夏天，採用相反的清涼感
→ 適合之後的季節、也適合夏天用
— 沉穩的：有別於以往的形象、吸引其他世代
→ 可能導致既有顧客流失

本題詢問決定如何更改商品的新包裝，當中提到夏天用尤佳，且能在夏天感受到清涼感，因此答案要選 3 涼しいイメージにする（打造成涼爽的形象）。

詞彙 商品 しょうひん名商品｜企画部 きかくぶ名企劃部
上司 じょうし名上司｜部下 ぶか名部下｜オレンジ名橘子
パッケージ名包裝｜アイディア名點子
中心 ちゅうしん名中心｜売れ行き うれゆき名銷路
ターゲット名對象｜元々 もともと副原本
強調 きょうちょう名強調｜残す のこす動留下
デザイン名設計｜受け継ぐ うけつぐ動繼承
イメージ名形象｜向ける むける動朝向
合わせる あわせる動配合｜太陽 たいよう名太陽
部分 ぶぶん名部分｜逆 ぎゃく名相反
感じる かんじる動感受｜清涼感 せいりょうかん名清涼感
世代 せだい名世代｜アピール名宣傳
落ち着く おちつく動沉穩｜離れる はなれる動差距
結果 けっか名結果｜顧客 こきゃく名顧客｜支持 しじ名支持
失う うしなう動失去｜避ける さける動迴避
可能性 かのうせい名可能性｜変更 へんこう名變更

3

請先聽對話，然後聽兩個問題，並分別從問題卷上 1 至 4 的選項中，選擇最合適的答案。

3

[音檔]

テレビでアナウンサーが観光地について話しています。

M1：もうすぐ夏休みですね。本日は、穴場の観光地につ

聽解

いてご紹介いたします。まずは京都です。京都と言えば誰もが知っている人気の観光地ですが、郊外まで車で足を延ばすと、美しい庭園を持つお寺を静かに味わうことができます。ぜひ、車で出かけてみてください。続いては富士山の麓の三保の松原。こちらは富士山と共に世界遺産に指定されています。車で来る方が多くて、駐車場は混みますが、公共交通機関が充実していますので、そちらのご利用をおすすめします。また、今の季節でしたら北海道の平原もおすすめです。どこまでも広がる平原の中で乗馬を楽しむのもいいでしょう。北海道は広くて移動に時間がかかりますから、こちらは旅行日程に余裕がある方におすすめです。最後に、長野の川下りをご紹介します。スリルを楽しめる川下りは涼しい夏を楽しみたい方にぴったりです。

M2：うーん。どれも面白そうで悩むなあ。

F：でも、私達、車持ってないし、初めての道は迷いそうだから、これはやめない？

M2：うん、そうだね。それに、レンタカーを借りるのもいいけど、夏休みは高そうだしね。

F：そうだよ。あ、それとね、私、今年の夏休みはあまり長く休めそうになくて…。だから、できれば短い日程のほうがありがたいな。

M2：そっか。時間の余裕がないから、これはダメだね。じゃあ、山はどう？ 富士山の近くならうちから行きやすいから、ここにしようか。

F：そうね、いいかも。でも、前に友達とレンタカーでその近くをいろいろ見に行ったことがあるって言ってたよね？ ここも、行ったことあるんじゃない？

M2：うん。でも、ずいぶん前のことだし、夫婦で行くのはまた違うからさ。

F：うーん、やっぱり、せっかくだから二人とも行ったことがないとこにしようよ。

M2：わかった。じゃ、決まり。楽しみだね。

質問 1　男の人はどこへ旅行に行ったことがありますか。

質問 2　二人はどこへ一緒に行きますか。

[題本]

質問 1

1 京都郊外

2 三保の松原

3 北海道

4 長野の川下り

質問 2

1 京都郊外

2 三保の松原

3 北海道

4 長野の川下り

中譯 電視上的播報員正在介紹觀光景點。

M1: 暑假快到了。今天要介紹的是大家比較不熟悉的私房景點。首先是京都，雖然京都是大家都知道的熱門觀光區，但如果開車到郊外的話，即可靜靜地品味擁有美麗庭園的寺廟。請一定要開車去看看。再來是富士山山腳下的三保之松原。這裡已經和富士山一起被指定為世界遺產。但開車來的人非常多，導致停車場相當擁擠，不過現在公共交通非常方便，建議各位可以乘坐公共交通前來。再來，這個季節的話那就不能不推薦北海道的平原了。在這看不到邊際的平原中享受騎馬的樂趣也不錯。但由於北海道非常大，移動上較花時間，所以這個地點比較適合時間寬裕的遊客。最後是長野的激流泛舟，可以體驗戰慄感的激流泛舟，最適合想要清涼一夏的遊客。

M2: 每一個都很好玩的樣子太讓人猶豫不決了。

F：不過我們也沒有車，而且沒走過的路感覺很容易迷路，所以這個還是不要了吧。

M2: 嗯，說的也對，雖然可以租車，但暑假應該很貴。

F：是啊。還有這個，我今年暑假應該休不了太長的假……所以可以的話還是短一點的行程比較好。

M2: 這樣啊。時間不夠寬裕的話這個也行了。那去山上如何？去富士山那一帶的話，從我家去也還算方便，就這裡吧。

F：嗯，那是不錯。不過你之前不是和朋友一起租車去那附近玩過了嗎？這裡應該也有去過吧？

M2: 嗯，但那也是很久以前的事了吧，而且我們現在兩夫妻去意義也不一樣。

F：嗯…說的是也沒錯。但這麼難得的機會，還是去我們兩個都沒去過的地方吧。

M2: 好吧，那我知道了，就這裡吧。好期待啊。

問題 1　男人曾去過哪個地方旅遊？

問題 2　兩人決定一起去哪裡？

問題 1

1　京都郊外

2　三保之松原

3　北海道

4　長野的激流泛舟

問題 2

1　京都郊外

2　三保之松原

3　北海道

4　長野的激流泛舟

解析 請仔細聆聽獨白中針對各選項提及的內容，並快速寫下重點筆記。接著聆聽對話，確認兩人的選擇為何。

〈筆記〉4 處觀光景點

① 京都：市郊、有美麗庭園的寺廟、建議開車前往

② 富士山三保之松原：與富士山同樣為世界遺產、停車場擁擠、推薦搭乘大眾運輸

③ 北海道平原：騎馬、推薦給喜歡享受愜意旅程的人

④ 長野的激流泛舟：能夠享受刺激、涼爽的夏季

男生→ 方便從家裡前往的地方、曾跟朋友一起去過富士山附近

女生→ 沒有車、偏好天數短的行程、兩人皆沒去過的地方

問題 1 詢問男生曾去旅行過的地方。男生表示曾跟朋友一起去過富士山附近玩，因此答案要選 2 三保の松原（三保松原）。

問題 2 詢問兩人要一起去的地方。女生沒有車，偏好天數短的行程、最好是兩個人都沒有去過的景點，因此答案要選 4 長野の川下り（長野的激流泛舟）。

詞彙 観光地 かんこうち 名 觀光景點｜本日 ほんじつ 名 本日
穴場 あなば 名 鮮為人知的好地方｜京都 きょうと 名 京都
人気 にんき 名 人氣｜足を延ばす あしをのばす 遠行
庭園 ていえん 名 庭園｜味わう あじわう 動 欣賞
富士山 ふじさん 名 富士山｜麓 ふもと 名 山麓
松原 まつばら 名 松原｜共に ともに 副 一同
世界遺産 せかいいさん 名 世界遺產｜指定 してい 名 指定
公共交通機関 こうきょうこうつうきかん 名 大眾交通工具
充実 じゅうじつ 名 充實｜北海道 ほっかいどう 名 北海道
平原 へいげん 名 平原｜乗馬 じょうば 名 騎馬
移動 いどう 名 移動｜日程 にってい 名 日程｜余裕 よゆう 名 充裕
長野 ながの 名 長野｜川下り かわくだり 名 泛舟
スリル 名 驚悚｜ぴったり 副 合適地｜悩む なやむ 動 煩惱
レンタカー 名 租車｜夫婦 ふうふ 名 夫婦｜せっかく 副 難得地

實戰測驗 3

p.396

1 2　**2** 1　**3** 問題1 3, 問題2 2

1, 2

問題卷上沒有任何內容。請先聽對話，然後聽問題及選項，並從 1 至 4 的選項中，選出最合適的答案。

1

[音檔]

日本語学校で女の学生と男の学生が話しています。

F：先生から渡された作文コンクールの紙、もう見た？ いろんなコンクールがあるんだね。

M：ああ、あれね。あの日、授業が終わってすぐ帰ったから、もらい損ねちゃって。チャレンジしたいって思ってんだけど、どんなのがあったの？

F：ちょっと見てみるね。ええと、応募するなら、「留学生作文コンクール」がいいと思うよ。留学生対象のコンクールじゃなかったら、入賞が難しいんじゃない？

M：僕は別に入賞にはこだわってないから。応募することに意味があると思うからね。自分の考えを書いて、誰かに読んでもらえるなら、それだけでうれしいよ。

F：そっか。あ、留学生対象のは今月末が締め切りだね。

M：今月末？ 来月初めに締め切りのレポートがあるからなあ。

F：じゃあ、「読書感想文コンクール」も難しいね。これも締め切りが1か月切ってるし。課題図書を読んでから書くんだけど、その本、かなりの量だから、読むのに相当時間がかかりそうだよ。

M：うーん、読書感想文を書くのは好きなんだけどね。

F：締め切りがもうちょっと先のは？「エッセイコンクール」と「私の住む町紹介作文コンクール」があるよ。

M：へえ。エッセイなら書けそうかな。自分の考えていることはブログにも書いているし。締め切りまで時間があるんだったら、それがいいな。

F：私は町の紹介にするんだけど、こっちはどう？

M：いや、僕はここに住み始めてまだ2か月で、書くことがないからなあ。ところで、さっき言ってた読書感想文の課題図書って何だったか覚えてる？

F：確か、最近話題の『真夜中の散歩』っていう本だったよ。

M：え？ そうなの？ それなら、読み終えたばかりだから、そっちにするよ。

男の学生はどの作文コンクールに応募することにしましたか。

1 留学生作文コンクール
2 読書感想文コンクール
3 エッセイコンクール
4 私の住む町紹介作文コンクール

中譯 日語學校中，女學生與男學生正在說話。

F：你看了老師發的那張作文比賽的單子了嗎？有好多不同的比賽。

M：啊啊，那個啊。那天下課我立刻就回家了，所以錯過了沒拿到。但我想挑戰看看，有什麼比賽啊？

F：我來看一下。這個嘛，如果你想投稿的話，我覺得「留學生作文比賽」還不錯。如果不是專為留學生而設的話，不是很難入選嗎？

M：不過我也沒糾結入不入選。只是覺得有投就有意義。只要能將自己的想法寫下來，然後有什麼人看了，只要這樣我就很開心了。

F：這樣啊。啊，但留學生的這個月底就截止了。

M：這個月底？我下個月初有個報告得交啊。

F：那還有「閱讀感想比賽」感覺也很難。這個的話還有一個月才截止。這是閱讀指定的圖書後寫下感想的比賽。指定的書份量非常大，光是閱讀應該就得花上不少時間。

M：嗯……但我還蠻喜歡寫閱讀感想的。

F：那截止日再長一點的呢？還有「散文比賽」和「介紹我居住的城市作文大賽」。

M：喔，散文好像可以。我平常也會將想說的話寫在部落格上，如果在截止之前有足夠時間的話，那這個不錯。

F：我是選了介紹城市，你覺得如何？

M：我也才在這裡住 2 個月，還沒有資格寫吧？話說回來，妳記得剛才說的閱讀感想文的指定圖書是什麼嗎？

F：我記得是最近很受歡迎的《在深夜中散步》。

M：欸？是嗎？這樣的話我才剛讀完啊，那我還是選這個吧。

男學生決定報名哪一個作文比賽？

1　留學生作文比賽

2　閱讀感想文比賽

3　散文比賽

4　介紹我居住的城市作文比賽

解析　請仔細聆聽對話中針對各選項提及的內容與男學生最終的選擇，並快速寫下重點筆記。

〈筆記〉男學生→作文比賽

— 留學生作文比賽：如果不是以留學生為對象，較難以入選、這個月截止→沒有非得要入選、有個報告的截止日在下個月初

— 讀後感想文比賽：截止日僅剩下一個月、閱讀指定書籍得花不少時間→喜歡寫讀後感想文

— 隨筆比賽：截止時間再早一點→有在部落格寫類似的東西、如果截止之前來得及的話就好了

— 我所居住的城鎮介紹文比賽：截止時間再早一點→居住兩個月，不知道寫什麼

男學生→讀後感想文的指定書籍才剛讀完

本題詢問男學生選擇參加哪一個作文比賽。他表示已經快看完指定書籍，因此答案要選 2 読書感想文コンクール（讀後感想文比賽）。

詞彙　コンクール图競賽｜損ねる　そこねる動失敗
チャレンジ图挑戰｜応募　おうぼ图報名｜対象　たいしょう图對象
入賞　にゅうしょう图得獎｜こだわる動拘泥
締め切り　しめきり图期限｜読書　どくしょ图讀書
感想文　かんそうぶん图心得文｜課題　かだい图課題
図書　としょ图圖書｜かなり副相當地｜相当　そうとう副相當地
エッセイ图隨筆｜ブログ图部落格｜話題　わだい图話題
真夜中　まよなか图深夜

2

[音檔]

会議でデパートの社員3人が話しています。

M1：ここ2か月、来店客数が減ってきているのですが、お客様を増やすいい案はないでしょうか。

M2：正面入り口にもっと華やかさが必要だと思います。今、お勧め商品を集めて展示している場所に、大きな生け花を毎週飾ってみるのはどうですか。

M1：なるほど。老舗デパートらしい、非日常的な感じが出せますね。

F：展示の変更は計画を修正すれば来週からでもできそうです。

M1：売り場のほうはどうですか。

F：若い人向けの洋服をもっと増やしてはどうでしょうか。

M1：でも、今の来店客の多くが30代以上なんですよね。増やしても売れるかどうか。

M2：では、地下の食品売り場の商品を変えてはいかがですか。あまり売れていない物もありそうなので、それを他の店に変えるとか。

M1：それだと取引先との契約も見直さなくちゃいけないですよね。今からやっても数か月先の実施になるし、売り場にとっては大きな変革ですよ。

F：食品の売り上げはそんなに落ちていないので、すぐには必要ないんじゃないでしょうか。それより、お客様から通路が狭いという声をいただくことが時々あります。

M2：夕方のお客様が多い時間帯は、食品売り場、歩きにくいですもんね。

F：ええ、せっかくお客様が大勢いらしているので、変えたいとずっと思ってました。

M1：食品売り場は、商品を変えることと、歩きやすくすることが課題なんですね。これは二つ一緒に考える必要がありそうですね。とりあえず、すぐにできそうなところからまず検討しましょう。

来店客を増やすために、何を見直すことにしましたか。

1　正面入り口近くの展示

2　若者向けの商品

3　取り扱う食品

4　売り場の通路の幅

中譯 會議中有三名百貨公司的職員在說話。

M1: 最近這兩個月，來店客數一直在減少，對於增加來客數，你們有什麼方案嗎？

M2: 我認為正面入口處應該要再佈置得華麗一點，也就是現在展示了很多推薦商品的地方，試試每週都用大面積的鮮花裝飾如何？

M1: 原來如此，這也很有老牌百貨公司的特色，可以展現出非日常感。

F：變更展示上，計劃如果還有修正，下週開始都還來得及。

M1 那賣場的部分呢？

F：多增加一些面向年輕人的服裝專櫃呢？

M1: 但是，現在的來店客人大多都是 30 歲以上。增加了還得看賣不賣得掉。

M2: 那改變一下地下食品賣場的商品呢？把看起來賣得不太好的商品換到其它店？

M1: 這樣的話就得好好看一下之前簽的合約了。而且現在開始做也還要好幾個月後才能實施，這對賣場而言可說是一大變革了。

F：食品賣場的業績也沒掉很多，所以也不是立刻就要換的吧。比起這個，我想到不時有客人反應通道有點狹窄。

M2: 到傍晚客人比較多的時段。食品賣場真的是寸步難行啊。

F：所以我才趁現在顧客數還很多，趕緊變更一下。

M1: 食品賣場中，像變更商品、讓顧客方便好走等都是一大課題，看來必需兩點一起考慮。總之還是就立刻能做的事來檢討吧。

為了增加來店客數，決定做什麼？

1 正面入口處附近的展示

2 面向年輕人的作品

3 販售的食品

4 賣場通路的落差

解析 請仔細聆聽後半段對話中三人最終達成的協議，並快速寫下重點筆記。

〈筆記〉如何增加來客數？

一 正面入口：裝飾大型插花、展現非日常的感覺
→可於下週開始執行、從可以著手進行的地方開始

一 賣場：增加年輕人的服飾
→目前的客人多為 30 幾歲以上，可能沒辦法順利賣出

一 地下：更換食品賣場的商品
→目前有困難、得等到數個月後才得以執行

一 走道：食品賣場的走道太窄，不方便行走
→ 與更換食品賣場的商品都需要再考慮

本題詢問如何增加來客數。他們決定先從可以馬上開始的地方進行，因此答案要選 1 正面入り口近くの展示（正面入口處附近的展示）。

詞彙 社員 しゃいん 名 員工｜来店 らいてん 名 來店
客数 きゃくすう 名 客數｜減る へる 動 減少
増やす ふやす 動 增加｜正面 しょうめん 名 正面
華やだ はなやかだ な形 華麗的｜商品 しょうひん 名 商品
展示 てんじ 名 展示｜生け花 いけばな 名 插花
老舗 しにせ 名 老店
非日常的だ ひにちじょうてきだ な形 非日常的
感じ かんじ 名 感覺｜変更 へんこう 名 變更
修正 しゅうせい 名 修正｜売れる うれる 動 暢銷
地下 ちか 名 地下｜食品 しょくひん 名 食品
取引先 とりひきさき 名 客戶｜契約 けいやく 名 契約
見直す みなおす 動 重新審視｜実施 じっし 名 實施
変革 へんかく 名 變革｜売り上げ うりあげ 名 銷售額
通路 つうろ 名 走道｜時間帯 じかんたい 名 時段
せっかく 副 難得地｜課題 かだい 名 課題｜とりあえず 副 總之
検討 けんとう 名 商量｜取り扱う とりあつかう 動 經手
幅 はば 名 寬度

3

請先聽對話，然後聽兩個問題，並分別從問題卷上 1 至 4 的選項中，選擇最合適的答案。

3

[音檔]

観光施設の入口で、係の人が話しています。

M1：これから、この施設の四つのエリアについてご紹介します。まず、「街づくりエリア」です。ここはこの地域の街の変遷を時代ごとに展示しています。喫茶店などの店舗の詳細部分まで再現した模型は評判が高く、この施設の広告にも使われています。次の「農業エリア」では、特産品である果物の種類や栽培方法を紹介しています。採れたての果物を使ったデザートやアイスを召し上がっていただけるスペースもご用意しています。三つめの「ものづくりエリア」は、二つのテーマから構成されています。一つは伝統的な織物技術、もう一つは、ここ20年ほどで大きく発展した、ロケット部品の紹介です。最後は「自然エリア」です。この地域で見られる植物や昆虫、魚、動物などを紹介しています。エリアの一部は植物園になっていて、実物の木や花、虫などを観察したり、触ったりできます。

F：あんまり時間がないから、全部回るのは難しいね。

M2：そうだね。ここには、この地方にしかいない珍しい蝶がいるんだよ。虫好きとしては、どうしても見ておきたいんだけど。

F：えっ。私は、虫はちょっと…。それより、この街の技術がどんな風に宇宙開発を支えているのかに興味があるんだけど。

M2：じゃあ、別々に回る？ お互い、あまり関心がないもの見てもつまんないしね。

F：うん、そうだね。あ、雑誌で見たんだけど、ここのメロンアイスクリーム、すごくおいしいんだって。せっかくだから、それは一緒に食べようよ。

M2：いいね。じゃあ、30分後にそこで。

F：了解。駅のポスターに載ってた展示も見てみたいから、時間が余ったらそっちにも行こうかな。

M2：いいよ。じゃあ、あとで。

質問1　女の人は一人でどこへ行きますか。

質問2　二人はどこで待ち合わせますか。

[題本]

質問1

1 街づくりエリア

2 農業エリア

3 ものづくりエリア

4 自然エリア

質問2

1 街づくりエリア

2 農業エリア

3 ものづくりエリア

4 自然エリア

中譯 在觀光園區的入口處，負責人在說話。

M1: 接下來，我要介紹的是本園區的四大區域。首先是「街道造景區」，展示的是這裡地區城鎮隨著時代變遷的模樣。園內的模型將咖啡店等店面的細節重現得相當細緻，評價相當高，還被使用在園區的廣告裡了。「農業區」則是介紹特產水果的種類與栽種的方法。我們還設置了甜點專區，提供現採水果做成的甜點及冰淇淋給大家享用。第三個區域是「製作區」。這是由兩大主題構成的，其中之一是傳統的紡織技術，另一個則是介紹在這 20 幾年來取得了重大發展的火箭零件。最後是「自然區」。介紹的是這個區域內可以看到的植物、昆蟲、魚、動物等。這個區域還有一小部分修建成了植物園，大家可以在這裡觀察、觸碰實物的花或樹木、昆蟲。

F：我實在沒什麼時間，想看完全部真的太難了

M2: 是啊，而且這聽說有別處看不到的珍貴蝴蝶。希望昆蟲愛好者都能來看看。

F：哎呀。我對蟲有點……比起來，我還是對這個城鎮的技術是怎麼支撐著宇宙開發的比較有興趣。

M2: 那我們先分開逛逛？不然去看不怎麼感興趣的東西也很無聊吧？

F：嗯，是啊。我看了一下雜誌，據說這裡的哈蜜瓜冰淇淋非常好吃。好不容易來了，我一定要吃吃看。

M2: 好耶。那 30 分鐘後再到那裡集合？

F：了解，我還想去看車站前海報上的展覽，如果有時間的話就過去看看。

M2: 好啊好啊，那待會兒見？

問題 1　女人自己一個人去哪裡？

問題 2　兩人要在哪裡會合？

問題 1

1　街道造景區

2　農業區

3　製作區

4　自然區

問題 2

1　街道造景區

2　農業區

3　製作區

4　自然區

解析 請仔細聆聽獨白中針對各選項提及的內容，並快速寫下重點筆記。接著聆聽對話，確認兩人各自的選擇為何。

〈筆記〉4 處觀光設施的區域

① 街道造景區：依照不同時代展示街道的變遷、用於設施的廣告上

② 農業區：介紹特產水果的種類和種植方法、能品嘗到甜點和冰淇淋

③ 製造區：傳統織物技術、火箭零件介紹

④ 自然區：能在該區域看到的植物、昆蟲、魚、動物，部分為植物園

男生→想看該區域特有的蝴蝶、熱愛昆蟲

女生→對該城鎮的技術和宇宙開發感興趣、想要跟男生一起吃哈密瓜冰淇淋，若還有時間，想看海報上的展覽

問題 1 詢問女生選擇獨自前往的地方。女生表示她對該城鎮的技術和宇宙開發感興趣，因此答案要選 3 ものづくりエリア（製造區）。

問題 2 詢問兩人約在哪裡碰面。女生表示想要跟男生一起吃哈密瓜冰淇淋，因此答案要選 2 農業エリア（農業區）。

詞彙 觀光 かんこう 名 觀光｜施設 しせつ 名 設施
係の人 かかりのひと 工作人員｜エリア 名 區域
街づくり まちづくり 名 城鎮建設｜地域 ちいき 名 地域
変遷 へんせん 名 變遷｜展示 てんじ 名 展示｜店舗 てんぽ 名 店鋪
詳細 しょうさい 名 詳細｜部分 ぶぶん 名 部分
再現 さいげん 名 重現｜模型 もけい 名 模型
評判 ひょうばん 名 評價｜広告 こうこく 名 廣告
農業 のうぎょう 名 農業｜特産品 とくさんひん 名 特產品

種類 しゅるい 名 種類 | 栽培 さいばい 名 栽培
方法 ほうほう 名 方法 | デザート 名 甜品 | アイス 名 冰品
スペース 名 空間 | ものづくり 名 工藝技術 | テーマ 名 主題
構成 こうせい 名 構成 | 織物 おりもの 名 紡織
発展 はってん 名 發展 | ロケット 名 火箭 | 部品 ぶひん 名 零件
植物 しょくぶつ 名 植物 | 昆虫 こんちゅう 名 昆蟲
一部 いちぶ 名 一部分 | 植物園 しょくぶつえん 名 植物園
実物 じつぶつ 名 實物 | 観察 かんさつ 名 觀察
地方 ちほう 名 地區 | 蝶 ちょう 名 蝴蝶
虫好き むしずき 名 昆蟲愛好者 | 宇宙 うちゅう 名 宇宙
開発 かいはつ 名 開發 | 支える ささえる 動 支援
別々だ べつべつだ な形 分別的 | 関心 かんしん 名 興趣
メロン 名 哈密瓜 | せっかく 副 難得地 | ポスター 名 海報
余る あまる 動 多餘

聴解